LA GROTTE AUX FÉES

DU MÊME AUTEUR
CHEZ LE MÊME ÉDITEUR

L'Orpheline du bois des Loups, 2003, coll. Trésors de France 2011
Les Enfants du Pas du Loup, 2005, coll. Trésors de France 2014
La Demoiselle des Bories, 2006, coll. Trésors de France 2012
Le Chant de l'Océan, 2007, coll. Trésors de France 2013
Le Moulin du Loup, 2008, coll. Trésors de France 2014
Le Chemin des Falaises, 2009, coll. Trésors de France 2015
Les Tristes Noces, 2010, coll. Trésors de France 2016
Les Ravages de la passion, 2012
Les Occupants du domaine, 2013

Marie-Bernadette Dupuy

LA GROTTE AUX FÉES

Roman

Trésors de France

Le Code de la propriété intellectuelle n'autorisant, aux termes de l'article L. 122-5, 2ᵉ et 3ᵉ a), d'une part, que les « copies ou reproductions strictement réservées à l'usage privé du copiste et non destinées à une utilisation collective » et, d'autre part, que les analyses et les courtes citations dans un but d'exemple et d'illustration, « toute représentation ou reproduction intégrale ou partielle faite sans le consentement de l'auteur ou de ses ayants droit ou ayants cause est illicite » (article L. 122-4).
Cette représentation ou reproduction, par quelque procédé que ce soit, constituerait donc une contrefaçon, sanctionnée par les articles L. 335-2 et suivants du Code de la propriété intellectuelle.

© Les éditions JCL inc., 2009
© Presses de la Cité, 2011, et 2016 pour la présente édition
ISBN 978-2-258-09491-8

Presses de la Cité | un département **place des éditeurs**

place des éditeurs

*Je dédie ce livre à tous mes amis de France et du Québec.
A tous les amoureux des vieilles pierres,
qui ont peut-être « une âme qui s'attache à notre âme
et la force d'aimer », comme le disait le poète Lamartine.*

Remerciements

La naissance d'un livre, où l'histoire se mêle au parfum d'un terroir, nécessite de longues recherches et de nombreux entretiens.

Je tiens donc à remercier, ici, toutes les personnes qui m'ont aidée et ne désirent pas être citées.

Un chaleureux merci, cependant, au maître papetier Jacques Bréjoux qui, avec beaucoup de gentillesse, m'a conté l'histoire du Moulin du Verger où il perpétue la fabrication artisanale du papier.

Note de l'auteure

Cela me semblait difficile, après le tome III d'une saga familiale, inspirée de faits authentiques et dont chaque personnage m'était cher, d'abandonner Claire, Jean, Faustine et Matthieu.

J'ai donc éprouvé un grand bonheur à retrouver le Moulin du Loup, niché au cœur de la si belle vallée des Eaux-Claires, un fleuron du patrimoine naturel et historique de ma région.

Les temps changent, se plaindrait Claire. Dans les années 1920, la mode évolue, libérant la femme du corset et des cheveux longs, l'électricité fait son apparition, les automobiles sont de plus en plus nombreuses. Il faut s'adapter, oublier la guerre et aller de l'avant.

Faustine et Claire, deux figures féminines qui me sont précieuses, restent fidèles à leurs convictions et à leurs amours. Mais elles vont découvrir les attraits et les défauts d'une noblesse rurale sur son déclin, et affronter dans leur vie quotidienne des épreuves communes à nous tous.

Un écrivain, homme ou femme, se sent parfois pareil à un marionnettiste qui tire les ficelles de certains destins, même si, à l'origine, ce sont d'anciens récits et des témoignages qui ont permis d'en connaître l'existence... Quand un auteur entend parler d'une histoire, il a envie de la faire revivre.

Donc, l'histoire continue, pour mon plus grand plaisir et pour le vôtre aussi, je l'espère !

1

L'accident

Vallée des Eaux-Claires, 15 avril 1920

Ce jour-là, il pleuvait à torrents. Claire cousait, assise près de la fenêtre. C'était sa place favorite. De là, elle pouvait observer la cour et voir l'activité du Moulin.

— Quel printemps ! soupira-t-elle, attristée par ce temps gris et sombre qui la rendait mélancolique.

Au même instant, elle aperçut Raymonde. La servante revenait du potager. Elle tenait d'une main un panier rempli de légumes et de l'autre un grand parapluie noir qui la protégeait du déluge. Chaussée de bottes en caoutchouc, marchant dans la gadoue, elle se hâtait, les épaules couvertes d'un châle. Venant du chemin des Falaises, un camion bleu, arrivant à vive allure, amorça un virage brusque pour franchir le portail toujours grand ouvert.

— Attention ! murmura Claire pour elle-même, la gorge soudain serrée d'appréhension.

Il était trop tard. Elle ne devait jamais comprendre ce qui était arrivé. L'accident était survenu avec une telle rapidité ! De toute évidence, il était inévitable, penserait-elle ultérieurement. Le lourd véhicule, chargé de bidons et de caisses, freina dans un bruit aigu, fait de grincements stridents. Cela ne servit à rien. Il dérapa sur les pavés tel un monstre de ferraille pris de folie. L'aile gauche, flanquée d'un pare-chocs en métal, faucha Raymonde. Elle fut projetée au sol. Une des roues arrière lui passa sur le corps.

Claire s'était levée, laissant tomber son ouvrage par terre. Tétanisée, elle ne parvenait pas à croire à ce qu'elle venait de voir. Il lui semblait difficile de marcher, d'ouvrir la vieille porte cloutée donnant sur le perron et de descendre l'escalier en pierre.

— Raymonde ! Oh ! non, ce n'est pas possible, ma pauvre Raymonde ! Quel malheur !

Le camion avait stoppé sa course à un mètre du mur de la grange. Le chauffeur descendit et s'avança vers la forme inerte. L'homme était blême. Des ouvriers accouraient de la salle des piles du Moulin.

Un cri perçant vrilla l'air. Claire avait hurlé. En une seconde, la vision d'horreur s'inscrivit dans son esprit : le parapluie noir qui se balançait sur la pointe, secoué par la bourrasque, le panier broyé, les légumes répandus, et surtout le joli visage de Raymonde d'une pâleur affreuse, du sang coulant à la commissure des lèvres. Les cheveux d'un blond sombre, coupés court, étaient trempés et se plaquaient sur le front et les joues.

Jean et Léon déboulèrent de l'écurie. Claire approchait lentement du corps immobile de sa servante. Chaque pas lui coûtait. Elle se figea soudain, submergée par un flot de souvenirs. Raymonde était devenue au fil des années sa meilleure amie, sa sœur de cœur.

« Mon Dieu, faites qu'elle ne soit pas morte, juste blessée ! » pria-t-elle la bouche sèche, le cœur brisé.

Elle revit Raymonde âgée de douze ans, avec ses longues nattes dorées. Elle venait chercher le Follet, un des ouvriers de son père, Colin Roy. Catherine, la grande sœur de Raymonde, mais aussi la promise de l'employé, agonisait, à la suite d'une mauvaise fausse couche...

« Et dire qu'elle était la maîtresse de Frédéric Giraud, que j'ai dû épouser ! »

Depuis bien longtemps, les deux femmes gouvernaient au Moulin du Loup. Elles s'occupaient de la cuisine, de la maison, du potager.

« Elle est entrée chez nous à quinze ans, pensa encore Claire, quand moi, je vivais encore à Ponriant. »

Les mots, les images du passé l'affolaient. Claire était née dans la vallée des Eaux-Claires, ici, sous ce toit de tuiles ocre.

Elle avait l'impression d'être terrassée par tous les événements tragiques qui avaient endeuillé ce lieu pourtant enchanteur.

« Morte, Catherine, si jeune, si gourmande de plaisirs, se dit-elle en faisant un autre pas. Mort, mon père qui s'est jeté dans l'eau glacée pour être happé par les roues à aubes dont il aimait tant la chanson. »

Claire étouffa un sanglot de terreur. Elle ne voulait pas perdre Raymonde. Tout bas, elle balbutia :

— Mais elle est sortie il y a dix minutes pour aller ramasser des radis et des poireaux. Elle m'a dit : « Madame, si la petite pleure, bercez-la un peu, je la ferai téter en rentrant du jardin. »

Des exclamations désespérées la ramenèrent à la réalité. Léon, couché sur le corps de sa femme, poussait des plaintes rauques.

— Raymonde, ma poulette ! Elle ne peut pas être morte ! répétait-il, hagard, les yeux noyés de larmes.

Jean, lui, fixait Claire de ses beaux yeux bleus ourlés de cils noirs très drus. Elle frémit tout entière sous le regard effaré de son mari.

— Oh ! Jean, pourquoi, mais pourquoi a-t-il fallu que ce camion… ?

— Câlinette ! s'écria-t-il d'une petite voix. C'est fini.

Claire jugea inconvenant l'emploi de ce surnom intime dans un tel moment de tragédie. C'était un petit vocable réservé aux heures de bonheur.

— Il faut téléphoner au nouveau docteur, bégaya-t-elle. Dis, Léon, il la soignera ? Elle n'est pas morte, ce n'est pas possible !

Le chauffeur du camion ôta sa casquette. Claire constata que la pluie avait cessé. Elle ferma les yeux, avide de retrouver des visions de jadis et d'oublier le présent.

« Raymonde était si belle en demoiselle d'honneur, le jour de mes noces avec Jean, et tellement fière de sa toilette. Dire qu'elle refusait de me tutoyer et me donnait du "Madame" même en accouchant de Thérèse. Pendant la guerre, nous nous serrions les coudes, elle et moi. Comme elle chantait bien, et pour la danse, les soirs de bal, il n'y en avait pas de meilleure ! »

Raymonde avait partagé son existence pendant plus de vingt ans, de l'aube à la nuit. Elles avaient passé ensemble des milliers d'instants de complicité, de bavardages, de rires et de larmes.

— Je l'aimais tant ! suffoqua-t-elle, chancelante.

Jean, qui était accroupi près du corps, se releva pour la soutenir. Mais Claire voguait entre deux mondes. Elle s'évanouit dans les bras de son mari et il fut contraint de l'allonger près de la servante. Il installa la tête de sa femme sur ses genoux. Il ne trouvait pas les mots, se sentait impuissant devant tant de douleur.

Léon pleurait bruyamment. Le contremaître anglais qui dirigeait le Moulin pour le compte du papetier William Lancester n'osait pas intervenir. Ses ouvriers, tous consternés par l'accident, avaient formé un cercle. Ils aimaient bien Raymonde : c'était elle qui préparait leur repas de midi depuis des mois. Ils savaient également que cette belle jeune femme laissait trois enfants : César, un adolescent de seize ans, apprenti mécano en ville, la joyeuse Thérèse, une fillette de onze ans qui ne tarderait pas à rentrer de l'école du bourg, et un nourrisson de deux mois, Janine.

— Claire, ma chérie, je t'en prie, remets-toi ! l'exhorta Jean en lui tapotant les joues. Claire !

Léon lança un regard effaré à celle qu'il appelait souvent « patronne » pour plaisanter. Claire semblait morte elle aussi, ses longs cheveux bruns étalés sur les pavés, son beau visage aux traits doux blanc comme linge. Elle entrouvrit les paupières. Ses prunelles de velours noir papillotèrent. Ses lèvres couleur cerise se mirent à trembler.

— Oh, je me souviens, dit-elle. Mon Dieu, Raymonde... non, ce n'est pas vrai !

Elle se redressa avec une plainte dont les notes horrifiées glacèrent le sang des témoins. A cette sinistre lamentation répondit un hurlement à l'intérieur de la maison.

— Dieu du ciel ! geignit Léon. C'est la louve ! Elle a senti la mort. Vous entendez ça, madame ?

Claire fondit en larmes sans pouvoir répondre. Elle caressa la joue de Raymonde. Il lui sembla soudain urgent de s'occuper de la défunte avec tendresse et respect, de ne pas la laisser plus longtemps à terre.

— Il faut la porter dans la chambre, Jean, implora-t-elle. La chambre où ma mère et notre cher Basile ont rendu l'âme.

Elle faisait allusion à la plus belle pièce de l'étage, jadis dévolue à Colin Roy puis à Basile Drujon, un vieil instituteur devenu leur hôte jusqu'à son décès.

— Je ne veux pas qu'elle reste sous la pluie, comme ça, se lamenta Claire. Thérèse ne doit pas la voir dans cet état !

— Bien sûr, Câlinette, approuva son mari. Nous allons faire ce qu'il faut, ne t'inquiète pas.

— Arrête de m'appeler ainsi ! lui reprocha-t-elle. Et vous, qu'est-ce qui vous a pris de rouler aussi vite ? Il y a des enfants, chez nous. Ces saletés de machines sont des engins de mort, vous le savez, au moins ?

Claire invectivait le conducteur de la camionnette. Dans un élan hystérique, elle se rua sur lui et le secoua par le col de sa veste.

— Assassin ! Vous n'êtes qu'un assassin, un criminel ! criat-elle, complètement hors d'elle.

L'homme se laissait insulter et malmener. Tout bas, tout tremblant, en sueur, il bégaya :

— Je suis navré, madame, ça, je suis bien navré ! C'est à cause des pavés, ça glissait, j'ai pas pu freiner et… voilà !

Des larmes coulaient sur son visage décomposé.

— Et voilà, c'est tout ce que vous trouvez à dire ! sanglota Claire.

Jean la saisit par les épaules. Il parvint à la conduire ainsi jusqu'au perron.

— Je t'en prie, Claire ma chérie, calme-toi, rétorqua-t-il. Tu dois tenir le coup. Pense aux enfants, à Léon. Thérèse va ramener Arthur, ils ne doivent pas être effrayés. Rentre au chaud, prépare du café, de la gnôle. Nous allons porter Raymonde là-haut.

Elle acquiesça d'un signe de tête et ouvrit la porte. Loupiote était assise devant la cheminée. La louve avait une attitude figée, le regard rivé à l'une des fenêtres. Son fils, couché près d'elle, paraissait nerveux. Il humait l'air et grognait. A bientôt dix mois, il avait déjà atteint la taille de sa mère.

Claire leur prêta à peine attention. Elle jeta, d'une voix dure :

— Sage ! Tais-toi, Moïse !

Elle avait donné au jeune animal le nom de son premier chien, bon gardien et fidèle compagnon, qui était à l'origine de la lignée des loups du Moulin.

— Du café, de la gnôle ! maugréa-t-elle. A quoi bon ? Raymonde est morte sous mes yeux, je ne m'en remettrai jamais, ça non !

Elle pensa à Jeanne, la mère de sa servante, qui habitait au bourg.

— Pauvre femme ! Elle va en mourir elle aussi ! dit-elle en renversant de l'eau chaude sur la plaque de la cuisinière. Pourtant, il est de mon devoir de la prévenir. Elle a perdu ses deux filles : Catherine, puis Raymonde.

Avec une expression de somnambule, Claire marcha jusqu'à l'appareil téléphonique accroché au mur. Elle avait besoin de soutien. D'un ton saccadé, en quelques minutes, elle put avertir sa cousine Bertille, au domaine de Ponriant, et Faustine, sa fille adoptive, qui dirigeait une institution scolaire à deux kilomètres de là.

Jean apparut, la face marquée par le chagrin. Il maintint la porte ouverte. Deux ouvriers aidaient Léon à porter Raymonde. La vue du corps sans vie, dont un bras ballottait, la révulsa. Le triste cortège hésita un instant, puis se dirigea vers l'escalier.

— Son bras, attention à son bras ! sanglota Claire.

Elle se cacha les yeux avec un hoquet de terreur. Jean l'enlaça, la serrant très fort contre lui.

— Si tu manques de courage, dit-il, personne n'en aura. Léon agit à l'aveuglette, il n'a qu'une idée, changer les vêtements de Raymonde, la réchauffer. Il ne peut pas croire qu'elle est morte, il fait n'importe quoi. Pense aux enfants, Claire, par pitié ! Ils auront besoin de toi. Je t'en prie, réagis !

— Et moi, je ferai comment sans Raymonde ? Elle avait une si grande place dans ma vie, dans mon cœur. Je serai comme une infirme sans elle, geignit Claire. Mais enfin, le comprends-tu, Jean ?

Avec le peu de force qu'il lui restait, elle le secouait ! Il l'étreignit à nouveau, embrassant tendrement son front. Soudain, un vagissement aigu les fit sursauter.

— Oh ! Seigneur, la petite Janine ! s'écria Claire. C'est l'heure de sa tétée. Mon Dieu, que faire ? Je n'ai pas la force...

Pendant la journée, la servante faisait dormir le bébé dans une chambre à l'étage. A cet effet, Bertille avait donné le berceau de sa fille Clara, maintenant âgée de cinq ans. La superbe bercelonnette en fer forgé, laquée en blanc et ornée de voiles de tulle, avait flatté l'orgueil maternel de Raymonde.

— Calme-toi, je t'en prie, Claire. Fais-lui boire du lait de chèvre, suggéra Jean. Tu as nourri ton frère ainsi. Matthieu s'en vante assez souvent. Tu en es capable.

— Comment vais-je faire, je n'ai pas de biberon, rétorqua-t-elle. Jean, il nous faudra trouver une nourrice, je n'y arriverai pas, moi. Et je ne pourrai jamais annoncer la nouvelle à Thérèse. Je n'ai pas la force de prendre les choses en mains, ça non. J'ai dû me battre, tout le temps, pour sauver Matthieu, bébé, pour seconder mon père, et, pendant la guerre, pour faire face aux événements qui ont endeuillé le Moulin. Mais j'avais Raymonde à mes côtés !

Jean décida de parer au plus pressé. Il se désolerait plus tard. D'un pas vif, il grimpa l'escalier et ramena le nourrisson en le berçant d'un bras. Janine s'égosilla de plus belle, surprise d'être secouée aussi fort.

— Mais donne-la ! protesta Claire qui, en regardant le bébé, retrouva subitement des forces. Tu ne sais pas y faire ! Mets du lait un peu sucré à chauffer. Je lui en ferai boire à la cuillère.

Quand Bertille et Faustine entrèrent à leur tour, pâles d'émotion, Claire était assise près de la table. Elle trempait un mouchoir de fine batiste dans un bol et le proposait au bébé, qui le suçait avidement. Jean, les sourcils froncés, assistait à la scène.

— Bertrand nous a déposées. Je l'ai envoyé chercher Thérèse et Arthur à l'école ! expliqua Bertille. Il les amènera à Ponriant. Je lui ai conseillé de ne rien dire encore. Mireille veillera sur eux. Tu connais notre gouvernante. Elle fera au mieux pour les distraire.

La présence de sa cousine réconforta Claire. La dame du domaine de Ponriant avait le don de gérer les pires situations avec tact et rapidité. Mariée à Bertrand Giraud, avocat à la cour d'Angoulême, elle avait connu bien des épreuves avant de jouir d'un bonheur idyllique.

— Merci, princesse ! soupira-t-elle.

La princesse en question hocha la tête d'un air affligé. A quarante-deux ans, elle était toujours aussi belle que lorsqu'elle était jeune fille. Sa chevelure d'un blond très clair virait au blanc, mais cela ajoutait à son charme de fée, tant ses larges prunelles grises, ses traits ravissants séduisaient. Petite et mince, elle était d'une rare élégance.

— Quel malheur ! se lamenta-t-elle en prenant place près de Claire et en l'enlaçant.

Faustine, elle, se jeta dans les bras de son père. Jean la reçut contre lui.

— Papa ! C'est terrible !

— Oui, ma fille, tu peux le dire, répliqua-t-il. Léon est sonné, ta mère aussi. Elle a vu l'accident, tu sais !

— Et Matthieu qui est en ville ! ajouta Faustine entre deux sanglots. C'est affreux ! Qu'est-ce qui s'est passé, papa ?

Jean raconta brièvement le funeste événement. Les hommes redescendirent, sauf Léon. La jeune femme les salua en silence, ne sachant que dire.

— Raymonde est en haut, dit-elle. Oh ! J'ai du mal à y croire ! Quelle injustice !

Faustine ôta son ciré noir et le foulard qui protégeait ses longs cheveux d'un blond doré. Elle portait sa blouse d'institutrice, serrée à la taille par une ceinture en cuir. De l'avis général, c'était la plus belle fille du pays et la plus admirée pour ses qualités de cœur et son instruction. Jean la contempla, ému de lui trouver une expression de panique enfantine. De lui, elle tenait de grands yeux bleus, ainsi qu'une bouche charnue et rieuse. Dotée de formes très féminines, elle n'était guère coquette, et les gens de la vallée avaient l'habitude de la voir en pantalon d'équitation et en bottes de cuir. C'était une cavalière aguerrie, qui galopait dès l'aube sur les chemins de la vallée, montant une jument au trot souple et vif.

— Je devrais rejoindre mon vieux copain Léon, dit soudain Jean.

— Non, laisse-le seul avec Raymonde, répliqua Claire. Tu ferais mieux de monter au village. Je crois qu'ils ont des biberons, à l'épicerie. Et puis il faut ramener Jeanne.

Cela n'enchantait pas son mari d'annoncer la mauvaise nouvelle à la mère de Raymonde. Cependant, il n'avait guère le choix.

— Je peux t'accompagner, papa, proposa Faustine. Je ne sers à rien ici.

La jeune femme voyait là une occasion de fuir l'atmosphère

de tragédie qui régnait dans la maison où elle avait grandi. Jean parut soulagé.

— Si vous trouviez une tétine, aussi ! Janine est toute petite, elle va souffrir de l'absence de sa mère, assura Claire.

Faustine promit d'y veiller. Elle enfila son ciré noir et renoua son foulard. Jean s'équipa lui aussi. Ils sortirent, laissant les deux cousines en tête-à-tête. Elles ne tardèrent pas, dans le silence, à distinguer un murmure à l'étage.

— J'ai l'impression que Léon parle à Raymonde, fit remarquer doucement Bertille.

C'était la stricte vérité. Léon, assis au chevet de son épouse, monologuait. Tête basse, les mains jointes, il fixait le visage couleur de craie dont il connaissait par cœur les moindres détails.

— Eh voilà, comme a dit ce foutu chauffeur de camion, tu me quittes, ma poulette. Juste quand on se raccommodait, toi et moi, hein ! Tu m'avais donné une belle poupée, notre Janine, et on l'avait fabriquée dans la joie. Si tu savais, ma Raymonde, je t'aimais fort, plus fort que bien des types qui auraient aimé leur femme. Pour Greta, ça, tu avais du mal à me pardonner, et ça revenait souvent, au lit ou à table. Hein ? Tu ne l'as jamais digéré, que je sois devenu comme son mari, là-bas, en Allemagne, et que je lui aie fait un gamin. Mais t'as vu ? Le gamin, il n'a pas toute sa tête. J'ai été bien puni, et voilà que je suis maudit. Je ne suis pas un chanceux, ma mère me le répétait souvent. Pourtant, je t'ai épousée. Je me souviens, tu sais : j'arrive au Moulin et je te vois ! Dieu tout-puissant, je t'aurais croquée sur l'heure, avec ta poitrine à damner un saint, ton sourire, tes cheveux d'or et tout le reste. Je m'disais qu'on deviendrait vieux ensemble, qu'on danserait au mariage de notre César, car il se mariera bien un jour, lui aussi.

Un sanglot sec coupa un instant le flot de paroles. Léon se moucha avant de poursuivre son discours.

— Y a pas de justice, ma poulette. C'est moi qu'aurais dû passer sous les roues de ce fichu véhicule, parce que moi, je t'avais fait de la peine, à m'acoquiner avec Greta, et lui faire un fils, qu'est pas une lumière. Pourtant, ça ne m'empêche pas de l'aimer, et tu m'en voulais, je le sais bien. Pardonne-moi, tu vas tellement me manquer, Raymonde, bon sang ! Cette maison, sans toi, ce sera plus pareil. La nuit, tu ne poseras plus tes pieds glacés sur mes cuisses, et tu ne me pinceras plus pour que je me lève le premier. Que vais-je faire sans toi, je t'aimais tant !

L'homme se frotta les yeux. Il perçut le cri aigu d'un bébé, au rez-de-chaussée. C'était sa fille, Janine.

— Tu l'entends, ta petiote ? Elle aussi tu lui manques, sûr. Comment je m'en arrangerai de ce poupon, et notre Thérèse, si je pense au gros chagrin qu'elle aura. J'trouverai pas le courage de la regarder en face. César, lui, c'est presque un homme, il fera le fier, il osera pas pleurer, mais je peux te dire qu'il sera choqué, ça oui, choqué, comme dit madame Claire.

Léon observait le visage de sa femme. Il espérait un réveil soudain, miraculeux. Hélas ! Raymonde ne bronchait pas. Elle paraissait dormir ; une vague expression d'angoisse la vieillissait.

Jean se gara sur la grand-place du bourg. Faustine descendit de la Peugeot noire et se dirigea vers l'épicerie Rigordin. En chemin, ils avaient croisé la voiture de Bertrand Giraud. L'avocat conduisait Thérèse et Arthur au domaine, selon les consignes de Bertille. Les enfants lui avaient adressé de joyeux signes de la main à travers les vitres.

Faustine, en entrant dans la boutique, les revoyait encore. Elle avait décidé de s'occuper des courses, tandis que son père se rendrait chez Jeanne.

— C'est pas coutume de vous voir chez nous, à cette heure-ci ! s'étonna madame Rigordin, la mine intriguée. D'habitude, vous êtes à votre école.

La jeune femme hésitait à raconter l'accident. De toute façon, cela se saurait vite. La voix brisée par l'émotion, elle expliqua en quelques mots ce qui venait d'arriver au Moulin.

— Il me faudrait deux biberons, une tétine aussi, ajouta-t-elle. Le bébé sera nourri au lait de chèvre.

La commerçante demeura réservée dans ses commentaires. Elle attendrait pour exploiter la tragique et passionnante information le départ de Faustine. Avec une compassion néanmoins sincère, elle répondit, d'un ton navré :

— Bon sang, quel malheur que ces voitures à moteur, c'est encore une belle invention, ça ! Quel drame ! Cette pauvre Raymonde n'est pas la première victime, et elle ne sera pas la dernière, vous pouvez me croire. Vous transmettrez mes condoléances à Léon, surtout. Une mère de famille ! Doux Jésus, quelle tristesse. Elle va laisser un grand vide.

Tout en parlant, madame Rigordin dénicha les biberons et la tétine. Saisie d'un élan de générosité, elle les offrit, en même temps qu'un sachet de caramels.

— Tenez, ce sera pour les gosses ! J'en suis toute retournée ! soupira-t-elle. Et Jeanne ? Elle qui ne s'était jamais remise de la mort de sa Catherine. Elle n'a plus personne maintenant.

— Il lui reste ses petits-enfants, répliqua Faustine en remerciant, fatiguée de devoir écouter ce flot de paroles qui l'anéantissait.

— Quand donc l'enterrez-vous ? s'inquiéta l'épicière.

— Je n'en sais rien, avoua la jeune femme qui reculait vers la porte.

Elle respira mieux dehors. Le vent sifflait sur les toits et il pleuvait à nouveau. Près de l'église, elle aperçut Jean qui soutenait une forme pliée en deux, à demi cachée sous une pèlerine brune.

« Papa a dû proposer à Jeanne de l'amener à la maison, pensa-t-elle. Comme elle doit souffrir ! »

Une voiture bleu clair déboula à vive allure de la route principale. Le cœur de Faustine s'emballa. C'était une Panhard ; au volant, elle reconnut Matthieu. Le jeune homme freina et se gara à sa hauteur en la regardant.

— Eh bien, que fais-tu là ? interrogea-t-il en ouvrant sa portière.

Faustine avait grandi près de lui. Ils avaient joué tous les deux, révisé leurs leçons, tremblé aux récits de fantômes que leur lisait le vieux Basile. Elle aurait pu dessiner les yeux fermés ses traits un peu hautains, si semblables à ceux de Claire, sa sœur aînée : le front haut, le nez droit, la bouche mobile et très rose, le regard de velours noir, les cheveux drus et bruns, un peu ondulés. Oui, Faustine n'ignorait rien de Matthieu. A sa vue, elle éprouvait toujours une sorte de fascination, de curiosité, et une puissante vague d'amour la transportait.

— Oh ! Matthieu ! dit-elle toute tremblante en se réfugiant dans ses bras et en soufflant doucement dans son cou. Raymonde vient de mourir. Une camionnette l'a renversée au milieu de la cour. C'est horrible. Regarde, papa installe la pauvre Jeanne dans sa voiture.

Matthieu ne poussa aucune exclamation désolée et ne se lança pas dans une diatribe apitoyée. Il était tout simplement assommé par la nouvelle.

— C'était notre seconde mère, dit-il simplement, dans la mesure où j'ai souvent considéré Claire comme une maman. Toutes les deux, elles nous ont élevés, choyés.

Il frictionna le dos de Faustine et lui embrassa le front. Elle se sentait déjà mieux grâce à sa présence. Matthieu avait toujours su la protéger de la peur, du chagrin.

— Je vais dire à papa que tu m'emmènes au Moulin, déclara-t-elle. Je préfère rester avec toi.

Il la suivit des yeux. A l'instar de bien des femmes, Faustine portait désormais des jupes plus courtes, dévoilant un mollet galbé et moulé de soie beige. Il s'attendrit à la vision des bottillons de pluie, en caoutchouc noir, des longues mèches blondes qui s'échappaient de la capuche.

« J'étais content de rejoindre la vallée, de dîner au Moulin en joyeuse compagnie, pensait-il. Mais non, ce sera un soir de deuil. Si je m'attendais à ce drame ! »

La gorge nouée, Matthieu eut envie de pleurer. Il aimait beaucoup Raymonde qui le lui rendait bien. Comme Claire et Jean avant lui, le jeune homme fut consterné à l'idée de la peine immense qu'auraient Thérèse et César. Faustine revenait. Elle marchait vite, son beau visage tendu vers lui. Il l'adorait.

— Monte, ma chérie, tu es trempée, fit-il remarquer.

Elle se pelotonna sur le siège avant, presque contre lui. Malgré les circonstances, il ne résista pas et chercha ses lèvres. Elle répondit à son baiser en lui touchant les joues et les épaules.

— Matthieu, heureusement que tu es là, je me sens mal, tellement mal…

— Je suis là maintenant, je ne te quitterai pas, assura-t-il.

Ils n'osaient pas encore avancer une date de fiançailles ou de mariage. Officiellement, Faustine était en deuil de son mari, Denis Giraud, décédé l'été précédent. Rien ne serait facile pour eux. Ils le savaient et n'abordaient le sujet que dans l'intimité, quand ils parvenaient à se retrouver seuls plusieurs heures, donc bien rarement.

A sept heures du soir, toute la famille se retrouva plongée dans un profond désarroi. La grande cuisine leur paraissait différente, terriblement vide. Jamais ils n'avaient pris conscience jusque-là de la place qu'occupait Raymonde dans la maison. A chaque instant, ils s'attendaient à la voir réapparaître, pousser la porte du cellier ou bien descendre l'escalier.

Claire berçait le bébé contre sa poitrine ; Janine tétait avidement la tétine en caoutchouc ramenée du bourg. Matthieu s'était chargé d'entretenir le feu de la cuisinière. A présent, assis sur la pierre de l'âtre, il fumait une cigarette, paupières mi-closes. Jean, attablé devant un verre de vin, affichait une mine songeuse. Faustine tenait la main de Léon, affalé dans le fauteuil en osier. Bertille, installée sur un des bancs, restait étonnamment silencieuse. On aurait entendu une mouche voler. De l'étage, leur parvenaient les sanglots de Jeanne, qui se trouvait au chevet de sa fille fauchée par la mort en pleine jeunesse.

— Bertrand a eu raison de garder Thérèse et Arthur à coucher, dit soudain Claire, mais c'est reculer pour mieux sauter. Il faudra bien leur annoncer la mauvaise nouvelle, à ces chers enfants.

— En tout cas, ajouta Matthieu, César ne devrait pas tarder à arriver. Pauvre gamin, il ne sait pas encore la vérité. Comment va-t-il réagir ?

Le jeune homme avait téléphoné au garagiste chez qui l'adolescent faisait son apprentissage. L'homme, navré, avait promis de se mettre en route, sans révéler à César pourquoi il le reconduisait au Moulin.

— Mourir à trente-cinq ans, quel sort injuste ! déplora Bertille. Je n'arrive pas à l'admettre, à comprendre ce qui s'est passé.

— C'est pourtant simple, répondit Claire. Si ces maudites machines à moteur n'existaient pas, Raymonde serait encore là, avec nous.

— Enfin, Câlinette... soupira Jean. Cela aurait pu se produire si un tombereau lourdement chargé avait déboulé à toute vitesse, tiré par des chevaux de trait.

— Non et non ! protesta-t-elle. La preuve, nous n'avons jamais eu à déplorer un tel accident, à l'époque où les livraisons s'effectuaient en charrettes ou en tombereaux. Mais comment ferons-nous, tous, sans Raymonde. Et le bébé ? Janine ne connaîtra pas le visage de sa mère, elle n'en aura aucun souvenir.

Léon poussa un râle de désespoir et se leva brusquement. Il empoigna sa casquette et sa veste accrochées à l'une des patères et se rua dehors.

— J'étouffe ici ! cria-t-il en sortant.

— C'est lui le plus malheureux, déplora Jean. Il a trois enfants à élever.

— Quatre, rectifia Bertille. Il ne faut pas oublier Thomas, même si Faustine a la bonté de le garder à l'institution. Ce petit-là n'est pas orphelin. Greta n'est pas morte, elle, ni Léon.

Le propos, débité d'une voix amère, frappa Jean au cœur. Il évoqua en son for intérieur le sinistre épisode de leur histoire à tous. L'été précédent, Greta, l'ancienne maîtresse de Léon, une Allemande engagée au domaine de Ponriant, avait, avant de s'enfuir, mortellement blessé Denis Giraud qui voulait la forcer. Mais elle avait abandonné le bébé né d'un adultère : Thomas.

— Bon sang, pesta-t-il, Léon n'est pas mort, d'accord, mais il est capable de faire une bêtise. Et moi, je le laisse filer à la nuit tombée.

— Il a besoin d'être seul, avança Faustine. Nous discutions devant lui de l'accident ! Ce n'est pas malin !

— Il paraît qu'il vaut mieux discuter de la mort d'une personne aimée, ajouta Bertille. Je croyais le réconforter.

— Léon est au-delà de tout ça, déclara Jean en se levant brusquement.

Sous les yeux affolés de Claire, son mari se rua à son tour vers la porte. Le lourd panneau de bois claqua derrière lui.

— Bon sang, mon vieux Léon, ne fais pas de conneries ! tempêta Jean en marchant à grandes enjambées.

Il s'arrêta au milieu de la cour, indécis. Il y avait tant de bâtiments où le désespéré pouvait se cacher : l'écurie, la bergerie, l'appentis, la grange, les étendoirs et même le vaste local abritant la salle des piles et les pièces adjacentes du Moulin.

— Léon ! appela-t-il. Léon, où es-tu ? Réponds-moi !

Le cœur de Jean se serra. Sa jeunesse s'était déroulée en colonie pénitentiaire. Il n'avait jamais pu oublier les violences subies, le goût de la peur, le chagrin. Son esprit se mit à fonctionner à toute allure. Le pressentiment d'un drame imminent l'étreignit.

— Léon ! hurla-t-il.

La nuit pluvieuse demeurait pétrie de silence. Jean finit par distinguer la chanson monotone des roues à aubes. Le clapotis de la rivière lui fit se souvenir de l'océan déchaîné. Il avait sauvé Léon de la noyade, au large de Terre-Neuve.

— Bon sang ! Léon ne se pendra pas, rapport à ses enfants, mais il a peur de la flotte. Et s'il allait se noyer ?

Il courut à perdre haleine jusqu'à la retenue du bief. La pluie étant tombée pendant deux semaines, le niveau du canal était à son maximum. Jean scruta la surface obscure de l'eau. Il crut deviner la forme d'un visage.

En quelques secondes, il s'était débarrassé de ses chaussures et de sa veste qui auraient pu gêner ses mouvements. Il plongea, sombra un court instant, puis se propulsa à l'air libre. Un de ses pieds éprouva une résistance. C'était un élément souple, instable et non le fond du canal. Jean bascula en avant, attrapa du tissu. Ses pensées se bousculaient.

« C'est lui, c'est Léon ! Il n'a pas perdu de temps, mais il devrait se débattre. Il ne bouge pas, et je ne peux pas le remonter, il pèse trop lourd ! Pourquoi pèse-t-il autant ? »

A tâtons, la respiration coupée, Jean essayait, au fond de l'eau noire dont le froid le pénétrait, de comprendre la situation. Il palpa le crâne de son ami et les épaules. En poursuivant son exploration, il se heurta à une masse rugueuse ; enfin, il effleura les doigts des deux mains. Léon tenait contre lui une énorme pierre carrée.

« Il l'a trouvée tout près. Le contremaître de Lancester voulait consolider le muret. Un maçon est venu. Je dois faire lâcher prise à Léon. Il veut crever. Il a dû boire la tasse, déjà ! »

A quarante-trois ans, Jean était robuste, en pleine possession de ses moyens. Il cramponna la tête du noyé pour bien se repérer et, de son autre main libre, il cogna de toutes ses forces. L'eau freina l'impact. Cependant, Léon eut un sursaut qui le sauva. Il desserra l'étreinte fatale qui le liait à la pierre. Jean le saisit à bras-le-corps et se hissa vers la surface. Il aspira une grande goulée d'air et ouvrit les yeux. Des lumières jaunes s'agitaient au bord du canal.

— Papa ! cria César. Papa !

— Attrape ce bâton, ordonna Matthieu à Jean. Je vais t'aider à sortir de là.

César pleurait à gros sanglots, sans honte. Il venait d'arriver au Moulin. A peine avait-il eu le temps d'encaisser le coup en apprenant la nouvelle, que Claire et Faustine le suppliaient de chercher Jean et Léon. L'adolescent avait suivi Matthieu, tous deux levant haut leur lampe. Très vite, ils avaient perçu des bruits étranges dans le bief.

Matthieu put tirer hors de l'eau le corps émacié du domestique. Il l'allongea sur le sol, face vers le ciel nocturne. Aussitôt, il courut au secours de Jean qui n'avait plus l'énergie de se hisser sur le muret. Enfin, il reprit pied sur la terre ferme. Matthieu l'avait quasiment porté.

— Merci ! dit Jean. Sans toi, je serais encore à barboter. Il n'y a pas d'appui, les parois sont trop droites.

— Je sais, répondit le jeune homme. Claire a toujours eu peur que nous tombions là-dedans.

Jean se jeta à genoux à côté de Léon. Il commença à peser sur sa poitrine, à lever et baisser ses longs bras maigres. César assistait à la scène sans cesser de renifler et de hoqueter.

— Dis, il est pas mort, papa ? Dis, Jean ?

— Il faut qu'il recrache toute l'eau qu'il a avalée. Cours à la maison demander à Claire de préparer des couvertures, des briques chaudes et un grog. Je vais le tirer de là, ton père !

La voix de Jean avait une telle assurance que César fila, malgré l'anxiété qui lui tordait le ventre. En chemin, il trébucha, se redressa et s'appuya au mur des étendoirs. L'odieuse réalité le suffoqua : sa mère était morte. Il n'entendrait plus son rire, ni ne sentirait le parfum de sa chair : miel et verveine. Elle ne le regarderait plus avec cette expression si familière où l'amour et la sévérité étaient étroitement mêlés.

Une silhouette de femme lui apparut. Il reconnut les cheveux blonds de Faustine. Elle le prit dans ses bras.

— César, mon pauvre petit César, soupira-t-elle. Alors, vous avez retrouvé ton père ?

— Il s'est jeté dans le bief, bégaya-t-il. Jean l'a sorti de l'eau. Où est Thérèse ?

— Ne t'inquiète pas pour elle, Bertrand l'a emmenée à Ponriant. Elle dort là-bas avec Arthur. Viens, je te raccompagne.

Faustine tendit l'oreille. Elle crut distinguer des éclats de voix. L'adolescent se dégagea de son étreinte.

— Je n'ai pas besoin de toi ! cria-t-il. Je ne suis plus un gosse. Jean veut que j'avertisse Claire et j'y vais.

La jeune femme le laissa aller. Elle était accablée de tristesse.

— Toute mon enfance vole en éclats, pour de bon, cette fois, constata-t-elle en se dirigeant vers le canal. Raymonde vient d'être rayée du monde des vivants, comme Denis l'été dernier.

Elle pensait souvent à son jeune mari, qui reposait au cimetière. Les mois s'écoulaient et il lui restait surtout les images de leur amitié amoureuse, quand ils flirtaient à la sortie de l'école ou pendant les vacances. L'autre Denis, violent, pris d'alcool, vicieux, elle voulait l'oublier.

Faustine aperçut une lampe dont la faible clarté mettait en relief une scène poignante : Léon, blotti dans les bras de Jean, était assis près du muret. Il sanglotait, sa tignasse rousse dégoulinante d'eau. Matthieu vint à sa rencontre :

— Il a juste retrouvé ses esprits qu'il reproche à Jean de l'avoir sauvé. Notre vieux Léon n'a qu'une idée, se détruire ! expliqua-t-il tout bas.

— Mais il doit tenir bon pour ses enfants ! répliqua-t-elle.

— Il s'en fiche. Il croit que Claire les élèvera mieux que lui. Si tu veux essayer de le raisonner…

Les jeunes gens échangèrent un regard d'intense tendresse. Matthieu caressa les doigts de Faustine. Elle eut envie de se réfugier contre lui.

— Je peux lui parler ? demanda-t-elle doucement.

Léon vit soudain apparaître dans le halo jaune de la lampe le beau visage de Faustine. Elle dardait sur lui ses grands yeux bleus, au pouvoir aussi magnétique que ceux de son père, Jean. Accroupie en face de lui, elle le prit par les épaules.

— Mon cher Léon, pourquoi as-tu fait ça ? dit-elle. Je sais bien que tu souffres, qu'il s'est passé une chose horrible, mais Raymonde n'a pas choisi, elle, de mourir. Elle ne serait pas contente de toi si elle te voyait dans cet état ! Je comprends ce que tu ressens, mais il y a ton fils, César, un garçon honnête, travailleur. Et Thérèse ? Cela ne te dérange pas d'en faire une orpheline de père et de mère ? Je peux t'assurer que les fillettes que j'éduque, à l'institution, elles chanteraient de joie si je leur ramenais un de leurs parents, rien qu'un. Et puis, tu as la petite Janine, un bout de chou. Elle te consolera, un jour, j'en suis sûre. Tu n'as pas le droit de ternir la mémoire de Raymonde, de la trahir. C'était une bonne maman, loyale, autoritaire, mais aimante. Tu te souviens ? Elle ne manquait jamais la messe, elle priait de tout son cœur. Je sens qu'elle est déjà au paradis et qu'elle te surveille. Promets-lui de ne plus recommencer tes bêtises, Léon !

Faustine se tut, sans quitter des yeux le regard hébété de l'homme. Il la fixait en hochant la tête.

— Promets de rester en vie, Léon, répéta-t-elle. Pour tes enfants !

— Oui, je te promets, Faustine, affirma-t-il enfin.

Jean poussa un gros soupir de soulagement. Il serra plus fort le corps mince de son ami.

— Tu as promis, mon pote, alors maintenant, viens à la maison. On va boire un coup de gnôle et tu pourras dormir, ensuite. Est-ce que tu es capable de marcher ?

Matthieu se précipita pour aider Jean à relever Léon. Celui-ci vacilla, cherchant son équilibre. Il claquait des dents. Faustine lui prit la main. Ils ne furent pas trop de trois pour le guider. Claire les accueillit en pleurant de nervosité.

— Asseyez-le près de la cuisinière, oui, dans le fauteuil. César, les couvertures ! ordonna-t-elle pour cacher sa peur.

Léon se retrouva soudain en caleçon et gilet de corps, frictionné à l'eau de mélisse, emmitouflé dans un drap tiède et une couverture. Bertille lui apporta une tasse fumante.

— Un grog à ma façon, de quoi assommer un bœuf, précisa-t-elle.

Il but le liquide très chaud où le rhum dominait. Tout de suite revigoré, il balbutia, d'un ton geignard :

— Vous êtes bien gentils, tous, de vous donner tant de mal pour moi. Je dérange, avec mes sottises !

Faustine eut une idée. Comme Janine s'était réveillée et poussait un frêle cri inquiet, elle l'apporta à son père, après l'avoir enveloppée d'un lange en laine.

— Janine a faim, Léon ! Tu n'as qu'à lui donner son biberon !

Claire et Bertille protestèrent sans conviction. Elles jugeaient qu'il était un peu prématuré de confier cette tâche au malheureux veuf.

— J'ai remarqué que les pères s'occupent rarement des nouveau-nés, précisa Faustine. C'est dommage ! Léon est câlin, il a un si grand cœur qu'il saura offrir beaucoup d'amour à sa fille. N'est-ce pas, Léon ?

— Bah, j'en sais rien, moi, répliqua ce dernier.

— Si, tu sais ! insista la jeune institutrice. Je t'ai vu à l'œuvre, avec Thomas.

Léon parut d'abord embarrassé par le paquet que lui confiait Faustine. Le petit visage rond de sa fille émergeait d'un bonnet bordé de dentelles, du bavoir brodé et du lange rose. Janine cessa de faire des grimaces affamées pour regarder son père. C'était un beau bébé à la peau très blanche avec un petit duvet doré. Elle émit un cri bref, puis se mit à sourire.

— Ah ! fit Léon. Vous avez vu, elle me reconnaît. Pauvre mignonne, ton papa t'aime très fort, tu sais.

Il pleurait, mais cette fois, les larmes l'apaisaient, le tiraient du côté de la vie, de l'espérance.

— Je te parlerai de ta maman, Janine. Ça, tu sauras comment elle cuisinait bien, et qu'il n'y avait pas meilleure qu'elle pour astiquer les cuivres et coudre.

Il embrassa le front velouté de l'enfant et la berça. Janine ouvrit la bouche en agitant ses menottes. L'instant d'après, Léon la faisait boire. Autour de lui, Claire et Bertille pleuraient sans bruit, Faustine reniflait. César, Matthieu et Jean, la gorge nouée, échangèrent un regard rassuré.

Dans la chambre, assise au chevet de Raymonde, la vieille Jeanne priait, égrenant son chapelet. Elle ignorait tout du drame qui s'était joué dans les eaux sombres du canal.

Raymonde fut inhumée près de sa sœur Catherine, morte depuis plus de vingt ans. Bertrand avait tenu à commander des fleurs de serre en ville, et la tombe disparaissait sous des gerbes de roses, de lys et de narcisses.

Toute vêtue de noir, Claire brassait des pensées amères. Elle entourait d'un bras protecteur la petite Thérèse, malade de chagrin.

« Que dire à cette enfant ? songeait-elle. Elle a perdu sa mère, et personne ne pourra vraiment la remplacer. Pourquoi le sort se montre-t-il si cruel ? Je suis stérile. J'ai un corps inutile, et pourtant, je me retrouve liée à Thérèse et à Janine. César devient un homme, il ira de l'avant, mais ces fillettes ? »

Elle se mordit les lèvres pour ne pas gémir d'une crainte née du plus profond de sa chair de femme.

« J'ai quarante ans et il me reste Arthur à élever. »

Agé de cinq ans, son demi-frère était né du second mariage de son père avec une jeune servante, Etiennette. Claire l'avait recueilli alors qu'il était martyrisé par sa propre mère et son amant.

« Ce n'était déjà pas facile de me consacrer à ce bout de chou ; à présent, je devrai aussi veiller sur Janine, un bébé. Bien sûr, il y a Léon, mais dès qu'il aura repris courage, il travaillera le double de jadis et je passerai mes journées à garder ces petits. »

Claire n'osait pas s'avouer que le poids de cette nouvelle responsabilité l'oppressait. Son regard de velours noir se posa sur Matthieu, très pâle. Celui-ci aussi, elle l'avait pris sous son aile, alors qu'il n'avait que deux semaines.

Le cimetière grouillait d'une foule apitoyée. La fin brutale de Raymonde frappait les esprits. On discutait beaucoup de l'accident.

— Courage, ma Câlinette, lui dit Jean à l'oreille. Laisser ceux qu'on aime au fond de la terre, c'est un moment terrible !

Elle le remercia d'un sourire navré. Faustine s'approchait, menue et blême.

— Je dois retourner à l'institution, maman, avoua-t-elle. Mademoiselle Irène est souffrante. C'est ce sale temps aussi, le responsable de tous nos malheurs !

César et Léon les rejoignirent. Le père et le fils se ressemblaient tant que l'on aurait dit une image dédoublée du même individu, à un âge différent. Jean tapota l'épaule de son ami, puis celle de l'adolescent. Aucun mot ne convenait, mais le geste affectueux en disait long.

Bertille avait organisé un repas au Moulin. Personne n'avait d'appétit. Au dessert, Jeanne, voûtée dans sa robe noire, débita, d'une voix tremblante :

— Madame Claire, si vous êtes ennuyée pour le ménage et la cuisine, je peux m'installer chez vous et donner un coup de main. Comme ça, je verrai grandir mes petits-enfants ! Je suis encore vaillante, faut me croire.

— C'est entendu, Jeanne !

Claire acceptait par pure charité. Jamais Jeanne ne pourrait remplacer Raymonde. De plus, elle n'appréciait guère les manières de cette femme, ni les récits empreints de superstitions paysannes qu'elle racontait avec des mimiques dignes d'une sorcière.

— C'est entendu, Jeanne ! répéta-t-elle à regret.

Moulin du Loup, 7 mai 1920

La vie reprit son cours, même si l'absence de Raymonde pesait douloureusement sur tous les habitants du Moulin. Claire se désola en silence pendant une semaine ; ensuite, le surcroît de travail l'empêcha de pleurer son amie comme elle l'aurait voulu. Malgré l'aide de Jeanne, elle ne savait plus où donner de la tête.

Ce matin-là, alors qu'il tombait une pluie fine, elle se confia à Bertille, venue lui rendre visite.

— Janine se réveille à six heures et je dois lui préparer son biberon. Léon dort seul au-dessus de la salle des piles, dans leur logement. Il refuse de le quitter. Pourtant, je lui ai proposé de s'installer ici, dans l'ancienne chambre de mon père. Je me lève pour le bébé, puis je surveille Thérèse, qui est bien lente à s'habiller. Elle m'aide à faire déjeuner Arthur, mais ils sont souvent en retard, à l'heure de l'école.

Bertille écoutait patiemment. Elle observait Claire et s'inquiétait de sa mine pâle, de ses traits tirés par la fatigue.

— Jean t'aide, au moins ? demanda-t-elle soudain.

— Oh ! Il n'est pas toujours disponible. Lui et Léon partent très tôt au verger. Jean a presque terminé son livre, mais il tient à soigner ses arbres et sa vigne. Je ne peux pas le retenir à la maison.

— Et Jeanne ? chuchota Bertille.

— Jeanne pleure la moitié du temps. Elle a fait brûler une pleine marmite de coq au vin. Je lui avais expliqué la recette, mais j'ai l'impression de lui parler en chinois. Elle a trop de chagrin, je pense, et dès qu'elle le peut, la voilà qui reprend son chapelet et qui prie ! Raymonde était formée à nos manies, au sujet de l'hygiène et du ménage. Selon Jeanne, Thérèse et Arthur sont bien assez propres en faisant leur toilette le dimanche matin seulement : si je la laissais faire, ils iraient en classe les ongles noirs et les oreilles douteuses. Et surtout, ils ne prendraient pas de bain. La pauvre femme juge cela dangereux de se tremper dans l'eau chaude ! Enfin, encore une chance que César soit apprenti en ville. C'est un couvert de moins. Mais il y a son linge à blanchir, en fin de mois, du linge de mécanicien. Il faut faire deux lessives avant d'obtenir un bon résultat.

Claire poussa un soupir qui en disait long. Au même instant, les pleurs aigus du bébé retentirent à l'étage. Elle bondit de sa chaise et se rua dans l'escalier.

« Ma pauvre Clairette va y perdre la santé, se dit Bertille. Je ne tiendrais pas le coup, à sa place. »

La dame de Ponriant chercha comment secourir sa cousine. Son existence était si bien réglée, au domaine, sa gouvernante était si efficace, qu'elle pouvait s'adonner à la lecture ou à la broderie tout à sa guise. Une jeune fille venait même donner des leçons à Clara, son unique enfant, qui se révélait très précoce.

Claire redescendit, la petite Janine dans les bras.

— Elle a vomi, tout son linge est souillé ! déclara-t-elle comme s'il s'agissait d'une catastrophe. Je dois la changer. Je la couche dans une des chambres, le jour, mais cela ne me plaît pas. Si jamais elle s'étouffait : tu imagines le drame ! Je n'ose même pas y penser.

— Et la nuit ? interrogea Bertille.

— Je la garde près de mon lit, grâce à la bercelonnette que tu avais offerte à Raymonde. Tu comprends, elle réclame à manger vers deux heures du matin. Souvent, elle dort entre Jean et moi. Bien sûr, mon mari n'est pas très content. Tu connais les hommes !

Bertille se pencha sur le poupon rouge de colère. Elle lui chatouilla le menton sans résultat. Janine hurla de plus belle.

— Mets-la en nourrice, Claire. Tu n'es pas obligée de te ruiner la santé.

— Confier ce petit amour à une étrangère ? Ah non ! Pas question. C'est la filleule de Faustine, la fille de Raymonde. Elle grandira chez nous, au Moulin. Regarde comme elle est potelée.

Claire était bien organisée : sur la longue table où tant de repas en famille avaient eu lieu, elle avait disposé un épais carré de laine tissée, protégé par une alèse. Une panière contenant du coton, du talc et des lotions de sa composition était à portée de main. Elle avait allongé Janine sur le dos et la débarrassait de ses vêtements.

— Ce sont les premiers mois qui sont les plus difficiles, concéda-t-elle avec un sourire attendri. J'avais oublié combien il faut laver de langes. Je peux te dire que la lessiveuse fonctionne tous les jours. Léon s'en occupe quand il est là. Le dimanche, Angela et Faustine me donnent un sérieux coup de main. Cela me permet de me reposer un peu.

Bertille haussa les épaules. Elle souhaitait aborder un problème bien particulier et ne savait comment s'y prendre. Ce serait accabler davantage sa cousine.

— Claire, commença-t-elle d'un ton très doux, j'ai eu des nouvelles de William Lancester par Bertrand. Je suis navrée de te dire cela, en ce moment en plus. Il renonce à louer le Moulin. Son contremaître est prévenu, tout le monde va plier bagage fin juillet.

Claire fut terrassée par la nouvelle. Grâce au loyer que versait le papetier anglais, elle pouvait vivre tranquille. Le spectre de la misère se dressa à nouveau devant elle.

— Mais il ne peut pas me faire ça ! s'écria-t-elle. Quel culot ! Moi qui lui faisais confiance.

— Peut-être un peu trop, non ? avança Bertille tout bas. C'est un coup dur, je m'en doute. Surtout, ne te tracasse pas, nous t'aiderons, Bertrand et moi.

Jeanne entra. La vieille femme tapa ses sabots boueux contre la pierre du seuil.

— Le ciel a autant de peine que moi-même ! énonça-t-elle en roulant des yeux hagards. Les cagouilles sont de sortie, mais j'ai plus le goût d'en ramasser. Bonjour, madame Giraud, j'avais vu que vous étiez de passage.

Claire retint un soupir exaspéré. Elle avait fini de changer le bébé et le donna à sa grand-mère.

— Tenez, bercez-la un peu, qu'elle patiente pour le biberon. Ce n'est pas l'heure. Je sors prendre l'air.

Bertille comprit et se leva. Les deux cousines se retrouvèrent sur le perron. La vallée leur offrait une gamme de verts tendres et de grisaille. Le printemps refusait d'éclore et d'apporter chaleur et floraisons.

— William m'avait versé l'équivalent d'une année de loyer! confessa Claire. Il ne me reste plus grand-chose de cet argent. S'il ferme le Moulin, je ne toucherai rien cet été.

Appuyée au mur, elle éclata en sanglots. Vêtue de noir, le teint livide, elle était l'image vivante de la désolation. Bertille s'émut et lui caressa le front.

— Allons, Clairette, du courage! Je te prêterai de l'argent, j'ai une procuration sur les comptes de Bertrand. Et puis, tu me disais que Jean se remettait au travail. Son cidre se vendait bien, avant la guerre. Je ne te laisserai pas dans la gêne. Souviens-toi, quand j'étais mariée à Guillaume, tu nous as prêté de grosses sommes. Je serais ingrate de ne pas te venir en aide.

— Non, je ne pourrai jamais vous rembourser, rétorqua Claire. Je vendrai mes bijoux s'il le faut.

Déjà, confrontée à l'adversité, Claire se ranimait. Elle fixait les falaises assombries par l'humidité, en tenant des comptes en silence.

— Je vais garder des couvées et agrandir le poulailler. Nous aurons de quoi manger, ça oui. Léon ira au marché trouver des clients pour mes fromages. En tout cas, ce n'est guère galant de la part de Lancester!

— Ce malheureux n'a sûrement aucune envie de remettre les pieds dans la vallée, Clairette. Tu lui as brisé le cœur, à mon humble avis.

C'était un sujet délicat. Bertille n'insista pas, tant sa cousine paraissait en colère. Celle-ci conclut, d'une voix tremblante :

— Il n'en a pas, de cœur! La seule chose qui l'intéressait ici, il l'a eue. Et, crois-moi, je le regrette. Je paie mon erreur. Si je ne lui avais pas cédé, il reviendrait, il dépenserait sa fortune pour me séduire!

— Chut! fit Bertille. Tu parles trop fort. Cela ne regarde personne. Je t'en prie, sois raisonnable. Si tu as le moindre souci, une grosse facture, une dette, préviens-moi.

Claire ne répondit pas.

Institution Marianne-des-Riants, même jour

Faustine venait de donner une leçon de géographie à ses élèves, au nombre de quatorze. Il y avait deux nouvelles, des sœurs âgées de dix et onze ans, Clarisse et Amélie. Alors qu'elles étaient orphelines de mère depuis leur petite enfance, leur père avait trouvé la mort au mois de février dans un accident, sur un chantier. Menues, timides, elles avaient des cheveux châtains, coupés à hauteur des oreilles, qui faisaient bien peu pour racheter des traits ingrats.

Chaque fois que la jeune femme observait les fillettes, son cœur se serrait. Elles pleuraient souvent en silence et, inconsolables, mangeaient à peine. Le destin cruel qui les frappait lui faisait songer au décès tragique de Raymonde, au chagrin de Thérèse, mais aussi aux risques que les hommes encouraient dans certains métiers. Elle tremblait sans cesse à l'idée de perdre Matthieu ; il devait repartir bientôt travailler à la construction d'un pont, au fin fond de la Corrèze.

« Ce sera affreux d'être séparée de lui ! songea-t-elle. Même si nous ne sommes ni fiancés ni mariés, j'ai l'impression que nous formons un vrai couple. »

Depuis son retour, Matthieu habitait le Moulin, mais, quand il devait dormir en ville, son collègue et ami Patrice l'hébergeait. Faustine se languissait des caresses et des baisers de son amant. Ils se retrouvaient certaines nuits dans la Grotte aux fées, où, en prévision de leurs rendez-vous, ils laissaient trois couvertures ainsi que des chandelles.

« Quand je pense que nous devons nous cacher comme des coupables parce que je suis encore en deuil de Denis, se disait-elle. Et puis une maîtresse d'école est tenue d'avoir une conduite irréprochable ! »

Cette situation l'exaspérait. Matthieu, lui, prétendait qu'ils n'en éprouvaient que plus de joie, pendant ces moments volés à la morale, aux sacro-saintes convenances.

— Prenez vos cahiers de poésie, déclara-t-elle. Nadine, arrête de bavarder. Tu es vraiment la plus dissipée. Si tu ne te calmes pas, je serai obligée de te punir.

Nadine pouffa, cachée derrière son livre. C'était une enfant rousse, frisée comme un mouton et très indisciplinée. La jeune institutrice désespérait parfois de l'assagir.

— Angela ! appela-t-elle plus gentiment. Voudrais-tu recopier le poème au tableau ? Tu surveilleras les petites, qu'elles ne fassent pas de fautes. Mais tout d'abord, tu vas le lire à voix haute.

— Oui, mademoiselle !

L'adolescente, mince et très brune, se leva ; elle portait un tablier bleu impeccable. A petits pas, elle vint se placer au bout de l'estrade. Elle ne put s'empêcher d'adresser un coup d'œil affectueux à son institutrice. Claire et Jean avaient adopté Angela, qui de ce fait était devenue la sœur de Faustine. Elles essayaient de ne pas afficher leur récent lien de parenté, afin d'éviter des jalousies. Cependant, toutes les pensionnaires enviaient Angela. Celle-ci commença sa lecture d'une voix nette et bien timbrée :

Le chant de l'eau
L'entendez-vous, l'entendez-vous,
Le menu flot sur les cailloux ?
Il passe et court et glisse,
Et doucement dédie aux branches,
Qui, sur son cours se penchent,
Sa chanson lisse,

Le petit bois de cornouillers,
Et tous ses hôtes familiers,
Et les putois et les fouines,
Et les souris et les mulots,
Ecoutent,
Loin des sentes et loin des routes,
Le bruit de l'eau.
Emile Verhaeren, *Les Blés mouvants*

— Très bien, Angela, dit Faustine en souriant. Vous m'apprendrez cette poésie par cœur pour lundi prochain. Les plus grandes, Armelle, Nadine, Amélie, vous ferez une rédaction qui sera inspirée de ce texte. Je vous donnerai le sujet demain.

Une rumeur d'approbation courut de pupitre en pupitre. Angela écrivait le poème. La craie heurtait délicatement le tableau noir selon la forme des lettres et la ponctuation : ce bruit ténu malmenait les nerfs sensibles de la jeune institutrice. Soudain, une automobile klaxonna au bout de l'allée. Bientôt le ronronnement du moteur se rapprocha.

Faustine se dressa à demi pour regarder par la première fenêtre. Elle reconnut la Panhard bleue de Matthieu.

— Angela, garde la classe ! s'écria-t-elle. J'ai de la visite. Mes enfants, soyez sages. Vous pouvez faire un dessin après avoir recopié la poésie.

Elle sortit de la classe en s'empressant de déboutonner sa large blouse grise. Simone Moreau, qui occupait les fonctions de cuisinière et de femme de ménage, trottinait déjà vers la porte principale. La vaillante sexagénaire n'aurait donné sa place pour rien au monde. Elle était nourrie, logée, blanchie, et percevait un petit salaire. De plus, Faustine la traitait avec respect et amitié. Elles s'étaient pourtant rencontrées, dans de tristes circonstances, au chevet de la jeune Christelle, la petite-fille de Simone, morte de la tuberculose.

— Laissez, Simone, je vais ouvrir !

— Bien, madame !

La curiosité la retenait dans le corridor au carrelage noir et blanc. Faustine, un peu contrariée, fit entrer Matthieu. Il salua en soulevant son chapeau.

— Viens dans mon bureau. J'espère qu'il n'y a rien de grave ?

— Non, sois tranquille, la rassura le jeune homme.

Ils s'enfermèrent dans la petite pièce qui servait de secrétariat et de bureau d'accueil. Faustine fit glisser le verrou le plus doucement possible.

— Matthieu, mon amour ! dit-elle avec tendresse.

La jeune femme se blottit contre son amant et l'étreignit. Sa joue se frottait au tweed brun de son veston, tandis qu'elle respirait l'odeur familière de tabac blond et d'eau de Cologne. Il la serra encore plus fort, cherchant sa bouche. Ils s'embrassèrent avec fougue.

— Pourquoi es-tu venu jusqu'ici ? demanda-t-elle enfin, haletante.

— Patrice s'absente une semaine, répliqua-t-il très bas. Il m'a confié les clefs de chez lui. Demain, c'est jeudi : je t'enlève ce soir, dès quatre heures et demie. Nous pourrons passer la nuit dans un grand lit et dîner tous les deux. Ce sera formidable, ma petite chérie ! Si tu savais comme j'ai hâte !

Faustine aurait voulu se réjouir, mais elle n'osait pas. La douce escapade lui paraissait improbable.

— Matthieu, j'avais promis à maman de l'aider, demain. Elle m'a téléphoné tout à l'heure. Je l'ai trouvée très triste et épuisée. Sans compter que cela ferait jaser si nous disparaissions tous les deux jusqu'à vendredi.

— Claire en a vu d'autres, coupa-t-il. Cela ne se reproduira pas de sitôt. Faustine, une nuit rien qu'à nous, au chaud, sans crainte d'être découverts ni dérangés. Tu ne peux pas me refuser ça !

Il la fixait en penchant la tête de côté. Elle tressaillit d'amour sous son regard sombre, plein de passion. D'une voix affaiblie par l'émotion, elle dit tendrement :

— Ton cher visage… Tes lèvres chaudes, tes joues, ton front…

Elle caressa ses cheveux bruns, épais et brillants, pareils aux cheveux de Claire, sa sœur aînée.

— Faustine, prends le risque, accepte.

— Mais je ne peux pas. Qu'est-ce que je raconterais à maman ? A mon père ? Ils m'attendent ce soir pour le repas.

— On s'en moque, protesta Matthieu. L'atmosphère est lugubre, au Moulin. Léon pleurniche, le bébé hurle la moitié du temps et Thérèse sanglote le soir dans son lit.

Faustine ne put qu'approuver. Depuis la mort de Raymonde, elle appréhendait de séjourner dans sa famille.

— Je sais bien, concéda-t-elle. Mais nous devons les soutenir, au contraire.

Matthieu ne s'impatientait jamais en présence de la jeune femme. Il la chérissait tant qu'il ne supportait pas l'idée de la contrarier. Là encore, il capitula.

— Embrasse-moi, alors, car je suis vraiment déçu, dit-il en tentant de sourire.

Elle noua ses mains autour de sa nuque et se colla à son

corps d'homme. Un vertige la saisit, une langueur insidieuse qui la rendait docile et fébrile.

« Nous avons tellement souffert, pensait-elle. Lui auprès de Corentine, moi, avec Denis. Je pourrais aider maman samedi et dimanche. Une nuit entière dans ses bras, en ville, seuls, enfin seuls. »

— D'accord, nous partirons à cinq heures, après le goûter de mes élèves, déclara-t-elle, émerveillée de s'entendre dire ça. Mais il faut inventer une excuse plausible.

— Je m'en charge, s'enflamma-t-il. Tiens, je file au Moulin. Si Claire a besoin de quoi que ce soit, je m'en occupe. Et je lui expliquerai que je t'emmène à Angoulême, que tu dors chez… chez…

— Chez qui ? persifla Faustine, égayée. Je n'ai pas d'amies, mon cher, ni de cousines.

— Chez ta tante Blanche !

— Et pour quelle raison ? répliqua la jeune femme. Non, papa pourrait lui téléphoner et vérifier si j'y suis vraiment.

Matthieu se creusait la cervelle. Faustine, elle, évoquait la belle épouse du préhistorien Victor Nadaud, sœur jumelle de son père. Le couple habitait une rue des beaux quartiers, près de la cathédrale.

— Je ne leur rends jamais visite, confessa-t-elle tout à coup. J'ai logé chez eux durant des mois, pourtant, quand je suivais les cours de l'Ecole normale. Oh, zut ! Je ne suis pas douée pour mentir. Je dois retourner en classe. Débrouille-toi. Non, si papa est là, tu seras incapable de le duper. J'ai une idée. Léon leur fera la commission. Il plante des salades au potager. Reviens me chercher, je serai prête.

Elle l'embrassa encore, avant de le pousser vers la porte. Il riait sans bruit, les yeux pétillants de bonheur.

— Promis ?

— Promis !

Faustine l'accompagna dehors. Dès que la Panhard s'éloigna dans l'allée, elle courut vers le jardin. Le fils de Loupiote, Tristan, devenu un bel animal d'un an, gambadait le long d'une haie. Elle le siffla, mais il poursuivit sa promenade. Le vent était frais, le ciel lourd de nuages. Le mois de mai semblait porter le deuil, lui aussi.

— Léon, ordonna-t-elle, tu attacheras Tristan quand il reviendra. Il n'a qu'une idée, fuguer.

Le domestique, une casquette enfoncée jusqu'aux sourcils, binait la terre lourde d'humidité. Les plants de laitue, soigneusement alignés, arboraient un vert lumineux.

— Ah ! Faustine, grommela-t-il en la saluant, j'ne sais point si ça poussera bien, vu le climat. On se croirait dans le Nord. Fichu printemps... T'inquiète pas pour ton loup, il ne va jamais loin.

Le malheureux veuf avait les paupières rougies et le nez couperosé. Des fils gris se mêlaient à sa tignasse rousse.

— Thomas n'a pas fait de bêtises ? demanda Léon. Si c'était que de moi, je l'aurais ramené au Moulin, mais madame Claire a bien assez de boulot avec ma Janine ! Je peux pas lui coller tous mes gosses.

Désemparée par cette remarque, la jeune femme hésitait à débiter son mensonge. Elle avait mis au point une histoire assez farfelue et, au moment d'avoir recours à Léon, ses scrupules revenaient.

— Qu'est-ce qu'il y a pour ton service, Faustine ? insista-t-il en se roulant une cigarette.

— Eh bien, ce soir, je ne peux pas venir à la maison. Tu préviendras mon père et Claire. J'ai reçu un télégramme de la grand-mère d'une de mes élèves qui souhaite la retirer de l'institution. Elle m'a invitée à dîner. Je pourrai même dormir chez elle, car demain, elle veut me présenter à d'autres personnes de sa famille, et je dois signer des papiers. J'ai l'intention de refuser, mais cela va durer toute la journée, à mon avis.

Léon fit une grimace dubitative.

— Et comment tu iras, en ville ?

— Matthieu a proposé de me conduire. Tu comprends, c'est lui qui m'a porté le télégramme. Il a croisé le facteur sur la route.

— Ouais ! maugréa Léon. Je la gobe pas, ta fable. Tu peux jouer franc jeu avec moi, Faustine. Avoue donc que tu as l'occasion de passer la nuit avec ton Matthieu ! Et comme tu es surveillée de près, tu essaies de m'embobiner avec tes fadaises.

La jeune femme devint toute rouge. Le domestique lui pinça le menton.

— Bah ! Y a pas de mal, va ! C'est pas moi qui te jetterai la pierre, je sais ce que c'est, d'être amoureux. T'inquiète pas, je te couvre. Jean n'y verra que du feu.

Faustine avait envie de pleurer. Elle faillit se jeter à son cou.

— Merci, Léon ! Oh ! Je suis sotte, pardonne-moi.

— Te pardonner quoi, dis ? reprit-il. Depuis l'été dernier, tu veilles sur mon Thomas. Je suis sûr que sans toi, il n'aurait pas fait tant de progrès. Tiens, quand je suis arrivé, madame Simone m'a payé un café. Et je vois mon petit bonhomme se pointer dans la cuisine. Il a gazouillé quelque chose, comme s'il voulait me causer.

Léon releva sa casquette. Il posa sur Faustine son bon regard, jadis si joyeux.

— Profite de ton bel âge, mignonne ! Tu as eu ta part de douleurs, déjà.

Il se remit à biner la terre. La jeune femme s'éloigna, à la fois soulagée et gênée. Léon l'avait vue grandir. C'était un ami, une sorte d'oncle d'adoption. Elle fit demi-tour et lui tapota l'épaule.

— Hé ! ronchonna-t-il. Tu es encore là ?

— Léon, si tu savais combien je suis triste pour Raymonde. Tu dois avoir tellement de chagrin. Et moi, je ne pense qu'à m'amuser.

— Ne dis pas de sottises, tu n'as pas idée de ce qui me tracasse ! rétorqua-t-il.

Elle attendit, comprenant qu'il avait besoin de se confier. Sans relever la tête, Léon maugréa :

— J'ai du chagrin, ça oui, et une grosse honte, vois-tu... Je l'aimais, Raymonde. Seulement, j'en pinçais fort pour Greta. Elle n'était pas si jolie que ma pauvre femme, mais on s'accordait bien. Et puis, elle était douce, gentille. Raymonde, question caractère, fallait filer droit.

Faustine eut du mal à dissimuler sa stupeur.

— Tu regrettes Greta ? interrogea-t-elle tout bas.

— Je regrette le bon temps qu'on a eu ensemble, même si ce n'était pas aussi plaisant qu'avec Raymonde. Allez, ne te mets pas en retard.

Elle recula en souriant d'un air embarrassé. Jusqu'à ce qu'elle arrive à la porte de sa classe, les aveux de Léon résonnèrent dans son esprit, discordants et troublants.

« Rien n'est simple, en amour, songeait-elle. Bientôt on me

dira que Raymonde avait un autre homme dans sa vie. Moi, je ne veux que Matthieu, lui seul. Et si nous ne pouvons pas nous marier, tant pis, nous vivrons tous les deux ailleurs. »

La jeune femme avait des raisons de se tourmenter. Bertrand Giraud la considérait toujours comme sa belle-fille, la veuve de son fils. Depuis la mort de Denis dix mois auparavant, l'avocat dépensait sans compter pour l'institution Marianne, qui portait le prénom de sa mère. Malgré les beaux discours de Bertille, son épouse, il n'admettait pas la possibilité du remariage de Faustine. Certes, il savait qu'elle aimait Matthieu et que ce dernier l'aimait tout autant. Cependant, il espérait en secret que les jeunes gens se sépareraient.

« Ils confondent une grande amitié ou un désir confus avec le véritable amour, expliquait-il à Bertille. Voyons, princesse, il n'y a pas un an, nous préparions les noces de Corentine et de Matthieu, ainsi que celles de Denis et de Faustine. A mon avis, nous nous sommes montrés trop conciliants. Moi le premier, avec ma fille ! J'aurais dû l'empêcher de se mettre en ménage avec son docteur, ce Joachim Claudin. Il ne visait que sa fortune. »

Bertrand était intarissable lorsqu'il ressassait les événements désastreux de l'année précédente. Bertille l'apaisait d'un baiser sur le front ou d'une caresse de ses doigts légers. Cela ne suffisait plus. »

— Mademoiselle, s'écria Angela dès que Faustine entra dans la classe, vous devez rappeler madame Bertille à Ponriant. Elle a téléphoné pendant que vous étiez dehors. C'est urgent !

La jeune femme soupira, envahie par un mauvais pressentiment. Le monde entier allait-il se liguer contre elle et Matthieu ?

— Dans ce cas, tu vas me remplacer encore un peu, Angela, dit-elle. C'est l'heure du cours de morale. Peux-tu lire la leçon ?

L'adolescente, ravie, s'installa au bureau qui trônait au centre de l'estrade. Faustine sortit à nouveau et décrocha le combiné en bakélite noire rivé au mur du couloir. Elle composa avec nervosité le numéro. Une voix d'homme s'éleva.

— Ah ! Faustine, c'est Bertrand. Je tenais absolument à vous inviter à dîner, ce soir. Je reçois des amis de longue date, qui vont séjourner au domaine. Ils souhaitent faire votre connaissance et visiter l'institution demain. Cela ne perturbera pas vos cours, puisque c'est jeudi. Ce sont des bienfaiteurs potentiels, mon enfant.

L'avocat ne s'inquiéta pas de son silence. Il poursuivit :

— Bertille n'a pas le moral, à cause de Claire. Savez-vous que William Lancester ne compte pas louer le Moulin l'année qui vient ? C'est un rude coup pour votre mère. Mais nous en discuterons à table. Je vous raccompagnerai, car je suppose que vous dormez chez vos parents, comme chaque mercredi.

— Non, enfin oui... bredouilla Faustine.

Elle éprouvait la pénible sensation d'être prise au piège. Découragée, elle pensa à la déception de Matthieu, bien plus importante que la sienne. Combien de temps les empêcherait-on d'être heureux, de s'aimer à leur guise ?

— Faustine, je passerai vous chercher vers six heures, d'accord ?

La jeune femme ne répondait pas. Cela finit par intriguer Bertrand qui répéta son prénom deux fois de suite. Elle en aurait pleuré.

— Je suis désolée, Bertrand, je ne peux pas accepter, énonça-t-elle d'un ton qui se voulait ferme. J'ai un souci, avec une élève.

Très vite, en se persuadant qu'elle débitait une vérité, Faustine servit à son beau-père la même histoire qu'à Léon. Elle dut trouver des accents sincères, puisque l'avocat s'inclina.

— Quel dommage ! soupira-t-il. Vous nous manquerez. Comme dit Bertille, vous êtes notre rayon de soleil, par ce vilain printemps. Et comment irez-vous en ville ?

— J'ai commandé un taxi afin de ne pas déranger papa, mentit-elle. Je n'avais pas le choix. Je dois vous laisser, Bertrand. Samedi, si vous le désirez, je monterai au domaine, et vos invités pourront visiter l'école.

Ils échangèrent quelques banalités. Faustine raccrocha d'un geste rageur.

« Et si Bertrand descendait malgré tout, à la même heure que Matthieu. Il serait capable de me conduire à Angoulême, de payer la course de mon taxi imaginaire. »

Elle ne respira à son aise qu'une fois dans la Panhard de Matthieu.

2

Un si tendre amour

Le jeune homme n'avait pas eu le temps de sortir de la voiture : Faustine guettait son arrivée sur le seuil de l'institution. Elle s'était ruée vers le véhicule, s'engouffrant à l'intérieur et claquant la portière.

Matthieu dit, d'un air surpris :

— Une chance, je n'avais pas coupé le moteur. Sinon, j'aurais dû redémarrer à la manivelle !

— Oui, c'est une chance ! Je t'en prie, pars vite, dit-elle d'un air affolé. Tout se ligue contre nous.

L'automobile remonta l'allée et roula vers le pont.

— Raconte ! répliqua Matthieu.

Il riait en silence, exalté de l'avoir enfin pour lui tout seul.

Faustine lui fit signe de patienter. Elle guettait la route derrière eux, comme s'ils étaient poursuivis. Il se pencha un peu et embrassa au hasard le bout de son nez et sa joue.

— Tu es exquise ! confessa-t-il.

La jeune femme eut un rire timide. En se préparant, elle avait défait ses tresses, et sa chevelure d'un blond doré croulait sur ses épaules en douces ondulations. Un petit chapeau rond en feutre brun, assorti à son manteau, lui donnait un air sérieux. Dès qu'ils eurent traversé le bourg de Puymoyen, elle soupira d'aise.

— Maintenant, nous sommes sauvés. Je peux te raconter.

Elle n'omit rien, ni de la conversation avec Léon ni de l'invitation de Bertrand Giraud.

— Il insistait en prenant une voix mielleuse. C'était exaspérant. Quand il a su que j'allais en ville, il voulait m'y conduire. J'ai inventé une histoire de taxi que j'aurais commandé.

Sur ces mots, elle hocha la tête avec une moue coupable.

— Je n'aime pas mentir, Matthieu ! confessa-t-elle. Et je n'arrête pas, je mens à mon père, à maman, à Bertille.

— Ce sont de pieux mensonges, répliqua-t-il. Au nom de l'amour, de notre amour.

— Tu as raison. Nous sommes tous les deux ensemble jusqu'à demain, c'est la seule chose qui compte.

Matthieu lui lança un regard ardent qui la fit tressaillir de joie. Elle ne se doutait pas qu'il avait soigneusement préparé d'avance la soirée à venir, au risque de se donner beaucoup de mal en vain, si la jeune femme ne pouvait se libérer.

Bientôt Angoulême leur apparut, à la sortie d'un virage. La ville haute étendait ses innombrables toits de tuile rousse sous un ciel gris ardoise.

— Patrice habite rue de Bélat, derrière le théâtre, dit-il en souriant. Nous y serons dans dix minutes.

Domaine de Ponriant, même soir

Bertille étudiait son reflet devant sa psyché. La lumière électrique dont elle avait tant rêvé accusait quelques rides malvenues. Au bord des larmes, elle tapa du pied.

— Je vieillis ! Comme les autres femmes ! Bon sang, quel gâchis ! Fichue lampe !

Prise d'une rage enfantine, elle fit basculer l'interrupteur et jeta au sol son poudrier en porcelaine. Bertrand, qui sortait de leur cabinet de toilette, poussa un cri effaré :

— Ma princesse, qu'est-ce que tu as ?

Elle courut vers lui et se pendit à son cou.

— Je deviens laide, voilà ce que j'ai ! Ne m'appelle plus princesse, j'ai des rides autour des yeux.

L'avocat, attendri, baisa délicatement les paupières de son épouse. Il l'enlaça en la rassurant :

— Tu ne seras jamais laide et toujours je verrai en toi la princesse aux cheveux de fée qui me fixait de ses magnifiques yeux gris, dans la cour du Moulin. Bertille, sois raisonnable, tu n'as pas changé. Tu es resplendissante, et puis, moi, je t'aime. L'avis des autres n'a pas d'importance !

— La coquetterie et l'orgueil sont mes plus grands défauts, rétorqua-t-elle. Je voulais être parfaite pour le dîner de ce soir, éblouir tes amis, mais j'ai un teint affreux et des cernes. En plus, j'ai cassé mon poudrier. Regarde, je ne peux pas me poudrer !

Bertrand ralluma. Il constata les dégâts avec une moue ironique.

— Ne te farde pas, dans ce cas. Tu as une peau superbe, de la nacre, de l'ivoire ! assura-t-il. Et ta robe est une merveille. Un modèle de Poiret, n'est-ce pas ?

Rien ne consolait mieux Bertille que de discuter mode. Elle virevolta du lit à l'armoire, en lissant de ses paumes le long fourreau noir orné de fleurs exotiques qui la faisait paraître d'une minceur juvénile. Un collier de perles roses coulait entre ses seins menus, jusqu'à la ceinture de satin à hauteur des hanches.

— Où sont tes fameux amis ? demanda-t-elle.

— Ils nous attendent dans le grand salon. Clara leur joue du piano et, comme elle débute, ils souffrent le martyre. Dépêchons-nous. Mireille va servir l'apéritif. Elle a élaboré des toasts chauds au foie gras avec des papillotes de truffes.

Bertrand, jadis efflanqué, prenait de l'embonpoint, tant il devenait gourmand.

— Ils ne t'ont pas encore vue, princesse, tu te reposais quand ils sont arrivés. J'ai hâte de te présenter, ajouta-t-il d'un ton câlin. Lui, je te rafraîchis la mémoire, dirige une banque de Bordeaux, et il possède une propriété viticole fort rentable. Sa femme, Jenny, est anglaise. Bien sûr, elle tient son intérieur et passe son temps en dîners et parties de bridge.

— Je vois, soupira Bertille. Encore une riche bourgeoise qui va m'étourdir de ses bavardages.

On frappa. Bertrand fronça les sourcils.

— Qui est-ce ? Si par miracle Faustine avait pu répondre à mon invitation ! déclara-t-il en ouvrant.

Le spectacle qu'il découvrit le laissa bouche bée. Leur gouvernante se tenait raide et rouge de confusion, un étrange paquet de lainages dans les bras. Un minuscule bonnet bleu en émergeait, ainsi qu'une menotte rose.

— Mais ! balbutia l'avocat. Que se passe-t-il encore ?

Il crut un instant qu'il s'agissait de la petite Janine, la fille de la défunte Raymonde. Cependant un détail clochait : que ferait le bébé chez lui, sans Claire, qui, de plus, l'habillait de blanc ou de jaune. Et Janine n'était pas si chétive, elle ressemblait à un gros poupon. Bertille s'approchait, regardant le bébé.

— Est-ce que c'est Janine ? s'écria-t-elle, interloquée.

— Je l'ai pensé, moi aussi, bégaya son mari. Non, pas du tout. Ce bébé est plus petit.

Mireille pinçait les lèvres, prête à pleurer d'embarras. Bertille repoussa le bonnet et examina du bout de l'ongle le duvet d'un roux prononcé qui frisait sur le front de l'enfant.

— Madame, monsieur ! bredouilla la gouvernante. En voilà, une drôle d'affaire ! Figurez-vous qu'il n'y a pas vingt minutes, pendant que je traversais le hall, j'entends de drôles de cris sur le perron. La chienne aboyait et gémissait à la porte. Je vous assure, j'en ai eu le cœur à l'envers. J'ouvre vite et qu'est-ce que je vois ? Un panier en osier et ce bébé à l'intérieur. Le temps de monter à l'étage, il s'est endormi.

Bertille affichait une expression ébahie. Bertrand, lui, haussa les épaules :

— Enfin, ma pauvre Mireille, qui nous a fait une blague pareille ? Nous ne sommes pas dans un roman ! De nos jours, plus personne ne dépose des nouveau-nés sur le seuil d'une famille fortunée.

— Là, tu n'en sais rien, protesta Bertille. Cela demeure fréquent que des gens abandonnent un enfant, devant un couvent ou un hôpital. Ceux qui ont fait ça doivent connaître l'institution de Faustine. Ils se sont débarrassés du bébé !

Bertrand leva les bras au ciel :

— Mon Dieu, pourquoi nous ? Et ce soir justement ! Faites voir ce petit, Mireille. Posez-le sur notre lit, que nous regardions à quoi il ressemble.

Tremblante de nervosité, la vieille femme s'empressa d'obéir. Bertille se pencha la première et déplia l'épais lange de laine qui enveloppait le bébé.

— Je dirais qu'il a environ trois mois. Sa layette est bleue, je parie qu'il s'agit d'un garçon. Oh ! Il se réveille.

L'avocat ajusta ses lunettes. Il avait les yeux fragiles depuis la guerre. Il examina le nouveau venu avec attention.

— Fichtre, il n'est pas très beau.

— A son âge, rien de plus normal, monsieur, s'offusqua Mireille.

Le bébé poussa un vagissement proche du miaulement d'un chaton. Bertille lui massa le ventre.

— Je suppose qu'il est affamé, dit-elle.

En voulant le soulever, elle effleura de ses doigts une enveloppe glissée entre le lange et le corps du petit. D'un coup, elle devint livide.

— Chéri, cette lettre t'est adressée. Vois donc, il est écrit là : « Maître Bertrand Giraud, Ponriant. »

L'avocat prit connaissance du courrier. Soudain il tituba, le front constellé d'une mauvaise sueur. Les deux femmes le virent reculer jusqu'à un fauteuil où il s'effondra. Bertille reposa le bébé et s'empara de la feuille. Elle lut et porta une main à sa bouche, comme pour étouffer une exclamation. Mireille attendait en triturant son tablier blanc. L'enfant décida que personne ne songeait à le nourrir et se mit à hurler.

— Il ne manquait plus que ça ! gémit Bertrand. Ma parole, j'ai failli m'évanouir.

Bertille regarda le bébé, puis la gouvernante. Elle devait la mettre au courant, cacher la vérité ne servirait à rien.

— Eh bien, Mireille, voici le fils de Denis, son fils posthume. Né le 26 mars, soit neuf mois après le séjour de Faustine et de Denis au Cap-Ferret. Pardonnez ma franchise, mais notre jeune marié couchait avec la petite bonne que les Rustens avaient engagée pour l'été. Une fille de seize ans ! Les parents ne veulent pas élever un bâtard et ils le redonnent à la famille paternelle. Je vous passe les détails et la signification de cet abandon.

— Bertille, par pitié, ne gobe pas cette fable honteuse ! implora Bertrand. Je n'en crois pas un mot ! Qui me prouve que Denis est bien le père de ce bébé ? La bonne se retrouve enceinte de son promis, aussi pauvre qu'elle, et ils font porter le chapeau à un innocent, mort de surcroît !

— Tu perds la mémoire, Bertrand, répliqua Bertille assez sèchement. As-tu oublié la conduite de ton fils, l'été dernier ? Tu sais comme moi qu'il a forcé la malheureuse Greta, une bonne elle aussi, à deux pas de Faustine qu'il venait d'épouser. Il n'y a rien d'étonnant si cette pauvre fille, Monique, a subi le même sort. Elle avait seize ans, tu t'imagines, seize ans. Je vois le tableau d'ici : une gosse contente de ramener son salaire à sa famille et qui n'ose pas refuser les avances du « monsieur » !

Mireille berçait le bébé contre sa poitrine en lui tenant la tête. Elle le contemplait, déjà sûre que c'était vraiment le fils de Denis. D'une voix émue, elle se permit de dire :

— Ce petiot tient de notre Denis. Il suffit de le regarder. J'ai eu bien du chagrin, pour toutes ces vilaines choses que notre jeune monsieur a faites avant de mourir, mais je ne lui ai pas ôté mon affection, parce que je m'en suis occupé des années. C'était un brave garçon, monsieur Denis, quand il allait à l'école, qu'il goûtait aux cuisines avec moi. Je crois comme madame que c'est son fils. On ne peut pas le confier à l'Assistance publique, ce chérubin qui n'a pas demandé à vivre. Il devrait s'appeler Giraud, lui aussi !

Les propos de la gouvernante frappèrent le couple. Suffoqués par l'apparition d'un nourrisson de trois mois, ils n'avaient pas encore considéré la situation sous cet angle. Bertrand se leva et vint observer le visage du bébé. Bertille assura :

— En tout cas, il a les cheveux roux, comme Denis.

L'avocat déclara, d'un ton hésitant :

— Si j'avais la certitude d'être le grand-père de ce petit bonhomme, il est évident que je verserais une pension à la mère pour son éducation. Bon sang ! Ceux qui l'ont posé devant chez nous auraient pu se montrer, demander à me parler. Nous nous serions expliqués.

L'enfant se remit à pleurer. Mireille s'affola :

— Et comment le nourrir, pour ce soir ? Dites, madame, nous n'avons plus aucun biberon. Si je lui donne du lait de vache, il risque d'avoir des coliques. En voilà, des grands-parents ! Ils abandonnent leur petit-fils sans se soucier des conséquences.

Bertille eut une pensée moqueuse pour les amis de Bertrand, qui devaient s'impatienter au salon. Elle s'inquiéta vite, pourtant : Clara était seule avec eux.

— Chéri, claironna-t-elle, descends vite t'occuper de tes invités. Clara est capable de leur raconter un tas de bêtises ou de leur fausser compagnie. Mireille et moi, nous allons trouver de quoi alimenter le bébé. Une nourrice serait la bienvenue. Dès demain je vais en engager une.

Bertrand comprit alors que Bertille avait pris sa décision : le fils posthume de Denis grandirait au domaine. Au fond de son cœur, il ne doutait pas. Les termes de la lettre trahissaient une profonde détresse, celle de pauvres gens victimes du déshonneur qui n'avaient pour se défendre que leur colère légitime. Il s'apitoya en silence sur la jeune fille.

« Elle a dû avouer sa grossesse, dénoncer le responsable, accoucher dans la peine et la douleur. Après ça, on lui enlève son bébé. Sa vie est gâchée à cause de mon fils. »

Il regagna le rez-de-chaussée d'un pas pesant. Le coup du sort qui le terrassait lui ôtait toute envie de dîner face à ses amis. Le salon était désert. Il entendit du bruit dans la bibliothèque, ainsi que la voix fluette de Clara. Sa fille le vit entrer et gambada vers lui :

— Papa, j'ai montré à la dame et au monsieur les beaux livres de géographie et l'album de photographies. Dis, le bébé qui pleure, il vient d'où ?

Bertrand fut incapable de répondre. Jacques Boussenac, le directeur de banque, et son épouse Jenny lui adressèrent un sourire contrit.

— Votre Clara est un amour. Elle est tellement intelligente et précoce ! susurra la femme. Elle a veillé sur nous.

— Vous avez des ennuis, il me semble, renchérit le dénommé Jacques. Votre employé, Maurice, n'a pas encore monté nos valises. Je vous propose, cher Bertrand, de remettre à plus tard notre séjour. De plus, votre femme doit être souffrante, puisque nous n'avons pas eu la joie de la rencontrer.

— En effet, il y a de ça ! Chers amis, je suis confus. Des soucis de famille !

L'avocat préféra ne pas donner trop d'explications. Il accepta avec soulagement. Après un échange de politesses, le couple s'en alla.

Clara, ravissante dans sa robe de satin rose, saisit la main de son père.

— Maintenant, tu me le montres, le bébé ? Ce n'est pas Janine, parce que tante Claire a téléphoné et j'ai parlé avec elle dans l'appareil. Et j'entendais Janine pleurer. C'est donc un autre bébé que vous avez, maman et toi !

Du haut de ses cinq ans, Clara toisa Bertrand. Elle minaudait, auréolée de boucles couleur de lune : une petite princesse à l'effigie de la charmante Bertille.

— Viens, tu vas le voir, le bébé, soupira l'avocat. Mais ne me pose plus de questions, je te prie.

Clara promit, ravie.

Angoulême, rue de Bélat, même soir

Faustine observait la façade de la maison où ils allaient passer la nuit. Matthieu cherchait la clef dans sa poche de veste.

— Il n'y a qu'un étage, observa-t-elle. Il vit seul ici, ton ami Patrice ?

— Oui, ses parents se sont retirés à la campagne.

Le jeune homme ouvrit la porte d'entrée et l'invita à le précéder :

— Entre vite !

Il la prit par la main et la fit pénétrer dans un vestibule très sombre.

Elle se blottit contre lui immédiatement, avide de baisers :

— Matthieu, je suis tellement heureuse !

Il se dégagea gentiment :

— Je voudrais que tu restes là quelques minutes, dit-il. Ne triche pas, d'accord ? Je reviens te chercher.

Elle accepta d'un signe de tête. Il ouvrit une seconde porte et disparut.

« Quelle mise en scène ! songea-t-elle. Tel que je le connais, il m'a acheté un cadeau ou bien il veut allumer un feu, si toutefois il y a une cheminée. »

De nature patiente, Faustine attendit dans l'espace réduit aux boiseries grises. Elle déboutonna son manteau et accrocha son chapeau à l'une des patères. Tout son corps frémissait d'une angoisse délicieuse à l'idée d'être nue, tôt ou tard, dans les bras de Matthieu. Elle était trop souvent privée de ses caresses.

« Toute la nuit pour nous, dans un vrai lit, sans crainte d'être surpris ou dérangés », se dit-elle.

Cela lui paraissait inouï, presque incroyable. Le bruit du loquet la surprit. Elle sursauta. Matthieu lui tendit la main :

— Viens, Faustine.

Il paraissait tendu, anxieux.

— Tout à coup, j'ai peur ! avoua-t-il. Peut-être que tu vas me trouver fou. Si mon idée te déplaît, je t'en supplie, ne m'en veux pas.

Faustine lui jeta un regard étonné. Il ne prenait jamais autant de précautions.

— Mon amour, comment peux-tu penser une chose pareille ? dit-elle doucement. Tu me connais mieux que quiconque depuis mon enfance. Tu ne peux pas me décevoir ! Moi, te trouver fou ? Dans ce cas, je suis folle aussi, folle de toi.

Il respira assez fort et l'entraîna le long d'un couloir jusqu'à une porte double entrebâillée.

— Attention ! la prévint-il en poussant les battants des deux mains.

Faustine retint un cri émerveillé devant le spectacle qu'elle découvrait. Ce n'étaient pas les meubles cossus, les tableaux anciens ou les tapisseries murales qui l'éblouissaient, mais l'ensemble du décor, transformé par l'inspiration de Matthieu. Des chandeliers garnis de bougies rouges dispensaient une douce clarté dansante, un feu pétillait dans une cheminée en marbre noir et une profusion de bouquets de fleurs blanches répandait un parfum à la fois suave et grisant. Un phonographe diffusait une musique aux notes légères, du piano.

— Mais tu es fou ! balbutia-t-elle.

— Ah, je te l'avais bien dit ! répliqua-t-il.

La jeune femme contempla ensuite sans bien comprendre le centre de la pièce. Apparemment, Matthieu avait déplacé certains meubles pour dégager un espace où s'étalait un tapis d'Orient. Des coussins le parsemaient, au pied d'une colonne en bois verni. Au sommet, plat comme celui d'une stèle, se dressait une statuette d'une finesse admirable, au cœur d'un nid de lierre et de mousse.

Comme Faustine s'approchait pour mieux l'admirer, Matthieu expliqua :

— C'est une nymphe des bois, une allégorie de la nature.

Elle approuva en silence. Quelque chose venait d'attirer son attention : une robe blanche, disposée sur une chaise, à demi couverte d'un voile en dentelle.

— Mais, Matthieu ? Cette robe, pourquoi ?

— Je souhaitais que ce soir aient lieu nos véritables noces, répondit le jeune homme d'un ton plus ferme. Je t'ai promis de t'épouser, il y a de ça des années. Nous n'avons besoin de personne pour devenir mari et femme ; enfin, si, d'une nymphe et d'un brin de lierre. Ma Faustine adorée, écoute-moi. Si j'ai placé là cette statuette, c'est pour célébrer notre union sous le sceau des divinités antiques, celles qui veillaient sur les humains aux temps anciens. Connais-tu le symbole du lierre ? *Je meurs là où je m'attache !* Cela signifie que je veux me lier à toi si étroitement que seule la mort pourra nous séparer.

Les larmes aux yeux, Faustine étreignit Matthieu. Il demeurait l'enfant épris d'aventures et de légendes, sous son allure de jeune homme sensé, instruit, parfois cynique. Ils avaient joué jadis aux chevaliers, aux belles dames prisonnières dans une tour. Elle n'avait pas de souvenir sans lui, joies et chagrins mêlés.

Depuis qu'elle enseignait, Faustine passait des heures, des journées à organiser la classe, les sorties ou les repas. Elle se penchait le soir sur les factures, les registres à remplir et les courriers. Son quotidien la confrontait à des livreurs, des juristes ou des membres du clergé, autant de charges fastidieuses pour une jeune veuve de vingt ans. Matthieu venait de la ramener vers le monde pétri de rêves de leur enfance, sans pour autant nier la passion qu'ils éprouvaient l'un pour l'autre, maintenant qu'ils étaient devenus adultes.

— C'est ce qui me manquait, reconnut-elle tout bas, la magie, la poésie. Tant de beauté rien que pour moi ! Toutes ces fleurs, la musique ! Alors, tu te décides enfin à m'épouser ?

Elle plaisantait à demi, prête néanmoins à prononcer ses vœux de mariée revêtue de la toilette qu'il avait préparée.

— Oui ! lui dit-il après un bref silence. Et cette cérémonie comptera autant que l'autre, celle qui viendra plus tard, en famille.

— Eh bien, à présent, tu dois sortir de la pièce, ordonna-t-elle. Je vais m'habiller.

Faustine se retrouva à nouveau seule. Elle souriait aux anges, cédant à la douce folie de son amant. Vite, elle ôta ses bas, sa jupe et son corsage, son corset et sa chemisette en calicot. Nue, elle eut la tentation d'appeler Matthieu, mais elle résista.

« D'où provient la robe blanche ? s'interrogea-t-elle. C'est une merveille. Il s'est ruiné ! »

Le tissu, de la soie blanche doublée de satinette, lui parut glacé.

La coupe n'était pas banale. Très décolletée, la robe avait des manches amples et longues et un bustier à lacets. Pressée de se voir dans le miroir suspendu entre les deux fenêtres aux volets clos, Faustine se coiffa du voile en dentelle. Un petit diadème en brillants servit à le maintenir sur ses cheveux. Son reflet la subjugua.

— Non, je ne peux pas être aussi belle, déclara-t-elle en étudiant son image.

Ses cheveux scintillaient : de l'or fin. Ses lèvres roses tremblaient de bonheur. Ses yeux étincelaient tels de véritables saphirs. Ses seins lui parurent superbes, sa peau d'une carnation chaude. La blancheur de la soie et du voile mettait en valeur son teint mat.

— Ce miroir est bizarre, dit-elle encore, bouleversée. D'habitude, je n'ai pas cet air-là.

Cela la troublait. On la complimentait sur sa beauté, mais elle n'y prenait pas garde, surtout soucieuse d'être charitable et travailleuse.

Afin de fuir cette nouvelle Faustine insolemment belle, elle battit des paupières et appela Matthieu à mi-voix. Il entra aussitôt et marqua un temps d'arrêt en la voyant. Ce qu'elle lut à cet instant dans son regard la rendit faible, malade d'amour.

— Tu es telle que je t'ai imaginée. Une apparition, une déesse.

— Chut ! Je suis ta promise, ta fiancée, rien d'autre. Mais j'ai hâte d'être ta femme.

Ils s'agenouillèrent au pied de la colonne. La musique se tut après un crissement désagréable. Matthieu courut tourner la manivelle. Avec délicatesse, il repositionna la pointe en acier au début du disque. Les notes gaies et mélodieuses firent sourire Faustine.

— C'est de Claude Debussy, dit-il. *Prélude à l'après-midi d'un faune*. Cela date d'une bonne vingtaine d'années, voire plus !

— Je suis bien ignorante, comparée à toi ! soupira-t-elle.

— Pas du tout ! Le disque appartient à Patrice. C'est lui qui a bon goût. Un vrai mélomane, mon vieux copain !

Matthieu reprit son sérieux en posant le genou droit sur le tapis. Il ne portait qu'une chemise blanche, sa chaîne de baptême en or et un pantalon noir. Faustine ne se lassait pas de le regarder.

— Qui parle en premier ? demanda-t-elle.

— L'homme, affirma-t-il en riant. En l'occurrence, moi.

Elle se tenait bien droite, obsédée par son reflet dans le miroir. Matthieu avait-il cette image d'elle sous les yeux, en ce moment ? Et Denis ? Lui apparaissait-elle sous cet aspect si séduisant, durant leur si brève vie de couple ? Non, elle ne devait pas penser à lui, ni à leurs noces sinistres l'année précédente.

— Moi, Matthieu, je te prends pour femme, pour compagne, et je fais le vœu de te chérir, de t'aimer, de te protéger jusqu'à la mort. Par cet anneau, je t'épouse et je te jure fidélité.

Il glissa à son annulaire une bague en argent. Faustine n'osait pas interrompre le rituel, mais elle finit par dire :

— Moi, je n'ai pas d'anneau pour toi !

— Si, regarde bien près de la statuette.

Elle vit une alliance en argent. Elle se saisit du bijou et le serra au creux de sa paume.

— Moi, Faustine, je te prends pour mari et compagnon. Je te chérirai toute ma vie, comme je t'ai chéri dès ma tendre enfance. Je t'aime et je te jure fidélité. Par cet anneau, je t'épouse.

Nerveuse, elle réussit cependant à lui passer la bague au doigt. Matthieu sortit alors un petit écrin en carton et en souleva le couvercle.

— Je n'ai pas pu les utiliser, ils étaient devenus trop petits, dit-il.

Faustine fixait avec stupeur deux anneaux en clématite, cette liane sauvage qui poussait dans les haies de la vallée. Soudain, après un long moment de perplexité, elle se souvint.

— Comment ai-je pu les oublier ? J'avais cinq ans et toi, huit. C'était après le mariage de papa et de Claire. Tu voulais absolument que l'on se marie, nous aussi, et tu m'avais entraînée sous le gros buis, près du pont. J'avais mon tablier blanc à liseré jaune, et tu avais volé un torchon propre à Raymonde, pour me faire un voile.

— Et j'avais confectionné ces anneaux en clématite ; nous allions célébrer nos noces, à l'ombre de la falaise et du buis, quand Nicolas nous a surpris, ajouta Matthieu. Il a menacé de nous dénoncer à ton père si je ne lui donnais pas toutes mes billes. Depuis, je déteste l'odeur des buis, et je n'ai plus jamais eu de billes !

— J'avais oublié, mais pas toi. Tu espérais que je m'en souviendrais, je t'ai déçu ?

Il lui caressa la joue, attendri, en balbutiant avec bienveillance :
— Je dois embrasser ma femme, maintenant.
— Réponds-moi d'abord. Je t'ai déçu ?
— Mais non, tu étais si petite. Ce n'était qu'un jeu pour toi, un jeu qui n'a duré que dix minutes. Seulement, j'étais furieux contre Nico, il m'avait empêché de te donner un baiser sur les lèvres.

Faustine l'enlaça tendrement. Il se pencha un peu et s'empara de sa bouche. Ils ne pouvaient pas se rassasier l'un de l'autre. Le déclic du phonographe qui s'arrêtait et le silence soudain les firent reprendre pied dans la réalité.

— Madame Roy, s'exclama Matthieu, si nous dînions. J'ai une faim de loup.
— Oui, moi aussi !

La jeune femme riait d'excitation, heureuse des mains chaudes de Matthieu autour de sa taille, de leur complicité. Il la guida vers une table couverte d'un tissu léger qu'il souleva d'un geste solennel. La clarté des bougies et les flammes du feu se reflétaient sur des coupes en cristal et sur le seau en zinc contenant du champagne. Faustine détailla les délices présentées : des petits fours, des gâteaux de pâtisserie à la chantilly, du pâté en croûte, des olives, du rôti froid et des fruits exotiques. Elle raffolait de ces derniers, mais elle avait rarement l'occasion d'en déguster.

— Oh ! Matthieu, comment as-tu réussi à préparer ce festin ? Quand ? Et si je n'étais pas venue ?
— J'aurais passé la soirée à contempler mon œuvre en me lamentant. Mais je savais que tu viendrais. Cela ne pouvait pas être autrement.

Il lui avança une chaise avant d'aller mettre un second disque et de s'installer à ses côtés. Tous deux affamés, ils firent honneur à chacun des mets. Le champagne acheva de détendre Faustine. Elle rayonnait, embrassait Matthieu entre chaque bouchée, plaisantait. Il nicha une cerise confite entre ses seins dont les frémissements le ravissaient et cueillit le fruit avec ses dents.

— Et maintenant, que faisons-nous ? interrogea-t-elle en respirant plus vite.
— Devine ? Je te déshabille, je t'allonge sur le tapis et j'exerce mes prérogatives d'époux jusqu'à épuisement.

Faustine se leva avec brusquerie en ôtant son voile. Elle sortit de la pièce en courant.

— Attrape-moi, vieux faune !

Matthieu avait bu aussi. Il trébucha en essayant de courir. Elle revint sur ses pas, moqueuse. Il la prit par la main.

— Je t'en prie, je n'ai pas la force de te suivre.

Ils chahutèrent, pour s'échouer dans un fauteuil en cuir. Matthieu tentait de délacer son bustier.

— Fais attention, tu vas la déchirer, ma robe ! Elle est si belle ! Tu t'es ruiné pour moi. Ce n'est pas raisonnable.

— Oh non, je l'ai achetée une bouchée de pain chez un fripier. C'est un costume de théâtre.

Ils rirent à perdre haleine. Faustine s'échappa à nouveau et se débarrassa de sa toilette nuptiale. Elle apparut toute nue à Matthieu, son superbe corps irisé de lumière. La jeune femme était dotée d'une grâce rare. Elle paraissait à la fois mince et pourvue de rondeurs charmantes. La nudité ne la gênait pas, elle l'assumait avec une innocence malicieuse.

— Faustine ! s'exclama-t-il, fasciné, en glissant sur le tapis. Il s'allongea et la saisit aux chevilles. Tout en déboutonnant sa chemise, elle le rejoignit.

Ils échangèrent des mots d'amour. Faustine parcourut de baisers le torse de Matthieu, le chatouilla de ses cheveux et caressa son ventre couvert d'une fine toison brune. Elle se montra curieuse, hardie, docile, lui accordant ce qu'elle avait refusé à Denis.

Des cris de pure jouissance, d'exaltation, résonnaient dans la maison silencieuse. Egaré par le plaisir, Matthieu savourait la chair brûlante de Faustine. Il refusait de fermer les yeux, pour mieux la voir se cambrer et s'offrir.

A dix heures, épuisés, ils grignotèrent les petits fours.

Elle avait enfilé sa chemisette en calicot, il s'était drapé les hanches d'un tissu bariolé. Avec sa mèche noire en travers du front, son regard fiévreux et son teint mat, Matthieu lui fit penser à un habitant des îles lointaines.

— Tu ressembles à un sauvage, dit-elle. Mon sauvage bien-aimé !

— Attends que je reprenne des forces, tu vas voir, menaça-t-il en riant. Cette fois, je te porte jusqu'à notre lit.

Mais Faustine le devança. A demi nue, elle courut dans le couloir, grimpa quatre à quatre l'escalier et visita les chambres du premier étage. Matthieu déboula derrière elle, tout de suite repris de désir, car il voyait ses cuisses et ses jambes. Enfin ils se couchèrent entre des draps frais et lisses, parfumés à la lavande. La lampe éteinte, ils connurent une étreinte savante, pimentée d'initiatives audacieuses. L'obscurité totale vint à bout de leur dernière retenue.

Domaine de Ponriant, même soir

Le bébé dormait enfin. Bertille poussa un long soupir de fatigue. Mireille avait couché l'enfant dans une panière à linge. Il avait pris un peu de lait sucré à la cuillère, non sans hurler de rage. Bertrand se servit un verre de cognac.

— Quelle soirée ! déclara-t-il. Ce petit a un sale caractère.

— Il faut le comprendre, répliqua son épouse. S'il tétait sa mère, le changement lui paraît brutal, même inadmissible.

La gouvernante venait de mettre Clara au lit. La fillette avait assisté avec passion au repas du bébé en se montrant aussi bruyante que lui.

Malgré le calme revenu, l'ambiance demeurait tendue. L'avocat avait jugé bon de téléphoner à l'institution Marianne. Il voulait à tout prix savoir où joindre Faustine ; il l'estimait concernée par cette affaire. La réponse de la surveillante, Irène, avait semé le doute dans son esprit. Selon elle, la jeune institutrice était au Moulin et non en ville. Jamais il n'avait été question de la famille d'une des pensionnaires qui l'aurait invitée à dîner et à coucher.

— Je dois éclaircir la situation, pesta-t-il pour la troisième fois au moins. Les manières de Faustine me déplaisent. Elle m'a menti !

Bertille avait son idée sur la question. Elle supposait que Faustine était avec Matthieu. Cependant, par esprit de solidarité féminine, elle gardait cette hypothèse pour elle.

— Mon chéri, mademoiselle Irène n'est peut-être pas au courant des démarches de Faustine, voilà tout, argua-t-elle. Elle a bien pu prendre une décision sans prévenir le personnel. Tu te mets dans tous tes états inutilement ! Le bébé dort, arrête de parler aussi fort.

— Et zut ! maugréa-t-il. Je crierai si j'en ai envie. La conduite de Faustine est inadmissible. En plus, elle n'est même pas au Moulin, Claire me l'a confirmé.

— Tu avais bien besoin de déranger ma cousine ! Enfin, Bertrand, il y a forcément une explication. Faustine a le temps d'apprendre la mauvaise nouvelle. Tu ferais mieux de réfléchir à l'avenir. D'abord, le bébé n'a pas de prénom. Nous devons envisager un voyage là-bas.

— Où ? rugit l'avocat.

— Mais au Cap-Ferret ! Tu dois demander à ses grands-parents son prénom et nous devons leur parler, rencontrer la jeune mère. Cela me plairait d'aller au bord de la mer. Tu ne m'y as jamais emmenée.

Bertrand fulminait. Il toisa Bertille, en hurlant :

— Ce sont des reproches ? Depuis la guerre, je souffre au quotidien, la douleur dans le dos, mes migraines, mon œil malade, l'opération !

Elle éclata en sanglots.

— Ne crie pas, je t'en prie, on dirait Guillaume !

L'avocat crut voir se profiler la silhouette épaisse de Dancourt, le premier mari de Bertille, mort sur le front. La comparaison le mit en rage.

— Moi, ressembler à Guillaume Dancourt ! Merci bien ! Quand on sait à quel point tu le méprisais.

Le couple ne s'était jamais querellé depuis qu'ils vivaient ensemble. Une fois seulement, ils s'étaient violemment opposés, mais cela datait de plus de quinze ans, alors qu'ils étaient amants.

— Bertrand, par pitié, ne nous fâchons pas ! implora-t-elle. Je déteste ça. Déjà que tu as changé de caractère, ces derniers mois !

Radouci, il répondit :

— Rien d'étonnant : j'ai enterré mon fils unique, ma fille a divorcé à peine mariée après une fausse couche fort louche, si j'en crois les ragots qui courent au village. Pour couronner le tout, on me livre un bébé sur le pas de la porte, et Faustine met sa réputation en danger en courant on ne sait où.

L'avocat alluma un cigare, une habitude à laquelle il avait renoncé. Cela prouva à Bertille à quel point il était nerveux.

— Et Clara et moi, nous ne comptons plus ? demanda-t-elle en se levant du sofa.

— Bien sûr que si, affirma-t-il en regardant sa femme. Vous êtes mes anges, mes princesses. Oh ! mon Dieu, tu as pleuré à cause de moi ! Je m'étais pourtant promis de t'éviter tout chagrin. Pardon, Bertille, ma petite fée.

Elle se réfugia dans ses bras, encore terrifiée de l'avoir vu aussi hargneux et dur.

— Quand même, insista-t-il en lui embrassant le front et les cheveux, Faustine devrait être prudente. J'espère qu'elle n'a pas accepté un rendez-vous galant avec Matthieu. Bon sang, son veuvage n'est pas terminé. Je peux concevoir qu'elle refasse sa vie un jour, mais elle ne doit pas se remarier avant un an et demi. Si elle cède à ce bellâtre, et se retrouve enceinte, je ne pourrai pas maintenir son poste à l'institution. Je brigue la place de maire ; je ne veux pas de scandale.

— Matthieu n'a rien d'un bellâtre, dit doucement Bertille. Tu es injuste. C'est un jeune homme brillant, passionné et séduisant. Parfois, j'ai l'impression que tu es jaloux de lui. Cela me rend malade. Dis, tu n'es pas tombé amoureux de Faustine ?

L'avocat éclata de rire, non sans une pointe d'ironie.

— Moi, amoureux de ma belle-fille ! Alors que je suis marié à la plus jolie femme du monde. Allons, tu déraisonnes, ma princesse. Le fait est que Faustine a promis sa foi à mon fils Denis, qu'ils étaient mariés. Je tiens à respecter les convenances, au moins pour ménager ma respectabilité.

Rassurée, Bertille plaqua son corps frêle contre celui de Bertrand. Elle lui offrit ses lèvres, le regard voilé par une langueur familière.

— Si nous montions nous coucher, mon cher amour ! lui dit-elle tendrement. Mireille veillera sur le bébé. Demain, nous avons une rude journée. Nous devons trouver une nourrice, préparer le voyage au Cap-Ferret, raconter tout ceci à Claire et à Faustine.

Emoustillé par les baisers de sa femme, l'avocat secoua la tête.

— Je voudrais d'abord me renseigner. Je viens de penser que Matthieu loge souvent chez son ami Patrice, qui était son témoin. Il a sûrement le téléphone, sa famille est riche. Si Faustine est avec eux, j'irai la chercher.

— Je te l'interdis ! coupa Bertille, vraiment furieuse cette fois-ci. Ce sont des méthodes dignes d'un policier véreux. Si tu fais une chose pareille, Bertrand, je t'en voudrai tellement que tu ne me toucheras plus pendant longtemps !

En sortant du salon, elle faillit claquer la porte, mais se maîtrisa de peur de réveiller le bébé. Bertrand leva les bras au ciel, dépité. Il se servit un second cognac. Deux minutes plus tard, il rejoignait Bertille dans leur chambre. Il dut égrener des excuses jusqu'à minuit avant d'être pardonné.

Angoulême, rue de Bélat, aube du lendemain

Matthieu se réveilla avec la perception aiguë du corps de Faustine lové contre le sien. Une des jambes de la jeune femme reposait sur les siennes, alors qu'un sein s'appuyait à ses côtes. Elle dormait encore, abandonnée, rose et dorée. Le bruit d'un attelage longeant la rue pavée ne la tira pas de ce paisible sommeil, ni le moteur d'un camion se dirigeant vers les Halles.

— Ma petite Faustine adorée ! dit-il tout bas.

Sa main frôla la joue la plus proche de lui et s'attarda dans la chevelure qui nappait l'oreiller. Répondant à l'appel impérieux de son sexe durci, il aventura les doigts en bas de son ventre doux, entre les cuisses.

« Je voudrais que nous passions des milliers de nuits semblables, pensa-t-il, tous deux nus, entrelacés, confiants. »

Faustine poussa un gémissement de plaisir, car il explorait son intimité chaude de façon insistante. Elle battit des paupières avant de le dévisager.

— Le soleil s'est levé, ma femme chérie, et autre chose aussi qui m'appartient.

— Oh ! Coquin ! Quelle heure est-il ?

— Très tôt, nous n'avons pas à nous inquiéter de ça, affirma le jeune homme en se couchant sur elle. Je ne peux pas résister. Dormir près de toi, c'est unique, merveilleux.

Il la pénétra sans attendre davantage ; elle s'ouvrit et se donna avec un air émerveillé. En quelques secondes, un plaisir fulgurant la tira de sa torpeur consentante. L'ardeur de Matthieu la vrillait, la faisant hurler de bonheur. Elle s'accrocha à lui, le suppliant de ne pas se retirer.

— Encore, encore… bredouilla-t-elle.

Il succomba à l'instant où un spasme la secouait, suivi d'une exquise détente proche de l'éblouissement. Ils se reposèrent ensuite, étroitement liés.

— Je vais te faire du café, annonça-t-il enfin. Petit-déjeuner au lit avec des brioches et de la confiture !

Elle souriait, étendue sur les draps, les bras croisés derrière la tête. Matthieu crut qu'il ne pourrait jamais descendre à la cuisine.

— Couvre-toi, tu es trop tentante ! s'écria-t-il. Allez, cache ta beauté, sinon pas de café avant une heure ou deux.

Faustine lui jeta un des oreillers. Il la couvrit d'une courte-pointe en satin jaune et se rua dans le couloir.

Ils savourèrent café et brioches assis sagement dans le lit. Par les persiennes closes, des rayons de soleil venaient égayer la chambre un peu austère.

— Que faisons-nous aujourd'hui ? demanda Matthieu. Cela te dirait, une balade le long de la Charente ? Je connais un chemin qui suit la berge du fleuve. Nous pourrons pique-niquer.

La jeune femme baissa le nez dans son bol.

— Je suis désolée, mais il faut que tu me reconduises à l'école. Je refusais d'en parler hier soir. Matthieu, ne sois pas fâché, je n'ai pas osé raconter de mensonges à mademoiselle Irène, je lui ai dit que je passais la soirée au Moulin, comme tous les mercredis. En fait, je me suis enfuie avec toi, laissant tous les problèmes qui se posaient derrière nous. Bertrand a pu téléphoner, maman aussi, et personne ne sait où je suis. Tu comprends, Léon m'a encouragée à profiter de ma jeunesse, à t'accorder du temps. Seulement, si par malheur Bertille ou Bertrand m'ont cherchée, je suis perdue !

Matthieu retint un soupir. Il ne l'accablerait pour rien au monde.

— Je suis responsable, déclara-t-il. Je t'ai suppliée de me suivre et tu as forcé ta nature honnête pour ne pas me décevoir. Faustine, ça ne peut plus durer. Nous devons en discuter avec Bertrand. Soit, tu es encore en deuil, mais il n'a pas à te surveiller. Tu es libre.

Faustine se leva.

— Ne brusque pas les choses, Matthieu. Grâce à mon beau-père, j'ai un salaire, j'exerce le métier que j'ai choisi dans les meilleures conditions et mes élèves m'apportent de grandes joies.

— Je le sais, ma chérie, mais j'étais si content de te garder jusqu'à ce soir. D'autant plus que je pars demain en Corrèze.

— Demain ? répéta-t-elle. Je croyais que c'était le mois prochain.

— J'ai reçu un télégramme du maître d'œuvre lundi. Les travaux commencent plus tôt que prévu. Du coup, j'ai eu l'idée de cette soirée ensemble, d'une nuit entière ici.

Matthieu paraissait désespéré. Faustine revint vers le lit, ôta le plateau et se recoucha.

— Combien de semaines resteras-tu là-bas ? demanda-t-elle en frottant sa joue contre son épaule.

— Trois mois. Une éternité, oui ! Me séparer de toi me coûte, si tu savais.

Elle pleurait. Il la serra dans ses bras et l'embrassa tendrement.

— Dès mon retour, nous nous fiancerons.

— Pas la peine, on est mariés, hoqueta-t-elle. Dis, Matthieu, tu partiras toujours des mois, plus tard, quand on habitera tous les deux et que nous aurons des enfants ?

Il ne répondit pas tout de suite. Son regard sombre errait au plafond, comme s'il déchiffrait un message invisible inscrit sur le plâtre blanc.

— Non, ma petite chérie ! Je suis prêt à changer de métier. J'avais un projet que je pensais impossible, à cause de Lancester. Mais tu m'as dit hier soir qu'il renonçait à louer le Moulin. Si Claire est d'accord, j'aimerais reprendre le flambeau familial, devenir papetier.

La nouvelle stupéfia Faustine. Elle entrevit un avenir idéal. Matthieu travaillerait dans la vallée, il ne voyagerait plus.

— Tu n'y connais rien ! s'étonna-t-elle. Ce n'est pas si simple, de fabriquer du papier.

Il la fixa avec un sourire rêveur :

— Faustine, combien de fois ai-je aidé mon père, les soirs d'encollage, ou pour laver les formes. Enfin, j'ai grandi au Moulin. J'ai l'impression de savoir l'essentiel. Et puis Claire m'aidera. Jadis, notre famille vivait à l'aise, grâce aux ventes. Je me sens prêt à trouver de nouveaux clients, à relancer le commerce des cartons fins destinés aux emballages de jouets ou de produits de beauté.

Torse nu, les cheveux en bataille, le jeune homme s'enflammait. Il n'eut aucun mal à persuader Faustine de ses capacités.

— Ce serait merveilleux, avoua-t-elle. Oh, tu es sûr que cela arrivera ?

— Cela dépend de Claire, répliqua-t-il. Je saurai la convaincre. J'ai économisé, ces derniers mois. En Corrèze, je serai bien payé. Tout cet argent, je l'investirai dans le Moulin.

Radieuse, Faustine le couvrit de baisers. Il rejeta les draps et posa sa tête entre ses seins. Au même instant, un tintement métallique retentit au rez-de-chaussée.

— Le téléphone ! dit-elle, soudain inquiète. On doit me chercher !

— Mais non, c'est peut-être Patrice. Ne bouge pas.

Elle le retint, complètement affolée.

— Je t'en prie, ne réponds pas. Ramène-moi vite à l'institution. Si c'est Claire ou Bertrand, tu ne peux pas leur dire la vérité. Je n'ai pas le droit de leur avouer que je suis là près de toi. Et si tu racontes le contraire, ils vont s'inquiéter, se demander où je suis !

La sonnerie cessa. Matthieu haussa les épaules. Ils descendirent, tristes et soucieux. En récupérant ses vêtements, Faustine contempla d'un air mélancolique le décor de leur folle soirée. Le feu était éteint, la table remplie d'assiettes sales et de miettes. La cire des bougies avait coulé sur certains meubles.

— Tu vas devoir tout ranger seul, soupira-t-elle. J'aurais voulu emporter les bouquets, mais il y en a trop.

— Bah, j'irai les revendre au marché, plaisanta-t-il sans joie.

— Je prends quelques lys. Je les mettrai dans ma chambre… Matthieu, c'était la plus belle nuit de ma vie. Et je me considère comme ton épouse. Regarde, j'ai ton anneau d'argent. Je ne l'enlèverai pas.

— Que diras-tu à Bertrand et à ton père quand ils le verront ?

La jeune femme fit la moue. Elle se promit de porter l'anneau au bout d'une chaînette, à même la peau, sous sa chemise de corps.

Une demi-heure plus tard, Matthieu déposait Faustine près du pont, au croisement des routes de Chamoulard, de Ponriant et du Moulin du Loup. Ils avaient échangé un dernier baiser passionné, d'une telle fougue amoureuse qu'ils en chériraient le souvenir pendant les mois de séparation.

— Je t'écrirai chaque soir ! s'écria-t-elle alors qu'il faisait demi-tour.

Il lui répondit par un sourire d'une infinie tendresse, les yeux brillants de larmes contenues.

Faustine ne regarda pas la Panhard grimper la côte vers le bourg. Elle courait presque pour vite rejoindre l'allée menant à l'institution Marianne. Il n'était pas encore neuf heures. Avec un peu de chance, personne ne se serait aperçu de son escapade. La campagne lui sembla plus gaie, une vraie symphonie de couleurs, de verdure et de chants d'oiseaux. Elle s'aperçut soudain qu'il faisait un grand soleil. Les semaines de pluie, de froidure et de brumes que Raymonde attribuait à l'année des treize lunes s'achevaient enfin.

« Matthieu s'en va, l'été arrive », se dit-elle avec amertume.

Pourtant, elle n'eut pas le loisir de déplorer longtemps son départ. Le comité d'accueil qui l'attendait dans le bureau de son école se chargea de lui rappeler ses devoirs.

Il y avait là Bertrand Giraud, Jean et Claire, mademoiselle Irène et Léon qui n'en menait pas large.

— Mon Dieu, Faustine, où étais-tu ? interrogea sa mère.

— Je voudrais savoir qui ment ici ? coupa l'avocat. Et pour quelle raison ?

La jeune femme se sentit prise au piège.

« Pourvu que je sois présentable ! espérait-elle en secret. Je suis bien coiffée, mon manteau est boutonné jusqu'au cou, mon chapeau m'a l'air d'aplomb. »

Ses lèvres un peu meurtries par les baisers de Matthieu pouvaient la trahir. Son père lui adressa un coup d'œil apitoyé. Elle comprit qu'il prendrait sa défense. Bertrand Giraud revint à l'attaque :

— Qui juge bon de mentir, de nous conter des sornettes ? Mademoiselle Irène, dont j'apprécie le sérieux et le dévouement, nous assure qu'elle n'est pas au courant de cette histoire... à savoir des membres de la famille d'une élève qui voudraient la reprendre, et qui vous ont invitée ! Bref, ce que vous m'avez dit hier soir au téléphone. Mais Léon, qui n'est pas préposé à la gestion de l'école, prétend que c'est la vérité, que vous lui en aviez parlé. La cuisinière jure que vous étiez au Moulin.

— Quand même, Faustine, s'écria Claire, imagine comme

j'étais inquiète. Disparaître une nuit entière sans donner d'adresse ! Je n'ai pas pu dormir. Léon s'empêtrait dans des explications douteuses et là, Bertrand nous téléphone. Ici, à l'institution, on lui a affirmé que tu passais la soirée avec nous.

La jeune institutrice réfléchissait à la meilleure façon de se tirer de ce mauvais pas. Elle posa le sac en cuir qui contenait son nécessaire de toilette.

— C'est étrange, à mon âge, de ne pas pouvoir prendre d'initiatives sans être soupçonnée de je ne sais quel crime ! répondit-elle froidement. J'avais un problème à régler, j'en assume les conséquences. J'ajouterai que je devais me montrer discrète. Les gens que j'ai rencontrés tiennent un hôtel dans le faubourg Saint-Cybard et ils ont mis une chambre à ma disposition. Le reste, le nom de la pensionnaire et de sa famille, je n'ai pas à les communiquer. Tout est arrangé. Il y a eu quiproquo, j'en suis navrée. Comme je n'avais pas ébruité l'affaire, Irène et notre cuisinière ont cru que j'étais au Moulin, comme d'habitude. Je rédigerai un rapport à votre intention, Bertrand. Ces gens abandonnent leur projet. Tout est en ordre.

L'avocat fronça les sourcils. Le ton hautain de Faustine lui déplaisait. Il marmonna :

— Et vous êtes revenue en taxi, évidemment ? Je n'ai pas entendu de voiture dans l'allée.

— Irène, j'aimerais que vous alliez surveiller l'étude du matin ! dit la jeune femme avec douceur.

L'intéressée sortit en saluant les visiteurs. Bertrand avait des raisons d'être exaspéré. Il en devint désagréable :

— C'est à moi de congédier un employé de cet établissement, pas à vous, Faustine. Je tenais à écouter le témoignage de cette personne, *a priori* moins écervelée que vous. Diriger une école et enseigner exigent du sérieux. Méfiez-vous, mon enfant, je ne me laisserai pas toujours duper.

Jean perçut la nervosité de sa fille. Il craignait de la voir perdre la face.

— Mon cher ami, dit-il à l'avocat, ne reprochez pas à Faustine son manque de sérieux. Le mercredi soir, elle est de congé, deux jeudis par mois, aussi. C'est le cas aujourd'hui. Vous pouvez constater qu'elle ne flâne pas dans les prés, ni en ville. Elle me semblait prête à travailler.

— Effectivement, renchérit Faustine. Je suis rentrée le plus tôt possible, car vous m'aviez annoncé la visite de vos amis bordelais, Bertrand, et je souhaitais inspecter l'institution de fond en comble.

Léon en profita pour s'éclipser après un bref au revoir. Claire avait confié les enfants à la vieille Jeanne : il n'était pas tranquille.

— Eh bien, s'exclama l'avocat, tout le monde se défile ! Passons sur ce déplorable incident, ce quiproquo, comme vous dites, Faustine. J'avais de bonnes raisons de vous chercher.

Claire se leva et vint prendre sa fille par l'épaule.

— Sois forte, ma chérie, l'avertit-elle. Bertrand est hors de lui, mais ce n'est pas ta faute.

— Que s'est-il passé ? s'inquiéta la jeune femme. Bertille ? Clara ?

— Elles se portent à merveille, trancha Bertrand. Malgré la présence d'un encombrant petit bonhomme à Ponriant.

— Vous parlez d'Arthur ? interrogea Faustine.

— Non, d'un bébé de trois mois environ, sans nom ni père ! révéla Claire. Le fils de Denis et de la bonne que vous aviez au Cap-Ferret.

Cette fois, Faustine s'assit sur un des tabourets. Elle était d'une pâleur extrême.

— La bonne ? balbutia-t-elle. Mais c'était une très jeune fille, si gentille et craintive. Ne me dites pas que Denis a osé s'en prendre à elle pendant notre voyage de noces. Quel...

Elle dut se mordre les lèvres pour ne pas insulter son défunt mari devant Bertrand. Soudain, elle se mit à sangloter. L'émotion la suffoquait. Matthieu serait absent des mois, mais elle devrait porter le deuil de celui qui l'avait bafouée quasiment au lendemain des noces.

Jean s'approcha et lui tapota le dos.

— Pleure un bon coup, va !

Dépité par le chagrin de sa belle-fille, l'avocat éprouva une vive honte.

— Je ne suis qu'un imbécile, Faustine, soupira-t-il. Vous êtes une victime et je vous torture en jouant les gendarmes. Je vous laisse avec vos parents. Un dîner nous réunit ce soir, au domaine. Votre présence me paraît indispensable. A plus tard.

Jean l'accompagna dehors. Claire étreignit sa fille et essuya ses joues trempées de larmes.

— Quelle pitié, n'est-ce pas ? déclara-t-elle. Mireille a trouvé le bébé hier soir à huit heures, sur le perron de l'escalier d'honneur. Bertille te montrera la lettre qu'ont écrite les grands-parents, enfin les parents de la petite bonne.

— Oui, quelle pitié ! répéta Faustine. Quel gâchis, surtout !

Claire devina qu'elle songeait à Matthieu. Elle lui caressa le front.

— Sois patiente, bientôt vous pourrez vous aimer librement.

La cloche de dix heures sonna. La vie continuait. Jean et Claire rentrèrent au Moulin, pendant que Faustine s'enfermait dans sa chambre et entreprenait de corriger les cahiers d'exercices de ses élèves.

A midi, Angela frappa à sa porte. L'adolescente lui apportait un plateau.

— Simone y tenait, c'est ton déjeuner. Comme tu ne descendais pas au réfectoire, elle s'inquiétait.

— Merci, ma chérie, je n'ai pas faim, soupira la jeune femme. Tu diras à cette brave Simone que je peux sauter un repas, parfois.

— Qu'est-ce qui te rend triste ? demanda Angela. Je suis ta sœur adoptive, maintenant, tu peux te confier à moi.

— Je n'ai pas attendu que tu sois ma sœur pour ça ! protesta Faustine avec un sourire attendri. Ne t'en fais pas, j'irai mieux demain.

Elle jugeait difficile d'expliquer à l'adolescente qu'elle éprouvait des remords d'avoir menti à ses parents et à Bertrand, sans pouvoir toutefois regretter la soirée et la nuit passées près de Matthieu.

Angela avait entendu des bribes de discussion entre la surveillante et la cuisinière. Il était question de Faustine, qui aurait découché pour de mystérieuses raisons alors qu'elle devait se trouver au Moulin. Et enfin, d'un bébé « tombé du ciel » !

— Tu étais en congé. Tu pouvais faire ce que tu voulais ! ajouta-t-elle en caressant les cheveux de la jeune femme.

— C'est vrai, Angela, mais monsieur Giraud, notre bienfaiteur, n'a pas apprécié. Ce sont de petits soucis. Il y en a de plus graves.

Elle pensait à l'enfant de Denis et à la jeune mère qui était sûrement très malheureuse. Angela l'embrassa sur la joue et sortit en esquissant un pas de danse. L'adolescente se sentait toute joyeuse malgré l'humeur morose de sa sœur adoptive. César lui avait envoyé une carte postale avec son meilleur souvenir. L'écriture était malhabile, le texte, succinct, mais seule l'intention comptait. Elle racontait aux autres filles qu'il serait son amoureux, plus tard, et que sans doute ils se marieraient.

Le soir même, Faustine se retrouva dans le grand salon de Ponriant, en compagnie de ses parents. Le dîner n'était qu'un prétexte pour tenir conseil, comme le déclara Bertille en les accueillant avec un sourire las. Assise sur le sofa couvert d'une soierie orientale, elle berçait le bébé dans ses bras. Bertrand faisait les cent pas.

— Voici l'enfant, leur dit-il.

— Il n'a pas de prénom ? s'étonna Claire.

— Pas à notre connaissance, soupira Bertille. Franchement, avouez qu'il ressemble à Denis ! Bertrand voudrait une preuve formelle qu'il s'agit bien de son petit-fils, mais, hormis la parole de la mère, il me paraît difficile d'en obtenir une !

Jean bougonna après avoir observé le bébé :

— Pourquoi douter de cette malheureuse fille ? Elle sait mieux que personne, elle, qui l'a mise enceinte : un jeune type sans scrupules.

— Ah ! pas de ça ! maugréa l'avocat. Ne parlez pas de mon fils sur ce ton.

Faustine restait à l'écart. Elle éprouvait à l'égard du nourrisson une sorte d'aversion instinctive. C'était comme si son jeune mari reprenait consistance sous une forme différente, afin de lui gâcher la vie à nouveau, ce en quoi elle ne se trompait guère.

Bertrand annonça soudain, d'une voix dure :

— Lundi, Bertille et moi, nous ferons le voyage jusqu'au Cap-Ferret. Je tiens à ce que vous nous accompagniez, Faustine. Vous pourrez confondre la mère, cette Monique. Hier soir, sous le coup de la surprise, je me suis laissé attendrir par une possible parenté et j'ai envisagé d'élever ce petit. Mais le bon sens m'est revenu. Personne ne me fera avaler que mon propre fils, pendant sa lune de miel, s'est amusé à courir le jupon, sous votre nez. Et si vraiment il l'a fait, je présume que c'est encore à cause de vos refus, de votre froideur à son égard. J'en sais la raison maintenant, vous ne l'aimiez pas. Vous aimiez ailleurs, pas très loin d'après ce que j'ai compris. Matthieu !

La jeune femme tressaillit, tant la hargne de son beau-père la choquait. Elle devint toute rouge, puis livide.

— Vous n'avez pas le droit de dire ça ! s'écria-t-elle. Je n'ai pas trompé Denis et je croyais l'aimer.

— En effet, tu exagères ! renchérit Bertille. Je t'en prie, calme-toi, Bertrand.

— J'ai tous les droits en ce qui concerne ma belle-fille, mon fils étant mort à la fleur de l'âge. J'ai la pénible impression d'avoir été le dindon de la farce. Tous ces jeunes gens voulaient se marier, cela nous a coûté une fortune, et pour quel résultat ? Denis est au cimetière, alors que Corentine affiche sa liaison avec notre ancien médecin. Quant aux deux autres, je les soupçonne de brûler les étapes et de se foutre de nous. Eh oui, je suis grossier à mes heures, cela soulage !

Claire voulut intervenir. Elle ne comprenait pas. Bertille lui avait téléphoné en début d'après-midi en lui assurant que Bertrand regrettait sincèrement sa sévérité vis-à-vis de Faustine. L'avocat venait de prouver le contraire.

— Inutile d'humilier ma fille ou de la traiter en coupable, commença-t-elle. Vous ne pourrez pas lui demander pardon éternellement, dès que vous retrouvez vos esprits.

— Ne vous en mêlez pas, Claire ! intima Bertrand.

Jean se contenait. Il considérait l'avocat comme un excellent ami, mais la moutarde lui montait au nez. Il n'était pas venu pour entendre insulter son épouse et sa fille.

— Dans ce cas, pourquoi nous avoir invités, Claire et moi, dit-il, si ma femme n'a pas à donner son opinion ? Et moi non plus, je suppose.

— Vous avez réveillé le bébé ! tempêta Bertille. D'ici deux secondes, il va crier plus fort que vous tous.

Faustine aurait voulu s'enfuir. Elle fit face à Bertrand et déclara bien haut :

— Sachez une chose. Pendant notre lune de miel, comme vous dites, Denis a usé et abusé de moi à sa guise, plusieurs fois par jour et par nuit. Je partais en promenade pour me reposer un peu après ses assauts. Mon mari a dû en profiter pour descendre à l'office et s'en prendre à Monique, une jeune fille sérieuse, polie et timide. Si j'avais eu le moindre doute, je lui aurais évité le triste sort qui est le sien : son honneur perdu, son enfant confié à des étrangers. J'en ai assez de vos leçons de morale et de votre surveillance constante. Tant pis si vous me congédiez ! Je préfère quitter l'institution que d'être traitée ainsi.

— Bien envoyé ! répliqua Jean avec irritation.

Sur ces mots, il passa dans le petit salon et alluma une cigarette.

Claire avait envie de pleurer. Jamais elle n'aurait imaginé Bertrand capable d'une telle méchanceté. Bertille se leva et lui confia le bébé qui poussait des hurlements de faim.

— Mireille a pu trouver un biberon à l'épicerie, ce matin, expliqua-t-elle à sa cousine. Mais le lait de vache, même coupé d'eau, ne doit pas convenir à ce pauvre petit. Il faudrait une nourrice, mais, hélas, elles se font rares.

— Je t'ai apporté une bouteille de lait de chèvre que j'ai fait bouillir. Janine s'en trouve bien. Ils ont presque le même âge. Je te conseille de lui donner une tétine entre les repas.

Les deux femmes se mirent à causer layette, langes et chaussons. Bertrand, quant à lui, perdait contenance sous le regard furieux de Faustine.

— Vous venez de tenir des propos bien crus pour une jeune enseignante. Mais je les mets sur le compte de la colère. Je n'ai pas songé un instant à vous congédier, ma chère enfant, protesta-t-il. Je vous demande juste de garder le deuil encore un an et de ne pas trahir la confiance que j'ai en vous. Il me paraît normal, de plus, que vous discutiez avec la mère du bébé et sa famille. Si elle vous jure que le petit est bien de Denis, je m'arrangerai pour dédommager ces gens. Ce n'est pas ce qu'ils désirent, mais ils ne vont pas faire la loi. Je n'ai aucunement l'intention d'élever ce gosse.

La jeune femme lança un regard affolé à Bertille ; celle-ci ne se souciait que du nourrisson.

— Je suis désolée, Bertrand, lança-t-elle. Je ne viendrai pas avec vous au Cap-Ferret. Je ne veux pas revoir Monique et j'ai un programme chargé. De plus, à mon avis, si vous ne gardez pas votre petit-fils, il finira orphelin, pupille de la Nation, alors que vous êtes son grand-père. Après les obsèques de Denis, vous vous lamentiez à l'idée de ne pas avoir d'héritier mâle pour

Ponriant. Eh bien, il est là, sous votre toit ! Ne soyez pas borné. Vous êtes aigri par le chagrin, c'est naturel, mais n'en faites pas porter la faute à ceux qui vous entourent et vous aiment.

Faustine alla s'asseoir à table. Le couvert était mis. Elle avait hâte, de dîner et de rentrer à l'institution. A quatre heures de l'après-midi, Matthieu lui avait téléphoné. Il déposerait une lettre dans la grange pendant qu'elle serait à Ponriant.

« Je me coucherai et je la lirai lorsque je serai tranquille, enfermée dans ma chambre. »

Le jeune homme, à qui elle avait raconté brièvement l'histoire du bébé, était plus que jamais décidé à précipiter leur mariage. Il parlait du mois d'octobre, à son retour de Corrèze.

« Pourtant, nous sommes déjà mari et femme », songeait-elle sous l'œil perplexe de l'avocat, lui aussi attablé. Mireille servit le potage avant de donner le biberon au petit être agité et bruyant qui n'avait toujours pas de nom. Ce fut Jean qui sonna le début du repas en dégustant le velouté d'oseille.

— Même si vous le rendez à ses grands-parents maternels, dit-il non sans ironie, appelez-le Félix, comme le fameux chansonnier Mayol. Je suis allé à un de ses spectacles à Paris où il a créé une salle de concert. Ce petit a de la voix ; qui sait, il finira peut-être chanteur.

— Oh ! Jean, s'offusqua Bertille. Félix, c'est aussi le prénom du président Faure, qui a succombé à une hémorragie à l'Elysée à la fin du siècle dernier. Non, cela ne me plaît pas !

— Félicien, proposa Claire. C'est doux et joli. Ça vient du latin, de félicité plus exactement.

Bertrand faillit s'étrangler avec sa gorgée de vin tant il mit de précipitation à répondre :

— Cet enfant ne sera pas chanteur ! Si je l'éduque, il deviendra notaire ou médecin. Mais Félicien me convient. Va pour Félicien !

— Sa mère a dû le baptiser, hasarda Faustine. Ceci dit, pourquoi n'a-t-elle pas écrit son prénom dans la lettre ?

— Nous en saurons plus lundi, au Cap-Ferret, dit Bertille.

Les tensions s'apaisaient, le vin et le rôti de bœuf aidant. Mais il ne devait pas y avoir d'expédition au bord de l'Atlantique. Bertrand repoussa la date sans cesse et le contact entre les deux parties fut établi par courrier. Le bébé s'appellerait Félicien Denis Giraud, la petite bonne ayant donné à son enfant le prénom du père, selon une vieille tradition familiale. Ce détail acheva de rassurer l'avocat.

Faustine rentra à onze heures du soir à l'institution. La façade lui présenta ses volets clos. Un peu de lumière filtrait par la lucarne du couloir, Simone laissant toujours une veilleuse dans le vestibule.

La jeune femme se glissa dans la grange. Sa jument la salua d'un bref hennissement.

— Oui, ma Junon, c'est moi. Je te dérange ?

Elle grimpa l'échelle à la faible clarté de la lune. D'une main elle fouilla la paille éparse. Matthieu avait dû poser l'enveloppe le plus près possible du dernier barreau. Elle eut un violent sursaut lorsqu'elle sentit un corps et qu'une autre main saisit son poignet.

— Chut ! C'est moi, souffla le jeune homme.

— Matthieu ! Tu m'as fait peur… C'est égal, tu es venu, tu es là ! Oh ! J'avais tellement besoin de toi.

Matthieu l'aida à se hisser sur le fenil. Faustine se jeta contre lui et l'étreignit.

— Je ne pouvais pas partir sans te revoir, avoua-t-il. Ces mois loin de toi me font peur. Ma chérie, mon amour !

Il l'attira à quelques mètres du bord de la trappe et l'allongea sur lui. Elle l'embrassa follement, le cœur battant la chamade.

— Je voudrais partir avec toi, confessa-t-elle. Dormir près de toi chaque nuit. Si tu savais, Bertrand devient odieux. Je ne peux plus le supporter.

Faustine lui raconta le déroulement du dîner en n'omettant rien des discussions. Matthieu jura à deux reprises, tout en la caressant. Il avait retroussé sa longue jupe et fait glisser la culotte en dentelles. Ses doigts effleuraient la chair si douce des cuisses, s'attardant sur le sexe humide qu'il rêvait de reconquérir à l'instant même. Elle se laissa pénétrer, au bord des larmes, riant aussi. Ils échangèrent des mots d'amour tout simples, ponctués de baisers fous.

A une heure du matin, Matthieu l'aida à remettre de l'ordre dans ses vêtements.

— Tu as les cheveux pleins de brins de foin, lui fit-il remarquer.

— Personne ne me verra, il est trop tard. Alors, c'est fini, tu t'en vas ?

— Oui, je vais rouler de nuit. Ma valise est dans le coffre.

— Et si tu t'endors au volant ? s'inquiéta la jeune femme. Ce n'est pas prudent.

— Au moindre signe de fatigue, je me gare et je dors un peu. Je t'enverrai un télégramme dès que je serai arrivé à Tulle.

Faustine l'embrassa encore.

— Je préfère que tu t'en ailles en premier, dit-elle. Où est ta voiture ?

— Je l'ai laissée sur le chemin de Chamoulard et je suis venu à travers les prés. Sois forte, Faustine. Nous n'avons rien à nous reprocher. Je reviendrai vite et nous serons heureux.

— Ne parle pas comme ça, j'ai l'impression que c'est un adieu.

— Il n'y aura jamais d'adieu entre nous, affirma-t-il.

Matthieu descendit l'échelle. Faustine resta allongée dans la paille et, malade de joie et d'angoisse, pleura plus d'une heure.

« Au fond de moi, je l'espérais si fort. C'est l'homme le plus merveilleux que je connaisse. Quatre mois sans lui, ce sera affreux, intolérable », songeait-elle.

Elle sentit sur sa peau, à la naissance de sa poitrine, le contact de l'anneau d'argent qu'il lui avait offert la veille. Elle le serra entre ses doigts, puis le couvrit de baisers.

— Je t'attendrai, Matthieu ! Reviens vite, très vite ! supplia-t-elle.

3

Le château sur la colline

Moulin du Loup, 10 août 1920

Claire poussa un long soupir. Elle n'avait plus aucun courage. Les piles du Moulin s'étaient tues et les portes en restaient fermées sur les salles plongées dans la pénombre. Les ouvriers engagés par Lancester avaient plié bagage. La maison où logeait le papetier anglais présentait un air d'abandon. Orties et ronces poussaient le long des murs.

Il pleuvait. L'été semblait déjà à l'agonie.

« L'année des treize lunes, pensa-t-elle. Raymonde avait raison, nous n'aurons pas eu de beau temps qui dure plus d'une semaine. »

Jeanne gratta le foyer de la cuisinière à l'aide du pique-feu. Même si elle se montrait dure au travail, sa présence quotidienne et ses manies exaspéraient Jean et Claire. Elle voyait le mal partout et lisait des présages dans le moindre événement, fût-il tout à fait anodin. La pauvre femme ne pleurait plus sa fille, reportant tout son amour maternel sur Janine, qui était un beau bébé de six mois.

— Madame, pour le dîner, je fais du chou farci. Ça vous convient ? Raymonde me serinait que vous l'aimiez, le chou farci.

— Oui, Jeanne, cela nous ira. Et les choux ne manquent pas au jardin. Hélas, l'humidité a gâté mes tomates. C'est dommage.

— Faudrait acheter du sucre et de la farine, aussi, pour la

bouillie de la petite. Je veux bien monter au bourg, seulement, madame Rigordin va me réclamer les sous de votre ardoise.

— Dites-lui que je la paierai la semaine prochaine sans faute, répondit Claire, agacée. De quoi a-t-elle peur ? Depuis vingt ans que je me sers dans son épicerie, j'ai toujours payé ma note.

— Bien, madame.

Le silence s'installa à nouveau, troublé par le chant régulier du mécanisme de la grande horloge. Claire reprit son ouvrage. Elle tricotait un gilet en laine pour Arthur. Ses pensées déferlaient en vagues successives, au rythme du cliquetis de ses aiguilles, parfois sans liaison directe les unes avec les autres.

« Comme la maison est vide, quand Jean et Léon passent la journée au verger ! Pourtant, il faut bien qu'ils s'en occupent, si nous voulons avoir une bonne récolte de pommes. La vigne ne donnera rien de bon, le raisin n'a pas eu assez de soleil. Tout va mal depuis la mort de Raymonde. Et même avant, ce n'était guère brillant.

La voix de Jeanne la tira de ses réflexions.

— Madame, je pourrais faire sauter des patates, avec le chou.

— Non, gardez-les pour demain midi.

— Ce que j'en disais, moi ! maugréa la femme.

Claire n'avait même pas levé le nez de son tricot. Elle replongea dans ses méditations amères.

« Faustine ne me rend pas souvent visite. Aussi, son institution ne fonctionne pas comme une vraie école. Les orphelines restent là pendant la période des vacances. Et Angela ne rentre que le soir. Heureusement que je l'ai, cette enfant-là, mon enfant par le cœur. »

Loupiote, couchée à ses pieds, changea de position, ce qui la fit gémir de douleur. La vieille louve souffrait de rhumatismes. Claire craignait de la voir mourir avant l'hiver. L'animal n'aurait pas la longévité exceptionnelle de son père, Sauvageon. Quant à son fils, Moïse, un jeune mâle d'un an, il avait disparu depuis la veille. C'était l'époque où les chiennes de la vallée étaient en chasse et il avait réussi à s'échapper de l'écurie où Léon l'avait enfermé.

« Bientôt, dans ce pays, il n'y aura plus un chien qui n'ait pas du sang de loup », se dit Claire.

Soudain, elle ferma les yeux. Une profonde tristesse la terrassait.

« Nous n'avons plus un sou, pensait-elle. Jean compte sur les ventes de son livre, mais il n'est toujours pas imprimé. L'électricité et le téléphone coûtent cher. Bertille tient à me prêter de l'argent, mais je n'en veux pas. Après les remarques que Bertrand a faites à notre fille au mois de mai, pas question de leur être redevable de quoi que ce soit. Monsieur l'avocat a joué les patrons vis-à-vis de Faustine, il l'a humiliée. Je ne le lui pardonnerai jamais. Maintenant qu'il est maire de Puymoyen, c'est de pire en pire. Il devient suffisant, et d'une prétention ! »

Jeanne se planta devant elle.

— Dites, madame, j'ai bien envie de monter au bourg tout de suite, ça ferait une sortie à notre pitchoune. Je peux prendre la voiture d'enfant ?

— Il pleut, Jeanne. Vous voulez qu'elle attrape froid ?

— C'est de la pluie d'été, madame, ça les endurcit, les gamins. Vous serez tranquille une heure ou deux, si je l'emmène, vu que Thérèse et Arthur sont au domaine. Je sais pas ce que ça vaut, de les laisser aller chez votre cousine tous les jours que le bon Dieu fait.

— Cela me regarde ! coupa Claire. Arthur s'amuse bien avec Clara, et Thérèse les surveille, ce qui soulage Bertille. Le petit Félicien n'a pas le caractère paisible de Janine. Enfin, promenez-la, mais couvrez-la convenablement : un bonnet, un manteau, des chaussons fourrés et, par pitié, mettez la capote.

Jeanne fut vite prête. Claire se reprochait déjà sa mauvaise humeur, tout en sachant que la mère de Raymonde regrettait l'époque où elle habitait Puymoyen. Il y avait de l'animation, au village, des voisines avec qui causer.

— Mémé va te faire belle, chantonnait Jeanne. Eh, tu me feras pas honte, sur la grand-place, ma mignonne. Qu'est-ce qu'elle dirait, ta maman, ma Raymonde, si je m'occupais mal de toi ?

Elle s'adressait au bébé qui gazouillait de satisfaction. Claire assista au départ depuis le perron.

— Vous avez de la chance, la pluie s'est calmée ! cria-t-elle à Jeanne.

Au moment de retourner à l'intérieur, elle vit une grosse automobile noire qui suivait le chemin des Falaises. Peu de véhicules empruntaient cette voie s'ils ne s'arrêtaient pas au Moulin.

« Qui est-ce ? » s'interrogea Claire.

Elle pensa à William Lancester, mais se ravisa. Le papetier lui avait écrit pour signifier l'arrêt du bail et il n'annonçait pas sa visite. Elle avait brûlé la lettre, déçue par son ton neutre et indifférent.

La voiture tourna dans la cour et se gara. Victor Nadaud en descendit, très élégant dans un costume de serge brune. Le préhistorien courut jusqu'aux marches. Depuis qu'il avait épousé la sœur jumelle de Jean, il venait rarement seul au Moulin.

— Ma chère amie, quelle mine soucieuse ! Ce n'est que moi, pas un vilain huissier !

Ainsi l'écho de leur situation désastreuse était parvenu aux oreilles de Blanche et de Victor Nadaud. Cela la vexa.

— Entrez, Victor, dit-elle d'une voix tendue. Depuis la mort de Raymonde, j'ai de quoi m'inquiéter à chaque engin à moteur que je vois.

— Pardonnez-moi, je voulais plaisanter et je vous ai blessée ! répliqua-t-il.

Cet homme l'avait aimée. Elle fut incapable de le bouder. Soulagée d'échapper à ses méditations moroses, elle lui servit du café.

— Qu'est-ce qui vous amène ici, sans Blanche ? demanda-t-elle.

— Je reviens de Villebois. J'étais chez mon ami le docteur Henri Martin, qui se souvient très bien de vous, malgré les années écoulées. Les fouilles qu'il effectue sur le site de la Quina se révèlent fructueuses. Je l'assiste quand j'en ai le temps. Mais le but de ma visite est tout autre. Claire, une enfant malade a besoin de vous, de vos talents de guérisseuse.

Stupéfaite, elle se récria :

— Je ne suis pas une guérisseuse, ni une rebouteuse, Victor. Certes, je sais soigner des maux bénins grâce aux plantes. Cela ne va pas plus loin.

Nadaud sirota son café, avant d'ajouter :

— Je crois que c'est une question de vie ou de mort. Le docteur Henri Martin m'a introduit ce matin chez une de ses amies, qui demeure au château de Torsac. C'est une famille d'aristocrates ruinés. Edmée de Martignac est une grande dame, une veuve admirable. C'est sa fille de huit ans qui est au plus mal, une fièvre paratyphoïde. Je vous en prie, Claire, acceptez au moins de voir l'enfant. Les médecins baissent les bras et la mère désespère. Dans ces cas-là, on cherche d'autres solutions, on prie pour obtenir un miracle.

Claire fixait le préhistorien comme s'il avait perdu l'esprit.

— Pour ma part, je n'ai jamais fait de miracle. Mon pauvre ami, vous déraisonnez ! La fièvre paratyphoïde est une maladie redoutable. Je ne guérirai pas cette fillette avec mes tisanes. Dans quel état l'avez-vous trouvée ?

— A demi inconsciente, des nausées, résuma-t-il.

— Je plains sa mère, soupira-t-elle. Il faudrait l'emmener à l'hôpital.

— La petite en revient ; ils ne pouvaient pas la garder pour des raisons sanitaires. Je crois, moi, que les médecins l'ont jugée condamnée et s'en sont débarrassés.

Tout en déambulant dans la cuisine, et malgré ses protestations, Claire répertoriait déjà les plantes dont les vertus pourraient contrer la maladie.

« De la reine-des-prés, de l'écorce de saule, de l'armoise qui purifie le sang et le foie, excellente aussi pour les fièvres, se disait-elle. De la bourrache, de la grande camomille. »

Victor Nadaud l'observait, attentif à la moindre de ses expressions ; à la voir droite et fine, la chevelure toujours brune, les traits épurés par l'âge et non altérés, il ressentit une pointe de nostalgie. Claire l'avait fasciné, jadis. Il l'avait désirée jusqu'à passer des nuits blanches en rêvant de la posséder. Soudain, elle se tourna vers lui et le fixa de ses beaux yeux de velours noir.

— Demain, je demanderai à Jean de me conduire à Torsac, décréta-t-elle. Je peux essayer quelques-unes de mes préparations. Et puis, cela me fera du bien de sortir de cette maison.

— Demain, il sera peut-être trop tard, répliqua-t-il. Claire, je voudrais que nous y allions maintenant. Je vous raccompagnerai en fin d'après-midi. Il n'y a personne chez vous et nous en avons pour deux heures environ. C'est à quelques kilomètres.

Elle s'affola.

— Je ne vais pas vous suivre dans cette vieille robe de maison, en chaussons, et je ne suis pas coiffée. De plus, il me faudrait un peu de temps pour trier mes plantes.

— Je suis sûr que vous pouvez être prête très vite. Madame de Martignac se moque de vos toilettes ou de votre chignon.

Claire releva le défi. La perspective d'un trajet en voiture à travers la campagne lui apparaissait distrayante, surtout en compagnie de Victor qui était d'un naturel bavard.

— D'accord, accordez-moi vingt minutes et nous nous mettons en route, dit-elle en souriant enfin. Mais soyez gentil, attendez-moi dehors. Je serai plus à mon aise et cela m'évitera d'être distraite.

— Ah ! fit-il. Je n'ai pas le droit d'assister à la cérémonie des plantes, ce qui me prouve que vous êtes vraiment une sorcière. Mais attention ! Une bonne et belle sorcière !

Elle ne put s'empêcher de rire en silence. Les plaisanteries, les joutes verbales devenaient rares au Moulin depuis la mort de Denis et celle de Raymonde.

Claire descendit l'escalier du perron dans le délai annoncé. Victor venait de lancer le moteur de son automobile. En lui ouvrant la portière, il la félicita de son exactitude.

— J'étais certain que vous en étiez capable ! ajouta-t-il.

— J'ai failli oublier de laisser un mot à Jean. Mais c'est fait.

— Et qu'avez-vous caché, au pied du rosier ? La clef, je parie ! s'exclama-t-il.

Elle approuva en affichant tout à coup un air gêné. Mais ce n'était pas à cause de la clef ; Claire appréhendait soudain de rencontrer des inconnus et d'affronter la vision d'une enfant souffrante. Seule l'idée d'entrer dans un château la consolait.

Le préhistorien remonta au bourg avant de s'engager dans un large chemin gravillonné qui rejoignait la route menant au gros bourg de Torsac. Le vent chassait les nuages ; le soleil se montra et égaya d'une clarté vive les champs moissonnés, les bois de chênes et les prairies.

— La dernière fois que j'ai pris cette direction, dit-elle, c'était en calèche, avec vous, quand nous allions chez le docteur Henri Martin. Comme c'est loin ! Plus de quinze ans ! Je me souviens de Villebois, des maisons groupées sur une colline, du clocher de l'église, d'une tour à toit pointu et des remparts.

— Le château médiéval de Villebois, qui menace ruine, hélas ! soupira Victor. Le logis de Torsac est très ancien aussi, mais il a été remanié au siècle dernier, ce qui lui donne une allure romantique très particulière.

Après un virage en pente douce, Claire contempla les tours crénelées d'un bel édifice en pierre de taille du pays. Il était proche de l'église entourée de grands chênes et pourvue d'un clocher octogonal.

— Le trajet était trop court, avoua-t-elle. Je n'ai pas beaucoup voyagé : la Normandie, un aller-retour à Auch et notre balade à Villebois, qui date, n'est-ce pas ?

Elle avait mis une toque à voilette noire, une robe grise et une veste cintrée également noire. Victor ne put s'empêcher de l'admirer.

— Nous aurions peut-être été heureux, tous les deux, déclara-t-il d'un coup, en se garant le long du parapet surplombant une étroite rivière. Et pour ce qui est de voyager, je pouvais vous faire découvrir le Pérou, l'Egypte, la Grèce et bien d'autres endroits. Blanche garde de nos pérégrinations dans ces pays lointains des souvenirs inoubliables.

— Donc, ne regrettez rien, Victor. Je suis casanière, Jean me le dit assez souvent, je rêve de voir le monde, mais à peine sortie de ma vallée je me languis de mes falaises, de ma rivière, de mes loups.

Un troupeau de moutons mené par une fillette trottait sur la place du village.

— Avez-vous encore des chèvres ? interrogea soudain Victor.

Cette fois, Claire rit franchement :

— Mon Dieu, que vous êtes drôle ! Oui, j'ai encore des chèvres. Mon cheptel augmente, si cela vous intéresse. En février, une de mes biques a donné naissance à des jumeaux, deux femelles, par chance. Si je n'avais pas eu du lait de chèvre, Janine aurait souffert d'un sevrage brutal, ainsi que le petit Félicien.

Le préhistorien grimaça. Blanche et lui étaient dans la confidence.

— Quelle histoire ! s'écria-t-il. Bertrand qui trouve son petit-fils à sa porte. Je parie qu'il le gâte, maintenant.

— Il pouponne, en effet.

Claire se tut. Elle n'avait pas envie de parler de l'avocat. En outre, il était temps de descendre de la voiture.

— Je n'ai jamais rencontré de gens de la noblesse, s'inquiéta-t-elle. Ils vont me considérer comme une paysanne.

— Allons donc ! Vous, Claire ? Pas avec votre éducation et votre élégance naturelle. Je suis fier de vous présenter.

Victor vint lui ouvrir la portière. Il lui prit le bras et l'entraîna. Il se chargea aussi de son sac en cuir. Du pas de sa porte, une femme enceinte les observait avec méfiance.

— Nous devons contourner l'église pour marcher jusqu'au portail du château. Une église magnifique : les sculptures des chapiteaux sont splendides, mais, pendant la messe, qui en a conscience ? Ces gens des campagnes n'ont pas le recul ni l'instruction nécessaires pour apprécier les trésors de leur patrimoine ! soupira-t-il. Prenez l'exemple des halles couvertes de Villebois, vous vous en souvenez ?

— Mais oui !

— Eh bien, elles sont remarquables, ainsi que la charpente, renchérit Victor. Pensez qu'elles ont été construites il y a plus de deux cents ans. Je les ai dessinées, jeune homme, puis photographiées un jour de foire. Un vrai tableau : des poules dans les paniers, des légumes, des citrouilles géantes, des fleurs ! Figurez-vous qu'un vieux marchand de fromages m'a débité une raillerie en patois ! L'ami qui m'accompagnait a cru comprendre ce qu'il disait. Ce pauvre type pensait que je m'abritais du soleil, puisque je me cachais sous un tissu noir. Le trépied de l'appareil restait bien visible, mais mon marchand n'avait jamais vu ce genre d'objet.

— Je crois plutôt qu'il se moquait vraiment de vous, à cause de votre attitude, répliqua-t-elle. Les gens de la campagne ne sont pas plus idiots que d'autres. C'est ce grand portail, là ?

— En effet. Comme vous êtes charitable, Claire. Madame de Martignac n'était pas sûre que j'allais arriver à vous ramener. Elle va être infiniment soulagée.

Elle approuva en silence.

« Si j'avais pu imaginer que je me retrouverais à Torsac aujourd'hui, au bras de Victor ! songeait-elle. J'espère que Jean ne m'en voudra pas. Et si Faustine passait me voir à l'improviste, juste pour bavarder. Elle est bien triste, depuis que Matthieu est en Corrèze. »

Victor toussota.

— Ma chère amie, à quoi rêvez-vous ? déclara-t-il en tirant une chaînette qui pendait le long du mur.

La cloche sonna. Claire leva le nez pour observer le fronton sculpté du porche aux dimensions imposantes.

« Que je suis sotte d'être intimidée ! Après tout, ces bâtisses du temps jadis étaient destinées à abriter une foule de personnes. »

Les leçons d'histoire de son enfance lui revenaient en mémoire, ainsi que les romans de cape et d'épée qu'elle dévorait.

Une vieille femme vêtue de noir, hormis la coiffe jaunâtre, leur ouvrit. Sans un mot, elle fit demi-tour et trottina devant eux dans la vaste cour pavée qui s'étendait jusqu'à une belle façade percée de fenêtres à meneaux.

Deux massifs plantés de géraniums roses et de capucines orange éclairaient le lieu un peu austère. Des escaliers étroits en calcaire du pays montaient vers les courtines des remparts.

Victor la précéda à l'intérieur. L'entrée au dallage rouge et aux murs lambrissés parut à Claire aussi grande que la cuisine du Moulin. Dans un angle, un autre escalier, aux larges marches de marbre celui-ci, s'envolait en spirale vers les étages. Des appliques en bronze supportaient des bougies allumées dont les flammes tremblaient sous le souffle des courants d'air.

Madame de Martignac apparut. Très mince, digne malgré le chagrin qui l'oppressait, elle avait noué un splendide châle de cachemire sur une longue robe d'un vert sombre. Ses cheveux d'un blond grisonnant étaient relevés en chignon. Claire la pensait plus jeune. Comme la châtelaine s'appuyait à une canne en bois précieux, elle lui trouva une ressemblance avec sa cousine Bertille.

« Elle devait être très jolie, jeune fille. Ses yeux sont magnifiques, très doux, gris bleu », remarqua-t-elle en cédant à une sympathie instinctive.

— Monsieur, dit madame de Martignac d'une voix altérée par l'émotion, vous avez eu la bonté de ramener votre amie, dont vous m'avez dit tant de bien.

Victor fit les présentations avec sobriété.

— Madame Claire Dumont, madame Edmée de Martignac.

Claire nota qu'il effleurait de ses lèvres la main de leur hôtesse. Cette dernière les invita à la suivre dans le salon, une pièce aux dimensions impressionnantes.

— Nous sommes ruinés ! balbutia-t-elle en désignant d'une main squelettique le haut plafond peint de fresques. Le château est délabré. Je suis veuve et je ne vis que pour ma fille. Je l'ai installée dans le boudoir, il y fait meilleur. Si je la perdais ! Venez, madame.

Claire fut bouleversée par le timbre chevrotant de la malheureuse mère. Elle la suivit en jetant des coups d'œil discrets sur la cheminée gigantesque où un maigre feu fumait et sur les meubles superbes, eux aussi d'une facture ancienne. Le parquet crissait sous ses pieds.

« Comme tout est grand ici, démesuré, d'une beauté qui brise le cœur. On dirait que le temps s'est arrêté au portail, que cette femme ne sort jamais. Je déraisonne encore. Victor m'a raconté que la fillette était hospitalisée à Angoulême. »

Le préhistorien lui adressa un sourire encourageant en lui tendant son sac. Il la laissa aller dans le boudoir avec Edmée. A partir de cet instant, Claire oublia le château sombre et mystérieux. Dès qu'elle vit le petit visage ravagé par la fièvre de Marie de Martignac, une telle compassion l'envahit que le décor ne compta plus, ni les différences sociales.

— Elle a saigné du nez, il y a un quart d'heure à peine, soupira la mère. Et elle vomit.

L'enfant était couchée sur un divan. Son ossature se devinait sous la peau livide. Une mauvaise sueur poissait ses cheveux châtains. Elle geignait faiblement, paupières mi-closes.

Claire aperçut sur le sol une cuvette où gisaient des mouchoirs maculés de sang. Elle comprit soudain qu'elle ne rentrerait pas au Moulin ce soir-là. La fillette se mourait.

— Mon Dieu ! s'exclama-t-elle. Vous a-t-elle parlé ? Vous reconnaît-elle ?

— Non, la fièvre ne baisse pas, près de quarante degrés tout à l'heure, expliqua la mère. Si je la fais boire, elle se débat. Oh ! Chère madame, si vous pouviez améliorer son état, la sauver.

Edmée de Martignac saisit les mains de Claire et les serra avec l'énergie du désespoir.

— Je ferai tout ce qui est en mon pouvoir, madame. Déjà, je

vais la veiller ce soir et cette nuit. Sans vouloir ajouter à votre chagrin, je pense que votre fille est à un stade critique. Il ne faut pas la quitter un instant. Or, vous êtes à bout de résistance.

Claire s'en voulut un peu, car elle venait de s'exprimer comme un véritable médecin, ce qu'elle n'était pas du tout.

— Excusez-moi, madame, je n'ai aucun diplôme. Seul mon instinct me pousse à vous dire ceci.

Edmée retenait ses larmes. Elle lui confia, la gorge nouée :

— Plus de *madame* entre nous, Claire ! Depuis que vous êtes là, je me sens mieux, vous m'inspirez confiance. Victor m'a raconté que vous aviez le don de soigner, grâce aux plantes.

Claire hocha la tête. Elle s'était assise sur un tabouret au chevet de la fillette, afin d'établir son diagnostic personnel. Ses doigts se posèrent sur le front de l'enfant.

— Mada... pardon, Edmée, je vous en prie, ne soyez pas surprise par mes méthodes. Il faut ouvrir la fenêtre, éteindre le poêle ou couper le tirage. Marie est brûlante et je dois faire baisser la fièvre. Si vous pouviez dire à monsieur Nadaud qu'il peut rentrer chez lui. Ce serait bien aussi qu'il passe au Moulin pour prévenir mon mari.

Sans en avoir conscience, Claire avait pris un ton ferme, presque autoritaire. Edmée ne s'en formalisa pas ; elle songea que cette femme était sûrement habituée à diriger une famille nombreuse, à gérer les situations difficiles.

— Je m'en occupe ! bredouilla-t-elle en reculant à regret, les yeux rivés sur le visage de sa fille. Faites à votre idée, je ne savais plus vers qui me tourner.

Une fois seule, Claire dénombra trois couvertures en laine et un édredon qui recouvraient l'enfant. Avec la peur de commettre une erreur fatale pour la petite malade, elle ne lui laissa que le drap et entrouvrit le battant de la fenêtre. Avisant une cruche en porcelaine remplie d'eau fraîche, elle se mit en quête d'un linge propre. Un placard en contenait une pile.

Très doucement, elle tamponna la figure de Marie avec le tissu mouillé et frictionna ses cheveux. Une bouilloire sifflait sur le poêle, mais il n'y avait aucun récipient.

— Il me manque mes ustensiles ! soupira-t-elle.

Comme une réponse à ces mots chuchotés, la vieille domestique entra, sans même frapper.

— Madame m'a demandé de vous fournir tout ce dont vous aurez besoin. Dites, elle va guérir, notre jolie mademoiselle ?

— Nous devons y croire, répliqua Claire. Il me faudrait deux pichets émaillés, une cuvette aussi, des tasses et une cuillère. Et des vêtements de nuit de rechange, ainsi qu'une paire de draps. Voyez, Marie porte une chemise trempée de sueur, et la literie est souillée.

— Ce ne sont pas des affaires propres qui vont la soigner, la demoiselle, s'étonna la vieille femme.

— Peut-être, coupa Claire, mais pourquoi ne pas essayer ?

— Eh bien, je me hâte, dans ce cas, maugréa la domestique.

Edmée réapparut peu après. Elle lança un regard affolé sur le corps menu de son enfant, exposé à l'air frais qui entrait par la fenêtre.

— Claire, êtes-vous sûre que ce n'est pas dangereux ? Si, encore, il faisait toujours soleil. Mais, en dix minutes, le temps s'est remis à la pluie et il y a du vent, déclara-t-elle d'un ton anxieux.

— Nous sommes au mois d'août, répliqua Claire. La température extérieure n'est pas aussi froide que vous le pensez. Edmée, je veux sauver votre fille. Pour cela, j'ai peu de moyens. Cependant je crois que la maladie est pareille à une bête rusée, que l'on doit combattre par de petits stratagèmes. Un détail peut changer le cours des choses. Je vous en prie, asseyez-vous dans ce fauteuil, là. Nous discuterons plus tard.

Claire put bientôt déshabiller Marie. Elle la lava entièrement, ayant ajouté dans l'eau tiède un alcool de menthe de sa fabrication. La fillette, les prunelles révulsées, continuait à gémir.

— Même sans thermomètre, je suis certaine que Marie a moins de fièvre. Cessez de vous torturer, Edmée.

Avec des gestes efficaces et rapides, Claire enfila une longue chemise en coton à l'enfant, avant de la soulever pour changer le drap de dessous ainsi que la taie d'oreiller. Elle fut soulagée d'étendre un second drap sur la petite, dont le teint lui semblait moins cireux.

— Voilà, maintenant, elle peut lutter, expliqua-t-elle à Edmée. Sa peau est fraîche, nettoyée des miasmes et de la sueur. Je vais lui préparer une infusion d'armoise et de saule, que je sucrerai au miel. Ce produit que nous offrent les abeilles a des vertus antiseptiques.

Edmée de Martignac la regardait s'affairer avec un air émerveillé.

— Vous auriez dû être médecin, Claire, dit-elle enfin. Est-ce que je peux approcher mon siège du divan, pour tenir la main de ma fille ?

— Bien sûr !

Pendant plus d'une heure, Claire fit boire à Marie des cuillerées de tisane. La petite malade n'eut aucune nausée. Elle s'endormit. C'était un bon sommeil, et non pas un état léthargique.

— Le thermomètre indique trente-huit degrés, précisa Claire. Cela doit supprimer les maux de tête et le délire. Elle se repose.

Edmée pleura en silence, transportée d'une joie incrédule. Reprenant son souffle, elle dit :

— Monsieur Nadaud a promis de passer chez vous, il a même dit que cela ne le surprenait pas que vous restiez ici. Je vous remercie, quelle que soit l'issue de la nuit. En vous observant, j'ai compris que je faisais une piètre infirmière.

Une conversation à voix basse s'engagea. Claire raconta comment elle entretenait la santé de son vieux chien-loup et de quelle façon elle soignait les rhumatismes et les rhumes.

— C'est devenu pour moi une seconde nature, Edmée. Jeune fille, je récoltais déjà des racines, des baies, des feuilles. Mon père m'avait acheté un traité des plantes médicinales, les simples comme disent les paysans. J'avais des sujets d'expérience, plaisanta-t-elle, les ouvriers du Moulin, et mon petit frère que j'ai élevé. Quant aux fortes fièvres, qui font grelotter ceux qui les subissent, je les ai toujours traitées par un refroidissement du malade.

Les confidences s'égrenaient. Claire évoqua la mort de sa mère Hortense, pendant ses couches, puis son désarroi en se retrouvant obligée de s'occuper d'un nouveau-né.

— Je sais que vous n'avez pas eu d'enfants, avança Edmée avec une expression de compassion. Mais vous avez adopté la fille de votre mari et, plus récemment, une orpheline de treize ans. Monsieur Nadaud est très bavard. Mais il vous décrivait d'une manière poétique, avec une vive admiration. Le portrait qu'il a tracé de vous me donnait envie de vous rencontrer. Hélas ! nous faisons connaissance dans des circonstances bien tragiques.

— Un jour, répliqua Claire, la science viendra suppléer à notre ignorance face à certains maux. Depuis combien de jours Marie est-elle souffrante ?

— Oh ! Déjà deux semaines ! soupira Edmée. Au début, elle avait beaucoup de fièvre, elle dormait sans cesse, prostrée. Et elle vomissait tout ce que je lui préparais. Le médecin m'a conseillé de l'hospitaliser lorsqu'elle a saigné du nez. C'était terrifiant, tant de sang, et ma petite si maigre, si pâle.

Claire prit la main de son hôtesse. Le clocher sonna six heures du soir.

— Regardez comme votre fille dort bien ! lui dit-elle. La fièvre risque de remonter, mais pour l'instant elle reprend un peu de forces.

— Dans ce cas, je vais demander à Ursule, ma domestique, de nous préparer un bon dîner. Mon fils ne devrait pas tarder. Je vous le présenterai.

— Votre fils ? s'étonna Claire.

— Oui, Marie a un grand frère de vingt-deux ans. Il passe les vacances ici. C'est un garçon au caractère particulier. L'état de sa sœur le bouleverse, et il fuit le château.

Edmée sortit du boudoir avec un timide sourire.

Moulin du Loup, même soir

Jean et Léon rentrèrent trop tard du terrain de Chamoulard pour entendre les explications de Victor Nadaud. Le préhistorien avait dû, pour transmettre son message, se contenter de Jeanne qui n'avait pas tout compris, la petite Janine hurlant de faim dans ses bras. Thérèse et Arthur, gavés de biscuits par Bertille, mettaient le couvert.

— Mais enfin, Jeanne, où est mon épouse ? répéta Jean pour la seconde fois. D'accord, vous êtes montée au bourg avec le bébé et, au retour, monsieur Nadaud attendait sur le perron. Claire n'était pas là.

— Eh oui ! gémit Jeanne. Monsieur Nadaud a parlé de Torsac,

d'une gosse à l'agonie, d'un château, et surtout que madame ne pouvait pas revenir chez nous.

Léon écoutait, Janine calée sur ses genoux. Il hocha la tête d'un air avisé :

— M'est avis, Jeannot, que tu dois aller récupérer ta femme à Torsac. Va savoir ce qu'elle fiche là-bas. C'est pas dans ses habitudes.

Exaspéré, Jean se servit du vin. Ils avaient trimé dur, ramassant les premières pommes tombées, souvent encore vertes, et étayant les branches les plus chargées.

— Faut traire les chèvres, aussi ! se lamenta Jeanne. Elles bêlent à rendre sourd. C'est pas le moment de chômer, mon gars !

Elle s'adressait à Léon. Il posa Janine dans son berceau et chaussa ses sabots.

— Viens-tu aider ton père, ma Thérèse ? demanda-t-il.

Cela devenait un rituel. Dès que Léon travaillait au Moulin, il sollicitait l'aide de sa fille aînée avec la même question, énoncée d'un ton enjoué. Thérèse ne refusait jamais. Grande et dotée de formes très féminines pour ses onze ans, elle ressemblait beaucoup à Raymonde, dont elle avait la chevelure ondulée d'un blond foncé et le nez retroussé. Mais elle était d'un tempérament plus doux. La mort de sa mère l'avait rendue grave et discrète. Elle n'osait plus rire, ni chanter.

— Bien sûr, papa, je viens, répondit-elle en disposant les serviettes de table.

Jean décida de téléphoner à son beau-frère. Victor saurait sûrement lui donner la solution de l'énigme. Il retourna entre ses doigts le bref message de Claire : « Je dois m'absenter deux heures. Il s'agit d'un cas d'urgence. Je serai là pour le dîner. »

— Un cas d'urgence ! tempêta-t-il. Dans quel pétrin s'est-elle fourrée ?

De très mauvaise humeur, car ses raisins étaient impropres à être vinifiés, il chercha à joindre Victor. En vain.

— Bon sang ! Où sont-ils tous passés ? Blanche devrait répondre, au moins.

Faustine entra au moment précis où son père raccrochait le combiné avec brusquerie. La jeune femme, en bottes et pantalon d'équitation, portait un petit chapeau de feutre et une veste en tweed appartenant à Matthieu.

— Bonsoir, tout le monde ! proclama-t-elle. Je fais une promenade ; Junon avait besoin d'exercice. Et je suis venue vous embrasser.

— Ah ! ma chérie, soupira Jean, je suis content de te voir. Figure-toi que ta mère a disparu. Impossible de savoir pourquoi. Victor a tenté de le dire à Jeanne, mais elle est incapable de se souvenir de quoi il s'agit. Claire serait à Torsac, peut-être au château, une histoire d'enfant malade. Je suis bien ennuyé, je ne sais pas si je dois aller la chercher en voiture. Cela me surprendrait qu'elle dorme chez des inconnus, quand même !

Faustine ébouriffait Arthur, pendu à son cou. Puis ce fut le tour de la vieille Loupiote qui se dandinait à ses pieds.

— Ce n'est pas si grave, papa, déclara-t-elle. Téléphone à Victor.

— Il n'y a personne, même pas Blanche. Ils doivent dîner en ville. Ma sœur devient une mondaine !

Assise près de la cuisinière, Jeanne donnait son biberon à Janine. Une affreuse odeur de brûlé s'échappait d'une énorme marmite en fonte. Faustine se précipita pour soulever le couvercle.

— Le chou farci est carbonisé ! annonça-t-elle.

— Je peux pas être au four et au moulin ! ronchonna Jeanne. Ma pauvre Raymonde avait du mérite, de gouverner votre maison ! Madame décampe sans crier gare, mon gendre se tourne les pouces la moitié du temps. Hein, Léon ? Tu n'en fais pas lourd ! Et les gamins passent leur journée au domaine, alors qu'ils pourraient aider au ménage.

— Si vous n'êtes pas à votre aise, je ne vous retiens pas, répliqua Jean avec exaspération. Depuis que vous travaillez chez nous, on ne mange que du charbon !

Jeanne haussa les épaules sans répondre. Elle tenait à sa place, qui lui permettait de ne pas dépenser un sou tout en vivant près de ses petits-enfants.

Détendue par un bon galop sur le chemin des Falaises, Faustine regretta presque de s'être arrêtée au Moulin. Elle comptait les jours qui la séparaient du retour de Matthieu ; comme le calendrier approchait de la mi-août, elle était heureuse et se répétait sans cesse : « Plus qu'un mois à attendre ! »

— C'est le cochon qui va se régaler avec le chou ! voulut-elle plaisanter. Vous n'aurez qu'à battre une omelette, Jeanne. Les œufs ne manquent pas.

— Madame m'a dit d'économiser, un de ses mots savants ! Alors je mets de côté.

Jean grimaça dans le dos de la domestique. Il ne la supportait plus.

— Si cela te rassure, papa, proposa soudain Faustine, je peux faire un détour par Torsac. Je connais un chemin à travers bois. C'est bien plus court que par la route.

— Mais il y a au moins dix kilomètres, ma chérie ! protesta-t-il.

— Junon est une bête racée, papa ! s'écria Faustine avec une mimique de fierté. Elle trotte vite et, au galop, j'ai l'impression de m'envoler. Si je pars tout de suite, j'y serai dans une heure à peine. Ils n'ont pas besoin de moi à l'institution. Cela m'amuse, de jouer les aventurières.

Jean dévisagea sa fille d'un air perplexe. Il avait essayé une fois de monter à cheval, mais l'expérience lui avait suffi.

— Si cela t'amuse vraiment ! dit-il. Je peux te conduire en voiture, non ?

— Ah non, papa. J'y vais. Je te donne des explications à mon retour.

La jeune femme sortit en sifflotant. La veste en tweed gardait de l'odeur de Matthieu comme une subtile fragrance. Elle porta le col à sa joue et frotta le tissu en laine contre sa peau.

— Mon amour, reviens ! supplia-t-elle.

Sa jument était attachée à un anneau scellé dans le mur. Faustine la détacha et se mit en selle. Jamais elle ne renoncerait à sa passion pour les chevaux. Cette pensée l'exalta. Elle fit le trajet en imaginant leur vie de couple, Matthieu papetier, elle institutrice, à deux kilomètres l'un de l'autre. Ils se retrouveraient le soir et pourraient s'endormir ensemble, chaque nuit.

Château de Torsac, même soir

Claire découvrait la salle à manger, aux cloisons de chêne peintes en gris. Profitant du sommeil paisible de sa fille, Edmée avait tenu à lui montrer ses trésors. Ainsi désignait-elle certains meubles rares qu'elle n'avait pas encore vendus, des objets de prix dont elle ne voulait pas se séparer.

— Ce vase est un Gallé. Un célèbre verrier, Emile Gallé, un pionnier de l'Art nouveau. Regardez ces motifs de fleurs, les couleurs. Et voici une commode du XVIIe siècle, en merisier. J'ai un acheteur potentiel, mais il ne veut pas m'en donner un prix convenable.

Il n'y avait qu'une seule lampe à pétrole par pièce. Le jour déclinant, le château s'emplissait de zones d'ombre. Les reflets de la lumière dorée s'accrochaient au relief des statues dressées sur des stèles, et quelques pans de lambris luisaient faiblement.

Devant la longue table en partie vide, Claire se figea, songeuse. Les trois couverts étaient magnifiques : assiettes en porcelaine fine décorées d'une guirlande de fleurs roses, verres en cristal ouvragé, argenterie étincelante. Un superbe chandelier en bronze était garni de six chandelles neuves.

— C'est en votre honneur, soupira Edmée. J'attends mon fils pour les allumer.

— Je préfère prendre mon repas au chevet de Marie, avoua Claire. Ne vous vexez pas, je ne mangerai pas tranquille autrement. Je m'en voudrais trop si votre enfant avait un problème et que je ne sois pas près d'elle. Mais c'est très gentil de votre part. Pour la nuit, je dormirai dans le fauteuil.

— Il n'en est pas question ! se récria Edmée. Louis vous installera un lit de camp que j'ai gardé dans le grenier. Du vivant de mon époux, les chambres d'amis étaient équipées, mais j'ai dû vendre la plus grande partie du mobilier, ainsi que des hectares de forêt.

Claire accepta. Elle sentait la douce aristocrate honteuse d'avouer sa pauvreté.

— Ne vous tracassez pas, assura-t-elle en lui prenant la main d'un geste spontané. Je suis dans une situation difficile, moi aussi, après avoir grandi dans l'aisance. Mon mari avait hérité, il y a dix ans, mais avec la guerre, il ne reste plus rien. Excusez-moi, je retourne au chevet de Marie. Il ne faut pas la laisser seule.

Edmée l'accompagna. La fillette pleurait, le regard dans le vague.

— Ma mignonne, tu n'es pas seule ! dit Claire d'une voix douce. Ta maman est là. Parlez-lui, elle doit nous entendre.

— Marie, ma petite chérie, n'ayez pas peur, je suis auprès de vous !

— Elle est brûlante. La fièvre remonte, je vous l'avais dit, lui confia Claire d'une voix anxieuse, en recommençant à bassiner les tempes et le front de la malade. Excusez-moi, vous ne tutoyez pas votre fille ?

— Non, évidemment ! répliqua Edmée. J'en serais incapable. Disons que, dans nos familles, depuis des générations, personne ne se tutoie.

Claire fronça les sourcils, un peu surprise, puis elle n'y songea plus. Marie, inconsciente, saignait du nez. Sa chemise était déjà souillée de longues traînées rougeâtres.

Faustine tenait Junon par les rênes. Elle était descendue de cheval près de l'église et restait figée devant un large portail au fronton sculpté qui, selon elle, devait être celui du château. Une automobile arriva, une Peugeot beige aux ailes marron dont les chromes étincelaient.

— Vous cherchez quelque chose ? lui cria le conducteur par la vitre ouverte.

La jument piaffa, nerveuse, bien qu'habituée au bruit d'un moteur.

— Vous vous êtes égarée, mademoiselle ? insista le jeune homme.

— Pas vraiment ! répondit Faustine. Je voudrais parler à quelqu'un du château. Ma mère est ici, je crois.

La voiture s'arrêta de vrombir après un ou deux hoquets aux consonances métalliques. Louis de Martignac descendit en ajustant la veste de son costume trois pièces d'un beige assorti à la carrosserie. Faustine l'observa avec curiosité, pour l'unique raison qu'il portait les cheveux longs attachés sur la nuque, une coiffure masculine très siècle dernier. Cela lui donnait une allure romantique.

« Le genre poète maudit ! » pensa la jeune femme.

Elle n'était pas au bout de ses surprises. Il sortit une clef de sa poche.

— Je vais vous conduire près de ma mère, dit-il, mais sans vous assurer que la vôtre se trouve chez nous. Qu'y ferait-elle ?

— Je n'en sais pas plus que vous. Nous habitons du côté de Puymoyen, dans la vallée des Eaux-Claires : le Moulin du Loup. Enfin, moi, je dirige l'institution Marianne-des-Riants, au logis du Mesnier.

L'inconnu eut une moue d'ignorance. Il ouvrit les deux battants :

— Je dois rentrer ma voiture. Si vous voulez mettre votre bête à l'écurie, c'est à droite, la grande porte cloutée. Nous n'avons plus ni foin ni paille, mais elle pourra se reposer. Elle est en sueur. Vous avez galopé ?

Faustine hocha la tête, déconcertée par la voix mélodieuse de son interlocuteur et ses manières distinguées. De plus, c'était un beau garçon aux cheveux très blonds. Il avait le nez aquilin et la bouche très charnue au dessin arrogant. Il la regarda attentivement et elle vit qu'il avait des yeux d'une couleur étrange : entre vert, bleu et gris, pailletée de brun.

— Oh ! je suis désolé ! s'excusa-t-il. J'aurais dû me présenter. Louis de Martignac.

Il lui baisa la main, l'air interrogateur.

— Euh ! Faustine Dumont, répondit-elle.

Rougissante, la jeune femme emmena Junon dans le local indiqué : dix stalles se faisaient face, séparées par une allée pavée. Les cloisons en bois étaient surmontées d'une grille ouvragée. Au fond, deux superbes calèches sommeillaient sous un tissu de toiles d'araignée.

— Eh bien, remarqua-t-elle, dommage qu'il n'y ait plus de chevaux.

Elle avait l'impression d'évoluer dans un univers totalement nouveau. Des images de la vaste cour pavée et de la façade au cachet médiéval s'imposaient à son esprit. Elle dessella Junon et l'attacha dans une des stalles.

— Ce ne sera pas long ! lui dit-elle en la caressant.

Le ronronnement d'un moteur indiquait que Louis de Martignac se garait à proximité. Faustine sortit. Elle avait ôté la veste en tweed, car sa cavalcade lui avait donné chaud. Dessous, elle ne portait qu'un corsage en soie blanche.

— Votre mère est-elle infirmière ? lui demanda-t-il en lorgnant ses seins moulés par le tissu. Ma petite sœur est au plus mal, une fièvre typhoïde. Je ne supporte pas de la voir mourir. Je préfère passer la journée en ville.

— Maman n'est pas du tout infirmière ! s'écria la jeune femme. Ceci dit, elle soigne notre famille de son mieux, avec des plantes, des tisanes, des baumes. Mais la typhoïde ! J'ai lu que cette maladie était sans doute provoquée par des eaux insalubres ou du lait qui n'aurait pas été bien bouilli.

Louis haussa les épaules. Il précéda Faustine dans la cour, puis dans l'entrée.

— Marie, ma sœur, est alitée dans le boudoir ! précisa-t-il.

Le jeune homme jeta un coup d'œil dans la salle à manger. Il aperçut la table mise et le chandelier.

— Tiens, trois couverts ! Effectivement, nous avons de la visite. Mère a sorti l'argenterie.

Le ton était moqueur, ce qui déplut à Faustine. Elle détaillait l'architecture du château, la hauteur des plafonds à moulure, les meubles, les tentures fanées.

« Ce château est trois fois plus grand que le domaine de Ponriant ! songea-t-elle. Mais il y fait sombre et froid. »

Edmée avait entendu des bruits de pas. Elle entrouvrit la porte du boudoir. En voyant son fils accompagné d'une jeune personne en tenue d'équitation, elle porta une main à son cœur.

— Que signifie, Louis ? Vous n'avez pas osé inviter une amie, avec votre sœur à l'agonie ? Marie vient de saigner du nez, à tel point que nous craignons le pire.

Faustine ne savait plus que faire. Elle déclara très vite, comme si cela pouvait sauver la situation :

— Je suis la fille de Claire Dumont, Faustine. Monsieur Nadaud prétend qu'elle est chez vous, madame. Mon père s'inquiétait. Je suis venue aux nouvelles.

Un indescriptible soulagement se lut sur le visage émacié d'Edmée. Elle tendit une main tremblante à la jeune femme.

— Votre mère tente de sauver notre chère petite Marie,

mais je crois que tous ses efforts seront vains, gémit-elle. Soyez aimable, patientez un instant, je la préviens.

Louis fronça le nez comme s'il respirait une odeur pénible. Soudain, il recula et alla s'appuyer au mur le plus proche. Il était d'une pâleur anormale.

— Qu'avez-vous ? demanda Faustine.

Il s'effondra la tête la première, comme si on lui avait fauché les deux jambes d'un coup. Le choc sourd de son corps sur le parquet résonna dans le salon silencieux.

— Mais ! Qu'est-ce qu'il a ?

La jeune femme se mit à genoux et examina Louis. Elle lui tapota les joues, puis se décida à appeler :

— Maman ! Madame !

Louis reprenait déjà connaissance. Il s'accrocha à Faustine pour se redresser. Son menton frôla la pointe de son sein droit. Elle l'aida cependant à se relever.

— Pardonnez-moi ! bredouilla-t-il. J'ai vu la cuvette et les linges sanglants. Oh ! Je ne dois pas y penser, sinon je vais m'évanouir à nouveau.

Personne ne venait. Faustine le conduisit jusqu'à un fauteuil. Elle évalua son âge à une vingtaine d'années et s'étonna. Ce garçon-là avait sûrement fait la guerre. Pour avoir écouté les récits de Jean, de Matthieu et de Bertrand Giraud, la jeune femme était bien renseignée. L'expression « une vraie boucherie » était la plus employée par les soldats. Et ce jeune homme s'évanouissait à la seule vue du sang ! C'était vraiment étrange !

Edmée arriva près d'eux.

— Encore une syncope, mon fils ! affirma-t-elle sans paraître inquiète le moins du monde. Et je suppose que vous n'avez rien avalé depuis ce matin. Ursule va servir le dîner. Mademoiselle, votre mère vous prie d'attendre un peu. Elle m'a conseillé de vous inviter à partager notre repas, vu l'heure tardive.

Faustine lança des regards pleins de détresse vers la porte du boudoir. Claire aurait quand même pu se déplacer.

— C'est gentil, madame, dit-elle avec un sourire contraint, mais j'ai promis à mon père de faire l'aller-retour, afin de lui expliquer ce qui se passe.

— Votre mère souhaite dormir au château, afin de rester

au chevet de Marie, décréta Edmée. Vous ne perdrez qu'une vingtaine de minutes en acceptant un potage, un…

— Et un potage ! annonça Louis. Toujours du potage et des fruits gâtés par la pluie. A ce régime, vous m'enterrerez bientôt, comme ma pauvre sœur.

Edmée de Martignac crispa les mâchoires. Elle ne répondit pas, malgré l'œillade assassine que lui lança son fils. De plus en plus gênée, Faustine se concentra sur l'étude des fenêtres à meneaux. L'une d'elles offrait un bel effet de lumière, les carreaux étant de différentes couleurs.

— Je crois qu'il vaut mieux que je parte, dit-elle soudain. Je ne voulais pas déranger. Je dirai à mon père que maman dort chez vous, voilà.

Ce fut au tour de Claire d'apparaître, échevelée, les yeux pleins d'une colère sourde. Elle portait un pichet d'une main et de l'autre un bol. Elle embrassa Faustine sur la joue et la toisa d'un air excédé.

— C'est Jean qui t'envoie ? demanda-t-elle. Je ne peux pas me rendre utile à quelques kilomètres du Moulin sans qu'on vienne me chercher ! Une petite fille a besoin de moi. Je me suis promis de la sauver, et je ne bougerai pas d'ici.

Stupéfaite, Faustine resta bouche bée. Elle reconnaissait à peine sa mère adoptive. Claire lui semblait plus jeune, emplie d'une volonté farouche.

— Je suis navrée, maman ! balbutia-t-elle. Je ne croyais pas que c'était si grave, de venir voir ce que tu faisais.

— Je t'en prie, dit Claire plus bas, essaie de comprendre. Et tu diras à ton père que je reviendrai quand cette enfant sera en voie de guérison. Puisque tu es là, rends-toi utile. Va aux cuisines me chercher de l'eau bouillante. Il me faudrait aussi du blanc de poireau, cuit au lait.

Edmée avait écouté. Elle marcha le plus vite possible, tandis que sa canne martelait le sol avec un bruit sec.

— Du blanc de poireau ? Du lait ? Mademoiselle, Louis va vous montrer le chemin. Ursule pourra vous préparer tout ceci.

Les jeunes gens, aussi désemparés l'un que l'autre, suivirent un couloir parallèle au fond du grand salon et dévalèrent un escalier étroit. Les marches en pierre étaient creusées par d'innombrables passages.

— Je me serais perdue, sans vous, avoua-t-elle. Cela doit être bizarre de vivre dans un château.

— Je n'ai jamais vécu ailleurs. Je n'en sais rien, maugréa Louis. Ma mère s'entête à garder cette bâtisse inconfortable. Si elle la vendait, nous pourrions vivre convenablement à Angoulême. Ah, nous y sommes ! Voici les cuisines. La partie la plus ancienne du château. Elle date du XIVe siècle.

Ursule évoquait une sorcière penchée sur son chaudron, du moins, c'est cette pensée fugitive que Faustine eut en la voyant. La vieille domestique brassait le contenu d'une marmite en fonte noire, sa coiffe oscillant dans un nuage de vapeur. Assise sur un tabouret, elle officiait sous le manteau d'une gigantesque cheminée en belles pierres d'un jaune pâle.

— Ursule ! cria Louis. Auriez-vous du blanc de poireau et du lait ?

— Oh ! Monsieur Louis ! Qui c'est-y encore, celle-là ?

— Une invitée, la fille de cette dame dont ma mère espère tant. Il lui faut ce que je vous ai demandé. Pour Marie, de toute évidence.

Faustine admirait le plan de travail immense, taillé dans une seule planche, de même que la voûte également en pierre et le pavage semblable à une chaussée antique. Cela ne l'empêcha pas de voir un bidon aux rebords souillés de terre, qui contenait du lait où flottaient des mouches. Louis fit le même constat. Il soupira avec affectation :

— Quel laisser-aller, Ursule ! Il n'y a pas un mois, nous buvions l'eau du puits, qui était fétide.

— Est-ce ma faute si le chat du curé s'est noyé dedans ? grogna la vieille. J'avais dit à madame qu'il fallait réparer le couvercle. Si la dame veut du bon lait, faut vider le bidon et en acheter un litre à la voisine.

Faustine examinait la vaisselle. La plupart des récipients étaient dans un état de saleté affreux. Louis sortit par une porte-fenêtre et traversa au pas de course une autre cour, plus exiguë.

« Quand même, il fait un effort, se dit-elle. Il a peur pour sa sœur. »

Le jeune homme fut vite de retour. Ursule avait déniché deux poireaux dans un panier et les découpait en tronçons. Faustine prit une casserole, la plus propre du lot. Elle comparait le lieu aux cuisines de l'institution, toujours impeccables, et elle eut une brusque gratitude pour Simone Moreau.

— Maintenant, je ferais mieux de partir, déclara-t-elle. Ce ne sera pas cuit avant une bonne demi-heure. Vous le monterez à ma mère.

Elle s'adressait à Louis. Il parut déçu.

— Vous pouvez rester un peu ! Cela serait plus gai de dîner avec vous, Faustine. Ursule, le potage est-il prêt ?

— Sûr, qu'il est prêt, monsieur. Je l'apporte !

— Dans ce cas, coupa la jeune femme, nous pouvons le faire. Il suffit de préparer un plateau, la soupière et du pain. Vous devez être épuisée si vous parcourez tout ce chemin à chaque repas.

Louis eut un sourire désabusé, mais il ne contraria pas Faustine. Sa présence le distrayait. Il la trouvait charmante en toilette d'amazone, une veste d'homme sur les épaules, chaussée de bottes en cuir. Il admira sa chevelure dorée d'un blond plus chatoyant que le sien, liée en une seule tresse dans le dos.

« Plus que charmante : une beauté ! » songea-t-il en subissant le magnétisme de ses yeux bleus.

Ursule, entêtée à accomplir sa tâche, leur emboîta le pas, chargée d'une bouilloire. Edmée les accueillit à la porte du boudoir. Elle sanglotait.

— Louis, Marie a repris conscience ! hoqueta-t-elle. Oui, elle m'a regardée. Comme Claire lui parlait, notre chérie m'a appelée deux fois : « Mère ! Mère ! »

Claire surgit de la petite pièce. Elle sauta au cou de Faustine :

— La fièvre a baissé d'un coup, après le saignement de nez. Marie est sauvée, je le sens. Demain, elle prendra du bouillon. As-tu les blancs de poireau ? C'est le meilleur dépuratif.

— Y seront bientôt cuits, madame, s'exclama Ursule en se signant à plusieurs reprises. J'ai tant prié pour que la Sainte Vierge fasse un miracle !

Edmée de Martignac titubait d'épuisement. Radouci, Louis la conduisit jusqu'à la salle à manger.

— Prenez des forces, mère, vous ne dormez plus depuis des nuits.

Restées seules, Claire et Faustine discutèrent à voix basse.

— Maman, si tu visitais les cuisines ! Le bidon de lait est

crasseux, il y avait des mouches à la surface. Ce n'est pas surprenant que la petite ait attrapé la typhoïde. Certains médecins sont persuadés que cette fièvre est due à de l'eau sale ou à du lait corrompu.

— Ces gens n'ont rien, répliqua sa mère. Les poules sont mortes au printemps et l'homme qui tenait le potager a déménagé. Si tu pouvais revenir demain soir, apporter des œufs et des légumes.

— Mais tu ne vas pas habiter chez eux éternellement ! protesta Faustine. Et Janine, Arthur ?

— Léon et Jeanne peuvent s'en occuper. Angela aussi, si tu te passes de son aide à l'école. J'ai l'impression d'avoir une mission à remplir auprès de Marie. Cela me donne du courage, j'étais si malheureuse, ces derniers temps. Regarde-la, juste une minute.

Claire poussa un peu le battant. Faustine entrevit à la clarté d'une lampe un fin visage encadré de cheveux châtains. Le boudoir était très particulier : sur chaque panneau de bois, des peintures représentaient des guirlandes fleuries, encadrant un paysage de la région.

— Va vite, ma chérie, reprit sa mère. Dîne avec eux et mets-toi en route avant la nuit.

Faustine l'embrassa et se dirigea vers la salle à manger, située entre le grand et le petit salon. Louis lui avança une chaise. Il rayonnait d'une joie enfantine. Edmée dégusta le contenu de son assiette avec des mines éblouies. Pourtant, le fameux potage était plus que léger : du bouillon parsemé de rondelles de carottes et de feuilles de chou.

— Mère, s'écria le jeune homme en sirotant un verre de vin, savez-vous que Faustine dirige une institution ?

— Oui, Claire me l'a dit. Une école pour orphelines, car vous êtes institutrice, n'est-ce pas, mademoiselle ?

— En effet !

— Je n'en reviens pas ! s'exclama Louis. A votre âge ? On dirait une adolescente !

— J'ai eu vingt ans au début du mois, rétorqua Faustine, agacée.

— Vous espérez sûrement vous marier un jour ? dit Edmée avec amabilité. Il vous faudra alors renoncer à vos élèves.

Faustine faillit s'étrangler. L'interrogatoire l'exaspérait. Elle toussota, avant d'ajouter :

— Je suis veuve. Et, si je me remarie, je n'ai pas l'intention de renoncer à mon métier. Excusez-moi, il fera nuit dans moins d'une heure. Je dois m'en aller maintenant.

Elle reprit la veste de Matthieu et courut presque vers la porte principale. Louis la rattrapa dans la cour d'honneur.

— Faustine, qu'est-ce qui vous prend ? J'espérais discuter avec vous. Ursule préparait du flan à la vanille avec le reste du lait frais. Et, de toute façon, le portail est fermé à clef.

— Désolée, soupira-t-elle. Mon père va s'inquiéter et, si je tarde, il va venir lui aussi.

— N'en veuillez pas à ma mère pour ses questions. La moindre des politesses, à l'égard d'une invitée, est de s'intéresser à elle. Ainsi, vous êtes veuve, mais de qui ?

Faustine garda le silence. Elle se dépêchait de seller Junon. L'écurie était plongée dans la pénombre. Elle se pinça avec l'étrivière et retint un juron.

— Vous n'avez pas l'électricité ? pesta-t-elle.

— Sortez votre bête, il fait encore jour, dehors. Que vous êtes drôle, si énergique ! Et un caractère !

Il riait et elle le trouva très séduisant. C'était la première fois qu'elle était confrontée à un individu de race masculine totalement étranger au Moulin, à sa vallée. Denis et Matthieu s'étaient disputé ses faveurs avant même d'avoir de la moustache. Elle s'était promise au premier à quatorze ans, alors que son cœur battait déjà pour le second. Quand elle logeait chez sa tante, en ville, hormis les œillades flatteuses de quelques passants indélicats, elle n'avait jamais été courtisée par un homme.

— Eh bien, au revoir ! dit-elle en franchissant le portail. Il voulut lui baiser la main, mais elle refusa d'un signe de tête.

— Ces manières-là me déplaisent ! expliqua-t-elle. Ma mère m'a dit de revenir demain soir. Nous nous reverrons peut-être.

Aussitôt, elle se reprocha ces paroles. Louis fit une courbette en riant encore. Faustine se mit en selle et lança sa jument au trot.

Claire s'était endormie, assise dans le fauteuil en cuir qu'elle avait collé au divan de sa malade. Louis était monté au grenier, pour constater que le lit de camp était hors d'usage, rouillé et cassé. Désolée, Edmée lui avait fourni une couverture et un coussin. Elles étaient convenues ensemble de veiller à tour de rôle la petite Marie.

— Madame ?

Le son venait de résonner dans le boudoir. Claire se réveilla en sursaut. La lampe s'était éteinte, faute de pétrole.

— Madame… J'ai peur !

— Marie, oh ! ne crains rien, je vais rallumer.

La voix fluette de l'enfant lui vrillait le cœur. Elle se leva et chercha à tâtons des allumettes et un récipient de pétrole.

— Ne t'inquiète pas, Marie, je vais finir par trouver du feu et une bougie. Regarde la fenêtre, il y a un quartier de lune.

Claire en aurait pleuré. Comment avait-elle pu oublier de se munir du nécessaire.

« Je me suis accoutumée à leur fichue électricité ! pensa-t-elle. Ah, je crois que j'ai un briquet dans mon sac. »

La respiration de la fillette, saccadée, l'affolait. Elle put enfin disposer d'une minuscule flamme.

— Marie, je cours dans la salle à manger prendre une bougie. Je reviens vite.

— Je voudrais ma mère, madame !

— Bien sûr, je vais l'appeler. Je fais le plus vite possible.

Elle parcourut les immenses pièces envahies d'ombre. Un malaise la saisit, à se retrouver seule dans le noir. Le parquet grinçait, des cris d'oiseaux de nuit retentissaient dehors.

« Je suis sotte ! se dit-elle. Mais quelle vie ont ces gens ? Ce château est lugubre et incommode ! »

Edmée lui avait indiqué comment monter à sa chambre en cas de problème. Claire s'engagea dans l'escalier en spirale avec la crainte de trébucher, car aucune lampe n'était laissée en veilleuse. Elle dut longer un couloir pour frapper à la troisième porte.

— Marie est consciente, vraiment réveillée, dit-elle à la châtelaine. Hâtez-vous, je redescends.

Le trajet inverse lui parut plus court. Elle eut la surprise de voir la fillette assise au bord du lit.

— Oh, il ne faut pas te lever, mignonne, tu es trop faible ! s'écria-t-elle. Où veux-tu aller ? Ta maman arrive.

— J'ai sali les draps.

L'enfant se jeta en avant et s'effondra sur le sol. Claire découvrit un spectacle affligeant, tandis qu'une odeur épouvantable lui tordait l'estomac. Cependant, elle vit là un signe favorable dans l'évolution de la fièvre typhoïde. Sans réfléchir davantage, elle prit la petite dans ses bras et la cala dans le fauteuil.

— Nous allons tout nettoyer. Comment te sens-tu ? Très fatiguée ?

— Oui, madame. Qui êtes-vous ?

Ce n'était qu'un chuchotis hésitant, mais il confirmait les espoirs de Claire. Marie avait passé un cap décisif. Edmée entra. Après avoir caressé la joue de sa fille, elle battit en retraite.

— Mon Dieu, quelle infection ! constata-t-elle du seuil de la pièce. Il faut sonner Ursule, qu'elle emporte la literie.

— Je crois que les blancs de poireau cuits dans du lait sain ont rempli leur rôle. Demain, Marie boira du bouillon que je ferai moi-même. Votre domestique aurait besoin de leçons d'hygiène, d'après ma fille. Cela vous évitera de gros soucis.

La nuit fut courte pour les trois femmes. Il y eut des va-et-vient du boudoir aux étages. Les lampes furent rallumées et le feu fut ranimé dans le poêle. A l'aube, Marie sommeillait entre des draps propres, et une senteur agréable flottait autour de son lit. Claire avait mis à infuser des feuilles de laurier et de sauge, censées purifier l'atmosphère.

— Si la fièvre ne remonte pas, ou du moins, si elle stagne aux alentours de trente-huit degrés, je pourrai enfin m'estimer contente ! confia-t-elle à Edmée, blême et très lasse. Allez vous coucher. Ursule m'a apporté du café de sa réserve personnelle.

Infiniment confiante, Claire reprit sa place dans le fauteuil. Elle fixait le profil de la fillette, en se souvenant de ses yeux d'un bleu vert et de sa voix aussi légère qu'un trille de moineau.

— Marie, tu m'as sauvée, toi aussi ! confia-t-elle tout bas à la fillette endormie. J'ai raté ma vocation. J'ai un tel besoin de soigner, d'améliorer la santé des plus faibles. Mais rien n'est perdu, je serai plus attentive, à l'avenir. Sais-tu, jolie petite Marie qui dort, que j'évitais de faire état de mon don. Mon père, Colin, prétendait que j'avais un vrai don avec mes plantes et mes intuitions. Grâce à toi, désormais, je proposerai mes services à tous ceux qui souffriront. Et tant pis si Jean n'apprécie pas, cela m'empêchera de me lamenter sur mes échecs ou mes erreurs. Jean, c'est mon mari ! Un homme bon et tendre, qui aime voyager et écrire.

Claire parlait si bas que personne n'aurait pu comprendre ce qu'elle racontait à l'enfant assoupie.

— Tu feras aussi la connaissance de Faustine, ma fille. Elle était là, hier soir. Je n'ai pas été très gentille avec elle et pourtant c'est une merveilleuse jeune femme.

Elle se tut, concentrée sur l'image de Faustine. Les souvenirs affluaient : les premiers mois à élever l'enfant de Jean, les jeux, les câlins. Elle se revit aussi donnant le biberon à Matthieu nouveau-né.

« C'était à l'époque où je devais m'enfuir du Moulin pour habiter à La Rochelle avec Jean. Je ne pouvais pas abandonner mon petit frère. »

Le fil de sa vie se déroulait, lui redonnant des sensations égarées, lui rappelant les fugues au clair de lune, les rendez-vous dans la Grotte aux fées, son corps nu et chaud sous celui de Jean. Elle revécut aussi les étreintes brutales que lui imposait Frédéric, épousé par contrainte.

— Si je comptais le nombre de fois où je me suis sacrifiée, où j'ai renoncé à ce qui m'aurait vraiment plu, soupira-t-elle. Cela semblait normal à tout le monde que je m'occupe des enfants des autres, que je tienne la maison tout en travaillant au Moulin. Jean, lui, il va où il veut quand il veut, sans beaucoup se soucier de ce que je ressens.

Elle rougit soudain. L'été dernier, l'absence de son mari ne lui pesait guère.

« J'en ai profité pour le tromper avec William. William Lancester. Il m'en a tenu, de beaux discours, cet Anglais, pour que je succombe à son charme. Maintenant, il doit en séduire une autre, aussi crédule que moi. Heureusement, Jean ne le saura jamais. »

Moulin du Loup, 11 août 1920

Jean se réveilla et chercha en aveugle le corps de sa femme. Il était seul dans le lit.

— Ah oui, j'avais oublié, Claire a découché ! grommela-t-il. Quelle histoire, encore !

Faustine avait été formelle : Claire rentrerait quand elle jugerait la petite fille hors de danger. Cela sidérait Jean.

« Autant dire que je n'irai pas au verger aujourd'hui. Jeanne est incapable de tenir la maison sans être surveillée et Léon ne vaut guère mieux. »

Comme pour lui donner raison, il perçut un cri aigu de bébé. Thérèse avait pris Janine dans sa chambre pour la nuit, Jean ne se sentant pas l'âme d'une nourrice. En pyjama, il alla voir ce qui se passait.

— Je l'ai piquée avec une épingle en lui mettant ses langes, gémit Thérèse. Mémé dort encore.

— Comment le sais-tu, que ta mémé dort encore ? Elle doit être dehors ou partie traire les chèvres.

— Non, j'ai frappé à la porte de sa chambre et j'ai ouvert. Elle dort.

Claire avait installé la mère de Raymonde dans l'ancienne chambre de Colin Roy. C'était une des plus grandes de la maison, mais personne n'aimait y dormir. Hortense, la première épouse du maître papetier, était morte dans la pièce, ainsi que le vieux Basile. Là, aussi, la servante avait accouché de jumeaux morts-nés au début de la guerre.

— En voilà des manières ! s'écria Jean. Donne-moi ta sœur, Thérèse. Tu vas secouer ta grand-mère. D'accord ?

Il descendit et tenta de préparer le biberon. La cuisinière n'était pas allumée et le lait de la veille ne sentait pas bon. Mais la petite Janine continuait à hurler de faim.

— Bon sang ! pesta-t-il.

Il déposa le gros bébé dans la voiture d'enfant que Jeanne avait laissée sous une des fenêtres. De la bergerie s'élevait un concert de bêlements affolés.

— Je me demande comment les femmes réussissent à tout faire en même temps ! s'exclama Jean.

Il buta alors sur Loupiote, allongée devant la cheminée. La vieille louve ne bougeait plus. Il se pencha pour lui toucher la tête. La raideur de son corps ne laissait aucun doute.

— Loupiote ! Oh ! ma brave bête !

L'animal était mort dans son sommeil. Ce nouveau coup vint à bout des nerfs de Jean. Il sortit sur le perron et appela Léon. Le domestique commençait la traite ; il accourut, sanglé dans un large tablier, un chapeau de paille enfoncé jusqu'aux sourcils.

— Qu'est-ce que tu as à gueuler aussi fort, Jeannot ?

— Il y a que tout va de travers sans Claire. Loupiote est morte, ta belle-mère ronfle à sept heures et Janine crève de faim. Viens m'aider !

— Comment ça, Loupiote est morte ? Tu blagues ?

— Non, je ne blague pas. Claire aura un choc à son retour. On ferait mieux de vite l'enterrer, que les gosses ne la voient pas.

Mais Thérèse descendait l'escalier. Elle s'approcha de la louve et comprit aussitôt.

— Oh ! la pauvre ! Dis, papa, elle est morte en vrai, comme maman ?

Elle éclata en sanglots. Arthur, qui couchait dans sa chambre et l'avait suivie, se jeta sur Loupiote.

— Ma Piote, ma Piote ! Réveille-toi !

La louve lui avait donné un sentiment de sécurité quand il était arrivé au Moulin. Elle ne le quittait pas. Tout le monde avait l'habitude de le voir déambuler, sa menotte posée sur le cou de la grande bête grise.

Jean le souleva et entreprit de le consoler. Il lui fallut de longues minutes de bonnes paroles.

— Que veux-tu, ta Piote est partie au paradis des animaux, rejoindre son père Sauvageon. Je t'offrirai un bébé chien, qui sera à toi, rien qu'à toi. Un blanc et noir.

Il parvint ainsi à calmer le chagrin de l'enfant. Thérèse l'emmena à l'étage en promettant de jouer avec lui.

Léon sortit creuser une tombe à côté de celle de Sauvageon ; Jeanne descendit, la face fripée, les gestes hésitants. Elle s'affala dans le fauteuil et donna le biberon à sa petite-fille. Jean emporta le corps de la louve. Les deux hommes firent de leur mieux pour l'ensevelir rapidement. Ensuite, attristés, ils allèrent ensemble finir de traire les chèvres.

L'arrivée de Faustine et d'Angela, à dix heures, mit fin à une tension grandissante. Jean balayait la cuisine, tandis que Léon cherchait le flacon de présure pour mettre du lait à cailler.

— Nous sommes venues en renfort ! claironna la jeune femme.

Elle embrassa son père, puis Janine, et salua Jeanne. Devant les mines renfrognées qu'on lui présentait, elle ajouta :

— Ce soir, je retourne à Torsac. Maman veut que j'apporte des œufs et des légumes. Léon, tu vas me préparer un gros panier, avec des pommes de terre, des navets, et des salades. J'ai envie de faire un gâteau, aussi.

— Et tu feras la livraison à cheval ! ironisa Jean. Il te faudrait une charrette ou un camion.

— Le cabriolet de maman suffira, répliqua sa fille. Junon est dressée à l'attelage, maintenant. Angela m'accompagnera.

La brune adolescente au teint mat et au regard malicieux avait beaucoup grandi. Mince et gracieuse, elle avait coiffé ses cheveux bruns en chignon pour la première fois de sa vie. Vêtue d'une robe bleu clair ceinturée à la taille, elle avait une allure de jeune fille. Jean l'embrassa affectueusement.

— Dis-moi, Angela, on dirait que tu as seize ans, et non quatorze ! Il était temps que tu viennes secourir ton père. Il n'y en a que pour Faustine, hein, tu es plus souvent à l'institution que chez tes parents.

Jean avait rarement énoncé de façon aussi nette leur lien de parenté établi par un acte officiel d'adoption. Ravie, Angela entreprit de balayer.

— Où sont Thérèse et Arthur ? demanda Faustine, qui trouvait la cuisine bien vide.

— En haut, soupira Jean. En me levant, j'ai trouvé Loupiote morte. Arthur était très malheureux. Thérèse s'occupe de le distraire.

Angela poussa un cri de surprise. Faustine regarda partout, comme si elle ne croyait pas Jean.

— Loupiote, morte ? Mais elle n'avait que treize ans ! Quand maman saura ça...

La jeune femme ne put continuer sa phrase. Elle pleurait.

— Oh ! ne dis rien à ta mère, coupa Jean. Je lui annoncerai

la mauvaise nouvelle moi-même. Que veux-tu, il y a des choses plus graves...

Il désigna Léon d'un mouvement de tête. Faustine comprit. La perte d'un animal, même chéri et choyé, ne pouvait se comparer au décès de Raymonde, qui apparaissait à tous comme une terrible injustice.

— D'accord, papa. Je ne dirai rien. Je monte consoler Arthur. Tu viens, Angela ?

Elles réussirent à elles deux à faire rire le garçonnet et à réconforter Thérèse. Le repas de midi fut presque animé, chacun voulant dissiper l'ambiance morose.

Malgré toutes ces bonnes volontés conjuguées, l'absence de Claire se faisait cruellement sentir.

Château de Torsac, même jour

Claire tenait la main de la petite Marie. Assise contre deux gros oreillers, l'enfant avalait du bouillon, cuillère par cuillère. C'était sa mère qui la nourrissait, avec des mimiques de joie.

— Quelle bonne mine nous avons, ce matin ! disait sa mère. N'est-ce pas, chère amie, que notre malade va mieux ?

— Oui, un timide 37,6 degrés de fièvre, aucune nausée, renchérit Claire. Et si cette demoiselle vide son bol, j'ai promis de lui faire la lecture !

Marie, encore très faible, clignait des paupières. L'enfant savait à présent que la dame brune – ainsi l'appelait-elle – était venue la soigner avec des tisanes. On lui avait dit le nom des plantes, mais ils étaient difficiles à retenir.

On frappa. Louis entra, un bouquet de roses blanches à la main. Le jeune homme, en simple pantalon de toile et chemisette, souriait à pleines dents.

— Alors, ma sœur chérie, vous allez bien, à ce que je vois ? s'écria-t-il. J'ai cueilli ces fleurs rien que pour vous.

— Oh ! merci ! dit la fillette d'une voix reconnaissante.

— Vous auriez dû apporter aussi un vase rempli d'eau, fit remarquer Claire. Mais ce n'est pas grave, je vais m'en occuper. Je connais le chemin des cuisines, à présent.

Edmée et Louis ne prêtèrent pas attention à ces mots, tant

ils étaient soulagés au sujet de Marie. Claire, elle, rejoignit la salle voûtée où bougonnait Ursule. La vieille domestique, une heure plus tôt, avait eu droit de la part de la « guérisseuse » à une leçon de propreté et d'ordre.

Claire était entrée dans son domaine et avait mené une inspection sévère, en commentant tout ce qu'elle estimait avarié ou sale. Elle avait préparé le bouillon de légumes, après avoir récuré une casserole, et trié pommes de terre, carottes et le reste des poireaux. Une caisse en planches lui avait servi à jeter tous les détritus, ainsi que la nourriture douteuse.

« Il faut resaler et bien poivrer ce morceau de jambon, Ursule. Vous ne voyez pas que des mouches ont pondu sur l'entame ? Et ces haricots, ils sont si vieux que jamais ils ne gonfleront dans l'eau. »

La vieille femme avait protesté : d'abord, sa vue baissait et elle n'avait pas de lorgnons. Ensuite l'argent manquait et madame n'achetait presque rien à l'épicerie.

En voyant réapparaître Claire, la domestique agita les mains pour la faire reculer.

— Attention, ma pauvre, je nettoie les pavés à grande eau, puisque c'est crasseux, à votre idée !

— Mais ce n'est pas le moment, dit Claire. Il faut faire ça le soir, quand la vaisselle et vos ustensiles sont rangés. Regardez donc, vous avez éteint le feu, un feu de misère ! Ne me dites pas que le bois fait défaut, dans le pays.

— Eh, faut le couper, peuchère ! Madame n'a plus d'hommes de peine. Et puis, elle a vendu je ne sais plus combien d'hectares de forêt, juste pour payer des études à monsieur Louis, qu'est un rude garnement à ses heures, et aussi lui acheter son automobile. Je peux vous le dire en douce, si madame passait l'arme à gauche, le château serait vite vendu et tout ce qu'il y a dedans. Mademoiselle Marie n'aurait plus de dot.

— Une dot ! Un jour, ces traditions n'auront plus cours, soupira Claire. Il faut se marier uniquement par amour.

— Bah ! ronchonna Ursule, mon mari, il me plaisait bien, mais sans la maie en beau chêne que j'apportais chez les beaux-parents, le coffre de linge et dix ares de prairie, il en épousait une autre. Au bout de quelques semaines, il était amoureux et moi pareil.

Claire dévisagea la domestique au menton poilu, au nez long, au dos courbé et aux jambes variqueuses. Elle avait pourtant été une jeune fille qui rêvait de se coucher près d'un homme.

— Je prends ce pot en grès en guise de vase ; la couleur ira bien avec les roses, précisa-t-elle.

— Madame fera la grimace, pouffa Ursule. C'est un vieux pot à moutarde, ça. Dans le petit salon, il y a des vases en porcelaine.

— Je préfère ce pot, il est superbe.

La vieille haussa les épaules.

— Vous avez de drôles d'idées, vous ! marmonna-t-elle. Un pot à moutarde que j'ai failli balancer dans les douves l'autre jour.

Cela fit sourire Claire. Elle n'avait jamais renié sa nature rebelle et extravagante.

— Je finirai par aimer ce château ! dit-elle tout bas en marchant le long du couloir. Ici, je suis à nouveau moi-même : Claire de la Grotte aux fées.

4

Louis de Martignac

Moulin du Loup, même jour

Angela, ravie d'être de l'aventure, aida Faustine à vérifier une dernière fois le chargement. Elles avaient attelé la jument au cabriolet à deux roues.

— C'est bon, les deux paniers sont bien calés. J'espère que maman sera contente. Hier soir, elle était de mauvaise humeur quand je l'ai dérangée. En plus, papa ne comprend pas pourquoi elle a si mal réagi. Enfin, j'apporte tout ce qu'elle voulait et même davantage : des poireaux, des carottes, des céleris, un sac de pommes de terre, des pots de rillettes, du lard maigre et même du pain frais.

— Pourtant, Claire ne se met jamais en colère, s'étonna l'adolescente.

— Disons que cela lui arrive rarement, soupira Faustine. Allez, en route ! Grimpe sur le siège, ma chérie.

Angela prit des poses de grande dame pour se hisser sur la banquette, en soulevant sa jupe et tenant son chapeau de paille. Faustine éclata de rire :

— Coquine ! Tu feras moins la fière dans le château de madame de Martignac, une sombre bâtisse avec des créneaux et des courtines, comme dans les romans de cape et d'épée.

Du perron, Jean leur fit un signe de la main. Léon accourait :

— Hé ! les filles, vous avez oublié le gâteau ! Si c'est pas dommage de donner un bon gros gâteau de Savoie à des rupins ! se plaignit le domestique.

— Des rupins ruinés, Léon, protesta la jeune femme. Que veux-tu ? Ma mère doit les nourrir !

Sous un ciel limpide de fin d'après-midi, Faustine dirigea Junon vers le porche du Moulin. Les falaises resplendissaient, frappées d'une lumière adoucie. Angela avait envie de chanter.

— Je suis trop heureuse, s'écria-t-elle. Faire une grande balade avec toi dans une charrette, je trouve ça tellement amusant !

— Un cabriolet, rectifia Faustine. Une charrette, c'est beaucoup plus lourd, plus encombrant et il y a quatre roues. Allez, trotte, ma Junon.

La jument s'ébroua et secoua la tête. L'attelage prit un peu de vitesse. Angela se cramponna à la taille de la jeune femme. Elle avait peur, mais cette peur même lui semblait exaltante.

— Parle-moi encore des gens du château, implora-t-elle. De la petite fille, Marie.

— Tu la verras peut-être, si elle va vraiment mieux. Oh ! Regarde, une compagnie de perdrix, là, dans ce champ. Apprends à bien observer la campagne, Angela. Il y a tant de beautés : les fleurs sauvages, les arbres et les nuages. Tiens, j'adore ce genre de nuages, on dirait du coton.

— Ce sont des cumulus, répliqua l'adolescente. Je l'ai appris dans un livre de sciences.

Le trajet leur parut court, car elles s'amusèrent à détailler le paysage, en espérant le passage d'un animal, lièvre ou fouine en maraude. Angela commença à guetter les tours du château dès que Faustine lui montra le clocher de l'église de Torsac.

Enfin, elles furent devant le portail : il était grand ouvert. Deux voitures étaient garées dans la vaste cour pavée.

— Ah, Louis, le frère de la malade, est là aujourd'hui, constata Faustine, et mon oncle Victor, je crois. Je reconnais son automobile.

Angela restait muette de saisissement. Elle admirait la façade au cachet romantique, le dessin des créneaux bordant les tours, les toits et les cheminées majestueuses. Un jeune homme sortit des écuries. Il portait une culotte d'équitation beige, des guêtres en cuir rouge ainsi qu'une large chemise blanche.

— Louis de Martignac ! souffla Faustine à l'oreille de sa sœur adoptive.

— Mais il a les cheveux longs comme une fille !

— Le père de Claire était coiffé ainsi, je m'en souviens très bien. Cela me paraissait drôle, à l'époque.

Louis se précipita vers le cabriolet. Il adressa un tel sourire aux visiteuses que toutes les deux sentirent leur cœur battre un peu plus vite. Faustine se le reprocha, Angela s'en réjouit. Elle s'imaginait déjà racontant la scène à ses camarades de l'institution.

« J'étais dans la cour du château et un garçon aussi beau qu'un prince de conte de fées a surgi devant nous. »

— Bonsoir, Faustine. Bonsoir, mademoiselle ! s'exclama Louis en saluant.

— Mademoiselle Dumont ! ajouta Faustine.

— Ah, votre sœur, dans ce cas ! En effet, elle ressemble beaucoup à votre mère.

Rien ne pouvait faire plus plaisir à l'adolescente. Elle sauta de la voiture et attendit sagement la suite des événements. Faustine descendit à son tour. Elle entreprit de dégager Junon de son harnais.

— Je n'aime pas la laisser attelée, on ne sait jamais.

— Je me suis procuré un peu de paille et de foin, déclara le jeune homme d'un ton faussement modeste. Les gens qui nous vendent le lait en avaient à foison. Ils m'en ont cédé.

Le langage châtié du séduisant châtelain acheva de conquérir Angela. Faustine n'y prêtait pas attention, occupée à conduire la jument dans une des stalles. Bien sûr, Louis l'escortait.

— Comment va Marie ? demanda-t-elle, une fois Junon attachée.

— Mieux. Elle semble hors de danger. Un petit miracle ! Ursule le claironne dans tout le bourg. Je suis rassuré, pour ma part. A midi, ma sœur a pris du bouillon. Votre mère en avait préparé et c'était un régal.

Faustine imagina sans peine le remue-ménage que Claire avait dû provoquer dans les cuisines. Au moment de prendre les paniers, elle hésita.

— Louis, dit-elle gentiment, hier maman m'a demandé d'apporter des légumes de notre potager et quelques conserves. Mais peut-être vaut-il mieux passer par les cuisines ? Comme vous avez de la visite, ce sera plus discret. C'est la porte en contrebas, à gauche ?

Le jeune homme devint rouge de confusion.

— Quelle idée a eue votre mère ! Nous ne mourons pas de faim, quand même, et jusqu'à présent nous ne faisons pas appel à la charité de gens comme vous, ni de personne.

Il s'embrouillait dans son discours. Apitoyée, Faustine confia un des paniers à Angela. Elle prit le second et s'éloigna. Louis les rattrapa et débarrassa la jeune femme de son chargement. Il fit de même pour l'adolescente, en marmonnant :

— Toute honte bue…

— N'en faites pas une histoire ! se récria Faustine. Cela partait d'une bonne intention. Dites-vous que c'est pour la santé de Marie.

— Vous ne pouvez pas comprendre ! répliqua-t-il. La déchéance d'une famille, l'orgueil comme unique raison de vivre.

Angela, très gênée, trouva soudain Louis moins charmant. Ursule les accueillit avec un grognement d'approbation à la vue des paniers.

— Eh, merci bien, mademoiselle ! En voilà un beau gros pain, et de belles carottes, dites !

Ursule se lança dans l'inspection des marchandises en riant. Les trois jeunes gens regagnèrent la partie noble de la demeure en suivant le dédale de couloirs et d'escaliers. Angela portait le gâteau de Savoie fourré à la confiture de prunes. Elle l'avait placé dans une assiette et protégé avec un torchon immaculé.

Faustine jugea le château nettement moins sinistre. Beaucoup de fenêtres étaient ouvertes sur le vallon ensoleillé, et les boiseries révélaient des sculptures délicates de fleurs et de feuillages auxquelles elle n'avait pas pris garde la veille.

Le grand salon aussi lui parut plus chaleureux. Victor et Blanche Nadaud étaient assis sur une élégante banquette tapissée de velours. Edmée et Claire leur faisaient face, dans des fauteuils de couleur assortie. Trônant sur une commode lustrée par les années, un splendide bouquet de fleurs égayait la pièce.

Faustine embrassa sa mère, sa tante et son oncle, et serra la main de la châtelaine. La jeune femme se félicita d'avoir troqué sa tenue de cavalière pour une robe en cotonnade bleue, dont le volant frôlait ses chevilles. Claire admira sa fille qui avait divisé sa longue chevelure blonde en deux tresses et portait un joli collier, mais elle ne put cacher sa contrariété. Faustine aurait dû porter ses vêtements de deuil. Sa coquetterie avait quelque chose d'indécent.

Mais l'atmosphère était joyeuse et elle fut la seule à s'offusquer de ce détail.

— Madame de Martignac a eu la gentillesse de nous inviter à prendre le thé ! susurra Blanche Nadaud, née Dehedin.

La sœur jumelle de Jean portait une robe fuseau de soie beige. Ses boucles noires étaient coiffées d'une cloche assortie. Blanche avait opté pour la mode des cheveux courts et les faisait friser. La jeune femme semblait avoir toujours vécu dans un tel décor. Les jambes croisées montrant ses mollets gainés de bas blancs, elle grignotait un biscuit, en contemplant les superbes meubles du château.

— Vous avez pu constater, chère madame, disait Victor Nadaud, que j'ai eu du nez de vous amener Claire Dumont. Là où la médecine a baissé les bras, notre amie a su triompher de la maladie.

— Je vous en prie, Victor ! dit très humblement Claire. Rien ne prouve que j'y suis pour quelque chose. L'état de Marie s'est amélioré, certes, mais cela se serait peut-être produit sans moi. J'avais lu que la fièvre typhoïde présente des caps à passer. De plus, les enfants se rétablissent plus vite que les personnes âgées.

— Et modeste, avec ça ! claironna le préhistorien. Pendant que vous étiez au chevet de cette pauvre petite, madame de Martignac nous a raconté comment vous aviez lutté pendant des heures pour sauver sa fille. Et le blanc de poireau cuit dans du lait ? Un remède de nos campagnes ou une potion de magicienne ?

Edmée eut un léger rire de joie. Louis ajouta :

— Moi, je crois ce que je vois. Madame Dumont a fait des merveilles. Ma petite sœur a retrouvé ses esprits ! Elle m'a souri !

— Pouvons-nous dire bonsoir à Marie ? demanda Faustine. Je ne sais pas si elle peut déjà en manger, mais nous avons fait un gâteau pour elle. Et j'ai choisi un livre de contes correspondant à son âge, les contes de Perrault. Je peux lui en lire un, si elle n'est pas trop fatiguée.

— Comme c'est aimable ! se récria Edmée. Que de personnes charmantes, aujourd'hui ! Madame Nadaud nous a offert une boîte de délicieux biscuits aux amandes. Qu'en pensez-vous, Claire ? Marie peut-elle goûter à ce gâteau ?

— Non, ce serait trop lourd à digérer. De toute façon, il faudra patienter pour la voir ! Elle dort !

Claire avait répondu d'un ton sévère qui déconcerta Faustine et Angela. Blanche déclara, avec une mine gourmande :

— Mais nous avons le droit, nous, de goûter à ce régal, car, je peux vous le confier, madame, ma nièce est une excellente cuisinière, surtout en ce qui concerne les pâtisseries.

Le Savoie bien gonflé et poudré de sucre glace fut dégusté dans la bonne humeur. Louis ne quittait pas Faustine des yeux. Il la devinait embarrassée et s'interrogeait sur cette jeune femme qui venait de surgir dans sa vie. Elle paraissait très jeune. Pourtant, elle se disait déjà veuve et directrice d'école. Il aurait voulu tout savoir. La conversation prit un tour qui écarta un pan du voile.

— Alors, Faustine, dit soudain Blanche, auras-tu de nouvelles élèves à la rentrée ? J'ai rencontré ce cher Bertrand en ville, la semaine dernière, et il s'est plaint de l'effectif de l'institution. Ton beau-père se soucie vraiment du sort de ces malheureuses enfants que tu éduques. Madame de Martignac, vous devez sans doute connaître maître Giraud, avocat à la cour, devenu maire de Puymoyen ? Les Giraud du domaine de Ponriant.

Edmée rectifia un pli de sa robe noire et arrangea une mèche de son chignon. Elle répliqua, d'un air songeur :

— Oui, bien sûr ! Mais j'ai surtout souvenir de Marianne des Riants, qui était une amie de ma mère. Elles avaient été pensionnaires dans le même lycée, à Angoulême. Une personne admirable, une lettrée ! J'ai eu le plaisir de discuter avec elle assez longuement, le jour de mon mariage avec Hubert. Hélas, elle s'est éteinte l'année suivante. Mais, si je comprends bien, Faustine a épousé le fils de maître Giraud, Denis, n'est-ce pas ? Je suis coupée du monde depuis quelques années.

Victor crut bon de préciser que le jeune homme était mort d'une manière tragique, piétiné par un étalon furieux. Edmée poussa de petits cris effarés qui manquaient de sincérité.

— Ce drame nous a tous marqués, coupa Claire. Et, plus récemment, le décès accidentel d'une jeune femme que j'aimais comme une sœur, ma gouvernante, Raymonde.

Faustine approuva, le nez baissé sur sa tasse. Elle nota que sa mère employait le terme *gouvernante* et non *servante*, ce qui en effet convenait mieux au rôle de Raymonde. Un silence vint ternir l'ambiance jusqu'alors agréable. Louis en profita :

— Je pourrais faire visiter le château à ces demoiselles, en attendant que Marie se réveille. Si vous n'y voyez pas d'inconvénient, mère ?

— Conduisez-les dans le parc, il fait si bon, soupira Edmée.

Angela était déjà debout. Elle n'appréciait guère cette réunion de grandes personnes autour d'un service à thé. Faustine fut soulagée également. Louis les conduisit dans la cour :

— Pour aller dans le parc, il faut descendre un escalier, à gauche. C'est une particularité amusante : le seul accès se situe là ! Personne de l'extérieur ne peut y entrer. Venez, nous cueillerons des fleurs pour ma sœur.

Avec la spontanéité d'un gamin, Louis leur prit la main à toutes les deux. Faustine y trouva du réconfort. Angela, elle, exultait :

— Oh ! c'est merveilleux, on dirait un endroit magique. Faustine, regarde, les arbres sont immenses.

La jeune femme se laissa éblouir par la beauté surprenante du parc. Des sapins centenaires ombrageaient le sol tapissé d'aiguilles rousses, des bosquets de buis dégageaient leur parfum frais. Plus loin, se devinaient des étendues d'herbes hautes parsemées de coquelicots et de marguerites, qui servaient de tapis coloré à un cèdre majestueux. Une tonnelle en ferronnerie était entièrement livrée à l'exubérance d'un rosier grimpant, croulant de fleurs d'un blanc veiné de rose. L'armature évoquait la forme d'une élégante cabane, malgré la rouille qui transparaissait entre la végétation.

— Marie vient souvent jouer sous la gloriette, précisa Louis.

— La gloriette ? s'étonna Angela. Où est-elle ?

— On dit aussi une pergola, indiqua Faustine.

Louis leur montra un petit banc en bois. Une poupée gisait sur la banquette moussue. La pluie avait délavé sa robe, et le soleil achevait de craqueler le visage en papier bouilli.

— Ma sœur a dû l'oublier là avant de tomber malade, déclara le jeune homme.

— Il faut la lui ramener, s'exclama Angela, même si elle est abîmée !

— Je crois qu'elle serait triste de la voir dans cet état, dit

Faustine. Je pense qu'il vaut mieux la rafistoler un peu. Nous l'emporterons au Moulin, tout à l'heure, et je…

— Et vous la soignerez ! ajouta Louis, égayé. J'aurai ainsi la certitude de vous revoir, Faustine.

Angela jugea l'instant propice à se promener seule sous le cèdre. Elle savait beaucoup de choses sur la vie sentimentale de sa sœur adoptive. Tout en ayant la certitude que Faustine adorait Matthieu, elle appréciait la cour discrète que lui faisait le jeune châtelain. Cela ressemblait à ces histoires d'amour qu'elle lisait en cachette, dans les livres qu'elle dérobait dans la bibliothèque personnelle de Claire.

Faustine, quant à elle, aurait préféré ne pas se retrouver seule avec Louis. Il riait en silence, sans lâcher sa main. La jeune femme finit par dégager ses doigts.

— Excusez-moi, déclara-t-elle, mais ce geste est trop familier. Nous ne sommes ni frère et sœur, ni cousins, ni fiancés.

— Oh ! je suis désolé ! s'excusa-t-il. Je ne parviens pas à croire que vous êtes en deuil. Vous, la veuve de Denis Giraud ! Je n'ai rien dit, dans le salon tout à l'heure, mais je le connaissais, votre mari. Il m'est arrivé de jouer aux cartes avec lui, au Café de la Paix. C'était mon cadet de trois ans. Cependant, nous nous sommes aussi croisés au lycée Guez-de-Balzac, moi en terminale, lui en seconde. Vous l'avez épousé très jeune ! En fait, j'ai entendu dire qu'il allait se marier, mais je ne savais pas avec qui !

— Je n'ai pas envie d'en discuter ! trancha-t-elle. Vous êtes indiscret, mon cher.

Il lui lança un coup d'œil inquiet, conscient d'avoir parlé à la légère. Elle avait dû beaucoup souffrir.

— Pardonnez-moi, Faustine. Vous êtes si différente des autres filles que je rencontre en ville. Quand même, à votre âge, j'espère que vous comptez vous remarier un jour ?

Elle lui opposa une moue boudeuse, sans daigner répondre. L'envie la démangeait de crier à ce jeune curieux qu'elle aimait un autre homme, le plus bel homme de la terre à son goût, Matthieu. Mais c'était un secret, son précieux secret.

— Si nous rentrions au château ! dit-elle soudain. Votre sœur est sûrement réveillée. Angela, viens !

L'adolescente accourut, radieuse. Elle avait composé un joli petit bouquet de marguerites et de bleuets. Louis la félicita. Ils reprirent le sentier tracé par Marie et l'escalier de pierre grise qui reliait le parc à la cour d'honneur.

Faustine s'aperçut qu'elle tenait la poupée aux habits spongieux et à la figure jaunie.

« Je vais la laisser dans le salon. Sa mère n'a qu'à la réparer. Je ne reviendrai jamais ici. Louis s'imagine que je suis libre d'aimer à nouveau. Si je le revois, il finira par croire qu'il me plaît, alors que c'est faux ! » songea-t-elle.

Elle le regarda du coin de l'œil. Pourtant, il était beau, amusant et d'une éducation irréprochable.

« Suis-je sotte ! pensa-t-elle. Je vois le mal partout, comme Bertrand. Si Louis s'avise d'aller trop loin, je le remettrai à sa place, je lui expliquerai que je suis amoureuse de Matthieu... Ce château est si romantique avec ses tours, ses créneaux, le parc. Il faut bien admettre que je ne me distrais jamais et que ça me rend facilement impressionnable. Je ne vais plus jamais en ville, je ne danse plus. »

— Faustine, claironna Angela, tu as failli te cogner au mur. La porte est là, sur ta droite.

Louis se mordait les lèvres pour ne pas éclater de rire.

— Vous êtes trop drôle ! bredouilla-t-il. A quoi pensez-vous donc de si grave ?

La jeune femme, vexée, haussa les épaules. Elle les précéda dans l'entrée et se dirigea sans hésitation vers le grand salon. Une surprise les attendait : Marie était assise dans l'un des fauteuils, une couverture sur les genoux. La fillette penchait la tête de côté, en raison de sa faiblesse, mais elle souriait. Ses joues creuses avaient une teinte ivoirine. Elle fixa Faustine d'un air ébloui avant de dévisager Angela.

— Bonjour, Marie, dit doucement la jeune femme. Je suis contente de faire ta connaissance, et ravie que tu te sentes mieux.

Elle s'empressa de sortir le recueil de contes de son sac à main.

— Tiens, c'est pour toi. Ta maman pourra te lire une histoire et, dès que tu seras moins fatiguée, tu les liras toi-même.

— Oh non, mademoiselle, je ne sais pas.

— Je n'ai pas pu me décider à l'inscrire à l'école du bourg, expliqua Edmée de Martignac. Son père tenait à ce qu'elle suive les cours d'une institution religieuse en ville, en étant pensionnaire. Je voudrais respecter sa volonté. Marie doit recevoir une excellente éducation.

Claire était stupéfaite. Arthur et Clara, à cinq ans et demi, apprenaient déjà l'alphabet sous la férule respective de Faustine et de Bertille. Cependant, elle comprit ce que taisait leur hôtesse : l'argent manquait tant au château qu'elle ne pouvait pas envoyer sa fille à Angoulême.

— Vous avez eu tort ! s'écria Faustine. L'enseignement dispensé dans les communales vaut celui des écoles religieuses. Marie tirerait un grand plaisir de la lecture. Et même si elle intégrait un établissement à la rentrée, elle serait très en retard pour son âge.

Blanche tiqua elle aussi. Elle avait renoncé à son métier, Victor disposant d'une fortune suffisante pour leur permettre de bien vivre, mais elle demeurait très intéressée par les lois scolaires et la profession.

— Si je ne logeais pas en ville, renchérit-elle, je vous proposerais, chère madame, de donner des leçons à votre enfant. Hélas, je ne suis pas disponible. Nous partons bientôt, Victor et moi, pour la Grèce.

— Faustine pourrait s'en charger, affirma Claire. Dis, Marie, cela te plairait d'avoir une maîtresse d'école chez toi, une gentille maîtresse d'école. Ma fille a des élèves déjà, et elle leur apprend à lire et à compter. Mais comme ce sont les grandes vacances, elle va pouvoir s'occuper de toi.

La jeune femme aurait aimé annoncer à tous qu'elle avait eu la même idée. Mal à l'aise, car sa tante et sa mère la traitaient comme une personne dénuée de la moindre initiative, elle consentit d'un signe de tête. Louis s'illumina.

— Je viendrai vous chercher en voiture, Faustine, dit-il aussitôt. Et je vous reconduirai.

— Non, ce ne sera pas la peine ! protesta-t-elle. Je ferai le trajet à cheval. Junon a besoin d'exercice. Eh bien, Marie, qu'en penses-tu, toi ?

Edmée eut un geste d'agacement. Sa canne tomba sur le parquet avec un bruit sec.

— Elle obéira ! décréta la châtelaine. Une enfant de huit ans n'a pas à donner son avis. Je ne sais comment vous remercier

Claire, et vous aussi, Faustine. Durant ces trois derniers jours, je n'ai rencontré que des personnes charmantes et dévouées. Cela me redonne espoir. Cela dit, je dois préciser que je suis dans l'incapacité de vous dédommager.

La longue dame aux traits émaciés essuya une larme. Louis ramassa la canne et la lui tendit.

— Tenez, mère, ne soyez pas bouleversée. Je vous avais bien dit que la chance nous sourirait tôt ou tard.

Ils échangèrent un regard étrange. Claire s'en aperçut et cela l'intrigua. Elle comprendrait prochainement les rapports épineux qui opposaient Edmée et son fils.

Blanche et Victor prirent congé. Puis, ce fut au tour d'Angela et de Faustine.

— Maman, demanda la jeune femme à Claire, quand reviens-tu à la maison ? Arthur te réclame et papa n'ose plus travailler au verger. Léon et Jeanne sont incapables de gérer le ménage et la cuisine. La petite Janine a les fesses rouges et elle pleure beaucoup la nuit. Thérèse veut la consoler, mais ça ne marche pas.

Edmée écoutait. Elle secoua la tête, navrée :

— Claire, je cause du souci à votre famille. Rentrez près des vôtres, je pense être capable de soigner Marie.

— Je reste, coupa Claire. Une rechute est possible. Par prudence, je passerai encore cette nuit à son chevet. Faustine, dis à ton père qu'il vienne me chercher demain soir, en Peugeot.

— D'accord, maman, si tu juges que c'est préférable.

La jeune femme embrassa Marie. Louis s'empressa de l'escorter jusqu'à l'écurie et l'aida à atteler la jument.

— Alors à demain ! se réjouit-il. Vous savez, Faustine, avant de vous rencontrer, je ne supportais pas de rester une journée au château. Maintenant, je reprends goût à cette vieille bâtisse.

Angela tendait l'oreille, frémissante d'excitation. Dès que le cabriolet eut dépassé les dernières maisons de Torsac, l'adolescente déclara, d'un air réjoui :

— Louis est amoureux de toi ! As-tu vu comment il te regarde ? Et les yeux qu'il te fait !

— Angela, tu exagères ! répliqua Faustine d'un ton amusé. Moi, je n'aime que Matthieu. Je me moque de ce monsieur aux cheveux longs. Voilà !

Elle fit claquer sa langue. La jument se mit au trot. Les deux filles riaient aux éclats, baignées par la lumière du soleil couchant.

Claire était soulagée. Elle avait tenu bon, en insistant pour dormir encore une nuit auprès de sa malade. Apaisée par le calme revenu, elle aida Marie à se recoucher sur le divan du boudoir.

— Tu dois te reposer, ma mignonne, précisa-t-elle à l'enfant. Je vais aller aux cuisines préparer de la soupe aux légumes et du flan.

Elle trouva Edmée assise dans le salon. Songeuse, elle contemplait les fleurs offertes par Blanche, la table du thé et la moitié de gâteau.

— Claire, si vous pouviez me conseiller, implora-t-elle. Votre belle-sœur et son mari m'ont fait une proposition. Ils souhaiteraient acheter le château. Ils disent avoir eu le coup de foudre. Quelle drôle d'expression ! Ils sont très modernes ! Je n'ai jamais envisagé de vendre, malgré l'insistance de Louis. Ce serait perdre mon âme et trahir la mémoire de mon époux. Hubert adorait ce lieu, les arbres que ses ancêtres avaient plantés, la vue depuis les tours. Mais je suis ruinée, je vous l'ai dit. Si j'ai refusé, tout à l'heure, que mon fils fasse visiter l'étage et les autres parties du château, c'est uniquement parce que la plupart des pièces sont vides et dévastées par les rongeurs. Certains planchers menacent de s'écrouler et les plâtres de tomber dans les chambres.

— Je m'en suis doutée, répondit Claire. Mais cela n'enlève rien à la beauté de l'architecture. Personnellement, je ne vendrai jamais le Moulin. Suivez votre cœur, Edmée. Il n'y a vraiment aucune autre solution ?

— Non, hélas, et l'offre de ces aimables personnes est fort tentante. Cela comblerait mon fils, qui rêve de vivre à Angoulême. Marie habiterait un appartement confortable.

Edmée éclata en sanglots secs et silencieux.

— Je crois que j'en mourrai ! hoqueta-t-elle.

Claire lui prit la main en s'installant à ses côtés. La détresse de cette femme aux allures fragiles la touchait profondément.

— Je vous aiderai si je le peux, déclara-t-elle. Avez-vous de grosses dettes, des hypothèques ?

— Pas du tout, assura la châtelaine. Mais Louis a des exigences. Pour lui acheter sa voiture et financer ses études, j'ai sacrifié des hectares de bois. Nous manquons de tout. Je suis

sûre que Marie a attrapé la typhoïde à cause de l'eau du puits que nous buvons. Je ne peux même pas la vêtir décemment. Que puis-je vendre encore, hormis le château ? Rien, plus rien !
Elle pleura de plus belle. Louis entra dans la pièce. Claire se leva et prit le long chemin jusqu'aux cuisines. L'idée de se battre pour sauver Edmée et la vaste demeure l'obsédait et l'emplissait d'une énergie étonnante.

Moulin du Loup, 14 août 1920

Claire descendit de la voiture, Louis l'avait raccompagnée. Jean n'était pas venu la chercher le soir prévu, conformément à la demande qu'elle lui avait transmise par Faustine.
— Au revoir, Louis, je reviendrai après-demain. Et Faustine sera chez vous dans une semaine, pour la première leçon de lecture de Marie.
Garé près du portail du Moulin, le jeune homme jeta des regards curieux vers le groupe de bâtiments. Il la salua et fit demi-tour. Comme la plupart des conducteurs, il ne coupait pas son moteur pour un arrêt de courte durée, afin d'éviter d'utiliser la manivelle.
— Merci encore, madame, répliqua-t-il. Mes amitiés à votre famille.
Elle lui sourit et s'éloigna, encombrée des paniers vides. Tout son être vibrait de cette combativité qui l'avait envahie sous le toit du château. En marchant dans la cour, elle reprenait possession de sa vie quotidienne. Elle se réjouissait de revoir son vieux cheval, Sirius, de flatter ses chèvres et de nourrir les poules. Les poussins avaient dû mettre leurs plumes, la lapine blanche devait avoir mis au monde une portée.
Cet état de grâce ne dura pas. Passé le seuil de la cuisine, le spectacle qu'elle découvrit l'affligea. D'abord consternée, Claire céda vite à la colère. Le dessus de la cuisinière était maculé de restes de nourriture carbonisée ou crue qui attiraient les mouches. Le carrelage n'avait pas été balayé. La petite Janine, attachée dans sa chaise haute, portait un bavoir sale, raide de lait séché. Le bébé avait des croûtes sous le nez et au coin de la bouche.
La grande table présentait le même aspect crasseux, elle était

couverte de miettes et de résidus d'épluchures. Les fenêtres étaient fermées malgré le bon air vif du matin.

Des bruits de ferraille s'élevaient du cellier. Léon apparut, déguenillé et mal rasé.

— Ah ! patronne, on s'ennuyait de vous !
— Tu laisses ta fille seule ! rétorqua Claire. Où est Jeanne ?
— Pour deux secondes, madame, y a pas de mal. Et la belle-mère, l'est partie soigner les bêtes. Une fouine a saigné tous les lapereaux de la Blanchette ; j'avais pas vu que le grillage était décloué. Mais je vais réparer ! Je l'ai dit à Jeannot, seulement, c'est pas son truc, de bricoler.
— Où est-il ? demanda-t-elle d'une voix dure.
— Il tape à la machine dans son fichu bureau. Je préfère vous le dire, il n'est pas de bonne humeur.
— Moi non plus ! s'écria Claire en sortant.

Elle se rua dans le bureau de Jean, qui jadis était son atelier d'herboristerie. A peine entrée, une forte odeur de fumée la suffoqua. Son mari avait dû écraser plusieurs cigarettes à la suite l'une de l'autre. Il lui lança un coup d'œil furieux.

— Tiens, tu t'es souvenue de ta famille ? maugréa-t-il. Ou peut-être bien que tu es juste passée prendre tes affaires ?
— Jean, ça suffit ! Je peux m'absenter trois jours sans que ce soit la fin du monde ici ! J'ai sauvé une petite fille de huit ans, atteinte de la typhoïde. Sa mère était incapable de la soigner et...
— Ne te fatigue pas, coupa-t-il, je connais l'histoire. N'empêche, tu as pris tes aises en me laissant avec une vieille folle qui pleurniche et trois gosses à torcher. Léon a fait ce qu'il a pu, mais il ne peut pas grand-chose.
— Vous n'êtes qu'une bande d'incapables, de sagouins ! hurla-t-elle. Quand tu décides de voyager plusieurs mois, je n'abandonne pas la maison. Un peu plus, je trouvais le cochon dans la cuisine. D'ailleurs, je n'ai pas vu Loupiote ! Ne me raconte pas qu'elle court la campagne, à son âge.

Jean se leva et entraîna sa femme dehors en la tenant par le coude.

— Loupiote est morte une nuit, sûrement pendant son sommeil, car en la voyant le matin, je la croyais endormie. J'avais demandé à Faustine de ne pas t'en parler.

Cette fois, c'en était trop pour Claire. Elle repoussa son mari et s'enfuit vers l'écurie. Sirius l'accueillit d'un hennissement amical.

— Toi aussi, tu aurais pu mourir ! Seul, sans moi. Dès que je reprends courage, un nouveau coup me frappe !

Claire se recroquevilla au creux du tas de foin stocké dans un angle du bâtiment et fondit en larmes. Jean entra sans bruit.

— Câlinette, ne te rends pas malade. Tu m'avais dit que Loupiote n'allait pas bien ces derniers jours.

Elle ne répondit pas. Il l'observait, désemparé par sa détresse. La colère qu'il ruminait fondait au rythme des sanglots de sa femme.

— Bon, je l'avoue, concéda-t-il, nous n'avons pas su tenir la maison. Mais quelle idée aussi de partir plus de trois jours ! Tu sais bien que tu es l'âme du Moulin, la maîtresse des lieux. Câlinette, sans toi, tout va de travers. Dis, tu ne vas pas recommencer ce petit jeu ? Tu m'as tellement manqué !

Claire se retourna, le visage ravagé. Elle le foudroya d'un regard plein de fureur et de désespoir :

— Ce petit jeu ? Sauver une enfant de huit ans, tu appelles ça un jeu ? Moi, je revenais toute contente, et toi, tu m'annonces sans aucun ménagement que Loupiote est morte, sans même imaginer la souffrance qui va être la mienne ! Vous auriez dû me prévenir !

Elle haletait et suffoquait. Jean tenta de la prendre dans ses bras. Elle le repoussa encore, avec une violence surprenante.

— Ah, je te manquais ! Pour quoi faire ? En vérité Jean, tu aimes bien me voir près du feu quand tu rentres du verger, tu aimes que tout soit prêt, le repas, le linge et tout. Cela ne te dérange pas de monter te coucher avant moi ou de t'enfermer dans ton bureau durant des heures. Alors que moi, depuis l'accident, et la disparition de Raymonde, je vis un calvaire ! Oui, un calvaire ! Je me sens inutile et seule.

Soudain, elle se releva en secouant sa robe parsemée de brindilles de foin. Jean la dévisageait. Il ne comprenait plus. Claire paraissait le haïr. Il hurla :

— Bon sang, tu crois que c'est facile pour moi, de vivre ici ? Je m'échine à soigner les pommiers, la vigne est fichue, tu recueilles à ta guise tous les orphelins que je dois élever et nourrir. Et merde ! Voilà, je suis grossier. Ne pince pas la bouche, ça soulage ! J'ai refusé du travail à Paris, figure-toi, et à Bruxelles, juste pour rester près de toi et te soutenir.

Ils s'affrontaient, le souffle court. Claire se rua sur son mari et le gifla.

— Claire, vas-tu te calmer ! fulmina-t-il en la secouant par les épaules. Dis, ça ne te réussit pas, la vie de château !

Léon les découvrit ainsi, tous les deux rouges, échevelés et les yeux fous.

— Qu'est-ce que je donnerais pas, moi, pour pouvoir m'engueuler avec ma Raymonde ! soupira-t-il. Vous avez l'air malin, à vous empoigner ! Feriez mieux de vous bécoter.

Le domestique hocha la tête et tourna les talons. Claire pleura à nouveau, mais blottie contre la poitrine de Jean. Il lui embrassa le front et le bout du nez.

— Là, là, c'est fini. Tu vas tout me raconter, après ce sera mon tour.

Il lui prit la main et la guida vers le fond du potager, là où étaient enterrés Sauvageon et sa fille Loupiote. Thérèse et Arthur avaient couvert la tombe de fleurs : des dahlias, des marguerites, des roses et des feuillages. Une frêle croix fabriquée avec deux morceaux de planche et de la ficelle couronnait le tout.

— Pourquoi ? répéta Claire.

Elle frissonnait. Jean la serra contre lui.

— Pourquoi ? reprit-elle. J'ai lutté des heures pour soigner une fillette, mais je vous ai abandonnés, toi, Léon, les petits. Pourtant, j'ai cru à un signe divin, à une seconde chance. J'étais à ma place, au chevet d'une petite malade. Quand je la touchais, j'éprouvais une sensation étrange au bout de mes doigts. Elle semblait condamnée, cette enfant, et pourtant j'avais la certitude que je lui faisais du bien, que je pouvais la guérir. Oh, c'est inexplicable !

— Tu trembles ! Ce sont les nerfs ! dit Jean. Viens, rentrons à la maison. Je te ferai du café. Thérèse et Arthur sont à Ponriant. Bertille m'a proposé de les garder ce soir. Tu pourras te reposer.

— Ces méchancetés que tu m'as dites, tu les pensais vraiment ?

— En colère, on crie n'importe quoi, répliqua-t-il. Tu m'as traité de sagouin !

Claire se laissa dorloter en essayant de ne pas voir la saleté de la cuisine. Jeanne se permit de proférer des reproches, comme quoi c'était bien beau de découcher, mais qu'il ne fallait pas se plaindre ensuite.

« Je vais mettre de l'ordre dans ma vie et dans la maison, songeait Claire. Demain. Je ne veux plus de Jeanne. Tant pis, j'accepterai un prêt de Bertille, je chercherai une employée plus jeune, plus gaie, nourrie et logée. »

Jean commença à ranger la pièce. Il n'était pas accoutumé à ce genre de tâches. Très vite, il fut exaspéré.

— Quand même, soupira-t-il, Faustine devrait habiter chez nous. Elle t'aiderait, au moins. Est-ce vraiment une bonne idée, qu'elle donne des leçons à cette gamine du château ?

— Je m'y suis engagée, répondit Claire. Je t'en prie, ne t'en mêle pas.

Il faisait chaud. Après le déjeuner, Jean proposa à sa femme de faire la sieste. Ils s'enfermèrent à clef et s'allongèrent sur leur grand lit. Claire avait pris un bain et ne portait qu'une robe en coton.

— Câlinette, pardonne-moi, dit-il doucement en caressant ses seins à travers le tissu. Parfois, je te voudrais pour moi tout seul, chaque jour que Dieu fait.

Il ôta son pantalon et sa chemise. Le désir le rendait tendre et attentif. En écoutant ses mots d'amour, elle se détendit peu à peu. Il la pénétra avec vigueur, rassuré de la voir nue sous lui, consentante, bientôt éperdue de plaisir. Ils s'endormirent après une unique et fébrile étreinte.

Etant réconciliés, à leur réveil, ils discutèrent longuement.

Château de Torsac, 17 août 1920

Marie de Martignac était assise dans son lit, le dos calé par trois oreillers. Faustine sortit de son cartable un livre de lecture du Cours Préparatoire.

— Alors, es-tu prête pour ta leçon ? demanda-t-elle à l'enfant. Ce sera amusant, ne t'inquiète pas. J'ai l'impression que tu boudes.

— Non, mademoiselle.

La jeune femme avait insisté pour être seule avec son élève, malgré le désir d'Edmée d'assister au cours. Après deux mois de pluie, de fraîcheur et de terribles orages, l'été semblait vouloir se rattraper ; la chaleur était au rendez-vous, le ciel était limpide.

— Bientôt tu pourras retourner dans le parc, ajouta Faustine. Tu as meilleure mine. Je sais que ce n'est pas drôle de rester couchée toute la journée. Mais tu as été très malade.

La fillette baissa le nez. Elle avait les traits fins et gracieux de sa mère et de son frère, mais le front plus bas, les cheveux plus foncés. Amaigrie, encore très pâle, elle inspirait une vive compassion à la jeune femme.

— Si tu travailles bien, dit-elle encore, tu auras une surprise. Tu sais Marie, la lecture te permettra de découvrir de très belles histoires et d'apprendre beaucoup de choses.

— Oui, mademoiselle. C'est quoi, la surprise ?

— Le principe d'une surprise, c'est de surprendre. Si je réponds, ce n'est plus une surprise, plaisanta Faustine. Bon, un peu de sérieux. Voyons si tu connais tes lettres.

Elle pointa son crayon sur le A sans obtenir de résultat. Ce fut pareil pour le B et le C.

— Enfin, Marie, je suis sûre que tu as déjà appris l'alphabet ! s'écria-t-elle.

La petite lui lança un regard vexé et se dissimula sous le drap. Elle résista quand Faustine tenta de baisser le tissu.

— Je suis encore malade, gémit Marie. Et puis, je vous aime pas, vous. Je veux voir madame Claire.

— Elle viendra demain. Si tu n'es pas gentille, je m'en vais. Je suis très occupée, sais-tu ? Je dirige une école pour orphelines, des enfants qui n'ont plus ni père ni mère. Souvent, elles habitaient des taudis et n'avaient jamais eu de jouets. Tu devrais te réjouir d'avoir une famille et de vivre dans un château !

Sur ces mots, Faustine se leva et rangea le livre. Marie émergea brusquement de sa cachette :

— Vous partez ? dit-elle, surprise.

— Oui, je perds mon temps, puisque tu ne m'aimes pas ! répliqua la jeune femme.

— A, B, C, D ! ânonna l'enfant. Je vous demande pardon, c'est que moi, je n'ai pas envie d'aller à l'école religieuse, en ville. Si je sais lire, mère m'enverra là-bas.

Faustine retint un soupir. C'était donc ça. Elle caressa les cheveux de Marie, en chuchotant :

— Peut-être pas ! Même si cela arrivait, en sachant lire et écrire, tu aurais bien des consolations. Tiens, regarde ta surprise.

Elle sortit de son sac, assez large et profond, la poupée qu'elle avait trouvée sous la tonnelle du parc. Elle était parée d'une nouvelle robe en satin rayé. Des cheveux soyeux encadraient son visage qui avait été remodelé et coloré.

— Ma fille, ma Poucette ! s'extasia l'enfant. Je l'ai réclamée à mère, mais elle ne savait pas où elle était. Comme elle est belle !

— Tu avais dû l'oublier dehors, sur le petit banc en bois. Je l'ai emportée chez moi et je l'ai soignée avec l'aide d'Angela.

Marie serra la poupée contre son cœur. Elle paraissait si heureuse, tellement soulagée que Faustine en eut les larmes aux yeux.

— Tu peux t'amuser avec elle, lui confia la jeune femme.

— Oh ! pas tout de suite, mademoiselle ! Je veux bien travailler, je jouerai après.

Pendant une heure, Faustine fit répéter ses lettres à Marie, en employant la méthode qui lui avait permis d'apprendre les secrets de la lecture à Mireille, la vieille gouvernante de Ponriant. Une fois satisfaite de son élève, elle l'embrassa et la laissa profiter de sa poupée.

Edmée s'impatientait dans le salon. Le thé était servi. Cependant, Louis de Martignac ne se montrait pas.

— Mon fils est incorrigible ! déclara la châtelaine. Il m'avait promis d'être à l'heure et, bien sûr, il est en retard. Alors, Faustine, pensez-vous que Marie pourra intégrer une classe élémentaire à la rentrée ?

— J'en doute, madame, soupira la jeune institutrice. Et vraiment, je vous conseille de placer votre fille à l'école du village, sinon elle se découragera. La séparation et l'éloignement ne sont pas favorables à l'étude dans certains cas.

La discussion fut longue et assez houleuse. Faustine s'entêtait, pour éviter à Marie un départ qui la terrifiait. Edmée brandissait ses arguments, la parole donnée au père défunt, la bonne éducation des autres élèves. Elle finit par avouer, d'un ton gêné :

— Je ne tiens pas à ce que ma fille parle le patois. Les enfants du pays le pratiquent couramment, ainsi que leurs parents.

— Les temps changent, madame, coupa Faustine, agacée. Si, par malchance, Marie répétait une expression en patois, comme elle serait tous les soirs ici, vous pourriez la sermonner, ou du moins lui expliquer que ce genre de langage vous déplaît.

L'argument porta. Edmée semblait réfléchir. Faustine respectait son silence, mais elle s'ennuyait.

« Je ferais mieux de rentrer à l'institution, se dit-elle. Si encore Louis était là, ce serait plus distrayant. »

Aussitôt, elle se reprocha cette pensée en réalisant qu'elle espérait revoir le jeune homme.

« Mais qu'est-ce qui me prend ? Je m'en moque, de ce garçon. »

Vite, elle décida de quitter le château. Edmée la raccompagna, non sans la remercier à plusieurs reprises. Faustine se précipita à l'écurie pour seller Junon. Elle n'avait pas la conscience tranquille.

« Si Matthieu était près de moi, je ne me soucierais pas d'un autre que lui. Il pourrait même devenir l'ami de Louis, d'ailleurs. Quand nous serons mariés, nous l'inviterons à dîner. »

Son rêve la soutenait, ce rêve éveillé qu'elle évoquait tous les soirs et bien des matins. Pourtant, il manquait beaucoup d'éléments pour qu'il se réalise. Elle s'interrogeait quotidiennement sur la date du mariage ou la maison où ils habiteraient. Cela jetait un flou sur un avenir qui lui échappait sans cesse. Dans sa dernière lettre, Matthieu écrivait que le chantier se prolongerait peut-être jusqu'en novembre.

« Je voudrais qu'il revienne tout de suite ! » implora-t-elle en menant sa jument vers le portail.

Faustine se mit en selle devant un groupe de femmes, revenant du lavoir chargées de lourdes panières de linge essoré à la force des bras. Elle les salua d'un signe discret, tandis que les commères l'observaient sans grande amabilité.

« Eh bien, songea-t-elle, je les intrigue, sûrement à cause de ma tenue. »

Afin de conjuguer élégance et confort, elle portait une longue jupe-culotte et des bottines, ce qui lui permettait de monter à cheval en gardant une allure féminine. Elle ne respira à son aise qu'à l'entrée du chemin forestier où elle poussa Junon au grand trot.

Louis surgit des taillis, à la hauteur d'une cabane de bûcherons. Le jeune châtelain était en chemise, un fusil à l'épaule. Il agita le bras :

— Oh ! Faustine, je vous guettais ! Auriez-vous un moment à m'accorder ?

Elle hésita : lancer sa monture au galop pour s'enfuir signifierait qu'elle redoutait un tête-à-tête avec lui.

— Là, Junon, ma belle, là, dit-elle sans regarder Louis.

La jument piaffa avant de s'immobiliser. Faustine resta en selle, consciente que cette attitude n'était guère polie.

— Je vous écoute, répondit-elle.

— Descendez de votre bête ! s'écria-t-il. C'est sérieux, je dois vous parler. De quoi avez-vous peur ?

Il souriait, sa chevelure blonde irradiée de soleil. Elle sauta au sol, sans lâcher les rênes.

— Si j'étais rentré au château pour le thé, comme le souhaitait ma mère, je n'aurais pas pu discuter avec vous ! commença-t-il. Mais je ne pouvais pas me résigner à passer la journée sans vous revoir. Faustine, vous êtes si jolie, si charmante. Et intelligente, ce qui ne gâche rien. La femme idéale !

Elle estima qu'il exagérait. Certes, il ignorait tout de son amour pour Matthieu ; néanmoins, il aurait dû respecter son veuvage.

— Je ne veux rien entendre de plus ! décréta-t-elle. Si vous continuez votre manège, je serai obligée de vous éviter ou de ne pas donner de leçons à votre sœur.

— Là n'est pas le problème, répliqua-t-il. Je sollicite votre aide. Voilà, ces gens de votre famille, Victor Nadaud et son épouse, veulent acheter l'ensemble de notre propriété. Votre mère a dissuadé la mienne d'accepter. Faustine, je vous en conjure, il faut que cette vente se fasse. Ils ont proposé un prix fabuleux. Nous pourrions enfin vivre convenablement, en ville. Je dois terminer mes études, et Marie aussi en profiterait. Je ne supporte plus notre pauvreté, ni les embarras perpétuels. Je suis sûr que votre mère vous écouterait, vous.

— Ce ne sont pas mes affaires, trancha-t-elle d'un air boudeur.

Faustine était vaguement déçue. Louis poussa un long soupir. Il cherchait comment la convaincre, quand elle ajouta :

— Pour ma part, je juge stupide de vouloir vendre un lieu aussi beau, qui appartient sans doute à votre famille depuis des générations. Et cela ferait votre bonheur, juste votre bonheur, pas celui de votre mère et de Marie. Louis, savez-vous que votre sœur a très peur d'aller en pension ?

Il haussa les épaules et jeta un regard triste sur le paysage baigné d'une clarté dorée.

— Oui, je le sais, elle me l'a dit, confia-t-il. Mais si nous habitions en ville, elle pourrait rentrer à la maison tous les soirs. Comme c'est ridicule ! Je m'échine à vous exposer ma détresse et nos soucis d'argent. D'ailleurs, à ce point, ce ne sont plus des soucis, mais plutôt la ruine pure et simple. Cela vous passe au-dessus de la tête, puisque vous êtes entrée dans la famille Giraud, de riches parvenus ! On dit que l'avocat, votre beau-père, s'est marié avec une femme d'une moralité douteuse, avide de jouir de sa fortune.

Faustine le fixa avec une expression de colère froide. Elle l'aurait giflé. Les paroles de Louis lui parurent insultantes à l'égard de Bertille et, d'une certaine façon, il l'accusait d'être intéressée, elle aussi.

— Vous êtes un imbécile ! riposta-t-elle. Ma tante Bertille, l'épouse de Bertrand Giraud, est une personne admirable. Elle adore son mari, et sa moralité est irréprochable. Ce n'est pas votre cas. Moi, j'ai entendu dire que votre pauvre mère s'est ruinée pour satisfaire vos caprices !

Furieuse, Faustine se remit en selle et poussa sa jument au galop. Louis, déconfit, resta planté au milieu du chemin.

Moulin du Loup, même jour

Faustine fit demi-tour au moment de prendre la route menant à l'institution et alla jusqu'au Moulin. Junon était en sueur.

— Je suis désolée, ma belle, dit-elle à la jument. Tu passeras la nuit avec Sirius.

La jeune femme entra dans la cour, mit pied à terre et mena Junon à l'écurie. Le vieux cheval blanc, que Claire laissait au box pour lui éviter d'être harcelé par les mouches et les taons, salua sa congénère d'un hennissement joyeux. Léon accourut.

— Ah, Faustine, tu tombes à pic ! Il y a de l'eau dans le gaz, comme dit mon César depuis qu'il joue les mécanos. Va vite rejoindre ta mère, je m'occupe de ta bête.

— Ne lui donne pas de l'eau trop froide, surtout, recommanda-t-elle. Et si tu pouvais la bouchonner ?

— Te fais pas de bile, je sais encore soigner un cheval, même si je suis qu'un fada.

Faustine marqua un temps d'arrêt. Elle vouait une profonde affection à Léon et protesta aussitôt :

— Toi, un fada ! Pourquoi dis-tu ça ? Tu n'es pas fou du tout !

— Demande à ton père. Il m'a envoyé cette flatterie par la figure ce matin, rapport à Janine.

— Mais pourquoi ? insista la jeune femme. Tu en prends soin, de ta fille !

— Paraît que non ! soupira Léon. Que veux-tu, je dois traire les chèvres à sept heures et c'est pile le moment où ma môme pleure. Alors je l'ai prise sous le bras et je l'ai assise près de mon tabouret. Et, tu vas rigoler, vu qu'elle pleurait encore plus fort parce qu'elle avait faim, je l'ai mise à téter au pis de la Pâquerette, la plus douce de nos biques. Elle a bu à son aise, ma Janine, mais ça n'a pas plu à monsieur Jean. Il m'a traité de fada.

Sidérée, Faustine imagina le tableau. Soudain égayée, elle tapota le bras de Léon.

— Moi, je trouve que tu as eu une excellente idée ! répliqua-t-elle. Je vais plaider ta cause. Au fait, qu'est-ce que ça signifie, ton histoire d'eau dans le gaz ?

— Eh bien, qu'il y a de l'orage à la maison !

Elle le quitta et traversa la cour. Des éclats de voix lui parvinrent dès qu'elle fut sur le perron. Faustine entra et découvrit ses parents en pleine querelle. Son apparition les fit taire.

— Bonjour ! claironna-t-elle. Je suis désolée de vous déranger.

Claire, le nez rouge et les yeux brillants de larmes, se sauva à l'étage sans lui répondre. Jean s'affala sur un des bancs.

— Bonjour, ma chérie. Navré de te recevoir dans ces conditions. Rien ne va plus, ici. Claire devient folle ! Déjà, nous avions eu une violente dispute, le jour où elle est revenue de son fichu château. Ensuite nous nous sommes réconciliés, comme toujours. Mais voilà qu'elle m'annonce ses nouveaux projets !

Faustine prit place près de son père.

— Explique-moi ! répondit-elle.

— Oh ! Claire a décidé de soigner les gens de la vallée, de la région, même. Elle refuse de rester enfermée au Moulin, désormais. Une lubie, d'un coup, à cause de cette gamine qui avait la typhoïde. Je ne la comprends plus. Pour répandre la bonne nouvelle, ta mère compte demander l'aide de l'épicière, la pire commère du pays ! Elle va guérir tous les malades ! J'ai l'impression qu'elle perd la tête, que ce n'est plus ma Claire, ma Câlinette. Attends, qu'est-ce qu'elle me racontait ? Ah oui ! Quand elle touchait Marie de Martignac, une sorte de chaleur mystérieuse montait au bout de ses doigts, et la fillette se serait sentie mieux.

— Papa, ne t'inquiète pas, soupira la jeune femme. Une chose est vraie, Marie a été complètement rétablie en quelques jours. Cela existe, les guérisseurs ! Maman a peut-être ce don. Je me souviens, quand j'avais mal au ventre, elle me massait et j'étais soulagée aussitôt.

Jean alluma une cigarette en jetant un coup d'œil perplexe à sa fille.

— Quoi qu'il en soit, répliqua-t-il, que Claire ait un don ou non, sa place est à la maison. Jeanne n'est bonne qu'à s'occuper de Janine, et encore. Et tu ne connais pas la dernière ? Léon veut absolument prendre Thomas ici. Si je m'écoutais, je filerais en Chine. Thérèse, Arthur, Janine et le petit simplet !

— Thomas a rattrapé son retard. Enfin presque, protesta Faustine. Mais je suis d'accord, sans Raymonde qui était si efficace, c'est beaucoup de travail.

Un choc sourd à l'étage les alarma.

— J'y vais, papa ! s'écria la jeune femme. Il vaut mieux que ce soit moi.

Claire avait juste renversé une chaise par mégarde. Faustine la trouva en larmes. Elle la prit dans ses bras.

— Maman, ce n'est pas si grave, quand même ?

— Si, coupa Claire en pleurant de plus belle. Ton père n'a aucune idée de ce que je ressens. J'ai l'âge de décider de ma vie. Ah, si ma Raymonde était toujours près de nous ! Je n'ai pas eu le bonheur d'être mère, et pourtant je suis obligée de pouponner, de me tracasser pour les dents de lait d'Arthur ou les fesses rouges de Janine. Faustine, tu dois raisonner Léon. Je suis incapable de garder Thomas. Mon désir de soigner les gens du pays n'est pas une toquade. Pendant que je veillais Marie, au château, je songeais à ma jeunesse, à notre famille. J'ai l'impression qu'en soulageant les douleurs des autres, j'intercéderai aussi pour le salut de Nicolas, mon pauvre frère.

Faustine ne sut que dire. Claire n'avait pas parlé de Nicolas depuis des mois. Toutes deux, ainsi que Matthieu, évitaient de réveiller le souvenir de son destin tragique.

— Mon frère que j'ai élevé, qui, devenu homme, a osé souiller des enfants innocentes, les violenter. Et il a fini sa courte vie brûlé dans un incendie, dit Claire avec un regard halluciné. Je porte le poids de ses fautes, ma chérie. Son âme n'est pas en paix. L'autre soir, en fermant les volets, j'ai cru le voir dans la cour, tel qu'il était à dix ans, en culotte courte, avec sa casquette rouge.

La jeune femme commença à penser que son père avait vu juste : Claire perdait peut-être l'esprit.

— Maman, tu devrais te reposer, dormir un peu, lui conseilla-t-elle. Depuis la mort de Raymonde, tu n'es pas dans ton état normal. En plus, tu as de gros soucis d'argent, ça n'arrange rien.

Faustine lui embrassa le front. Elle qui était venue pour discuter avec sa mère de Louis et de ses revendications, n'osait pas aborder le sujet.

Claire se dégagea de son étreinte, en disant durement :

— Je n'ai plus de soucis d'argent. Bertille m'a remboursé une ancienne dette conséquente. Et je ne suis pas folle ! Je lis dans ton regard que tu le penses. Comment peux-tu me juger folle ou malade ? J'espère même rétablir la situation désastreuse d'Edmée. Bertrand paraît intéressé par les magnifiques calèches dont tu m'as parlé, celles qui sont au fond de l'écurie du château. J'ai un plan.

Sans dévoiler le fameux plan, Claire continua à mettre de l'ordre dans sa chambre. Faustine l'observait : sa mère adoptive était mince, robuste et énergique. Le temps l'épargnait. Pas un cheveu blanc, très peu de rides, sauf celles que mille sourires avaient inscrites au coin de ses yeux noirs.

— Bien, soupira la jeune femme. Je vais rentrer à l'institution. Ne t'inquiète pas pour Thomas, je réussirai à le garder encore. Léon patientera. Ce qu'il faudrait, c'est renvoyer Jeanne et trouver une domestique sérieuse et travailleuse.

Claire affichait une attitude boudeuse. Faustine sortit de la pièce. Avant de refermer la porte, elle lâcha, tout bas :

— Tu es très jolie, en colère, maman. On dirait une gamine !

Dans la cuisine, Jean sirotait un verre de vin. Thérèse était de retour du potager. Arthur l'aidait à trier les légumes sur la longue table où tant de repas avaient eu lieu jadis.

— Oh ! Faustine, s'exclama Thérèse, tu es là ? Je m'en doutais, j'avais vu Junon. Mémé promène Janine dans la voiture d'enfant. Tu sais, elle va retourner habiter au village.

— Bon débarras ! maugréa Jean.

Faustine remarqua la petite mine triste d'Arthur. Le garçonnet ne se consolait pas de la mort de Loupiote ni de la disparition de son rejeton, Moïse, un superbe louveteau d'un an.

— Si je vous invitais tous les deux à dîner ? proposa-t-elle. Vous verriez Angela à l'institution. Et puis Simone prépare de la poule au pot et du flan au caramel.

— Je voudrais bien, mais je dois m'occuper de Janine, répondit Thérèse avec gravité.

— Léon et Jeanne s'en chargeront. Allez, en route, mes chéris. Cela nous fera une balade, tous les trois.

Jean remercia sa fille d'un sourire las. Faustine oublia Louis et mit de côté sa peine d'être séparée de Matthieu. Les enfants n'avaient pas à souffrir des problèmes des adultes.

Ils chantèrent tout le long du chemin.

Château de Torsac, 20 août 1920

Bertrand et Bertille admiraient les tours du château dentelées par les créneaux du chemin de ronde. Claire, en robe grise à pois jaunes, coiffée d'un canotier, leur indiqua le petit escalier descendant jusqu'au parc.

— Vous verrez, il y a des arbres gigantesques et aussi un cèdre superbe.

— Je passe rarement par Torsac, dit l'avocat. Mais je connaissais la propriété des Martignac.

— Comme c'est charmant ! s'écria Bertille. Je ne sors pas assez du domaine. Claire, attends-nous ! Regarde-la, Bertrand, elle joue les châtelaines. On dirait qu'elle habite ici depuis des années.

Claire éclata de rire. Elle se sentait étrangement jeune. L'herbe fine sous les sapins étouffait le bruit de leurs pas. Un merle s'envola. Ils arrivaient devant la tonnelle envahie de roses rouges et blanches.

— Princesse, avoue que cet endroit ressemble à un décor de conte de fées, semblable à ceux que nous lisions le soir.

Bertille abandonna le bras de son époux et rejoignit sa cousine. Elles se donnèrent la main, ravies. Bertrand les contempla, amusé de les voir si joyeuses.

— Un peintre ferait un beau tableau s'il vous voyait maintenant ! leur cria-t-il.

— Oh ! Voici une excellente idée ! répliqua Bertille. Bertrand, je veux revenir souvent ici, il faut empêcher la vente. Si les Nadaud achètent ce château, je n'y mettrai plus les pieds. Blanche et ses grands airs ! Et puis Edmée de Martignac me fait de la peine.

L'avocat fronça les sourcils. Il était à présent l'homme le plus riche de la région, car tout ce qu'il entreprenait lui rapportait. Cependant, il se montrait prudent et économe.

— Ma princesse, je ne peux pas verser à cette dame l'équivalent de la somme qu'offre Victor Nadaud. D'ailleurs, je m'interroge. D'où sortirait-il une telle fortune ?

Claire s'était assise à l'ombre des rosiers, sur le petit banc en bois où Marie avait oublié sa poupée. Elle attendait un miracle de la part de Bertrand.

— Vous n'êtes pas obligé de débourser autant, dit-elle d'un ton paisible. Déjà, si vous vous portiez acquéreur des calèches, qui datent du XVIIIe siècle, cela aiderait beaucoup Edmée.

L'avocat eut un sourire apitoyé.

— Claire, ce ne serait que partie remise, répondit-il. Madame de Martignac aura vite dépensé cet argent. Vous reconnaissez vous-même qu'elle doit mal gérer son budget.

— Oui, mais je vais l'aider ! affirma-t-elle. D'abord, il faut remettre le potager en service. Franchement, si elle pouvait employer un homme compétent, il y aurait de quoi nourrir dix personnes à l'année. La terre est riche et les plates-bandes, les tuteurs et les treilles sont encore en bon état. Le jour où Léon m'a accompagnée, nous avons réparé l'enclos de la basse-cour. J'ai fait cadeau à Edmée d'une poule pondeuse, d'un coq et de trois canards.

Bertille embrassait les roses et frottait son nez mutin contre les pétales.

— Je n'ai pas assez de rosiers, à Ponriant, soupira-t-elle. Les variétés qui poussent ici sont rares et merveilleuses. Ce parfum, j'en suis ivre.

— Princesse, s'exclama Claire, tu as l'air d'une jeune fille.

Bertrand observa à nouveau les deux cousines. Il s'étonnait un peu, et il n'était pas le seul, de leur beauté inaltérée et de leur vivacité. Soudain, il regarda sa montre-bracelet et frappa dans ses mains :

— Mesdames, c'est l'heure de déjeuner ! Notre hôtesse doit s'impatienter.

Edmée de Martignac les avait invités, ainsi que Faustine qui donnait à Marie sa leçon quotidienne. Ils quittèrent le parc à regret. L'avocat s'arrêta un instant au milieu de la cour d'honneur.

— J'ai trouvé la solution ! s'exclama-t-il. Une hypothèque ! Je prends une hypothèque sur la propriété, ce qui me permet d'avancer une somme convenable à cette dame sans aucun risque, hormis celui de devenir châtelain un jour.

— Mais comment te remboursera-t-elle ? s'étonna Bertille. Edmée de Martignac n'a aucun revenu.

— Son fils se destine à être notaire, rétorqua Bertrand. Il m'a paru soucieux de maintenir un certain rang. Ce type-là ne fera de cadeau à personne, plus tard.

Claire se réjouissait en silence. Elle avait confiance en Bertrand, bien que leurs relations soient moins amicales que par le passé. C'était un honnête homme. De surcroît, il se sentait davantage issu des Des Riants, sa famille maternelle, que des Giraud. La mère d'Edmée était une amie de sa propre mère, Marianne : en volant au secours de la châtelaine, il avait l'impression de respecter un code d'honneur.

Le repas fut animé. Marie eut le droit de s'asseoir à table. La fillette, bien que pâlotte et encore très maigre, reprenait des forces chaque jour. Faustine était satisfaite de son élève.

— Marie a lu deux phrases toute seule, annonça-t-elle entre deux plats. Et nous avons fait deux soustractions. Votre fille, madame, me semble plus douée en calcul qu'en écriture.

Edmée approuva en souriant. Elle mangeait du bout des lèvres, ses yeux gris-bleu rivés au visage de Claire.

« Jamais je n'oublierai le moment où cette belle femme brune est venue sauver ma petite fille, se disait-elle. Et après avoir guéri Marie, elle me couvre de bienfaits. Grâce à elle, maître Giraud m'accorde un prêt inespéré. »

Claire lui avait annoncé la bonne nouvelle juste avant le déjeuner. Edmée avait ressenti un immense soulagement, une gratitude sans bornes.

— Vous serez mon amie pour l'éternité et je voudrais que vous vous sentiez chez vous au château ! avait-elle murmuré, au bord des larmes.

Ces mots tournaient encore dans l'esprit de Claire, tandis qu'elle dégustait sa part de gratin de courgettes, servi en garniture d'une mince tranche de viande.

Bertille, elle, grignotait en détaillant les meubles, les moulures du plafond, le dessin des tapisseries murales. Elle jetait parfois des œillades perplexes à la châtelaine.

« Claire a raison, dans vingt ans, je ressemblerai peut-être à Edmée de Martignac, pensait-elle. Mes cheveux seront du même gris blond et j'aurai toujours besoin d'une canne. Pourtant, d'après les estimations de Bertrand, nous n'avons pas beaucoup de différence d'âge. Edmée aurait quarante-neuf ans. Elle a donc eu Marie sur le tard, comme moi pour Clara. Oh, je dois venir ici avec Clara, elle serait enchantée de jouer dans le parc. »

Ursule faisait le service. La vieille domestique, tancée par sa patronne, avait blanchi sa coiffe et portait un tablier immaculé. L'agitation qui animait la grande bâtisse, naguère si morose, lui redonnait de l'énergie, autant que l'abondance de provisions venues du Moulin.

Faustine évitait le regard de Bertrand, qu'elle n'avait pas vu depuis deux semaines. Quant à Louis, il restait en ville depuis leur rencontre sur le chemin forestier. Cela l'arrangeait : elle ne comprenait pas comment il avait pu la troubler et elle n'avait aucune envie de le croiser à nouveau.

Cependant, le jeune châtelain fit une entrée remarquée juste avant le dessert. En costume de lin gris, une écharpe pourpre autour du cou, il découvrit les convives attablés et s'empressa de les saluer.

— Louis, vous êtes navrant ! s'écria sa mère. Vous me laissez sans nouvelles, et soudain vous faites irruption. Je vous présente monsieur et madame Bertrand Giraud. Monsieur est le fils de Marianne Des Riants, une amie de ta grand-mère.

Bertille jugea l'allure du nouveau venu fort romantique. C'était un beau garçon, grand et mince. Il lui baisa la main et elle lui adressa un coup d'œil ravi.

— Je suis heureux de vous rencontrer, assura-t-il.

Faustine piqua du nez dans son assiette. Elle venait de lui trouver un autre défaut, l'hypocrisie. Lors de leur dernière rencontre, le jeune homme avait jugé durement Bertille. Pourtant, rien qu'au son de sa voix, le cœur de Faustine battait un peu trop vite à son goût.

De très bonne humeur, Louis prit place à côté de sa petite sœur. Intuitif, il pressentait un événement positif.

« Mère a sorti la vaisselle de fête, songeait-il, les verres en cristal armoriés et l'argenterie, c'est bon signe. »

La conversation tournait autour du potager à remettre en fonction. Claire parlait avec véhémence :

— Je suis prête à aider votre domestique, Edmée, disait-elle. Les légumes frais sont meilleurs, mais, en conserve, ils durent un an. En suivant un calendrier rigoureux, en prenant garde aux lunes, vous aurez une production potagère de janvier à décembre.

— Certes, certes ! minaudait la châtelaine, ravie de ces projets. Du temps de mon mari, nous avions du personnel, surtout en cuisine. Cela me gênerait de vous voir travailler la terre pour nous, Claire.

La discussion se poursuivit. Au café, Faustine se leva et conduisit Marie dans sa chambre, au premier étage.

— Je ne veux pas faire la sieste ! ronchonna la fillette. Je préférais le boudoir, parce que j'entendais les gens.

— Ta mère y tient, coupa la jeune femme. Tu te reposes, et dans ta chambre, pas ailleurs. Tu n'es guère obéissante.

La pièce donnait sur le village. Un sapin dissimulait le clocher de l'église, mais on voyait bien l'une des tours. Selon Faustine, c'était une jolie chambre. Les rideaux roses s'accordaient au mobilier peint en blanc crème. Sur la cheminée en marbre, une série de bibelots représentait une famille de lapins d'un réalisme saisissant.

— Si tu n'as pas sommeil, ajouta-t-elle, regarde un des livres d'images que je t'ai apportés. Ou bien joue avec ta poupée.

— Oui, mademoiselle. Est-ce que vous pouvez me chanter la comptine de la souris verte ?

Faustine s'exécuta. Cela lui rappelait son adolescence, avant la guerre, quand elle apprenait le refrain à Thérèse.

Marie promit d'être sage. La jeune femme sortit. Le large couloir orné de tableaux était très sombre. Elle se heurta aussitôt à Louis qui la guettait depuis l'encoignure d'une autre porte.

— Merci, mon cher ange, déclara-t-il. J'étais sûr que vous n'étiez pas indifférente à ma détresse. Le cauchemar est terminé.

Ahurie, elle le fixa, en répliquant :

— De quoi parlez-vous ? Quel cauchemar ?

— Ne faites pas l'innocente, Faustine ! Nous sommes sauvés, votre beau-père prête à ma mère une vraie fortune.

Les yeux clairs de Louis étincelaient de joie. Il la prit par la taille d'un mouvement tendre et l'attira contre lui.

— Cet avocat est un homme d'honneur, un Des Riants ! Quand votre deuil sera achevé, je lui demanderai votre main. Je vous aime ! Ces deux semaines sans vous étaient affreuses. Les rêves que j'ai faits !

Il la contempla : sa robe noire égayée d'un col en dentelle blanche la rendait encore plus désirable. Il baisa ses cheveux et son front avec délicatesse. Elle sentait la lavande et le miel.

— Nous vivrons ici tous les deux, ajouta-t-il. Je me suis engagé, vis-à-vis de votre beau-père, à ne plus jeter l'argent par les fenêtres. Je suis même décidé à revendre ma voiture pour en acheter une moins chère. Si vous acceptez de m'épouser, Faustine, je me consacrerai à redorer notre blason, comme on dit.

Elle tenta d'échapper à ses gestes câlins et à sa voix chaude. Louis tenta de l'embrasser sur les lèvres, mais elle se dégagea pour de bon, furieuse cette fois.

— Non, il ne faut pas ! Vous êtes fou !

— Personne ne montera, ils bavardent ! Mère exulte, elle a rajeuni de dix ans.

— Ce n'est pas le problème, déclara tout bas Faustine. Vos aveux me touchent, mais je n'ai pas à les écouter. J'aurais dû vous le dire plus tôt, j'aime quelqu'un. Je l'aime de toute mon âme. Et nous devons nous marier dès que possible. De plus, je n'étais pas au courant, pour le prêt. Je crois que vous feriez mieux de remercier ma mère.

Le jeune homme recula d'un pas. Il paraissait accablé.

— Vous mentez, jeta-t-il durement. Denis Giraud est mort l'été dernier, vous ne pouvez pas avoir de sentiments pour un autre, pas si vite. C'est un faux prétexte pour me décourager.

— Je sais quand même ce que je ressens ! coupa-t-elle. Et puis, franchement, vous exagérez. Vous ne m'aimez pas vraiment, c'est un caprice. Nous nous sommes vus à peine trois fois.

— Une seule aurait suffi, gémit-il. Vos lèvres, vos yeux d'azur, votre sourire, vos joues si douces. Ah ! Qui pourrait résister ?

Faustine s'éloigna. Elle courait presque. Vite, elle descendit l'escalier, longea un couloir et s'engouffra dans la salle à manger. L'ambiance était détendue. Claire et Bertille, encore attablées, bavardaient. Bertrand et Edmée discutaient près d'une des fenêtres. Louis la rattrapa. Il riait, comme égayé de l'avoir poursuivie. Avec un geste théâtral, il se servit une coupe du champagne apporté par l'avocat.

— Je bois à nos amours ! s'écria-t-il.

— Louis, enfin, que signifient de tels propos ? s'offusqua sa mère.

— Ah ! C'est beau la jeunesse ! soupira Bertrand. Dites-moi, mon cher, si vous alliez ouvrir les volets des écuries ? Je compte y faire un tour et il me faut de la clarté. Vous l'ignorez sans doute, mais je suis fort intéressé par les calèches dont m'a parlé Faustine. Une manie que j'ai depuis peu. Il s'agit de protéger les témoignages d'un passé en péril, de dénicher de futures pièces de musée. L'ère de l'automobile a sonné le glas de l'attelage. Vous verrez, dans quelques décennies, la voiture aura détrôné le cheval à jamais.

La moindre perspective de rentrée d'argent donnait des ailes à Louis. Il jeta un regard de défi à Faustine :

— M'accompagnerez-vous, chère amie ? susurra-t-il. J'ai pu constater que votre jument n'était pas dans sa stalle, mais si vous voulez examiner les calèches avant votre beau-père... Je pense qu'un coup de balai s'imposera.

— Mais oui, va prendre l'air, ma chérie, dit Claire. Tu es toute pâlotte. Nous arrivons. Ursule doit nous monter du café. Nous ne serons pas longs.

La jeune femme eut l'impression fugitive que son beau-père

et sa mère la pousseraient volontiers à fréquenter Louis, châtelain et futur notaire. Excédée, elle répliqua, d'un ton ironique :

— Je ne prendrai pas trop l'air au fond des écuries, maman. Mais puisque j'ai la permission de sortir, je sors.

Bertille ricana nerveusement. Claire fit semblant de ne pas avoir entendu. Avide de distractions, elle n'avait pas conscience qu'elle négligeait sa fille, ces derniers temps.

Les jeunes gens traversèrent la cour du château. Faustine en profita.

— Je vous préviens, ne cherchez pas à m'embrasser, je vous giflerai !

— Je n'y pensais plus, mais pourquoi pas ? plaisanta-t-il.

La jeune femme hésita à le suivre dans le bâtiment où régnait une pénombre dangereuse. Comme Louis longeait l'allée centrale, l'air indifférent, elle avança aussi, en imaginant tous les chevaux qui avaient dû loger ici. Des bêtes de race, sans doute ?

Louis pivota sur ses talons et se précipita vers elle. Il l'enlaça :

— Si vous n'aviez pas envie d'un baiser, vous seriez restée avec votre mère ! déclara-t-il en souriant. Alors accordez-moi un baiser, juste un baiser. Personne ne parle de votre prétendu amoureux. Vous vous moquez de moi.

Sans attendre son consentement, il écrasa sa bouche avec fièvre, tentant de forcer le barrage des dents serrées. Faustine, affolée, se débattit de toutes ses forces. Elle le frappa au hasard, n'osant pas crier. Lui, malgré sa minceur, la maintenait avec rudesse. La jeune femme perçut, dans un état proche de la confusion, le bruit d'une portière de voiture.

— Je vous aime tant ! répétait Louis qui respirait mal, pris d'un délire sensuel.

« Il me désire, c'est tout, songea-t-elle. Il ne vaut pas mieux que Denis, il est incapable de se contrôler, comme Denis ! »

Elle hurla de colère et tenta à nouveau de le repousser. Louis la lâcha brusquement. Il regardait derrière elle d'un air hébété. Faustine s'écarta d'un bond. Une voix familière résonna dans l'écurie :

— Vous pratiquez encore le droit de cuissage, monsieur de Martignac, je crois ?

Faustine se retourna, croyant être victime d'une hallucination.

Elle avait reconnu le timbre ironique de Matthieu. Elle le vit à l'instant précis où il se ruait sur le châtelain. Louis n'était pas de taille. Après deux coups de poing au menton et un troisième à l'épaule, il chancela et tomba lourdement sur le sol.

— Matthieu ? Qu'est-ce que tu fais là ? s'étonna-t-elle.

— Je venais te chercher, renseigné par ton père sur l'endroit où te trouver, répliqua-t-il en l'entraînant dehors. Encore une chance que tu te sois défendue contre ce blanc-bec, sinon, je faisais demi-tour et tu ne me revoyais jamais. Je franchissais le portail quand je t'ai entendue hurler. Tu parles d'un choc, te voir dans les bras de cet aristo endimanché ! Viens, je renonce à me présenter à ces gens.

Faustine le suivit hors de l'enceinte du château. Elle tremblait de nervosité, sachant combien Matthieu pouvait se montrer jaloux. Il la fit monter dans sa Panhard et verrouilla les portières.

— Je t'en prie, balbutia-t-elle, dis quelque chose ! Ce n'est pas ma faute, je t'assure.

— Qu'est-ce que tu aurais fait si je n'étais pas arrivé ? demanda-t-il. Personne ne volait à ton secours, apparemment.

— Je l'aurais griffé, j'allais hurler encore plus fort. Matthieu, c'est bien toi ? Tu n'es pas un fantôme ?

Il l'étreignit. Elle ne parvenait pas à croire qu'il était vraiment là, apparu comme par magie au moment opportun.

— Bon sang, j'avais envie de le tuer ! avoua-t-il. Mais, au fond, je le comprends, ce type. Tu es de plus en plus belle.

Faustine lui touchait le visage et le cou. Elle reprenait possession à une vitesse fulgurante de son corps, de son odeur, de sa présence. Il effaçait le reste du monde d'un mot, d'un battement de cils. Soudain, elle eut honte.

— Pardon, mon amour ! dit-elle en le regardant droit dans les yeux. Je n'ai rencontré Louis de Martignac que trois ou quatre fois, je ne sais plus. Seulement, il était drôle, bizarre, galant, et beau garçon, oui. Cela m'amusait, ses manières, ses compliments. J'ai eu tort, car il s'est imaginé des choses. Pour lui, j'étais veuve très jeune et bientôt prête à recommencer ma vie. Tout à l'heure, avant qu'il m'embrasse, je lui ai dit que je t'aimais. Matthieu, par pitié, je suis sincère. J'ai dû le provoquer sans m'en rendre compte et j'ai honte.

Il la fit taire d'un baiser. Le temps de reprendre sa respiration, il s'écria :

— Faustine, si je n'avais pas confiance en toi, je ne partirais pas travailler à des centaines de kilomètres. Mais je te remercie de ta franchise, tu n'étais pas obligée de te confesser. C'est lui, le coupable. Il n'avait pas à te traiter comme ça. J'ai bien envie d'aller lui coller encore deux coups de poing en pleine figure. Il fera moins le joli cœur, après ça.

— Non, je t'en supplie, je veux rester avec toi, seule avec toi ! Dis, c'est quoi, le droit de cuissage ?

Elle avait pris une mine innocente pour poser la question. Matthieu se calma un peu et marmonna :

— Jadis, les seigneurs estimaient qu'ils pouvaient dépuceler toutes les filles de leur domaine. Ils les troussaient dans un coin de grange, sur la paille. C'est peut-être une légende, inventée par les révolutionnaires de tous poils, mais ce monsieur de Martignac me semble avoir tendance à confirmer la rumeur. Si je le tenais, ce porc !

Faustine se mordillait les lèvres, partagée entre l'envie de rire et de pleurer. Matthieu lui lança un regard étrange :

— Viens, allons nous promener, dit-il. J'ai repéré un sentier au bord du ruisseau.

Elle l'aurait suivi au bout du monde.

5

Le « mal joli »

Torsac, même jour

Matthieu tenait Faustine par la main sur l'étroit sentier bordant le ruisseau. La jeune femme se répétait ces mots : « Je le suivrai au bout du monde. » Ce jour-là, le bout du monde se trouvait sous les branches d'un vieux saule pleureur qui formait une sorte de refuge baigné d'une douce luminosité.

— Partout sur la terre, déclara Matthieu, il y a des arbres magiques pour abriter les fugitifs. Ce saule en est un. Regarde, ses feuilles plongent dans l'eau comme si elles avaient soif.

Le jeune homme s'était assis contre le tronc raviné par l'âge. Faustine s'installa près de lui. Elle était encore bouleversée.

— Je t'imaginais si loin de moi, ce matin, avoua-t-elle. En Corrèze. Et tu apparais dans les écuries !

— Désolé, dit-il d'un ton railleur, si je t'ai dérangée.

Matthieu alluma une cigarette. Il était pâle et crispé. Elle s'alarma :

— Oh non ! Je t'en prie, pas de ça. Tu n'as pas oublié combien je t'aime, quand même ?

— Excuse-moi, soupira-t-il, j'ai du mal à m'en remettre. Je n'arrête pas de me demander si, à la fin, tu ne lui aurais pas cédé, à cet aristo. Tu avais un drôle d'air.

Elle lui prit la main, qu'elle couvrit de baisers. C'était une preuve touchante de vénération, mais Matthieu estima qu'elle ne répondait pas assez vite.

— Si je n'existais pas, avança-t-il tout bas, peut-être qu'il te plairait, le châtelain !

— Peut-être, en effet ! répliqua-t-elle avec un début de colère. Mais tu existes et je t'aime. Matthieu, regarde-moi ! Veux-tu gâcher nos retrouvailles ? Dans la voiture, tout à l'heure, tu étais en colère, mais pas contre moi. Maintenant tu me fais une scène ! Ose me dire que là-bas, en Corrèze, tu n'approches pas d'autres filles, au moins le samedi, en ville ? Louis est séduisant, d'accord. Ce n'est pas une raison pour que je me jette à son cou.

Déçue, les larmes aux yeux, Faustine lança un caillou dans l'eau. Elle avait tant rêvé de l'instant où Matthieu reviendrait. Ils couraient l'un vers l'autre, ils s'étreignaient, ivres de bonheur. C'était grandiose, merveilleux.

— Ouais, fit-il, j'en apprends de belles. Tu reconnais que ton Louis est séduisant, qu'il te plairait si je disparaissais !

Désemparée par la tournure de la discussion, Faustine perdit pied. Elle protesta, affolée :

— Tu changes mes paroles, tu me forces à dire des choses que tu arranges à ton idée ensuite. Matthieu, aie pitié ! Si tu ne m'aimes plus, je suis perdue.

Elle éclata en sanglots et voulut s'enfuir. Il l'en empêcha.

— Comment je ferais, moi, pour ne plus t'aimer ? affirma-t-il en l'enlaçant. Allez, ne pleure pas, je te taquinais. J'ai eu peur et la peur rend méchant.

— Mais peur de quoi ? rétorqua-t-elle en reniflant.

— Eh bien, d'un coup, j'ai compris qu'un autre homme pouvait te toucher, te conquérir. Tu es si jeune, Faustine. Qu'est-ce qui me dit qu'un jour tu ne me quitteras pas ?

Matthieu la dévisagea, le cœur étreint par une angoisse insupportable. L'amour qu'il éprouvait pour elle l'effrayait un peu. Cela le dépassait, l'emportait vers un monde où seule la jeune femme avait de l'importance.

— Je ne peux pas t'expliquer ce que j'endure, assura-t-il en l'embrassant dans le cou. C'est comme ça depuis si longtemps, depuis notre enfance. Pour cette raison aussi, j'ai demandé un congé d'une semaine et je me suis mis en route. J'avais décidé de ne pas dormir, de rouler nuit et jour. J'ai dû m'arrêter pour faire un somme près de Périgueux.

Attendrie, Faustine effleura son menton bleui par une barbe

naissante. Elle adorait cet homme. Il continua à lui raconter son périple :

— Je suis d'abord passé à l'institution Marianne, sûr de t'y trouver. Mais Angela m'a dit que tu étais partie au Moulin. Elle était occupée et guère bavarde. Au Moulin, je suis tombé sur Jean. Jamais ton père n'a été aussi aimable avec moi. Il m'a accueilli à bras ouverts. Le pauvre, il avait l'air éreinté. On a bu un verre de vin et là, j'ai appris que tu déjeunais au château, avec tantine, Claire et Bertrand. Cela ne m'a pas surpris, puisque tu m'avais tout expliqué dans tes lettres. Tiens, d'ailleurs, pas un mot sur Louis de Martignac, releva-t-il ironiquement.

Faustine se rebella, outrée :

— Bien sûr, je ne jugeais pas cela important. Je te parlais juste de la petite Marie et de l'attitude bizarre de Claire.

— Ah, c'est vrai, maugréa Matthieu. Ma grande sœur et ses lubies, comme dit Jean. Enfin, bref ! Ton père m'a conseillé de venir ici, à Torsac. Il pensait que tu serais heureuse que je te raccompagne au Moulin cet après-midi.

— Et il avait raison, souligna-t-elle.

— Oui, sans doute. Remarque, je ne regrette rien. Je jubilais même à l'idée de voir la tête que ferait Bertrand en me voyant entrer. La consternation faite homme. Je suis sûr qu'il aurait pensé : « Quoi, ce débauché, ce petit ingénieur minable s'immisce dans mes plans ! » Je parie que ton beau-père aimerait te marier à monsieur de Martignac. Une fois encore, je contrarie ses projets et…

Faustine n'en pouvait plus. Elle ferma la bouche de Matthieu de sa main droite et de la gauche l'obligea à s'allonger. Avec autant de désir que de colère, elle se coucha sur lui, ôta vite sa main et déposa un baiser sur ses lèvres. Il sentait ses seins contre son torse, une cuisse entre les siennes. Le plaisir le submergea. Il chuchota :

— Tu sais ce qui va nous arriver ? Nous sommes en plein jour, à quelques centaines de mètres du château. On pourrait nous voir des tours ! Je te préviens, je vais bientôt être incapable de me contrôler.

— Le saule nous cache, il a tant de branches, c'est notre cabane ! répondit-elle, coquine.

Matthieu la fit basculer sur le côté et déboutonna le corsage de sa robe. La vision de sa chair dorée et du renflement tentant de sa gorge le rendit fou. Il retroussa sa jupe et fouilla sous son jupon. Faustine portait encore des culottes à l'ancienne mode, en calicot et dentelles, fort pratiques une fois dégrafées. Très vite, il prit possession de son corps, avec une ardeur passionnée. Elle s'abandonna tout entière, en poussant de petits cris d'extase.

Dix minutes plus tard, haletants mais comblés, ils se rajustèrent, les joues brûlantes.

— Ce soir, je t'attendrai dans la Grotte aux fées, dit-il tout bas. Je voudrais te faire l'amour pendant des heures et des heures... Dis, promets, tu viendras ?

— Mais oui, je viendrai, déclara-t-elle. Même à genoux si tu l'exigeais.

Il l'étreignit, la couvrant d'un chaud regard émerveillé. Enfin, il éclata de rire :

— N'importe qui devinerait ce que nous avons fait. Tu es rose, toute décoiffée et tu as les lèvres meurtries. Ta robe est froissée. Toujours du noir, j'en ai assez de cette couleur qui se met entre nous !

Faustine haussa les épaules :

— Un jour, je suis venue au château en bleu, tu sais ma jolie robe bleue que tu aimes tant. Maman m'a sermonnée dès qu'elle a pu. C'était honteux, selon elle, de ne pas être en deuil.

Aussitôt Matthieu se rembrunit. Il se leva, exaspéré :

— Je suppose que tu avais envie d'être élégante, ravissante pour mieux éblouir ce cher Louis ! Oh ! Faustine, pardonne-moi, continua-t-il plus doucement devant l'air renfrogné de sa compagne. Je suis jaloux. Jaloux bêtement, soit, mais tellement jaloux.

Elle se leva à son tour en secouant sa jupe.

— Matthieu, je ne t'en veux pas. Moi aussi, je suis jalouse. Maintenant, je dois retourner là-bas. Je ne sais pas comment expliquer ma disparition. Bertrand va m'interroger, maman aussi. Surtout si Louis a des marques de coups.

Faustine lissait ses cheveux, envahie d'une angoisse légitime.

— Je préfère que tu me ramènes tout de suite au Moulin, dit-elle.

— Non ! s'exclama Matthieu. Nous allons prendre congé poliment. Tu vas me présenter à la châtelaine. J'ai même l'intention d'ébruiter l'incident dont j'ai été le témoin. De dire à cette dame que son fils est un petit salaud. On me considère comme ton grand frère, non ? Je raconterai comment je t'ai sauvée de ses sales pattes.

Cela ne fit pas rire Faustine. Elle craignait un scandale.

— Ne fais pas ça ! implora-t-elle. N'en parlons pas. Rentre à la maison, toi. Je dirai que j'ai eu envie de me promener au bord de l'eau. Louis a dû remonter dans sa chambre. Avec un peu de chance, personne ne saura que tu es venu.

— Bien sûr ! maugréa-t-il. Il faut se cacher, toujours se cacher ! Tu manques de courage, Faustine ! Jamais tu n'auras le cran de m'épouser. Débrouille-toi avec tes nobliaux ruinés et ma sœur !

Matthieu s'éloigna à grandes enjambées. Stupéfaite, elle ne songea pas à le rattraper. Sa désertion la blessait profondément. Elle quitta le refuge ombragé du saule pleureur et se hasarda sur le sentier inondé de soleil. Le ruisseau chantonnait. Une libellule aux ailes diaprées de vert scintillant volait entre les roseaux. Les tours crénelées du château se découpaient sur le ciel d'un bleu intense.

Le bruit d'un moteur troubla le calme du vallon. La Panhard du jeune homme montait sur la route qui serpentait au milieu des brandes.

— Matthieu… gémit Faustine, le cœur déchiré d'appréhension.

Elle souffrait dans tout son être, une douleur oubliée, celle de la discorde, du doute, à laquelle s'ajoutait la peur d'être rejetée par celui qu'elle aimait.

Au château, Edmée, Claire et Bertille se promenaient dans la cour d'honneur. Faustine dut franchir le portail grand ouvert sous leurs regards surpris et traverser l'espace qui la séparait des trois femmes sans paraître émue ou triste.

— Où étiez-vous passée ? s'étonna la châtelaine. Nous vous avons cherchée partout.

Faustine était au supplice. Elle avait l'impression d'être à demi nue, marquée par les baisers de Matthieu. Très bas, elle répondit du ton le plus paisible possible :

— Les écuries sont trop fraîches et poussiéreuses. Je suis allée flâner le long du ruisseau. Et, sur la route, j'ai croisé le frère de ma mère, Matthieu, qui revenait en Charente. Nous avons bavardé. Je lui ai raconté en détail comment maman avait guéri Marie. Nous sommes très proches.

— Je sais, renchérit Edmée, deux oisillons couvés par notre douce Claire sous le toit de votre vieux Moulin que je rêve de découvrir. Mais il faudra inviter ce jeune homme ici, je voudrais le rencontrer.

— Matthieu sera enchanté, affirma Claire qui tombait des nues.

Elle ne comprenait pas pourquoi son frère avait abandonné son travail et surtout pourquoi il était passé par Torsac.

— Maman, ajouta Faustine, j'ai proposé à Matthieu de venir vous saluer, mais il estimait qu'il n'était pas présentable, mal rasé et fatigué par le voyage.

Bertille avait écouté. Elle fit la moue, intriguée par la coïncidence. Bertrand sortit au même instant des écuries, escorté par Louis. L'avocat paraissait enchanté.

— Ces voitures à chevaux sont des pièces uniques, des chefs-d'œuvre de perfection, déclara-t-il. Plus jamais on ne fabriquera ce genre de véhicules.

Il se tourna vers Faustine :

— Merci, ma chère belle-fille. C'est grâce à vous si je peux acquérir ces merveilles. D'où venez-vous ? Impossible de vous trouver. Vous connaissez déjà les cachettes du château ?

L'allusion malicieuse fit rougir la jeune femme. Louis, un hématome au menton et un autre à la pommette, comprit qu'elle ne le dénoncerait pas. Soulagé, il s'approcha d'elle :

— Regardez dans quel état je suis, chère Faustine, lui lança-t-il d'un air taquin. Vous m'avez laissé seul ouvrir les volets de l'écurie et l'un d'eux forçait. Quand il s'est débloqué, je l'ai pris en plein visage. Votre mère m'a soigné avec un baume de sa composition, à base de consoude.

— J'en suis navrée ! répliqua-t-elle.

Comme Bertille entraînait son mari vers le parc, ainsi que Claire et Edmée, Louis s'attarda près de Faustine :

— Je présume que j'ai rencontré l'homme que vous aimez, tout à l'heure ? Il frappe avant de discuter ! Pratique-t-il la boxe ?

— Absolument pas ! persifla-t-elle. Mais à cause de vos manières déplorables, nous nous sommes querellés. Il est parti.

Louis la sentit à bout de nerfs. Elle avait pleuré.

— Je vous demande pardon, Faustine, je ne suis qu'un goujat, un vil séducteur. Mes seules excuses sont votre beauté et votre charme.

— Ne recommencez pas ! coupa-t-elle. Plus jamais. J'aurais pu être votre amie, mais vous avez tout gâché.

— En tout cas, j'ai évité de dire la vérité sur l'état de mon visage. Mais comment vous a-t-il dénichée ici, votre amoureux ?

— Cela ne vous regarde pas !

Sur ces mots, la jeune femme s'empressa de rejoindre sa mère dans le parc. Elle dut participer aux discussions, s'extasier avec Bertille sur les arbres et les rosiers. Enfin, après la cérémonie du thé anglais, ils prirent congé d'Edmée et de Marie, dont la sieste était terminée. Louis avait disparu.

Bertrand s'engagea à régler les affaires en cours dès le lendemain. Faustine annonça qu'elle ne reviendrait pas avant le lundi suivant. Claire quitta le château rassurée. Blanche et Victor ne l'achèteraient pas et elle pourrait y venir le plus souvent possible. Elle ne soupçonnait pas, cependant, que le couple lui en voudrait au point de mettre un terme à leurs relations dans un proche avenir.

Le trajet dans la luxueuse automobile de Bertrand délia les langues.

— Ce Louis de Martignac est d'une maladresse ! déclara l'avocat. Il s'est bien arrangé, en ouvrant des volets qui avaient dû rester fermés des années.

— Ce n'est qu'un gosse capricieux ! soupira Bertille. Sa mère lui passe toutes ses fantaisies. Pourtant, il lui manque de respect.

— Vous êtes impitoyables, déclara Claire. Je crois que Louis est très sensible, trop nerveux aussi.

Alors qu'il s'engageait sur la route reliant Torsac à Puymoyen, Bertrand aperçut la voiture de Matthieu. Le jeune homme, en chemise, changeait une des roues arrière de sa Panhard.

— Arrêtez-vous ! cria Faustine.

— Mais j'avais déjà le pied sur le frein ! fit remarquer l'avocat. Pour qui me prenez-vous ? Cela dit, il est capable de se débrouiller seul. Un pneu crevé, ce n'est pas une panne bien grave. D'abord, que fait-il en Charente ? Je le croyais sur un chantier, du côté de Tulle !

— Je veux descendre ! insista la jeune femme. J'ai croisé Matthieu à Torsac. Il me ramènera au Moulin. Je dois lui parler.

Jamais encore Bertrand n'avait vu sa belle-fille dans un tel état d'exaltation. Il perdit patience :

— Enfin, Faustine, ne vous donnez pas en spectacle !

— Tais-toi donc ! pesta Bertille. De quoi te mêles-tu ? Descends, Faustine.

Matthieu tournait la manivelle du cric. Faustine claqua la portière et le rejoignit.

— Qu'est-ce que tu veux ? interrogea sèchement le jeune homme. Remettre les boulons ? N'abîme pas tes blanches mains de brillante institutrice, promise à un avenir glorieux au service de la noblesse de campagne !

Humiliée d'être traitée ainsi devant témoins, elle le gifla.

— Démarre ! ordonna Bertille à son mari. Tu vois bien qu'ils ont à discuter.

— Oh, Bertrand, laissez-les tranquilles ! s'exclama Claire. Vous ne les empêcherez pas de se voir, de toute façon.

Bertrand lança un coup d'œil perplexe au jeune couple. Matthieu ricanait, la joue rouge, Faustine attendait manifestement leur départ.

— Avez-vous fini, chère enfant ? ironisa l'avocat. Vous souhaitez toujours rentrer avec Matthieu ? Ou bien devez-vous discuter encore ? Une autre gifle, peut-être ?

Ce fut un cri du cœur :

— Je reste avec lui ! dit-elle. Je l'aime, Bertrand, vous comprenez ? Je l'aime. Nous nous marierons dès la fin de mon deuil. Je n'osais pas vous l'avouer, mais c'est fait. Je n'en pouvais plus de me cacher ainsi.

— Figurez-vous que j'étais au courant ! rétorqua Bertrand en se penchant vers la vitre, ce qui l'obligeait à se plaquer au corps de Bertille. Vous faites le mauvais choix, mais, après tout, je n'y peux rien.

Sur ces mots, Bertrand accéléra. L'automobile noire s'éloigna.

— Alors, j'ai eu du courage ? demanda Faustine. Tu es satisfait ? Qu'est-ce que je dois faire encore pour te prouver que je t'aime ?

Matthieu haussa les épaules. Il rangea ses outils dans le coffre et se frotta les mains avec un chiffon.

— Pardonne-moi, Faustine, s'excusa-t-il. Je suis un idiot, mais je t'aime tellement !

Il se remit au volant en allumant une cigarette. Elle s'assit à ses côtés.

— Tu m'as giflé, dit-il. Alors, nous sommes quittes ?

— Tu le méritais, pour m'avoir laissée seule au bord du ruisseau. J'ai eu trop de chagrin. Je suppose que notre rendez-vous à la Grotte aux fées est annulé ? En tout cas, moi, je n'ai pas envie d'y aller. C'est sale et inconfortable.

— Agis à ta guise, répondit Matthieu. Mais c'est stupide de se quereller, nous deux. Tu te souviens, Tristan et Iseut, notre mariage clandestin rue de Bélat ?

Faustine fondit en larmes. Elle appréhendait la réaction de son beau-père. L'avenir lui paraissait sombre, menaçant.

— Si je perds ma place à l'institution, cela me brisera le cœur ! avoua-t-elle. Bertrand dirige toute la région maintenant qu'il est maire en plus d'être avocat à la cour.

Matthieu la prit par l'épaule et la regarda avec gravité :

— Tu pourrais aussi envisager de trouver un poste d'enseignante en Corrèze, près du chantier. Il y a du travail pour plus d'un an. Nous ne sommes pas obligés de nous installer dans la vallée.

Elle secoua la tête, attristée.

— Non, c'est mon pays, et ma maison est ici. Tu voulais reprendre le Moulin, il n'y a pas si longtemps. Matthieu, comprends-moi, je n'ai pas envie de partir ailleurs.

Il eut un geste fataliste et descendit lancer le moteur à l'aide de la manivelle. Ce fut à cet instant précis qu'une forme grise surgit des sous-bois voisins et se rua dans la Panhard.

— Moïse ! cria Faustine. Matthieu, c'est Moïse ! Il avait disparu depuis trois semaines au moins. Oh ! il est boueux ! Oh ! il pue ! Il a dû traverser des marécages.

Le loup, qui avait bien peu du chien malgré sa parenté avec le vieux Moïse, mort depuis plus de vingt-trois ans maintenant, avait sali la jupe de la jeune femme. Il piétinait le siège du conducteur, haletant. Matthieu décida d'en rire. Il força l'animal à passer sur la banquette arrière.

— Sage, jeune fou ! ordonna-t-il.

— J'en connais une qui sera contente. Claire se lamentait de l'avoir perdu. Maintenant que Loupiote est morte, elle craignait qu'il ne soit retourné à l'état sauvage.

— Quand tu m'as écrit la nouvelle, j'ai pleuré comme un gosse.

Bizarrement, le retour du loup les rapprochait, en les projetant au temps joyeux de leur enfance. Faustine caressait Moïse d'une main pour le calmer.

— En route ! claironna Matthieu. J'ai hâte d'être au Moulin.

Ils échangèrent un timide sourire. Des images les assaillaient, douces et apaisantes, comme leurs courses dans les prés ou leurs escapades jusqu'au pont, suivis par Sauvageon et sa fille Loupiote. Sans se le dire, ils savaient qu'ils effeuillaient chacun les plus précieuses pages d'un passé radieux.

Après la traversée de Puymoyen, Faustine embrassa Matthieu sur la joue.

— Sommes-nous bêtes, quand même ! s'étonna-t-elle. Pourquoi se fâcher alors que nous pouvons être heureux d'un rien. Tu te souviens, les parties de pêche à l'écrevisse. J'avais peur du noir, mais tu me serrais contre toi.

— Tu étais ma petite fée et, moi aussi, j'avais peur qu'il t'arrive quelque chose : que tu tombes dans la rivière, que tu aies froid, répliqua-t-il.

Lorsque Matthieu gara la voiture au fond de la cour du Moulin, ils étaient plus amoureux que jamais. Moïse courut vers le perron, gravit les marches en trois bonds et fit irruption dans la cuisine. Claire avait protégé sa robe du dimanche avec un large tablier. Elle battait des œufs pour faire des crêpes. Surprise, elle faillit renverser le saladier.

— Mais qui est-ce que je vois là ? Notre Moïse ! Moïse le jeune, s'écria-t-elle. Jean, Thérèse, Léon, venez vite.

Le fugueur salua la maisonnée en se roulant sur le dos, présentant son ventre touffu en signe de soumission. Thérèse et Arthur frappaient des mains, tous deux soulagés, Jean et Léon taquinaient le loup. Faustine expliqua comment elle et Matthieu l'avaient vu surgir des bois.

— Disons que c'est lui qui nous a retrouvés, précisa le jeune homme.

— Il doit être affamé, dit Claire, ravie. Attends, mon Moïse, je vais te donner des restes de viande et du riz.

Janine poussa un cri aigu. Le bébé, attaché dans sa chaise haute, jouait avec son hochet. Léon la chatouilla.

— Tiens, où est Jeanne ? interrogea Matthieu.

— Au bourg, déclara Jean. Elle s'ennuyait ici, ses commères lui manquaient. Les enfants iront lui rendre visite le jeudi, et le dimanche après la messe.

Matthieu sourcilla. Il n'avait pas connu le Moulin sans servante. Avec une réelle inquiétude, il se demanda comment Claire parviendrait à assumer seule le ménage et les repas, d'autant plus que sa sœur comptait jouer les guérisseuses.

— Tu dois engager quelqu'un, assura-t-il après un court temps de réflexion.

— C'est prévu, répondit Claire. Mais je profite de ce répit, vois-tu. Je suis à mon aise, unique maîtresse à bord. Et Thérèse m'aide beaucoup, Angela aussi.

Faustine se sentit rassurée. L'atmosphère semblait sereine et chaleureuse. Elle monta se changer dans son ancienne chambre, attribuée à Thérèse et à Janine. Une penderie abritait quelques vêtements pratiques que la jeune femme avait laissés là. Elle opta pour une jupe en cotonnade fleurie et un corsage blanc brodé.

— Zut, les couleurs sont trop vives, maman va tiquer, s'inquiéta-t-elle.

Claire entra aussitôt.

— Ma chérie, commença-t-elle, tu es charmante habillée ainsi. C'est vrai que chez nous tu n'es pas obligée de porter du noir. Je suis désolée, nous nous voyons rarement, en ce moment.

— Ce n'est pas grave, affirma Faustine qui pensait le contraire.

— C'était une journée tellement importante ! insista sa mère. Quand j'ai compris que la transaction se ferait, cette histoire d'hypothèque consentie par ton beau-père, quel soulagement !

— Maman, ne l'appelle pas comme ça ! protesta la jeune femme. Bertrand n'est plus mon beau-père. Et puis tiens ! Changeons de sujet, j'ai envie de passer une bonne soirée avec vous.

Faustine brossait ses longs cheveux blonds. Claire vint l'enlacer en soupirant.

— Tu es si belle, ma chérie, déclara-t-elle d'un air rêveur. Je crois que Louis est amoureux de toi. Mais tu n'aimes que Matthieu. Patience, vous vivrez bientôt ensemble, d'ici un an environ.

Faustine jugea le délai décourageant, mais les effusions de Claire la consolaient. Les deux femmes descendirent en se tenant par la main. Moïse lança un jappement rauque. Le loup vouait un attachement instinctif à Claire.

— Toi, dit-elle en riant, demain je te lave au savon et à l'eau chaude. Tu empestes le fauve.

Jean et Léon disputaient une partie de belote. Matthieu lisait une recette à Thérèse, drapée dans un tablier à carreaux. La fillette avait décidé de préparer du petit salé aux lentilles pour le dîner.

Faustine sortit nourrir la basse-cour et les lapins. A l'heure de la traite, elle accompagna Claire à la bergerie. Pendant que sa mère trayait les chèvres, elle donna du foin à Sirius et changea son eau.

« Comme je suis bien, chez moi ! songeait-elle. Maman est gentille et attentive. Matthieu n'est pas loin et papa le traite en ami, en fils quasiment ! »

Angela arriva à bicyclette à sept heures du soir. L'adolescente fit un rapport détaillé à Faustine sur les menus événements qui avaient eu lieu à l'institution.

— Sophie se plaignait d'une dent, mais Simone lui a fait mâcher de la guimauve. Armelle a pincé Thomas et mademoiselle Irène l'a mise au coin. Les haricots sont cueillis et écossés.

Réjoui de voir tout le monde de bonne humeur, Arthur jouait de l'harmonica. Le garçonnet promettait d'être un musicien de talent. Bertille prétendait qu'il jouait du piano d'une façon exquise, sans avoir pris de leçons.

Le dîner fut l'occasion d'évoquer de vieux souvenirs de leur vie au Moulin. Cela ravissait Thérèse et Arthur. Claire raconta le temps où son père, Colin Roy, qu'elle sut décrire avec justesse, travaillait plusieurs nuits par semaine à la fabrication d'un papier renommé, le vélin royal. Léon, éméché, se leva au moment du dessert pour mettre en scène son arrivée dans la cour, seize ans auparavant.

— Eh oui, les minots, je suis venu de la gare à pied, mon baluchon sur le dos. Je demandais mon chemin en route, et enfin je débarque dans la cour et je vois une fille, belle comme le jour, madame Claire. Elle me reçoit très gentiment et me fait entrer dans la cuisine. Là, je vois une autre fille, belle comme le jour elle aussi, mais blonde. C'était Raymonde, celle qui deviendra ma Raymonde !

Le domestique étouffa un sanglot. Il renonça à en dire davantage et se versa un second verre de gnôle. Matthieu en profita pour parler de sa décision. Il voulait succéder à Colin et reprendre le Moulin.

— J'ai économisé, déclara-t-il à sa sœur. J'ai même fait un bon placement avec le reste de l'argent que m'avait laissé Frédéric Giraud pour mes études. Plus tard, j'aimerais aussi acheter une machine à imprimer.

Claire dévisagea son jeune frère comme s'il était le Messie en personne. Jamais elle n'aurait imaginé que Matthieu sentirait un jour vibrer en lui la fibre paternelle.

— Frérot, tu ne pouvais pas me faire plus plaisir ! Quelle bonne idée ! En plus, tu as souvent aidé papa, je suis sûre que les gestes te reviendront d'emblée.

— Et j'ai pensé à autre chose ! ajouta le jeune homme. Vous savez tous que j'espère épouser Faustine. Nous pourrions habiter la maison de Basile, enfin ta maison à toi, Claire, celle que tu as louée à tant de gens. Bien sûr, je te paierai un loyer, moi aussi.

Faustine fut la plus surprise. Cette solution idéale ne lui avait pas effleuré l'esprit. Rose de joie, car Matthieu abordait la question de leur mariage devant Jean et Claire, comme si c'était naturel, elle riait en silence, éblouie.

— Tu voudras bien, maman ? s'écria-t-elle. Je l'entretiendrais soigneusement, tu sais. Et puis, les peintures et les papiers peints sont comme neufs. William Lancester avait du goût. Nous n'aurons pas de gros travaux à faire.

Angela était aux anges. Ses yeux d'un brun doré pétillaient de joie. Faustine et Matthieu allaient s'installer entre le Moulin et l'institution, dans une maison qui lui plaisait beaucoup.

— Je ferai ton ménage, Faustine ! s'exclama-t-elle, pendant

les vacances et les petits congés. Tu pourras garder Junon, la grange est immense.

Jean, qui avait abusé du vin blanc, lança une blague :

— Et puisque Lancester a fait aménager quatre chambres, sur le plancher à foin, pour ses ouvriers, Matthieu et Faustine sauront où caser leurs douze enfants, car à mon avis, ils en auront au moins douze, quinze peut-être, la passion aidant.

— Oh ! Papa, protesta sa fille, tu exagères.

Ils continuèrent à construire un futur idyllique. Mais à dix heures, tout le monde était couché. Claire n'avait pas mis de chemise de nuit. Jean s'empressa d'ôter son pyjama. Ils firent l'amour avec délectation, émoustillés par le rappel de leurs jeunes années. Léon sanglotait, seul dans le logement au-dessus de la salle des piles.

Thérèse s'endormit en rêvant du retour miraculeux de sa maman. Pendant la messe, chaque dimanche, elle priait la Sainte Vierge de ressusciter Raymonde. Même si la fillette jugeait cela impossible, elle espérait quand même avec toute la naïveté de son âme.

Matthieu quitta le Moulin sans un bruit, par la porte du cellier. De la fenêtre de sa chambre, Faustine le vit s'éloigner sur le chemin. Après avoir patienté quelques minutes, elle enfila une de ses anciennes robes et des sandales.

Dix minutes plus tard, la jeune femme avançait le long des falaises, le cœur en fête. La rivière chantonnait entre les berges herbeuses. La lune se reflétait en multiples éclats d'argent, au gré du courant. Faustine se mit à réciter à mi-voix une poésie qu'elle ferait apprendre à ses élèves à la prochaine rentrée.

L'humble rivière de chez nous
Ne mène pas grand tapage.
Avec un bruit paisible et doux
Elle fait le tour du village.

Des saules et des peupliers,
Qui sont à peu près du même âge,
Comme des voisins familiers
Bruissent le long du rivage.

Et le chuchotement des eaux
Accompagne la voix légère
De la fauvette des roseaux
Qui fait son nid sur la rivière.

Ainsi coule de son air doux,
Sans aventure et sans tapage,
En faisant le tour du village,
L'humble rivière de chez nous.

Plus bas, elle ajouta, en imitant l'intonation respectueuse que prenait Angela :

— De Henri Chantavoine, 1850-1918, poète français.

Enfin elle s'aventura sur la pente semée d'une herbe courte et sèche, ainsi que de chardons rabougris qui lui égratignaient les mollets. La masse grise de la falaise la fit songer aux murs du château.

« Que j'étais sotte, de trouver Louis séduisant. Comparé à Matthieu, il est insipide », pensa-t-elle.

Pour accéder à la Grotte aux fées, il fallait se hisser entre des avancées de roche, semblant sculptées par deux artistes audacieux : la nature et les siècles. Faustine respira avec délices le parfum de terre et de pierre fraîche qui émanait de la caverne. Une chandelle brûlait, éclairant le visage de son amour.

— J'avais hâte que tu sois là ! s'impatienta-t-il.

Elle noua ses mains à son cou et plaqua son jeune corps tiède contre le sien. Ils s'embrassèrent longuement, soucieux de suivre les pétillements du désir dans chaque parcelle de leur être.

— Je suis tellement heureuse ! dit-elle en le contemplant. Nous viendrons souvent ici, quand nous serons mariés, même si nous dormons ensemble dans un bon lit.

— Oui, je te donnerai rendez-vous, juste pour le bonheur de t'espérer. Nous aurons une servante qui gardera nos douze enfants.

Ce rappel de la plaisanterie de Jean les fit rire. Matthieu déplia une couverture par terre, là où le sol était de sable. Faustine lui déboutonna sa chemise et caressa son torse en déposant de petits baisers jusqu'à son nombril. Frénétique, il se mit nu et lui ôta sa robe. Ils se laissèrent emporter par leurs sens exaltés, sans craindre de crier ni de gémir.

Jamais ils n'étaient allés aussi loin dans l'accomplissement du désir partagé, du plaisir. Faustine se livrait tout entière, impudique, avide de jouissance. Matthieu la possédait par le regard, les mots et les gestes, affolé par sa chair de plus en plus brûlante et moite. Il eut souvent l'envie absurde de mourir en elle. L'instant suivant, elle le fixait d'un air extatique et cette fois, il souhaitait connaître mille nuits identiques, dans ses bras.

A trois heures du matin, lorsqu'ils furent épuisés tous les deux, le jeune homme sortit d'un panier une bouteille thermos contenant du café. Il avait aussi emporté des biscuits et du chocolat en tablette. Ils burent et mangèrent en silence, nus, presque enfantins dans leur gourmandise.

— Ne te fâche pas, déclara soudain Faustine, mais quand nous serons mariés j'aimerais bien inviter des gens à dîner ou à déjeuner le dimanche. Ton ami Patrice, par exemple, et mes parents, ou bien d'autres personnes.

— Je n'ai aucune raison de me fâcher, s'étonna Matthieu. Ce sera agréable de te voir jouer les maîtresses de maison.

— D'accord, mais une fois, au château, j'ai pensé que Louis te plairait, si tu le rencontrais. Je t'assure, il est très drôle, fantasque et instruit. Il se mariera aussi un jour. Nous pourrions l'inviter, lui et sa femme.

Matthieu pinça le sein de la jeune femme, l'air furibond.

— Encore Louis ! Décidément, il t'a tapé dans l'œil, le châtelain !

— Non, ce n'est pas ça du tout. Tu m'agaces. Je nous cherche des relations intéressantes.

Faustine souriait, les cheveux fous, les lèvres enflammées par les baisers. Matthieu répondit, taquin :

— Pourquoi pas Louis de Martignac, dans ce cas ? Mais à condition que son épouse soit mignonne à croquer ! Je flirterai avec elle, sous ton nez, pour t'apprendre combien la jalousie fait mal.

— Je le sais, va ! persifla-t-elle. Auparavant, dès que tu touchais à Corentine, pendant vos fiançailles, j'aurais pu vous écharper tous les deux !

Elle s'allongea et étira les bras, dévoilant la toison blonde et frisée de ses aisselles. Ses seins frémirent. Matthieu se jeta sur elle.

— Petite chatte adorée, déclara-t-il, tu me rendras fou.

Le lendemain, Matthieu décida de visiter les ateliers du Moulin de fond en comble. Ce lieu lui appartenait de droit. Avec une stupeur joyeuse, il prenait enfin conscience de son héritage, composé de murs en pierre, d'un toit solide couvert de tuiles rousses et de tout un attirail compliqué, érodé par des années d'usage : les cuveaux où se brassait la pâte à papier, les braseros en cuivre toujours disposés dans leur emplacement, les piles à maillets prêtes à se remettre en route et la pile hollandaise qui avait si peu fonctionné.

Faustine et Claire l'escortaient, partageant son enthousiasme. Léon avait ouvert en grand les portes et les volets. Le soleil et l'air doux du matin pénétraient à flots dans les bâtiments.

— Je crois revoir papa, appuyé à ce pilier, affirma le jeune homme. Tu te souviens, sœurette, il se tenait là, son tablier en cuir sanglé à la taille. Tu l'as conservé, son tablier ?

— Oui, frérot, soupira Claire. Moi qui désespérais de trouver un papetier digne de notre tradition ! Nicolas semblait tenté, avant la guerre, mais toi, tu n'avais jamais envisagé de succéder à papa.

Comme chaque fois qu'elle citait Nicolas, ses traits se crispèrent. Afin de ne pas assombrir cette belle matinée, elle tut ses hantises. Son demi-frère lui était apparu, sous son apparence d'adolescent, au moins trois fois. Claire ne savait pas si elle souffrait d'hallucinations ou si un fantôme se manifestait à elle. Seul Jean était au courant, mais il ne la croyait pas, attribuant ces apparitions à sa sensibilité très vive depuis le décès de Raymonde. Cette situation paraissait tellement irréelle, tout à fait impensable.

Matthieu parcourait l'ancienne salle commune. Deux longues tables en occupaient le centre. Des placards peints en gris meublaient deux des murs.

— Cette pièce serait parfaite pour l'imprimerie, dit-il. Tu as raison, Claire, je me demande bien pourquoi j'ai choisi d'être ingénieur alors que tout ceci n'attendait que moi. Le goût des voyages, sûrement ! En fait, je m'ennuie sur les chantiers. Je suis comme toi et Faustine, loin de notre vallée, je dépéris.

— Une chose me tracasse, ajouta sa sœur. Il te faudra au moins trois ouvriers pour une production moyenne. Souviens-toi, papa travaillait dur, jour et nuit, et pourtant, il avait de l'aide. Quand j'avais dix-sept ans, il employait dix hommes.

— Les temps ont changé, précisa Faustine. Le Moulin est équipé de l'électricité, et les roues à aubes sont quasi neuves. Mais c'est vrai, tu devras embaucher de la main-d'œuvre.

Elle se pendit à son bras, toute joyeuse. Matthieu restait toute la semaine. Ils se verraient aussi souvent qu'ils le voudraient. Claire les laissa pour préparer le déjeuner.

— Je suis pressé d'être là, en tablier de cuir et godillots, avoua-t-il. Tu verras, ma chérie, nous serons tellement heureux. D'un coup de pédale, je viendrai manger à vélo à midi, et te renverser sur notre lit.

Elle se blottit contre lui en quémandant un baiser.

— Je me réserve pour ce soir, dans la Grotte aux fées, dit-il à son oreille. J'ai mis de côté un vieux matelas qui était rangé dans le grenier. Je le transporterai là-bas à la nuit. Il nous faut des couvertures et des provisions.

— Des bouquets de fleurs ! renchérit-elle.

Toute la semaine, ils vécurent dans un délire d'amour, de projets et d'escapades nocturnes qui les conduisaient toujours à la grotte. C'était leur refuge, leur nid secret, où ils oubliaient le reste du monde. L'endroit devenait confortable. Faustine ferma leur lit de fortune à l'aide d'un ancien paravent qu'elle avait recouvert d'un large rideau fleuri.

— C'est notre lune de miel, disait-elle.

— Notre lune de miel clandestine, ajoutait-il.

Ils n'avaient jamais été aussi heureux.

Domaine de Ponriant, 3 septembre 1920

Bertille détaillait Corentine avec minutie. La jeune femme, qui résidait à Paris, était une véritable gravure de mode. Elle était arrivée en taxi, sans se donner la peine de prévenir de sa visite. Bertrand l'examinait également avec une curiosité presque scientifique. Il n'avait pas revu sa fille cadette depuis six mois. Sa conduite le scandalisait : elle vivait avec un médecin, Joachim Claudin, sans être mariée.

— Cela me fait tout drôle d'être ici, au domaine, soupira Corentine qui jouait avec son long collier de perles noires. Comment supportez-vous de passer des journées entières à la campagne ? J'ai déjà le cafard au bout d'une heure !

— Alors, donnez-nous des nouvelles de la capitale, proposa aimablement Bertille.

— C'est la fête à chaque instant, la folie douce. De nouveaux commerces s'ouvrent, surtout de grandes brasseries très chics. La décoration est éblouissante, beaucoup de lampes, des peintures au plafond, des dorures, le style Art déco, disent les journalistes. Les Parisiens courent les bals de quartier, les concerts et les théâtres. Les femmes portent toutes les cheveux courts et des robes fluides. Là-bas, je passe inaperçue, alors qu'au village je faisais sensation.

Assise sur un pouf, aux pieds de sa mère, Clara écoutait l'élégante créature en la considérant d'un œil méfiant. Elle se souvenait très bien de Corentine, qui la grondait sans cesse, et la punissait au moindre bruit quand elle habitait le domaine.

— Ma petite sœur n'a pas l'air contente de me voir, remarqua la jeune femme. Toi non plus, papa.

— Tu aurais pu nous téléphoner ! maugréa Bertrand. Encore une chance que tu te présentes seule, sans ton docteur. Je ne l'aurais pas reçu, celui-là ! Depuis Noël, où tu es passée en coup de vent distribuer tes cadeaux, rien, pas une lettre, pas un appel.

— Et qu'est-ce qui vous ramène en Charente ? coupa Bertille, soucieuse d'éviter une querelle devant Clara.

— Je suis venue signer des paperasses, répliqua Corentine. J'ai enfin vendu la maison de tante Adélaïde. Avant de reprendre le train, j'ai eu l'idée de monter dans un taxi pour vous embrasser tous.

— Tu as vendu l'hôtel particulier de la famille ? hurla l'avocat. Sans me tenir au courant ! Quel culot !

— C'était ma dot, papa. Je ne m'y plaisais pas. Nous allons acheter un appartement spacieux, fort bien situé, près du boulevard Montparnasse. C'est le quartier le plus fréquenté des artistes ; des peintres et des sculpteurs. J'ai croisé Coco Chanel, un matin ! Une femme exceptionnelle ! Ses robes en jersey ont un succès fou. Tenez, Bertille, j'ai un cadeau pour vous.

Corentine ouvrit son sac et tendit un écrin en velours à sa belle-mère. Celle-ci découvrit une broche en strass magnifique, représentant une fleur au dessin extravagant.

— Je vous remercie, vraiment, balbutia Bertille, surprise d'une telle gentillesse.

— Ah ! Je regrette de vous avoir tourmentée, l'année dernière. Je ne comprends plus comment j'ai pu vous jouer de si vilains tours. Cacher vos cannes, saler votre thé ! C'était puéril et lâche. Joachim m'a montré la voie de la sagesse, du bonheur simple. Je ne suis plus la même.

Bertrand haussa les épaules avec une moue perplexe.

— Tu n'es qu'une girouette, oui ! grommela-t-il. Tu encenses ton docteur, mais il y a un peu plus d'un an, tu n'avais qu'une idée, épouser Matthieu. Voilà le résultat : vous avez divorcé ! Tu te crois tout permis et lui aussi.

Bertille sonna sa gouvernante. Mireille entra peu après dans le salon en trottinant.

— Voulez-vous conduire Clara à la cuisine pour la faire goûter ! lui demanda-t-elle.

— Bien sûr, madame !

L'enfant partie, Corentine alluma une cigarette de tabac blond.

— Tu fumes à présent ! s'écria son père. Une femme qui fume, ma propre fille !

— Papa, cela ne choque personne à Paris.

Bertille, soudain rêveuse, contemplait sa broche. Elle se vit dans les rues de la capitale, habillée par Coco Chanel, une créatrice dont le renom franchissait les frontières françaises.

— A part ça, que se passe-t-il dans la vallée ? interrogea Corentine. Faustine dirige toujours l'institution, je suppose ?

— Pas pour longtemps, ronchonna l'avocat. Pas la peine de te ménager, tu te doutes que Matthieu ne lâche pas prise. Il espère se marier avec elle dès la fin de son deuil. Il est au pays, d'ailleurs. Je n'apprécie pas leurs manières. Si Faustine continue à me jeter leur amour à la figure, j'engagerai une autre enseignante plus qualifiée.

— Tu aurais tort, trancha Corentine. Réfléchis, papa, jamais tu ne trouveras une jeune femme plus compétente que Faustine. Tout le monde le sait qu'ils s'aiment, elle et Matthieu. Au premier de l'an, je leur ai donné ma bénédiction, par courrier. Tu es vieux jeu.

— Je n'ai pas besoin de tes conseils ! fulmina Bertrand. J'ai perdu mon fils, et personne n'a pitié de moi. Bertille me serine de laisser Faustine en paix, Claire aussi.

— Mais tu as hérité d'un petit-fils ! déclara Corentine. Je voudrais bien faire la connaissance du petit Félicien. L'enfant de mon frère ! Comment peux-tu exiger de Faustine une conduite irréprochable, alors que tu élèves un petit bonhomme né d'un adultère, disons d'une sorte de viol. J'adorais Denis, papa, mais je ne me faisais pas d'illusions sur sa vraie nature.

L'avocat devint très rouge. Bertille commença à prendre peur. Son bel amour avait bien changé. Bertrand mangeait trop et il grossissait. De plus, il s'emportait pour un rien. Un peu de couperose marquait ses joues et son nez. Enfin, il ne quittait plus ses lunettes, sa vue n'étant pas fameuse.

— Calme-toi, Bertrand, recommanda-t-elle. Corentine a le mérite d'être franche. Nous ferions mieux de monter à la nursery.

Bertille se leva, mince et gracieuse dans un fourreau de velours vert, un bandeau de perles assorti retenant en arrière sa chevelure frisée d'un blond lunaire. Corentine la suivit à l'étage.

— Nous avons engagé une nounou, expliqua la maîtresse de maison, une fille sérieuse et efficace. Je suis souvent fatiguée. Je ne pouvais pas m'occuper de cet enfant jour et nuit.

Corentine secoua ses boucles rousses, plissant le nez d'un air mutin.

— Quand j'ai appris la nouvelle par votre lettre, j'étais stupéfaite. Je connaissais bien cette jeune bonne, Monique. Elle aimait travailler à la villa, et mon grand-père la payait bien. J'imagine que sa vie est brisée.

— Eh bien, pas vraiment, soupira Bertille. Je lui écris une fois par mois, je lui envoie des photographies de Félicien. Figurez-vous que Monique doit se marier bientôt, avec son promis. Un brave garçon courageux, qui n'a pas renoncé à l'épouser.

La nounou, une robuste personne d'une trentaine d'années,

changeait le bébé. Elle salua les deux femmes tout en s'empressant d'habiller Félicien.

C'était un nourrisson malingre, au crâne couvert d'un duvet flamboyant. Corentine caressa le front de son neveu.

— Le portrait de Denis ! s'exclama-t-elle. Oh, qu'il est mignon !

Elle prit le bébé et le cala dans ses bras en lui parlant doucement. Bertille demanda, tout bas :

— Et vous, la maternité ne vous tente pas ?

— Non, je ne serai jamais une bonne mère. Si Joachim en avait envie, je ferais un effort, mais il n'a pas la fibre paternelle. Enfin, je suis consolée, mon frère n'est pas mort tout à fait, grâce à ce bout de chou.

Corentine tendit Félicien à la nourrice et sortit de la pièce, suivie par Bertille.

— Le taxi m'attend, je dois partir, affirma-t-elle. Veillez bien sur mon père, il me semble en mauvaise santé.

— Ne vous inquiétez pas, j'essaie de le raisonner. Il dévore beaucoup aux repas et boit un cognac tous les soirs, parfois deux. Cette histoire entre Matthieu et Faustine le ronge. Impossible de le faire fléchir !

Dans le salon, Corentine embrassa son père avec une sincère affection. Soudain elle le fixa et dit, d'une voix tendue :

— Papa, ne blâme pas Faustine. Tout est ma faute. J'ai contraint Matthieu à m'épouser en faisant le nécessaire pour me retrouver enceinte. Je me trompais. Je voulais le posséder, me l'attacher. Nous avons tous souffert de ce drame, mais tu dois oublier et te montrer indulgent. La vie continue. On ne lutte pas contre certaines amours, plus fortes que tout. Tu le sais aussi bien que moi.

Elle jeta un regard significatif à Bertille, avant de poursuivre :

— Matthieu n'a rien fait de mal, Faustine encore moins. Et, puisque c'est le moment des aveux, je te dirai que j'ai souvent poussé Denis à la tromper, à l'humilier, par jalousie et par haine. Pourtant elle m'a sauvé la vie, la nuit où j'ai fait une fausse couche. Cette fille est une sainte, elle m'a pardonné. Voilà, réfléchis bien à ce que je viens de te dire.

L'avocat, sidéré par ces révélations, ne sut que répondre.

Bertille en avait les larmes aux yeux. Elle aussi avait souffert de la méchanceté de Corentine, mais elle percevait un réel changement chez la jeune femme et la serra dans ses bras en lui disant un au revoir sincère.

Bertrand appuya son front à la fenêtre pour suivre sa fille des yeux, tandis qu'elle descendait l'escalier d'honneur. Elle avait une démarche légère de danseuse. Il la revit enfant, têtue, capricieuse, désobéissante, et cependant avide d'une tendresse qu'il ne lui donnait pas, obsédé qu'il était par sa passion pour Bertille.

— Elle aurait pu rester dîner ! remarqua-t-il.

Château de Torsac, 8 octobre 1920

Claire admirait le potager, désormais bien entretenu par un homme du village, surnommé Marciquet. Il arrivait tous les matins, sa casquette en toile enfoncée jusqu'aux sourcils. C'était un fin jardinier. Déjà, à la mi-septembre, la terre fumée et binée accueillait des semis de radis noirs et de laitues d'hiver, ainsi que des plants de poireaux et d'artichauts.

Edmée s'intéressait peu à la pousse des légumes, au grand regret de Claire qui lui promettait pourtant des récoltes échelonnées sur plusieurs mois et des repas sains. La châtelaine, disposant d'un capital inespéré grâce au prêt consenti par Bertrand, savourait sa quiétude nouvelle.

« Qu'il fait froid, déjà ! » se dit Claire en boutonnant son manteau jusqu'au col.

Un vent rude agitait les grands arbres du parc. Des nuées de corneilles survolaient les tours du château. Le ciel d'un gris sombre annonçait de nouvelles pluies.

Claire se dirigea vers la cour. Elle était arrivée très tôt, conduite par Jean qui allait en ville. Faustine préparait Marie de Martignac à sa rentrée des classes, à l'école de Torsac.

« Avec l'hiver, je viendrai moins souvent ! pensait-elle. Au moins, je suis tranquille pour Edmée et ses enfants ; ils seront bien chauffés. »

La châtelaine avait profité du mois de septembre, assez clément, pour faire installer le chauffage central, une dépense exorbitante, mais qui apportait un confort bienvenu, l'immense bâtisse étant très humide.

— Oh ! Les derniers dahlias ! Je vais les cueillir, ils seront mieux en vase.

Claire admira les couleurs vives des fleurs, du violet et de l'orange ; elle coupa les tiges. Ursule apparut à la balustrade de la terrasse.

— Madame, venez vite ! C'est votre fille !

La vieille domestique avait un air tragique. Affolée, Claire lui confia les dahlias et courut à travers la cour. Ursule, chaussée de sabots éculés, la suivit à grand-peine.

— Que se passe-t-il ? demanda-t-elle en chemin.

— La jeune dame s'est trouvée mal dans le grand salon. Elle s'occupait du cartable de mademoiselle Marie, que j'avais ciré ce matin. J'étais là, à desservir le guéridon, quand on l'a vue devenir toute blanche et s'écrouler sur le parquet.

Un pressentiment désagréable oppressa Claire. Faustine était d'une constitution solide et peu encline aux malaises. En la découvrant toujours inanimée, d'une pâleur anormale, elle chassa sa première crainte, celle d'une grossesse, pour s'inquiéter sincèrement.

— Ma petite chérie ! Mon Dieu, elle est glacée !

Edmée, aussi blême que la jeune institutrice, se tordait les mains. Marie ouvrait de grands yeux effrayés.

— Dites, elle n'est pas morte ? balbutia la fillette à l'adresse de Claire.

— Non, bien sûr que non ! répliqua celle-ci. Marie, n'aie pas peur, passe-moi mon sac.

Claire fabriquait depuis des années de l'eau de mélisse, un tonique souverain contre les étourdissements. Elle ne lésinait pas sur l'alcool qui aidait à la conservation du produit. Avec dextérité, elle frictionna le front et les joues de sa fille ; elle versa deux gouttes du liquide à la commissure des lèvres. L'effet ne se fit pas attendre. Faustine battit des paupières et poussa un gémissement de surprise.

— Mais que m'est-il arrivé ? déclara-t-elle en voulant se relever.

— Tu t'es évanouie, ma chérie, dit sa mère. Ne t'agite pas, je vais t'aider à t'allonger.

— Il faudrait qu'elle s'étende sur la chaise longue, conseilla

Edmée en désignant un meuble de repos, de style Louis XVI, garni de coussins.

Faustine ne tenait pas debout. Claire et Ursule durent la soutenir. La jeune femme, le teint cireux, gémit d'un ton faible :

— Je ne me sens pas bien, pas bien du tout.

Une vague envie de vomir lui venait, mais elle n'osait pas l'avouer. Une fois allongée, elle sentit refluer la nausée.

— Avez-vous mangé, petite, ce matin ? demanda Ursule.

— Un peu ! Pas assez sans doute, j'ai faim. L'odeur du cirage m'a soulevé l'estomac.

— Tiens donc, le ventre vide, on ne va pas loin ! maugréa la domestique. J'ai du bouillon de légumes, du pain frais et du beurre. Je descends en cuisine vous chercher ce qu'il faut.

Emue par l'incident, Edmée emmena Marie dans le boudoir. Seule au chevet de sa fille, Claire était l'image même de la réprobation.

— Tu comptais me l'annoncer quand ? interrogea-t-elle le plus bas possible. Tu es enceinte, n'est-ce pas ?

Faustine détourna le regard avec une expression de panique.

— Je crois bien, maman. J'ai trois semaines de retard, et puis, ce n'est pas mon premier malaise. J'ai des nausées tous les matins.

— Tu aurais dû faire attention, enfin ! Que dira Bertrand ? Tu portes le deuil, nous avions prévu le mariage pour l'année prochaine, en juillet, deux ans après la mort de Denis. L'enfant sera né, à cette époque.

Un sourire ébloui transfigura Faustine. Bien loin de lui inspirer du remords, les mots de sa mère la comblaient d'un bonheur nouveau. Claire ne put que s'attendrir devant la joie profonde qu'éprouvait sa fille. Le retour de la châtelaine l'empêcha de prononcer des paroles rassurantes.

— Alors ? s'écria Edmée. Comment va-t-elle ? Marie est terrifiée. Je lui ai dit de patienter.

— Oh, la pauvre ! soupira Faustine. Déjà qu'elle se tracassait de devoir entrer à l'école demain. Je suis si fière d'elle, madame. Elle lit correctement et calcule à merveille. Pardonnez-moi de vous causer des émotions. J'irai mieux dès que j'aurai avalé du bouillon et, cet après-midi, comme promis, je rendrai visite à son institutrice.

Faustine se redressa. Vêtue d'une longue robe noire, les cheveux tirés en arrière et roulés sur la nuque en chignon, elle avait une apparence stricte et sévère.

« Qu'elle est belle ! s'étonna Claire. Même habillée ainsi, même malade ! »

Des pensées incongrues lui vinrent. Elle considérait sa fille adoptive d'un autre œil, en tant que femme désirable qui s'était offerte à un homme, qui avait peut-être crié de plaisir. Les joues cramoisies à cette idée, elle se pencha sur son sac afin de ranger le flacon d'eau de mélisse.

« Que je suis sotte ! Evidemment que Faustine connaît l'acte d'amour. Elle était mariée à Denis. Bizarrement, je n'ai jamais songé à la réalité de sa première union. Sans doute parce qu'elle habitait Ponriant, mais là… où se retrouvent-ils, elle et Matthieu ? Cela dit, les occasions ne manquent pas. Pourtant mon frère séjourne rarement au Moulin. Il est venu fin août et il est reparti le 3 septembre. Ils devaient se voir la nuit, dehors. J'aurais dû mieux les surveiller. »

Ursule revenait, chargée d'un plateau. Faustine ne tarda pas à reprendre des couleurs. Elle déjeuna aussi de bon appétit à midi. Après le repas, Marie se mit à pleurer.

— Je ne veux pas aller voir la maîtresse, à l'école. Je préfère mademoiselle Faustine, pour apprendre.

Il fallut toute la persuasion de Claire et d'Edmée pour calmer l'enfant. Finalement, elle accepta de suivre Faustine. Dans la cour, la jeune femme déclara :

— Marie, tu dois être plus raisonnable. Sans moi, tu partirais en pension et, crois-moi, c'est beaucoup plus triste de dormir loin de sa mère et de sa maison. Regarde, on voit déjà l'école. Tu seras au château en deux minutes.

L'institutrice qui les accueillit était en poste depuis dix ans. Elle se nommait Marguerite. Toujours célibataire malgré la quarantaine, elle se pencha sur Marie de Martignac avec un doux sourire.

— Alors, voici ma nouvelle élève. Je te souhaite la bienvenue, Marie. Visitons la classe, d'accord ?

Faustine demeura près de l'estrade. Elle comparait en silence cette salle de classe à celle de l'institution, plus vaste et plus neuve. Cependant, l'odeur particulière de la craie et de l'encre mauve, comme imprégnée dans les murs, évoquait ses propres souvenirs d'écolière. Les pupitres inclinés, flanqués de bancs, s'alignaient sur six rangées. Des cartes de géographie décoraient le fond de la pièce. Deux tableaux noirs encadraient le bureau de l'enseignante.

Marie observait ce décor avec méfiance. Marguerite lui montra la place qu'elle lui réservait.

— As-tu un plumier, Marie ? demanda-t-elle. Et une ardoise ? Elle servira au calcul mental.

— Oui, je les ai, répondit doucement la petite fille, un cartable aussi, celui de mon grand frère.

— Eh bien, c'est parfait. Je t'attends demain matin. Tes camarades seront contentes de faire ta connaissance.

Faustine envoya Marie se promener dans la cour de récréation. Elle lui montra par la fenêtre le préau et le carré des commodités. Une fois seule avec Marguerite, elle expliqua brièvement le cas de Marie.

— Je lui ai donné des leçons pendant trois semaines, elle sera vite au niveau du cours élémentaire. C'est une fillette qui n'a jamais fréquenté d'autres enfants de son âge. De plus, elle a été très malade, une fièvre paratyphoïde, durant l'été. Elle risque de se montrer sensible et très timide.

— Je m'en arrangerai, répliqua l'institutrice. Vous n'osez pas me parler de la différence de milieu social, mais sa mère, madame de Martignac, n'avait que ça en tête. Cette dame redoute que sa fille apprenne de vilaines manières, ici, comme si je ne veillais pas à ce que mes élèves s'expriment en français correct. Dites-moi, vous êtes bien la jeune femme qui dirige l'institution pour orphelines, créée par monsieur Giraud, le maire de Puymoyen et avocat ?

— Oui, en effet, répondit Faustine avec un sourire. J'aurai deux nouvelles élèves demain. Elles sont déjà arrivées, mais je n'ai pas eu le temps de les rencontrer.

Elles bavardèrent encore un bon moment en surveillant les déplacements de Marie dans la cour. Soudain, Faustine aperçut une silhouette masculine à la grille du portail. L'instant d'après, Louis de Martignac entrait. Les gravillons crissaient sous ses chaussures. Marie lui sauta au cou.

— Ah ! On vient nous chercher, déclara Faustine. Au revoir, mademoiselle. J'espère que tout se passera bien avec Marie.

— J'en suis certaine !

Louis se dirigea vers Faustine et, sachant qu'elle n'appréciait pas le baisemain, la salua d'un signe de tête. Le jeune châtelain était vêtu avec élégance d'un costume trois pièces en lainage gris et d'une chemise de soie beige à col haut. Sa chevelure blonde flottait sur ses épaules, ce qui lui donnait une allure démodée mais toujours aussi romantique.

Leurs relations évoluaient vers une sincère amitié. Jamais Faustine n'aurait imaginé trouver en Louis un confident. Pourtant, il s'était investi dans ce rôle. Depuis une semaine, elle lui rendait la pareille. Il était amoureux d'une jeune fille qu'il avait croisée à plusieurs reprises en ville.

— Alors, Faustine ! dit-il très bas. Ma mère m'a raconté votre malaise. Il faut vous nourrir davantage. Je vous assure, vous avez maigri.

La jeune femme songea qu'elle ne tarderait pas à grossir un peu, mais elle ne tenait pas à divulguer le secret de sa grossesse.

— Ce n'était rien du tout ! protesta-t-elle. Nous devions partir en même temps que mon père, qui nous déposait, et je n'ai pas pu prendre de petit déjeuner.

— Votre père ! L'homme invisible ? Il refuse absolument de répondre à nos invitations ! renchérit Louis. Monsieur Dumont aurait-il des préjugés contre les gens de la noblesse ? Vous m'avez avoué qu'il avait des idées plutôt socialistes.

— Oui, comme nous tous, répliqua-t-elle, ma mère, son frère et moi-même. Figurez-vous que nous avons subi l'influence d'un vieux monsieur exceptionnel, que j'aimais comme un grand-père, Basile Drujon. Quand j'étais gamine, il me racontait ses exploits sur les barricades, pendant la Commune, en 1870. Il connaissait même Louise Michel, une des premières femmes à revendiquer l'égalité des sexes.

Louis l'écoutait d'un air intéressé. Il dit enfin :

— Pour ma part, je me moque de la politique. Cependant, bien des familles de noblesse ancienne ont été rayées du monde pendant la Révolution. Nous sommes des survivants, une bonne centaine d'années plus tard. Souvent ruinés, nous n'avons, pour soutien moral, que notre arbre généalogique.

Marie en avait assez. On l'oubliait. Elle secoua le bras de son frère :

— Louis, et mon école ? Comment tu la trouves ?

— Il faudrait dire : « Comment la trouves-tu ? » rectifia Faustine.

— Tout à fait charmante, ton école ! s'écria-t-il. Tu t'amuseras bien, Marie. Tu auras des camarades.

Ils franchirent le portail du château. Faustine se sentit brusquement privée de toute énergie. Ses jambes flageolaient. Prise d'un vertige, elle s'accrocha au bras de Louis.

— Je voudrais m'asseoir. Je vous en prie, aidez-moi à m'asseoir quelque part, balbutia-t-elle.

Le jeune homme la mena vers un muret arrondi, de la hauteur d'un banc. Elle gardait les paupières closes, toute sa volonté rassemblée pour rester consciente.

— Cette fois, Faustine, il faut consulter un docteur. Je vais chercher le médecin, il habite sur la route de Villebois. Avant, je voudrais vous reconduire dans le salon. Marie, va prévenir mère et madame Dumont.

En pleine confusion, Faustine ne réagissait pas. Elle avait envie de se coucher, de dormir des heures. Une petite voix lui répétait que le lendemain, elle reprenait les cours à l'institution ; cela lui semblait impossible.

— Je me sens mal, Louis, j'ai soif, tellement soif.

Il n'osa pas la laisser seule. Elle s'effondra contre lui.

— Mais qu'avez-vous ? s'effraya-t-il en la soutenant de son mieux.

Faustine retrouva ses esprits malgré une sensation de nausée qui l'incommodait.

— Rien, je n'ai rien. Je veux rentrer au Moulin, je veux me reposer.

Louis eut un doute, comme Claire avant lui. Edmée, lorsqu'elle attendait Marie, s'évanouissait souvent les premiers mois.

« Une grossesse ? Mais elle n'est pas mariée et son veuvage est loin d'être terminé ! »

Cela le choquait. Il avait été éduqué dans une famille qui cultivait le respect des convenances. Pour lui, l'acte sexuel en dehors des sacrements de l'Eglise était un péché. Certes, il avait essayé de voler un baiser à Faustine, mais jamais il n'aurait exigé plus sans l'épouser.

— Vous allez bientôt être dans l'embarras, précisa-t-il. C'est votre Matthieu, le responsable ?

— Non, pas du tout ! coupa-t-elle. Vous avez trop d'imagination, Louis.

Elle pleurait de contrariété. Porter l'enfant de son amour la rendait euphorique, mais elle était assez lucide pour envisager tous les ennuis que cela lui causerait.

— Ne niez pas ! Quel imbécile, ce type ! tempêta le jeune homme. Il aurait pu se douter des conséquences ! Votre réputation sera salie, vous ne pourrez plus enseigner. Est-il au courant, au moins ?

Faustine n'avait pas la force de mentir.

— Pas encore, je n'en suis pas sûre moi-même. Je dois lui écrire, il reviendra. Nous nous marierons à la mairie, car il est divorcé. Sans ces malaises, personne n'aurait eu de soupçons.

Louis pinça les lèvres d'un air scandalisé. Il dit tout bas, sans la regarder :

— Je n'avais encore jamais rencontré une famille comme la vôtre. Vous êtes de vrais révolutionnaires, des mécréants. Je ne suis guère pratiquant, mais un couple, uni devant Dieu, le demeure sa vie durant. En théorie, pour un bon catholique, Matthieu est toujours l'époux de Corentine Giraud.

Faustine lui avait expliqué de façon succincte le chassé-croisé amoureux du double mariage, *Les Tristes Noces*, comme disait une chanson des siècles passés. Cela avait sidéré Louis, même s'il avait mieux compris l'attitude de la jeune femme, bafouée et brutalisée par son mari pendant les quelques semaines de leur union.

— Cela m'est égal, ils sont divorcés, Matthieu peut m'épouser, conclut Faustine. Vous prenez de grands airs outragés, mais vous avez sûrement déjà couché avec une femme, Louis, à votre âge.

Le jeune châtelain devint écarlate. Une telle liberté de langage le suffoquait.

— Ne parlons pas de moi, coupa-t-il. Faustine, vous êtes presque vulgaire.

— Et vous ! rétorqua-t-elle, totalement remise de son malaise.

Quand vous m'avez embrassée de force dans l'écurie, vous me teniez des propos aussi gênants sur ma bouche, mes yeux d'azur, et je ne sais quoi encore ! Et j'ai eu du mal à vous repousser. J'avoue que vous êtes très respectueux, maintenant, mais ce jour-là…

— J'avais bu, Faustine ! Que voulez-vous, ma mère se lamentait et nous nous querellions sans cesse à propos de la vente du château. J'avais bu chez un ami, en ville, et ensuite deux coupes de champagne sous votre nez, par bravade. Je me suis conduit en goujat, je suis d'accord, mais vous étiez si désirable. Cela dit, je vous donne ma parole que je ne voulais pas vous déshonorer.

Elle se leva et s'éloigna d'une démarche incertaine.

— Je ne le saurai jamais, puisque Matthieu est arrivé à temps.

Il la rattrapa, mi-fâché, mi-moqueur.

— Avec vous, ajouta-t-il, j'apprends à jeter bas les conventions et les préjugés. Vous êtes à la mode. Plus de tabous, plus de contraintes, les années folles, comme la presse le claironne. Eh bien, oui, j'ai eu une maîtresse, une belle femme de trente ans qui me demandait en retour un petit dédommagement. Mais tous les hommes le font, afin d'être à la hauteur la nuit des noces. Personnellement, je souhaite que mon épouse soit vierge.

Faustine lui lança un regard noir. Claire accourait, suivie par Marie et Edmée.

— Nous étions dans le potager, cria Claire en manière d'excuse. Marie nous a cherchées d'un bout à l'autre du château. Ma chérie, tu as sans doute de la fièvre ou un refroidissement. Ton père revient vers quatre heures, il ne devrait pas tarder.

Edmée de Martignac étudiait en silence la silhouette svelte de Faustine. Elle en était venue aux mêmes conclusions que son fils. Très déçue par la conduite de la jeune institutrice, elle avait une autre raison de se tourmenter.

« Qui est le père ? s'interrogeait-elle. Mon Dieu, pourvu que ce ne soit pas Louis ! Ils semblaient en bons termes, mais comment auraient-ils eu l'opportunité de se rencontrer et de… ? »

Cette éventualité la navrait. Malgré toute l'affection et l'immense gratitude qu'elle éprouvait pour Claire, elle espérait pour son fils un mariage avec une personne de leur milieu, une jeune fille bien née et fortunée de préférence. Ces sortes d'idées, elle les taisait avec soin.

« Claire ne comprendrait pas, se dit-elle. Cela la blesserait et je n'ai aucune envie de la perdre. C'est une femme admirable. »

Louis lut le pénible soupçon qui crispait les traits de sa mère. Il la détromperait sans dévoiler le coupable. Faustine lui avait fait promettre de ne pas révéler à Edmée son amour pour Matthieu.

Un crissement de pneus et le ronronnement d'un moteur mirent fin aux pensées de chacun. Jean, en avance d'une demi-heure, venait de se garer devant l'enceinte du château. Il apercevait les trois femmes, une fillette et un jeune homme de belle allure.

« Bon sang ! pesta-t-il intérieurement. Moi qui croyais pouvoir attendre Claire et Faustine dans la voiture, bien tranquille. Je vais être obligé de descendre et de leur dire bonjour à ces aristos ! »

Ainsi eut lieu la première rencontre entre Jean Dumont, ancien bagnard, journaliste de gauche et apprenti écrivain, et les trois représentants de la famille de Martignac, dont les quartiers de noblesse remontaient à la Renaissance, sous le règne de François Ier.

Edmée vit un homme de taille moyenne, très brun, la moustache soignée ; il était vêtu d'un costume en tweed. De loin, elle le jugea ordinaire, mais quand il lui serra la main en la fixant de son regard bleu magnétique, ourlé de cils drus et noirs, elle comprit pourquoi Claire vouait à son mari une passion constante.

« Il est beau sans être beau, buriné comme un aventurier ou un rebelle, et il est tellement viril... »

Elle lui adressa un sourire charmé et, tout de suite, par politesse et un peu de curiosité, elle l'invita à prendre le thé.

— Je vous remercie, madame, répondit-il d'une voix grave et chaude. Ce sera pour une autre fois.

Claire fit les présentations. Louis dut aller chercher les manteaux de ces dames et leurs sacs. Faustine soupira de bien-être dès qu'elle fut assise dans la Peugeot.

« Je vais goûter au Moulin et ensuite papa me ramènera à l'institution. J'écrirai la grande nouvelle à Matthieu, ce soir, dans ma chambre. Le monde entier peut nous blâmer, je suis heureuse, heureuse… Un bébé, je vais avoir un bébé ! »

Dès le début du trajet, Claire se tourna vers sa fille, assise à l'arrière.

— Faustine, il est temps de mettre ton père au courant ! Jean, un malheur est arrivé.

Il freina, scrutant le visage de sa femme d'un air anxieux :

— Quel malheur ? Nous avons eu notre compte, cette année. Enfin, ne fais pas de mystère ! dis-moi.

— Questionne ta fille ! déclara-t-elle. Elle a eu deux malaises aujourd'hui. Bref, elle est enceinte. Une catastrophe !

Du coup, il se gara sur le bas-côté et dévisagea Faustine. Elle semblait très émue. Le visage de Jean s'illumina et il se mit à rire, les yeux humides, soudain.

— Je vais être grand-père ! Ma petite chérie ! Mais ne pleure pas, est-ce que je pleure, moi ?

Jean tira le frein à main et sortit de la voiture pour grimper derrière, près de sa fille. Là, il l'enlaça et la berça comme une enfant malade.

— Et ta mère qui me parle d'un malheur ! Je ne le vois pas, ce malheur, je vois juste un grand bonheur. Oh, je suis content, mais content ! Câlinette, on s'arrêtera chez madame Rigordin acheter du mousseux et des biscuits, ceux que ma Faustine aime tant. Un événement pareil, ça se fête. Jean Dumont, grand-père !

Faustine sanglotait, blottie dans les bras de son père. Sa réaction enthousiaste la réconfortait, l'emportait vers un univers où seuls importaient l'amour et la tendresse. Claire se sentit étrangement seule, mise à l'écart.

« Bien sûr, songea-t-elle, ce bébé est de son sang à lui, alors que je ne suis que la mère adoptive de Faustine. Oh, je deviens dure et méfiante. Je devrais me réjouir autant que Jean. Mais c'est trop tôt. Que dira Bertrand ? »

Claire se reprocha aussi de céder trop souvent à l'attraction qu'exerçait sur elle le château. Elle aimait la compagnie d'Edmée et sa conversation raffinée. Un matin, alors qu'elle aidait Ursule à dépoussiérer les lourds rideaux de velours du petit salon, elle s'était imaginée intendante ou gouvernante, avec sa chambre à l'étage.

« Je deviens folle, se dit-elle. Je délaisse Jean, je traite Faustine en étrangère, parfois. Je dois espacer mes visites à Torsac, retrouver le goût du bonheur chez moi, au Moulin. »

Elle pressentait de nombreux bouleversements. Faustine devrait renoncer à son poste privilégié de directrice d'école. Il fallait prévoir un mariage précipité qui ferait jaser toutes les commères du pays.

— Ohé ! Câlinette, à quoi rêves-tu ? s'écria Jean. Allez, on repart. J'ai du pain sur la planche.

Elle crut qu'il parlait du verger, des pommes à récolter, mais il s'agissait d'autre chose.

De retour au Moulin, Jean eut un long conciliabule avec Léon dans le cellier. Ils en sortirent en continuant leurs messes basses. Claire n'y prêta pas attention. Elle préparait un velouté de carottes, souverain pour la digestion. Thérèse repassait son tablier d'école, en berçant d'un pied sa petite sœur nichée dans la bercelonnette en osier offerte par Bertille. Arthur jouait avec Moïse dans la cour.

Tout était tranquille. Faustine s'installa dans le fauteuil près de la cheminée. Elle avait l'intention de rentrer tôt à l'institution, mais, par crainte de décevoir son père, elle décida de rester dîner.

— Tant mieux, dit Claire en l'apprenant. Nous avons beaucoup de choses à mettre au point. Thérèse, va nourrir les poules, ma mignonne, et donne de l'eau aux chèvres.

La fillette s'empressa d'obéir. Elle s'était occupée du bébé toute la journée et se réjouissait de passer une heure dehors.

— Que veux-tu mettre au point, maman ? demanda la jeune femme.

— D'abord, Matthieu doit revenir très vite, pour que les bans soient publiés. Il faut éviter le scandale. Ce sera forcément Bertrand qui vous unira, puisqu'il est maire, à présent. Je tâcherai de le raisonner. Ensuite, ton poste à l'école, tu peux y renoncer. Tu te vois faire la classe enceinte de six mois ? Je suis désolée, Faustine, de te dire tout ceci. Je t'assure que tout aurait été plus simple dans un an ou deux.

— Papa ne s'affole pas, lui !

— Jean me surprendra toujours ! s'étonna Claire. Maintenant il traite Matthieu comme son fils, après l'avoir rejeté et méprisé. Tu n'as pas l'air de mesurer la gravité de la situation. Ton métier te manquera, ton salaire aussi. Même si mon frère fait tourner le Moulin et relance le commerce de nos papiers traditionnels, il n'aura pas de revenus immédiatement.

— Il a des économies et je ferai comme toi, j'aurai un poulailler et un potager. Pour le trousseau du bébé, je pourrai prendre la layette de Janine et de Félicien. Maman, je t'en prie, j'ai besoin que tu me soutiennes. Si tu es triste, je serai malheureuse.

— Ah non ! Pas de ça. C'est mauvais pour l'enfant que tu portes. Plus de soucis ni de chagrins ! décréta Claire.

Ces mots la libérèrent. Elle se précipita vers sa fille et l'étreignit.

— Pardonne-moi, Faustine. La seule chose importante, c'est ton bébé. Une nouvelle existence qui commence. Ce petit ou cette petite sera à la fois mon neveu ou ma nièce, mon petit-fils ou ma petite-fille. Je l'aimerai de tout mon cœur, ma chérie.

Faustine frotta sa joue à celle de sa mère. Elle ferma les yeux, infiniment rassurée par la tendresse de Claire.

— Maman, je t'aime tant. Je vous aime si fort, toi et papa.

— Je sais, ma chérie, pardonne-moi. Et je te défendrai contre vents et marées, comme dit notre Léon. En premier lieu, je voudrais t'éviter ces nausées et ces malaises. Il y a des femmes qui n'en ont pas. Bertille n'a pas du tout été incommodée. Mais Raymonde, au début de ses grossesses, ne pouvait rien avaler sans vomir. Je lui donnais des tisanes à base de menthe et de verveine. Tu devrais aussi mâchonner des bâtonnets de réglisse. Cela ne durera pas longtemps.

Jean et Léon entrèrent au même moment, suivis par Thérèse et Arthur qui chantaient à tue-tête : « Vive Faustine ! Vive Faustine ! »

Les deux hommes portaient un lit d'enfant en bois sculpté, peint en blanc ivoire. Des dessins d'animaux de style naïf décoraient les panneaux de la tête et des pieds.

— Papa, il est magnifique ! s'écria la jeune femme en se levant. Mais tu n'étais pas au courant du tout. Pourquoi l'as-tu acheté ?

Claire était la plus surprise. Elle interrogea son mari :

— Tu ne pouvais pas prévoir, quand même ?

— Disons que j'ai eu un pressentiment, une vision, rétorqua Jean. Je blague, Câlinette. J'ai récupéré ce lit chez un de mes collègues du *Petit Charentais* qui voulait s'en débarrasser. Il me l'a donné, parce que je le trouvais très joli. Je l'avais monté sur le plancher des étendoirs, en me disant qu'il servirait un jour ou l'autre et, à mes heures perdues, je l'ai poncé et repeint. Quand j'ai su que j'allais être grand-père, je n'ai pas résisté à l'envie de vous le montrer. Un de mes chefs-d'œuvre parmi tant d'autres !

— C'est toi qui as fait les dessins, papa ? demanda Faustine qui ne comprenait pas bien la plaisanterie à propos des chefs-d'œuvre.

Jean approuva en riant d'un air exalté. L'ébahissement des deux femmes le comblait de joie.

Thérèse approcha alors, comme une comédienne connaissant bien son rôle. Elle tira d'un coup sec le drap blanc posé au fond du lit. Deux caisses en carton apparurent, ainsi qu'une bouteille de mousseux et un paquet de biscuits.

— Qu'est-ce que c'est, Jean ? questionna Claire.

Léon sortit son canif et coupa le papier adhésif. Jean extirpa d'un geste triomphal trois ouvrages à la couverture bleu nuit avec lettrage doré. Il en tendit un à Faustine, un autre à Claire et le troisième à Léon.

— *Les Enfants des colonies pénitentiaires* par Jean Dumont, lut sa fille à haute voix. Oh ! papa, c'est ton livre !

La jeune femme huma en fronçant le nez l'odeur particulière du papier et de l'encre d'imprimerie.

— Ils sortent de la presse, déclara Jean. Ce sont mes exemplaires, j'en ai une trentaine. Ils seront bientôt dans les librairies.

Claire commençait à feuilleter son livre. En page de garde, elle trouva une dédicace, signée par son mari. Elle la déchiffra en silence, submergée par l'émotion.

« Je dédie ces lignes à celui qui m'a tout appris, mon cher vieil ami Basile Drujon. J'espère qu'il est fier de moi. Je voudrais aussi remercier le grand amour de ma vie, ma femme Claire, qui m'a encouragé et m'a montré la voie de la lumière. »

— Jean, s'exclama-t-elle, comme c'est beau et touchant ! Elle se jeta à son cou et l'embrassa furtivement sur les lèvres. Faustine pleurait de joie.

— Papa, moi qui adore les livres, je pourrai le montrer à mes élèves et il aura une place d'honneur dans ma chambre.

Léon déboucha le mousseux.

— On avait bien besoin d'un peu de baume au cœur, conclut le domestique en riant.

Claire ne se lassa pas de contempler la pile d'ouvrages. Le chemin parcouru par Jean la fascinait. D'illettré, il était devenu écrivain ; de vagabond, il s'était découvert l'héritier d'une famille de la haute bourgeoisie normande. Même si la guerre les avait ruinés, elle croyait désormais à un avenir meilleur. Faustine et Matthieu vivraient près d'eux, le Moulin reprendrait sa chanson, les rancœurs et les conflits s'apaiseraient.

Elle trinqua avec Jean, puis avec Faustine. Thérèse et Arthur eurent droit à une goutte du vin blanc constellé de fines bulles. La cuisinière ronflait, alors que le loup Moïse dormait à l'endroit exact où se couchait le vieux Sauvageon. Janine, du haut de ses huit mois, s'endormit en douceur, bercée par les voix familières de ceux qui veillaient sur elle.

6

Monsieur le maire

Domaine de Ponriant, 9 octobre 1920

Bertille fixait d'un air songeur le livre de Jean. Le nom de la maison d'édition parisienne, en bas de la couverture, l'impressionnait. Claire épiait les réactions de sa cousine qui finit par dire :

— Quand je tenais ma librairie en ville, j'appréciais beaucoup les publications de cet éditeur. Elles se vendaient bien. Tu peux être fière de ton mari, Clairette. Il a décroché un bon contrat.

— Les ventes ne sont pas la chose la plus importante, pour moi, répondit Claire. Le témoignage de Jean sur ces établissements honteux est d'une sincérité bouleversante. Sais-tu que je ne l'ai pas aidé du tout ? Je le voyais travailler le soir, et souvent une partie de la nuit, acharné, passionné. Parfois, je lui en voulais de me délaisser pour sa machine à écrire.

Mireille apportait le plateau du thé. Il faisait bon dans le grand salon douillet. Bertille avait aménagé la pièce à grands renforts de tentures beiges et de coussins fleuris. Une nouveauté : un lampadaire à large abat-jour de soie rose dispensait une lumière agréable, la vive clarté de l'ampoule électrique à filaments étant tamisée par le tissu. Dehors il pleuvait dru. Un vent violent arrachait les feuilles rousses des arbres.

— Et tu es venue à pied du Moulin par ce temps, juste pour m'apporter deux exemplaires ! soupira Bertille regardant par les fenêtres d'un air navré.

— Bah ! répliqua Claire. J'ai un parapluie et des chaussures en caoutchouc. J'avais hâte de te montrer les livres, Jean est si content. J'aurais bien aimé en offrir un à Edmée, mais je n'ai pas envie qu'elle sache que mon mari a passé ses jeunes années en colonie pénitentiaire, cela la choquerait.

Bertille eut un geste d'agacement. Elle posa l'ouvrage et but un peu de thé.

— Cette famille de Martignac vit hors du temps, dit-elle. Edmée est une femme charmante, mais je la soupçonne d'avoir des principes étriqués à cause de sa fameuse noblesse. Enfin, tu remercieras Jean d'avoir pensé à nous. Son livre intéressera sans doute Bertrand.

Claire observa sa cousine. Bertille était triste ou soucieuse. Son fin visage mobile et ravissant semblait figé par un chagrin caché.

— Qu'est-ce que tu as, princesse ?

— Ne t'inquiète pas, je suis fatiguée. Ce temps humide, le bébé… La nounou de Félicien est toute dévouée, mais je dois quand même la surveiller. Oh, et puis, je préfère t'en parler. C'est Bertrand. Je ne le reconnais plus. Depuis le décès de Denis, il a tellement changé, je le trouve aigri, distant. Même au lit ! Nous qui étions si amoureux. Maintenant, il a des idées fixes, de l'amertume à revendre. J'ai l'impression aussi qu'il prend trop à cœur ses fonctions de maire. Il monte au bourg pour un oui, pour un non. Je lui ai demandé d'arrêter de plaider à la cour, il refuse. Je ne le vois presque plus. Il se couche épuisé, sans me dire un mot.

Après un court silence, Claire murmura :

— Je suis désolée, mais j'ai une nouvelle qui ne va rien arranger. C'est une des raisons de ma visite, avec le livre de Jean. Il s'agit de Faustine. Nous sommes dans de beaux draps !

L'expression populaire renseigna Bertille mieux que des mots plus précis. Elle poussa un petit cri de consternation, avant d'ajouter :

— Oh non ! Elle est enceinte de Matthieu ! C'est ça ?

— Exactement, princesse. Ils doivent se marier le plus vite possible et ce sera Bertrand qui les unira. Il n'y a pas d'autre solution. Bien que je ne sois pas très croyante, cela me peine qu'il n'y ait pas de cérémonie religieuse.

Bertille accusa le coup. Son teint pâle devint livide. Elle mesurait comme Claire les complications inévitables que provoquait cette grossesse.

— Flûte ! pesta-t-elle. Ton frère aurait pu faire attention ; les hommes instruits savent comment éviter un accident de ce genre. Mais, Clairette, Bertrand sera furieux. Il refusera de les marier. En plus, Faustine ne pourra pas garder son poste. Tu n'as pas une tisane efficace ? Je suis sûre que tu connais les plantes qui font avorter.

Ce fut au tour de Claire de crier, malgré la présence de Mireille dans le hall du domaine :

— Jamais ! Es-tu folle ? Mettre ma fille en danger ! Si Faustine t'entendait ! Tu penses vraiment qu'elle serait capable de renoncer à cet enfant ?

La vieille gouvernante battit en retraite, effarée. Elle avait compris. Sa jolie demoiselle qui lui avait appris à lire était dans une situation embarrassante, moins de deux ans après la mort de monsieur Denis. Mireille se réfugia aux cuisines et se lamenta en sourdine, ce qui n'était pas le cas de Bertille.

— Claire, Matthieu est un imbécile ! Il l'a fait exprès pour avancer la date du mariage ! hurlait-elle. Moi, je m'en moque, mais Bertrand va le prendre très mal. Et ce n'est pas sérieux non plus de la part de Faustine. Elle pouvait patienter, tenir ton frère à l'écart. Elle qui répète sans cesse que l'institution passe avant tout dans sa vie.

— Chut ! Clara va descendre si tu continues à crier comme ça.

— Non, elle joue avec la nounou et le bébé, observa Bertille. Matthieu et Faustine feraient mieux de quitter le pays. Grâce à Corentine, Bertrand commençait juste à tolérer l'idée de ce mariage. Oui, elle nous a rendu visite et avec franchise elle a mis les choses au point. J'étais stupéfaite, car elle a défendu ta fille. De toute façon, c'est un désastre, ce bébé arrive trop tôt. Bertrand risque d'avoir une attaque quand il l'apprendra.

Bertille se mit à pleurer, ce qui lui arrivait rarement. Claire se leva et, prenant place à ses côtés, elle la consola de son mieux.

— Allons, princesse, nous n'y pouvons rien. Au pire, Bertrand boudera Faustine jusqu'à la naissance. Il l'aime beaucoup et finira par lui pardonner. Nous qui avons perdu tant d'êtres chers, ces dernières années, rappelons-nous que les enfants sont une promesse de bonheur.

— J'espère que tu dis vrai ! déclara Bertille en essuyant ses larmes d'un geste rageur.

Institution Marianne, même jour

En sortant de la mairie de Puymoyen, Bertrand Giraud eut l'idée de passer à l'institution Marianne. C'était le jour de la rentrée, et il jouait volontiers le rôle d'inspecteur. Rassuré par l'absence de Matthieu, le jeune homme étant reparti en Corrèze depuis un mois, il se reprochait sa dureté à l'égard de Faustine.

« Corentine a raison, ma belle-fille se révèle une excellente enseignante, ferme et douce. Elle gère très bien le budget que je lui alloue pour la bonne marche de l'école », songeait-il au volant de sa voiture.

Ses visites étaient fréquentes. Faustine ne fut pas surprise de le voir entrer dans la classe après avoir frappé deux coups secs à la porte. Selon un rituel bien établi, toutes les élèves se levèrent en claironnant un : « Bonjour, monsieur Giraud ! »

Satisfait de l'accueil toujours respectueux qu'on lui réservait, Bertrand examina d'un regard circulaire les quinze orphelines, de huit à quatorze ans, qui restaient debout. Les cheveux nattés, en tablier impeccable, elles ne s'agitaient pas et lui offraient un visage impassible, avec pour certaines un léger sourire. Les nouvelles, au nombre de trois, paraissaient intimidées.

— Bonjour, mesdemoiselles, répondit-il en saluant Faustine d'un signe de tête. Vous pouvez vous rasseoir. Alors, Armelle, qu'avez-vous étudié ce matin ?

— *La Rivière*, une poésie de Henri Chantavoine, monsieur Giraud.

La fillette, âgée de douze ans, minaudait, flattée d'avoir été interrogée la première. Blonde aux yeux verts, elle retenait souvent l'attention de l'avocat.

— Bien, et toi, Sophie ?

La benjamine de l'institution tendit sa figure toute ronde, auréolée de frisettes brunes.

— J'ai fait un dessin, déjà, en face de la poésie.

Faustine souriait poliment. Elle avait rencontré son beau-père une dizaine de fois durant le mois de septembre pour lui présenter les listes de matériel à commander et les dossiers des nouvelles admises. Bertrand Giraud était l'unique bienfaiteur de cette école privée, même si certaines de ses relations angoumoisines avaient versé quelques dons. La jeune femme crut déceler de la froideur dans la voix de l'avocat. Aussitôt son cœur s'emballa et son estomac se révulsa.

« Oh non, pas ça, pas maintenant ! » se dit-elle.

Le front constellé de fines gouttes de sueur, elle reconnut la lente montée d'un malaise. Pourtant elle avait bu jusqu'à l'écœurement des tisanes de menthe, de verveine et d'anis.

En cachant un début de panique, elle pria Bertrand de surveiller la classe quelques instants :

— Ce ne sera pas long, j'ai un registre à vous faire signer, je vais le chercher ! expliqua-t-elle, alors qu'il s'étonnait.

— Ce n'est pas urgent ! grommela-t-il.

— Je dois aussi passer à la cuisine, il est presque midi, insista-t-elle en sortant.

Elle se rua vers les toilettes situées près du réfectoire. L'eau froide dont elle bassina ses joues ne changea rien. La jeune femme tenta en vain de vomir. Sa tête tournait, des taches brunes voilèrent sa vue. Malgré ses efforts pour résister, elle s'effondra, se cognant la tempe au bord du lavabo en céramique. Personne n'entendit le bruit sourd de sa chute.

Dans la classe, Bertrand s'impatientait. Il envoya Angela chercher Faustine. L'adolescente inspecta le bureau d'accueil et le réfectoire où Simone s'activait. Elle monta en courant frapper à la chambre de sa sœur adoptive et, par acquit de conscience, jeta un coup d'œil : la pièce était vide.

Assez intuitive, Angela pensa à vérifier du côté des toilettes. La porte était fermée, il suffisait pour cela de pousser une targette.

— Faustine ? appela-t-elle. Tu es là ? Dis, tu es souffrante ? Faustine !

Elle toqua en secouant la poignée. Bertrand arriva au même moment.

— Que se passe-t-il ? s'écria-t-il.

— Je crois que Faustine est à l'intérieur, mais elle ne répond pas, monsieur Giraud.

L'avocat appela aussi en frappant. Avec un juron, il fit sauter la targette en ébranlant la porte d'un coup d'épaule. Tout de suite, il vit Faustine recroquevillée sur le carrelage. Elle reprenait conscience et lui lança un regard hébété.

— Mon enfant, qu'avez-vous ?

Plein de compassion et sincèrement inquiet, il l'aida à se relever. La jeune femme était blême.

— Laisse-nous, Angela, ordonna-t-il et va surveiller tes camarades. Venez, Faustine, il vous faut un cordial, du vin sucré.

Bertrand réfléchissait. Sa première épouse, Marie-Virginie, avait porté cinq enfants, dont trois reposaient au cimetière. C'était une femme de constitution fragile. Ses grossesses lui causaient des malaises incessants et des migraines ; elle s'évanouissait d'un rien pendant les quatre premiers mois. Un doute horrible l'effleura.

Faustine refusa son bras. D'un geste instinctif, elle toucha son ventre en entrant dans le bureau.

— Je me suis cogné le front, soupira-t-elle.

— Ce n'est pas le plus grave, rétorqua-t-il. Un hématome guérit en quelques jours. Il y a pire ! Faustine, regardez-moi.

Elle le fixa d'un air effaré.

— Je vous regarde ! balbutia-t-elle.

— Vous ne seriez pas enceinte, par hasard ? De Matthieu, bien sûr ? demanda-t-il sèchement.

— Je pense que si, répondit-elle d'une voix excédée.

Elle en avait assez de trembler devant lui, de jouer les coupables.

— Vous souillez la mémoire de mon fils ! décréta l'avocat. J'avais confiance en vous, Faustine, je vous admirais. Bertille a beau me raisonner et même Corentine, oui, votre ancienne ennemie, je ne peux pas accepter votre engouement pour Matthieu. Je reste persuadé que Denis ne serait pas mort si vous l'aviez aimé autant qu'il vous aimait. Pourquoi aurait-il séduit d'autres filles, alors qu'il avait épousé la plus belle du pays ?

Bertrand contenait des sanglots d'amertume. Il ajouta :

— Mon fils était un bon garçon et il vous adorait. Je vous ai priée de porter son deuil deux ans, comme il se doit, mais vous n'en avez pas été capable. Je vous conseille de partir d'ici, vous n'êtes pas digne d'éduquer ces enfants. Je vous remplacerai dès lundi prochain.

Faustine était terrassée. Seul un sentiment d'injustice flagrante lui donna le courage de se défendre.

— Bertrand, vous ne pouvez pas me chasser comme ça ! Accordez-moi du temps, jusqu'à Noël, au moins. Je n'ai commis aucune faute dans le cadre de l'école. Mes élèves ont besoin de moi. Vous n'avez pas le droit de me juger ! J'ai aimé Denis, je vous l'assure. Est-ce ma faute, s'il s'est mal comporté ? Je vous ai tout raconté, avant sa mort, et vous me plaigniez à cette époque. Le petit Félicien est une preuve vivante de la mauvaise conduite de votre fils.

La jeune femme baissa la tête. Elle n'avait pas à se justifier davantage. Cet homme dont elle avait été si proche, le considérant comme un second père pendant sa brève union avec Denis Giraud, cet homme-là souffrait trop. Il avait perdu toute lucidité.

Les bras croisés, l'avocat faisait les cent pas dans la petite pièce. Il déclara soudain :

— Je suppose qu'il n'y a pas trente-six solutions. Le mariage s'impose dans les meilleurs délais. Les gens vont bien rire. Personne ne sera dupe, surtout quand un bébé se présentera huit mois à peine après la noce. Ah ! J'en connais qui vont se moquer de monsieur le Maire.

— Je suis désolée, assura Faustine. Mais est-ce si important ? Ces gens dont vous parlez ne sont ni sourds ni aveugles. Des rumeurs ont circulé sur Denis et sur votre petit-fils Félicien. En plus, Matthieu est connu dans la vallée, il était écolier au village et mobilisé comme les autres pendant la guerre. C'est l'héritier de Colin Roy apprécié et respecté par tout le monde. Il compte reprendre le Moulin en main. Je crois, moi, que les commères et les bavards préféreront que je me remarie avec lui plutôt qu'avec un étranger. On nous a toujours vus ensemble, au bal ou à la foire, cela ne surprendra personne.

La jeune femme reprenait des forces. Bertrand l'avait écoutée en affichant une mine boudeuse.

— Vu sous cet angle-là, concéda-t-il. Soit, mariez-vous vite. Si j'avais pu prévoir ce qui me pendait au nez, je n'aurais pas brigué la charge de maire. N'attendez de moi ni sourires ni vœux de bonheur, j'aurai du mal à endurer la présence de Matthieu, ce jean-foutre ! Ma pauvre Faustine, je doute que vous soyez heureuse auprès de lui. Pour ma part, je m'en fiche, et bien oui, je suis grossier, mais vous m'avez trop déçu. Tout l'argent que j'ai investi ici, dans cette institution, à cause de vos grands yeux rêveurs ! Cette école, je vous l'ai offerte, certain que vous y consacreriez votre existence. Et voilà le résultat ! Vraiment, dans votre famille, vous êtes fort habiles à soutirer de petites fortunes, quitte à poignarder vos bienfaiteurs dans le dos. Claire sait y faire aussi, ma femme lui a prêté une somme conséquente.

Faustine se leva de sa chaise, révoltée par ce qu'elle venait d'entendre. Jamais elle ne s'était sentie aussi humiliée.

— Le propre d'un bienfaiteur, comme vous dites, s'écria-t-elle, c'est de ne pas mettre en avant sa générosité. Je sais ce que je vous dois, Bertrand, mais souvenez-vous, cela apaisait votre conscience. Oui, pendant les travaux, vous m'aviez confié que c'était une façon de vous racheter.

Il la toisa d'un air ébahi, avant de bredouiller :

— Me racheter ? Moi ? De quoi donc ?

Un voile se déchira dans l'esprit de Bertrand. Il se revit jeune homme, fou amoureux de Bertille, alors que son épouse légitime pouponnait. Marie-Virginie avait fini par deviner qu'il la trompait. Elle avait sombré dans une mélancolie dangereuse avant de mourir de la tuberculose.

— Je n'ai jamais prétendu être parfait, tempêta-t-il. L'amour nous pousse parfois sur des chemins interdits, et on ne peut plus reculer.

— Ah oui ? dit Faustine en le toisant. Alors, comprenez-moi un peu. A votre avis, si j'en suis là aujourd'hui, c'est pour quelle raison ? J'aime Matthieu, je l'ai toujours aimé.

L'avocat frappa du poing sur la table.

— Bon sang, rétorqua-t-il, si vous aimiez Matthieu, pourquoi vous marier avec Denis ? Vous les aimiez tous les deux ? Rien ne vous obligeait à cette mascarade, il me semble ! Matthieu et Corentine n'avaient guère le choix, ma fille était enceinte, mais vous, non.

La jeune femme jeta un regard las par la fenêtre. Elle était épuisée.

— Je vous l'ai dit, j'avais beaucoup de tendresse et d'amour pour Denis. Je croyais sincèrement que nous serions heureux ensemble. Il était si gentil, avant. Je ne pouvais pas prévoir qu'il se mettrait à boire autant, ni qu'il serait si exigeant et si brutal. Peu importe, le mal est fait. En tout cas, puisque vous me renvoyez, je vous supplie de trouver une institutrice qualifiée et compétente, mes élèves seront bouleversées par mon départ. Je peux les confier à mademoiselle Irène, et emporter mes affaires dès ce soir si vous le désirez.

Bertrand haussa les épaules. Il étouffait dans son lourd manteau en drap de laine.

— Je m'en vais ! J'ai besoin d'air frais, déclara-t-il. Vous pouvez rester jusqu'à Noël. Je vous enverrai les papiers à signer pour les bans.

Il sortit en claquant la porte. Fébrile, Faustine se dirigea d'un pas chancelant vers le réfectoire. La cuisinière la vit entrer et s'alarma :

— Dieu, que vous êtes pâlotte, mademoiselle ! Angela est venue me raconter, pour votre malaise, mais vous ne mangez rien, aussi !

— Je veux bien un verre de vin avec du sucre, Simone. La femme l'observa du coin de l'œil. Elle avait entendu crier, sans distinguer le sujet de la dispute.

— Monsieur Bertrand n'est pas toujours de bonne humeur, n'est-ce pas ?

Faustine garda le silence. Elle sirota le vin et croqua un biscuit. Abandonner l'institution, son personnel, et ses orphelines lui brisait le cœur.

« Voyons ! se disait-elle. Au début des vacances de Noël, je serai enceinte de quatre mois, cela ne se verra pas encore. Je ferai une belle fête et un sapin magnifique. Mais je serai triste, ça, oui ! Dès que je me réjouis pour le bébé, j'ai honte parce que je vais laisser mes élèves en cours d'année. Oui mais Matthieu me manque trop, j'ai tellement besoin de lui. Normalement, il recevra ma lettre demain, pourvu qu'il soit content ! »

Faustine aurait voulu patienter encore avant de prévenir Matthieu, mais elle n'avait vraiment pas eu le choix.

Malemort-sur-Corrèze, le lendemain 10 octobre

Matthieu venait de quitter sa chambre et descendait prendre son petit déjeuner. Par souci d'économie, il logeait dans une pension de famille bon marché, au même titre que les ouvriers employés sur le chantier. La patronne, une solide matrone de cinquante ans, lui souhaita le bonjour. Elle répétait souvent que ce beau gars-là, c'était son chouchou.

— Je vous ai gardé de la tarte aux pommes, monsieur Roy, annonça-t-elle joyeusement. Vous avez aussi reçu une lettre, je parie que c'est encore votre chérie qui vous écrit. On peut dire qu'elle vous oublie pas ! Dame, si j'avais son âge, je ferais pareil.

Le jeune homme éclata de rire en prenant l'enveloppe. Loin du Moulin et de la vallée où il était né, il parlait beaucoup de Faustine et la présentait comme sa fiancée. Quand elle faisait les lits, la femme de ménage contemplait la photographie d'une belle jeune fille blonde, que Matthieu avait encadrée et posée sur sa table de chevet.

Il s'attabla, dévora la pâtisserie avec appétit et but une tasse de café.

— Alors, votre courrier, vous n'êtes pas pressé de le lire ? plaisanta la patronne en lui faisant un clin d'œil.

Matthieu s'essuya les mains et décacheta l'enveloppe. Avant de déplier la feuille, il s'imagina Faustine, penchée sous la lampe, en train d'écrire, assise à une table.

« Ma petite chérie ! » se dit-il. Puis il lut.

« *Mon Matthieu,*

J'aurais aimé t'annoncer la nouvelle à Noël, date à laquelle tu seras seulement de retour chez nous, puisque tu souhaitais terminer le chantier afin de gagner davantage d'argent. Mais, hélas, rien ne se passe comme prévu. Tu me connais, j'invente toujours des scènes sublimes, où nous sommes tous les deux dans la Grotte aux fées me blottissant contre toi pour discuter tranquillement.

Je ne sais pas comment t'annoncer un tel événement par écrit, je suis presque certaine d'attendre un bébé. D'abord, j'ai eu des doutes, à cause de ce que tu sais de la nature féminine et qui ne se manifestait pas… Ensuite, j'ai souffert de nausées en me réveillant, et mon corps me paraissait différent. Et cette semaine, je me suis évanouie plusieurs fois. Claire a deviné, et je t'assure qu'elle était furieuse, au début. Pour elle, c'était une vraie catastrophe. Heureusement, papa a été d'une gentillesse extraordinaire ! Il semblait fou de joie à l'idée d'être bientôt grand-père. Figure-toi qu'il avait repeint en cachette un beau lit d'enfant, très ancien, qu'un de ses amis lui avait donné. Et il me l'a montré, en fanfare, escorté par Thérèse et Arthur qui criaient : « Vive Faustine ! »

Mais je te rassure, Claire s'est vite rangée de mon côté et contre Bertrand évidemment. Selon elle, il sera outré, fâché et j'en passe, mais en plus, je risque de perdre mon poste.

Je suis prête à tout endurer pour te donner un beau petit gars ou une jolie petite fille. J'espère que tu seras aussi heureux que je le suis. Le problème, et c'est la raison pour laquelle ma lettre sera brève, c'est qu'il te faut revenir au plus vite. Nous devons nous marier dans trois semaines, pour éviter le scandale, la honte, le déshonneur. J'essaie de blaguer, mais j'ai hâte de te revoir. Si tu ne peux pas venir, téléphone-moi à l'institution à l'heure du déjeuner. Ta Faustine qui t'adore. »

Ce n'était pas le ton habituel des lettres de Faustine, qui s'accordait des envolées poétiques ou contait en détail les menus incidents du quotidien. Malgré la volonté de la jeune femme de plaisanter, tout en montrant sa détermination, Matthieu sut lire entre les lignes une profonde détresse, voire un appel au secours. Quant à la nouvelle annoncée, il n'en revenait pas et se demandait s'il avait bien compris ! Aussi relut-il la lettre une seconde fois.

« Je vais avoir un enfant, je vais être papa ! Faustine porte mon bébé ! » se répéta-t-il en silence.

Il voulait la toucher, la serrer dans ses bras. Les larmes aux yeux, il replia la feuille et la rangea précautionneusement dans l'enveloppe.

« Son cher corps, si doux, si tendre ! songea-t-il. Son ventre que j'aime tant embrasser, je l'embrasserai mille fois. »

Le jeune homme se leva si brusquement qu'il faillit renverser sa chaise. La patronne le considérait avec curiosité.

— Vous en faites, une tête ! Rien de grave au moins ? demanda-t-elle.

Matthieu se rua vers le comptoir et le contourna. Il colla deux bises bruyantes sur les joues rebondies de la brave femme.

— Je vais être papa ! s'écria-t-il. Vous imaginez un peu ? Eh oui, nous avons brûlé les étapes, ma fiancée et moi, mais nous ne sommes ni les premiers ni les derniers. Je dois rentrer pour me marier.

— Oh ! Monsieur Roy, faut que je vous bise aussi.

Les yeux brillants d'émotion, la femme serra Matthieu contre sa volumineuse poitrine.

— Une bonne nouvelle, ça s'arrose, je vous offre une goutte de fine. Si, si, ça vous remettra, vous êtes tout blanc.

Matthieu avala l'alcool d'un trait. Ragaillardi, il anticipait tout ce qu'il avait à faire avant de sauter dans sa voiture : prévenir le maître du chantier, quitte à perdre une partie de son salaire, boucler sa valise, prendre de l'essence. Il lança un regard ébloui autour de lui, en proclamant :

— Je pars à midi. Faites ma note, chère madame.

Deux ouvriers étaient encore attablés devant une cafetière et des bols fumants. Ils avaient tout entendu. Après un temps d'hésitation, ils se levèrent pour lui donner l'accolade.

— Félicitations, Matthieu ! On te souhaite bien du bonheur avec ta petite femme.

Trépignant d'impatience, il les remercia, et sortit au pas de course. Tout son être, corps et âme, se mettait déjà en route vers Faustine.

Institution Marianne, 11 octobre 1920, 6 heures du matin

Faustine était réveillée, mais elle repoussait le moment de se lever. Dès qu'elle poserait le pied sur le sol, une nausée l'obligerait à se réfugier dans son cabinet de toilette.

« J'ai encore du temps, se dit-elle. Je suis si bien, allongée. C'est la seule position où je n'ai aucun malaise. Pourquoi diable doit-on souffrir de ça, quand on est enceinte ? »

La jeune femme repassa en revue les incidents de la veille : la visite surprise de Bertrand et leur querelle. L'après-midi, incapable de faire la classe, elle avait envoyé ses élèves en étude, sous la surveillance de mademoiselle Irène. Puis elle s'était couchée, avec le projet de pleurer à son aise, ou de se réjouir de l'enfant à venir. En fait, elle avait dormi jusqu'à six heures du soir. Angela lui avait monté du thé et des brioches tièdes.

« Mais qu'est-ce que tu as, Faustine ? avait interrogé l'adolescente. Tu es ma sœur, maintenant, dis-moi. »

Faustine avait dit la vérité. Elle revit l'expression éblouie d'Angela, dont les rêveries romantiques n'étaient un secret pour personne.

« Ma chère petite Angela ! pensa la jeune femme. Elle est si courageuse. Elle a une telle confiance en moi. »

Le visage au teint mat de sa sœur adoptive s'imposa à elle : la cicatrice sur le front s'estompait, habilement dissimulée par une frange brune. C'était, avec Armelle et Nadine, une rescapée de l'orphelinat Saint-Martial, à Angoulême. La vie ne l'avait pas épargnée. A neuf ans, elle avait été violée par le souteneur de sa mère. Celle-ci s'était suicidée, sachant que c'était le seul moyen d'arracher son enfant des griffes de cet homme. Angela se consumait de chagrin et de honte, mais Faustine avait su la rassurer, la délivrer du poids d'une tragédie assez ordinaire dans les bas-fonds de la société.

« Désormais, Angela vit heureuse ; maman l'a adoptée. Elle deviendra institutrice, se dit encore la jeune femme. Elle est douée en français, spirituelle et à la fois autoritaire et douce. »

Elle en était à ce point de ses réflexions quand la sonnette de l'école retentit. Aucun visiteur ne se présentait à une heure si matinale.

« Qui est-ce ? se demanda-t-elle. Simone répondra, elle est déjà levée. Il est peut-être arrivé un malheur au Moulin ou au domaine ! »

Faustine courut à la fenêtre qui donnait sur la façade. Elle actionna l'espagnolette et décrocha les volets. Il faisait encore nuit, mais un peu de clarté filtrait par l'œil-de-bœuf du vestibule. Elle reconnut aussitôt la silhouette masculine qui, à présent, tambourinait à la porte.

— Matthieu ! appela-t-elle. Je descends.

Elle ne s'inquiéta pas du côté incongru de sa visite, qui étonnerait forcément la cuisinière et la surveillante. Son cœur, envahi d'un bonheur trop grand, lui faisait mal. Elle dévala l'escalier, riant et pleurant. Il était là, son amour, son unique amour.

Simone Moreau arrivait elle aussi en ronchonnant.

— Laissez, c'est pour moi, de la famille.

La femme n'insista pas et retourna à ses fourneaux. Faustine ouvrit et se glissa à l'extérieur en chemise de nuit. Matthieu la reçut dans ses bras grands ouverts. Il la couvrit tout de suite avec son manteau, car le vent était glacé. Ils ne se dirent rien, émerveillés d'être réunis, avec la promesse muette de ne plus se quitter, de partager des milliers de jours côte à côte.

— Ma petite chérie, balbutia-t-il enfin. Tu grelottes.
— C'est de joie ! Tu es venu. Tu n'es pas fâché ?
— Moi, fâché ? Es-tu folle ? Je n'ai jamais été aussi heureux, jamais. Je n'ai pas pu attendre une minute de plus pour me mettre en route. Malheureusement, je suis tombé en panne près de Brantôme. J'ai dû chercher un garage. Ensuite, j'ai roulé toute la nuit. Ma Faustine ! Un bébé ! Nous allons avoir un bébé ! Je voudrais une fille qui te ressemble, la même, avec tes yeux bleus, tes cheveux.

La jeune femme écoutait, tellement rassurée qu'elle oublia les sermons de Bertrand et son chagrin de quitter l'école. Matthieu dresserait autour d'elle un rempart derrière lequel elle s'enfermerait dans un cocon d'amour et de bonheur infinis.

— Enfin, tu es là, vraiment là, près de moi ! s'exclama-t-elle.
— Oui, déclara-t-il, et tu vois là un homme heureux, mais affamé et épuisé. Est-ce que je peux dormir une heure ou deux, ici, dans ta chambre ?
— Oh non, c'est impossible ! Les filles vont se lever et te verraient monter. Si tu veux bien aller t'allonger dans le foin, je vais t'apporter du lait chaud et du pain.

Ils s'embrassèrent furtivement, puis Matthieu disparut du côté de l'écurie. Faustine rentra, transie. Elle courut à l'étage. Dans leurs chambres, les pensionnaires s'habillaient à grand renfort de cris et de rires. Des cuisines montait une délicieuse odeur de café et de feu de bois. La jeune femme aimait cette atmosphère douillette propre aux petits matins d'automne, la lumière électrique dissipant les moindres zones d'ombre et les radiateurs diffusant une bonne chaleur.

« Je perdrai bientôt tout ce qui, ici, m'est si cher ! pensa-t-elle. Mais je vais vivre près de Matthieu ! J'aurai une vie différente, mais très exaltante. »

Elle enfila une longue jupe grise, ainsi qu'un corsage et un gilet bleus avant de natter ses cheveux et d'en faire un chignon strict. Chacun de ses gestes lui paraissait léger et agréable. Elle profita du petit déjeuner, toujours bruyant et animé, pour emporter un pichet de lait, un bol et trois tartines sur un plateau. Simone fronça les sourcils.

— Je préfère manger seule, expliqua-t-elle à la cuisinière.
— Faites à votre guise, mais ce n'est pas votre habitude de

boire du lait pur, remarqua la vieille femme. Je vous ai toujours vue boire soit du café soit de la chicorée.

— Eh bien, je crois que cela me rend malade. Je vais prendre du lait maintenant.

Faustine sortit discrètement. Le jour se levait. Encombrée du plateau, elle grimpa à l'échelle du plancher à foin. Matthieu dormait, un bras replié sous sa joue. Mal rasé et décoiffé, serré dans son manteau, il avait tout l'air d'un vagabond échoué là.

Elle rêvait de se coucher contre lui et de le regarder.

— Bientôt, chuchota-t-elle. Bientôt, nous serons mariés.

Moulin du Loup, 25 octobre 1920

Faustine trottinait sur le chemin des Falaises, chargée d'un panier en osier. Thérèse portait sur son dos un gros balluchon rempli de draps. Elles pataugeaient toutes les deux dans une boue jaunâtre et visqueuse. Il avait tellement plu ! Un timide soleil tentait de percer les nuages.

— Tu en as, de la chance ! s'exclama la fillette. Claire dit que vous allez habiter dans un vrai petit nid.

— Oh oui, j'adore « la vieille maison » !

L'expression venait du petit Arthur. Depuis une semaine, il participait à l'aménagement du logement des futurs mariés. Jean lui avait raconté que vingt-cinq ans plus tôt, les bâtiments du bord de la rivière avaient été loués par Colin Roy à Basile Drujon.

— Colin Roy, ton père, avait rajouté Claire. Je t'ai montré une photographie de lui, l'autre jour.

Le loup Moïse sur les talons, Arthur avait jugé la maison très ancienne, alors qu'elle était beaucoup plus récente que le Moulin, édifié au XVIe siècle. Le garçonnet n'avait pas voulu changer d'avis. Pour lui, c'était une vieille maison à cause des pierres ocre, du crépi qui s'effritait et de la grange aux lourdes poutres noires.

Faustine et Matthieu avaient bien ri de l'obstination de l'enfant. Ils investissaient ces lieux pleins de souvenirs, succédant à Basile Drujon, mais aussi à Victor Nadaud, le préhistorien, ainsi qu'au dernier occupant, le papetier William Lancester.

Pour les fenêtres, Claire avait cousu des rideaux de lin blanc bordés de dentelles.

— Du temps de Basile, racontait-elle en accrochant les tringles, ce n'était pas si confortable ni si coquet. La seule chose qui n'a pas changé, c'est la cheminée, et encore, elle est repeinte !

L'habitation en elle-même se composait, au rez-de-chaussée, d'une grande pièce dotée d'un plancher en chêne et de meubles peints. Une porte communiquait avec la grange et une autre donnait sur une cuisine assez exiguë, peu pratique. Heureusement, William Lancester avait fait poser des placards et installer l'eau courante. Il n'y avait qu'un seul étage comportant deux belles chambres, un cabinet de toilette, et un réduit sous l'escalier menant au grenier.

— Eh oui, disait encore Claire. A l'époque, Basile élevait une truie qui s'appelait Gertrude et nourrissait deux porcelets. Nous lui avions confié le bébé loup que j'avais sauvé, le père de Moïse le jeune, mon bon Sauvageon.

Arthur se perdait dans la généalogie des loups du Moulin. Thérèse faisait la fière en lui remémorant toute l'histoire.

— Jeune fille, Claire avait un brave chien, Moïse. Il a eu un fils, Sauvageon, avec une louve. Et Sauvageon a fréquenté une autre louve, la mère de ta Loupiote. Loupiote était aussi la fille de Sauvageon. Ensuite, même si ce n'est pas très bien, ils ont eu des petits ensemble : le Tristan de Faustine, Lilas, la louve de Clara et de Bertille, et Moïse le jeune. On dit le jeune, pour que tu comprennes.

— Pourquoi Claire l'a baptisé comme l'autre brave chien ? gémissait Arthur.

— En souvenir, soupirait Thérèse.

Le petit garçon renonçait à comprendre. Il s'amusait sur le chemin, cherchant des escargots afin d'échapper aux menues corvées qu'on lui demandait.

Faustine n'avait plus de nausées depuis le retour de Matthieu et était la plus active de tous. Léon, qui aurait marché sur les mains pour lui faire plaisir, repeignit une des chambres et ponça le plancher. La jeune femme visitait son futur foyer à la moindre occasion en réfléchissant, se demandant où elle disposerait une lampe à pied de porcelaine qu'elle aimait, où elle accrocherait un cadre.

Les bans étaient publiés. Bertrand Giraud boudait, tout en méditant une possible vengeance, même si, à sa grande surprise, il y avait eu bien peu de commentaires au bourg. Comme l'avait supposé Faustine, ce mariage n'étonnait personne. Les commères en discutèrent au lavoir ; un ancien ouvrier de Colin y fit allusion au comptoir du bistrot.

« Moi, je dis que c'était couru d'avance, qu'ils finiraient la bague au doigt, ces deux-là ! avait affirmé l'homme. Déjà, gamins, ils étaient inséparables. »

Ce 25 octobre, Faustine allait donc à la vieille maison, en la seule compagnie de Thérèse, pour ranger son linge dans l'armoire trônant sur le palier. Claire avait donné à sa fille draps, taies d'oreiller, torchons et serviettes de table, le tout blanchi et repassé.

— Vous habiterez chez vous juste après le mariage ? interrogea la fillette. Et alors, tu n'auras pas de belle robe blanche, c'est mémé qui l'a dit.

— Je me suis déjà mariée en robe blanche, Thérèse, à l'église. Là, je n'en ai pas envie, ce sera une simple cérémonie à la mairie.

— Quand même, tu pourrais mettre une belle robe rose, ou bleue comme tes yeux.

— Je verrai, coquine ! répliqua la jeune femme.

En pensée, elle se répétait qu'elle avait épousé Matthieu un soir du mois de mai, rue de Bélat, devant une statuette de nymphe des bois. Pour elle, l'union civile sous le regard réprobateur de son ancien beau-père représentait une épreuve. Plus vite ce serait terminé, mieux ce serait.

Faustine sortit la clef de sa poche, ouvrit sa porte, et reprit possession de sa maison. Elle avait garni un vase de feuillages pourpres et or. Sur le buffet, un compotier en argenterie débordait de noisettes et de pommes d'un vert acide.

— Dis, reprit Thérèse, il y aura une fête, après ? Claire écrivait un menu, hier soir.

— Nous avons prévu un repas en famille, coupa Faustine, mais nous ne serons pas nombreux. Bertille viendra avec Clara. J'ai invité le palefrenier du domaine, Maurice, qui est si gentil, Angela bien sûr, madame Simone, Léon, ta grand-mère et César, Arthur et toi.

Cette courte énumération attrista Thérèse, mais il aurait fallu bien autre chose pour atteindre le moral de Faustine.

« Le temps est aux querelles en tous genres, se dit-elle. Ma tante Blanche et Victor boudent, comme dit papa, à cause de maman qui les a empêchés d'acheter le château de Torsac. Bertrand refusera tout net de dîner avec nous. S'il ne fait pas d'esclandre pendant la cérémonie, ce sera déjà une chance ! »

Trouver des témoins leur avait posé problème. Patrice, l'unique ami de Matthieu, jugeait ridicule d'être encore une fois son témoin. Léon s'était proposé. La jeune femme ne savait pas qui choisir.

Devant la mine soucieuse de Thérèse, elle décida de lui parler franchement.

— Ma Thérèse, tu sais comme je t'aime. Je t'ai vue grandir en sagesse et en dévouement. Ce mariage me réjouit, mais ce n'est pas un mariage normal. Matthieu a divorcé, tu t'en souviens ? Il n'a pas le droit de m'épouser à l'église. Mais j'attends un bébé et pour vivre ensemble, nous devons signer des papiers.

L'enfant secoua ses boucles d'un blond roux. Elle tenait beaucoup de sa mère Raymonde, hormis le caractère.

— Tu jures que tu n'es pas triste ? questionna-t-elle.

— Oh non, je ne suis pas triste ! J'aime très fort Matthieu.

Elles s'embrassèrent en riant et montèrent ranger le linge. Thérèse ne tarda pas à chantonner. Faustine glissa entre les piles de drap des sachets garnis de lavande et de mélisse.

— Ton lit, il est bizarre, déclara soudain la fillette qui venait d'entrer dans la future chambre du couple.

— Et pourquoi ? dit la jeune femme en riant.

— Tu as mis des rideaux autour.

— Ce sont des courtines. Regarde, Claire a acheté du galon tressé avec des pendentifs en perles, pour les retenir pendant la journée.

— Moi, je croyais que les courtines étaient des sortes de remparts dans les châteaux ? s'exclama Thérèse.

— Oui, aussi ! Le même mot peut avoir des significations différentes. Moi, j'en rêvais d'un lit comme ça. La nuit, pour ne pas sentir les courants d'air, on défait les rideaux et ça fait comme une petite maison dans la maison.

Thérèse devint songeuse. A la récréation, les bavardages

avec les grandes du cours moyen lui apprenaient beaucoup de choses sur la vie de couple, et l'amour en général. Elle osa imaginer Matthieu et Faustine couchés là, leurs baisers, et le reste. De vagues souvenirs lui revenaient aussi, du temps où ses parents s'agitaient de manière bizarre, le soir, sous les draps, quand elle ne dormait pas encore. César, en frère aîné railleur, la réconfortait en lui disant que « le Léon honorait la Raymonde », et qu'un bébé viendrait ensuite.

— Je me demande comment il sera, mon mari à moi, murmura-t-elle les joues rouges.

Faustine l'observa d'un air intrigué.

— Dis donc, tu as encore quelques années à patienter avant d'avoir la réponse, Thérèse !

— Peut-être, mais toi, tu as connu ton futur mari alors que tu étais toute petite. Claire dit tout le temps que, toi et Matthieu, vous avez grandi ensemble.

La jeune femme fit une grimace comique. L'instant d'après, elles chahutaient dans l'escalier. Vers quatre heures, elles dévorèrent le goûter que Claire leur avait préparé.

Le soir, lorsque Faustine rentra à l'institution, ce fut Angela qui lui tint un propos presque similaire.

— J'aurais bien voulu être encore ta demoiselle d'honneur, soupira l'adolescente. C'était si beau, le double mariage au domaine de Ponriant, le feu d'artifice, le bal.

La jeune femme prit Angela par les épaules et la fixa avec gravité.

— Ma petite sœur chérie, tu es en âge de comprendre. Nous sommes dans une situation délicate, Matthieu et moi. Je t'ai confié que j'étais enceinte. Bertrand Giraud m'en veut beaucoup, parce que je n'ai pas porté le deuil de son fils pendant deux ans. Nous devons être discrets. Et puis, les divorcés ne se marient pas à l'église. Alors, n'en parlons plus. Comme je l'ai dit tout à l'heure à Thérèse, moi, je suis heureuse.

L'adolescente paraissait très déçue. Faustine la fit asseoir sur son lit.

— D'accord, tu n'es pas contente. Mais veux-tu savoir un secret, mon secret le plus intime ? chuchota-t-elle. Tu seras la seule à le connaître.

— Oh oui !

— Eh bien, je me considère déjà comme la femme de Matthieu, car nous avons échangé nos vœux au printemps, dans une maison en ville. J'avais une belle robe blanche, un costume de théâtre, et lui il était en costume. C'était une fête superbe, avec de la musique, des fleurs partout et des gâteaux. Cela me suffit.

Angela en resta bouche bée. Puis elle protesta :

— Mais ta famille n'était pas là, ça ne compte pas. Vous auriez pu m'inviter, au moins.

— Non, il fallait que nous soyons tous les deux. C'étaient nos noces secrètes, après les tristes noces de l'été 1919.

Heureuse d'être dans la confidence, l'adolescente retrouva le sourire :

— Bon, je ne dirai rien à personne. Mais quelle robe mettras-tu pour aller à la mairie ?

Faustine lui fit les gros yeux.

Le lendemain, conduite par son domestique Maurice, Bertille arriva au Moulin. Claire sortit sur le perron pour accueillir sa cousine. Elle eut la surprise de voir Clara assise sur la banquette arrière de la luxueuse automobile de l'avocat.

— Que se passe-t-il ? cria-t-elle gaiement à ses visiteuses.

Sa cousine descendit et se dirigea vers l'escalier en s'appuyant sur sa canne en ébène, pendant que Maurice sortait du coffre deux grosses valises.

— Il se passe que j'ai quitté le domaine, déclara Bertille. Je viens te demander l'hospitalité jusqu'au mariage, si mariage il y a ! Clairette, je n'en peux plus.

Arthur débarla de l'écurie. Tout de suite, il prit Clara par la main et l'entraîna ; les deux enfants s'adoraient et ne manquaient jamais d'imagination lorsqu'il s'agissait de jouer ensemble.

— Vous restez dans la cour ! leur dit Claire, c'est un ordre. Vous pouvez redonner un peu de grain aux poules, sans ouvrir l'enclos.

Bertille accepta son bras pour entrer dans la cuisine. Là, elle s'affala dans le fauteuil en osier qu'elle occupait jadis, du temps où elle était infirme.

— Tu n'as pas fait une chose pareille ? s'écria Claire.

— Si !

— Et le petit Félicien ?

— Mireille et la nounou s'en chargent, et mieux que moi. Je t'en prie, donne-moi à boire, j'ai la bouche sèche.

Elle tremblait de nervosité. Maurice vint frapper à la porte. Le jeune homme demanda où poser les bagages.

— Laissez-les ici, dit Claire, Léon les montera. Merci !

Elle avait hâte de savoir le fin mot de l'histoire.

— Nous avons eu une violente dispute, Bertrand et moi, commença Bertille. Tu me connais, je suis restée gamine. J'ai eu le malheur de parler de la robe que j'ai commandée à ma couturière, la robe de mariée de Faustine. Il a piqué une vraie crise de rage, en mettant les points sur les « i » selon son expression, comme quoi je n'avais pas à m'occuper de ce détail. Il a ajouté que c'était son argent que je jetais par les fenêtres. J'ai eu l'impression de recevoir un coup de poignard en plein cœur.

Claire fronça les sourcils, très gênée elle aussi.

— Sans vouloir donner raison à ton mari, Bertille, répondit-elle, il n'avait pas complètement tort. Faustine comptait porter sa jolie toilette de l'hiver dernier, en velours bleu. Tu n'avais pas à te soucier de sa tenue.

Bertille se révolta. Ses petits poings crispés, elle tempêta :

— Il s'agit d'un mariage civil, certes, mais je voulais que Faustine soit élégante. Elle se voit entrer dans la mairie en madame Tout le monde ou en institutrice ! Pas question ! Je veux qu'elle resplendisse. La robe était d'une originalité ! Je l'ai choisie d'après un modèle de Jeanne Lanvin. Cette année, elle prône la passementerie, les ornements inspirés du folklore. Bref, j'étais furieuse de sa réaction et je le lui ai dit. Et monsieur a cassé mon vase en cristal, avant de hurler qu'il refusait de marier Faustine et Matthieu, car s'il le faisait, Denis se retournerait dans sa tombe. Il va se déclarer souffrant et confier la corvée, car pour lui c'en est une, à son adjoint.

— Son adjoint ! s'écria Claire. Mais Bertrand le fait exprès. Monsieur Guimard est bègue ! Mon Dieu, quelle histoire ! Ma pauvre Faustine n'a pas de chance.

— Oui, renchérit Bertille. Quand je pense que Bertrand a su la vérité sur cette grossesse le jour même où nous en discutions à Ponriant toutes les deux. Depuis, je vis un enfer. Claire, comment peut-il devenir si cruel, si odieux, même à mon égard ?

Je croyais qu'il m'aimait. Je voudrais tant retrouver en lui cet amant passionné qui me transportait au septième ciel. Mais non, j'ai affaire à un bougon bedonnant, dont je dois endurer les caprices et les larmes. Je l'ai quitté, ça lui fera les pieds. Si tu avais vu sa tête ! Je lui ai dit exactement ceci : « Bertrand, si tu ne célèbres pas le mariage de Faustine, je pars avec Clara. Tu me perdras pour toujours. »

Claire en demeurait bouche bée. Elle prit la main de sa cousine et la caressa entre ses doigts.

— Tu n'étais pas obligée, princesse, rétorqua-t-elle. Nous aurions trouvé une solution. Et je pense que nos tourtereaux se moquent bien d'être unis par ce brave monsieur Guimard. Ce n'est qu'une formalité à leurs yeux.

— Ce n'est pas le problème, Clairette. Bertrand m'a humiliée comme il a humilié ta fille. Il m'a blessée ! Je lui en veux énormément et je ne suis pas prête à lui pardonner. De toute façon, rien ne va plus entre nous. Il se laisse aller. Je ne le reverrai pas, sauf s'il vient me supplier, ici.

— Mais Clara doit s'inquiéter, elle adore son père !

— Du moment qu'elle est avec Arthur, soupira Bertille qui retenait ses larmes, elle ne se plaint pas !

— Ton mari est atteint d'une grave mélancolie, peut-être même devient-il neurasthénique. C'est une maladie qui provoque une grande fatigue, un abattement, de l'irritabilité et des troubles divers.

En silence, elle passa en revue les propriétés de certaines plantes, susceptibles d'améliorer l'état de Bertrand : la passiflore et la valériane, apaisantes, ainsi que l'aubépine.

— Ne te fatigue pas, dit Bertille. Je vois bien que tu prépares des tisanes dans ta tête. Tes infusions ne lui rendront pas la joie de vivre. Il m'appelait encore sa fée, sa princesse, juste avant l'irruption de son petit-fils dans notre vie. A présent, il ne fait plus attention à moi. Tout est lié, la mort tragique de Denis, ce bébé à élever, la trahison de Faustine...

Claire s'apprêtait à rectifier le mot trahison. Bertille s'empressa de dire :

— Bertrand le ressent ainsi, mais je ne suis pas d'accord. Il ne l'avouera pas, mais cela le blesse profondément qu'elle soit obligée de quitter l'institution. Sais-tu que parfois j'étais presque jalouse des sentiments excessifs qu'il avait pour ta fille ? Il la voulait sous sa coupe. C'est bien connu, les hommes en vieillissant s'entichent parfois d'une jeunesse. Tu verras, quand Jean tournera autour d'une donzelle plus appétissante que toi !

— Tu mériterais une claque, gronda Claire sans toutefois prendre ces paroles au sérieux. Ta théorie ne tient pas debout. D'abord, tu es toujours très belle et désirable. Ensuite, tu aimes Bertrand et tu ferais mieux de rentrer au domaine. Franchement, j'en ai la chair de poule. Bertrand s'enticher de Faustine… Tu dis n'importe quoi !

Arthur déboula dans la cuisine au même moment, suivi de Clara. Les enfants étaient trempés. Le jeune Moïse secoua sa fourrure gorgée de pluie, éclaboussant généreusement son entourage.

— Oh ! ces fichus loups ! pesta Bertille. Nous sommes bien la seule famille à héberger ces bêtes !

— Maman, clama la petite fille, Arthur et moi, on a écrasé des limaces. Il pleut fort, on a joué sous une gouttière. Dis, on peut dormir au Moulin ?

— Oui, ma chérie, répliqua Bertille. Nous allons dormir chez tante Claire très longtemps.

Claire installa sa cousine dans leur ancienne chambre de jeunes filles, qui avait été occupée pendant des années par Nicolas et Matthieu, et dévolue depuis quelques mois à Angela. L'adolescente n'y dormait que le samedi soir et pendant les vacances. Jean, mis au courant, se montra conciliant : Bertille prenait la défense de Faustine, elle était donc la bienvenue. Quant à Léon, il fut chargé de quêter des informations sur ce qui se passait à Ponriant et sur les échos du drame au village. Chaque soir, il devait faire son rapport dès que Clara était au lit.

— Vous savez, madame Bertille, personne ne cause de votre départ. Monsieur votre mari a fait courir le bruit que vous habitez chez nous rapport au mariage, pour aider, quoi. J'ai pu discuter avec votre gouvernante et elle a du chagrin, ça, oui ! Monsieur votre mari ne décolère pas, qu'elle dit, et même qu'il mange deux fois plus que de coutume.

Bertille feignait le mépris. Au fond, elle se tourmentait. Le

Moulin lui paraissait inconfortable, froid et humide. La nuit, elle se réveillait et craignait d'apprendre le lendemain une mauvaise nouvelle.

— S'il mettait fin à ses jours, Clairette ! Sans moi, il est perdu, je le sais.

— Retourne vite près de lui, princesse.

— Non, il doit venir me chercher ! Il pourrait me téléphoner au moins.

Matthieu, qui logeait chez sa sœur, proposa de monter au domaine et de s'expliquer avec l'avocat. On l'en dissuada. Plus la date du mariage approchait, plus l'atmosphère devenait pesante.

Institution Marianne-des-Riants, 30 octobre 1920

Faustine souffrait beaucoup de la situation. Elle avait hâte d'être mariée à Matthieu, de vivre avec lui, mais de savoir Bertille séparée de Bertrand la peinait, d'autant plus qu'elle se jugeait responsable de ce désastre. Angela servait de messager entre l'institution et le Moulin. L'adolescente partait à bicyclette après la classe afin de rapporter des nouvelles fraîches, comme le faisait Léon de son côté.

Ce soir-là, elle revint plus tôt que de coutume.

— Alors, lui demanda la jeune femme. Pas de changement ?

— Non, monsieur Bertrand boude toujours. Madame Bertille pleurait et personne ne pouvait la consoler. Thérèse m'a parlé à l'oreille. Ta tante a peur que son mari fasse une bêtise. Qu'est-ce que ça veut dire, Faustine ?

Il lui était difficile de répondre sans effrayer Angela. Faustine comprenait trop bien.

— Vraiment, ça ne peut plus durer, soupira-t-elle. Mademoiselle Irène surveille l'étude ; tu n'as qu'à la rejoindre et en profiter pour terminer ta rédaction. Moi, je monte à Ponriant.

Angela observa le beau visage de sa sœur adoptive. La colère et le chagrin se lisaient sur ses traits. Elle était pâle et avait les yeux cernés.

— Couvre-toi, le vent est glacé, lui dit-elle d'un ton protecteur.

— Merci de prendre soin de moi, dit la jeune femme en posant sur sa joue deux bises sonores. Je t'aime tant, Angela.

Faustine se prépara. Cinq minutes plus tard, elle marchait sur la route boueuse qui serpentait vers le logis séculaire de la famille des Riant. Les toits de la vaste demeure se devinaient à travers les branches dénudées des arbres du parc. Elle eut soudain le cœur serré.

— Je n'aimais pas vivre là-bas, constata-t-elle. Maman non plus. Seule Bertille était capable de résister à la tristesse qui se dégage de ces lieux. Elle ne la perçoit même pas, elle.

Maintenant, Faustine en savait long sur les sinistres histoires dont Ponriant avait été le décor. Elle n'avait pas manqué d'entendre bien des rumeurs qui couraient la campagne. En outre, Bertrand s'était souvent confié, du temps où elle représentait la fiancée parfaite pour son fils Denis.

Elle arrivait devant le portail. La façade sombre, battue par la pluie, n'indiquait aucune activité humaine. Pas une lumière malgré le crépuscule.

« Si jamais il s'était suicidé, comme son frère Frédéric, comme Colin, le père de maman ! »

Une peur insidieuse fit frémir Faustine qui pressa le pas. Mireille mit longtemps à lui ouvrir. La vieille gouvernante l'accueillit avec un pauvre sourire contrit, mais ne l'invita pas à entrer.

— Ah, ma jolie demoiselle ! souffla-t-elle. Quel vilain automne ! Nous en avons, du souci. Qu'est-ce qui vous amène ? J'étais en bas aux cuisines, avec la nounou et le bébé Félicien. On se réconforte du mieux qu'on peut, avec un bon café, des biscuits.

— Je dois parler à Monsieur, Mireille, coupa la visiteuse.

Une expression de panique crispa la figure ridée de la gouvernante.

— Monsieur ne veut voir personne, je suis navrée. Je n'ai pas envie de perdre ma place, vous comprenez. Il m'a bien dit de ne laisser entrer personne, et il a insisté sur « personne », même pas madame.

— Et si Clara était malade ? s'écria Faustine. Il perd l'esprit, à la fin. Pardon, Mireille, je n'ai pas le choix.

La jeune femme l'obligea à reculer et s'engouffra dans le hall. Elle se dirigea vers les deux salons en enfilade malgré les gémissements de Mireille. Les pièces étaient désertes, les feux, éteints.

— Où est-il ? demanda-t-elle en cachant son angoisse.

— Mademoiselle, sauvez-vous vite, implora la domestique. Si Monsieur vous entendait ?

Cela signifiait que l'avocat était à l'étage. Faustine s'élança dans l'escalier. Elle se revit jeune épousée au cœur brisé, dix-huit mois plus tôt, quand elle appréhendait l'heure de regagner sa chambre, de subir les assauts de Denis qui abusait de ses droits conjugaux.

« Bertrand n'a pas le droit de se comporter ainsi, songeait-elle pour se donner du courage. J'ai tout accepté de son fils, il pourrait me pardonner ce qu'il nomme ma trahison. »

Sans Bertille, le domaine était lugubre. Faustine, sans s'identifier, frappa à la chambre de son ancien beau-père. Il répondrait peut-être, s'il pensait qu'il s'agissait de Mireille ou de la nourrice de Félicien. Soudain, elle crut percevoir des gloussements, des rires étouffés. Les sons avaient quelque chose de sordide qui la hérissa. Une voix de femme s'éleva tout à coup, pleine de gouaille populaire.

« Oh non ! Pas ça. Il n'est pas seul ! se dit-elle, désemparée. Il trompe tantine, il trahit Bertille ! »

Cela lui semblait extraordinaire et affreux. Prise d'une rage toute féminine, elle tambourina en criant :

— Bertrand, c'est moi, Faustine ! Ouvrez vite, c'est grave !

Après un remue-ménage composé de chuchotis et d'un objet renversé, la porte s'entrebâilla. L'avocat pointa une face cramoisie. Il empestait l'alcool.

— Qu'est-ce qui est grave ? clama-t-il. Je ne peux pas avoir la paix sous mon toit ?

Une silhouette passa dans la pièce faiblement éclairée : une femme bien en chair, en corset et jupon, aux cheveux noirs très frisés.

— Vous devriez avoir honte, décréta Faustine. Vous ne valez pas mieux que votre Denis ! Pendant ce temps, Bertille se lamente au Moulin en tremblant pour vous !

— Je répète : quel est le problème grave qui vous a conduite ici ? bredouilla Bertrand, car je suis occupé, ma chère !

Faustine avait envie de le gifler, de lui jeter son sac au visage ou n'importe quel ustensile, mais elle éclata en sanglots. Des pensées se bousculaient dans son esprit affolé. Bertille avait tant aimé cet homme, sa vie durant. Elle l'avait tant espéré, avant de pouvoir vivre enfin près de lui. Le couple avait eu la plus ravissante fillette du monde, Clara. Ils étaient si heureux, avant.

Avant ! Le mot l'obsédait. Elle le répétait à travers ses larmes :

— Avant, vous n'auriez jamais fait ça ! Avant, tout allait bien ! Avant, je n'ai jamais voulu une telle catastrophe, moi.

Cette explosion de chagrin et l'état d'exaltation presque hystérique de Faustine dégrisèrent Bertrand. Il ne portait qu'un pantalon et une chemise ouverte sur un ventre proéminent. Le débraillé de sa tenue dut le choquer.

— Accordez-moi un instant, lança-t-il d'un ton froid.

Elle resta appuyée au mur tapissé de toile de Jouy, un caprice de Bertille, sans pouvoir contenir ses pleurs. Ses jambes tremblaient, ses mains aussi. Bertrand sortit très vite et revint enveloppé d'un peignoir. Il recoiffait ses cheveux gris du bout des doigts.

— Descendons, voulez-vous ! dit-il d'une voix pâteuse.

Au fond, il redoutait d'apprendre vraiment une mauvaise nouvelle. Sa belle-fille ne l'avait pas habitué à de telles crises de nerfs. Ils se retrouvèrent dans le petit salon.

— La personne qui était avec vous, il faut la congédier ! s'exclama-t-elle. Sinon, je vais monter la mettre en pièces, et vous aussi par la même occasion. Comment osez-vous tromper Bertille ? Comment ?

Elle hurlait. Bertrand lui fit signe de parler moins fort.

— Je lui ai dit de partir. J'ai demandé à Maurice de la reconduire. Je n'ai pas consommé, ma chère ! C'était sa première visite ; une pute, oui, une putain qui officie en ville. Je lui ai demandé de venir, à grands frais.

— Cessez de m'appeler *ma chère*, menaça-t-elle. Vous me haïssez, je le sais. Vous pouvez nous maudire, Matthieu et moi, mais que vous perdiez votre femme et votre enfant à cause de nous, je ne le supporterai pas. Bertrand, à quoi bon continuer sur cette voie ? S'il le faut, je renonce à me marier. Nous quitterons la vallée. Je me moque de vivre de façon illégitime, oui, je m'en fiche. Je ferai ce que vous voudrez, Bertrand, si cela peut arranger la situation.

Elle le considéra d'un regard navré : il ressemblait à un débauché, le teint sanguin, mal rasé. Des bruits de pas résonnèrent dans le hall. L'étrangère s'éclipsait. Faustine pinça les lèvres.

— Rien ne se serait passé ainsi, dit-elle, si Corentine avait gardé l'enfant qu'elle attendait. Matthieu et elle vivraient loin d'ici, Denis serait encore vivant.

L'avocat se prit la tête entre les mains. Le dos voûté, sans affronter les grands yeux bleus de la jeune femme, il se lança dans une longue confession.

— Je deviens sans doute, fou. J'ai essayé de me raisonner, Faustine, à votre sujet. Cent fois, je vous ai disculpés, Matthieu et vous, car je comprenais votre amour, mais rien n'y faisait. Je revoyais sans arrêt Denis sur son lit de mort. Vingt ans, il n'aura vécu que vingt ans sur cette terre. J'étais jaloux à sa place, je voulais vous savoir seule, fidèle à son souvenir. J'ai tant rêvé d'une existence idéale à Ponriant, pour nous tous. Je me disais qu'avec mon fils vous auriez des enfants qui grandiraient ici. Je ne vous hais pas, ma pauvre petite, je vous aime comme la fille parfaite que je n'ai pas eue ou que je n'ai pas méritée. Quand j'ai su que vous étiez enceinte ! Et c'était encore Matthieu, le futur père. J'ai eu des pensées ignobles, j'aurais voulu le voir mort comme Denis. Je suis à bout, voilà. J'ai mis en terre deux petits. Mon Dieu ! Alphonse n'était qu'un bébé, mais il me souriait déjà. Pouvez-vous concevoir la douleur de tenir un nourrisson inerte dans ses bras ? Ensuite, il y a eu ma douce petite Victoire, si frêle, si pâle. Elle parlait et marchait, puis elle s'est mise à tousser. La nuit, je crois encore entendre l'écho de sa toux. Je fuyais le domaine après ses obsèques. Marie-Virginie n'était plus qu'une ombre qui me regardait comme si j'avais tué notre Victoire. J'ai peur d'être puni, que le destin m'arrache Clara. Bertille m'a souvent rassuré en me disant que c'est une fillette protégée par les fées. Des sornettes puériles, mais pourtant cela me réconfortait. Quelque chose s'est cassé en moi quand j'ai jeté de l'eau bénite sur le cercueil de Denis. Je n'ai plus osé être heureux, ni pardonner.

Il se tut et redressa la tête. Faustine vit qu'il pleurait. Très émue, elle remarqua :

— Pourquoi seriez-vous puni ? Et par qui ?

— Par moi, sans doute ! Vous êtes venue *in extremis* aujourd'hui. Si j'avais couché avec cette femme, cette nuit, je me tirais une balle dans la bouche. C'était le meilleur moyen de ne pas en réchapper.

Confrontée au désespoir de Bertrand, Faustine jugea tous ses arguments dérisoires. Elle ajouta cependant :

— J'aurais pu sacrifier mon bébé au nom des convenances, mais je considère cet acte comme un crime, et cette vie toute neuve en moi est sacrée. J'aime déjà ce petit être. Vous devez vous résigner. Je vous en prie, allez chercher Bertille. Cela m'est égal que la cérémonie soit célébrée par votre adjoint. Le sort nous malmène sans pitié. Vous êtes un bon maire, et nous ne pouvons pas être unis ailleurs, puisque nous habitons la vallée, j'en suis désolée. Bertrand, reprenez-vous. Je ne dirai rien à Bertille de ce que j'ai vu ce soir.

Il écarta les bras, examinant ses vêtements.

— Dans cet état ! soupira-t-il. J'ai l'air d'un vieil ivrogne. La chambre pue le tabac et le parfum de cette cocotte !

— Je vais vous aider à ranger. Est-ce que Mireille a vu cette fille ?

— Hélas oui, soupira-t-il. J'augmenterai ses gages et elle saura se taire. Vraiment, vous voulez bien m'aider à remettre de l'ordre ?

Faustine se leva et le devança jusqu'à l'escalier. Tout bas, elle lui conseilla de faire un brin de toilette.

— Il suffit de peu, des vêtements propres, une brosse à cheveux, un rasoir et vous serez correct.

— Corentine prétendait que vous étiez une sainte, assura-t-il. Elle a sans nul doute raison. Je ne vous ai pas ménagée ces derniers jours.

La jeune femme répliqua, d'un ton agacé :

— Je fais cela d'abord pour Clara et Bertille. Je ne suis pas une sainte, mais vous me faites de la peine. Allons, dépêchez-vous !

Une heure plus tard, la chambre était impeccable. Bertrand, sanglé dans un trois-pièces gris, avait repris figure humaine. Mireille n'en croyait pas ses yeux. Elle reçut des consignes précises : allumer les feux et les lampes, et préparer un repas fin. L'avocat déposa Faustine à l'institution. Il disposait de deux automobiles et s'en félicita, son domestique ayant pris la plus ancienne.

— Surtout, soyez humble ! lui conseilla-t-elle.

— Ciel, ce ne sera pas facile d'affronter votre famille, après ce drame. En plus, Matthieu aura beau jeu de me railler.

— Il ne le fera pas. Je connais ma mère, elle s'arrangera pour vous laisser seul avec Bertille.

La jeune femme ne se trompait pas. Bertrand put capituler sans autre témoin que son épouse. Ils rentrèrent au domaine sans Clara, la fillette voulant absolument dormir encore une nuit au Moulin.

Bertille eut gain de cause pendant le court trajet du retour. Monsieur le maire de Puymoyen unirait Faustine Dumont et Matthieu Roy.

6 novembre 1920, mairie de Puymoyen

Bertrand Giraud lissa sur son ventre rebondi l'écharpe tricolore qui symbolisait l'importance de ses fonctions. C'était le troisième mariage qu'il célébrait sous le buste d'une Marianne rousse, en argile, et sous le regard du président de la République, Alexandre Millerand, qui avait pris ses fonctions le 23 septembre de l'année courante. Son prédécesseur, Paul Deschanel, atteint de troubles mentaux, avait dû démissionner. La presse parisienne en avait fait des gorges chaudes.

L'avocat se mêlait de politique depuis quelques mois. Cela servait d'exutoire à ses malheurs. Il jeta un coup d'œil sur les documents que signeraient les jeunes gens. La secrétaire, une vieille fille fort aimable, les avait remplis à sa place.

— Quoi ? Le témoin de Faustine est Edmée de Martignac, et son fils sera là aussi. Bertille ne m'a rien dit. Décidément, elle ne me fait plus confiance.

Malgré sa reddition toute récente, il était de mauvaise humeur. Ses nerfs à vif le torturaient. Bertille demeurait distante. Elle faisait même chambre à part, alors qu'il éprouvait de nouveau du désir pour elle. La punition serait levée après la cérémonie, disait-elle. Aussi jubilait-il de voir des trombes d'eau s'abattre contre les vitres, tandis qu'un vent furieux agitait les tilleuls de la place.

— Tant pis pour la noce. Et puis, on dit bien : « Mariage pluvieux, mariage heureux ! » Bah, des sottises, ces vieux dictons !

Une douleur diffuse pinça sa poitrine, l'obligeant à respirer plus vite. Bertrand revit dans un brouillard la tombe de Denis qu'il avait couverte de fleurs le jour des Morts. Bertille entra au même instant sans frapper. Elle vit tout de suite que son mari souffrait.

— Qu'as-tu ? s'inquiéta-t-elle. Tu es tout pâle. Si c'est de la contrariété, fais un effort, tu me l'avais promis.

— Je suis angoissé, rétorqua-t-il. J'ai hâte que ce soit bouclé et que s'arrête mon rôle de maire. L'autre soir, au Moulin, je n'ai pas vu Matthieu. Là, il va se présenter d'un moment à l'autre et je ne sais pas comment je réagirai.

Bertille fut envahie d'une soudaine compassion pour son époux, mais elle lutta contre l'attendrissement.

— Bertrand, n'oublie pas ! Tu es prévenu. Tout doit se dérouler dans la dignité, comme s'il s'agissait de parfaits inconnus. Si tu oses nuire à Faustine aujourd'hui, je partirai pour de bon. Je ne serai plus chez Claire, mais bien plus loin. J'ai des revenus personnels, modestes mais réels. Je suis capable de m'installer en ville avec notre fille. Souviens-toi de ce que je t'ai expliqué hier. Tu es en partie responsable, car tu n'as pas su éduquer tes enfants, excepté Eulalie qui se consacre aux miséreux dans les colonies. Corentine était une vraie peste avant de rencontrer l'homme qui a pu la rendre heureuse. Denis ne valait guère mieux, à fréquenter les prostituées ou à violer les bonnes de seize ans. Ton fils et ta fille ont grandi livrés à eux-mêmes, torturés par Pernelle, votre gouvernante. Marie-Virginie était trop faible pour leur offrir de la tendresse et de l'attention, et toi, tu étais toujours absent. Pourquoi Faustine devrait-elle payer pour tes fautes ? Ou alors tu me caches une attirance immorale à son égard ? Tu aurais apprécié de la tenir enfermée dans l'institution, célibataire durant des années encore !

— Princesse, ne te fatigue pas à me répéter tout ceci, coupa-t-il. J'ai fait mon mea-culpa. Comment peux-tu concevoir une chose pareille ? Faustine était ma fille selon mon cœur, et elle m'a déçu. Mais je lui ai pardonné. Je t'en supplie, ne me quitte plus jamais.

— Cela dépend de toi, Bertrand.

Sur ces mots, Bertille se dirigea vers la porte dans un bruissement de soieries. L'air ainsi déplacé porta jusqu'à ses narines son parfum capiteux. Il la rattrapa et la saisit par la taille :

— Je t'aime ! Tu es la lumière de ma vie. Ma petite fée, ne crains rien. Je vais les marier sans ronchonner.

On frappa. La secrétaire pointa son nez :

— Les futurs mariés sont arrivés, monsieur le Maire, avec la famille, dit-elle tout bas avec un coup d'œil de côté. Ils sont dans le hall.

— Faites-les entrer, déclara Bertrand en ajustant ses lunettes.

Faustine était livide. Claire lui tapota la main :

— Courage, ma chérie, ce ne sera pas long. Tu es très jolie.

Matthieu n'avait pas meilleure mine. Malgré tout son cran et sa détermination, cela ne l'amusait pas d'être marié par le père de sa première femme, Corentine. Jean lui décocha une bourrade dans le dos, en marmonnant :

— Ce n'est qu'un mauvais moment à passer. Après, on trinquera.

Les jeunes gens ne soupçonnaient rien des surprises préparées par un petit comité de conspirateurs : Léon, Claire, Jean et quelques autres.

Il y avait eu, pendant la semaine précédant ce grand jour, beaucoup de lettres échangées, de télégrammes et d'appels téléphoniques. Chacun songeait que, dès la sortie de la mairie, on pourrait enfin respirer et fêter l'événement.

— Avancez, messieurs dames, claironna la secrétaire, ravie de son rôle.

Faustine s'accrocha au bras de son père. Elle craignait un malaise, même si leur fréquence diminuait. La jeune femme portait une robe en velours ivoire, à corsage cintré et large jupe, rehaussée de broderies en satin composant des motifs d'inspiration russe. Il s'agissait du fameux modèle copié sur une création de Jeanne Lanvin. Ses longs cheveux blonds étaient divisés en deux tresses entrelacées de rubans de même teinte. Une petite toque assortie la coiffait. Comme disait Claire, Faustine ressemblait ainsi à une poupée russe. Bertille lui avait offert des bottines en cuir rouge bordées de fourrure. Quant à Matthieu, il arborait un manteau en drap brun fermé par des brandebourgs, ainsi qu'une toque, lui aussi, mais en astrakan doré. Il avait fière allure et paraissait, avec sa fine moustache et son teint mat, sorti tout droit d'un conte slave.

Bertrand les dévisagea à tour de rôle d'un air ébahi. Il les trouvait magnifiques, dignes et très intimidés. Claire le salua d'un sourire serein. Vêtue de sa robe des dimanches, grise à dentelles noires, elle semblait venir à la messe. Il aperçut Angela en manteau bleu et Thérèse tenant la main du petit Arthur. Léon ôta sa casquette et vérifia la veste trempée de son costume, qui faisait un pli à la hauteur de la poitrine.

Enfin, apparut Edmée de Martignac, coiffée d'un extravagant chapeau démodé, garni de plumes et de fleurs en soie. Son corps mince sanglé dans une redingote vert foncé, elle s'appuyait à une canne avec autant d'aisance discrète que Bertille. Louis et Marie se glissaient à leur tour dans la salle.

Le maire de Puymoyen ferma les yeux quelques secondes. Accoutumé à la foule des procès, il revécut en pensée les instants les plus éprouvants de certains plaidoyers. Aujourd'hui, il officiait au nom de la Troisième République. Bertille le fixait de ses larges prunelles grises.

— Quand tout le monde sera assis, nous pourrons commencer, déclara-t-il.

— César est en retard ! fit la voix fluette de Thérèse.

Les crachotements d'un moteur puissant dominèrent soudain la chanson incessante de la pluie. Un véhicule se gara devant la mairie. Un joyeux brouhaha résonna dans le hall, vite suivi d'un déferlement de fillettes en manteau bleu, un béret également bleu sur la tête. Les orphelines de l'institution, rappelées à l'ordre par mademoiselle Irène, envahirent l'espace. César entra en dernier. Le fils aîné de Léon, près de fêter ses seize ans, avait grandi. En costume et casquette de tweed, il avait déjà l'air d'un homme. Angela s'arrangea pour s'installer à ses côtés.

Faustine assistait au spectacle en retenant des larmes de joie. Elle en rêvait : avoir ses élèves autour d'elle, se réconforter de leurs rires et de leurs regards confiants.

« Qui a organisé leur venue ? » s'interrogea-t-elle, bouleversée.

Claire lui adressa un signe de la main. La jeune femme comprit.

« Merci, maman chérie ! » songea-t-elle.

Bertrand toussota, ce qui imposa tout de suite le silence. On se serait cru dans une classe la veille des grandes vacances. L'avocat prononça d'un ton ferme les paroles habituelles. Faustine répondit *oui* sans trembler. Matthieu clama bien fort son acceptation.

Angela jugea bon d'applaudir. Toutes ses camarades l'imitèrent, ce qui causa un gai vacarme ponctué de chuchotis. Edmée et Léon, les deux témoins, s'observaient avec perplexité. Ils étaient tous les deux issus de mondes bien distincts : la noblesse et le peuple. Le vent de la Révolution de 1789 aurait dû balayer leurs différences ; pourtant, il n'en était rien.

La châtelaine avait consenti à jeter aux orties ses vieux principes par amitié pour Claire. Ayant peu de distractions, maintenant, elle se félicitait d'être là. L'assistance lui paraissait hétéroclite mais sympathique, et les mariés étaient superbes. Bien des femmes auraient cédé comme Edmée à l'attrait des confidences. Claire lui avait tout raconté de l'amour unissant le jeune couple, sans rien omettre des abus de Denis ni des ruses de Corentine. Le récit du profond attachement qui liait les fiancés depuis l'enfance avait achevé de la séduire, même si leur amour avait un fort parfum de scandale.

« Je suis venue me ranger sous l'étendard de l'amour, du grand amour ! » se disait-elle.

Louis de Martignac admirait Faustine sans arrière-pensée. Il se projeta au jour de ses propres noces qui, elles, seraient célébrées dans la cathédrale d'Angoulême, lorsque l'élue de son âme, une demoiselle d'une excellente famille, répondrait à sa flamme. Cela ne tarderait pas, il en était persuadé.

« Faustine avait raison, je m'étais emballé en flirtant avec elle. Ce n'était qu'un caprice, une amourette. Nous serons bons amis. »

Il ignorait encore à quel point ce serait vrai, et cela, durant de longues années.

Bertrand serra la main de Matthieu. Ce fut moins pénible qu'il ne l'imaginait. Le jeune homme avait l'air si heureux que l'avocat eut du mal à le haïr. Il embrassa la mariée, comme le faisaient bien des maires. Faustine eut alors un geste stupéfiant. Elle éclata en sanglots en se réfugiant dans ses bras. Il crut deviner un « merci ».

Violemment ému, Bertrand la consola de son mieux.

— Allons, allons, je ne suis pas un ogre, quand même !

Onze heures sonnèrent au clocher de l'église. Une des orphelines cria qu'il ne pleuvait plus. Toute la noce se retrouva sur la place. Un groupe de villageois arriva en courant et jeta des poignées de riz sur les jeunes époux. Des exclamations amicales retentirent.

— Hé ! Matthieu, si tu as besoin d'un bon ouvrier au Moulin, j'en suis un, hurla le fils du forgeron, revenu indemne de la guerre.

— Vive les mariés ! s'égosilla l'épicière qui avait délaissé sa boutique.

Jean attira Claire, pour constater :

— Personne ne leur jette la pierre. Bertrand se faisait des idées !

— Evidemment ! Regarde notre Faustine comme elle est contente !

Dans la mairie, Bertille, de ses doigts gantés si menus, touchait avec tendresse le visage de son mari.

— Merci, soupira-t-elle. Tu ne seras plus tenu de les voir, à présent.

Bertrand la contempla : elle était toujours la plus chic, la plus radieuse à ses yeux. Il l'étreignit avec tendresse.

— Ne me quitte pas, princesse, je crois que je partirai le premier. Je te laisserai tout !

— Veux-tu te taire ! le gronda-t-elle. Tu n'es pas un vieillard pour parler ainsi. Enlève cette écharpe tricolore et viens donc avec nous.

— Non, je suis fatigué, je préfère rentrer au domaine. J'ai besoin de réfléchir.

— Alors, je serai de retour le plus vite possible, promit-elle. Repose-toi.

Bertrand s'affala dans un fauteuil dès que sa femme fut sortie de la salle. Il avait menti. Son projet était de se rendre sur la tombe de Denis avant de consulter le nouveau médecin du bourg.

7

Les mariés de l'automne

Faustine était entourée de ses élèves dans le couloir de la mairie. César, qui s'était mêlé au groupe, était fier du rôle qu'il avait joué.

— Tous nos vœux de bonheur ! dit Armelle d'un ton joyeux.

— Il est rudement beau, votre mari, soupira Nadine en plissant son nez constellé de taches de rousseur.

— Mais comment êtes-vous venues ? s'étonna la jeune femme. Pas à pied, par ce temps ? Vos manteaux sont presque secs.

— Ah ! dit Angela d'un air malicieux, c'était une conspiration. Jean avait demandé à César si son patron voudrait bien lui prêter un car. Monsieur Fraud a été d'accord, et c'est même lui qui a conduit. Nous étions toutes prêtes à l'heure, car ils passaient nous prendre à dix heures et demie pile. J'ai aidé les plus petites à s'habiller et à se coiffer. Nous voulions te faire honneur, Faustine.

— C'était une merveilleuse surprise, assura-t-elle en caressant des cheveux frisés, des joues fraîches.

En fait, elle déplorait de voir les orphelines repartir à l'institution. César semblait les surveiller comme un berger qui compterait ses brebis.

— Faut remonter dans le car, déclara-t-il.

Faustine examina le véhicule, un gros fourgon peint en jaune, muni de plusieurs vitres latérales. Claire frappa dans ses mains :

— En route, tout le monde ! Les mariés montent avec Jean et moi. Nous ouvrons le cortège.

Jusque-là, Faustine et Matthieu ne trouvèrent rien d'insolite.

Ils présumaient que le car déposerait les filles à l'école et que César les rejoindrait ensuite. Tout émus, ils s'installèrent sur la banquette arrière.

— Ma femme chérie ! se rengorgea le jeune homme. Madame Roy !

— En somme, j'ai épousé un presque oncle, pouffa-t-elle, puisque tu es le frère de ma mère adoptive.

— Chut, si Arthur t'entendait, il ferait encore la grimace, comme quand Thérèse a essayé de lui apprendre la dynastie de nos loups.

Le petit garçon avait pris place dans la luxueuse automobile des Giraud que conduisait Maurice, leur domestique. Il était ainsi en compagnie de Bertille et surtout de Clara.

Léon monta lui aussi dans le car, ce qui parut normal aux jeunes mariés. Jean démarra, contourna la place, et suivit la voiture de Louis de Martignac, avec à son bord sa mère et sa sœur.

— Oh ! maman, Edmée vient manger avec nous au Moulin ? interrogea Faustine. Elle qui rêvait de le visiter.

— Hum ! hum ! fit Claire d'un ton distrait.

— Mais Jean, s'alarma Matthieu, tu prends la direction de Torsac !

— Juste un détour, pour promener mon gendre et ma fille dans la campagne verdoyante !

Faustine éclata de rire. Le paysage n'offrait que des teintes grises et rousses, du brun et du doré. Rien de vert.

— Papa, dit-elle, tu blagues encore. Où allons-nous ?

Jean mima l'ignorance. Matthieu regarda par la vitre. La Ford des Giraud et le car les suivaient.

— Il y a du louche dans cette affaire ! plaisanta-t-il.

Faustine s'était blottie près de lui. Il effleura les broderies de sa robe, son front et ses lèvres. Il mourait d'envie de l'embrasser. Bien plus gaie qu'à la mairie, Claire lança, d'un ton réjoui :

— Un peu de patience, petit frère !

— Maman, protesta Faustine. Nous devons rentrer au Moulin, le repas est prêt.

— Le repas voyage, lui aussi ! ajouta Jean. Vous ne saurez rien de plus, mes enfants. Bavardez donc un peu tous les deux et cessez de poser des questions.

Faustine et Matthieu obéirent. Ils n'osaient pas échanger de baisers, mais leurs doigts enlacés se nouaient et se dénouaient.

Le cortège de voitures entra dans le bourg de Torsac pour franchir le portail grand ouvert du château.

— La cuisine du Moulin était un peu petite pour une trentaine de personnes ! s'écria Claire. Une châtelaine de mes amies m'a prêté son logis. Nous festoierons dans le grand salon.

Toutes les fenêtres à meneaux étaient brillamment éclairées, resplendissantes sous un ciel assombri par des nuages d'un gris bleuté. Autour de la porte principale au fronton sculpté, courait une guirlande de lierre et de houx, ornée de rubans blancs et de fleurs en tissu.

— Nous déjeunons ici ? demanda Faustine.

Le car se garait à côté d'eux. Derrière les vitres, les orphelines admiraient le décor qui leur paraissait tout droit sorti d'un conte. Angela jubilait, alors que César et Léon restaient bouche bée.

— Maman, papa ! bredouilla la jeune femme. Comme c'est gentil, j'en pleurerais. Mes élèves seront là, elles vont être si contentes !

Matthieu aurait préféré fêter l'événement au Moulin. Mais il se garda bien de le dire devant la joie débordante de Faustine.

— Un château pour ma reine, la blonde Iseut ! chuchota-t-il à son oreille. Si tu es contente, je suis content.

— Je sens que tu es déçu ! répliqua-t-elle aussi bas.

— Mais non, je t'assure. Viens !

Il descendit de la voiture et lui tendit la main. Louis accourut, très excité.

— Mes chers amis, si vous voulez bien honorer de votre présence notre humble demeure ! Je serai votre guide.

Matthieu ne put s'empêcher de rire. Il donna l'accolade au jeune châtelain, en s'exclamant :

— Faustine prétend que nous ferions de bons amis, dit-il. Je suis prêt à tenter l'expérience. Sans rancune pour la séance de boxe ?

— Sans rancune ! répéta Louis. J'aurais agi exactement de la même façon, sauf que moi, je n'aurais pas terrassé mon rival. J'ai horreur de la violence. Pire, je m'évanouis à la vue du sang. Cela m'a valu d'être réformé et d'éviter les atrocités de la guerre. Je n'en suis pas fier, pourtant. On m'avait relégué au service postal, loin du front.

La franchise de Louis et ses mimiques plurent à Matthieu. Faustine souriait d'un air malicieux. Ils suivirent leur guide dans le château. La troupe des orphelines les avait précédés. Tout le monde se rassembla dans le salon d'honneur, dont le vaste espace meublé de trésors d'ébénisterie et de statues sur leur stèle impressionnait beaucoup ceux qui le découvraient.

Léon et César se tenaient près de la cheminée, contemplant les armoiries de la famille. Angela veillait à la discipline. Elle fit ôter leurs vêtements à ses camarades et les déposa dans le boudoir sur les conseils de Marie de Martignac, enchantée de toute cette animation.

La table était magnifique : une nappe damassée, l'argenterie étincelante, de la vaisselle ornée d'un motif doré. Claire et Edmée vérifiaient les cartons indiquant la place assignée à chacun des convives.

— Ce n'est pas courant, un mariage au milieu de l'automne, expliqua la châtelaine. En guise de fleurs, j'ai fait cueillir des brassées de feuillages et du houx. Nous avons aussi disposé des fruits bien colorés dans les corbeilles.

— C'est superbe, assura Claire. Regardez comme les teintes sont chatoyantes. Edmée, c'est si gentil de nous recevoir !

— J'en suis ravie, avoua celle-ci. Le château renaît, grâce à vous, ma chère amie. J'étais tellement seule depuis le décès de mon époux.

Un feu accordé à la démesure de la pièce pétillait dans l'âtre. Sur les commodes, des chandeliers supportaient des bougies dorées. L'atmosphère avait une touche de magie et d'irréalité qui séduisait Matthieu lui-même.

Ursule sortit d'un recoin fermé par un lourd rideau de velours rouge. La domestique apportait du pain tranché. Elle se moquait de n'avoir plus de jambes à la fin de la journée. Seule comptait la satisfaction évidente de madame de Martignac, dont le regard limpide avait repris l'éclat de jadis.

— J'espère que vous ne vous êtes pas donné trop de mal, s'inquiéta Faustine à la vue des toasts au foie gras et des papillotes fleurant bon la truffe chaude déjà présents sur la table. C'est si beau !

Jean confia à sa fille, de façon presque inaudible :

— Bertille a vidé les placards de Ponriant, Claire a cuisiné le plat principal et les desserts. N'aie pas de scrupules. Toutes ces sympathiques volontés réunies pour toi compenseront un peu la conduite stupide de ta tante Blanche. Sur ce coup, ma sœur a baissé dans mon estime. Refuser de venir à ton mariage sous prétexte que Matthieu est divorcé et que ta mère les a privés d'une affaire ! Je ne croyais pas Victor capable d'avoir de telles idées de grandeur. Ils nous boudent parce qu'ils ne sont pas devenus châtelains. Bon sang, Blanche n'a qu'une nièce, toi ! Figure-toi qu'ils ont filé en Normandie pour être sûrs de ne pas changer d'avis.

Faustine comprit que son père était vraiment peiné. Elle l'embrassa sur la joue :

— Ne pensons pas à eux, papa. Tu es là, toi, et tous mes amis, ainsi que mes élèves. Je n'aurais pas osé rêver de les voir un jour ici.

Bertille attira l'attention générale en claquant des mains. Elle se tenait debout, le dos appuyé à un colossal piano à queue qu'Edmée avait vendu cinq ans auparavant et qu'elle venait de racheter, après maintes discussions avec son acquéreur.

— Mesdames, messieurs, cria Bertille, Arthur et Clara, deux petits virtuoses de six ans à peine, vont vous jouer un morceau. Ils ont répété des heures. Alors, soyez indulgents. Arthur, Clara, c'est à vous !

Ce fut au tour de Claire d'être surprise. Elle ignorait que les enfants devaient jouer.

Arthur paraissait enthousiaste et pas du tout intimidé. Clara minauda en faisant la révérence. Faustine remarqua que les pianistes en herbe étaient habillés en harmonie. Un costume bleu à jabot ivoire pour le garçonnet, une robe de même teinte pour la fillette dont la chevelure frisée était nouée par un ruban de dentelle.

Ils s'assirent l'un près de l'autre sur la banquette et considérèrent le clavier avec confiance. Les notes de *La Marche turque*, de Mozart, emplirent le salon. L'interprétation légère et vive stupéfia le public improvisé. Claire et Faustine en avaient les larmes aux yeux, tant la scène était charmante. Ces deux bambins blonds concentrés sur la partition qu'ils se partageaient composaient un tableau touchant.

Ils enchaînèrent avec la *Lettre à Elise*, puis *Sur le pont d'Avignon* et *Le Temps des cerises*.

Cette fois, Jean se détourna, prêt à pleurer, tandis que Claire contenait des sanglots d'émotion. Le passé resurgissait par la grâce de la musique. C'était la chanson préférée du vieux Basile Drujon, anarchiste notoire et ardent communard.

Un tonnerre d'applaudissements éclata. Arthur sauta du siège, saisit la menotte de Clara, et tous les deux s'inclinèrent.

— Quel prodige ! s'écria Edmée. C'était ravissant !

La fillette s'était trompée parfois, mais pas le petit garçon. La châtelaine, consciente d'être en face d'un futur artiste, alla lui caresser les cheveux. Bertille triomphait.

Claire la remercia d'un sourire bouleversé. Elles n'eurent pas l'occasion d'en discuter. Mademoiselle Irène, qui était invitée, faisait se regrouper et se ranger les élèves, les plus jeunes devant, les grandes à l'arrière. Angela exultait. Elle portait une ancienne robe de Faustine en velours vert et se sentait une vraie demoiselle.

L'adolescente avança d'un pas. Chacun s'attendait à un discours, et ce fut le cas.

— Chère Faustine, commença-t-elle, je m'exprime en ce beau jour au nom de mes camarades. Nous voulons te souhaiter un grand bonheur avec Matthieu, mais surtout te remercier pour ta patience, ton dévouement et ta gentillesse. Tu nous as prises sous ton aile, car les anges ont des ailes, c'est bien connu !

Là, Louis et Bertille éclatèrent de rire. Angela continua :

— Nous savons maintenant que tu quitteras notre école après les vacances de Noël. Pourtant, tu resteras pour nous *mademoiselle*, comme on appelle les institutrices, celle qui nous montre le chemin du savoir et de la politesse. Afin de te faire honneur, nous serons de bonnes élèves avec ta remplaçante, fortes de toutes les belles choses que tu nous as enseignées. Nous étions des enfants sans famille ni foyer. Grâce à toi, nous avons un toit et beaucoup d'amour. Place au chant, à présent.

Sous le regard admiratif de César, Angela virevolta et rejoignit le rang des grandes. Les pensionnaires de l'institution entonnèrent *Les Blés d'or*, puis l'*Ave Maria*. Faustine essuyait du coin de son mouchoir les larmes qui coulaient le long de son nez. Matthieu la réconforta en la serrant contre lui.

La chorale fut également applaudie. Ursule, vêtue d'une tenue neuve, annonça que les entrées seraient bientôt froides. La vieille domestique multipliait les allées et venues, réapparaissant très vite. Claire ne comprenait pas ; elle connaissait la distance entre le grand salon et les cuisines. Edmée remarqua sa mine perplexe et lui dit, en souriant :

— J'ai pu faire réparer le monte-plat. Ursule se fatigue moins. En fait, la salle à manger, où nous prenons nos repas habituellement, est située juste au-dessus des cuisines. Et j'ai engagé pour cet après-midi une jeune fille du village, qui aide au service.

— Tout s'explique, plaisanta Claire. Vous disposez d'un monte-plat.

— Je voulais en installer un à Ponriant, mais la disposition des pièces ne le permettait pas, se plaignit Bertille. J'espère avoir le plaisir de vous recevoir un jour, Edmée.

— Bien sûr.

Les discussions, les petits rires et le bruit des couverts tenaient lieu de musique, autant que la pluie battant les vitres et le vent sifflant entre les arbres. On déjeunait au champagne, offert par Bertille comme le foie gras et les truffes, ainsi qu'au vin rouge, du Médoc.

Quatre beaux pâtés en croûte disparurent en un clin d'œil, ainsi que la salade qui les accompagnait. Claire dut donner la recette.

— Je fais la pâte brisée avec du beurre, la farce comporte du veau et du porc finement hachés. J'ajoute des noisettes broyées, de l'ail, des herbes du jardin, des œufs et des lamelles de jambon salé.

Elle avait aussi préparé deux marmites de coq au vin, dont le contenu fut réparti dans les superbes plats creux du château. La garniture régala les enfants : des pommes de terre sautées et des cèpes.

— Quel délice ! déclara Louis, les joues roses. Madame, vous êtes un cordon-bleu. Matthieu, j'espère que Faustine a hérité des talents de sa charmante maman.

— Je réussis assez bien les omelettes, répliqua la jeune femme.

Un peu plus tard, les desserts firent briller les yeux des orphelines. On les devait encore à Claire : deux grandes tartes aux noix pilées et à la crème, ainsi que quatre gâteaux de Savoie garnis de confiture de framboises et nappés de fondant au sucre. Des violettes confites étaient disposées en forme de cœur sur l'étendue laiteuse du glaçage.

Louis disparut un instant et revint chargé d'un gramophone flambant neuf qu'il installa sur une petite table. L'appareil suscita des cris émerveillés chez les orphelines.

— Un peu de musique ! dit le jeune châtelain. Du classique, pas du charleston, ni du fox-trot !

Il remonta le mécanisme à fond et actionna le bras métallique à pointe de saphir. L'ambiance fut encore plus détendue. Jean, en chemise blanche, racontait à Louis le long travail que lui avait coûté son livre récemment paru.

— Mais je veux absolument le lire ! s'exclama le jeune homme.

Angela et César, voisins de table, dégustaient les pâtisseries en se lançant des œillades gourmandes. Egayé par le champagne, Léon ne se lassait pas d'admirer le décor qui l'entourait.

« Si on m'avait dit que je mangerais un jour dans un château ! songeait-il. Tu as vu ça, Raymonde ! On est chez du beau monde, les gosses et moi. Enfin, notre César et notre Thérèse. La petiote, Janine, on l'a confiée à sa mémé. Mais t'inquiète pas, mon Thomas est pas de la fête. »

Chaque fois qu'il évoquait son fils adultérin, simple d'esprit, Léon cédait à la mélancolie.

Faustine resplendissait dans sa robe de poupée russe. Le teint enflammé par le vin et la nourriture copieuse, elle ne cessait de rire en regardant à tour de rôle Matthieu, ses élèves et ses parents.

« Je suis mariée avec l'homme que j'aime ! pensait-elle. Et tout est parfait, sublime, harmonieux. Ce soir, nous dormirons dans notre maison, tous les deux. »

Elle était loin, son appréhension du matin, au moment de se mettre en route pour la mairie de Puymoyen.

— Il faut danser, dit soudain Bertille. Pas de noces sans une valse !

Lasses d'être assises, les pensionnaires de l'institution se levèrent les premières. Elles s'essayèrent à la valse sur l'air du *Beau Danube bleu*, avec des rires de joie. Louis invita Claire, pendant que Jean se vit contraint d'accepter le bras de Faustine.

— Allez, papa, du courage ! Je sais que tu as horreur de danser, mais là, tu es obligé.

Léon, rougissant, s'inclina devant la châtelaine.

— Madame !

Il n'osa en dire davantage. Amusée par son air embarrassé, Edmée consentit avec un sourire poli.

— Tenez-moi bien, monsieur, recommanda-t-elle. Je ne vous ferai pas l'affront de prendre ma canne.

Le couple hétéroclite fit sensation. Matthieu tournoyait en tenant Bertille par la taille.

— Alors, tantine ? souffla-t-il. Pas trop fâchée ?

— Non, idiot ! rétorqua-t-elle. Pourquoi serais-je fâchée ? Je savais que cela finirait ainsi, vous deux enfin mariés. Je me demandais par quel détour, j'ai la réponse à présent.

Jean déclara forfait. Il poussa sa fille vers Matthieu, tandis que César dansait avec Bertille. Louis entraîna Angela sur le parquet ciré. L'adolescente se crut au paradis.

— Dites-moi, demoiselle, chuchota son cavalier, vous paraissez apprécier ce garçon, le dénommé César. Vous auriez préféré son bras au mien ?

— Non, monsieur, balbutia-t-elle, parce qu'il n'osera jamais m'inviter. On n'invite pas la fille qu'on aime devant tout le monde !

— Ah ! Il vous aime ! Je le comprends. Si vous aviez quelques années de plus, je vous ferais la cour. Mais vous pouvez l'emmener à côté, dans le petit salon, et danser avec lui.

Angela s'illumina. Elle ne tarda pas à suivre les conseils de Louis.

Afin d'échapper à une nouvelle invitation, Jean se cala dans un fauteuil près du gramophone dont il remonta le mécanisme. Sa fille était belle et comblée, son livre faisait son chemin dans les librairies françaises, sa femme l'aimait toujours. Il ne demandait rien de plus à la vie.

Faustine et Matthieu valsaient ensemble, les yeux dans les yeux, éblouis. Le jour déclinait, mais le feu flambait et les chandeliers dispensaient une lumière douce.

— Je n'ai jamais été aussi heureuse, dit-elle soudain, ni aussi fatiguée. Je rêve de me glisser dans notre lit, de tirer les courtines et de me reposer, serrée contre toi.

Le jeune homme eut une étrange expression de panique.

— Qu'est-ce que tu as ? s'étonna-t-elle.

Matthieu regarda sa montre. Claire se précipita vers le couple.

— Il est cinq heures ! déclara-t-elle. Faustine, il faut que vous partiez.

— Oui, je vous emmène à la gare, ajouta Jean. Si jamais vous manquiez le train !

— Quel train ? interrogea la jeune femme, interloquée.

— Ton père et moi, nous vous offrons trois jours de lune de miel à Paris. C'était ton rêve, ma chérie, de voir Paris, la tour Eiffel, Notre-Dame... Et tu iras à l'opéra, Bertille vous a réservé des places pour *La Tosca*. Votre hôtel est près de la gare d'Austerlitz.

Faustine retrouva d'un coup son énergie. Elle resta bouche bée quelques secondes avant de dire, d'un ton émerveillé :

— Nous allons à Paris ! Oh, comme je suis contente ! Mais, maman, je n'ai pas mes affaires. Paris !

— Angela m'a aidée à préparer ta valise, elle est dans le coffre de la voiture. Matthieu était dans la confidence, il est prêt, lui. Nous avons pris ton linge de nuit, ton nécessaire de toilette et tes plus jolies robes. Mets vite ton manteau. Tu te changeras dans le train, vous voyagerez en première classe, dans un wagon-lit.

— Mais vous avez dû vous ruiner ! protesta-t-elle.

— Ne t'occupe pas de ces détails, coupa Jean. En route.

Les au revoir et les embrassades durèrent au moins dix minutes. Les jeunes mariés quittèrent le château avec l'impression inoubliable d'être emportés dans un tourbillon de tendresse et de bonheur.

— Paris ! Je vais à Paris avec toi, dit encore Faustine ! Je n'arrive pas à y croire.

— Tu dois y croire, déclara Matthieu. Paris, la ville des amoureux. Demain, tu marcheras sur les quais de la Seine.

Claire resta seule devant le portail à observer la Peugeot qui s'éloignait. Jean reviendrait dans une heure environ. Elle éprouvait l'apaisement un peu triste qui suit les fêtes, teinté du plaisir d'avoir réussi à faire de cette journée une réussite.

« Tout était parfait, songeait-elle. Le repas, la musique, les danses, tout. »

Elle revoyait Arthur et Clara au piano, les orphelines chantant l'*Ave Maria*, les sourires qui fleurissaient sans cesse sur chaque visage. Son cœur de femme aspirait à la quiétude.

« Je ne vois plus de fantômes, Jean ne parle plus de voyager, il est si fier de son livre, et Bertrand semble avoir pardonné. J'ai une amie, Edmée, j'ai ma princesse, ma Bertille toujours prête à jouer les fées protectrices, et même Léon va mieux. »

Claire vibrait d'une douce espérance, celle de ne plus souffrir, de ne plus pleurer des êtres chers. Elle se promit de veiller avec patience sur Janine, Arthur et Thérèse. Pourtant, après une longue et précieuse année de répit, une autre épreuve l'attendait.

Vallée des Eaux-Claires, 20 décembre

Faustine marchait d'un bon pas sur le chemin des Falaises. Un crépuscule gris et mauve baignait la vallée. Des voiles de brume montaient de la rivière. La jeune femme pleurait et riait à la fois, confrontée à un événement qui la stupéfiait : elle ne retournerait pas à l'institution Marianne après les vacances de Noël.

— Comme c'est étrange ! constata-t-elle d'une voix que le froid faisait chevroter. Mes élèves vont me manquer. Ma petite Sophie sanglotait, la pauvre mignonne.

Elle pressa l'allure pour arriver avant son père qui chargeait ses affaires dans la Peugeot. La chambre, qu'elle avait occupée pendant un an et demi dans l'école, devait être disponible pour sa remplaçante, une certaine demoiselle Rose Richier. D'après Bertille, c'était une respectable vieille fille de cinquante-deux ans, à l'allure revêche, mais excellente institutrice, et elle avait déjà dirigé un pensionnat de jeunes filles.

Une bourrasque coupa le souffle de Faustine ; elle ajusta son écharpe en laine sur son visage, de façon à protéger son nez et sa bouche de l'air glacé.

« J'aurais dû attendre un peu et rentrer en voiture avec papa », songea-t-elle, pressée maintenant d'apercevoir les murs épais de sa maison.

Après six semaines de mariage, elle continuait à s'extasier de disposer d'un endroit bien à elle, même si les circonstances ne lui avaient pas permis de s'y installer vraiment. En ce jour de froidure extrême, Faustine se réjouissait de recevoir son père et de lui faire un bon café brûlant. Elle allait prendre possession de son foyer de jeune mariée.

« Ce soir, Matthieu aura une bonne soupe de légumes et une omelette. Je n'ai pas encore pu cuisiner pour mon mari, Matthieu est mon mari ! J'ai encore du mal à y croire ! » se dit-elle.

Depuis le 6 novembre, jour de leur mariage, ils avaient passé seulement les samedis et les dimanches dans leur maison. Bertrand Giraud avait été catégorique. La jeune femme devait dormir à l'institution durant les semaines d'école. Faustine s'était pliée à sa demande, non sans afficher son mécontentement. L'avocat s'était montré conciliant lors des noces, mais dès leur retour de Paris, il avait cherché querelle à son ancienne belle-fille.

« Paris ! soupira-t-elle intérieurement. Comme nous y étions heureux, Matthieu et moi. Quelle ville magnifique ! Tous ces monuments et les ponts de la Seine ! »

Ils avaient visité le musée du Louvre et le château de Versailles dans sa parure automnale de pourpre et d'or, ils s'étaient promenés le long des quais en s'embrassant à la moindre occasion. Ils garderaient de leurs trois nuits passées dans un hôtel, situé près de Notre-Dame, un souvenir troublant et enchanteur.

En les évoquant, Faustine n'eut plus froid du tout. Parvenue devant sa maison, elle extirpa la clef de la poche de son manteau. Une forme grise la bouscula au même instant. Elle eut un cri de joie. C'était Tristan, le loup gardien de l'institution, qu'elle avait attaché avant de partir.

— Dis donc, coquin, tu t'es échappé ! Oh non ! Je ne peux pas te garder ici. Tu dois rester à l'école avec Simone.

Elle caressa la belle tête de l'animal et sa main descendit sur son dos couvert d'une fourrure drue et soyeuse. Les rejetons de Sauvageon et de Loupiote causaient souvent bien des soucis à la famille. Ils avaient très peu du chien. Malgré une éducation ferme et une autorité sans faille, leur instinct sauvage se réveillait d'un rien. Quand il fuguait, Tristan venait parfois mesurer ses forces avec Moïse le jeune, le loup de Claire. Bien que sœurs, les deux bêtes se battaient, et aucune ne se soumettant, il fallait l'intervention d'un des maîtres pour les séparer.

Quant à Lilas, la louve de Ponriant, elle avait attiré dans le parc du domaine les chiens du bourg et des fermes voisines, à l'époque de ses premières chaleurs. Maurice, le jeune domestique des Giraud, devait repousser les visiteurs acharnés et consigner Lilas dans un petit appentis.

— Tristan, ordonna Faustine, ne te sauve pas, viens là !

Elle le saisit par son collier et entreprit de le conduire dans la grange. L'animal se débattit avec tant d'énergie qu'elle lâcha prise. Il fila droit devant lui.

— Zut ! pesta la jeune femme. Il va au Moulin.

Un peu contrariée par l'incident, elle entra, et s'empressa d'allumer les lampes, car il faisait déjà très sombre. Le précédent locataire, William Lancester, avait fait installer l'électricité. Sous la lumière vive, la grande pièce eut tout de suite une allure plus accueillante.

Un gros poêle à bois se dressait à l'abri du manteau de la cheminée. Faustine ouvrit le tirage, remua les braises et ajouta du bois. Elle mit de l'eau à chauffer sur un réchaud à alcool. Presque aussitôt une automobile se gara sur le chemin. Jean entra, chargé d'une valise.

— Eh bien, ma chérie, tu as une sacrée garde-robe. Il y a encore une malle et deux caisses de livres.

— Tu n'auras qu'à tout poser dans ce coin, là. Je vais te servir un café.

Elle jubilait en ôtant son manteau. Jean ne put s'empêcher d'observer la silhouette de sa fille. Il la jugeait trop mince.

— Dis, tu as maigri ! Tu es sûre que le bébé se porte bien ? Tu en es à quatre mois, tout de même, et on ne voit rien.

— Papa, avec la nouvelle mode des robes droites, sans pinces à la taille, c'est normal.

— Elle ne me plaît pas, cette mode, répliqua Jean. Les femmes ne sont pas mises en valeur. Tiens, on dirait que vous portez des sacs à patates !

Malicieuse, Faustine tendit le lainage sur son ventre. Un léger renflement se devinait.

— Alors ? plaisanta-t-elle. Tu es satisfait ? D'abord, ne te plains pas, je n'ai pas coupé mes cheveux.

— Il ne manquerait plus que ça ! ronchonna-t-il. Matthieu est de mon avis, il a horreur des coupes à la garçonne.

Faustine préparait le café. Assise sur une chaise, elle tournait la manivelle du petit moulin en bois pour broyer les grains.

— Donne-moi ça ! dit-il. C'est fatigant. Je me demande comment tu vas te débrouiller ici, seule toute la journée. J'aurais été plus tranquille si vous habitiez avec nous. Tu sais que ton mari bosse dur ! Ce n'est pas idiot, son idée de relancer la fabrication du carton de qualité pour les emballages.

— Matthieu n'a que de bonnes idées, papa, renchérit-elle. Tu verras, il va redorer le blason des Roy !

— Ouais, fit Jean, mais en attendant, tu dois garnir le poêle, faire ton ménage et la cuisine. Je passerai t'aider. L'hiver promet d'être rude. Tu as senti le vent ? Il va neiger, j'en mettrais ma main au feu. Cette nuit, peut-être.

La jeune femme approuva d'un air distrait. Jean insista :

— Les vieux du village me l'ont dit, hier, à la foire. Les oignons ont mis trois peaux, l'ail aussi est dur à décortiquer. Et, souviens-toi, les grues sont descendues vers le sud début septembre. Sans compter les noix. Je n'en ai jamais ramassé autant. Ah si ! Peut-être l'année 1907, quand les loups rôdaient.

La mine grave, Jean alluma une cigarette. Faustine le regarda en riant.

— Papa, il ne faut pas gober toutes ces superstitions ! Même s'il fait très froid, j'ai du bois pour trois ans. Léon et toi, vous avez rempli la moitié de la grange. Au fait, en parlant de loups, Tristan s'est enfui de l'institution. J'ai voulu l'enfermer, mais il a filé. Je parie qu'il traîne près du Moulin.

— Il ne faut pas le laisser errer, Faustine, trancha son père. Nous avons eu des ennuis, le mois dernier, avec Moïse. Il a tué une brebis appartenant au vieux Vincent, à Chamoulard. Nous avons dû la lui rembourser.

— Sauvageon n'a jamais fait de mal à une de nos bêtes ! s'étonna la jeune femme.

— Il était plus chien que loup, ma chérie. Alors, ce café ?

Ils bavardèrent encore. Faustine versa l'eau bouillante sur le café frais moulu. L'arôme la ravissait. Elle éprouva un plaisir enfantin à disposer sur la table la boîte en fer contenant le sucre en morceaux, ainsi que les tasses en porcelaine.

— J'ai prévu de faire des biscuits, demain, avec des noisettes pilées et de la cassonade, annonça-t-elle. Tu ne dois pas t'inquiéter, papa, je suis sûre que j'aurai souvent de la compagnie. A mon avis, Angela me rendra visite avec Thérèse au moins dix fois par jour, maman aussi, et peut-être ce brave Léon.

Jean céda au bonheur paisible de l'instant. Sa fille semblait ravie et toute gaie. La maison, grâce aux aménagements conjugués de Lancester et de Claire, était plus confortable que bien des logements du village. La perspective d'être grand-père au mois de mai l'exaltait. Cet enfant serait la chair de sa chair. En secret, il espérait un petit-fils qui s'appellerait Lucien, comme son jeune frère mort tragiquement sur l'île d'Hyères, après avoir été martyrisé par un des surveillants.

— Si Tristan rôde au Moulin, je ferais mieux de rentrer, déclara-t-il en se levant. Ta mère est déjà dans ses préparatifs de Noël. Je dois monter sur le plateau lui couper un sapin.

Jean alla chercher les caisses et la malle. Il quittait Faustine à regret. Il l'embrassa trois fois en la serrant fort contre lui.

— Surtout, ne te fatigue pas trop, recommanda-t-il. Attends ton mari pour ranger les caisses de livres.

Il sortit enfin. La nuit était tombée. Des hurlements le pétrifièrent. Ils venaient de la forêt qui s'étendait à l'ouest. A cet endroit, la ligne de falaises s'abaissait pour laisser place à des collines couvertes d'une végétation dense, faite de chênes centenaires, châtaigniers et sapins.

— Bon sang, on dirait des loups ! maugréa-t-il.

Jean sentit des flocons sur ses joues. Il ne s'était pas trompé : la neige arrivait.

« Bah ! Il fallait s'y attendre, avec un vent pareil. C'est le noroît des marins, mais ces bêtes qui hurlent, c'est bizarre quand même. »

Soudain inquiet, il frappa à la porte de sa fille. Faustine lui ouvrit avec un sourire surpris :

— Papa ! Je me disais aussi, je ne t'avais pas entendu démarrer.

— Tu as vu, il neige. Ne sors pas, ma chérie. Je vais dire à Matthieu de vite rentrer te tenir compagnie. De toute façon, il peut débaucher, sa première commande est bouclée.

Interloquée, la jeune femme ne répondit pas. Pendant ce bref temps de silence, les hurlements s'élevèrent à nouveau.

— Mais ça vient des bois ! constata-t-elle, stupéfaite.

— Ouais, grommela Jean. Ce sont des loups, des vrais, pas les nôtres que nous avons changés en toutous dociles, à force de les gâter et de les cajoler.

— Papa, protesta Faustine, tu lis la presse comme moi. Il n'y a presque plus de loups. Et puis, notre région est bien trop peuplée pour qu'ils s'y aventurent.

Jean la poussa à l'intérieur. La mine songeuse, il se resservit du café.

— Ce qu'on raconte dans les journaux se base sur des statistiques, des suppositions. Souviens-toi l'hiver où une louve blessée, la mère de Loupiote, s'était réfugiée au fond du souterrain. Il n'y a pas si longtemps ! Et puis, ici, nous sommes proches de la Dordogne. Par les forêts, vu que certaines terres sont encore en friche, les bêtes peuvent faire beaucoup de chemin, la nuit. Crois-tu vraiment que dans les montagnes, en Auvergne, il n'y a plus de loups ? Il peut s'agir d'une petite bande errante. Cela expliquerait la fugue de Tristan. Ma chérie, je t'en prie, ne sors pas.

Faustine jeta un coup d'œil alarmé vers la fenêtre.

— Tu me fais peur, papa ! Matthieu rentre à bicyclette. Oh, suis-je sotte ! Je déraisonne. Peut-être que ces cris sont ceux des chiens du village ou de chiens de chasse qui se sont échappés ?

— Peut-être, bon, je vais crocheter tes volets et je file au Moulin. Tu ne risques rien chez toi. Excuse-moi si je t'ai effrayée.

Jean embrassa sa fille à nouveau et sortit. Faustine l'accompagna jusqu'au seuil et s'empressa de tourner le verrou. Il lui semblait avoir vu, malgré la pénombre, la Peugeot déjà nappée de neige.

— Vivement que Matthieu soit là ! dit-elle tout bas.

Le son de sa voix la troubla. La maison lui paraissait bien trop silencieuse, maintenant que son père était parti.

— Pas de panique ! soupira-t-elle. Je dois mettre la soupe à cuire, je n'ai qu'à éplucher les légumes en chantant.

Dix minutes plus tard, assise devant quelques pommes de terre, deux poireaux et une botte de carottes, Faustine fredonnait *Il pleut, bergère*, la chanson préférée de Raymonde. La servante leur manquait à tous. Alors qu'elle lui adressait une pensée émue, des coups sourds ébranlèrent les volets. Le tuyau du poêle vibra, comme secoué par la main d'un géant en colère. La jeune femme se tut, le cœur serré d'appréhension.

— Le vent, le vent a forci. C'est une tempête, ça !

Des sortes de rugissements, pareils à un souffle monstrueux, entouraient la maison. La porte elle-même en était ébranlée. Faustine faillit éclater en sanglots.

— Matthieu ne pourra pas rentrer ! Pas à vélo !

Soudain un craquement sec retentit, suivi d'un bruit sourd. Un des grands frênes bordant la rivière venait de s'écrouler, fauché par le blizzard.

Faustine se leva et commença à marcher de long en large, les mains jointes sur son ventre : une peur atroce l'envahissait.

Moulin du Loup, même soir

Matthieu n'employait que trois hommes. Il préférait être prudent et ne pas engager de grosses dépenses, puisqu'il débutait dans la papeterie. Les salaires qu'il versait étaient plus que convenables, si bien que ses ouvriers le secondaient avec efficacité. Le plus âgé, Jacques, couchait sur place, Léon l'ayant hébergé dans le logement situé au-dessus de la salle des piles. Les deux autres, d'anciens camarades d'école, habitaient Puymoyen. Dès qu'ils avaient vu les premiers flocons, ils s'étaient mis en route sur les conseils de leur jeune patron.

— Vous avez bien fait de les renvoyer chez eux, s'écria Jacques en ôtant son tablier. Vous parlez d'un froid ! C'est ce vent, aussi. Pour moi, ça n'annonce rien de bon.

— Oui, ça vient du nord, répliqua Matthieu. Heureusement que nous avons rincé les cuves cet après-midi.

— Faudrait nettoyer les formes aussi, patron, dit l'ouvrier. Si ça gèle durant la nuit, ça doublera le boulot demain.

D'un air perplexe ils considérèrent les cadres de bois, maintenant du grillage très fin, qui étaient empilés dans un angle de la pièce. Comme son père avant lui, Matthieu utilisait, pour ranger les précieuses formes, le local jadis consacré à la décomposition des chiffons, le pourrissoir. Les murs avaient été chaulés, le sol, lessivé des dizaines de fois ; pourtant, une odeur ténue, écœurante y subsistait. La lumière crue d'une ampoule électrique mettait en relief les particules de pâte à carton incrustées dans les treillis métalliques.

— Vous avez raison, Jacques, ça ne peut pas attendre.

Matthieu retint un soupir de contrariété. Il neigeait, l'eau détournée de la rivière qui remplissait un large bac serait glacée, et Faustine espérait son retour. Dix minutes plus tôt, Jean était venu lui dire de ne pas s'attarder.

— C'est que ma femme est seule à la maison, fit remarquer le jeune homme. Enfin, ça ne lui est jamais arrivé, il faudra bien qu'elle s'habitue.

Jacques eut un sourire attendri sous sa moustache grise. Il empoigna une brosse en crin et cala deux formes sous son bras gauche.

— Partez donc, patron, je m'en charge ! s'écria-t-il. Les jeunes mariés, ça n'aime pas être séparés, hein ?

— Non, pas question ! coupa Matthieu. Je n'aurais pas la conscience en paix.

Il se frotta les mains pour les réchauffer et retroussa ses manches jusqu'aux coudes. Il portait le grand devantier en cuir de Colin Roy, celui que Claire avait gardé. Chaussé de bottes en caoutchouc, vêtu d'un pantalon en toile épaisse et d'un chandail noir, le nouveau maître papetier du Moulin n'avait plus rien de commun avec le dandy angoumoisin de naguère. Cela lui plaisait. Il se sentait ainsi plus proche de son père, dont le suicide l'avait profondément marqué.

Jacques suspendit ses gestes un instant.

— Vous entendez, patron ? Le vent… Dites, ça souffle dur !

Le fracas de la tempête, atténué par l'épaisseur des murs, parvenait à dominer le chant monotone des roues à aubes. Matthieu pensa à Faustine et lança un juron. Presque aussitôt, toutes les lampes s'éteignirent. Plongés dans l'obscurité totale, les deux hommes se figèrent.

— Un poteau sera tombé, pesta Jacques. Les lignes électriques sont par terre. Ah ! Il est beau, leur progrès !

Matthieu cherchait son briquet. Ses doigts trempés et gelés ne l'y aidaient guère, il renonça.

— Bon sang, je n'ai pas de feu. On ferait bien de tout laisser en plan.

— Sûr, patron ! Faut encore retrouver la sortie.

Il faisait si parfaitement noir qu'ils ne se décidaient pas à bouger. Mais un halo jaune leur apparut. Léon déambulait dans la salle des piles en les appelant.

— Oh ! Léon, par là ! répondit Matthieu.

La face anxieuse du domestique se dessina enfin. Il brandissait une lanterne à pétrole.

— Fichtre ! C'est madame Claire qui m'envoie, brailla-t-il. On peut à peine tenir debout, tellement le vent souffle fort.

Il les guida vers la porte principale donnant sur la cour. Matthieu poussa une exclamation de stupeur devant la couche de neige qui couvrait déjà les pavés.

— Faites gaffe, ça glisse ! recommanda Léon.

Ils avançaient courbés en avant. Des rafales chargées de flocons très drus leur frappaient le visage.

— On dirait des aiguilles de glace, constata Jacques.

Par comparaison, la vaste cuisine du Moulin leur fit l'effet d'un four. Claire allumait des chandelles, car elle en avait toujours une bonne provision. Angela berçait Janine, affolée par l'ombre et le bruit du vent. Thérèse disposait une belle lampe à pétrole sur un des buffets.

— Le choc que j'ai eu ! avoua Claire. Nous ne sommes plus habitués à vivre sans cette maudite électricité.

Arthur pleurait, assis sur la pierre de l'âtre. Cela intrigua Matthieu.

— Qu'est-ce qu'il a ? demanda-t-il. Hé ! bonhomme, tu as peur de la tempête ?

L'enfant ne répondit pas. Thérèse déclara, d'un ton grave :

— Moïse s'est enfui, tout à l'heure, quand je suis sortie fermer la bergerie. Les chèvres n'arrêtaient pas de bêler. Claire m'a dit d'emmener le chien, mais il a couru tout de suite vers le portail.

— Ce n'est pas un chien, mais un loup, rectifia Jean. Nous voilà bien avec vos bêtes qui rôdent. Tristan aussi a faussé compagnie à Faustine.

— Je sais pas qui a pu le lâcher, ajouta Angela. Moi, j'ai quitté l'institution à midi et il était enfermé dans le cellier. Madame Simone avait barré la porte.

Jean haussa les épaules, alors que Claire réprimait un frisson. Son mari lui avait parlé des hurlements dans les bois voisins. Elle doutait. Depuis des années, aucun loup sauvage ne s'était approché de la vallée.

— Vous allez dîner avec nous, Jacques, proposa-t-elle à l'ouvrier.

— Ce n'est pas de refus, madame.

— Et après, on fera une belote, dit Léon.

Matthieu avait bu un verre de vin. Il enfila sa veste fourrée et enfonça un bonnet sur son crâne.

— Moi, je rentre, précisa-t-il. Faustine doit se tourmenter.

— Ah ça, renchérit Claire d'une voix tendue, elle aurait dû s'installer ici, au Moulin. Ma pauvre chérie, toute seule par ce mauvais temps ! Tu serais parti il y a une heure, comme prévu, tu aurais pris moins de risques. Si jamais un arbre tombait sur toi ! J'en suis malade.

Le jeune homme connaissait le refrain. Claire n'avait qu'une idée, les rassembler tous sous son aile.

— Sœurette, marmonna-t-il, on ne va pas relancer la discussion. Nous avons une maison, Faustine et moi, et nous avons l'intention d'y vivre. Ne t'inquiète pas, je ne peux pas m'égarer.

Claire releva le col du manteau de son frère et lui caressa la joue au passage.

— Je ne saurai pas comment vous allez, soupira-t-elle. Tant pis si cela coûte cher, il vous faudrait le téléphone. Attends, je vais te donner un bocal de pâté, si jamais Faustine n'a pas pu cuisiner.

— Non, Clairette, je file. J'ai pris la lampe à pile dans le tiroir.

Matthieu sortit et claqua la lourde porte cloutée.

Faustine était assise près du poêle dont la lucarne rougeoyante dissipait un peu les ténèbres qui l'entouraient. La jeune femme ne se souvenait plus si elle avait des bougies. De toute façon, elle n'avait pas le courage de les chercher.

La tempête secouait toujours le chapeau de la cheminée sur le toit, et agitait les vieux volets. Le vent hurlait si fort qu'il était impossible de distinguer aucun autre bruit venant de l'extérieur. Cent loups auraient pu lancer leur clameur de faim dehors, Faustine n'aurait pas fait la différence. Elle avait cédé à une peur viscérale depuis que l'électricité était coupée.

— Matthieu, viens vite ! répétait-elle d'une petite voix d'enfant.

Son jeune mari avait toujours su la rassurer. Ils avaient grandi ensemble. Lorsqu'elle était fillette, il l'accueillait dans son lit et lui chantait des comptines, les soirs d'orage, ou les nuits de fortes bourrasques. Si les loups rôdaient, il savait aussi lui raconter des histoires amusantes où des bambins malicieux déjouaient les pièges des bêtes sauvages. Mais Faustine avait une autre raison de pleurer : des spasmes violents lui tordaient le ventre. Vingt fois, elle avait vérifié qu'elle ne perdait pas de sang en palpant sa lingerie du bout des doigts.

La douleur revenait régulièrement, pénible à supporter. Elle n'osait pas monter dans la chambre et, pourtant, elle rêvait de s'allonger.

— Qu'est-ce que j'ai ? Matthieu, reviens ! Maman, au secours ! Je vais perdre mon bébé. Je ne veux pas !

Elle était certaine que des heures s'étaient écoulées, car chaque minute, à endurer une pareille angoisse, paraissait interminable.

— J'aurais dû partir avec papa, affirma-t-elle. Oh ! Je serais si bien, au Moulin. Là-bas, il y aurait de la lumière, des chandelles, de la soupe. Je n'ai même pas mis les légumes à cuire.

Faustine avait fermé à clef. Elle n'entendit pas Matthieu cogner à la porte. Il l'appela à pleine voix.

— Ouvre ! Ma chérie ! Ouvre, bon sang !

Elle perçut enfin ses cris et marcha à petits pas vers le salut. Elle ne serait plus seule. Matthieu était là. Il se rua à l'intérieur, haletant, et la prit contre lui aussitôt.

— Faustine, j'ai frappé un bon moment, tu ne répondais pas. Mais qu'est-ce que tu faisais, dans le noir ? Nous avons bien des bougies, non ?

— Je ne sais plus où elles sont et je n'osais plus bouger. J'avais peur, tellement peur, Matthieu, je suis désolée, la soupe n'est pas prête et l'omelette non plus !

Elle grelottait dans ses bras. Pourtant, une douce chaleur régnait dans la pièce.

— Je peux cuisiner, moi, assura-t-il. Calme-toi. Je me doutais bien que tu étais terrifiée, ma pauvre chérie. Pardonne-moi, je voulais nettoyer les formes avec Jacques avant de rentrer. Et puis il y a eu la tempête. Parole, la couche de neige est déjà épaisse !

Faustine hochait la tête. La douleur montait du creux de ses reins, lancinante. Matthieu la conduisit jusqu'à la chaise près du poêle :

— Calme-toi, maintenant, dit-il. Je sais où est la lampe à pétrole, sur l'étagère de la cuisine. Jean m'a prêté un briquet à essence car j'ai perdu le mien.

Il s'activa, désireux de la réconforter. Vite, il alluma la lampe et la posa sur la table. La clarté dorée jeta des reflets sur les tasses à café et sur les biscuits que Faustine n'avait pas rangés. Amusé, il la regarda. Elle se tenait pliée en deux, les mains sur son ventre.

— Oh ! fit-il. Qu'est-ce que tu as ?

— J'ai mal, je voudrais me coucher. J'ai mal au ventre, Matthieu. J'ai peur pour le bébé. Il est si petit encore, pourquoi veut-il sortir ?

Le jeune homme eut l'impression qu'elle délirait. Ce fut à son tour de céder à la panique.

— Tu saignes ? demanda-t-il.

— Non, mais je souffre. Cela a commencé dès que papa est parti... Non, un peu après, quand le vent a forci. Et puis, la lumière s'est éteinte.

Matthieu tomba à genoux devant elle. Il enveloppa son joli visage effrayé entre ses mains.

— Tout ira bien, affirma-t-il. Je vais te porter dans notre lit, tu y seras mieux. Ensuite, je retournerai au Moulin prévenir Claire. Elle saura quoi faire.

— Il fera trop noir, là-haut, gémit-elle. Matthieu, ne me laisse pas. Si je pouvais m'allonger ici, près de toi, près du feu ! Ou alors emmène-moi. Maman me soignera, elle sauvera le bébé.

— Mais tu prendras froid sur le chemin ! répliqua-t-il. Le vent est à nous plier en deux, on tient à peine debout et il neige à plein ciel. Pour le coup, tu vas perdre notre enfant. Ma chérie, je t'en prie, sois raisonnable, tu dois te reposer.

Matthieu se releva et courut à l'étage. Faustine entendit des chocs de-ci, de-là. Un objet heurta le plancher.

« Il n'y voit rien ! pensa-t-elle en luttant pour ne pas sangloter. Ah si, il a une lampe à pile. »

Le jeune homme redescendit, escorté par des frôlements étranges le long de la cage d'escalier. Il réapparut, encombré de leur matelas, plié en deux sur la literie.

— Voilà ! déclara-t-il. Le lit vient à toi. Désolé, j'ai décroché une tringle du baldaquin, je la remettrai demain.

Avec sa hanche, Matthieu poussa la table vers la fenêtre et écarta les chaises d'un pied. Enfin, il étala le matelas devant le poêle. Faustine esquissa un sourire surpris. Elle se pencha un peu et glissa sur la couche improvisée en soupirant de bien-être. Comme une chatte, elle se nicha sous les draps en remontant la couverture jusqu'à son menton. Il arrangea l'oreiller.

— Alors, tu es à ton aise ?
— Oui, peut-être que les douleurs vont s'arrêter. Il fronça les sourcils en l'observant.
— Dis, tu n'as pas fait d'efforts, au moins ? Faustine, réponds !
— J'ai juste soulevé les caisses de livres, celles que l'on devait ranger dans le grenier. Je les ai mises sous l'escalier, elles encombraient l'entrée. Après, j'ai épluché les légumes, c'est tout.
— Ah oui, c'est tout ! Des caisses de livres ! C'est de la folie ! Tu n'es vraiment pas raisonnable !

Il avait envie de pleurer. L'enfant comptait beaucoup pour lui. Il passa la main sur le ventre de Faustine.

— Demain, je téléphonerai au docteur, déclara-t-il. J'espère que ce ne sera pas trop tard. Déjà, si Claire venait t'examiner, cela me rassurerait.

La jeune femme se pelotonna dans son lit. Elle saisit au vol les doigts de son mari et les embrassa.

— Je vais mieux maintenant. Couchée, je n'ai plus mal. Matthieu, fais-toi à manger, moi, je n'ai pas du tout faim.

Il croqua un biscuit en commençant à déambuler dans la pièce. La tempête semblait moins violente. Des hurlements se mêlaient au sifflement constant du blizzard. Soudain, Matthieu tendit l'oreille, intrigué.

— Mais, on dirait des loups ! dit-il.

Faustine écoutait aussi, appuyée sur un coude. Ses cheveux blonds captaient la lumière, une cascade de souples ondulations répandue comme une cape autour de ses épaules.

— Si c'était Tristan ? avança-t-elle.

— Non, ils sont plusieurs et tout près de la maison. Je vais jeter un coup d'œil dehors.

Matthieu entreprit d'ouvrir la fenêtre et d'écarter un des volets. Il dirigea le faisceau de sa lampe de poche dans toutes les directions. Il neigeait à gros flocons. Ce qu'il vit à droite de la maison lui glaça le sang : une bande de loups efflanqués, six bêtes au poil sombre et aux yeux jaunes. Un septième loup trottinait autour d'eux, le dos rond et le cou fléchi. Il reconnut Moïse le jeune.

— Et m... ! jura-t-il.

Il referma brusquement la fenêtre. Faustine l'interrogea tout bas :

— Qu'est-ce qu'il y a ?

— Je ne vois rien, mentit-il. Bon, priorité à la soupe. Comment te sens-tu ?

Il posa la marmite sur le réchaud et régla la flamme. Il espérait de toute son âme que Faustine n'éprouverait plus aucune douleur. Elle répondit, d'un ton soucieux :

— C'est moins fort, mais ça continue.

La situation dépassait le jeune homme. Toute la journée, il avait compté les heures, dans sa hâte de retrouver Faustine chez eux, maintenant qu'elle était libérée de son poste d'institutrice. Il s'était promis de passer avec elle une merveilleuse soirée à bavarder.

« Hélas, c'est le contraire ! songea-t-il. Il neige, la tempête fait rage et, en prime, des loups viennent rôder sur le chemin. Faustine a mal au ventre. Je dois aller chercher Claire. »

Cette idée le hantait. Sa sœur aînée, à ce moment-là, représentait surtout la femme tendre et douce qui lui avait servi de mère. Une femme capable aussi de soigner, de consoler et de déjouer la maladie.

— Je vais prendre la Panhard, dit-il tout haut. J'aurais dû y penser avant.

Il conçut un plan sans faille. En empruntant la porte qui communiquait avec la grange où était garée la voiture, il n'aurait pas à craindre les loups.

« Je démarre le moteur et j'allume les phares. La voiture est tournée vers l'extérieur ; je n'ai qu'à ouvrir très vite les battants de la grande porte et, ensuite, courir me mettre au volant. Au retour, même procédé. »

— Pourquoi veux-tu prendre la Panhard ? s'étonna-t-elle. Pour aller où ? Tu ne pourras pas rouler s'il y a trop de neige.

— Au Moulin, bien sûr, ma chérie. Nous avons besoin de Claire. Je gagnerai du temps et cela évitera à ma sœur un trajet à pied.

— Matthieu, je préfère que tu restes ici. Ce n'est pas prudent. Et je suis sûre que tu me caches quelque chose, tu as un drôle d'air.

— D'accord, je t'ai menti. J'ai aperçu des loups. Moïse le jeune était avec eux. Je t'en supplie, ma chérie, laisse-moi faire. Ce ne sera pas long. Clairette apportera ses fameuses tisanes, elle en connaît sûrement une qui peut te calmer.

Il se pencha et l'embrassa sur les lèvres. Elle s'accrocha à son cou, tremblante d'appréhension.

— On n'a pas de chance, Matthieu. C'était notre soirée, et voilà ! Quel gâchis !

— Je veux ramener Claire, tu ne me feras pas changer d'avis. Toi, tu ne bouges pas !

Il se dégagea avec délicatesse pour reprendre bonnet, gants et manteau. Deux minutes plus tard, il avait lancé le moteur de l'automobile. Par précaution, il ouvrit la portière côté conducteur.

— Je dois aller très vite, se dit-il à mi-voix. Ces loups n'ont aucune raison de m'attaquer, je ne suis pas un gosse, ni un mouton. Par contre, Moïse ferait bien de se méfier, il risque d'y laisser sa peau.

Matthieu se rappelait les récits sanglants qu'il écoutait, gamin, pendant les veillées d'hiver. Jeanne, la mère de Raymonde, ou Etienne, le plus vieux des ouvriers de son père, ne se privaient pas de raconter comment les loups égorgeaient les plus gros chiens pour les dévorer. Il savait aussi qu'une bête enragée pouvait mordre et contaminer sa victime. Frédéric Giraud, le premier mari de sa sœur, s'était tiré une balle dans la tête parce qu'il avait contracté l'horrible maladie.

Un frisson lui vrilla le dos tandis qu'il ouvrait en grand les doubles battants de la grange. Sans prendre la peine de chercher à apercevoir les loups, il se rua au volant et s'enferma dans le véhicule avec un soulagement infini. Son angoisse devant l'état de Faustine et sa crainte de perdre leur bébé étaient telles qu'il ne se rendit pas compte qu'il avait oublié d'enclencher, dans le feu de l'action, le loquet de la porte communiquant avec la cuisine.

La Panhard vrombit et s'élança en avant. Les roues patinaient dans la neige collante, mais Matthieu accélérait comme un fou. Il prit la direction du Moulin, situé un kilomètre plus loin, en aval. Le jeune homme effectuait des zigzags chaque fois que les pneus dérapaient. Les essuie-glaces ne parvenaient pas à nettoyer le pare-brise que les averses de flocons voilaient à intervalles réguliers.

— Tout droit, bon sang ! pestait Matthieu entre ses dents. Le chemin, je le connais par cœur. Mais je n'ai pas intérêt à dévier, à faire un plongeon dans la rivière.

Il fut ébahi de franchir sans encombre le portail du Moulin. Le bruit du moteur attira Jean sur le perron. Claire le rejoignit, une main sur la poitrine. Matthieu courut vers eux.

— Vite, Faustine a des douleurs au ventre ! déclara-t-il. Sœurette, je suis venu te chercher. Si jamais elle perdait le bébé ? Quand je suis arrivé, elle pleurait, toute seule dans le noir.

Le jeune homme avait l'air bouleversé. Jean le fit entrer et lui servit un verre d'eau-de-vie.

— Allons, ne t'affole pas ! dit-il en éprouvant néanmoins la même peur sourde. Elle semblait en pleine forme quand je l'ai quittée.

— Il y a des loups devant la maison, ajouta Matthieu. En plus, Moïse traîne avec eux.

Claire devint livide. Elle ne perdit pas de temps et courut se pencher vers l'intérieur du bahut où s'alignaient ses pots et ses sachets d'herbes médicinales.

« Voyons, que puis-je lui donner ? Certaines plantes pourraient nuire à l'enfant. Peut-être une tisane apaisante, avec de la passiflore, de la mélisse et de l'aubépine. »

Son cœur battait à tout rompre. Il lui semblait encore une fois qu'une malédiction menaçait sa famille et le Moulin. Angela épiait ses gestes dans l'espoir de la seconder efficacement. L'adolescente avait déjà préparé le gros sac en cuir que sa mère adoptive utilisait pour transporter ses remèdes.

— Dépêche-toi, Claire, supplia Matthieu. Faustine n'est pas bien du tout.

— Est-ce que je peux venir avec vous ? demanda Angela.

— Non, tu nous aideras plus en restant avec Thérèse et Arthur ! coupa Claire. Surtout, ne sortez pas. Tu les surveilles, Jean ?

— J'aurais voulu vous accompagner, se récria-t-il. C'est ma fille, qui est malade.

Elle envisagea la possibilité d'une fausse couche ; à quatre mois, cela signifiait des moments éprouvants.

— Je t'en prie, mon Jean, soupira-t-elle. Tu es mieux ici avec les enfants et Léon.

Le domestique, qui avait discuté avec Matthieu, lui tendit une boîte de bougies neuves et une lanterne à pétrole. Une atmosphère de tragédie planait sur eux tous. Du perron, Léon et les enfants assistèrent au départ. La tempête diminuait en intensité, mais il neigeait toujours. La Panhard, moteur au ralenti, tressautait au milieu de la cour. Bientôt, elle effectua un demi-tour et reprit le chemin des Falaises, non sans difficultés.

— S'il cale, dit Léon, il ne redémarrera pas. Je m'y connais en mécanique, maintenant que le fiston apprend le métier.

Malgré ces prévisions pessimistes, la voiture s'éloigna.

Faustine somnolait, bercée par la certitude que Matthieu serait bientôt de retour, accompagné de Claire aux mains douces, si chaudes et habiles à calmer la souffrance. La soupe mijotait en dégageant une senteur familière. Depuis sa petite enfance, la jeune femme humait les effluves des potages avec délectation. Le fumet caractéristique du poireau dominait celui plus léger des navets et des carottes. Les pommes de terre qui devaient fondre sur la langue complétaient le bouquet de saveurs volatiles. Un détail la tracassait par intermittence : un courant d'air glacé circulait au ras du plancher, selon les caprices du vent.

« Notre petite maison est si vieille ! Le froid s'y infiltre à sa guise. Je fabriquerai des boudins de feutrine, un pour chaque bas de porte », pensa-t-elle sans plus s'inquiéter.

Soudain, un bruit insolite la tira de sa torpeur : cela ressemblait à des grattements frénétiques contre un panneau de bois.

Pendant des années, Sauvageon et Loupiote avaient manifesté ainsi leur volonté de rentrer au bercail. Tristan et Moïse le jeune avaient pris la relève.

Faustine tendit l'oreille, appuyée sur un coude. Son regard erra dans la pièce, avant de se fixer sur la porte donnant dans la grange et qui s'ouvrait du côté de l'habitation. Le battant bougeait. Elle perçut des respirations entrecoupées de grognements. Son cœur se mit à battre plus vite.

« Matthieu aura laissé le portail ouvert, et les loups sont entrés ! Mon Dieu, non ! Ou bien c'est juste Tristan ou Moïse. Je deviens folle ! Matthieu a forcément enclenché le loquet, je ne risque rien », se disait-elle.

Elle gardait à l'esprit un paradoxe propre aux gens du Moulin. Dans les campagnes, et cela depuis des siècles, le loup incarnait le mal, la bête sauvage à abattre. Tueur de bétail, voleur de poules comme le renard, l'animal aux yeux obliques était honni, haï, pourchassé. Mais Claire avait bousculé l'ordre établi, en adoptant un louveteau coupé de chien, le rejeton d'une louve et du vieux Moïse au poil blanc et roux. Dans le pays, Sauvageon avait semé d'autres petits, avant de se livrer à d'ultimes ébats avec sa fille, Loupiote. Tristan, Moïse le jeune, et Lilas ne gardaient guère de traces de leurs ancêtres canins.

Par conséquent, élevés en compagnie des humains, choyés, flattés et dressés, ils inspiraient à leurs maîtres respectifs une confiance absolue. Faustine considérait son loup comme un brave chien de garde et ne craignait donc pas vraiment ses congénères sauvages.

Cette nuit-là, ces certitudes s'effondrèrent quand la porte céda sous la poussée d'une grosse bête au poil gris, un rictus affreux plissant ses babines. Son poil épais était parsemé de flocons.

« Non, non ! pensa-t-elle prête à hurler de frayeur. Je fais un cauchemar, ça ne peut pas exister, ce n'est pas vrai ! »

Elle aurait bien voulu se réveiller, mais au fond elle savait que la vision était réelle. La neige sur le dos de la bête était une preuve suffisante. D'instinct, la jeune femme se dissimula le plus possible, sans même pousser un seul petit cri. Derrière l'intrus se profilaient d'autres silhouettes. Avec une certaine prudence, les autres loups se glissaient en silence dans la maison. Hésitants, avançant et reculant, ils humaient l'odeur de la soupe et observaient la lucarne rouge du poêle.

Faustine avait la bouche sèche. Les visiteurs aux dents longues paraissaient occuper tout l'espace. Une forte odeur emplissait la pièce, tandis que le vent glacé s'engouffrait par la porte restée ouverte.

« Je dois me lever et leur faire peur ! Crier, gesticuler. Il paraît que la grand-mère de Raymonde avait mis en fuite un gros loup qui lui avait volé un agneau. Elle le frappait sur le crâne avec son sabot et il a lâché prise, oui mais là, ils sont plusieurs. »

La jeune femme réfléchissait à une allure folle, cherchant la meilleure conduite à suivre. Il ne lui paraissait pas envisageable d'être dévorée par la meute, comme dans les contes de son enfance. Malgré cela, elle se sentait infiniment vulnérable dans son lit. Elle se demandait si les bêtes l'avaient vue.

Soudain, le grand loup gris approcha du matelas en grondant, les crocs découverts. Les nerfs de Faustine craquèrent : elle hurla de terreur.

Il se passa alors une chose surprenante : un autre loup se jeta sur la bête pour l'empêcher d'avancer. Le combat éclata dans un concert de grognements et de claquements de dents. Les deux protagonistes se battaient si violemment et à une telle vitesse que la jeune femme avait l'impression de ne voir qu'une seule masse de poils. Du sang éclaboussa son drap. Elle comprit enfin qui défiait le loup sauvage : c'était Moïse le jeune, reconnaissable à une tache claire sur une oreille.

Elle mordit la couverture afin de ne pas hurler encore une fois.

« Il faut que je le défende comme il m'a défendu. Allons, du courage ! »

Faustine se mit debout avec précaution. Les loups qui guettaient l'issue du combat se tenaient aux aguets, immobiles. En la voyant émerger des couvertures, ils bondirent en arrière. Elle cherchait ce qui pourrait lui servir à frapper l'adversaire de Moïse. Soudain, un détail s'imposa à son esprit affolé. Elle regarda à nouveau les bêtes et poussa un cri. Tristan était parmi eux, son Tristan qui parfois couchait sur sa carpette, à l'institution. La fourrure assombrie par l'humidité, un œil à demi fermé, il était méconnaissable, mais il portait un collier, détail capital. Oubliant toute prudence, elle cria :

— Tristan, viens ici, au pied ! Espèce de lâcheur ! Sale traître !

Des larmes de peur et de colère ruisselaient sur ses joues. Elle contourna la table et commença à jeter les tasses sur les deux animaux qui continuaient à se battre. Ensuite, elle lança la cafetière et les assiettes.

Au son de sa voix, Tristan avait poussé un gémissement. Il trotta vers la jeune femme à l'instant précis où Moïse s'écroulait sur le plancher, une plaie profonde à la gorge d'où jaillissait le sang. Le loup qui l'avait mordu recula à son tour. Faustine attrapa un vase garni de houx et toucha la bête à la tête. Il parut plus surpris qu'effrayé.

— Foutez le camp ! hurla-t-elle. Filez !

Elle se moquait des crampes qui durcissaient son ventre. La fureur prenait le pas sur la peur. D'un bond, elle passa dans la cuisine, rapporta le balai et le lave-pont qu'elle agita à bout de bras en poussant des clameurs quasi hystériques. Devant ses gesticulations, peut-être impressionnés par le chapelet d'injures qu'elle débitait, les loups finirent par s'enfuir en silence, s'engouffrant un par un dans la grange.

Faustine se rua sur la porte et poussa la targette. La pièce si bien aménagée ressemblait à un champ de bataille.

— Moïse ! gémit-elle. Moïse !

Elle se mit à genoux près de la malheureuse bête. Ses beaux yeux dorés se voilaient.

— Non, je t'en prie, ne meurs pas ! sanglota-t-elle.

Aveuglée par ses larmes, elle arracha la taie de son oreiller et comprima la blessure. Ses doigts effleurèrent du cuir raidi.

— Mais tu avais ton collier, toi aussi. Seulement, tu as plus de poils que Tristan, je ne l'avais pas vu. Peut-être que cela t'a sauvé.

Au Moulin, on se documentait depuis des années sur les loups, et certaines de ses lectures avaient appris à Faustine qu'ils tranchaient la carotide de leurs proies ou des chiens qui les attaquaient. Elle examina mieux la plaie, et constata avec soulagement que l'artère n'était pas atteinte, même s'il s'agissait d'une morsure profonde.

Matthieu, le bonnet et le manteau constellés de flocons, entra au même instant par la porte principale. Il laissa échapper un râle de terreur rétrospective.

— Faustine, tu vas bien ? bredouilla-t-il.

Claire apparut, le visage crispé par une angoisse indicible. Elle se précipita près de sa fille.

— Mon Dieu, ma chérie ! Qu'est-ce qui s'est passé ? Dans la lumière des phares, nous avons aperçu des loups qui sortaient de la grange. Ils étaient là ? Ils ont tué Moïse ?

La jeune femme voulut répondre. La bouche sèche, le front moite, assourdie par des sons de cloche, elle lutta contre le malaise qui la terrassait, en pure perte cependant. Matthieu la retint *in extremis* dans ses bras : elle s'était évanouie.

Un parfum familier la ranima. Claire bassinait ses joues et ses tempes d'eau de mélisse.

— Maman, lui confia-t-elle, je suis si fatiguée, tellement fatiguée. Les loups m'ont fait très peur, mais je t'assure qu'ils ont eu peur eux aussi !

— Dors, mon tout petit, dors ma mignonne ! chantonna sa mère.

Faustine s'abandonna au sommeil, une moue d'enfant triste sur les lèvres.

Elle se réveilla une heure plus tard, à cause d'une voix grave qui résonnait dans la pièce. C'était son père. Dès qu'elle ouvrit les yeux, il s'accroupit à son chevet pour lui caresser le front et les cheveux.

— Ma petite mignonne, je suis venu aux nouvelles, dit-il. Rien ne pouvait m'en empêcher.

— Papa !

Faustine aperçut Matthieu et Claire. Des bougies étaient disposées sur le buffet et sur la table, ajoutant leur douce clarté à celle de la lampe à pétrole. Le poêle ronflait, la soupe embaumait.

— Je meurs de faim ! déclara-t-elle.

— Tiens, ça ne m'étonne pas ! s'écria Claire. Si tu as perdu connaissance, c'est que tu avais l'estomac vide, et peut-être aussi à cause de toutes ces émotions.

Sa mère donna à Jean un bol de potage. Il aida sa fille à s'asseoir et commença à la faire boire, cuillerée par cuillerée, comme si elle avait un ou deux ans. La jeune femme vit alors

Tristan, couché dans un recoin, entre la huche à pain et le portemanteau. Il la fixait d'un air coupable.

— Et Moïse ? demanda-t-elle. Dis, maman, il n'est pas mort ?

— Il s'en est fallu de peu, répliqua Claire. Il a perdu beaucoup de sang, mais je crois qu'il s'en sortira.

Elle désigna le loup du menton. Allongé sur un carré de tissu, la gorge entourée d'un pansement propre, il dormait, aussi inerte qu'un cadavre.

— Faustine, que s'est-il passé ? insista Matthieu.

— Les loups ont poussé la porte de communication avec la grange, le loquet ne devait pas être enclenché. Je les ai vus entrer : c'était incompréhensible et terrifiant. Je ne savais pas quoi faire, j'étais comme une enfant devant eux. Un des loups, énorme, s'est dirigé vers moi et là, Moïse l'a attaqué. Ils se sont battus. Oh ! c'est une histoire de fous, personne ne voudra jamais nous croire.

Claire jeta un coup d'œil circulaire dans la pièce où régnait un ordre absolu, comme si rien n'était arrivé. Elle avait lavé le sang et ramassé la vaisselle brisée. Choqué, Matthieu l'avait regardée s'activer sans même pouvoir l'aider. Il s'adressait trop de reproches.

— Ce n'est pas si étonnant, déclara-t-elle, l'air songeur. Moïse et Tristan ont dû tenter d'intégrer la meute, et se faire accepter. Il y avait peut-être une louve en chaleur. Jamais les loups n'auraient osé s'aventurer dans la grange. Nos bêtes ont dû les guider, prendre les devants, parce qu'elles ne nous craignent pas. Mais dès que tu as été en danger, elles ont retrouvé leur côté apprivoisé. Il y aurait de quoi écrire un article.

— Sûr, renchérit Jean. Je vois ça en première page : « Une jeune institutrice se retrouve encerclée par des loups dans sa propre maison et les met en fuite. » C'est bien ça, ma chérie, j'ai eu le temps de constater les dégâts.

Faustine aurait voulu sourire, mais elle ne le pouvait pas. La scène lui revenait, complètement irréelle.

— J'agissais comme dans un cauchemar, précisa-t-elle. Je n'avais qu'une envie, les voir détaler. Et je pensais qu'ils avaient tué Moïse. En tout cas, Tristan m'a obéi quand je l'ai appelé.

— Il mériterait une balle dans le crâne, grommela Matthieu. Je ne veux plus que cette sale bête vienne chez nous. Il recommencera, fuguera de nouveau. Tu ne te rends pas compte, Faustine, du danger que tu as couru ! Bon sang, si ces loups t'avaient mise en pièces !

Claire se planta devant son frère, les poings sur les hanches :

— Ne dis pas de sottises, Matthieu. Les loups, même affamés, ont peur des hommes. Tristan ne quitte pas le petit Thomas, à l'institution, et Moïse veille sur Arthur.

— Eux, peut-être, mais là, c'est différent, clama-t-il. Imagine, une des bêtes te mordait, les autres t'achevaient. Je serais devenu fou si je t'avais retrouvée en pièces. Oh ! non, je ne peux pas le concevoir !

— Pourtant, ils ne seraient pas entrés si tu avais fermé la porte en partant, précisa Jean d'un ton hargneux.

Les nerfs à vif, Matthieu préféra ne pas répondre. Jean avait raison.

— Ne vous fâchez pas, implora Faustine. Ce n'est la faute de personne. Il y a eu la tempête, la panne d'électricité et la neige. Et ce fichu mal au ventre qui nous a mis les nerfs en boule à tous deux. J'ai eu tort, aussi, de déplacer les caisses de livres. Sans cela, nous serions tranquilles, et les loups auraient filé plus loin. Réfléchissez. J'ai eu de la chance, puisque Moïse était là et m'a défendue.

Jean tapota la main de sa fille. Il avait eu une belle peur, lui aussi. Claire se mit à genoux sur le matelas :

— Comment te sens-tu ? demanda-t-elle à Faustine. As-tu encore des douleurs ?

— Oui, maman.

— Mettons nos querelles de côté. Nous reparlerons de tout ça quand tu iras mieux. Allonge-toi, respire bien et surtout détends-toi. J'ai préparé de la tisane ; elle devrait calmer les spasmes.

Plus bas, elle s'enquit d'un autre détail. La jeune femme souffla :

— Non, je ne perds pas de sang.

— Il te faut du repos ! Beaucoup de repos, même ! dit Claire. Le médecin confirmera sûrement que tu dois garder le lit une bonne semaine. Le mieux serait que tu t'installes au Moulin, dans la cuisine. Nous descendrons un lit et tu seras aux premières loges pour Noël. Tu assisteras à tous les préparatifs comme une princesse.

Le projet enchantait Faustine. Un sourire extatique la transfigura. Matthieu, que l'idée n'emballait pas, comprit qu'il devait se résigner. Il resta silencieux. Il avait coupé un petit sapin qu'il avait l'intention de dresser au petit matin dans la pièce, pour le décorer avec elle.

« Tant pis ! songea-t-il. Ce sera dur d'échapper à la famille, en habitant aussi près, d'autant plus que j'ai repris le Moulin. Bah, à Noël prochain, nous nous rattraperons. »

Jean repartit, partagé entre l'inquiétude et la satisfaction de récupérer sa fille le lendemain. Il s'était armé d'un bâton ferré et affirmait bien fort qu'il ne redoutait ni les loups ni le vent du nord.

Une étrange veillée eut lieu. Après avoir avalé deux tasses de tisane, Faustine se rendormit en tenant la main de son mari. Claire continua de ranger sans bruit, avant d'examiner Moïse.

Matthieu l'observait : elle palpait le flanc du loup et posait ses mains sur sa tête. Sa sœur lui semblait très lointaine, recueillie et grave. Il eut l'impression qu'elle déchiffrait un message destiné à elle seule.

— Ton diagnostic ? voulut-il plaisanter.

— Il vivra. Je le sens au bout de mes doigts, répliqua Claire. Ne te moque pas, frérot. J'ai découvert ce don au chevet de la petite Marie de Martignac. C'est comme si je percevais les forces vives du corps, les zones douloureuses, les blessures internes. Tout à l'heure, j'ai massé un peu le ventre de Faustine et j'ai eu la certitude que le bébé allait bien. J'ai beaucoup réfléchi à ce prodige qui m'est tombé du ciel à un moment de ma vie où je désespérais. C'est un signe, Matthieu, on me montre la voie à suivre. Peut-être, afin de payer certaines erreurs, de racheter l'âme errante de Nicolas. J'ai toujours soigné notre famille avec mes plantes médicinales, mais depuis cette révélation je sais que je peux agir autrement, en touchant les malades.

Claire se tut, souriante. Matthieu, stupéfait, la contemplait. Il était tellement habitué à la voir, à l'embrasser sur la joue, à discuter avec elle qu'il ne la regardait pas vraiment. Ce soir-là, le véritable visage de sa sœur lui était dévoilé. Il avait en face de lui une très belle femme d'une quarantaine d'années, mais qui, bizarrement, paraissait sans âge. Elle avait un teint magnifique, doré et lisse. L'arc de ses sourcils noirs évoquait un oiseau en vol ; ses traits gardaient des lignes pures et dégageaient une grande douceur, une profonde bonté.

— Je ne te connais pas bien, dit-il d'un ton sérieux. Peu importe, je t'admire, Claire. Tu es si forte, si mystérieuse. Maintenant, te voici guérisseuse !

— Oh, pas encore, il me manque des patients, répliqua-t-elle gentiment. Au printemps, j'irai vers ceux qui souffrent ou je ferai en sorte qu'ils viennent vers moi. Tu es déçu, n'est-ce pas, que nous emmenions Faustine ?

— J'aspirais à débuter notre vie de couple, mais elle était si contente à l'idée de se faire dorloter. Elle mérite bien d'être choyée par nous tous, ce Noël. Tant pis pour mon projet de décoration, pour mon sapin bien ridicule comparé à celui que tu as déjà dressé au Moulin.

Matthieu se leva sans bruit et vint s'asseoir sur un tabouret, près de Claire. Il lui prit les mains.

— Vraiment, tes doigts sentent des choses invisibles ? demanda-t-il.

— Oui, mon cœur aussi ! affirma-t-elle. Demain, je ferai en sorte que tu disposes d'une bonne partie de la journée. Rien ne t'empêche de réaliser ton fameux projet de décoration. Votre maison sera toute belle et vous pourrez fêter le nouvel an en amoureux, tous les deux.

Les traits du jeune homme s'illuminèrent. C'était une solution à son goût. Rayonnant de joie, il embrassa sa sœur sur la joue.

— En voilà, une idée de génie ! dit-il en riant tout bas.

Claire s'émut de le voir si confiant, encore proche de l'enfance malgré une vie bien remplie déjà. Combien d'hommes auraient songé à couper un petit sapin pour le décorer ? Matthieu avait des délicatesses féminines, une candeur surprenante parfois.

— Quand je pense que tu as fait la guerre, souffla-t-elle en caressant son front. Toi, le premier enfant que j'ai élevé, quasiment seule.

Elle se tut, au bord des larmes. C'était le contrecoup de l'immense frayeur éprouvée en sachant Faustine en danger. Matthieu le devina et entoura sa sœur d'un bras protecteur.

— Ma Clairette, tu es notre ange gardien à tous, assura-t-il. Dis, tout à l'heure, pourquoi as-tu parlé de l'âme errante de Nicolas ?

— Oh ! Sans raison précise ! soupira-t-elle. Il est mort de façon si tragique, après avoir commis des crimes odieux. Si l'âme existe, et j'en suis persuadée, la sienne ne peut pas trouver le repos.

— Tu crois qu'il erre dans la vallée, en proie au remords ? avança Matthieu. Moi qui ne crois pas à grand-chose, il m'arrive de prier pour lui.

— Le père Jacques aussi. Il sait la vérité. Notre curé a le courage de garder secret tout ce que ses paroissiens lui confessent. La noirceur de l'âme humaine n'a pas de limites. Tu vas me juger idiote, mais j'estime les bêtes moins féroces que nos congénères, et je crois que ces loups n'auraient pas fait de mal à Faustine, même si, rétrospectivement, j'en ai des frissons.

Claire haussa les épaules. Son frère ne partageait pas cette opinion.

— Là, tu as tort ! répondit-il. Un chien affamé, sans maître, est capable d'attaquer une femme ou un enfant. Sans l'intervention de Moïse, Faustine aurait pu être grièvement blessée. Elle était faible, et seule en plus ; une proie vraiment facile.

— Enfin, Matthieu, les loups ne mangent pas les hommes ! J'ai lu que cela se produisait il y a des siècles, en temps de guerre. Les cadavres demeuraient sur les champs de bataille et les bêtes les dévoraient en partie. Ils auraient pris goût à la chair humaine. Peut-être ont-ils attaqué des tout-petits ou des vieillards, mais sûrement pas quelqu'un capable de se défendre.

Ils chuchotaient, passionnés par le sujet. Matthieu lança, d'une voix tendue :

— Tu oublies l'histoire de la bête du Gévaudan ? Ce loup aurait tué plus de cent personnes, des femmes surtout[1]. En tout cas, plus jamais je ne laisserai Faustine seule ici en hiver. Et je vais doubler les verrous, je n'arrête plus de penser au pire. Il n'y a pas que les loups ! Un type de passage pourrait s'en prendre à elle. Clairette, s'il lui arrivait quoi que ce soit, je n'y survivrais pas. Je l'aime trop.

Elle approuva en silence. C'était une veillée propice aux confidences. Le frère et la sœur avaient rarement l'opportunité d'être ainsi réunis, sans témoins.

---

1. Véridique. Une bête mystérieuse a semé la terreur en Lozère, sous le règne de Louis XV.

— Tu fais bien de me rappeler la bête du Gévaudan ! souffla-t-elle. Certains écrits de l'époque laissent supposer qu'il s'agissait de meurtres commis par un individu étrange, capable de dresser un loup ou un molosse. Mais je préfère ne pas en discuter, cela me donne la chair de poule. Toi, si tu t'inquiètes autant pour Faustine, tu ferais bien de garder Tristan avec vous, il la protégera.

— Ah ça, non, je n'ai plus confiance en lui. Tu l'as dit toi-même, sans la présence de Moïse et de Tristan, les loups ne seraient pas entrés dans la grange. J'achèterai un fusil le mois prochain.

Claire fit la moue. Tout son être, exalté par la singularité de cette nuit, vibrait d'émotion. Elle ne pouvait pas se contrôler. Elle se sentait comme portée par le flot de son passé et des chagrins vaincus, vers un présent qui se devait d'être lumineux, réparateur. Elle décida de se confier à son jeune frère.

— Sais-tu, à propos de Nicolas, dit-elle avec douceur, je le vois. Ne fais pas cette tête, je le vois vraiment. Ce sont des apparitions d'une précision étonnante. Les revues décrivent les fantômes comme des formes blanches, phosphorescentes, floues, mais lui, on le dirait vivant. Parfois, il est petit garçon, en culotte courte, coiffé d'un béret. Le plus fréquemment, c'est un jeune homme. Il n'a aucune trace sur la figure, je t'assure.

Matthieu frissonna. Il revoyait la face brûlée par le vitriol de son demi-frère. Nicolas avait toujours été un personnage violent, envieux, capricieux. Fils de Colin Roy et de la servante Etiennette, morte elle aussi, il avait grandi près de Matthieu et de Faustine sans les épargner. Vicieux et menteur, il avait mal tourné, selon l'expression populaire. Honteux de ne pas être mobilisé, parce que soutien de famille, le jeune homme avait quitté le pays après avoir tenté de violer Faustine. De mauvaise rencontre en mauvaise rencontre, il s'était retrouvé défiguré par une de ses maîtresses. Etiennette et son amant, Gontran, l'avaient caché dans une grotte aménagée du côté de Vœuil. Nicolas s'en était pris à des adolescentes du pays, sans jamais être découvert. Il avait péri dans un incendie allumé involontairement par Matthieu.

— Je ne crois pas aux fantômes, coupa le jeune homme en

fixant Claire d'un air farouche. Tu as des hallucinations, sœurette, dues à tes regrets ou à ta nervosité.

— Bien sûr, c'est ce que je me suis dit, répliqua-t-elle. J'ai bu des litres de tisane de passiflore et de valériane. Nicolas ne se montre qu'à moi, et cela, depuis le décès de Raymonde. Enfin pas tout de suite après. Dès que j'ai soigné la petite Marie et que j'ai eu cette fameuse révélation, il s'est manifesté. Je me demande s'il ne réclame pas une sépulture correcte, près de papa. Qu'a-t-on fait de son corps, à ton avis ?

Le jeune homme eut un geste évasif.

— La fosse commune, à Angoulême ! maugréa-t-il. Et si Nicolas devait hanter quelqu'un, ce serait moi. Il a essayé de me tuer et j'ai causé son décès.

La clarté rouge, derrière la lucarne du poêle, faiblissait. Matthieu se leva et remit du bois. Faustine se réveilla en clignant des paupières. Un instant, elle sembla surprise de dormir au rez-de-chaussée. Puis la mémoire lui revint. Elle fondit en larmes :

— Maman, Matthieu, j'ai fait un cauchemar. La maison brûlait et un loup me déchiquetait la gorge.

Claire était confuse. La jeune femme avait pu percevoir pendant son sommeil des mots qui avaient influencé ses rêves.

— Je vais me coucher près de toi, dit Matthieu.

— Et moi, je dormirai dans le fauteuil, ajouta Claire. Je veille sur vous, mes enfants chéris.

Une vingtaine de minutes plus tard, elle regardait le jeune couple enlacé, la même expression d'apaisement sur leurs traits. Elle se souvint de les avoir vus ainsi à l'âge le plus tendre, couchés l'un près de l'autre. Cela la rendit mélancolique.

« S'aimeront-ils toujours aussi fort ? se disait-elle. Et s'ils se trompaient... Non, j'ai tort de me tourmenter. Comme ils sont beaux et attendrissants ! »

Elle finit par fermer les yeux. Tristan était venu s'allonger à ses pieds, près de Moïse dont la respiration régulière s'avérait rassurante. Très loin, mêlés au grondement du vent, s'élevaient des hurlements farouches. Les loups rôdaient dans la vallée. Claire en eut le cœur serré. Un pressentiment l'accabla, mais elle céda au sommeil sans pouvoir l'identifier.

8

La nuit de Noël

Jean revint le lendemain matin. Il avait fait le récit des aventures de Faustine, si bien qu'au Moulin, on avait hâte de revoir la jeune femme saine et sauve. Claire accueillit son mari avec un sourire réconfortant.

— Faustine se sent bien. Elle a encore quelques contractions, mais très espacées, lui expliqua-t-elle sur le seuil de la maison.

— Quand même, ce n'est pas bon signe. J'ai téléphoné au nouveau docteur. Figure-toi que ce maudit carabin ne veut pas se déplacer. Il y a trop de neige et les chemins ne sont pas sûrs, m'a-t-il dit. Les loups ont fait du grabuge durant la nuit. Ils ont forcé l'enclos de madame Vignier et massacré toutes ses oies. Chez le vieux Vincent, il manque deux brebis. Notre fille l'a échappé belle. Ces bêtes étaient affamées et n'avaient peur de rien. Il paraît qu'une battue s'organise.

Claire jeta un regard alarmé vers l'intérieur. Elle n'osait pas avouer la vérité à son mari.

— Qu'est-ce que tu as ? s'écria-t-il. Tu en fais, une mine ?

— Je suis désolée, Jean. Ce matin, alors que le jour se levait à peine, je suis allée aux commodités, dans la grange, pour ne pas réveiller nos jeunes mariés. Tristan s'est enfui. Matthieu ne décolère pas. Faustine a du chagrin ; elle y tient, à sa bête. Et maintenant, tu m'annonces qu'il y aura une battue. Il faut retrouver Tristan.

Jean se gratta le menton, l'air agacé. Il entra, suivi de Claire. Matthieu avait servi un plateau à Faustine qui dégustait un café au lait et des tartines luisantes de confiture de mûres.

— Bonjour, papa, se réjouit-elle. Regarde comme je suis gâtée !

— C'est la moindre des choses, grommela-t-il, encore plein de rancœur vis-à-vis de son gendre dont l'étourderie aurait pu entraîner une tragédie. Dis donc, ma chérie, il faudra patienter pour ton transport jusqu'au Moulin. Je ne peux pas rouler avec la voiture, la neige est trop épaisse. Léon va atteler Sirius au cabriolet.

— Pas question ! trancha Claire. Vous avez pensé aux secousses ? Et si une des roues se brisait ? Il vaut mieux qu'elle marche, dans ce cas.

Ils se lancèrent dans une conversation animée, qu'une lointaine salve de coups de feu rompit net. Moïse le jeune poussa une plainte en soulevant péniblement la tête.

— Qu'est-ce que c'est ? s'étonna Faustine. Papa !

— Les gars du bourg ont décidé de se débarrasser des loups qui t'ont rendu visite. Il y a eu des dégâts dans le coin.

Matthieu pinça les lèvres. Il en avait assez de ces histoires. Claire enfila son manteau et chaussa ses bottillons.

— Je monte à Puymoyen, déclara-t-elle. C'est ma faute si Tristan s'est enfui. Je dois le retrouver.

— Je te l'interdis, Claire ! cria Jean. Tu veux prendre une balle perdue ? Je les connais, les chasseurs du pays, ils sont contents d'avoir des loups en ligne de mire. Ça va tirer de tous les côtés.

— Je m'en moque, Jean, rétorqua-t-elle. Ils ne vont pas me confondre avec un animal. Toi, rentre au Moulin et trouve un moyen de rouler jusqu'ici ce soir. Faustine a besoin de calme.

La jeune femme posa le plateau à côté du matelas. Elle avait envie de pleurer.

— Je n'ai plus faim, gémit-elle. Maman a raison, il faut retrouver Tristan.

— Oh, ne te rends pas malade à cause de ça, gronda Matthieu. Nous prendrons un chien, un bon gros chien.

Jean et Claire sortirent en se querellant. Le jeune couple fit de même.

— Tu devrais aimer Tristan autant que moi, dit Faustine. C'est le fils de Sauvageon. Depuis hier soir, tu n'es pas gentil avec lui.

— Normal, il nous a trahis, il t'a mise en danger. Il sera plus à sa place dans la forêt, avec ses semblables. Tu as songé au bébé ? On ne sait jamais, il aurait pu lui faire du mal.

— Sûrement pas ! Tristan ne quitte jamais Thomas. Demande à Léon, il en est témoin. Ce pauvre bambin a fait de gros progrès grâce à un loup, oui, un loup !

Faustine tremblait de nervosité. Matthieu préféra capituler. Il s'assit près d'elle et la serra dans ses bras.

— Le moins qu'on puisse dire, c'est que tu n'es pas rancunière, toi, déclara-t-il en l'embrassant. Bon sang ! Tu as reconnu avoir eu la peur de ta vie et, le lendemain, tu passes l'éponge.

— Matthieu, Tristan et Moïse sont tout jeunes. Ils suivaient la bande de loups. Il n'y en avait que quatre de sauvages, ce sont eux qui se sont attaqués à moi.

— N'empêche, c'est Moïse qui t'a sauvée, pas Tristan. Tu es intelligente, il me semble. Accorde-moi le bénéfice du doute, puisque certains chiens sont dangereux aussi. La preuve, ton Tristan a pris la fuite.

— Il était attaché toute la journée, à l'institution, ces dernières semaines. Encore une mesure ridicule de Bertrand Giraud, notre bienfaiteur qui joue les directeurs et les policiers. Tristan avait besoin de liberté. Sauvageon allait à sa guise, quand nous étions petits.

Ils se mirent à évoquer les plus précieux souvenirs de leur enfance. Au bout d'une heure, des coups de feu retentirent à nouveau, provenant du plateau surplombant les falaises. Faustine roula des yeux désespérés.

— Claire sauvera ta sale bestiole, plaisanta Matthieu. Ma chérie, si nous pensions un peu à nous. Attends une minute, je reviens !

Le jeune homme se releva et disparut dans le cellier. Il revint en brandissant un ravissant petit sapin.

— Je comptais le mettre sur le buffet et le décorer avec toi aujourd'hui, précisa-t-il. J'ai acheté des boules en verre et des guirlandes et même des bougies.

Touchée, Faustine eut un sourire de plaisir. Matthieu avait à cœur de lui rendre l'existence douce et charmante.

— Tu es un amour ! s'exclama-t-elle tendrement. Mais comme je n'ai pas le droit de bouger, je te laisse faire. Je vais t'admirer en plein travail.

Matthieu commença à chantonner. Il montra ses achats à Faustine qui jouait le jeu : elle s'extasiait, contemplait les boules rouges et vertes aux reflets brillants et examinait les guirlandes argentées. Cela l'aidait à lutter contre l'angoisse qui l'oppressait quant au sort de son loup. Peu à peu, elle céda au bonheur de ces instants. Il faisait chaud dans leur maison, le sapin dégageait des senteurs grisantes de sous-bois. Par la fenêtre, la jeune femme voyait tomber la neige en longs rideaux cotonneux. Elle se sentait à l'abri, comme dans un nid.

— Je te ferai une omelette au lard, à midi, promit Matthieu.

Il avait rallumé les lampes à pétrole, car le jour était fort sombre. La clarté dorée scintillait sur les décorations accrochées aux branches de l'arbre de Noël.

Faustine s'allongea, une main sur son ventre. Les spasmes douloureux s'atténuaient. Elle refusait l'idée de perdre le bébé, mais s'interrogeait en silence sur la suite de sa grossesse.

— J'espère que le docteur viendra, déclara-t-elle soudain.
— Tu as encore mal ?
— De temps en temps. Dommage, j'aurais bien voulu que tu te recouches près de moi.

Matthieu devina l'allusion. Le désir l'envahit tout de suite. Il fit de gros efforts pour penser à autre chose.

— Ne me provoque pas, coquine ! implora-t-il. Ce n'est pas le moment de batifoler. Repos total, a dit Claire.

Elle le fixait de ses grands yeux bleus, si belle et si tentante que le jeune homme décida de s'éloigner. Il sortit et marcha un peu le long du chemin. La tempête avait laissé des traces. Matthieu aperçut le frêne gigantesque fauché par les rafales. Il gisait en travers de la rivière. Des branches à demi brisées, déjà constellées de stalactites de glace, fendaient le courant.

— Quel froid ! constata-t-il. Un vrai temps de Noël !

Vite, il tourna les talons et rentra. Faustine s'assit immédiatement et pointa un doigt accusateur sur lui :

— Tu avais dit que tu ne me quitterais plus et tu es parti sans un mot. Vilain !

— Ne fais pas l'enfant ! protesta-t-il. Bon, c'est l'heure du déjeuner. Je me mets aux fourneaux.

Elle ne se lassait pas de le regarder. Il lui plaisait tant : grand, mince et musclé, de beaux cheveux noirs semblables à ceux de Claire, un visage particulier, plus séduisant que parfait.

— Si tu me jouais un peu de l'harmonica ? proposa-t-elle. La maison est tellement silencieuse.

Il éclata de rire. Faustine était habituée à vivre entourée de fillettes bruyantes et bavardes et de galopades dans les couloirs.

— Dès que j'ai fini de battre les œufs, je comble tes vœux, assura-t-il. Même si je suis un piètre musicien.

L'instant suivant, Matthieu interprétait *La Paimpolaise*[1], une complainte bretonne qui évoquait l'amour d'un marin pour sa belle aux yeux bleus. Faustine connaissait les paroles et s'empressa de fredonner. Elle portait une chemise de nuit blanche à col haut. Claire l'avait aidée à se changer au petit matin et elle sentait bon la lavande. Ses cheveux blonds dénoués fascinaient le jeune homme. Il espéra au fond de son cœur que rien ne viendrait ternir leur joie et leur délicieux isolement.

Cependant, deux heures plus tard, alors qu'installés sur le lit, ils disputaient une partie de dames, Faustine jeta, d'un ton anxieux :

— Maman devrait être de retour ! Que fait-elle ?

— Elle a pu récupérer Tristan et le conduire à l'institution !

— C'est bizarre, quand même, insista-t-elle. Papa ne se manifeste pas non plus.

— Tu es si pressée de rompre notre tête-à-tête ! lança-t-il gentiment.

— Pas du tout, protesta la jeune femme, mais je ne peux pas en profiter, de notre tête-à-tête, comme tu dis. Nous aurions pu rester au lit jusqu'à ce soir. Tu te souviens, à Paris, le jour où il pleuvait ? Nous n'avons pas quitté la chambre, tu as commandé deux dîners à la réception. J'avais l'impression d'être une courtisane !

Matthieu eut très chaud. Il n'oublierait jamais les moments de pure folie amoureuse qu'ils avaient partagés dans la pénombre complice de la chambre d'hôtel.

— Tu étais plus perverse qu'une courtisane, lui dit-il tendrement en lui caressant la main. Faustine, par pitié, je ne tiens plus, moi. Cesse de parler de ces choses-là. Tu crois que ça

---

1. De Théodore Botrel (1868-1925).

m'amuse de ne pas te toucher ? Je te désire, si tu savais... Mais notre bébé est plus important que tout.

On frappa. La voix de Claire leur parvint. Matthieu alla vite ouvrir.

— Entre vite, sœurette, désolé, j'avais mis le verrou.

— C'est plus prudent, tu fais bien, rétorqua-t-elle.

Il la sentit épuisée et très triste. Faustine l'interrogea depuis son matelas :

— Tu as de mauvaises nouvelles, maman ?

— J'ai évité le pire, répliqua-t-elle. Ils ont tué trois loups sous mes yeux. Le quatrième devait être une femelle. Tristan est parti avec elle. Je suis navrée, ma chérie. Il ne m'écoutait pas. Et encore, j'ai eu de la chance, le garde champêtre était présent. Il a reconnu que notre loup portait un collier et il a réussi à dissuader les autres hommes de tirer. Les vaillants chasseurs toucheront une prime.

— Il reviendra ! s'écria Faustine. Sauvageon revenait toujours, maman.

— Sans doute, qu'il reviendra, soupira Claire d'un ton qu'elle voulait persuasif. Maintenant, j'aimerais parler de choses agréables, effacer de mon esprit ce que j'ai vu. Je déteste les exécutions, même s'il s'agit d'animaux jugés nuisibles. Comment vas-tu, chérie ?

— Bien, je t'assure. Les douleurs sont très espacées et plus légères.

— Tu dois absolument rester tranquille et couchée. J'espère que le médecin daignera faire le trajet. J'ai bien réussi, moi. Si vous m'aviez vue courir !

Attendri, Matthieu servit du café à sa sœur. Elle le sirota paupières mi-closes. Les images et les sons s'imposaient à elle, malgré sa volonté de les gommer de sa mémoire : les loups touchés au flanc ou à l'arrière-train, leurs sursauts au moment de l'impact, leurs cris de douleur et la chute lente dans la neige ensanglantée.

— Tu n'as pas un remontant, frérot ? demanda-t-elle.

— Si, du cognac, un cadeau de Bertille.

Claire but l'alcool et ferma tout à fait les yeux. Une joyeuse cavalcade brisa le silence qui s'installait : Angela et Thérèse entraient, suivies de Léon et de Jean. Arthur apparut lui aussi, son minois rosi par le froid. L'enfant se jeta sur le sol, au chevet de Moïse. Le loup le salua en remuant la queue.

— Mon chien à moi, mon Moïse ! répétait le garçonnet. Tu es bien malade, dis.

L'invasion imprévue eut le mérite de détendre l'atmosphère. Angela s'installa en riant près de Faustine.

— Nous venons te chercher ! s'écria-t-elle. Tu seras comme une princesse, au Moulin. Tout est prêt, ton lit est en bas près du sapin, il y a une table de nuit et plein d'oreillers.

— Tu vas voyager en litière, ma fille, ajouta Jean. Nous avons bossé dur pour t'en fabriquer une en assemblant d'anciens brancards, des planches et de la toile.

— Oui, il y a même un parapluie pour te protéger de la neige, ajouta Thérèse. Les hommes te porteront, et sans une secousse bien sûr !

Matthieu se rua dehors pour voir la fameuse litière. L'idée lui parut excellente et la construction, solide. Le chaud sentiment d'appartenir à une famille unie, soucieuse de la sécurité et du confort de Faustine, le pénétra. Il sourit tout seul à la vue des couvertures pliées et du gros coussin jaune calé contre un dossier récupéré sur une vieille chaise. Il retourna à l'intérieur, soulagé.

— Effectivement, tu vas disposer d'une litière digne d'une reine, annonça-t-il. Il faut juste t'habiller.

L'expédition fut préparée avec soin. Rassérénée à l'idée de ramener enfin sa fille, Claire prit le commandement des opérations.

— Angela, monte dans la chambre prendre quelques vêtements de laine pour Faustine. Thérèse, rince les tasses et les soucoupes, et passe un chiffon sur la table. Léon, coupe le tirage du poêle. Jean, tu devrais fermer la grange.

Faustine enfila des bas sous les draps et se laissa chausser par Matthieu. Claire l'aida à mettre un tricot, une écharpe et un bonnet. Elle lui donna son manteau fourré d'astrakan.

— Au fait, dit Jean, j'ai rappelé le docteur. Il passera ce soir au Moulin. Celui-là, je ne lui offrirai pas une goutte, même s'il est gelé ; mon eau-de-vie n'est pas pour les paresseux. Dis donc, Matthieu, équipe-toi comme il faut, de bons gants surtout, pour jouer les brancardiers.

Le jeune homme, mal à l'aise, répondit d'un signe discret. Jean lui donna une bourrade affectueuse :

— Allez, je t'ai fait des reproches ce matin, mais j'étais en colère. Faudra t'accoutumer, mon petit gars. Tu étais mon beau-frère, tu es devenu mon gendre. Je vais t'avoir à l'œil.

Plus bas, il concéda que lui aussi, dans l'affolement, aurait pu oublier de pousser le verrou. Matthieu se contenta de sourire. En fait, par le passé, Jean ne l'avait jamais épargné, sur le plan des sermons ou des punitions.

Arthur, lui, ne se souciait que de Moïse le jeune. Comme Léon promettait de revenir chercher le loup avec une brouette, Faustine trouva une autre solution qui plairait davantage à l'enfant.

— Mais il y a sûrement assez de place sur la litière pour lui ! dit-elle bien fort. D'accord, le chargement sera lourd, mais vous n'aurez qu'à faire des pauses.

Personne ne tenait à la contrarier. Soutenue par Claire et Angela, elle marcha à petits pas jusqu'au seuil de sa maison. Le paysage qu'elle découvrit lui sembla féerique. Les nuages d'un gris tendre laissaient filtrer la clarté rose d'un soleil voilé. La neige captait le moindre éclat de la luminosité vermeille. Aux branches des arbres, ainsi qu'à la pointe des roseaux et des brins d'herbe, perlaient des cristallisations sculptées par le gel. Toute la vallée se parait d'un lourd manteau blanc. La jeune femme respira l'air glacé avec délices. Matthieu la fit asseoir dans la litière et l'emmitoufla en l'embrassant.

— Te voilà bien installée ! proclama-t-il.

A la surprise générale, Moïse le jeune se leva, et avança d'un pas hésitant sur le chemin. Arthur l'encourageait de sa voix fluette. Claire et Léon soulevèrent la jeune bête et la couchèrent devant Faustine.

— En route ! cria Thérèse. Il faut se dépêcher, Janine dort. Papa l'a sanglée dans son lit cage, mais si elle se réveille, je vais la trouver en pleurs.

A onze ans, la fillette prenait des airs sérieux de petite maman. Le cortège s'ébranla. Matthieu et Jean empoignèrent les brancards, et la litière fut bientôt à un mètre du sol. Faustine riait de nervosité. Cet étrange équipage balançait beaucoup à son goût.

— Faites attention ! hurla-t-elle. J'ai peur de tomber.

Mais cela ne dura pas. Cramponnée aux montants à pleines

mains, elle apprécia vite la balade. Thérèse trottinait à sa hauteur en tenant le parapluie au-dessus de sa tête.

Léon remplaça Jean au premier virage. Une silhouette vêtue de noir se rapprochait en leur faisant de grands signes. Angela, qui portait une valise, poussa un petit cri. Elle avait reconnu César.

— Tiens bon, papa ! clama l'adolescent. Je viens à la rescousse !

L'apprenti mécano jubilait. Il distribua des bises à tous. Le froid avait rougi ses joues, qui devinrent cramoisies lorsqu'il effleura de ses lèvres la joue fraîche d'Angela.

— J'ai un congé d'une semaine. C'est chic, non ? Faustine a quelque chose de cassé ? questionna-t-il. Une entorse ?

— Elle n'a rien de cassé, mais nous la transportons comme ça pour ménager le bébé. Faustine ne doit pas marcher et les voitures ne peuvent pas rouler ! répondit Claire en le serrant dans ses bras. Dis donc, tu as encore grandi !

César eut l'air encore plus gêné. Jean lui donna l'accolade. L'adolescent était de bonne compagnie et il méritait bien de passer Noël près des siens.

« Le premier Noël sans Raymonde ! Mais je tenterai de choyer ses enfants ; je lui dois bien ça ! » songea Claire en contemplant sa famille au complet.

Moulin du Loup, 24 décembre 1920

Faustine était aux anges. Confortablement assise dans son lit, le dos soutenu par une montagne de coussins et d'oreillers, elle pouvait présider à la vie quotidienne du Moulin. Le vieux logis resplendissait, paré de houx et de gui à l'occasion de Noël. Un grand sapin embaumait la vaste cuisine où flottaient des parfums délicieux, subtil mélange de tout ce qui se préparait ou mijotait : le fumet de l'oie qui rôtissait dans le four, la fragrance du café au chaud sur le coin du fourneau en fonte noire, l'arôme des caramels au chocolat qui séchaient sur une plaque de marbre.

Angela et Thérèse attendaient le bon moment pour découper de petits carrés dans la masse encore collante, visqueuse de miel. Arthur chantonnait, assis près de Moïse le jeune dont la guérison complète ne tarderait pas. Le loup mangeait et sortait à pas prudents dans la cour.

La jeune femme tricotait une brassière en laine blanche. Pendant la journée, elle disposait sur le couvre-lit rouge tout ce qui pouvait l'occuper ou lui servir : des livres, des revues, une panière garnie de pelotes et d'aiguilles, mais aussi un miroir, un nécessaire de manucure, un autre de coiffure.

La grande horloge rythmait les heures de son balancier en cuivre. Claire repassait du linge près de la cheminée. Elle jetait des coups d'œil satisfaits à sa fille. La voir aussi bien installée, sous sa protection, la comblait de joie.

— As-tu faim ou soif, ma chérie ? lui demanda-t-elle.

Faustine éclata de rire. Sur une petite table de chevet, son père avait mis à sa portée une carafe d'eau, un cruchon de tisane tiède et des bonbons à l'anis. Jean, Léon et Matthieu étaient partis en ville avec des airs de conspirateurs. César fendait du bois dehors.

— J'ai tout ce qu'il me faut, maman. Je ne pourrai plus jamais être autonome, si ça continue ! s'écria-t-elle. Je suis tellement bien soignée que j'y prends goût. Je bénis les prescriptions du docteur.

Le médecin qui l'avait examinée trois jours plus tôt s'était montré formel : la future mère devait rester au repos total au moins deux semaines encore. L'examen gynécologique avait déplu à la jeune femme. Exhiber son intimité devant un inconnu lui paraissait incongru, même si c'était un homme de science. Elle appréhendait l'épreuve de l'accouchement qui mettrait à mal sa pudeur.

Des pleurs de bébé retentirent à l'étage.

— Ah ! Janine est réveillée, s'exclama Thérèse en courant vers l'escalier. Elle doit avoir faim, il est tard.

— Quand je pense qu'elle prend son lait directement au pis de la chèvre ! dit Faustine. C'est d'un drôle ! Il faudrait pouvoir photographier le tableau. Reconnais, maman, que ce serait une bonne idée.

— Sans doute, mais cela coûterait trop cher si le photographe se déplaçait, répliqua Claire. Et nous ne pouvons pas traîner cette brave Pâquerette à Angoulême.

— Dommage ! soupira la jeune femme.

Angela se rua vers la patère et enfila son manteau.

— Moi, je vais chercher Pâquerette.

L'adolescente ne perdait pas une occasion de courir à l'extérieur quand César y travaillait. Claire n'était pas dupe. Elle veillait à ne pas les laisser seuls trop souvent.

— Ne traîne pas, Angela, recommanda-t-elle. Tu as compris ?

— Oui, promis !

Il neigeait encore, mais le froid était moins rude. La jeune fille eut envie de danser en traversant la cour nappée de blanc. Elle tendit son visage vers le ciel cotonneux et avala quelques flocons. De l'appentis où il fendait des bûches, César l'admira en souriant. Il l'aimait de tout son cœur de seize ans. Elle, consciente d'être regardée, esquissa un pas de côté, faillit glisser et se rattrapa de justesse en battant des bras.

— Attention ! lui cria-t-il. C'est glacé sous la neige.

Angela fit signe qu'elle le savait et se rua vers la bergerie. César se doutait qu'elle allait chercher la chèvre. Appuyé au manche de la hache calée contre le billot de chêne, il guetta son retour.

« Elle est si jolie, Angela… rêvassait-il. J'adore ses cheveux tout frisés, sa robe rouge, son nez retroussé ! Et puis zut ! C'est Noël ! »

César courut jusqu'au bâtiment. Il entra au moment précis où Angela nouait une corde au cou de Pâquerette. Les autres biques s'agitaient et bêlaient sourdement en se pressant contre la porte.

— Attends, je ferais mieux de t'aider, dit-il. Si un des petits s'échappe, ça fera un beau bazar.

— Pas la peine, j'ai l'habitude, protesta l'adolescente rose de joie parce qu'il l'avait rejointe.

— Ce soir, je fais la traite. Je vais leur donner un peu de foin, ça les fera patienter. C'était mon boulot quand je vivais au Moulin.

César planta la fourche dans le tas de foin stocké à gauche de la porte. Le vieux Sirius, séparé des chèvres par une barrière en bois, poussa un hennissement envieux.

— Tu en auras aussi, va ! clama l'adolescent.

Malgré sa passion pour la mécanique, il aimait s'occuper des animaux. Il lança un coup d'œil affectueux au cheval avant de reporter son regard sur les poutres voilées de toiles d'araignée grisâtres. L'odeur forte que dégageait la litière de paille ne le dérangeait pas. Celle des longues herbes fauchées au début de l'été, qui gardaient la trace de fines fleurettes roses, plates et séchées, lui parlait du printemps.

— C'est gentil d'être venu m'aider, déclara Angela en souriant. D'ailleurs, tu es toujours gentil.

— Avec toi, pour sûr ! affirma César, les joues en feu.

Il reposa la fourche et releva un peu sa casquette. La jeune fille le regarda d'un air très doux. Elle songeait qu'il avait perdu sa mère et qu'il travaillait dur au garage. Grand et mince, il s'était rasé les cheveux, ce qui le vieillissait. Il lui plaisait, surtout parce qu'il la regardait avec admiration.

— Claire va te tirer les oreilles ! s'exclama-t-il. Dépêche-toi.

Angela hocha la tête sans se décider à sortir. Elle était à l'âge où l'envie de séduire s'éveillait. César s'approcha d'elle. Ils restèrent face à face, troublés. Il faisait sombre et leurs cœurs battaient de plus en plus vite.

— Si je t'embrassais, dit-il tout bas, tu serais fâchée ?

— Je n'en sais rien.

Elle avait peur, sachant très bien qu'il parlait d'un baiser sur les lèvres. Des images horribles lui revinrent, celles qu'elle avait chassées de sa mémoire à force de volonté : l'homme lourd aux gestes rudes couché sur elle, son visage ricanant. Il l'avait violée à neuf ans, pendant toute une longue semaine.

César la vit pâlir. Il recula. Claire appelait.

— Oh ! Je me sauve, bredouilla-t-elle.

L'adolescent ignorait tout de son passé. Il se reprocha de l'avoir effarouchée. Une profonde tristesse l'accabla.

« Maintenant, elle fera tout pour m'éviter. Crétin que je suis ! » pensa-t-il.

Il la regarda s'éloigner : elle tirait Pâquerette par une corde. Dès qu'elle fut entrée dans la maison, il retourna fendre du bois.

— Tu en as mis, du temps ! fit remarquer Claire. Pourtant, je laisse le collier à la chèvre, elle n'est pas dure à attraper, car en plus elle connaît l'heure de la tétée.

Angela préféra ne pas mentir.

— César est venu donner du foin aux autres biques. Elles voulaient sortir elles aussi.

— Je m'en doutais. Angela, je te préviens, ne joue pas les coquettes avec lui.

— Maman Claire, je n'ai rien fait de mal, protesta l'adolescente.

Faustine baissa la tête en souriant. L'amourette entre César et la jeune fille l'émouvait. Elle jugeait sa mère un peu trop sévère.

— Thérèse, dit-elle, installe Janine près de mon lit. Hier, je ne la voyais pas bien téter.

Les sabots de la chèvre tintaient sur le vieux carrelage de la cuisine. C'était un animal de taille moyenne, aux poils blancs et soyeux. Comme la veille, Pâquerette huma avec circonspection les branches du sapin.

— Fais attention, Angela, s'exclama Claire. Elle aurait vite fait de décrocher une des guirlandes. Thérèse, n'oublie pas de mettre son bavoir à Janine.

La fillette portait à son cou le gros bébé blond qui gazouillait. Elle posa la bambine sur une épaisse couverture pliée en quatre. L'enfant avait dix mois. Bien assise sur ses fesses dodues, elle riait très fort à la vue de Pâquerette.

— Regardez comme elle est contente, dit Faustine. Elle a déjà l'habitude. Bientôt, dès qu'elle saura marcher, elle ira toute seule à la bergerie prendre son repas. Quand je pense que papa a traité Léon de fada parce qu'il avait fait boire Janine directement au pis de Pâquerette. En fait, c'était une bonne idée.

La chèvre poussa un bêlement rauque. Elle se plaça d'elle-même près du bébé. La petite saisit un des pis entre ses doigts et le tritura. L'instant suivant, elle tétait avec avidité. Claire, accroupie, offrait des morceaux de pain dur à Pâquerette pour la faire tenir tranquille.

Le spectacle ne manquait pas de piquant, Léon le trouvait pittoresque, mais il dégoûtait Jean. Matthieu, lui, jugeait la méthode peu hygiénique. Comme à chaque tétée, Claire vanta les mérites de cette pratique :

— J'ai quand même dû brandir un article d'une gazette sous le nez de Jean pour le convaincre. C'est écrit noir sur blanc : Janine court moins de risques en buvant le lait de Pâquerette au pis qu'au biberon. La température est parfaite et il n'y a pas de danger d'attraper une maladie, comme c'est souvent le cas avec le lait de vache[1].

Faustine, elle, pensait à Raymonde qui aurait pu nourrir sa fille sans ce maudit accident. Thérèse observait la scène d'un air sérieux. Claire en eut le cœur serré :

« Pauvre Thérèse ! songea-t-elle. Je suis sûre que sa mère lui manque parce que c'est Noël. Quel malheur de laisser des enfants si jeunes. »

La vision du sapin décoré de scintillantes guirlandes roses et de boules de verre raviva sa peine.

— Si on chantait ! proposa Faustine. J'aime tant les chants de Noël.

La jeune femme avait perçu la détresse soudaine de Claire. Arthur commença à fredonner le *Minuit, chrétiens !* Thérèse protesta :

— Non, c'est triste, ça. Je ne veux pas chanter, de toute façon.

Le silence devint pesant. Raymonde était une excellente chanteuse et c'était toujours elle, les jours de fête, qui entonnait des refrains ou des comptines.

— Alors, on joue aux devinettes, s'empressa de dire Faustine. Viens là, Thérèse. Enlève tes chaussures.

Elle écarta le drap en signe d'invitation. La fillette se réfugia dans la chaleur du lit. Blottie contre Faustine, elle éclata en sanglots, à demi cachée par la literie.

Janine continuait à se gorger de lait en roulant des yeux gourmands. Soudain, elle lâcha le pis et chercha sa sœur.

— Thérèse, appela Angela, sors de ton terrier. Janine ne veut pas manger si tu ne la regardes pas.

Thérèse pointa le nez, ses boucles ébouriffées. Le bébé lança un cri suraigu de satisfaction et reprit sa dégustation.

Des bruits de godillots que l'on tapait sur la pierre du seuil retentirent. Des voix masculines y faisaient écho.

— Papa est revenu ! s'écria Thérèse en se levant et en courant vers la porte.

Léon apparut le premier, les joues rosies par le froid, mais

---

[1]. Véridique. Les chèvres ont souvent servi de nourrices, et les médecins préconisaient l'allaitement direct qui évitait aux bébés de boire du lait tiré et manipulé.

tout sourire. Il souleva sa fille par la taille et l'embrassa, en chuchotant :

— Faut être gaie, ma Thérèse. Je vois bien que tu as pleuré. J'en connais une, au paradis, qui veut pas que tu sois triste, surtout à Noël.

Jean secouait son chapeau constellé de flocons. Il se frotta ensuite les mains devant la cuisinière.

— Faut bientôt sevrer cette gosse ! lança-t-il. Une chèvre dans la maison, moi, ça ne me plaît pas.

— Oh ! papa, que tu es grognon ! protesta Faustine. Et Matthieu, où est-il ?

— Il arrive, répondit Jean. Il cause avec César.

Claire avait pris Janine dans ses bras et lui essuyait la bouche et le menton. La tétée était terminée. Angela emmena Pâquerette.

La nuit précoce de décembre bleuissait les fenêtres. Léon racontait leur périple dans le petit train qui reliait le bourg voisin de Dirac à Angoulême. Les trois hommes avaient renoncé à prendre une des voitures, les routes étant mauvaises. Arthur gambadait dans la pièce. La cuisinière ronflait, garnie de bûches rougeoyantes. Claire brassait des casseroles. Faustine s'allongea avec délectation. Jamais elle n'avait ressenti avec autant d'acuité la chaleureuse atmosphère qui régnait au Moulin, malgré les deuils, les épreuves et les soucis.

« Tout à l'heure, se dit-elle, je mettrai mon corsage rose en satin et je demanderai à Thérèse de me brosser les cheveux et de me coiffer. Elle voudrait en faire son métier ; je dois l'encourager. Dommage, elle est bonne élève ; elle aurait pu prétendre à mieux. Mais il n'y a pas de sot métier ! »

Il avait fallu la guerre pour permettre aux femmes de briguer des emplois réservés aux hommes. Faustine le répétait souvent à ses élèves. Cependant, la plupart des jeunes filles n'aspiraient encore qu'à tenir un foyer, entourées de leurs enfants.

« Déjà, Thérèse souhaite travailler, ouvrir un salon de coiffure à Puymoyen. C'est une bonne idée et nous l'aiderons. Comme elle pleurait fort ! Sa mère lui manque. »

Perdue dans ses pensées, Faustine n'entendit pas Matthieu s'approcher du lit. Il déposa un baiser sur son front.

— Tu dormais ? demanda-t-il tendrement.

Elle se pendit à son cou, l'obligeant à se pencher davantage. Il sentait bon la neige et l'air glacé.

— Je me reposais, dit-elle très bas.

Il la contempla en lui caressant amoureusement les cheveux. Cela le rassurait de la savoir choyée et protégée.

— C'est ça, repose-toi, je te laisse tranquille. Je vais aider Claire à préparer le dîner.

La jeune femme sombra dans une délicieuse somnolence. Autour d'elle, on s'agitait et on bavardait. Des pommes de terre rissolaient dans la graisse d'oie au fond d'une poêle. Angela et Thérèse remuaient des assiettes et des ustensiles. Personne n'irait à la messe ce soir.

— Il y a trop de neige, serinait Jean. Le père Jacques aura bien assez de paroissiens.

Claire partageait son avis. Depuis la mort tragique de Raymonde, elle en voulait beaucoup à Dieu.

Une heure plus tard, le fracas d'un plat en porcelaine se brisant sur le carrelage réveilla Faustine qui avait fini par s'endormir pour de bon. Les lampes à pétrole disposées sur les deux gros bahuts et au milieu de la table paraient la grande pièce d'une clarté dorée. La ligne électrique n'était toujours pas réparée.

« Tant mieux ! pensa-t-elle. Je préfère ces lumières-là pour Noël. »

Claire s'était changée. Assise près de la cheminée, elle lisait son courrier. Vêtue de velours rouge, sa longue chevelure brune relevée en chignon, elle portait le collier de perles que Jean lui avait offert des années auparavant.

« Que maman est belle ! Mais où sont passés les autres ? »

Des éclats de rire à l'étage la renseignèrent. Les filles devaient s'habiller. Soudain, elle aperçut son père. Il débouchait du vin blanc. Quelqu'un sifflait dans le cellier, Léon ou César.

« Je dois me préparer moi aussi, songea-t-elle. Mais pas tout de suite, je suis tellement bien. »

Elle s'étira. Que son oreiller et son matelas étaient moelleux ! Un mouvement furtif, confus et surprenant, dans son ventre à peine bombé, la stupéfia. Vite, elle posa ses mains à hauteur du nombril.

« Le bébé a bougé ! Oh ! il a bougé ! »

Claire admirait la carte postale que lui avait envoyée Edmée de Martignac : un paysage de montagne enneigé, avec *Joyeux Noël* écrit en lettres argentées. Au dos, la châtelaine adressait ses vœux de bonheur à toute la famille, espérant une visite avant la nouvelle année.

« Comme c'est aimable ! songea-t-elle. J'aimerais tant y aller ! Eh bien, j'irai ! Seule s'il le faut, à pied, si Jean ne peut pas me conduire. »

Elle ferma les yeux une seconde, ravie à l'idée de revoir Edmée, Marie et Louis, ainsi que le vieux château en toilette d'hiver. Une voix exaltée la fit sursauter.

— Maman, papa, il a bougé ! Mon bébé a bougé ! s'extasia Faustine.

Matthieu, qui descendait l'escalier, faillit rater une marche. Léon et César sortirent du cellier. Angela, Thérèse et Arthur se ruèrent hors de la chambre où ils emballaient de menus cadeaux confectionnés en grand secret.

Jean considérait avec une émotion profonde sa fille assise au milieu de son lit. Claire versa une larme.

— Quoi ? Il a bougé ? répéta Matthieu. Le soir de Noël en plus ?

Le jeune homme s'installa avec délicatesse près de Faustine. Elle riait de surprise et de bonheur. Ce fut soudain l'allégresse générale, car cette promesse de vie repoussait loin du Moulin les heures sombres et les chagrins du passé.

Tout le monde contemplait la future mère d'un œil émerveillé. Thérèse lui brossa les cheveux avec des gestes délicats, comme si elle était en sucre. La fillette élabora une coiffure originale : deux tresses de chaque côté de la tête, qu'elle roula en macaron et fit tenir à l'aide d'épingles. Mais elle avait conservé une épaisse mèche ondulée qui prit place sur l'épaule.

— Il y a une dame coiffée de la même façon dans mon livre d'histoire, expliqua Thérèse, très fière de son idée.

Angela aida Faustine à passer un beau corsage en satin beige, surhaussé de passementeries rouges.

— Quand même, je pourrais peut-être me lever pour dîner à table avec vous, protesta la jeune femme.

— Non et non ! gronda Claire. Nous allons nous arranger.

Quitte à ce que nous tournions le lit, tu seras le plus près possible de nous tous.

Matthieu trouva la solution. Il tira le meuble et annonça qu'il prendrait place au bout du matelas.

— Je servirai ma chérie, précisa-t-il.

Léon avait fabriqué un plateau muni de quatre pieds amovibles. Faustine pouvait ainsi manger à son aise. Arthur l'installa en se mordillant les lèvres, de crainte de faire du mal à ce mystérieux bébé dont on lui parlait sans cesse.

Jean joua quelques refrains sur l'harmonica familial, qu'il sortait d'un des tiroirs, à l'occasion.

« Comme nous sommes heureux ! se disait Faustine. Dehors, il neige. Tous ceux que j'aime sont là. Enfin, il manque Bertille et Clara, de même que mes élèves, mais je les reverrai bientôt. »

Elle eut une pensée triste pour son loup, Tristan. Elle l'imagina courant les campagnes sauvages près d'une belle louve et se consola. La liberté n'avait pas de prix à ses yeux, même pour un animal.

« Je l'attachais trop souvent, à l'école. Il se languissait de vastes espaces, d'une femelle à courtiser », songea-t-elle encore.

L'idée des amours de son loup l'égaya tout en la troublant. Elle regarda Matthieu, occupé à mettre le couvert. Il perçut l'attention dont il était l'objet et la fixa à son tour. La jeune femme fut envahie d'une chaude vague de tendresse. Son mari lui adressa un sourire rayonnant.

« Je l'aime tant ! » soupira-t-elle intérieurement.

Elle dut repousser le désir soudain qui enflammait son corps privé de plaisir depuis plusieurs jours. Heureusement, Léon se mit à fredonner *Les Anges dans nos campagnes*. Le domestique, peu doué pour la musique, massacrait l'hymne joyeux.

— Léon, par pitié, tais-toi ! supplia Claire.

— Oh oui, papa, épargne-nous, renchérit César. L'adolescent tapota l'épaule de son père dans un élan affectueux. Léon le serra contre lui :

— Eh ! Pour une fois que j'ai le cœur à chanter, je vous casse les oreilles. Dites, c'est Noël, il faut de la musique.

Arthur écoutait, la mine grave. Il grimpa sur une chaise, ravissant dans son costume de velours bleu ciel. De sa voix fluette, mais pourtant haute et claire, l'enfant entonna l'*Ave Maria*. Le silence se fit, toute l'assistance étant au comble de l'admiration. Claire en avait les larmes aux yeux.

« De quel ancêtre tient-il ce don ? s'interrogeait-elle. Arthur sera musicien, c'est évident. Curieux. Personne dans notre entourage n'a montré de telles dispositions. »

Elle revit le petit garçon à l'époque où il vivait chez sa mère, Etiennette, et l'amant de celle-ci. Elle l'avait trouvé squelettique et portant la marque des sévices qu'il endurait. D'étranges idées lui vinrent. Elle avait la certitude d'avoir sauvé son très jeune demi-frère *in extremis*.

« Peut-être que papa, si l'âme survit au corps, veillait sur son fils et m'a guidée vers lui pour l'arracher à ce couple infâme. »

Même si elle se rendait de plus en plus rarement à l'église, Claire demeurait persuadée qu'il existait un au-delà. Sinon, pourquoi verrait-elle le fantôme de Nicolas, son autre demi-frère ? Il ne lui apparaissait plus ces derniers jours et, au fond, elle en était soulagée.

Angela s'affairait aux fourneaux. Le menu, quoique simple, se composait de plats délicieux, élaborés avec soin. Deux canards cuits à la cocotte sur un lit d'oignons, accompagnés de pommes de terre sautées et de cèpes rissolés, de ceux que Claire mettait en bocaux chaque automne.

En entrée, Thérèse avait préparé du céleri en rémoulade, car Faustine adorait ça, et des œufs mimosa. Jean ouvrait des terrines de rillettes. Léon coupait le pain bis à la croûte brune.

— J'ai une faim de loup, décréta César, chargé de déboucher du cidre.

Il voulait blaguer, ayant appris ce qui s'était passé chez Matthieu et Faustine. Arthur s'arrêta net de chanter. Il sauta de la chaise et se planta devant César :

— Faut plus causer des loups, t'entends ? Ils sont méchants ! Ils ont failli tuer Moïse !

— Désolé ! déclara l'adolescent.

Claire frappa des mains. L'incident était clos. Elle ne souhaitait pas de querelles sous le toit du Moulin un soir de Noël.

Matthieu s'était allongé un instant près de Faustine. Les jeunes époux chuchotaient en riant tout bas, les doigts entrelacés.

— A table ! claironna Angela.

Elle avait noué un tablier blanc à sa taille d'une finesse juvénile. César lui lança un coup d'œil énamouré.

— Moi, j'allume les bougies du sapin, proclama Jean. Je sais que ma fille aime les voir briller.

Le dos calé dans ses oreillers, Faustine présidait. Le corsage brodé et les macarons blonds la faisaient paraître différente, ce qui l'amusait. Matthieu lui tendit un verre de cidre, et toute la famille trinqua avec elle.

— A mon futur petit-fils ! s'écria Jean.

— Non, à ma petite-fille ! s'exclama Claire. Ce sera une fille, voilà !

Janine, du haut de ses dix mois, observait les visages rieurs et promenait son regard sur les scintillements du sapin orné de boules de verre et de guirlandes. Assise dans sa chaise haute où on l'avait attachée au dossier par une écharpe, l'enfant roulait des yeux éblouis.

Au dîner, Claire lui donnait de la soupe dont elle écrasait les morceaux à la fourchette. La petite prenait du lait le matin et au goûter seulement.

— Moi, j'ai hâte d'être au dessert, avoua Angela. Il y a un gâteau extraordinaire.

Tous endimanchés, ils se régalaient. Après avoir avalé une bouchée de céleri, Jean entama une discussion qui lui tenait à cœur.

— Faustine, ma chérie, as-tu réfléchi à un prénom pour ton enfant ?

— C'est aussi le mien, il me semble, avança Matthieu d'un ton faussement fâché.

Jean fit la sourde oreille. Il pointait l'index vers sa fille d'un air impatient. La jeune femme éclata de rire :

— Nous n'avons pas décidé, papa, c'est trop tôt. Mais, si c'est un garçon, j'aimerais bien Lucien.

Matthieu sourcilla. Comme tous les membres de la famille, il avait beaucoup entendu parler de Lucien Dumont, le petit frère de Jean, mort en colonie pénitentiaire.

— Cela ne se fait pas, de donner à un bébé innocent le prénom d'un membre de la famille décédé ! dit Claire.

— Pourtant, les rois de France, et même les empereurs

romains, avaient souvent le même nom, répliqua Angela. N'est-ce pas, Faustine ?

— Si l'on suivait à la lettre les superstitions et les traditions, on ne vivrait plus en paix, répondit la jeune femme. Lucien, c'est doux et joli. Et puis, en fait, il s'agit d'un oncle de mon bébé.

— Je préférerais Pierre ou Roland, soupira Matthieu, certain qu'il n'aurait jamais gain de cause en la matière.

— Roland, bah ! grimaça Thérèse. Il y en a un, un Roland, dans l'école des garçons, je ne l'aime pas.

Léon pensait que Raymond serait une excellente alternative, mais il n'osa pas le dire. Ses enfants avaient des mines réjouies, il n'allait pas les attrister en évoquant leur mère.

— Si c'est une fille, j'ai une idée bien précise, ajouta Faustine, mais c'est un secret.

— J'espère que tu as choisi un prénom aussi beau que le tien, s'exclama Jean. Faustine ! Figure-toi que j'avais lu dans un almanach, quand je vivais en Normandie, enfin bref à l'époque de mon premier mariage, qu'une impératrice romaine portait ce nom magnifique. Qu'est-ce qu'il me plaisait ! Même si tu avais été un garçon, je crois que je t'aurais baptisé Faustin.

— Faustin ! pouffa la jeune femme.

Claire ressentit un léger agacement. Jean parlait rarement de cette période de son passé. Il était alors marié à Germaine Chabin, la vraie mère de Faustine. Il avait su mettre en valeur un verger autrefois négligé et il fabriquait un cidre renommé. Ces souvenirs réveillaient en elle le tourment intime, proche de la honte, de ne pas avoir pu lui donner d'enfants. Vite, elle se leva pour servir la salade, de savoureuses laitues d'hiver qui poussaient sous des châssis, une innovation de Léon. Elle marcha jusqu'à une des fenêtres. Sur les rebords blancs de neige, Thérèse et Angela avaient disposé les loupiotes en verre coloré offertes par Blanche des années plus tôt. Des moignons de chandelles diffusaient une clarté timide, face à la nuit noire. Les volets n'étaient pas encore fermés.

— Oh non !

Derrière une vitre basse, Claire voyait le visage de Nicolas, tel qu'il était à quinze ans, une mèche couleur de châtaigne en travers du front, la bouche marquée d'un pli amer, le regard méfiant.

— Cette fois, je deviens folle, constata-t-elle très bas.
— Qu'est-ce que tu dis, maman ? demanda Faustine.
— Rien, ma chérie, rien du tout.

Claire confia le saladier à Léon qui, lui, venait de garnir la cuisinière. Elle avança sans bruit vers la porte donnant sur le perron et l'ouvrit, prête à découvrir Nicolas bien vivant, posté à l'extérieur.

« Mais non, c'est impossible ! Si c'était lui en chair et en os, il n'aurait pas l'air aussi jeune. »

Un vent glacé, chargé de flocons, s'engouffra dans la maison bien chaude.

— Claire, tu veux tous nous faire geler ! cria Jean.
— J'ai eu l'impression qu'on frappait, mentit-elle.

Le cœur serré, elle se pencha et scruta la cour enneigée. Il n'y avait aucune empreinte, ni sous les fenêtres ni ailleurs. Le clocher du bourg sonna la vigile de Noël, la première messe.

— Je dois y aller, dit-elle doucement. C'est un signe. Je n'ai pas assez prié pour le salut de Nicolas. Il me hante pour que je l'aide à trouver le repos.

Elle se plia en deux, le ventre noué de spasmes. Une douleur aiguë la terrassait.

« Je chassais son souvenir de ma mémoire, tant j'avais honte des crimes qu'il a commis. Je le méprisais, même mort. Coupable, mille fois coupable, il a tout de même droit au pardon. Et ce pardon, je le lui refuse ! »

— Claire, es-tu souffrante ? s'inquiéta Jean en la rejoignant.

Il claqua la porte et dévisagea sa femme.

— Je monte à l'église, affirma-t-elle. Terminez le repas, je reviendrai vite. Il le faut, mon Jean.

Elle avait une expression angoissée qui la rajeunissait. Il l'attira dans ses bras et la berça doucement.

— Quelle est cette nouvelle lubie ? s'étonna-t-il. Tu étais d'accord pour ne pas assister à la messe. Tu vas peiner tout le monde en partant maintenant.

— Il le faut, répéta-t-elle. Ce soir précisément. Je t'en prie, Jean, ne me retiens pas.

Ce fut la consternation. Claire eut beau présenter sa décision comme un caprice subit, personne ne la crut. Faustine faillit en pleurer de contrariété.

— Mais, maman, je vais me rendre malade à te savoir toute seule sur le chemin. Il fait si froid. En plus, Moïse est trop faible pour t'accompagner.

— Ne t'inquiète donc pas, ma chérie. J'en ai vu d'autres par le passé.

Léon se leva à son tour. Il prit sa casquette fourrée sur la patère et l'enfonça jusqu'aux sourcils.

— J'y vais, moi, avec la patronne, parce que ça peut pas me faire de mal de prier et de communier. Je buvais du bon vin, je m'amusais, alors que j'ai laissé mon petit Thomas à l'institution, histoire de pas vous embarrasser. J'ai des comptes à rendre au bon Dieu. Je suis votre homme, madame Claire.

Le discours du domestique désola Faustine.

— Ne parle pas ainsi, Léon ! Tu sais très bien que Bertille et Clara viennent déjeuner demain midi et qu'elles devaient prendre Thomas à l'école. Il aura son cadeau et du gâteau à ce moment-là. Il verra le sapin. Ton fils est heureux près de Simone et des filles. L'institution est devenue son foyer. Et puis, il se couche à six heures ; il n'aurait pas profité de la fête. Ne t'invente pas des fautes non justifiées.

La jeune femme avait perdu sa belle humeur. Angela aida Claire à enfiler un manteau en laine et lui arrangea un joli foulard chamarré sur les cheveux.

Léon sortit, une lanterne à la main. Claire le suivit, résolue.

— Eh bien, décréta Jean, nous les attendrons pour déguster le dessert. Si nous chantions ? Qu'est-ce que tu en dis, Arthur ?

Le garçonnet fit non de la tête. Il était déçu. Matthieu le chatouilla sous le menton :

— Tu ne vas pas bouder ! Nous allons discuter tous ensemble. Faustine pourrait nous lire un conte de Noël. Moi, je vais mettre un peu d'ordre sur la table.

Thérèse ôtait son bavoir à Janine qui bâillait.

— Elle a sommeil, remarqua Faustine. Thérèse, donne-la-moi. Je peux la coucher près de moi. Elle s'endormira mieux que toute seule à l'étage.

— D'abord, je dois la changer, sinon elle trempera ton lit, répliqua la fillette.

La jeune femme s'allongea en contemplant la grande sœur

qui langeait la petite sœur. Le bébé suçait son pouce, mais il gigotait tellement que ce n'était pas une mince affaire que d'ajuster les couches en tissu. Quand ce fut terminé, Faustine installa Janine confortablement au creux de l'oreiller de Matthieu. Elle la couvrit jusqu'aux épaules. Du bout des doigts, elle effleura le fin duvet blond de son crâne bien rond et les joues douces comme de la soie.

De toute son âme, elle espéra avoir une fille, aussi jolie et drôle que celle-ci...

Claire entra le plus discrètement possible dans l'église, mais le lourd battant de la porte grinça au beau milieu du prêche du père Jacques. Les gens assis au dernier rang se retournèrent. Léon souleva sa casquette.

Ils avaient marché à vive allure ; tous deux avaient les joues rouges malgré le vent glacé.

« Rien ne change ici ! pensa Claire en s'asseyant à côté d'une vieille femme. La crèche est à la même place, avec les mêmes santons. Et, sur l'autel, les vases sont garnis de houx et de branches de sapin, comme à chaque Noël. »

Cela la rassura. Tant de souvenirs étaient liés à ce modeste sanctuaire de campagne : son père, Colin, y avait épousé Hortense, sa mère, morte en donnant naissance à Matthieu ; elle-même y avait engagé sa foi à Frédéric Giraud, son premier mari, puis à Jean. Quant aux funérailles, il y en avait eu beaucoup trop à son goût : Edouard et Marianne Giraud, la malheureuse Catherine, sœur aînée de Raymonde fauchée en pleine jeunesse, elle aussi ; les enfants de Bertrand, si petits encore, et puis Denis.

« Nicolas n'a pas eu droit à un enterrement religieux ! se disait Claire en fixant d'un air halluciné les flammes des cierges. Ce n'était peut-être que justice : il avait détruit l'innocence de très jeunes filles. L'une d'elles en est morte, Marie-Désirée, elle habitait au bourg de Vœuil. »

Mais elle se demandait qui détenait la justice suprême. Dieu ou les hommes de loi ? Elle aurait tellement voulu retrouver la foi naïve de son enfance.

Le père Jacques descendit de la chaire. Quelqu'un se mit à jouer l'*Ave Maria* sur le vieil harmonium. Claire aperçut soudain

Bertille, assise sur les sièges en bois lustré réservés aux notables. Sa cousine tendait son beau visage vers la statue de la Vierge. Bertrand, près d'elle, semblait très recueilli lui aussi.

« C'est nouveau, ça ! Bertille ne fréquentait plus l'église depuis son adolescence, depuis l'accident qui l'a rendue infirme. »

Claire ne parvenait pas à suivre la messe. Seuls les chants entonnés par les enfants de chœur du village détendirent ses nerfs. L'image de Nicolas derrière la vitre l'obsédait. Elle se tourna vers Léon, resté debout à côté du bénitier. Il pleurait.

« Il pense sûrement à Raymonde ! Notre chère Raymonde ! »

L'évocation de sa servante, ou plutôt de sa meilleure amie, lui arracha des larmes de dépit. Elle se sentait affreusement triste et regretta d'être venue. Qu'espérait-elle ? Le père Jacques serait trop sollicité par ses paroissiens pour prendre le temps de discuter avec elle.

Les mains jointes, Claire feignit de participer à la cérémonie, mais elle n'alla pas communier. Le clocher sonna. Elle avait été incapable de prier pour l'âme de Nicolas. Léon lui tapota le bras :

— Madame, je vais saluer ma belle-mère. Vous l'avez vue, Jeanne ? Elle est assise au premier rang.

— Va, Léon, va !

Elle rêvait de retourner au Moulin. Le père Jacques fut soudain devant elle.

— Ma chère Claire ! s'étonna-t-il. Quelle bonne surprise ! Je croyais que vous aviez définitivement renoncé à pratiquer.

— Mon père, j'ai besoin de vous parler. M'accorderiez-vous un instant ?

Il hocha la tête et lui désigna la porte étroite de la sacristie. Elle le suivit, indécise et gênée.

— Que se passe-t-il, mon enfant ? soupira le curé avec bonté. Je vous revois encore en communiante ; je peux bien vous appeler ainsi.

— Mon frère Nicolas, avoua-t-elle sans le regarder, il m'apparaît n'importe où, enfin, dans le périmètre du Moulin. Jean ne me croit pas. Je me suis confiée à Matthieu, mais il pense que ce sont des visions dues à mes nerfs. Mon père, je vous en prie, dites-moi si les fantômes existent.

Le vieil homme connaissait tous les secrets du Moulin et ceux du domaine de Ponriant. C'était un prêtre très intelligent et qui aimait philosopher.

— Les exorcistes ont beaucoup de travail à Angoulême et dans d'autres villes, Claire, répondit-il. Si un homme de Dieu peut chasser les démons d'une maison ou d'un corps, pourquoi les fantômes ne seraient-ils que pure invention ? Maints témoignages affirment le contraire. Comment interprétez-vous ces apparitions ? De quelle nature sont-elles ?

L'intérêt du curé et sa voix ferme eurent un effet bienfaisant sur Claire. Elle put s'expliquer sans crainte :

— Nicolas n'a pas toujours le même âge, mais il ne ressemble jamais à celui qu'il était pendant la guerre, comme si c'était le petit garçon ou l'adolescent qui m'appelait au secours.

— Vous avez l'impression qu'il est malheureux, égaré ? Qu'il vient à vous pour une raison précise ?

Claire frissonna. Le père Jacques semblait lire en elle.

— Oui, c'est exactement ça ! Il a un air désespéré, il me fixe, et son regard me brise le cœur. Je m'adresse des reproches pour ma dureté à son égard. C'est moi qui l'ai poussé à quitter le pays. Et si je l'avais gardé ici, rien ne serait arrivé.

Le curé savait la vérité ; Matthieu lui avait avoué de quelle manière son demi-frère avait péri dans l'incendie.

— J'ai prié pour Nicolas, affirma-t-il. Surtout pour qu'il obtienne le pardon de ses terribles fautes. Voyez-vous, Claire, il n'a pas eu le temps de se repentir, ni d'être jugé et puni par les hommes. Si son âme erre autour du Moulin, vous envoyant des images d'un corps devenu immatériel, c'est sûrement à cause de cela. Vous devriez raconter ce que vous savez à la police.

— Non, c'est impossible, mon père ! Le nom de notre famille serait souillé. J'aspire à faire le bien, à soigner mon prochain, et personne ne me fera plus confiance si cela est révélé. Nicolas a fait tellement de mal. Les parents de ses victimes me mépriseraient. Comprenez-moi, par pitié. Ce soir encore, je l'ai vu. Nous étions tous réunis à table, et lui se tenait à la fenêtre, dans le froid de l'hiver, seul.

La gorge prise dans un étau, elle ne put en dire plus.

— Soyez forte, Claire, conclut le curé. Il se peut aussi qu'il s'agisse d'hallucinations. Réfléchissez bien aux moments où le soi-disant fantôme de votre frère se manifeste. Vous avez élevé

Nicolas ; peut-être déplorez-vous son absence lors des fêtes familiales et que ce regret vous joue des tours. Je suis navré, mais je ne peux pas vous consacrer plus de temps. Revenez quand vous le voulez, nous en reparlerons

Claire le remercia et se fondit dans la foule. Léon l'attendait sur le parvis de l'église.

— Prenons le raccourci, lui dit-elle. J'ai hâte de rentrer.

— Le raccourci ! protesta-t-il. Avec toute cette neige, on risque de se briser un membre.

— Mais non, coupa-t-elle. Au pire, nous ferons des glissades comme les gamins.

Léon n'osa pas protester davantage. Les gens du Moulin appelaient *raccourci* un étroit sentier qui reliait le bourg à la vallée des Eaux-Claires. Il traversait le plateau surplombant les falaises, avant de s'enfoncer entre deux pans de roches. La pente était abrupte, semée de galets et de pierres pointues.

— Dites, patronne, interrogea-t-il. Pourquoi vous teniez tant à venir à la vigile de Noël ? En plus, ça vous a pris d'un coup. Et, parole, vous n'avez pas l'air contente.

— Je pensais sincèrement que je retrouverais la foi, la confiance en Dieu, répliqua-t-elle. Mon pauvre Léon, Jean me serine, me disant que je me creuse trop la tête. Si tu veux savoir, je crois toujours en Dieu, mais d'une autre manière, pas comme lorsque j'étais jeune fille. Je le considère comme notre créateur, Celui qui nous a offert toutes les merveilles de la nature, les plantes qui guérissent, la beauté des fleurs, les chants d'oiseaux. Cependant, je doute qu'il intervienne sur nos destinées.

Léon fit la moue. Cela lui paraissait bien compliqué.

— Moi, dit-il, j'espère juste que ma Raymonde est tranquille au paradis ! Tant qu'elle ne revient pas me pincer l'oreille la nuit !

Claire lui jeta un regard alarmé. Il ajouta :

— Si j'avais pas peur de ça, qu'elle me surveille de là-haut, je serais assez fada pour écrire à Greta, lui demander de me rejoindre. Nous avons un fils, mon petit Thomas. Et, quoi qu'on fasse, elle est sa mère.

— Ce serait de la folie, Léon, s'offusqua-t-elle. N'oublie pas qu'elle est en partie responsable de la mort de Denis Giraud. Bertrand n'a pas porté plainte, soit, mais s'il apprenait qu'elle vit chez nous, il la dénoncerait sûrement. Et je le comprendrais. Pour ma part, je ne pourrais pas tolérer sa présence sous mon toit. César t'en voudrait aussi. Et Thérèse ? Elle chérit le souvenir de sa maman. Surtout, n'écris jamais à cette fille, Léon.

Le domestique haussa les épaules.

— Je vous disais ça histoire de causer, patronne.

Claire ne répondit pas.

Ils entrèrent au Moulin dix minutes plus tard, les pieds gelés par la neige, après le trajet dans la pénombre. La vaste cuisine illuminée et bien chaude leur fit l'effet d'un lieu enchanteur. Le couvert était mis pour le dessert et le feu ronflait. Janine dormait dans le lit de Faustine qui lisait un conte de Hans Christian Andersen, *La Reine des neiges*.

Angela, Thérèse et Arthur écoutaient d'un air passionné les aventures de la jolie Gerda qui cherchait son ami Kay. Jean, César et Matthieu semblaient très attentifs, eux aussi.

— Nous pouvons manger le gâteau ! s'écria Faustine en refermant le livre. Vous saurez la suite demain soir.

Claire ôta son manteau et son foulard. Le bas de sa belle robe rouge était trempé. Elle se débarrassa des bottillons chaussés en vitesse et enfila ses pantoufles avec soulagement.

— Excusez-moi de vous avoir abandonnés plus d'une heure, dit-elle gentiment. Je deviens capricieuse avec l'âge.

— Maman, protesta Faustine, aucune femme n'est aussi belle que toi dans la vallée.

— Hum ! fit Jean. Bertille n'est pas mal non plus. Ce sont des sorcières, à mon avis, qui usent de philtres magiques pour éviter les rides et les cheveux blancs.

— Que tu es sot, rétorqua Claire.

Mais elle l'embrassa sur la joue en riant. Angela sortit un plat du buffet. L'adolescente avait aidé sa mère adoptive à réaliser un chef-d'œuvre de pâtisserie : trois ronds de génoise de taille décroissante composaient une pièce montée, le tout nappé d'un glaçage vert et rose. Des fruits confits de couleurs assorties agrémentaient le bord de chaque étage. Au sommet trônait un décor dans l'esprit de Noël, que Jean avait acheté en ville. Des sapins en papier crépon, un bonhomme de neige et des feuilles de houx en sucre candi l'ornaient.

Arthur en resta bouche bée. Thérèse poussa un cri de joie, mais elle ne tarda pas à soupirer :

— Quel dommage de le découper !

Faustine avait assisté à la confection du gâteau. Elle remarqua :

— Encore une fois, si nous avions pu prendre une photographie, cela nous ferait un beau souvenir.

— Ma fille a des goûts de luxe, plaisanta Jean.

Angela bondit de sa chaise et extirpa un cahier du placard où Claire rangeait le dictionnaire et l'encrier familial.

— J'ai dessiné le gâteau, en cachette, triompha la jeune fille.

La reproduction, fidèle et colorée, circula entre toutes les mains. Faustine était ravie. Matthieu souriait malicieusement.

— Je crois que c'est l'heure des cadeaux, claironna Arthur.

— Mais oui ! renchérit Claire.

Il y eut un véritable remue-ménage, chacun courant chercher le paquet préparé en grand secret. Assis sous le sapin, Arthur déballa ses futurs trésors en retenant son souffle.

— Une flûte ! Celle que j'ai vue dans le catalogue, clamait-il. Et un beau camion en fer. Regarde, Thérèse, j'ai aussi une ferme avec les animaux en plomb.

Thérèse découvrait un ravissant corsage en satin bleu, brodé à ses initiales, et un livre relié en cuir : *Paul et Virginie*. Un papier épais enveloppait un cadre en plâtre doré qui contenait un portrait de Raymonde, sous verre. Le cliché datait de la fin de la guerre et représentait la jeune femme, les cheveux relevés en chignon, un sourire éblouissant sur les lèvres. C'était une initiative de Claire, qui avait souvent entendu Thérèse se plaindre de ne pas avoir de photographie de sa mère.

— Es-tu contente, ma chérie ? lui demanda-t-elle.

— Oh oui, Claire ! Je n'aurai plus peur le soir : maman veillera sur moi et Janine. Je mettrai le cadre sur ma table de chevet.

César avait lui aussi un cadre contenant le même portrait, ainsi qu'une cravate et ses premiers boutons de manchette. Il ouvrit un petit paquet en se détournant un peu, sous l'œil inquiet d'Angela. C'était une épingle de cravate en métal doré, que l'adolescente avait achetée à Angoulême. Elle chuchota :

— Je savais que Claire t'offrait une cravate ; j'ai pensé que cela ferait joli.

César la remercia, tout ému. Thérèse ricana, car son frère avait rougi. Angela s'empressa de se pencher sur ses paquets.

— Oh !

Elle contemplait une mallette en bois verni qui renfermait des gouaches, des crayons pastel, des pinceaux et une palette.

— Vous êtes tous si gentils ! dit-elle, au bord des larmes.

L'adolescente trouva aussi, bien emballés, des carnets de croquis, un collier, une fine chaînette et un pendentif en argent, ainsi que des peignes en écaille pour ses boucles brunes. Dans un petit écrin de carton bouilli se nichait une broche de pacotille en forme de fleur. Angela l'accrocha prestement à sa robe en interrogeant César d'un regard éperdu. Il cligna des paupières : c'était bien le cadeau qu'il lui destinait.

Pendant ce temps, Faustine s'extasiait sur une liseuse en laine rose que sa mère avait tricotée et sur un roman de Marcel Proust, *A l'ombre des jeunes filles en fleurs*, qui avait obtenu le prix Goncourt l'année précédente. Son père guettait sa réaction et il ne fut pas déçu. La jeune femme avait répété bien des fois qu'elle souhaitait lire ce livre.

Une caisse de bonne taille avait surgi d'un coin d'ombre. Matthieu l'avait posée sur le lit avec un air de triomphe. Cela rappela à Claire le Noël 1907, quand Blanche Dehedin, la sœur jumelle de Jean, avait offert un gramophone à toute la famille.

— Mais qu'est-ce que c'est ? s'étonna Faustine. Regardez, certaines étiquettes sont écrites en anglais.

— Il s'agit de mon cadeau, ou plutôt de ton cadeau, déclara Matthieu de plus en plus nerveux. Ouvre donc !

De la paille et de la charpie de carton cachaient une boîte. Faustine cria de stupeur en prenant l'appareil photographique qui s'y trouvait.

— Matthieu ! As-tu perdu la tête ? bégaya-t-elle. C'est un vrai ? Mais comment as-tu fait ?

— Je l'ai commandé à New York, ma petite chérie, expliqua-t-il. C'est un Brownie, de la firme Eastman. Là-bas, en Amérique, de plus en plus de gens possèdent leur appareil personnel. Pour les développements, je me suis renseigné. Nous pourrons confier les pellicules à une maison d'Angoulême. Regarde, tu as trois rouleaux dans ces cartons, de quoi prendre environ trois cents clichés.

Claire et Jean étaient médusés. Comme nombre de gens, ils avaient eu recours aux services d'un photographe à l'occasion de certains événements, surtout les mariages. Souvent aussi, ils allaient en ville et posaient devant un décor convenu, une toile de fond évoquant un paysage, la main effleurant une fausse colonne de style grec. Mais disposer d'un tel appareil dans la famille, c'était inouï, inimaginable.

Faustine elle-même ne parvenait pas à y croire.

— Tu n'arrêtais pas de me montrer tout ce que tu aurais voulu immortaliser en image, dit Matthieu. J'ai pensé que ce serait un beau cadeau, dont tout le monde profiterait.

— Mais je ne saurai pas m'en servir ! Et puis, cela doit coûter très cher.

— Pas tant que ça, coupa-t-il. Et j'utilise mes économies à mon idée, n'est-ce pas !

La jeune femme reposa le lourd boîtier noir et se jeta au cou de son mari.

— Merci, mon chéri. Si je m'attendais à une surprise pareille ! Demain, je photographierai la tétée de Janine, et vous tous sur le perron… et les falaises. Zut, je n'ai pas le droit de marcher. Maman, le docteur a pu se tromper ; je peux bien faire quelques pas.

— Peut-être ! rétorqua Claire. Calme-toi, Faustine. Quelle affaire ! Un appareil photographique !

Léon, César, Angela et Thérèse se tenaient autour du lit et considéraient la caisse magique avec des yeux ébahis. Faustine leur adressa un large sourire ébloui. Elle les dévisageait déjà d'un œil différent, prête à fixer leurs traits sur la pellicule.

Jean décida qu'il fallait trinquer. Il envoya César dans le cellier.

— Rapporte donc deux bouteilles de mousseux, et ce que tu sais.

L'adolescent s'empressa d'obéir. Il fut surpris d'apercevoir Angela dans le halo de la bougie qu'il avait emportée. La jeune fille l'avait devancé avec une discrétion étonnante.

— Mais qu'est-ce que tu fais là ? s'étonna-t-il.

— Rien, je voulais t'aider.

César prit les bouteilles et une grande boîte de chocolats. Jean l'avait mise au frais dans la petite pièce. Angela s'approcha du garçon. Se levant sur la pointe des pieds, elle l'embrassa sur la bouche, si vite qu'il eut l'impression d'avoir rêvé. Elle ressortit. Son absence était passée inaperçue.

La soirée se termina dans d'interminables discussions. Claire monta coucher Arthur. Léon emporta Janine enveloppée d'un châle jusqu'à son lit-cage, dans la chambre où dormait Thérèse.

Matthieu guettait le retour de sa sœur. Il l'aida à débarrasser la table, pendant que Jean et Faustine étudiaient de plus près l'appareil photographique. Comme Claire tisonnait le foyer de la cuisinière, le jeune homme chuchota :

— Tu as vu quelque chose, dehors, tout à l'heure ?

— Oui... Nicolas, derrière une des vitres, avoua-t-elle. Alors, j'ai décidé d'aller à la messe, de parler au père Jacques.

Il fronça les sourcils, inquiet.

— Clairette, pourquoi serais-tu la seule à le voir ? Tu me donnes froid dans le dos.

— Eh bien, sans doute qu'il m'apparaît pour une raison précise, je dois trouver laquelle. Le père Jacques m'a conseillé de tout raconter à la police, mais je ne le ferai pas. Cela nuirait à notre famille, et nous ne sommes responsables de rien.

Matthieu était bouleversé. Claire lui caressa la joue.

— Pardonne-moi, j'aurais mieux fait de me taire. Ne te tracasse pas, petit frère. Ce sont mes nerfs, et rien d'autre. Retourne donc près de Faustine, elle est tellement heureuse. Surtout ne lui révèle rien. Promets-le-moi. Sa grossesse la rend émotive.

Il promit, tout en s'interrogeant en silence sur le mystère de ces apparitions. Cela le tint éveillé tard dans la nuit, alors que Faustine dormait la joue calée contre son épaule. Une chandelle restée allumée faisait scintiller les décorations du sapin. Le vent grondait dans le conduit de la cheminée. Matthieu aspirait à la sérénité, à un bonheur simple et doux. Il souhaitait se tourner vers l'avenir.

— Nicolas, dit-il d'une voix à peine audible. Je t'en supplie, laisse Claire en paix ! C'est Noël. Laisse-nous.

9

Le bal costumé

Noël 1920 marqua le début d'une nouvelle ère au Moulin du Loup : celle de la photographie. Même Bertrand et Bertille, pourtant plus fortunés que Matthieu, n'auraient pas envisagé d'acheter un appareil Brownie en le commandant directement à New York. Ils se montrèrent aussi surpris et curieux que la plupart des gens de la vallée.

Faustine exultait. Entre le jour de Noël, où Bertille et Clara vinrent déjeuner, et le premier de l'an, la jeune femme se leva souvent, en robe de chambre et pantoufles, pour prendre des clichés. Claire la grondait à cause des recommandations du docteur, mais cela ne servait à rien, elle n'en faisait qu'à sa tête.

— Maman, je n'ai plus du tout mal au ventre, disait la future mère. Ce médecin exagère. Je me recoucherai vite, ne t'inquiète pas.

Après avoir demandé à Thérèse et Angela de toiletter Pâquerette, elle photographia Janine en train de téter la chèvre. César dut conduire le vieux cheval, Sirius, au milieu de la cour.

— Je veux avoir un souvenir de lui, affirmait-elle.

La famille se plia à des mises en scène, afin de réaliser des portraits de groupe. Faustine chaussa des bottillons, enfila un manteau et descendit en bas du perron où elle avait fait aligner petits et grands.

— Papa ! Fais un sourire, tiens maman par l'épaule. César, approche-toi de ton père. Thérèse, relève le menton. Angela, soulève un peu Janine, on ne la voit pas.

Bertille posa également avec Clara. Le perron servit là encore de décor en raison de son exposition au soleil. La dame de Ponriant ne manquait pas de portraits d'elle, depuis ses vingt ans, elle se faisait photographier chez un homme de l'art, en ville. Mais cela l'amusait. Les images que prenait sa nièce, en plein air, dans un cadre réel, auraient sûrement plus d'intérêt.

La rumeur s'était répandue : Léon faisait les courses au bourg et il s'empressa de parler de l'appareil américain. Le 27 décembre, comme Matthieu accueillait ses ouvriers pour lancer la fabrication d'une commande de cartons, un des hommes demanda, son béret entre les mains :

— Dites, patron, quand votre jeune dame sera rétablie, si elle pouvait photographier nos gosses, devant la maison. J'ai recrépi la façade, ça fera propre. Après, le cliché, on le fera encadrer.

— Oui, pourquoi pas ! répondit Matthieu.

Il ne devait jamais regretter d'avoir fait à Faustine un cadeau aussi extravagant, mais son geste eut des conséquences inattendues.

Lorsqu'ils purent s'installer à nouveau chez eux, la jeune femme eut droit à de nombreuses visites. Le chemin des Falaises, les dimanches, devint un lieu de promenade pour ceux du bourg et des fermes voisines. On passait devant la maison, les enfants tirés à quatre épingles, cheveux pommadés. Les mères portaient leur plus jolie robe, les hommes avaient boutonné haut les cols de chemise et étrennaient une cravate.

Sous la fenêtre de Faustine, on ralentissait, on flânait. Elle sortait discuter et, immanquablement, on lui posait la question :

« Ça ne vous dérange pas, madame Roy, de faire un cliché des petits ? »

« Dis donc, Faustine, je t'ai connue gamine. Tu l'as encore, ton appareil photographique ? Parce que ce serait gentil de prendre le pépé. »

Faustine acceptait volontiers. Cela l'amusait. Sous les regards intrigués, elle allait chercher le fameux appareil et faisait les réglages. Elle expliquait en même temps le fonctionnement de la chambre noire et les mystères du développement. Adultes, jeunes et bambins lui obéissaient avec respect. Elle leur indiquait l'endroit où se placer, de même que l'attitude à adopter.

Enfin, tenant fermement le boîtier, elle se penchait sur le petit carré en verre où était renvoyée la future photographie et, les lèvres pincées à force d'application, elle actionnait la minuscule manette.

Le 15 janvier, deux pellicules étaient prêtes à partir pour Angoulême.

— Matthieu, j'ai tellement hâte de voir le résultat, répétait-elle.

— J'irai dès que je pourrai, promis.

Le jeune homme rentrait du Moulin tard le soir, épuisé. Il tenait à donner à sa clientèle un service parfait et il veillait au moindre détail. Mais il savourait leur intimité. Faustine lui racontait en détail sa journée.

— Je suis restée au lit jusqu'à midi, puisque je dois me ménager. Ensuite j'ai cuisiné. Maman et Angela sont passées me voir. Tiens, le vieux Vincent de Chamoulard a rôdé sur le chemin avec ses brebis. Je ne l'avais jamais vu par ici. Figure-toi que lui aussi il espérait se faire photographier.

— Sérieux ? Le vieux Vincent ! s'étonnait Matthieu.

— Oui ! J'aurai bientôt tous les gens de la vallée et du village sur pellicule. Et cet après-midi, j'ai tricoté. Je ne suis pas très douée. Tiens, regarde ma brassière. Il y a une manche plus longue que l'autre ; je dois la défaire.

Le jeune homme admirait le trousseau du bébé. Tous ces vêtements d'une taille miniature le charmaient. Faustine n'utilisait que du tissu et de la laine blanche. Selon le sexe de leur enfant, elle prévoyait d'orner le linge de rubans bleus ou roses.

L'année 1921 s'annonçait bien. La période de froid passée, l'air fut doux, le ciel, ensoleillé. Les labours d'hiver commençaient dans les champs fertiles qui s'étendaient en aval du Moulin. De lourds chevaux de trait, achetés à grands frais lors des foires aux bestiaux, reprenaient le travail, attelés aux charrues. C'était les poulains nés juste avant la guerre ou pendant le conflit.

— On se croirait déjà au printemps, fit remarquer Faustine à Claire, un matin de la fin de janvier.

— Oui, les pissenlits sortent de terre et l'herbe repousse. Et toi, comment te sens-tu ?

— Très bien, maman, je t'assure. D'abord, je reste tard au lit et je me recouche vers cinq heures, pour lire jusqu'au retour de Matthieu.

Claire rendait visite à sa fille tous les jours, inquiète de la savoir seule. Elle l'accablait de conseils sur la tenue de la maison. Une fois encore, elle inspecta la petite cuisine et revint en soupirant.

— Une de tes casseroles a le fond noirci. Tu devrais la poncer avec une éponge métallique ou la décrasser aux cristaux de soude. Si seulement tu avais quelqu'un pour t'aider au ménage. Comment feras-tu, quand il faudra laver les langes ?

Faustine aimait s'occuper de son intérieur tout en se montrant moins pointilleuse que sa mère.

— Je verrai bien le moment venu, répondit-elle. J'en ai tellement d'avance, des langes : deux pleines panières.

Claire fronça les sourcils en découvrant une fine couche de poussière sur le buffet. L'instant suivant, elle se saisissait d'un chiffon et astiquait le meuble.

— Maman, arrête un peu. Je préférerais bavarder avec toi.

— Nous bavarderons quand ce sera impeccable ici.

Une heure plus tard, Claire servit une tisane de tilleul sucrée au miel. Elle fixa Faustine longuement, avant de déclarer :

— Pour l'accouchement, j'aimerais bien que tu sois hospitalisée, ma chérie. Non, ne fais pas ces yeux-là. Je n'ai plus confiance en madame Colette. Il paraît qu'elle boit. Et puis, elle a presque soixante-dix ans. Quant à notre nouveau docteur, il a des manières qui me déplaisent.

Le cœur de Faustine se mit à battre plus vite. Elle luttait au quotidien contre la terreur que lui inspirait la naissance de son bébé. Certaines femmes ne se gênaient pas pour raconter, d'un ton sinistre, combien elles souffraient dans ces moments-là. Simone, la cuisinière de l'institution, n'avait eu qu'un fils. Elle avait été marquée dans sa chair par des douleurs inhumaines en le mettant au monde. Raymonde, elle, se plaisait à décrire une sensation d'écartèlement et des sortes de coups de couteau au creux des reins. Claire aurait été bien en peine d'évoquer sa propre expérience. Cela la désolait.

— Maman, nous avons encore le temps d'y penser. Je ne suis qu'au cinquième mois, répliqua Faustine. Ne te tracasse pas, c'est naturel d'accoucher.

Claire fit la grimace. Elle songeait à sa mère, Hortense, morte de ses couches. Jamais, elle n'avait pu oublier l'odeur du sang sur les draps et l'image d'horreur qu'il y dessinait. Colin, son père, avait failli perdre la raison.

« Et Raymonde, pendant la guerre, nous avons cru la perdre, elle aussi. Ses jumeaux n'ont pas survécu, alors qu'elle avait enduré un calvaire », se souvint-elle en frissonnant.

Faustine lisait sur son visage le reflet d'affreux souvenirs. Elle changea vite de sujet de conversation.

— Quand retournes-tu au château ? Matthieu m'a dit que tu correspondais avec Edmée. Marie s'est bien habituée à son école ?

— Il paraît que oui, affirma Claire d'un drôle d'air. Edmée ne m'en touche que peu de mots. En bonne châtelaine, elle a repris goût à la vie mondaine. D'après sa dernière lettre, elle a renoué avec ses anciennes connaissances et reçoit beaucoup. Bref, elle ne s'ennuie pas et n'a plus besoin de moi.

Le ton froid trahissait une certaine amertume. Faustine ne fut pas dupe.

— Pauvre maman, tu aurais bien voulu être invitée !

— Moi ? Pas du tout, je ne me sentirais pas à l'aise au milieu de tous ces gens, les aristos, comme dit ton père. Ceci dit, Bertrand et Bertille ont dîné là-bas, en décembre. Clara aime beaucoup Marie ; elles sont bonnes amies.

— Avoue que tu es vexée ! s'écria la jeune femme. Je te comprends, tu t'es dévouée pour Edmée, et grâce à toi, elle a épongé ses dettes.

Claire haussa les épaules. Elle était surtout très déçue par l'attitude de la châtelaine qui, depuis le rétablissement de sa fortune, s'évertuait à garder ses distances dans ses relations avec elle.

— Que veux-tu, ma chérie ? Nous ne sommes pas du même milieu. Je m'en fiche. Sais-tu que ton père trime dur dans sa vigne. Il m'a juré que nous aurions du vin pour l'année. D'après lui, les pommiers sont superbes et il compte produire du cidre en quantité. Jean se bonifie, avec l'âge. Il est tellement heureux d'être grand-père.

La discussion s'orienta sur Matthieu, qui faisait de louables efforts pour redorer le blason des papeteries Roy.

Claire partit à la tombée de la nuit. Faustine monta s'allonger. Elle posa ses mains sur son ventre et guetta un mouvement de l'enfant. Le moindre soubresaut que ses doigts percevaient la réjouissait.

— Ton papa sera bientôt là, mon bébé.

Elle ferma les yeux. Le médecin avait interdit toute relation conjugale. Cette chasteté pesait au jeune couple.

— Le docteur n'est qu'un idiot ! chantonna Faustine. Mais, bon, il vaut mieux lui obéir.

Dès qu'elle entendit s'ouvrir la porte du rez-de-chaussée, la future mère descendit, ses longs cheveux défaits, une robe large en laine verte moulant seulement sa poitrine. Matthieu, harassé, lui tendit les bras.

— Ma petite chérie ! Je n'en pouvais plus d'être loin de toi.

Il s'assit dans le fauteuil en cuir que leur avait offert Bertille. Selon un rite bien établi, elle se blottit sur ses genoux. Comme chaque soir, ils échangèrent des mots doux et des confidences avant de s'embrasser avec délectation. Les baisers remplaçaient les étreintes dont ils se languissaient.

Matthieu se perdait dans le regard bleu de Faustine ou frottait son nez au creux de son cou.

— J'ai une excellente nouvelle, dit-il enfin : un contrat ferme avec une entreprise bordelaise. C'est de l'argent assuré pendant plusieurs mois. Devine ce que je vais fabriquer ?

— Du carton d'emballage ? questionna-t-elle. Non, du vélin royal ?

— Du buvard, coupa Matthieu. Du buvard de trois couleurs différentes. L'entreprise, elle, s'occupe de la découpe et de l'impression. Il y aura des réclames imprimées dessus, c'est à la mode. Vois-tu, à la prochaine rentrée scolaire, les parents qui achèteront une certaine marque de cahiers auront droit à un buvard gratuit, mais publicitaire.

Faustine fut stupéfaite. Elle se leva et disposa le couvert pour le repas.

— Ça doit être amusant ! Peut-être qu'ils t'en enverront un paquet. Je pourrais en distribuer à l'institution.

— Peut-être, répéta-t-il. Et, demain, ma chérie, je dois absolument aller en ville. Je déposerai tes pellicules. Es-tu contente ?

— Bien sûr ! s'écria-t-elle.

Ils mangèrent face à face, ravis de l'électricité rétablie depuis une semaine, de la soupe qui manquait de cuisson et des œufs au plat dont le blanc était presque carbonisé. Faustine se montrait étourdie. Elle était tellement heureuse de parler avec Matthieu qu'elle ne surveillait guère son fourneau.

Ils montèrent se coucher en se tenant par la main. Dans le grand lit, dont ils tiraient les rideaux, le désir se faisait pressant. Ils se grisaient de tendresse et de caresses. Le plus important, c'était d'être tous les deux, mariés, isolés du reste du monde entre les draps tièdes de leur chaleur.

— J'ai beaucoup réfléchi aujourd'hui, dit-elle soudain d'une voix somnolente. Notre bébé a été conçu dans la Grotte aux fées, j'en suis sûre. Tu te souviens, c'était après cette horrible dispute, au bord du ruisseau de Torsac. Nous nous retrouvions en cachette dans la grotte. Alors, j'ai l'intuition que nous aurons une fille, une petite fée merveilleuse.

Matthieu eut un sourire amusé. L'idée le séduisait, mais le rappel de leurs ébats délicieux à la lueur d'une bougie lui fit perdre la tête.

— Faustine, tu le fais exprès ! Je n'en peux plus, moi.

Cette nuit-là, ils désobéirent à la prescription du docteur. Cela devint une douce habitude.

A la demande de Claire, Bertille décida de consacrer une journée par semaine à Faustine. Ce fut le vendredi, lorsque Clara suivait les leçons de son précepteur le matin et des cours de piano l'après-midi, sous la férule d'une vieille dame jadis concertiste. Le petit Arthur avait fait remarquer à Clara qu'elle avait bien de la chance de pouvoir profiter de leçons de piano.

— Dis, maman, il ne pourrait pas venir avec moi, aux leçons de piano, Arthur ? avait demandé la petite fille d'une voix câline, ravie de l'éventualité de voir son petit camarade chaque vendredi.

Bertille avait réfléchi au talent précoce de musicien du jeune garçon. Il aurait été dommage de ne pas l'encourager.

— Mais bien sûr, ma chérie. J'en parlerai demain à Claire.

Dès qu'elle avait vu sa cousine, Bertille avait abordé la question.

— Mais nous n'avons pas les moyens d'offrir des leçons de piano à Arthur, avait répondu Claire, d'un ton attristé.

— Il profitera des leçons de Clara. Et, à son contact, elle fera sans doute des progrès. Tu sais que malgré ses leçons, ma fille n'est pas un génie au piano. Elle a besoin d'une émulation. Elle éprouve une vive affection pour ton petit demi-frère et je suis sûre qu'Arthur saura l'inciter à se perfectionner.

— Pour le moment, Arthur ne fréquente que l'école maternelle. Je demanderai à son institutrice la permission de le retirer le vendredi après-midi. Mais l'année prochaine ce sera plus sérieux et…

— Les leçons de piano pourront avoir lieu le samedi. On trouvera toujours un arrangement.

Il avait donc été décidé d'envoyer Maurice chercher le petit garçon. Le domestique le ramenait au Moulin, la leçon terminée. Bertille faisait le chemin inverse dans la voiture conduite par son serviteur qui la déposait au passage chez Faustine et la ramenait à son retour.

Recevoir la dame de Ponriant était très distrayant pour la jeune femme. Bertille apportait dans son sillage des potins angoumoisins et des nouvelles de Paris obtenues grâce aux lettres de Corentine. Elle offrait également à Faustine des petits fours aux amandes et du thé de Chine. La maison au bord du chemin vibrait de rires et de bavardages. Il ne fallait pas compter sur Bertille pour donner des détails de son accouchement. Sous ses allures graciles et son teint de lys, c'était une femme de caractère, courageuse et fière. Elle réussissait à chasser les angoisses de sa nièce, par le cœur.

— Ce n'est pas une partie de plaisir, confia-t-elle une fois, mais la récompense est si extraordinaire. Dès que j'ai tenu Clara dans mes bras, j'ai oublié les désagréments inévitables de la naissance. Ne t'inquiète pas, ma chérie, il suffit de rester calme, de respirer à fond, d'accepter la chose, en résumé. Ton corps travaille dur pour laisser sortir le bébé. Avec de la volonté et de la lucidité, ce n'est pas si terrible.

Ces paroles réconfortèrent la jeune femme autant que la présence lumineuse de Bertille. Elle la surnommait toujours tantine, même si leurs liens de parenté étaient, en réalité, inexistants.

— J'adore ta maison de poupée, affirma Bertille le troisième vendredi, à la mi-février. Elle respire l'amour et le bonheur !

— Maman n'est pas de ton avis, soupira la jeune femme. Elle fait le ménage à peine entrée, et il y a toujours un détail qui cloche. Les torchons sont mal repassés, la marmite ne brille pas assez, et que sais-je encore ?

— Claire devient maniaque. Mais non, elle était déjà comme ça adolescente. Toi, tu as hérité de ton père. Jean aime créer, agir, et il se moque du désordre.

Faustine écoutait, assise dans le confortable fauteuil en cuir, une couverture sur les genoux. Bertille, perchée sur un tabouret, semblait poser. Elle avait renoncé à la mode qui prônait les coupes à la garçonne et laissait repousser ses cheveux de fée. Une nuée de frisettes couleur de lune auréolait son ravissant visage et frôlait ses épaules menues.

— Maman et toi, vous êtes les plus belles femmes que je connaisse, assura Faustine après un temps de réflexion.

— Merci, ma chérie ! Les compliments font chaud au cœur. Hélas, j'ai des rides au coin des yeux.

— Tantine, c'est imperceptible !

Bertille fit une grimace résignée. Elle picora des miettes de biscuit dans le plat.

— Je n'ai pas à me plaindre, bien sûr, dit-elle d'un air rêveur. Je n'aurais jamais espéré vivre dans le luxe, sous le toit de Ponriant. Mais j'ai l'impression que ma vie a filé à une vitesse surprenante. Durant toutes ces années passées à Angoulême, j'étais comme endormie, renfermée sur la douleur de ne pas avoir celui que j'aimais, Bertrand Giraud, l'objet de toute ma passion.

— Tu voyais beaucoup de gens, pourtant, puisque tu tenais un commerce, hasarda Faustine.

— Guillaume gâchait la moindre de mes joies. Il était jaloux et aigri. Et quand j'ai été guérie de ma paralysie, ce fut encore pire. Il aurait dû s'en réjouir, mais il se lamentait en prétendant qu'il ne pouvait plus me surveiller. Cela ne m'a pas empêchée de le pleurer sincèrement quand il est mort les premiers jours de la guerre. Pauvre Guillaume !

Bertille secoua la tête et demanda à voir le trousseau du bébé. Elle aimait la layette, les colifichets, le tissu neuf.

— Je vais noter ce qui te manque, déclara-t-elle. J'ai conservé de superbes toilettes que Clara portait durant sa première année.

Si c'est une fille, cela ira parfaitement. Et si tu as un garçon, j'ai mis de côté les affaires de Félicien. Il a onze mois, presque l'âge de Janine. Bertrand a dépensé sans compter pour son petit-fils. Je t'assure, cet enfant est habillé comme un prince. Oh, excuse-moi de parler de lui, je sais que cela t'agace.

Faustine fuyait autant que possible le fils illégitime de Denis. Elle voulait effacer le souvenir de sa brève union avec le fils de Bertrand, qui s'était terminée par la mort tragique du jeune homme. Félicien n'avait aucune responsabilité dans ce drame, mais il ressemblait beaucoup à son père, et sa simple vue la troublait.

— Ce n'est pas grave, tantine. Je suis sotte aussi.

Après les discussions et le goûter, Faustine montra à Bertille, pour la seconde fois en quinze jours, ses photographies enfin développées. Elles prenaient toutes les deux un plaisir enfantin à les regarder une par une et à les commenter. Le format réduit des tirages les obligeait à utiliser une loupe dans certains cas.

— La tête de Léon sur celle-ci ! pouffa Bertille.

— Il n'avait pas envie de poser à côté de sa belle-mère, mais tu penses bien que Jeanne a retrouvé le chemin du Moulin pour se faire tirer le portrait.

Faustine appuyait parfois sa joue contre celle de Bertille, pour respirer le parfum délicat de la poudre de riz ou sentir le soyeux de sa chevelure. Elle aimait Claire de tout son cœur et la considérait comme sa véritable mère. Mais Faustine était plus détendue avec sa tantine qu'aucun sujet de conversation ne rebutait. Bertille ne jugeait jamais, elle faisait preuve d'un esprit ouvert et moderne. Vers six heures, elle remit son manteau et sa toque.

— Maurice ne va pas tarder, soupira-t-elle. Dommage que Bertrand ne veuille plus que je conduise la voiture. Tu embrasseras Matthieu de ma part, Faustine.

— Tu ne m'as pas donné de nouvelles de l'école, tantine, protesta la jeune femme. J'ai écrit aux filles, Léon leur a porté la lettre, mais je m'inquiète.

— Ta remplaçante n'est pas si sévère que ça, affirma Bertille. Je parie que bientôt les pensionnaires feront une promenade devant chez toi.

Un coup de klaxon résonna dehors, dominant le ronronnement régulier d'un moteur. Bertille sortit en agitant la main. Faustine rangea les photographies dans une boîte en carton et mit le couvert. Un élan irréfléchi la poussa à regarder par la fenêtre. Elle eut alors une autre vision de la dame de Ponriant, les traits tirés, la bouche amère.

— Qu'est-ce qu'elle me cache ? marmonna-t-elle.

Le vendredi suivant, les orphelines de l'institution Marianne n'étaient toujours pas passées sur le chemin des Falaises. Faustine accueillit Bertille avec le même enthousiasme, mais elle l'interrogea aussitôt :

— J'ai guetté l'arrivée de mes élèves toute la semaine, en vain, tantine.

— Ah ! Il y a une épidémie de varicelle, ma chérie. Le docteur a consigné tout le monde dans l'école. La petite Sophie a beaucoup de fièvre. Ce n'est pas le moment que tu attrapes cette maladie.

Bertille souriait en déballant des paquets contenant de la layette. Faustine l'observait. Au fond des larges prunelles grises, elle put lire une sorte de détresse proche de la panique.

— Tantine, tu es sûre que ça va ?

— Oh, toi ! Impossible de tricher, tu devines toujours quand je ne suis pas vraiment gaie. Il s'agit de Bertrand. Il m'a avoué le mois dernier qu'il avait consulté le médecin, juste après ton mariage. Son cœur lui joue des tours. Il a déjà eu deux malaises. Je vis dans la peur de le perdre. Si tu savais, Faustine, combien je l'aime. Je n'imagine pas la vie sans lui. Clara n'a que six ans, elle a besoin de son père encore des années.

L'invincible Bertille s'effondra dans le fauteuil et pleura en silence. Faustine, désemparée, lui caressa le front et les joues.

— Mais, tantine, il y a sûrement des médicaments pour le soulager.

— Je l'ai mis au régime ! Plus de vin du tout, moins de viande, et chaque matin je l'envoie faire le tour du parc à pied.

— Il faut le dire à maman ! s'écria Faustine. Elle le soignera.

— Je crois qu'aucune plante ne peut réparer un cœur en mauvais état, répondit Bertille d'une voix frêle. Enfin, tu as raison, je lui en parlerai. Changeons de sujet, ma chérie. Je dois te transmettre le bon souvenir de Louis de Martignac. Le jeudi, il vient chercher Clara pour qu'elle passe l'après-midi avec Marie. Je lui ai dit de venir te saluer, mais il n'ose pas.

Faustine remarqua soudain que le teint pâle de Bertille avait légèrement rosi. Elle attribua ce détail à la vive chaleur que dégageait le poêle.

— Il a raison, tantine. Ce ne serait pas correct de le recevoir seule, concéda-t-elle.

— Depuis quand te soucies-tu de ce qui est correct, toi ? s'étonna Bertille. Bah, c'est un charmant garçon, un peu étrange.

Elles se turent. Au loin le clocher du bourg sonnait. Des aboiements retentirent. Un troupeau de vaches, guidé par un adolescent aux sabots garnis de paille, défila sous la fenêtre. L'odeur forte des lourdes bêtes se glissa sous la porte. Faustine suivit des yeux le balancement des croupes anguleuses, au poil blanc taché de roux.

— C'est le berger du vieux Vincent, précisa-t-elle. Ici, je suis aux premières loges. Le chemin est très fréquenté, tu n'imagines pas !

Bertille sursauta, comme arrachée à ses pensées. Pour avoir prononcé le prénom du jeune Martignac, un malaise singulier l'oppressait. Elle quitta Faustine un peu plus tôt.

Une fois dans sa chambre, à Ponriant, elle s'enferma à clef.

— Qu'est-ce qui me prend ? pesta-t-elle en enlevant sa robe et ses bas de soie en tremblant un peu.

Bertrand lisait dans le salon, Clara s'amusait avec ses poupées devant la cheminée. Elle leur avait dit qu'elle montait se changer.

Les nerfs à vif, Bertille se campa devant la psyché au cadre doré, offerte par son mari, à l'occasion d'un anniversaire de mariage. Le miroir ovale où elle pouvait se voir de la tête aux pieds lui renvoya son image, en chemisette de satin bleu et culotte en dentelle.

D'un geste rageur, elle se mit nue et étudia son reflet d'un air anxieux : à quarante-trois ans, elle avait un corps de jeune fille, la taille très fine, les hanches et les épaules étroites, les jambes et les bras d'une minceur juvénile. Seuls, ses seins étaient plus ronds que jadis, mais à peine. La lumière terne du crépuscule vint se heurter à ses formes gracieuses d'une blancheur mate. C'était un de ses atouts, Bertrand le répétait assez souvent.

Bertille jouissait d'une peau magnifique, couleur de lait, mais parfaitement unie.

— Une statuette d'ivoire ! disait l'avocat.

Elle s'approcha de la glace. Elle scruta son cou et les rides au coin de ses paupières. Mais le dessin de ses lèvres d'un rose tendre et l'éclat de son regard la rassurèrent.

— Est-ce que je rêve ? dit-elle très bas. Louis de Martignac me fait la cour, alors que je suis mariée et beaucoup plus âgée que lui.

Bertille compta rapidement une différence de dix-neuf ans.

— Il pourrait être mon fils. Mon Dieu, c'est d'un ridicule ! J'ai intérêt à le remettre à sa place. Claire prétendait que c'était un jeune homme plein de principes, soucieux des convenances ! Dans ce cas, il se moque de moi, ou bien il veut me forcer à faire un faux pas !

La dame de Ponriant tourna le dos à sa beauté inaltérable et enfila des sous-vêtements propres, ainsi qu'une longue robe d'intérieur. Elle noua un ruban à ses cheveux et rejoignit son mari et sa fille.

Le visage de Louis de Martignac l'obsédait, malgré tous ses efforts pour ne pas y penser. Elle le trouvait très séduisant. Il incarnait la jeunesse, l'élégance, l'originalité.

Assise au coin du feu, Bertille feignait de consulter une revue de mode, mais elle se revoyait dans le grand salon du château de Torsac. Edmée les avait invités. Il y avait d'autres convives, rien que des noms à particule. A table, elle s'était retrouvée près de Louis. Quelque chose s'était passé : des regards, des plaisanteries échangées. Au moment du départ, le jeune châtelain les avait raccompagnés jusqu'à la voiture. Il la fixait d'un air ébloui, et cela suffisait à la bouleverser.

« Je suis folle, se reprocha-t-elle. Je ne reverrai pas ce garçon. »

La gouvernante vint annoncer le menu du dîner. Bertrand leva le nez de son journal. Clara abandonna ses poupées et courut se jeter au cou de sa mère.

— Maman, tu es triste ? constata l'enfant.

— Mais non, quelle idée !

L'avocat contempla ses princesses, comme il appelait sa femme et sa fille. Bertille lui adressa un sourire très doux. Elle se méprisait de songer à un homme deux fois plus jeune que son mari bien-aimé, au cœur fragile.

— Au fait, lui dit Bertrand au même instant, Edmée nous a écrit. Elle nous invite à un bal organisé par Louis à l'occasion du Mardi gras. Il faudrait se costumer. Ce serait distrayant ! Qu'en penses-tu, princesse ?

— Je pense que nous n'irons pas, répliqua Bertille. Je me suis trop ennuyée, la dernière fois. Et puis, ces gens m'exaspèrent. Edmée ferait mieux de convier Claire à son bal.

Une heure plus tard, elle changeait d'avis. Clara boudait, car elle voulait se déguiser en Japonaise et danser avec Marie. Bertille en perdit le sommeil. Elle devrait être la plus belle.

Bertille avait plus d'un tour dans son sac. Elle envoya une missive à Edmée de Martignac, lui faisant comprendre de façon aimable que son mari et elle répondraient volontiers à son invitation si Claire, Jean, Faustine et Matthieu pouvaient participer à la fête. Ce fut Louis qui répondit au courrier pour s'excuser de ce fâcheux oubli. Comment avait-il pu omettre leurs amis du Moulin du Loup ? Il convia également Angela.

Ce coup de théâtre provoqua un véritable affolement. Claire jugeait imprudent d'emmener Faustine en voiture, mais la jeune femme, confinée chez elle depuis trop longtemps, tenait à se rendre au château. Un autre problème se posait : ils n'avaient qu'une semaine pour préparer leurs costumes.

— Quelle idée ! ronchonnait Claire. Un bal masqué ! Nous aurons l'air de quoi face aux gens de la haute société ?

Jean décida d'aller en ville à la boutique d'un loueur de déguisements. Matthieu l'accompagna.

Il y eut une réunion des femmes chez Faustine. Celle-ci était contrariée, répétant que sa grossesse l'empêchait de s'habiller comme elle l'aurait voulu.

— Moi, je mettrai ma robe en velours rouge, celle que j'avais à Noël, décréta Claire. C'est une copie d'un modèle de grand couturier. Je me ferai un chignon haut et je porterai un loup en velours noir, avec une voilette en dentelle. Edmée n'a jamais vu cette robe-là ; j'aurai l'air d'avoir une toilette neuve.

Angela rêvait de se déguiser en bergère. Ce n'était pas la

tenue la plus compliquée à réaliser : un jupon rayé de Faustine pour le bas, un corsage blanc à manches bouffantes pour le haut, sur lequel Claire comptait lacer un corselet noir qui avait appartenu à sa mère du temps où Hortense était adolescente.

— Je garde beaucoup de vêtements dans le grenier, expliqua-t-elle. Voici la preuve que ça peut servir. Nous trouverons sans doute d'autres merveilles. Jean n'avait pas besoin de courir à Angoulême. Il est si dépensier. Je me demande ce qu'il va nous rapporter !

Claire eut la réponse à cinq heures du soir. Jean et Matthieu firent irruption, encombrés de cartons et de sacs en papier. Les deux hommes semblaient hilares.

— Ah ! Nous allons faire sensation au château, déclara Jean avec une mimique comique. Mon gendre et moi, nous serons déguisés en hussards de l'armée hongroise. Edmée en aura des vapeurs !

— Tu n'as pas honte ! le gronda Claire. Dire des bêtises pareilles devant Angela.

La jeune fille riait aux éclats. Jean lui pinça la joue. Il appréciait sa gaîté et la fossette qui creusait son menton.

— Toi au moins, tu comprends les blagues, s'écria-t-il. Mais ma chère épouse devient sérieuse avec l'âge !

Claire bondit de sa chaise et tira la moustache de Jean.

— Je t'interdis de me comparer à une vieille matrone. Tu ne perds rien pour attendre. Au château, je danserai avec un vrai monsieur et tu seras malade de jalousie.

Faustine assistait à cet échange de plaisanteries avec le sourire. Elle chérissait sa famille. Matthieu s'approcha d'elle et ouvrit un gros carton rond :

— J'ai déniché la robe qu'il te fallait, ma chérie. De style Empire, ce qui signifie une taille très haute, sous les seins, et de l'ampleur au niveau du ventre. Le loueur me l'a expliqué. Le décolleté fera soupirer tous les hommes du bal.

— Comme celui de Joséphine de Beauharnais ! dit-elle en exprimant son soulagement. Tu as toujours de bonnes idées ! Oh, il faudra me faire la même coiffure, les cheveux relevés et une mèche sur l'épaule. Angela, je t'en prie, passe-moi le gros dictionnaire, là, en haut de l'étagère. Je vais te montrer, il y a un portrait de l'impératrice. C'était l'épouse de Napoléon Ier.

La jeune femme n'avait pas oublié ses manies d'institutrice. Elle aimait rappeler à tous que l'histoire de France était sa marotte.

L'ambiance était au beau fixe. Le grand jour arriva, mais Thérèse faillit tout compromettre. Elle n'était pas invitée et en souffrait profondément. En admirant Angela dans sa toilette de bergère, la fillette éclata en sanglots.

— Mais qu'est-ce que tu as ? demanda Claire.

— Rien, je suis triste, c'est tout.

Arthur restait lui aussi au Moulin, sous la surveillance de Léon. Le petit garçon déclara bien fort :

— Moi, je le sais, ce qu'elle a, Thérèse ! Elle voudrait aller au château avec vous.

L'apparition de Jean de fort bonne humeur, déguisé en hussard, fit pleurer davantage Thérèse. Elle bredouilla, entre ses larmes :

— Vous avez tous de jolis costumes et des masques en velours, pas moi.

— Veux-tu te taire, gronda Léon. En voilà des manières de réclamer. Je t'ai dit qu'après le souper, on jouerait à la belote avec Arthur.

Angela était désolée. Toute sa joie retomba. Elle se pencha sur la fillette et lui caressa les cheveux.

— Si tu as mal au cœur, ma Thérèse, tant pis ! Je n'irai pas, déclara-t-elle.

L'adolescente faisait là un gros sacrifice. Elle adorait la cape brune qui descendait jusqu'à ses chevilles, le corsage aux manches bouffantes et le corselet. Claire avait bien brossé ses boucles brunes qui s'échappaient d'une petite coiffe à l'ancienne.

— Sois raisonnable, Thérèse, dit Jean. Tu es bien jeune pour veiller. Nous rentrerons tard.

Claire observait le minois pathétique de la fillette. Thérèse travaillait dur à l'école et tout son temps libre était consacré à sa petite sœur Janine. Elle aidait aussi à soigner les chèvres et prêtait main-forte pour les lessives.

— Quand même, c'est normal qu'elle ait envie de nous accompagner, indiqua-t-elle. Thérèse n'a jamais de distractions. Léon, est-ce que je peux l'emmener ?

— Faites à votre idée, patronne ! Mais, à ce rythme, Arthur voudra vous suivre aussi.

— Non ! trancha le garçonnet. Je préfère jouer à la belote et dormir avec Moïse.

— Viens vite, ma chérie, dit Claire. Je crois avoir de quoi te déguiser en princesse. Angela, prends mon nécessaire à couture. J'en ai pour moins d'une heure.

Jean leva les bras au ciel. Il avait un peu trop chaud dans son uniforme d'opérette.

— Nous serons les derniers arrivés ! pesta-t-il. Buvons un coup, Léon, en attendant ces dames.

Faustine et Matthieu guettaient la voiture de Jean pour prendre la route en même temps que lui. Emmitouflée dans une veste de fourrure, la jeune femme grelottait. Sa robe impériale était très légère.

— Que font-ils, au Moulin ? J'ai les pieds gelés, et puis nous serons en retard.

— Eh bien, partons devant ! décréta-t-il. Je roulerai doucement, ton père finira par nous rattraper.

Faustine s'installa dans la Panhard, et Matthieu lui couvrit les jambes d'un plaid. La nuit tombait. Le couple éprouva du plaisir à suivre la route de Torsac, bordée par des sous-bois. Les phares aveuglèrent un lièvre qui détala en trois bonds.

— Tu te souviens, souffla-t-elle, du soir où tu m'avais reconduite à Angoulême, quand j'habitais chez tante Blanche ? Je souhaitais en cachette que le trajet dure des heures. Je t'aimais tant, déjà.

— Et moi donc ! renchérit-il. Je n'osais pas te courtiser, à cause de Corentine et de Denis. Bah ! n'y pensons plus, nous sommes mariés et bientôt nous aurons notre bébé.

Il lui étreignit la main. Elle souriait, heureuse de retourner au château, de parader dans sa toilette de soie beige. Avant d'entrer dans le village, l'automobile de Jean les doubla. La manœuvre était imprudente. Matthieu poussa un juron :

— Ton père est pire qu'un gamin. Un peu plus et je versais dans le fossé.

— Mais non, tu avais de la place. Papa ne me mettrait jamais en danger.

Faustine descendit du véhicule dans la cour du château. Elle aperçut une silhouette vêtue de rose, la tête couronnée d'un diadème en carton peinturluré de doré à la hâte.

— Thérèse ! s'étonna-t-elle. Que tu es jolie !

La fillette riait de fierté. Claire expliqua brièvement les raisons de leur retard, en ajoutant que Jean avait battu des records de vitesse au volant.

Louis de Martignac venait les accueillir. Les gravillons crissaient sous les talons de ses hautes bottes en cuir. Le jeune homme était superbe. Personne ne pouvait s'y tromper, il portait un costume de prince, tel qu'on les représentait dans les livres illustrés de contes de fées. Les cuisses moulées par un collant blanc, une sorte de culotte bouffante fendue sur du satin bleu nuit, il arborait un pourpoint en velours et un drôle de chapeau orné d'une plume presque transparente.

— Mesdames, messieurs, si vous voulez bien me suivre, proclama-t-il, la fête bat son plein.

Claire eut l'impression d'évoluer dans une autre époque, fort lointaine. Les tours du château étaient éclairées par des torches. De la musique lui parvenait. Sa large robe bruissait. Le loup de velours noir lui donnait la sensation d'être une inconnue dont on ne pouvait discerner les traits. Faustine s'accrochait au bras de son hussard de mari.

Edmée de Martignac et son fils avaient l'art de recevoir. La vieille demeure resplendissait. Claire remarqua tous les changements effectués : une abondance d'immenses tapis, des rideaux neufs en mousseline, des lustres de cristal qui scintillaient de mille feux.

« Mais il y a l'électricité ! se dit-elle. Et les lambris sont repeints. »

Une foule bariolée emplissait le grand salon. Un orchestre interprétait une valse. Intimidée, Angela se cacha derrière Jean. Il la rassura en lui étreignant la main quelques secondes.

— N'aie pas peur, déclara-t-il. Personne ne te mangera.

Les robes des femmes, de couleurs différentes, chatoyaient. Les masques souvent rebrodés de brillants accentuaient les regards curieux qui se rivaient aux nouveaux arrivants. Louis de Martignac guida Claire vers une banquette tapissée de frais. Elle cherchait Edmée des yeux.

— Je vous apporte une coupe de champagne, promit le châtelain.

Faustine confia sa veste à une jeune fille tout en noir, un petit tablier blanc noué à la taille. C'était manifestement une employée de la maison.

— Tu es très belle, chuchota Matthieu à sa femme.

Elle esquissa un sourire gêné. La robe de style Empire laissait nus ses épaules, ses bras, son cou et la moitié de ses seins. Un large ruban rouge, serré sous la poitrine, égayait la teinte pastel du tissu. Le loup en satin rose dissimulant une partie de son visage lui sembla soudain précieux. Elle ignorait qu'il faisait paraître son regard bleu plus intense encore.

Un gendarme coiffé d'un tricorne noir se rua vers Jean et l'entraîna près de la cheminée où de grosses bûches se consumaient. Ce n'était nul autre que Bertrand Giraud.

— Ah ! ah ! mon gaillard ! lança-t-il d'un ton autoritaire. Je vous tiens !

— Monsieur l'avocat est dans la maréchaussée ! persifla Jean. Dites, vous avez maigri !

— Je suis privé de toutes les bonnes choses que j'aime, mon cher ! Sinon je risque de finir quatre pieds sous terre. Le cœur ! Donc un régime sévère !

Alors qu'ils s'évitaient depuis le mariage de Faustine et de Matthieu, tout à fait réconciliés maintenant, ils se lancèrent dans une discussion sur les bons et les mauvais docteurs. Claire, sa coupe de champagne à la main, s'était levée et déambulait parmi les invités. Elle croisa enfin Edmée, qui avait quitté le deuil et allait d'un groupe à l'autre, tout de vert vêtue. Sa robe fluide, dévoilant les mollets, la changeait beaucoup. Un sautoir en perles noires, à la dernière mode, ajoutait une touche d'élégance à sa toilette.

— Edmée ! Je désespérais de vous rencontrer ! dit Claire tout bas.

— Oh ! Vous, ma très chère amie, répliqua la châtelaine encore plus bas. Vous êtes magnifique. J'ai laissé mon fils organiser cette soirée et je ne le regrette pas. C'est une réussite ! Patientez, le dîner sera bientôt servi. Excusez-moi, je vois monsieur de Vernal, là-bas.

Claire se retrouva seule et fort dépitée. Un mousquetaire à la barbe grisonnante lui saisit les poignets.

— Je vous reconnais, madame, affirma-t-il. Quelle femme a des cheveux si noirs et si brillants ? Ne serait-ce pas Claire ?

La voix était si familière qu'elle devina aussitôt qui se cachait sous le loup noir.

— Victor ? Je vous croyais à l'autre bout du monde et fâché avec les gens du pays.

— Ma femme et moi sommes de retour et très contents. J'ai pu acquérir un manoir du côté de Pranzac, une merveille ! lui confia le préhistorien. Blanche, du coup, ne boude plus.

— Blanche est ici ? Jean sera si content de la revoir, même s'il la traite de sœur indigne !

— Cherchez une belle marquise et vous aurez démasqué mon épouse, confia Victor. Mais votre cousine éclipse toutes les beautés de vingt ans, ce soir.

— Vous parlez de Bertille ? Je ne savais même pas qu'elle venait. Cela dit, ça n'a rien de surprenant, Edmée l'apprécie beaucoup, apparemment. Et dépêchez-vous de saluer Faustine, qui est habillée à la manière de Joséphine de Beauharnais. Quand vous l'aurez vue, vous comprendrez votre erreur : c'est ma fille, la plus belle !

Ils badinèrent encore un peu. Quelques mètres plus loin, Angela et Thérèse s'abritaient derrière une stèle supportant la statue d'une divinité antique. La musique, la rumeur des conversations, l'éclat des lustres, tout cela les pétrifiait. C'était un monde étranger où résonnaient des rires affectés. Les hommes fumaient et le vin coulait à flots. Les costumes étaient tous plus époustouflants les uns que les autres.

— Je n'aurais pas dû venir, maugréa l'adolescente. Je suis la seule fille déguisée en bergère, dans un château, c'est ridicule.

— Tant pis, on n'a qu'à rester cachées là, toutes les deux, dit Thérèse d'une petite voix tremblante. Il y a trop de gens. Clara s'amuse, elle, mais pas nous.

C'était on ne peut plus vrai : Clara Giraud gambadait sans aucune appréhension, en kimono rouge. Bertille lui avait acheté une perruque de cheveux noirs coiffés à la manière des Japonaises et l'avait maquillée. La gracieuse enfant tenait la main de Marie de Martignac, en tutu de danseuse.

Faustine s'était réfugiée près de la cheminée, sur un divan garni de coussins. Matthieu, debout derrière le siège, avait l'air prêt à la protéger du moindre importun.

— J'ai faim, se plaignit-elle. Et le bébé n'arrête pas de bouger.

— Ma chérie, sois courageuse ! J'ai fait un tour dans la salle à manger. Les domestiques disposent des plats sur la table. J'ai compté quarante couverts.

— Des domestiques ! rétorqua-t-elle, étonnée. Avant, Edmée n'avait qu'une bonne assez âgée, Ursule.

— Sans doute qu'elle a repris un train de vie digne de sa particule, ironisa le jeune homme.

Une créature éblouissante s'approcha d'eux au même instant. Petite, vive, elle s'appuyait sur une ombrelle. Ce détail était un indice suffisant pour qu'ils reconnaissent Bertille dont la crinoline en mousseline ivoire scintillait d'une nuée de strass. Son buste menu, cintré par un corselet de soie brodé, jaillissait de la large jupe mouvante. Un drapé de tulle couvrait ses épaules sans les dissimuler. Le loup de velours qu'elle portait était de la même teinte que la robe. Quant à ses cheveux d'un blond très clair, ils étaient séparés en bandeaux, comme ceux de l'impératrice Eugénie, et moussaient dans son cou gracile. Ainsi parée, Bertille faisait sensation. La moindre source de lumière se reflétait sur sa peau, sur la pluie de strass et sur sa chevelure soyeuse.

— Alors, les tourtereaux, dit-elle avec un sourire angélique. Quelle bonne surprise ! Je n'ai jamais croisé un si beau hussard, ni une aussi radieuse personne que ma chère nièce !

De son éventail fermé, elle frôla le décolleté audacieux de Faustine. Louis surgit de la foule, comme irrésistiblement attiré dans le sillage de Bertille.

— Je sais où sont les deux plus remarquables femmes de la fête, déclara-t-il en s'inclinant. Et je viens vous annoncer, mesdames, que nous passons à table. C'est moi qui ai établi le menu, alors je serais ravi que vous y fassiez honneur.

Faustine se leva, les joues rosies par le feu tout proche. Louis la contempla avec malice :

— Comment vous portez-vous, ma douce amie ?

Il jeta un œil curieux sur l'ampleur de la robe qui cachait parfaitement la grossesse de la jeune femme.

— Quand la naissance est-elle prévue ? interrogea-t-il, très bas.

— Au mois de mai, répondit-elle, assez gênée. Et vous, Louis, où cachez-vous votre fiancée ?

— Qui a parlé d'une fiancée ? répondit-il. Je suis libre comme l'air, et beaucoup moins pressé de convoler que naguère. Mais je suis amoureux, ça oui !

Il lança un regard intense à Bertille, qui examinait son éventail. Matthieu fronça les sourcils.

« Bon sang ! songea-t-il. Je ne rêve pas, Louis semblait désigner tantine. A-t-il perdu la raison ? »

Ce n'était pas la différence d'âge qui dérangeait Matthieu. Bertille appartenait à son enfance, au cercle familial, et de plus, elle était mariée. Intrigué, il se promit de surveiller Louis le reste de la soirée.

Le dîner égalait en qualité et en faste le château rénové et paré de mille lumières. Les convives avaient ôté leur masque, et des exclamations fusaient, comme si l'on découvrait la véritable identité de tel ou tel personnage, alors que les mystères n'en étaient plus depuis un bon bout de temps.

Claire adressa un signe de la main amical à sa belle-sœur, dont la robe à vertugadins n'arrangeait pas la silhouette rebondie. Blanche Nadaud, née Dehedin, avait beaucoup grossi. La sœur jumelle de Jean lui accorda un sourire charmant, mais elle détourna vite la tête.

« Toujours aussi pimbêche ! Je ne crois pas qu'elle m'ait pardonné, malgré ce que prétend Victor », songea-t-elle.

La suite de plats très raffinés parvint à la distraire, mais elle ne put s'empêcher d'éprouver une sorte de mécontentement.

« Edmée et Louis seront bientôt de nouveau ruinés s'ils jettent ainsi l'argent par les fenêtres ! Ce repas a dû coûter une fortune. Et moi qui tentais d'apprendre à la châtelaine comment tirer profit de son potager ! Elle devait bien rire, au fond, de mes bons conseils de paysanne. »

Les enfants étaient installés en bout de table. Clara chahutait avec Marie de Martignac. Un garçon d'une dizaine d'années les observait avec méfiance. Ensuite venaient Thérèse dont on avait rajouté le couvert en toute hâte, et Angela. Le voisin de la jeune fille était un alerte sexagénaire qui ne lui prêtait aucune attention. Elle jetait des œillades navrées vers Louis, car il ne l'avait pas saluée, ni vue sans doute.

Au lieu de se réjouir de participer à une fête aussi magnifique, l'adolescente ressassait sa déconvenue. Avant le dessert, elle chuchota à Thérèse :

— Nous aurions été bien mieux au Moulin, avec Léon. Si encore César était là ! Lui, il me fait des compliments. Des gens se sont moqués de moi, j'en suis sûre.

Thérèse approuva d'un air distrait. Elle ne s'ennuyait plus, conquise par la musique et les délices qu'on lui servait : des pâtés en croûte tièdes, des coquillages nappés de jus de citron, du magret de canard couvert de truffes finement émincées. Comme Angela poussait un soupir agacé, elle lui décocha un coup de coude :

— Arrête un peu de bouder. Tu le reverras, mon frère !

Angela fit la moue et sirota la limonade réservée aux enfants. Elle se concentra sur les quelques souvenirs qui la liaient à César : le baiser furtif dans le cellier le soir de Noël, et le jour où le garçon était reparti pour Angoulême, chez son patron. Elle avait pu l'accompagner jusqu'à l'écurie. Il l'avait enlacée très doucement et l'avait embrassée sur le front et les joues en la dévisageant avec une expression d'adoration. Il l'aimait. Soudain consolée, elle se jura de lui écrire dès le lendemain.

Quant à Bertille, elle avait cessé de réfléchir, de se torturer l'esprit. Elle profitait de la gaîté ambiante. On l'admirait, on riait à chacune de ses paroles pertinentes. Placée entre Victor Nadaud et Louis de Martignac, elle jouait les princesses, son rôle favori. Accaparé par le bavardage d'Edmée, Bertrand était trop loin de son épouse pour voir ce qui se passait. Le jeune châtelain en pourpoint de velours bleu frôlait souvent de son bras l'épaule de Bertille. Il ne la quittait pas des yeux, tel un papillon obstiné qui aurait choisi une fleur à butiner et n'en démordait pas.

Matthieu assistait à son manège. Il souffla à l'oreille de Faustine, assise à ses côtés :

— Franchement, ton ami Louis exagère. Il n'est pas discret. As-tu remarqué comme il se conduit avec tantine ?

— Ce n'est qu'un jeu, à mon avis, répliqua-t-elle aussi bas.

Bertille est de taille à se défendre. Elle aime plaire, ce n'est un secret pour personne.

— C'est bien ce qui m'inquiète, grommela le jeune homme. Comme quoi j'avais raison : ce type est un vrai don Juan, un coureur !

Faustine se souvint qu'elle avait été troublée par Louis, l'été précédent. Certes, il était séduisant et beau garçon, mais surtout il déconcertait, il surprenait. Elle le qualifia intérieurement d'excentrique et cela la fit sourire. Pourtant Matthieu ne se trompait guère. Ce n'était pas un jeu qui se déroulait sous leur nez.

Tout avait commencé pendant le dîner en l'honneur de la nouvelle année. Edmée tenait à inviter Bertrand et son épouse, un geste de gratitude, puisque l'avocat avait pris une hypothèque sur le château, lui évitant ainsi de vendre sa propriété. Ce soir-là, Bertille s'était montrée si drôle, parlant beaucoup et racontant son enfance, que Louis avait cédé à la fascination. Il la considérait déjà comme une très jolie femme, mais en la jugeant vénale et de mœurs dissolues. Ses préjugés s'étaient évanouis. Bref, il avait succombé au charme indicible de la dame de Ponriant.

Depuis, il n'avait eu de cesse de la revoir, allant jusqu'à proposer à Marie de passer ses jeudis en compagnie de Clara Giraud. Grâce à ce stratagème, il pouvait se rendre au domaine une fois par semaine. Bertille lui offrait du thé ou du vin doux quand il raccompagnait sa fille. Louis s'attardait, racontait les derniers potins d'Angoulême ou s'extasiait sur les bibelots du salon. Très intuitive, accoutumée aux hommages masculins, Bertille avait perçu en lui un désir exacerbé doublé d'un réel intérêt pour ce qu'elle était vraiment.

Un jeudi, Bertrand étant absent, ils s'étaient promenés dans le parc de Ponriant. Dans l'ombre des sapins centenaires, Bertille devenait l'incarnation des fées qui hantent les légendes.

— Je comprends enfin pourquoi votre mari vous surnomme *princesse*, avait-il déclaré assez maladroitement. Je n'ai jamais rencontré une femme telle que vous !

Elle avait frémi de joie, tout en l'estimant stupide d'évoquer Bertrand dans un tel moment. Mais s'il avait essayé de l'embrasser, elle aurait accepté.

La vaste salle à manger vibrait de rires et d'applaudissements. Les domestiques apportaient un gâteau extraordinaire, planté de minuscules bougies étincelantes. Le pâtissier avait réalisé un modèle réduit du château. Des fondations en génoise soutenaient un édifice composé de meringues et de nougatine. Les murs luisants de sucre renfermaient une pâte chocolatée moelleuse garnie d'amandes pilées.

Faustine regretta de ne pas pouvoir photographier ce chef-d'œuvre couronné de fils de caramel d'une finesse arachnéenne. Claire retint un soupir.

« Trop c'est trop ! se disait-elle. D'ici un an ou deux, Edmée pleurera misère dans mon giron. »

Elle ne s'expliquait pas bien sa colère. Jean acclamait le dessert, à l'unisson des autres invités.

« Je devrais me réjouir pour Edmée, pensa-t-elle encore. Mais non, cela m'irrite. Je ne mettrai plus les pieds ici. »

Claire comprit en y réfléchissant qu'elle aimait surtout se sentir utile, voire indispensable. La châtelaine n'avait plus besoin de son amitié ; ce constat la désolait. Elle se voyait exclue d'un monde et d'un lieu où elle avait repris goût à la vie.

Pendant le dîner, l'orchestre joua des sonates de Mozart. Lorsque les premiers couples se levèrent et réclamèrent une valse, les musiciens interprétèrent un grand classique *Le Beau Danube bleu*. Faustine dansa avec Matthieu. Ils évoluaient avec grâce, les yeux dans les yeux. On les admira. Ils étaient tous deux jeunes, superbes, élégants. Une aura d'amour les enveloppait, ce qui provoqua une vague nostalgie chez les plus âgés des convives. Edmée soupira en songeant à son époux. Elle l'avait adoré et ils valsaient souvent ensemble, au temps de leurs fiançailles.

Bertille déclina les invitations, notamment celle de Louis qu'elle pria d'aller chercher d'autres cavalières. Il insista en lui rappelant qu'elle avait dansé dans ce même salon, à l'occasion du mariage de Faustine et de Matthieu.

— C'était une circonstance différente ! affirma-t-elle d'un ton dur. Nous étions en famille. Ce soir, il y a trop d'inconnus. Laissez-moi, il ne manque pas de jeunes filles ici, plus disponibles que moi.

C'était une sorte de mise en garde. Louis s'éloigna, vexé. Bertrand décida de tenir compagnie à sa femme. Le couple suivit les évolutions des danseurs depuis un canapé de style Louis XV retapissé de velours rose flambant neuf.

— Tu as permis à Edmée de retrouver son statut social ! persifla-t-elle en se penchant vers son mari.

— Ce n'est pas grâce à moi, princesse. Cette chère madame de Martignac m'a appris pendant le repas qu'elle avait reçu un héritage inespéré du côté maternel, d'un très vieil oncle cousu d'or. Il paraît qu'elle me remboursera bientôt. Cela fait de Louis un parti fabuleux.

Bertille feignit l'indifférence. Elle était d'un naturel jaloux et guetta dès lors les faits et gestes du jeune châtelain.

Angela s'était réfugiée dans l'encoignure d'une fenêtre et regardait, dans la cour d'honneur, à travers les losanges de verre coloré sertis entre les meneaux de pierre. Quelqu'un lui tapota le bras.

— M'accorderez-vous une danse, jolie bergère ? fit une voix grave et enjôleuse.

L'adolescente virevolta et reconnut Louis de Martignac. Les joues en feu, elle balbutia un non timide.

— Et pourquoi ? demanda-t-il en riant. Je suis un prince charmant et vous devez savoir que, dans les livres, ces personnages content fleurette aux bergères depuis des siècles. Angela, vous valsez à merveille, je m'en souviens.

— Vous savez qui je suis ? s'étonna-t-elle.

— Comment vous aurais-je oubliée ? Nous sommes bons amis, n'est-ce pas ? Au mariage de Faustine, je vous avais même donné des conseils pour amadouer votre amoureux, un certain César.

Elle osa lui sourire. Louis lui présenta son bras. Angela fit non d'un signe de tête.

— Excusez-moi, mais je n'aime pas ma tenue. Enfin si, mais elle me paraît ridicule comparée aux autres.

Louis l'observa. Elle était vraiment ravissante : un visage fin et spirituel, un regard hardi, une bouche charnue.

— Quel âge avez-vous, chère demoiselle ?

— J'ai fêté mes quinze ans en janvier.

— Eh bien, sachez que vous êtes au plus bel âge de la vie

et que vous êtes plus jolie en bergère que toutes ces dames en dentelles et fanfreluches. Venez, Angela.

Il lui prit la main. Elle avança comme dans un halo doré, sans rien voir alentour. Ils valsèrent un peu à l'écart des autres danseurs, près de l'estrade où s'était installé l'orchestre. Assise sur une banquette, Edmée fronça les sourcils en les apercevant.

— Décidément, mon fils aime se faire remarquer, confia-t-elle à une de ses amies de pensionnat, épouse d'un haut magistrat. Louis invite une enfant, la fille adoptive de cette personne dont je vous ai parlé, Claire Dumont.

— La guérisseuse ? marmonna la femme d'un air hautain.

— Oh, je ne la définirais pas ainsi ! protesta Edmée. Elle a le don de soigner et connaît bien les plantes.

— Pour moi, cela revient au même, coupa son amie. Les rebouteux de nos campagnes et les prétendus guérisseurs sont une insulte aux progrès formidables de la médecine.

La châtelaine n'osa pas répondre tout de suite. Elle eut honte de ne pas défendre Claire qui avait sauvé Marie. Avec une sorte de timidité, elle ajouta :

— Quand même, les médecins condamnaient ma fille. Elle semblait à l'agonie, à l'hôpital. Madame Dumont a veillé jour et nuit à son chevet. Je vous assure, Bérénice, elle a fait des miracles.

La conversation en resta là. Louis demandait une polka aux musiciens. Les parquets cirés du grand salon furent ébranlés par des dizaines de talons endiablés. Faustine renonça à suivre le rythme trépidant. Angela, entraînée par la fougue du jeune châtelain, fit une démonstration très remarquée.

— Où a-t-elle appris à si bien danser ? s'étonna Claire en prenant Jean à témoin. Qu'elle est jolie ! Mais un peu trop exubérante, à mon avis. Encore une fois, elle joue les coquettes.

— Elle a bien le droit de s'amuser, rétorqua-t-il. C'est de son âge. Et elle a dû apprendre à danser à l'institution. J'ai entendu parler des leçons de piano et de danse de la fameuse mademoiselle Irène. Comme quoi, les vieilles filles ont des talents cachés. Tu devrais te réjouir de la voir heureuse. Faustine et toi, vous lui avez offert une vie meilleure ! Elle s'épanouit. Tu es si généreuse, Câlinette. Moi aussi, tu m'as sauvé quand j'étais un paria.

Claire serra la main de Jean. Il ne l'avait pas appelée Câlinette depuis longtemps. Il déposa un léger baiser sur ses lèvres.

— Je t'aime encore plus, si c'est possible, avoua-t-il.

Cette déclaration inattendue la réconforta. Elle conçut la chance inouïe qu'elle avait. Jean avait survécu à la guerre, il ne la quittait plus et ils s'aimaient toujours, entourés de tous ceux qu'ils chérissaient : Léon, Thérèse, Arthur, Angela, Matthieu et Faustine.

Les douze coups de minuit sonnèrent au clocher de l'église de Torsac. Bertille supplia Bertrand de rentrer au domaine. Clara bâillait, allongée sur un sofa, sa perruque noire de travers.

— Mais la fête n'est pas finie ! déclara l'avocat. Edmée a prévu un genre de petit réveillon, avec des biscuits et du champagne. Et puis, elle a mis une chambre à notre disposition.

— J'en ai assez, rétorqua-t-elle. Je veux dormir dans mon lit, à Ponriant. Je ne passerai pas la nuit ici.

Bertrand se résigna. Bertille multipliait les sautes d'humeur ces derniers jours. Leur départ poussa Claire et Jean à prendre congé eux aussi. Faustine et Matthieu leur emboîtèrent le pas. La châtelaine les accompagna jusqu'à la porte du vestibule.

— Encore merci de nous avoir invités, dit Faustine gentiment. J'aurais voulu discuter un peu avec Marie, mais elle s'amusait si bien avec Clara que je n'ai pas voulu la déranger.

Angela tenait Thérèse à moitié endormie par l'épaule. L'adolescente lança un regard éperdu vers les rires et les accords de violon qui s'échappaient du grand salon. Louis accourait.

— Mère, j'escorte nos amis. Rentrez vite, l'air est frais.

Le jeune homme cherchait comment être seul un instant avec Bertille. Elle s'accrocha au bras de son mari et s'empressa de monter dans la voiture dès que ce dernier lui ouvrit la portière. Mais Bertrand, ravi de sa soirée, alla discuter avec Jean. Les deux hommes avaient décidé de se revoir le lendemain au sujet d'un terrain en friche dont l'avocat disposait.

Louis frappa discrètement à la vitre derrière laquelle Bertille feignait l'indifférence. Excédée, elle actionna le mécanisme et dégagea quelques centimètres après s'être assurée que Clara dormait déjà sur la banquette arrière.

— Que voulez-vous ?

— Par pitié, dites-moi où je peux vous rencontrer, demain

ou après-demain ? Je ne pourrai pas attendre davantage, je dois vous parler !

— Il n'y a aucun endroit sûr pour moi, affirma Bertille. Vous risquez de me compromettre avec vos folies. Tant pis ! Soyez au fond du parc, à Ponriant, vers quatre heures, demain, dans le pavillon de chasse. Mais n'espérez rien d'autre qu'une conversation.

Il recula, ivre de bonheur. De la voiture de Jean, Angela avait assisté à la scène.

« Qu'est-ce qu'ils complotent ? » s'inquiéta-t-elle.

Thérèse l'épiait. La fillette demanda, très bas :

— Alors, tu préfères César ou Louis ? Tu le regardes sans arrêt, le prince du château.

Assise à l'avant, Claire avait entendu. Elle se retourna et jeta un regard sévère à l'enfant :

— Tu n'as pas honte ? Angela et toi, vous n'avez pas l'âge de penser aux garçons. Et Louis n'est pas un prince, c'est quelqu'un comme les autres.

Au même instant, Jean monta dans la Peugeot dont il venait de lancer le moteur froid à la manivelle, et qui tressautait. Ils partirent enfin. Angela s'était caché le visage dans un pli de sa cape. Elle pleurait. L'expression de Louis de Martignac, face à Bertille, ne la trompait pas. Elle chuchota à l'oreille de Thérèse :

— De toute façon, Louis est amoureux de cette vieille boiteuse.

— Tu parles de madame Bertille ? répliqua la fillette dans un souffle. Tu es folle ? Elle n'est pas vieille. Claire dit que c'est une fée, une princesse.

— Pas du tout, c'est une sorcière ! déclara Angela. Je la déteste.

L'adolescente avait cru entrer dans un univers merveilleux où un beau jeune homme l'aimait. Les danses et les mots affectueux de Louis l'avaient bouleversée. Il lui plaisait beaucoup plus que César. Elle se mit à pleurer en silence, et Jean s'en aperçut.

— Eh bien, qu'est-ce que tu as ? Dis-nous, Angela ?

— Je crois qu'elle est épuisée, coupa Claire. Jamais elle ne veille aussi tard. Et ce n'est pas notre monde, ce château. J'ai compris une chose, mon Jean, je préférais cet endroit avant, quand j'ai soigné la petite Marie. Il s'en dégageait une poésie triste de pièces à l'abandon et Edmée était gentille. Hélas, maintenant tout a changé.

Jean eut un sourire moqueur :

— Quelle bonne amie tu fais, Câlinette ! Tu devrais te réjouir de voir madame de Martignac tirée d'affaire et dépensant sans compter.

— Je sais, c'est un peu stupide, mais je n'y peux rien, ronchonna-t-elle. En plus, c'était très aimable de nous inviter.

— Ouais, maugréa Jean. Autant te le dire, Bertrand m'a confié tout à l'heure que Bertille avait fait du chantage, qu'elle avait exigé notre présence. Sinon, elle refusait d'aller à la fête.

Cette révélation terrassa Claire. Ses derniers espoirs d'une amitié sincère avec la châtelaine s'effondraient. Au bord des larmes, elle secoua la tête de dépit :

— Elle nous a supportés juste pour recevoir Bertille et Bertrand ! Tu aurais mieux fait de te taire, Jean. Je n'ai jamais été aussi humiliée. Je ne remettrai plus jamais les pieds là-bas, même si elle m'implorait. Roule plus vite, bon sang ! J'ai hâte d'être chez moi, au Moulin ! Et mon moulin vaut dix fois son château.

Angela écoutait et sanglotait de plus belle. Par quel miracle reverrait-elle Louis, si Claire cessait toutes relations avec Edmée de Martignac ?

Une fois dans son lit, l'adolescente continua à se lamenter. Thérèse couchait dans la même chambre et n'arrivait pas à la consoler.

— Tu n'as qu'à penser à mon frère. César, il t'aime vraiment, il me l'a dit. Il veut se marier avec toi.

— Je sais, gémit Angela. Sois tranquille, personne d'autre ne voudra de moi.

La jeune fille était lucide. Loin du décor enchanteur du grand salon, elle reprenait conscience de sa condition. Bien qu'adoptée par Claire et Jean, elle demeurait une orpheline. Ses lectures lui avaient permis de mieux comprendre la vie et ses aléas. Elle savait que sa mère s'était prostituée pour la nourrir, et, pire encore, un homme avait abusé de son innocence. Angela s'estimait impure, souillée pour l'éternité. Elle aurait beau devenir institutrice, s'exprimer correctement, toucher un salaire, son passé ne s'effacerait jamais tout à fait.

De l'autre côté du couloir, Claire pleurait également, blottie contre Jean qui lui caressait l'épaule. Elle balbutia, dans la pénombre :

— Tu me connais, toi, j'ai toujours été sincère, loyale. Si je me dévoue pour une enfant, une famille en détresse, je le fais sans arrière-pensée. Je voulais vraiment aider Edmée et j'ai réussi. Comment ose-t-elle me dédaigner ? Hein ? Je ne suis pas une vieille chaussette !

Jean éclata de rire en l'embrassant. Il la chatouilla à la taille. Elle se débattit, riant et reniflant à la fois.

— Ma Câlinette, toi, une vieille chaussette ! En voilà une drôle de comparaison ! Oublie un peu ta châtelaine, je suis là, moi, et je t'aime. Tu es la femme la plus merveilleuse du monde… Si, si !

Il fit tant et tant que Claire finit par se calmer. Elle accepta ses baisers et un peu plus.

Le matin, elle retrouva le décor de sa chambre avec plaisir et descendit à la cuisine en chantant. Sa maison dégageait une bonne odeur de feu de bois et de café chaud. Derrière les fenêtres se dressait l'alignement des hautes falaises grises. Le printemps arrivait. Bientôt, les giroflées au parfum exquis orneraient de fleurettes d'un jaune acide les roches tièdes de soleil.

Claire colla son nez au carreau et regarda les pots en terre cuite, dans lesquels elle avait planté des bulbes de narcisses et de jonquilles. Des pousses vertes fendaient la terre brune.

Apaisée par cette promesse de renouveau, elle se consacra à ses activités ménagères, le cœur rempli d'une satisfaction mêlée de joie.

« Je suis heureuse, ici, chez moi ! pensait-elle. Tout n'est que paix et harmonie, certains jours. Je ne vois plus Nicolas depuis Noël, il ne m'est plus apparu et c'est très bien ainsi. »

Matthieu traversait la cour, un ballot de cellulose sur le dos. Il portait une casquette et le vieux tablier en cuir de Colin Roy. Les piles à maillets faisaient entendre leur chanson cadencée. Léon sortait Sirius de l'écurie pour le conduire au pré. La jument de Faustine suivait en caracolant sur les pavés. Junon se plaisait sur les terres du Moulin.

Le clocher de Puymoyen sonna huit heures. Thérèse et Angela étaient déjà en route, l'une allant vers le village en compagnie d'Arthur, la seconde se hâtant sur le chemin de l'institution Marianne.

Claire prépara des tartines de pain pour le petit déjeuner de Jean. Le moindre de ses gestes, étaler le beurre ou ouvrir le pot de confiture, était empreint de douceur et d'amour. Dans sa robe ordinaire protégée d'un large tablier bleu, un foulard noué sur ses cheveux noirs, elle écoutait battre le cœur de sa vallée.

Domaine de Ponriant, le lendemain du bal costumé

— J'ai perdu l'esprit, affirma Bertille encore une fois en regardant sa pendulette d'un air terrifié. Il est déjà trois heures et demie. Je n'irai pas. Je ne dois pas y aller. Si Bertrand me voyait avec Louis ! Où va-t-il se garer ? Je ne lui ai pas recommandé de cacher sa voiture.

Elle se planta face à sa psyché. Il faisait gris et la lumière blafarde marquait ses traits. Vêtue d'une robe droite en velours gris, elle se trouva terne et trop maigre.

— J'en ai assez, gémit-elle. C'est facile de paraître belle en costume, bien maquillée, mais je suis laide aujourd'hui ! Laide à faire peur !

Bertille serra les poings, envahie par une peur panique. Elle ôta sa robe et la piétina. Du salon au rez-de-chaussée, montaient les gammes de piano de Clara. Son professeur de musique venait d'arriver. Arthur attendait sagement son tour. Mireille les ferait goûter en même temps que le petit Félicien.

— Tant pis, je reste là. Il m'attendra. Je suis persuadée qu'il se moque de moi. Il joue la comédie. Un aussi beau garçon qui fréquente les milieux mondains, en ville, a sûrement d'autres occasions de flirter.

Le mot l'irrita. C'était un terme à la mode, mais il ne convenait qu'à la jeunesse, selon elle. Bertille s'allongea en travers de son lit, les doigts crispés sur la soie rose de sa combinaison. Elle s'imagina dans les bras de Louis, grisée de plaisir sous ses baisers.

« Il ne faut pas. J'aime Bertrand. Mon Dieu, je l'ai aimé comme une folle et je me crois capable de le tromper ? »

Elle fit la grimace. Ce n'était guère le moment d'invoquer Dieu.

« Et puis si ! rectifia-t-elle. Dieu m'a redonné l'usage de mes jambes ; les médecins ont toujours clamé que c'était un miracle. Pourtant, je ne priais pas pour ça. J'ai reçu tant de bienfaits en récompense de quoi ? J'ai agi bassement, bien souvent, trop souvent. »

Soudain, elle se redressa, inquiète. Il était quatre heures moins le quart. Vite, Bertille chercha une autre toilette. Elle enfila une jupe noire qui datait de plusieurs années et un corsage cintré. Elle défit ses cheveux dans l'espoir de voiler un peu son visage.

« Je mettrai mon manteau en astrakan qui est en bas, dans le hall. »

Bertrand avait rendez-vous avec Jean sur le terrain de Chamoulard. Tous deux étant bavards, ils prendraient leur temps. Elle descendit l'escalier en se cramponnant à la rampe. Sa gouvernante semblait la guetter.

— Mais qu'est-ce que tu veux, Mireille ? s'écria-t-elle. Tu me surveilles à présent ?

— Oh non, madame ! Je voulais savoir à quel moment servir le thé, pour le professeur de mademoiselle Clara.

— Je n'en sais rien. Fais à ton idée. J'ai besoin de marcher, je vais me promener un peu.

La vieille femme tiqua. Elle connaissait bien sa patronne et savait que la marche la rebutait.

— Prenez une de vos cannes, alors, avança-t-elle, et un parapluie. Vous avez vu ces nuages ? Si vous preniez froid, madame !

— Un parapluie suffira, trancha Bertille. Je ne suis pas frileuse.

Mireille en resta bouche bée. Elle retourna au sous-sol, attristée. Des brioches levaient sur une étagère, au-dessus du monumental fourneau en fonte noire.

— Madame n'est pas dans son état normal, soupira-t-elle. La gouvernante se replongea dans la lecture d'un roman de Victor Hugo. Faustine lui avait appris à lire au début de la guerre. Depuis, la brave femme écumait la bibliothèque du domaine.

Bertille avait la bouche sèche en remontant l'allée, qui la menait en ligne droite vers le pavillon de chasse. Elle se souvenait de Greta qui l'avait occupé quelques mois avec son enfant, Thomas. La bonne, une Allemande, la maîtresse de

Léon, avait provoqué la mort de Denis. Corentine, sa belle-fille, s'était aussi installée là, peu de temps avant la tragédie. On lui devait la rénovation de la maisonnette, peinte en vert clair, agrémentée de rideaux et de jolis meubles sortis du grenier de Ponriant.

— Il ne viendra pas, se lamenta Bertille, les nerfs à vif.

Le vent agitait les branches basses des sapins centenaires et courait sur l'herbe neuve en la faisant onduler. La main sur la poignée de la porte, la dame du domaine eut envie de s'enfuir. Elle redoutait de céder à un désir irrésistible, parce que Louis était beau et jeune.

« Si je tombe amoureuse de lui, je souffrirai ! Je peux encore faire demi-tour, m'enfermer dans le salon. D'habitude, j'assiste à la leçon de piano des enfants. »

Le ciel tourmenté, où couraient de gros nuages sombres, lui parut annonciateur d'une catastrophe. Elle se sentit seule, perdue. Le battant de la porte recula. Louis était déjà là.

— Le verrou n'était pas mis et je suis entré, expliqua-t-il en la regardant avec passion. Vous aurez froid, les murs suintent d'humidité.

Bertille se glissa à l'intérieur, prête à le défier, à l'accabler de reproches. Louis était pâle et tendu. Il avait l'air d'un adolescent qui a fait une bêtise.

— Que vouliez-vous me dire ? demanda-t-elle sèchement. Je ne pouvais pas annuler cette rencontre, mais je ne peux pas m'absenter plus de dix minutes.

Il lui prit les mains et les contempla.

— Je ne pense plus qu'à vous, la nuit, le jour déclara-t-il en la fixant. Ce n'est pas une toquade, jamais je n'ai éprouvé ça. Madame, vous êtes tellement belle, et si fragile.

— Mais non, pas du tout, rétorqua-t-elle. Je ne suis pas si belle que vous le prétendez et je suis forgée en acier. La preuve, je ne vous écouterai pas davantage. Je me suis laissé bercer par vos regards et vos sourires, mais j'ai eu tort. Où est votre voiture ?

Louis la dépassait d'une tête. Il se pencha un peu et répondit, au creux de son oreille :

— Près de l'église de Puymoyen, je suis venu à pied par les champs.

Bertille cherchait en vain une réplique cinglante. Elle tremblait d'une émotion délicieuse. Cela lui rappelait d'autres instants où tout son corps tressaillait juste avant de toucher enfin l'être aimé.

— Oh ! Je suis folle ! soupira-t-elle en lui tournant le dos. Je vous en prie, ne dites plus rien. Votre voix me bouleverse. C'est comme si je vous connaissais depuis toujours, mais ce n'est qu'un mirage. Vous pourriez être mon fils, c'est d'un ridicule.

Il hésitait à s'approcher d'elle, le regard rivé à la masse soyeuse de ses cheveux si clairs, à ses frêles épaules au dessin juvénile. Elle était si incroyablement belle.

— Madame ! Je ferai ce que vous voudrez. Je rêvais de vous prendre dans mes bras, rien que ça. Est-ce mal ?

— C'est dangereux, affirma-t-elle.

Prudent, Louis resta à l'écart. Bertille se débattait contre les pensées qui se bousculaient dans son esprit.

« Et si j'avais le droit ? se demandait-elle. J'ai tellement souffert, adolescente, d'être prisonnière d'un fauteuil, à l'âge où les autres filles s'amusaient et se promenaient. Même mon voyage de noces, quand ce pauvre Guillaume m'a emmenée en Italie, je l'ai fait en chaise roulante. Bertrand ne se souciait guère de moi, alors ! Il a eu des maîtresses, même marié à Marie-Virginie, même quand il était mon amant. Et, depuis des mois, il m'a rendu la vie impossible avec ses sautes d'humeur et ses caprices. Non, j'exagère. Il m'a tout donné, une existence dorée, l'aisance, la fortune et surtout une fille que nous adorons. Je ne peux pas le trahir, pas lui, c'était mon amour, c'est toujours mon amour ! Il a le cœur fatigué, a dit le docteur. S'il apprenait que je rencontre Louis, cela le tuerait. »

— Madame, appela le jeune châtelain, vous tremblez.

Louis n'y tint plus. Il marcha jusqu'à Bertille et l'attira contre lui. Son étreinte avait une douceur infinie, pleine de respect. Sans oser un geste déplacé, pas même un baiser, il la garda dans ses bras.

— Comme vous sentez bon ! constata-t-il. N'ayez pas peur, je n'exigerai rien de plus. Ainsi, je suis déjà comblé.

Bertille appuya son front sur sa veste. Elle aventura ses mains autour de sa taille. Elle était fine et musclée.

— Vraiment, vous me trouvez encore belle ? balbutia-t-elle.

Il lui releva le menton d'un doigt et détailla la mince figure au teint de lys. Elle ouvrit grand ses yeux d'un gris étrange, où il lut un appel ardent.

Louis posa ses lèvres sur les siennes. Bertille lui offrit sa bouche. Il crut toucher au paradis, tant elle embrassait bien.

— Maintenant, je dois m'en aller, dit-elle en se dégageant. C'est déjà trop, beaucoup trop.

Il approuva, incapable d'aligner deux mots. La vérité lui était apparue. Cette femme aux allures enfantines cachait sous sa gracilité une âme de feu. S'il insistait, il se brûlerait. Presque effrayé par ce qu'il percevait en elle, Louis sortit le premier, l'air hagard. Il fut soulagé de marcher sous la pluie, de respirer le vent frais. Il se faufila entre les sapins, et longea le mur d'enceinte jusqu'au portail toujours ouvert, pour le passage des voitures.

Bertille s'était assise sur le lit. Elle reprenait son calme. Le désir l'avait submergée. Venue pour régler un problème qui l'obsédait, elle avait déclenché une tempête au fond de son corps frustré de plaisir. Bertrand n'était plus l'amant de jadis. Elle imagina Louis nu, confiant et gai.

« Non, je n'ai pas le droit. Je lui ai menti, je ne suis plus du tout en acier. Si je commence à l'aimer, je ne pourrai pas me passer de lui. Mais il me quittera un jour, il se mariera et cela me brisera pour de bon. »

Ces réflexions teintées d'amertume ne l'empêchaient pas de se dire qu'il était déjà trop tard : elle était amoureuse.

Louis avançait à grands pas sur la route reliant le domaine au pont sur les Eaux-Claires. Sous des allures fantaisistes, c'était un sportif. Il comptait dénicher un sentier le ramenant sur le plateau où s'était édifié le bourg de Puymoyen.

Parvenu à l'amorce du chemin des Falaises, il admira les gigantesques roches dont le dessin évoquait des vagues de pierre figées en pleine course. De la fumée s'élevait d'une cheminée, qu'il devinait derrière un rideau de saules et d'aubépines. Le jeune homme distingua bientôt un toit de tuiles ocre rose.

« C'est sûrement la maison de Faustine et Matthieu », se dit-il.

Son regard se perdit en aval de la rivière et il vit les bâtiments du Moulin. Le paysage noyé de pluie l'apaisait.

— Faustine ! bredouilla-t-il.

Il éprouvait une telle détresse que ses pas le conduisirent chez la jeune femme. Embarrassé, il frappa après avoir entraperçu derrière la fenêtre un pan de mur orné d'un cadre. Déjà, il regrettait son geste inconsidéré, mais il ne pouvait plus le rattraper. Faustine lui ouvrit aussitôt.

— Louis ! J'attendais mon père, il devait passer ici au retour. Vous comprenez, il possède un verger et des vignes du côté de Chamoulard. Entrez !

Un foulard noué sur ses cheveux nattés, un balai à la main, elle était gênée au moins autant que lui.

— Vous allez trouver ma maison bien petite, comparée à votre château, dit-elle en riant.

— Mais il flotte dans l'air une bonne odeur de gâteau, hasarda-t-il. Dites-moi si je me trompe.

— Eh bien, oui, je préparais de la confiture de lait, c'est le régal de Matthieu. Maman m'a apporté un bidon de lait de chèvre ce matin. La recette est simple : une gousse de vanille, le même poids de sucre que le volume de lait, et vous obtenez une sorte de crème savoureuse que l'on peut tartiner.

Tout en parlant, la jeune femme posait son balai et ôtait son foulard. Elle poussa une chaise vers le visiteur.

— J'ai du thé de Chine encore chaud, proposa-t-elle gentiment.

Louis la dévisagea. Elle avait les joues un peu rouges, une robe en lainage bleu moulait son ventre bombé. Il soupira, pris de nostalgie. Faustine représentait l'épouse idéale, dévouée et aimante.

— Votre Matthieu a de la chance, affirma-t-il. De la confiture de lait ! Et une parfaite ménagère aux prunelles d'azur !

Le châtelain essayait de prendre un ton badin, mais elle ne fut pas dupe. Il avait une expression tourmentée.

— Louis, qu'avez-vous ? Je suis contente de vous recevoir, mais un peu surprise. Que faites-vous dans la vallée ? Ce n'est pas le jour où vous raccompagnez Clara au domaine.

Il baissa la tête.

— Faustine, il m'arrive quelque chose d'insensé. Je ne peux en parler à personne, hélas. Si vous voulez bien m'écouter, cela me ferait du bien. Voilà, j'aime une femme à la folie et cependant je la crains. Je sais, cela paraît idiot.

Elle s'installa sur une chaise à son tour, très intriguée.

— Une femme qui vit près de chez moi ? interrogea-t-elle. Je croyais que vous fréquentiez surtout des jeunes filles d'Angoulême. Peut-être était-elle au bal costumé ?

— Oui et non ! ajouta-t-il. Enfin, je pensais si fort à elle que cela revenait au même. Je suis amoureux, Faustine, vraiment amoureux. Je n'en dors plus. Excusez-moi, je ne voulais pas vous ennuyer.

— Vous croyez que je puis vous aider ? Comment pouvez-vous la craindre si vous l'aimez ?

Louis eut un sourire navré. Il répondit sans réfléchir.

— Les créatures féeriques ont le don de terrifier, non ? On cède à leur charme et c'est trop tard, on ne peut plus fuir. Le piège s'est refermé et il va vous broyer, vous enfermer. Mon Dieu, je déraisonne.

Il ne prit pas tout de suite conscience du silence insolite de son hôtesse. Il avait employé un mot périlleux. Qui d'autre que Bertille pouvait être qualifiée de créature féerique ? Faustine avait compris. Partagée entre la colère et la compassion, elle se souvenait des doutes de Matthieu.

— Louis, il s'agit de Bertille, n'est-ce pas ? C'est effectivement de la folie. Elle est mariée avec un homme qu'elle aime passionnément. Ils ont une enfant exquise. Je vous défends de l'approcher. Ma tante risquerait d'en souffrir, elle s'exalte facilement.

Tétanisé, le jeune homme réalisait son erreur. Il lança un regard désespéré à Faustine.

— Surtout, gardez tout ceci secret, par pitié ! s'écria-t-il. Que risquerait de faire votre tante ? Au fait, ma mère m'a expliqué que vous n'avez aucun lien de parenté. Pourquoi l'appelez-vous ainsi ?

— C'est quand même la cousine germaine de ma mère adoptive. Dans notre famille, les liens du cœur comptent autant que les liens du sang ! répondit Faustine durement. Vous voulez mon avis, Louis ? Votre histoire me révolte. Bertille est une personne fascinante, d'accord, mais elle n'a rien d'effrayant. Vous jouez encore les amoureux transis, comme avec moi. Rappelez-vous, cela vous est passé très vite. Ce serait trop simple d'aimer une fille de votre âge, célibataire ! Bref, vous compliquez tout, juste pour ne pas vous ennuyer !

Elle lui servit du thé. Il en but une gorgée et se leva.

— Je ferais mieux de partir, ma chère amie. Si votre père me trouve ici, il se posera des questions. Je constate que vous ne me prenez pas au sérieux. Peut-être aussi que vous connaissez mal Bertille. Au revoir, et toutes mes excuses pour cette visite impromptue.

Louis s'éclipsa. Faustine n'avait eu ni le temps ni l'envie de le raccompagner à la porte.

— En plus, il s'en va en boudant ! soupira-t-elle.

La jeune femme se sentit lasse soudain, et attristée. Comme pour la réconforter, le bébé s'agita. Elle caressa son ventre en grignotant un biscuit.

« Après tout, cela ne me concerne pas, songea-t-elle, pressée de revoir Matthieu. Moi, je suis heureuse. Je ne dois pas me tracasser. La seule chose qui compte, c'est mon enfant, notre enfant. »

Faustine se leva. La confiture de lait était prête. Sa couleur ivoirine, son odeur de vanille et de sucre chaud lui firent penser à la peau nacrée de sa tantine et à son parfum. Dans sa hâte d'y goûter, elle plongea étourdiment le bout d'un doigt dans la masse onctueuse et se brûla. La douleur la suffoqua.

— C'est mauvais signe, dit-elle tout haut en pleurant.

— Quoi donc ? répliqua Jean qui venait d'entrer. Ma chérie, tu n'avais pas fermé à clef. Où as-tu la tête en ce moment ?

Elle se jeta au cou de son père. C'était le meilleur rempart du monde contre les vicissitudes de la vie, les craintes et les mauvais signes.

10

« Lorsque l'enfant paraît »

Vallée des Eaux-Claires, 30 avril 1921

Faustine était venue rendre visite à Matthieu au Moulin. Le jeune homme lui racontait tous les soirs les prouesses de la machine à papier, qui fonctionnait enfin après des mois d'inactivité. C'était celle achetée lors de son installation par William Lancester. Dans l'unique lettre que le papetier anglais avait envoyée à Claire, il disait la laisser à la disposition de son successeur.

Pendant tout le mois de mars, Matthieu et ses trois ouvriers avaient appris à se servir de la machine, et les résultats commençaient à être probants, surtout pour les papiers fins.

Il faisait un temps si doux et agréable que Faustine n'avait pas résisté au plaisir de marcher sur le chemin des Falaises, de sa maison grande ouverte sur la vallée ensoleillée jusqu'au Moulin. Sa grossesse ne l'incommodait pas. Le ventre bien rond sous une robe en coton bleu semée de fleurettes roses, un chapeau de paille sur la tête, elle s'était promenée avec, au cœur, un sentiment de plénitude presque grisant.

Les semaines s'étaient écoulées paisiblement, depuis le bal costumé donné par Edmée de Martignac. Faustine n'avait pas revu Louis, et Bertille lui rendait toujours visite les vendredis. En apparence, il ne se passait rien entre le jeune châtelain et la dame de Ponriant. L'essentiel des conversations, surtout lorsque Claire se joignait à elles, tournait autour du bébé qui devait naître à la fin du mois de mai.

Tout était prêt. Angela et Thérèse avaient amidonné les voiles et les garnitures de la bercelonnette en osier peint, que Bertille avait donnée à Raymonde, à la naissance de Janine. La layette était soigneusement rangée dans une grosse malle. Matthieu se montrait très prévenant et, au fil des jours, il se rassurait. Faustine avait pris peu de poids et ne souffrait plus ni du dos ni du ventre.

Aussi, cet après-midi-là, il jubilait, en lui faisant visiter la salle des piles où ronronnait le mécanisme de la machine bien huilée et impeccable. Les formes grillagées défilaient sur un tapis roulant actionné par des roues crantées. La pâte à papier se déversait grâce à un cuveau en fer, moins lourd que ceux en fonte qu'il fallait faire basculer à l'aide d'un levier. Un des hommes se saisissait des formes au bout du tapis et les empilait sur des tréteaux. Le gain de temps était surprenant.

— On se croirait dans une usine, remarqua Faustine. Et tes cartons colorés ? Tu en es si fier ! Ils sèchent aux étendoirs ?

— Oui, et je préfère que tu n'y montes pas. Avec ce vent tiède, ils seront à point pour l'encollage d'ici ce soir. Je risque de rentrer tard, ma chérie, mais tu pourrais rester dîner ici.

— Je préfère rentrer chez nous et t'attendre. En plus, je t'ai acheté des pieds de cochon. Maintenant que le boucher fait une tournée, lui aussi, comme l'épicerie Rigordin, c'est pratique.

Faustine s'appuya tendrement à son mari qui la tenait par la taille. Dans l'ancien pourrissoir, Matthieu lui montra les rames de vélin royal emballées dans du kraft. Un camion viendrait les chercher le lendemain.

— Je me débrouille bien, tu ne trouves pas ? dit-il. Grâce à l'annonce que Jean a fait publier dans la gazette charentaise, j'ai eu deux nouveaux clients. Les affaires démarrent, je pourrai vous gâter, toi et le bébé.

— Ce ne sera pas la peine, répliqua-t-elle toute gaie, il vaut mieux que tu embauches un quatrième ouvrier. Comme ça, tu seras plus souvent à la maison.

Matthieu l'embrassa sur le front. Il l'entraîna vers le bief où l'eau dormante reflétait le vaste ciel d'un bleu pur. L'herbe alentour était émaillée du jaune vif des fleurs de pissenlit et d'une nuée de boutons d'or.

— Le plus beau printemps de ma vie, déclara-t-il. J'ai réalisé tous mes rêves d'enfant. Je suis ton mari, je dirige le Moulin et nous aurons un bébé bientôt.

Ils s'assirent quelques instants sur le muret. Faustine se releva la première.

— Je ne veux pas t'empêcher de travailler, dit-elle, alors, à ce soir. Je vais quand même passer voir maman, sinon elle sera vexée.

La jeune femme lui fit un petit signe de la main. Sa robe en toile bleue, ample et souple, accentuait son ventre très rond. Matthieu eut envie de la rattraper pour la serrer contre lui, mais un des ouvriers l'appelait. Il se rua vers la salle des piles, dont la porte était grande ouverte.

Claire pétrissait du pain. Elle reçut sa fille adoptive les mains farineuses, les joues rosies par l'effort.

— Ma chérie, si tu étais repartie sans me rendre visite, je n'aurais pas été contente du tout. Tout le monde m'a abandonnée. Ton père défriche le terrain que Bertrand lui a prêté, derrière le bois de châtaigniers de Chamoulard, avec Léon, bien sûr. Nous allons boire une chicorée, pendant que Janine fait la sieste. Thérèse et Arthur doivent monter à Ponriant à la sortie de l'école. Ils sont invités à goûter par Clara. Cette très jeune demoiselle a déjà une vie mondaine. J'ai encore croisé Louis au bourg, il la ramenait au domaine, jeudi dernier.

Faustine approuva d'un signe. Elle évitait le sujet, tout en espérant qu'il n'y avait rien de suspect dans les allers et retours incessants du jeune châtelain, entre Torsac et Puymoyen.

— Et toi, tu n'as pas de nouvelles d'Edmée ? demanda-t-elle à Claire.

— Une carte pour Pâques, avec son bon souvenir. Mais parlons de toi, c'est plus intéressant. Je crois que cette chère Edmée n'a plus besoin de mes services, puisque sa fillette est en bonne santé et que l'argent coule à flots.

Elle observa Faustine et lui trouva une mine resplendissante. Elles bavardèrent encore un peu en buvant leur chicorée agrémentée de lait et de sucre roux.

— Voudrais-tu que je te raccompagne ? proposa Claire.

— Mais non, tu as laissé ta pâte en plan à cause de moi. Si tu venais déjeuner demain midi avec papa ? J'aime bien être avec vous deux.

— D'accord ! s'écria Claire. C'est une bonne idée, j'apporterai du pain frais et des rillettes d'oie. Tu verras, elles sont exquises.

Faustine s'en alla, toujours baignée de cette atmosphère d'amour et de sérénité qui ne la quittait plus depuis son mariage. Elle marcha jusqu'au chemin des Falaises, l'esprit bourdonnant de menus souvenirs tous aussi précieux les uns que les autres : Angela lui offrant un bavoir brodé de fleurs, en coton perlé, Arthur qui rôdait sous sa fenêtre et y déposait des violettes, et son père devenu protecteur, touchant et drôle. Jean toquait à sa porte tous les soirs en rentrant du verger. Elle lui servait un verre de vin, et l'ancien bagnard promu écrivain, dont le livre sur les colonies pénitentiaires se vendait fort bien, ne craignait pas de lui prodiguer des conseils sur les nouveau-nés. En l'écoutant, la jeune femme avait compris qu'il avait dû veiller sur elle dès sa naissance, sans être rebuté par des gestes et des tâches réservés en principe aux mères. Il lui parlait même de l'accouchement.

« Eh oui, Faustine, quand Germaine t'a mise au monde, je lui soutenais le dos, et la sage-femme m'a tendu une drôle de paire de ciseaux pour que je coupe le cordon. Avant, elle l'avait ligaturé, serré avec du fil bien solide. Il faut procéder ainsi, que veux-tu ? Je t'ai enveloppée dans un drap immaculé. Tu étais si jolie, un vrai bouton de fleur ! »

Les cris aigus d'un couple de buses qui tournoyait au-dessus des falaises attirèrent l'attention de Faustine. Elle suivit des yeux leurs évolutions lentes et majestueuses. Son regard se fixa ensuite sur l'entrée de la Grotte aux fées, qu'elle devinait au loin plus qu'elle ne la voyait vraiment.

« Je la retrouverais même si je devenais aveugle, notre grotte ! songea-t-elle. Notre nid d'amour, notre refuge ! »

Le soleil déclinait. Ses rayons obliques irisaient les feuilles neuves des saules et des frênes. La vallée tout entière semblait pailletée d'or. La jeune femme éprouva un pincement au cœur devant tant de beauté. Soudain, une idée lui vint.

« Si je montais à la grotte ? Nous n'y sommes pas retournés, Matthieu et moi, depuis l'été. Je regarderai le soleil se coucher, ce sera magnifique. »

Contre toute logique, elle avait l'impression que jamais le paysage n'avait été aussi sublime. A l'ombre des arbres, de légères nappes de brume s'élevaient des méandres de la rivière. Frappés d'une clarté étrange, les champs labourés, où pointaient les frêles tiges de blé et d'orge, scintillaient également.

Pleine d'entrain, Faustine longea le chemin dans la direction opposée à sa maison. Elle retroussa le bas de sa robe pour s'aventurer sur le talus. La pente était rude, mais elle s'accrochait à des plaques de roche, à des touffes de buis.

« J'ai bien fait de beaucoup marcher ces dernières semaines, je me sens dix fois mieux maintenant qu'au début de ma grossesse. C'est le bénéfice du sport, comme me répète papa ! »

Pourtant, en arrivant sur l'esplanade de la Grotte aux fées, elle avait le souffle coupé par l'effort. Mais elle ne regretta pas son coup de folie. La vue s'étendait jusqu'à la forêt couvrant le plateau voisin, et la vallée dévoilait ses larges méandres de bonne terre féconde.

La jeune femme, sans entrer dans la caverne, trouva un plat de roche pour s'asseoir. Cela l'amusait d'observer les toitures rousses de Ponriant, cernées par le bleu velouté des grands sapins du parc. De là, elle pouvait aussi détailler les bâtiments du Moulin du Loup.

« Là, ce sont les étendoirs. Les roues à aubes, d'ici, je ne les entends pas bien. Voilà la maison où maman a dû mettre ses pains à lever sur l'étagère au-dessus de la cuisinière. Matthieu est là-bas, penché sur ses formes. »

Elle pensa encore que son jeune mari cultivait la ressemblance avec Colin Roy. Il laissait pousser ses cheveux bruns pour les attacher bientôt sur la nuque, comme le maître papetier.

« Le gros chêne du petit pré est devenu gigantesque. Quand j'étais jeune, il n'avait pas cette allure. »

Confrontée à son passé et à son présent, Faustine fut envahie d'une émotion poignante. Avec une acuité presque anormale, elle prenait conscience de la force des liens qui l'attachaient à la vallée, aux hautes falaises grises hantées par les petites bêtes sauvages et les corbeaux.

Elle se tourna un peu pour chercher les toits de l'institution Marianne, à demi cachés par les vieux platanes de l'allée.

« Mon école, mes élèves ! soupira-t-elle. Je ne leur rends pas assez souvent visite. Mais qu'elles sont gentilles, toutes ! »

Les orphelines lui écrivaient des missives décorées de dessins que Léon faisait suivre, puisqu'il passait chaque matin embrasser son fils Thomas. Le garçonnet s'était attaché à Simone Moreau, l'intendante qui le chérissait. Malgré son retard mental, le petit était propre, affectueux, et il commençait à aligner quelques mots.

Faustine égrena une foule de souvenirs bons ou mauvais, tandis que le soleil descendait à l'horizon, incandescent, diapré de voiles pourpres éblouissants.

« Quel spectacle ! s'extasia-t-elle. Le ciel prend des teintes extraordinaires : du jaune citron, du mauve, de l'or pur. Si je savais peindre, j'en ferais un tableau ».

L'air fraîchissait. Elle se leva et s'engagea sous le porche de pierre. Le décor des nuits clandestines, toutes enchanteresses, lui parut bien terne. La magie s'était envolée : des paquets de laine jaunâtre sortaient des déchirures du matelas éventré, la caisse qui servait de table était renversée. Une chouette devait avoir pris l'habitude de se poser sur un des rebords, vu l'état du sol couvert de saletés grises. La tenture et le paravent gisaient par terre.

— Mais qui a tout saccagé ? s'interrogea-t-elle à mi-voix.

Une désagréable odeur de charogne la fit grimacer de dégoût. Cela semblait provenir de la galerie s'enfonçant dans les profondeurs de la roche. Faustine songea au souterrain qui reliait la caverne au Moulin. La découverte de ce passage, vieux de plusieurs siècles, mais que connaissait Colin Roy, avait surpris toute la famille.

— Un animal a dû mourir quelque part au fond de la grotte ! dit-elle tout bas.

Faustine était très déçue. Une vision la traversa. Elle revit le même cadre embelli par la lueur douce des bougies que Matthieu allumait, la couverture sur le matelas, leurs verres où pétillait du cidre, le paquet de biscuits de Savoie. Ils s'étaient aimés dans ce refuge avec une fougue exaltante.

« Il faudra revenir et tout nettoyer. Cette charogne empeste. Je m'en occuperai plus tard, cet été. »

Agacée, la jeune femme voulut tirer le matelas contre la paroi. Une inscription lui sauta aux yeux, gravée dans le rocher. Le tracé d'un cœur entourait deux prénoms : César, Angela.

— Quoi ! s'écria-t-elle. Oh non, Angela est une fille sérieuse ! Elle ne serait pas venue jusque-là seule avec César.

Elle se rassura. Le garçon, très amoureux, devait être l'unique responsable de ce message explicite confié à la pierre tendre. De plus en plus nerveuse, elle souleva le lourd matelas. Une douleur intense lui vrilla le bas ventre et un liquide chaud ruissela entre ses cuisses. Affolée, Faustine vérifia si c'était du sang, mais non.

« Mon Dieu ! J'ai perdu mes eaux ! Ce n'est pas possible. »

Comme en réponse à sa panique, une violente contraction la tétanisa. La souffrance était si vive que Faustine se mit à genoux.

— Je dois rentrer chez moi, se dit-elle. Dès que la douleur passera, je descendrai sur le chemin. Je vais m'allonger un peu en attendant, cela s'arrêtera sûrement.

Elle s'étendit, moitié sur le lit de sable tapissant la grotte, moitié sur la tenture moisie. La douleur reflua pour aussitôt revenir, plus violente encore.

— Mais c'est trop tôt, beaucoup trop tôt ! gémit-elle. C'est une fausse alerte ! Je n'aurais pas dû toucher ce maudit matelas !

Des larmes inondèrent ses joues. Elle crispa les poings, haletante, éperdue de terreur. Les contractions prenaient un rythme précipité qui lui ôtait la notion du temps et du lieu. Les yeux fermés, Faustine priait.

« Non, non, pas comme ça ! Pitié, pas ici, pas maintenant ! »

Elle poussa un hurlement rauque de bête à l'agonie.

Matthieu déboula dans la cuisine du Moulin. Il était en sueur. Claire préparait une bouillie pour Janine qui pleurait de toutes ses forces.

Jean et Léon venaient de rentrer de Chamoulard.

— J'ai besoin d'un coup de main, déclara le jeune homme. Une forme s'est bloquée dans la machine. Bon sang, ça fait un de ces boucans ! En plus, j'ai lancé deux nouvelles cuves de pâte. Si je ne peux pas réparer la panne, j'en ai pour la nuit. On risque de perdre toute la pâte à carton, et mes gars ont commencé l'encollage. Je voulais m'avancer et j'ai vu trop grand. Ça m'apprendra !

— J'arrive, Matthieu, dit Jean. Je buvais un coup de cidre, on a trimé comme des brutes, Léon et moi. La vigne est impeccable, taillée et sulfatée. Ne te fais pas de mouron, on va te dépanner !

— Vous allez vous débrouiller avec la petite, patronne ? demanda Léon. Je crois qu'elle fait des dents, les molaires.

— Je lui donnerai de la racine de mauve à mâchonner, Léon, ne t'inquiète pas. Je me débrouille tous les jours, même quand tu n'es pas là. Dépêchez-vous.

Jean chaussa à nouveau ses godillots de travail aux semelles pleines de boue séchée.

— Dis donc, Matthieu, je suis passé devant chez vous, mais Faustine devait dormir. Je ne l'ai pas vue par la fenêtre.

— Bien sûr qu'elle dormait, répliqua son gendre. Elle est venue me voir il y a deux heures. Depuis que le docteur lui a conseillé de marcher tous les jours, elle s'allonge à peine rentrée à la maison. De plus, je l'avais prévenue que je finirais tard.

Claire promit de leur garder au chaud du potage et du ragoût. Les trois hommes sortirent au moment précis où Thérèse et Arthur, affamés et fatigués d'avoir couru, rentraient de Ponriant.

— Nous sommes passés par les champs, proclama le garçonnet. Clara m'a donné des billes en verre, des agates, comme on dit. Je les emporterai pas à l'école, je veux pas les perdre.

Thérèse n'avait pas fait ses devoirs. Elle s'installa au bout de la table pendant que Claire s'occupait de Janine. Entre chaque bouchée, le bébé lançait des cris de douleur et recrachait la bouillie.

— Eh bien, j'aurai du mal à l'endormir, soupira-t-elle. Thérèse, applique-toi un peu, tu regardes partout, sauf sur ton cahier.

Arthur se mit à fredonner. Il admirait ses agates dont la rondeur parfaite et la transparence striée de veines colorées le fascinaient jusqu'à l'extase.

Claire tendit la fameuse racine de mauve à Janine.

— Surveille-la, Thérèse, je dois fermer les volets. Il y a du brouillard ce soir, il fera nuit plus tôt que d'habitude. Et Angela qui va faire le chemin à bicyclette ! Qu'est-ce qu'elle fabrique, d'ailleurs ? Elle est en retard !

Ce qu'elle vit à travers les fenêtres la conforta dans son idée : la cour et les alentours du Moulin étaient noyés dans une brume épaisse. Des chiens aboyaient au loin. Parmi ces aboiements, Claire crut distinguer un cri bizarre.

— Tiens, des renards ! dit-elle tout bas. Enfin, on dirait des renards, ce n'est plus la période des amours pourtant.

Dans la salle des piles, Matthieu, Jean et Léon étaient aux prises avec la machine à papier de William Lancester. Le tapis roulant, bloqué en pleine course, vibrait et tressautait, le bruit était infernal.

— Il faut l'éteindre ! hurla Jean. Ça chauffe ! Si les fusibles pètent, on sera tous dans le noir.

Léon avait pris l'initiative d'enlever les autres formes. Le sol pavé était couvert de pâte renversée. Sur l'ordre de Matthieu, les ouvriers poursuivaient l'encollage dans une salle adjacente, l'ancienne pièce réservée aux repas en commun, du temps de Colin Roy.

— Quelle guigne ! pesta Matthieu. Tu as raison, Jean, nous ferions mieux d'ouvrir une imprimerie. Foutue machine, c'est bien le progrès, ça !

— Tu peux récupérer une partie de la cuvée, brailla Léon, ne te bile pas. Mais en bossant à l'ancienne, forme par forme.

Matthieu se décida à couper l'alimentation électrique. Après une série de grincements effroyables, les rouages ralentirent.

— Il y avait de quoi devenir sourd ! s'exclama-t-il.

Le battement des piles à maillets et le grondement des roues à aubes leur parurent reposants après le tintamarre qui avait précédé. Jean faillit glisser et se cramponna à un levier.

— Je vais nettoyer, ronchonna-t-il. On se casserait une jambe d'un rien, là-dessus.

Il puisa de l'eau dans un bac en pierre, à l'angle des deux salles. Un vent frais le fit tressaillir. Il alla fermer la porte et fit le même constat que Claire : le brouillard était tombé, étouffant les sons et enfermant le Moulin dans un univers cotonneux.

— Je vous jure ! pesta-t-il. Il y a des jours, comme ça, où tout va de travers.

Matthieu pensait à peu près la même chose. Consciencieux et perfectionniste, il se reprochait d'avoir lancé l'encollage et le remplissage des formes.

« Je voulais boucler tout le travail pour passer un dimanche tranquille avec Faustine. Ma petite chérie, elle m'avait cuisiné des pieds de cochon. »

C'était un de ses plats préférés, au four et à la persillade.

« Même si je rentre à minuit, je les mangerai », se dit-il.

En fait, les louables efforts de Faustine pour se montrer une ménagère exemplaire l'attendrissaient. Il la félicitait à tout propos, ignorant ses maladresses les plus criantes. Peu lui importait une chemise mal repassée ou un bœuf au sel coriace, pas assez mijoté. Il l'aimait.

Faustine avait réussi à se redresser. Assise le dos à la paroi de la grotte, elle respirait difficilement. Le brouillard opacifiait les vestiges du crépuscule. La jeune femme sanglotait en suffoquant.

« On dirait qu'il fait nuit. Je ne peux plus redescendre : si je me tords la cheville, je serai incapable d'atteindre le Moulin. »

Les contractions ne lâchaient pas prise. Elle était certaine maintenant d'accoucher le soir même.

« Pas de rémission ! Pas de rémission ! » pensait-elle sans cesse, obsédée par cette évidence.

Faustine avait hurlé de toutes ses forces à trois reprises, appelant au secours, mais cela n'avait fait qu'empirer ses douleurs. Elle qui redoutait tant l'épreuve de la naissance refusait d'admettre la vérité.

— Je ne peux pas avoir mon bébé ici, dans la Grotte aux fées ! dit-elle d'une voix tremblante. Ce n'est pas juste.

Tout son être aspirait à une situation normale : un bon grand lit aux draps propres, des lampes allumées, sa mère à son chevet, ainsi que le docteur. Prise d'un sursaut de révolte, elle essaya de se lever. Son corps lui paraissait distendu, écartelé. Un pas, puis deux ! Elle put atteindre le début de l'esplanade. Ses cuisses étaient poisseuses. En s'examinant, elle vit que c'était du sang, cette fois.

— Oh non, je saigne ! Je ne dois plus bouger !

Ni Bertille ni Simone Moreau ne lui avait expliqué en détail comment se déroulait un accouchement. La jeune femme s'effrayait de phénomènes somme toute naturels. Vite, elle se remit à genoux en prenant appui sur les mains. L'air froid lui fit du bien. D'un regard désespéré, elle chercha les lumières du Moulin.

— On ne voit rien, rien ! gémit-elle.

La douleur reprenait encore : dans son dos, ses reins, son ventre. Elle devint d'une telle force dévastatrice que Faustine poussa une longue clameur d'horreur.

« Quand même, ils devraient m'entendre, au Moulin, songea-t-elle. Matthieu finit tard, il me l'a dit. Et papa ? Il a dû passer à la maison, il aura vu que je n'étais pas rentrée. »

Ses réflexions se mêlaient, confuses. Pendant un court moment d'accalmie, elle songea à ce caprice de monter à la grotte, qu'elle avait voulu satisfaire, sans penser aux conséquences possibles. Elle se jugea stupide.

« Si seulement j'étais rentrée chez moi, si seulement ! »

Faustine réalisa que personne ne pouvait imaginer qu'elle se trouvait dans une anfractuosité de la falaise, en train d'accoucher.

« La nuit tombe, il fera noir, vraiment noir. Je ne peux pas rester là, ça non. Du courage, voyons ! Le Moulin n'est pas si loin. »

La jeune femme se rappela de quelle façon le médecin l'avait examinée, avant Noël. Elle changea de position, les jambes écartées, assise contre un léger rebord de roche et, du bout des doigts, elle imita les gestes du docteur. Elle sentit nettement l'arrondi d'un petit crâne sous la fleur de son sexe, dont les tissus étaient dilatés.

« Mon Dieu, aidez-moi ! Dieu tout-puissant, je ne croyais plus en vous, mais là, il faut m'aider. Sainte Vierge, mère de Dieu, aidez-moi. Le bébé arrive ! »

Elle hoquetait de terreur. Soudain la raison lui revint.

« Ce n'est plus le moment de pleurer ni de crier. Il ne faut pas qu'il meure. Peut-être qu'il s'étouffe, déjà… Si je le mets au monde, je pourrai peut-être marcher. »

Faustine débita une suite de peut-être en s'efforçant de dominer ses nerfs. Elle se contrôla assez pour étudier le titanesque travail qui bouleversait son bassin et son ventre. Envahie par la douleur, elle lutta contre l'irrésistible envie de pousser qui l'envahissait.

En se déplaçant à quatre pattes, elle explora à tâtons le sol de la grotte. Matthieu rangeait dans la caisse, à présent renversée, un briquet d'amadou et un torchon. Elle crut se souvenir d'une flasque d'eau-de-vie. Ses mains fouissaient le sable sans rien trouver.

— Si je pouvais faire du feu, peut-être qu'ils le verraient du Moulin ! dit-elle tout haut.

Enfin elle retrouva le briquet, mais il ne produisit aucune étincelle. Fébrile, Faustine frotta l'amadou et souffla sur la minuscule pierre d'allumage. Elle rassembla tout son courage, oubliant la soif qui la torturait, jusqu'au retour d'une nouvelle contraction, presque intolérable.

— Il vient, mon bébé, il vient, ânonna-t-elle. Matthieu, au secours ! Matthieu ! Maman, au secours !

La jeune femme rampa et s'accrocha à un pan de roche afin de se remettre en position assise. Elle avait appelé sa vraie mère dont elle ne gardait aucun souvenir : Germaine.

Claire fut soulagée d'entendre le crissement du frein de la bicyclette d'Angela. Il était plus de sept heures du soir. La jeune fille entra et jeta tout de suite un regard circulaire dans la cuisine du Moulin.

— Vous n'avez pas encore dîné ? demanda-t-elle.

— Non ! Matthieu a des soucis avec sa machine, Jean et Léon l'aident à réparer. Et je t'attendais, tu es en retard.

— Mademoiselle Irène avait besoin de moi pour surveiller l'étude ; je ne pouvais pas refuser.

— Tu pouvais téléphoner, par contre. Je n'aime pas te savoir sur la route quand il fait sombre.

Angela haussa les épaules. Elle embrassa Janine sur le front, et Thérèse qui jouait avec le bébé. Arthur lui sauta au cou et s'empressa de lui montrer ses agates. L'adolescente ôta son manteau et noua un tablier autour de sa taille.

— Je vais mettre le couvert, maman Claire. Mais je croyais que Faustine mangeait ici. Je suis passée devant chez elle, il n'y avait pas de lumière. J'ai frappé un bon moment, je l'ai même appelée. Tu comprends, Sophie et Armelle m'avaient confié des dessins pour elle.

Claire posa la casserole qu'elle essuyait, Jean avait fait la même remarque une heure plus tôt.

— Angela ? Tu en es sûre ? Peut-être qu'elle dormait ?

— Faustine a le sommeil léger. J'ai crié bien fort sous les fenêtres. Mais je n'ai pas trop insisté, je me suis dit qu'elle était au Moulin.

Il y eut un instant de silence total, pendant lequel Claire crut entendre résonner les battements de son cœur. Angela la fixait avec une expression d'angoisse pénible à voir.

— Tu ne sais pas où elle est ? demanda la jeune fille en tremblant.

— Mais non ! Vite, va prévenir Matthieu et Jean !

Angela se rua dehors. Moïse la suivit en lançant un drôle de cri étouffé.

— Moïse ! souffla Claire. Que je suis sotte !

Le loup n'avait pas cessé de gémir et de gratter à la porte, si bien qu'elle s'était mise en colère et lui avait ordonné de se tenir tranquille.

— Je croyais qu'il voulait rejoindre Jean ou courir la campagne ! dit-elle tout doucement. Mais non, il a pu entendre Faustine.

Thérèse roulait des yeux effarés. La fillette pressentait un drame et, très pâle, elle serra sa petite sœur dans ses bras.

— Claire, elle n'est pas morte, Faustine ? déclara-t-elle, paniquée.

— Oh non, ma mignonne ! Où vas-tu chercher des idées pareilles ? Ne t'inquiète pas. Tiens, Janine a moins mal aux dents, tu devrais essayer de l'endormir. Monte dans la chambre avec elle.

Thérèse s'apprêtait à obéir lorsque Jean fit irruption dans la pièce, les traits crispés par l'anxiété. Angela le suivait. Elle semblait prête à pleurer.

— Qu'est-ce que c'est, cette histoire ? hurla-t-il. Matthieu a filé comme un fou chez lui.

Léon apparut à son tour, ainsi que les trois ouvriers. Les soirs d'encollage, ils dormaient sur place. Leur jeune patron se montrait généreux, dans ces cas-là.

— Si on peut vous être utile, hasarda l'un d'eux.

— Voyons, il ne faut pas céder à l'affolement, affirma Claire d'un ton faussement serein. Faustine a pu rencontrer Bertrand sur le chemin et monter avec lui à Ponriant. Arthur, tu n'as pas vu Faustine au domaine ?

Intimidé, l'enfant fit non de la tête. Jean tapa sur la table.

— Bon sang ! clama-t-il. Si ma fille a eu des ennuis, si un malheur s'est produit, je casse tout, moi !

— Matthieu a-t-il pris une lampe au moins ? ajouta Claire.

— Oui, rugit Jean. Il a emporté la lampe à pile. J'aurais dû partir avec lui. J'y vais, Claire ! D'accord ?

Elle le reconnaissait à peine : Jean était livide, hébété. Il ressortit sans manteau ni lanterne. Léon haussa les épaules.

— Je n'ai plus qu'à courir derrière mon Jeannot avec une lanterne. Par ce brouillard, il est capable de se perdre ou de culbuter dans la rivière.

— Oui, vas-y vite, Léon, implora Claire, mais il aurait fallu suivre Moïse. Tu as vu, Angela, il t'a bousculée pour s'enfuir. Et s'il sentait que Faustine court un danger, Sauvageon aurait agi exactement ainsi. Il a un instinct extraordinaire.

Malade de peur, elle se raccrochait au souvenir du chien coupé de loup qui avait partagé sa vie durant plus de vingt ans et fait preuve d'une fidélité et d'un dévouement exemplaires.

— Maman Claire, dit Angela avec conviction, je peux prendre une lanterne moi aussi et appeler Moïse.

— Non, je t'en prie, reste près de moi. Et vous, messieurs, je pense que vous pouvez retourner à votre travail. Si nous avons besoin d'aide, je viendrai vous prévenir.

Les ouvriers la saluèrent et regagnèrent la salle des piles. Arthur n'aimait pas le silence lourd de menaces qui venait de s'installer. Il se remit à fredonner, mais en sourdine. Claire allait du fourneau à l'horloge, le visage ravagé.

— Que s'est-il passé ? Un malaise ? Elle dormait peut-être. Imagine, Angela, si elle était très fatiguée. Nous avons bu une chicorée ensemble, vers quatre heures ou cinq heures environ, je pétrissais le pain. Elle est repartie ensuite.

L'adolescente se tordait les mains en guettant le moindre bruit à l'extérieur.

— Si j'avais eu une clef, je serais entrée chez elle ! affirma-t-elle.

Claire approuva d'un signe, la bouche asséchée par l'émotion. Thérèse redescendait sur la pointe des pieds.

— Janine s'est endormie sans pleurer. J'ai laissé la veilleuse. Alors ?

— C'est bien, ma chérie ! dit Claire sans même la regarder. Nous attendons des nouvelles.

Angela attira Thérèse contre elle et la réconforta en lui chuchotant des paroles rassurantes à l'oreille. Un interminable quart d'heure s'écoula, rythmé par le balancier de la haute pendule en bois.

— Quand même, maman Claire, je voudrais faire un tour dehors et appeler Moïse, supplia l'adolescente.

— Non, c'est à moi d'y aller. Je perds mon temps à tourner en rond.

Claire s'enveloppa d'un châle et alluma une lanterne à pétrole. Matthieu entra, escorté par Jean et Léon. Ils avaient un air hagard.

— Elle a disparu ! annonça le jeune homme d'une voix vibrante de douleur. Faustine n'est pas chez nous. Claire, il faut téléphoner aux gendarmes, fouiller la vallée.

Jean éclata en sanglots. Il s'affala sur un des bancs et cogna son front contre la table. La violence de son chagrin épouvanta Arthur qui se mit à pleurer à chaudes larmes.

— Jeannot, bois un coup de gnôle ! bégaya Léon. Il y a sûrement une explication. D'abord, faut téléphoner à son école.

— Pour quoi faire ? cria Angela. J'en viens. Faustine n'y était pas.

Claire tentait de réfléchir, de trouver une solution. C'était la seule façon de ne pas hurler de révolte impuissante devant l'éventualité d'une tragédie insupportable.

— Voyons, balbutia-t-elle, le mieux est de la chercher partout, de l'appeler. N'est-ce pas, Matthieu ? Elle a pu poursuivre sa balade, faire une chute, se tordre la cheville.

Le jeune homme composait le numéro de la gendarmerie. Il était défiguré par la peur. La vision de Faustine qui s'éloignait en robe bleue, le ventre tout rond, un sourire sur les lèvres, le hantait. Il craignait de l'avoir vue pour la dernière fois à ce moment-là.

— J'en mourrai ! souffla-t-il. Ça oui, j'en mourrai !

Faustine écarquillait les yeux dans l'espoir de vaincre l'obscurité qui l'entourait. Elle s'était installée du mieux possible, le dos contre ce replat de roche incurvé qui lui servait de dossier. Son corps, dont les assauts raidissaient chaque muscle et la moindre fibre de sa chair, subissait une tempête déconcertante. Le bébé forçait le passage étroit le séparant de la nuit, de l'air humide.

« J'ai préparé le nécessaire ! » pensa la jeune femme.

Comment avait-elle eu la force et le courage de déchirer sa robe ? Elle n'en savait plus rien. Pourtant elle s'était acharnée sur le tissu, une solide cotonnade, avec ses dents et ses ongles, jusqu'à disposer d'un large morceau dans lequel elle comptait emmitoufler son enfant.

« Je devrai ligaturer le cordon, très serré. Papa l'a dit, je m'en souviens. Les chiennes et les chattes le sectionnent avec leurs dents. Moi, je ne pourrai pas. Tant pis ! »

Elle ignorait que le cordon ombilical resterait relié au placenta, expulsé après une ultime contraction. Son principal souci était de protéger le bébé du froid, ainsi que du sable de la grotte qu'elle se représentait sale, souillé par les fientes d'oiseaux et de chauves-souris ; en cela, elle n'avait pas tort.

Haletante, Faustine s'abandonna aux mouvements spasmodiques de son ventre et de ses reins. Les jambes repliées, largement écartées, elle tenait ses mains ouvertes pour recueillir le nouveau-né. Elle sentait déjà son crâne enduit de viscosités recouvrant un duvet très fin.

— Allez, petit amour, du courage ! marmonna-t-elle en s'arc-boutant. Oui, oui, viens.

Ses doigts appréhendèrent deux épaules minuscules. Soudain, un vagissement aigu s'éleva.

— Oh ! Merci mon Dieu. Tu es vivant ! Vivant ! Tu respires !

Avec une infinie délicatesse, Faustine guida le frêle petit corps vers sa poitrine. Vite, elle le posa entre ses seins : à tâtons elle trouva le cordon et entreprit de nouer autour un long lambeau de tissu. Elle serra autant qu'elle put. Le bébé lui semblait vigoureux, à en juger par ses cris de chaton en colère.

La jeune mère le couvrit de baisers. Elle avait l'impression de planer très haut dans le ciel, d'être baignée d'une clarté surnaturelle, alors qu'il faisait toujours aussi noir. C'était tellement bon de ne plus souffrir ! Faustine en pleura de joie. Enfin, elle examina du bout des doigts chaque parcelle de l'enfant.

— Une fille, une magnifique petite fille, bredouilla-t-elle. Isabelle ! Ma douce petite Isabelle. Ton papa sera fier de toi, de nous deux.

Elle succombait au délicieux repos qui suit la délivrance. Un bruit insolite la tira de sa torpeur : une bête approchait. Sa respiration saccadée résonnait fort. Des cailloux roulèrent sur la pente. Faustine faillit hurler de frayeur.

« Un renard ? Un blaireau ? » songeait-elle.

Une truffe froide lui effleura la joue, puis il y eut de brefs coups de langue sur son nez et son front.

— Moïse ? C'est toi, Moïse !

Le loup jappa en reculant. Il avait suivi la piste de Faustine, mais l'odeur du bébé le déconcertait.

— Non, ne t'en va pas, Moïse, approche.

Elle guettait avec espoir d'autres bruits. On la cherchait sans doute, Matthieu serait bientôt là. Le loup s'allongea à ses côtés et personne ne venait. Envahie d'une lassitude immense, la jeune femme ramassa un second lambeau de sa robe, qu'elle avait mis à portée de main pour ne pas l'égarer. Elle l'attacha au collier de Moïse.

— Maintenant, retourne au Moulin ! dit-elle le plus fort possible, étonnée d'éprouver une faiblesse anormale. File à la maison, va chercher Claire, Jean, Arthur ! Va voir Arthur. Il t'attend, Arthur.

Elle insistait sur le nom du garçonnet, sachant que Moïse connaissait bien cet ordre-là.

L'animal se releva et disparut dans la nuit. Faustine s'allongea dans la cuvette sablonneuse en protégeant sa fille de ses bras. Le bébé continuait à pousser des cris énergiques, ce qui la rassurait.

« J'ai eu si peur pour toi, ma chérie ! pensa-t-elle. Si je te tenais contre moi, morte, ce serait abominable. Mais non, tu es vivante ! »

Matthieu n'avait pas l'intention de patienter jusqu'à l'arrivée des gendarmes, malgré leur promesse de faire vite. Encadré de ses ouvriers, il distribuait des lanternes, gardant pour lui la lampe à pile, plus puissante.

Jean et Léon allumaient des bougies que Claire avait fixées

au fond de bocaux avec de la cire chaude. Elle voulait participer aux recherches. Angela, Thérèse et Arthur assistaient aux préparatifs depuis le perron.

On discutait à voix basse d'un ton grave. La même peur affreuse pesait sur les cœurs. Soudain, Arthur s'égosilla.

— Regardez ! Moïse ! Il revient !

Le loup traversa la cour ventre à terre. Il fonçait vers le petit garçon. Jean l'arrêta en gesticulant.

— Couché, Moïse ! Fais voir ce que tu as au cou !

Il avait aperçu le bout de tissu bleu ciel, Claire aussi. Elle poussa un cri de soulagement.

— Il sait où elle est, c'est un morceau de sa robe.

Jean tremblait tellement qu'il ne pouvait pas détacher le précieux indice. Matthieu le sectionna d'un coup de canif. Le linge portait des taches de sang.

— Faustine ! gémit le jeune homme. Elle est blessée, elle a dû tomber quelque part.

— Mais oui, renchérit Claire. C'est elle qui a attaché le tissu au collier, Moïse va nous conduire.

Des phares se dessinèrent dans le brouillard. La Peugeot noire et grise de la gendarmerie du bourg roulait sur le chemin des Falaises.

— Tiens, voilà la flicaille, grogna Léon. Moi, je propose d'emporter de quoi la ramener, notre demoiselle. Elle a dû se casser une jambe. Faut une civière, un brancard, quoi !

Personne ne l'écouta.

Le brigadier fut rapidement mis au courant. Ce fut une troupe de neuf personnes déterminées qui suivirent pas à pas Moïse le jeune. Arthur marchait près du loup en le tenant en laisse.

— Cherche Faustine, cherche ! répétait-il.

C'était la décision de Claire. Elle savait que la bête serait plus docile en compagnie de l'enfant.

— Il va droit à la Grotte aux fées, fit remarquer Matthieu. Qu'est-ce que Faustine serait allée faire là-bas, dans son état ?

— Monsieur, rétorqua le brigadier, si vous saviez le nombre de gens qui ont voulu escalader les falaises et ont fini à l'hôpital.

— Excusez-moi, coupa Jean, ce sont des bêtises ! Ma fille

est enceinte de huit mois, elle n'aura pas décidé de jouer les alpinistes.

Matthieu ne s'en mêla pas. Il se lança à l'assaut du talus abrupt avec une rapidité stupéfiante. Il était à peine arrivé sur l'esplanade qu'il buta contre le corps de Faustine. La lumière de la lampe éclaira d'abord ses jambes nues et son ventre. Il fallut un courage surhumain au jeune homme pour diriger le faisceau plus haut. Son cœur cognait à se rompre.

— Ma petite chérie, ma femme !

Il tomba à genoux en avançant la main. Un vagissement le surprit. La clarté balaya une forme enveloppée de tissu bleu, puis le visage serein de Faustine qui paraissait plongée dans un profond sommeil.

— Claire ! hurla-t-il. Claire !

Jamais Matthieu n'avait éprouvé une telle émotion, entre terreur et bonheur. Pris de vertige, il sanglotait et riait en touchant délicatement le nouveau-né.

Claire et Jean arrivèrent les premiers. La clameur farouche, pareille à un appel désespéré, les avait frappés de plein fouet.

— L'enfant est venu ! balbutia Matthieu. Claire, Faustine et le bébé étaient là, seuls dans le noir et le froid. Claire ?

Jean se penchait sur sa fille. Il perçut une respiration ténue.

— Je ne peux pas y croire ! déclara-t-il. Elle a accouché là.

Il désigna le cordon ombilical à Claire. Vite, il sortit son couteau de sa poche et le sectionna. Aussitôt, Matthieu souleva délicatement le bébé. En faisant très attention pour le garder au chaud dans ses langes improvisés, il le cala contre sa poitrine et fit mine de le bercer. Pendant ce temps, Claire examina Faustine. Elle découvrit le placenta entre ses cuisses. Son premier geste fut d'enlever sa veste pour couvrir le bas du corps de la jeune femme. Sa lanterne avait jeté un peu de clarté sur une flaque de sang dont l'étendue l'horrifiait.

« Pas ça, mon Dieu, pas ça ! pria-t-elle. Sauvez-la ! Je ne veux pas qu'elle meure, pas comme ma mère ! »

Claire n'avait jamais pu oublier la mort de la sévère Hortense Roy qui s'était sacrifiée pour donner la vie à Matthieu.

— Faustine, réveille-toi ! implorait Jean en caressant les joues de la jeune femme. Ma Faustine, on va te ramener à la maison.

— Elle a perdu beaucoup de sang, l'informa Claire en se

penchant à son oreille. Léon avait raison : nous aurions dû emporter un brancard.

Les ouvriers et les gendarmes se tenaient un peu à l'écart. Le brigadier s'était signé dans la pénombre. Claire se redressa et secoua Paul, le plus jeune des ouvriers, par son col :

— Je t'en prie, redescends au Moulin le plus vite possible. Demande à Angela de téléphoner au docteur, à Bertille Giraud aussi. Et dis-lui de préparer un lit et de l'eau chaude. Fais vite, par pitié !

— Je fonce, madame, vous en faites pas, cria Paul en dévalant la pente.

Matthieu tenait toujours le bébé contre lui. Claire voulut le prendre, mais il secoua la tête.

— Donne-le-moi, vous devez transporter Faustine à la maison. Frérot, sois raisonnable ! Je voudrais l'examiner, voir s'il va bien, ce petit.

Le jeune homme se sépara de son enfant. Claire le jugea minuscule, mais ce n'était guère surprenant, il était né après seulement huit mois de grossesse.

— Clairette, jure-moi que Faustine est encore vivante ! Jure-le !

— Elle est très faible, mais elle respire ! affirma-t-elle. Je la soignerai, Matthieu, je te le promets. Je donnerai ma vie pour elle.

Une tension intolérable les accablait tous. Rassuré malgré tout d'avoir retrouvé Faustine, Jean se releva pour discuter avec les gendarmes. Nul ne prenait garde au pauvre Arthur, malade de peur. Assis par terre, il s'était réfugié près du loup. La scène le hanterait des années. Tout l'étonnait et le désorientait : les clartés dansantes qui faisaient surgir du noir un pied de la jeune femme, les pleurs chevrotants du bébé, la face hagarde de Matthieu, ses gémissements, et surtout le beau visage de Faustine et son étrange sourire.

Le brigadier, soucieux d'être efficace, improvisa une civière avec sa large cape noire. Son second défit aussi sa pèlerine.

— Pour protéger la jeune dame ! souffla-t-il.

Matthieu, Jean, Léon et le vieil ouvrier, Jacques, unirent leurs efforts pour soulever Faustine et l'allonger sur l'épais tissu de drap noir. Claire étouffa un sanglot, cela ressemblait à un voile de deuil.

— Faites bien attention en dévalant le talus ! recommanda-t-elle. Je vais vous éclairer, les herbes glissent et il y a des pierres.

Le triste cortège se mit en route. Arthur demanda tout bas s'il pouvait passer devant.

— Non, marche derrière moi, répondit-elle. Tu n'as pas de lampe.

Claire ne voulait plus prendre aucun risque avec ceux qu'elle aimait. Elle considéra le petit crâne rond posé sur sa gorge. L'enfant lui semblait vigoureux et en bonne santé.

— Plus tard, je verrai si tu es une fille ou un garçon ! lui dit-elle doucement. La seule chose qui compte, c'est de te laver et de t'habiller, petit ange, puis de t'emmener chez nous.

Les hommes furent soulagés de poser le pied sur le chemin des Falaises, plat et familier. Matthieu n'avait pas desserré les mâchoires. Jean, tout aussi inquiet, observait son gendre avec angoisse.

« Il ne survivra pas à la mort de Faustine ! » songea-t-il. Cette pensée le tortura, car il ne voulait même pas imaginer ce qu'il ferait, lui, s'il perdait sa fille unique.

— Allons, pressons ! rugit-il. Nous sommes bientôt au Moulin.

En cet instant tragique, Jean n'espérait rien du docteur ni de Dieu. Il croyait de toute son âme, avec une foi naïve, au seul don de Claire. Sa femme sauverait Faustine.

Angela ne pouvait pas bouger du perron. Elle avait garni la cuisinière de grosses bûches de chêne et mis de l'eau à chauffer dans le gros pot en zinc qui servait à stériliser les conserves. La bouilloire sifflait. Paul attendait à ses côtés, son béret entre les doigts. Thérèse se faufila près d'eux.

— Paul, vous êtes sûr que le bébé va bien ? interrogea la fillette, parce qu'un jour, pendant la guerre, maman a eu des jumeaux qui étaient mort-nés.

— Il criait fort, le bébé ! répliqua l'ouvrier dont l'accent du pays amusait d'habitude les deux filles.

— Les voilà ! hurla soudain Angela.

Il fallut dix minutes pour monter Faustine dans une des chambres et l'étendre sur un drap immaculé. Angela avait préparé son propre lit. Elle osait à peine regarder la jeune femme dont la pâleur était effrayante. Matthieu se jeta sur son corps et l'enlaça en pleurant. Claire demanda à Jean de s'occuper de lui.

— Emmène-le, je dois la soigner et faire sa toilette. Je dois être seule avec elle. Dès que le docteur sera là, dis-lui de monter. Angela, rejoins vite Thérèse. Je lui ai confié le bébé, gardez-le au chaud, il n'est pas en danger.

Jean eut du mal à détacher les bras de Matthieu de la taille de Faustine.

— Mon petit gars, viens voir ton enfant et boire un coup de gnôle. On en a tous besoin. Aie confiance en Claire !

Le jeune homme se laissa conduire jusqu'au couloir. Il se retourna pour regarder Faustine.

— Du cran, lui dit Jean. Nous ne pouvons pas la perdre, hein ? Demain, elle sera rétablie, elle nous dira ce qu'elle faisait là-haut. Tu verras !

Sa voix tremblait. Matthieu comprit que Jean souffrait autant que lui.

Claire s'enferma à clef. Elle rempli une bassine d'eau chaude et se munit de gants de toilette. Avec une paire de ciseaux, elle finit de découper la robe en partie réduite en charpie.

— Ma pauvre chérie, quel cauchemar tu as dû vivre ! chuchota-t-elle. Mettre un enfant au monde, seule, sans personne pour t'aider !

Elle posa ses mains à plat sur le ventre de sa fille et les fit glisser sous ses seins, à la place du cœur.

— Tu dois te battre, Faustine. Tu as perdu beaucoup de sang et cela te rend faible.

Un rapide examen lui révéla que le saignement s'était arrêté. Elle fronça les sourcils : l'hémorragie pouvait continuer à l'intérieur du corps.

« Est-ce qu'il faudrait la conduire à l'hôpital ? s'interrogea-t-elle. Non ! Que feraient-ils de plus ? »

Elle lava Faustine avec des gestes tendres, empreints d'un respect presque religieux.

— Tu dois reprendre des forces, mais comment t'alimenter ?

Claire parlait bas d'un ton câlin. Aucune plante ne pouvait aider la jeune femme pour l'instant. Elle parvint à lui enfiler une chemisette courte, après quoi, elle la drapa dans un châle en laine d'Angela.

— Je vais te réchauffer. Si Raymonde était parmi nous, elle serait déjà en train de te préparer un bouillon de poule, ou bien du vin chaud. Oui, c'est ça, il te faut du vin chaud !

On frappa à la porte. Claire se précipita pour se trouver nez à nez avec le médecin de Puymoyen, un certain Ernest Vitalin, qui déplaisait à toute la famille ainsi qu'à Bertille. L'homme, âgé d'une soixantaine d'années, souleva son chapeau. Il était chauve et portait des lunettes à double foyer. Jean l'escortait.

— Entrez, docteur, dit Claire.

— Bonsoir, madame Dumont. J'ai examiné l'enfant, en bas. Il est chétif. Il faudra bien le nourrir si vous espérez le garder.

Ce préambule irrita Jean qui fit la grimace. Claire prit son mari par le poignet et dit, très bas :

— Jean, demande à Matthieu ou à Angela de faire tiédir du vin rouge. Ajoutez des écorces d'orange confites, de la cannelle et une goutte d'eau-de-vie. Mais, rien qu'une goutte ! Il me faudrait aussi un litre de bouillon. J'ai acheté des tablettes de concentré de bœuf à l'épicerie, il faut les jeter dans l'eau frémissante[1]. Faustine a besoin de remontant, car elle a perdu beaucoup de sang.

Son mari approuva et recula vers le palier. Claire rejoignit, à la hâte, le docteur Vitalin qui prenait la tension de la jeune femme.

— Le pouls est faiblard et la tension, très basse. Hémorragie postnatale, je suppose. Elle ne reprendra pas conscience. Il fallait m'appeler bien plus tôt. Encore un orphelin en perspective !

Une colère immense secoua Claire. Elle attrapa l'homme par son manteau et lui remit son chapeau.

— Dehors ! Sortez de chez moi ! Ma fille ne mourra pas. Pas tant que je serai vivante ! Je me demande vraiment où vous avez eu votre diplôme ! Je ne veux plus avoir affaire à vous ! Jamais !

— Attention, madame Dumont, grogna le docteur en la repoussant. Je peux porter plainte pour insultes et bousculade. Vous êtes toutes les mêmes, dans ces campagnes, à vous croire

---

1. Les premiers produits de ce genre ont été mis au point par Julius Maggie dès 1886.

plus malignes que les gens de la science. Vous avez tué votre fille, madame, en voulant laisser faire la nature !

— Bien sûr, c'est ça ! hurla Claire. Elle était seule, monsieur, seule pour accoucher, et au moins elle a sauvé son bébé. Je vous jure, moi, que ce ne sera pas un orphelin, espèce d'oiseau de malheur, charlatan !

Le chagrin et la peur la rendaient à demi folle de rage. Matthieu accourut, alarmé par ces vociférations. Le médecin dévala l'escalier sans réclamer ses honoraires.

— Claire ! Qu'est-ce qui se passe ? s'étonna le jeune homme. Comment va Faustine ?

— Mal ! cria-t-elle. Tu vas m'aider à la mettre en position assise. Elle doit avaler du vin chaud et du bouillon sans s'étouffer ni le rejeter. C'est la seule chose qui peut lui redonner des forces. J'ai beau être une paysanne, je suis encore capable de réfléchir. Nous n'avons qu'une solution, reconstituer vite le sang perdu.

Matthieu s'approcha du lit et toucha le front de sa femme. Il craignait une sensation de froid, mais la peau était tiède.

— Oh ! Elle a un air si bizarre, je croyais que c'était la fin, dit-il.

— Tais-toi ! coupa-t-elle. Ne me débite pas les mêmes âneries que cet imbécile de Vitalin. Il aurait mieux valu ramener madame Colette. Ce type n'est qu'un abruti !

Il dévisagea sa sœur avec stupeur : Claire se montrait rarement grossière. Pourtant cela le détendit ; dans l'état de fureur qui l'exaltait, elle ne baisserait pas les bras. Ils installèrent la jeune mère le buste appuyé aux oreillers, la tête calée contre un traversin.

— Je descends chercher ce qu'il faut ! s'exclama-t-il, soudain plein d'espérance.

Claire s'assit au bord du lit. Elle parcourut le corps de Faustine en appliquant ses paumes aux endroits qui lui paraissaient les plus importants : le cœur, le ventre, le front.

— Ma petite fille chérie, je t'en supplie, réveille-toi, dit-elle d'un ton plaintif. Regarde-moi, parle-moi, Faustine.

Les yeux fermés, Claire eut l'impression que ses mains étaient brûlantes. Elle se concentra davantage pour insuffler toute son énergie à la jeune femme inanimée.

— Reviens avec nous ! dit-elle d'une voix forte, bien timbrée.

Les paupières de Faustine se soulevèrent quelques secondes. Ses prunelles bleues n'avaient plus aucun éclat. Mais Claire insista :

— Oui, reviens ! Matthieu sera tellement heureux et ton père... Jean. Ton bébé aussi, nous avons tous besoin de toi.

Dans la cuisine, Léon servait du cidre aux ouvriers. Jean faisait dîner Arthur qui tombait de sommeil. Thérèse berçait le nouveau-né dont la peau fine était maculée de traînées grisâtres, personne ne l'ayant baigné. Matthieu lui-même ne s'était pas soucié de son sexe. Le jeune homme était profondément choqué. Tant que Faustine serait inconsciente, il ne respirerait pas à son aise. Il s'interdisait aussi d'approcher leur enfant.

Angela disposa sur un plateau deux bols de bouillon fumant et deux verres de vin chaud qui embaumaient la cannelle et l'orange.

— Tu as tout ce que Claire voulait ! décréta-t-elle.

— Oui, je remonte.

L'adolescente lui adressa un sourire d'encouragement qu'il ne vit pas.

— Eh ! Tiens-moi au courant ! lui cria Jean. Ma place serait là-haut, à moi aussi. Bon sang, c'est ma fille, ma petiote !

— Jeannot, te bile pas ! soupira Léon en le prenant par l'épaule. Claire l'aime autant que toi, notre Faustine, elle la laissera pas s'en aller.

Une voiture entra dans la cour. Des portières claquèrent. Bertrand et Bertille venaient aux nouvelles.

Claire entrouvrait les lèvres de Faustine et faisait couler du vin dans sa bouche avec une petite cuillère. Matthieu surveillait chacun de ses gestes.

— Tu as vu ? Elle déglutit. C'est bon signe.

— Oui, elle est un peu moins pâle.

A la fin du premier verre, la jeune femme ouvrit les yeux. Son regard erra dans la chambre puis s'attacha au visage de Matthieu.

— Oh, tu es là ! balbutia-t-elle.

Il lui étreignit les mains et les couvrit de baisers.

— Je suis là, Faustine.

Elle le fixait, ébahie. Claire lui caressa la joue.

— Ma chérie ? Comment te sens-tu ? Dis-nous ?

— J'ai sommeil.

Claire se mit à lui frictionner les avant-bras. Faustine luttait pour ne pas s'endormir à nouveau.

— Matthieu, maintiens-la réveillée, qu'elle prenne du bouillon ! Après, elle pourra se reposer. Tout ce qu'elle avalera sera salutaire.

— Faustine, tu es en sécurité ! commença le jeune homme. Nous t'avons retrouvée. Et le bébé est né, dis, tu t'en souviens ?

La jeune femme tressaillit, submergée par le rappel brutal des affres de la naissance. Tout lui revenait : la Grotte aux fées, la mauvaise odeur, sa robe déchirée.

— Oui, souffla-t-elle, le bébé. C'est une fille, mon amour, une jolie petite fille : Isabelle.

Matthieu sentit sa poitrine se dilater. Il pouvait revivre, penser, respirer. Un soulagement innommable lui fit verser des larmes de joie pure.

— Isabelle ! répéta-t-il. Notre Isabelle est venue au monde ! Faustine, ma chérie, merci, merci !

Il cala son front entre les seins de la jeune femme et là, il sanglota comme un gosse. Claire était bouleversée, mais elle ne renonça pas pour autant à faire boire du bouillon à sa malade.

— Hum, c'est bon, maman !

Ses cheveux répandus sur ses épaules, sa figure marquée par la terrible épreuve endurée, Faustine avait un air enfantin. Son corps paraissait très menu sous le drap et les couvertures.

— Je voudrais encore du vin chaud, dit-elle soudain. Cela m'a fait du bien.

Tout en parlant, la jeune femme caressait la nuque de Matthieu, enfouissant ses doigts dans sa chevelure brune. En fait, elle semblait ivre. Claire esquissa un sourire.

— Tu nous as fait une belle peur, la plus grande peur de ma vie. J'appelle ton père, il doit se morfondre.

— Et mon bébé, où est-il ?

— Thérèse s'en occupe. Demain, tu le mettras au sein, mais d'abord tu vas passer une bonne nuit de sommeil. Je ne te quitterai pas.

Faustine approuva. A partir de maintenant, la nuit, le brouillard et la solitude n'existaient plus. Les murs du Moulin les avaient repoussés.

Claire avait à peine posé un pied sur la dernière marche de l'escalier que des faces angoissées se tournèrent vers elle. Jean renversa une chaise pour la rejoindre plus vite.

— Alors ? clama-t-il.

— Ta fille va mieux ! répliqua-t-elle. Faustine nous a parlé, elle a même réclamé sa petite, mais, bien sûr, elle est très fatiguée.

Angela frappa dans ses mains en sautant sur place. Thérèse pleurait, trop émue par la bonne nouvelle. Ce fut un déferlement de joie. Mise au courant des événements par Jean, Bertille se jeta au cou de Bertrand.

— Demain, j'offre le champagne à tout le monde, déclara l'avocat. En l'honneur de Faustine, du bébé et de Matthieu, l'heureux papa !

Il avait hésité avant de prononcer ces paroles qui sonnaient haut et fort une véritable réconciliation. Claire vint embrasser sa cousine et, d'un même élan, elle donna l'accolade à Bertrand. Jean en profita pour monter discrètement.

— Il y a toute la nuit à passer, dit Claire d'un ton neutre. Mais j'ai confiance, Faustine est jeune et robuste ; elle reprendra vite des forces.

Bertille se pencha sur le nouveau-né que Thérèse portait fièrement, à présent. L'enfant dormait en suçant son pouce.

— Comment souhaitent-ils l'appeler ? demanda la dame de Ponriant.

— Isabelle, répondit Claire. Je l'ai su tout à l'heure. C'était un secret bien gardé.

— Isabelle ! répéta Bertille. C'est un prénom élégant et très doux. Un prénom de reine. Quand je pense que ce petit trésor est né dans la Grotte aux fées ! Je n'aurais jamais eu le cran de Faustine. Bien, maintenant que nous sommes rassurés, nous allons rentrer. Nous ne serions d'aucune utilité. Mais je reviendrai demain après-midi féliciter notre jeune maman.

Les ouvriers décidèrent de terminer l'encollage sans leur patron. Ils dormiraient chez Léon.

— Je vous remercie tous les trois, dit Claire en échangeant avec eux de solides poignées de main.

— Pas de quoi, madame ! On est bien contents, allez...

Angela débarrassait la table. Elle tendit une assiette à sa mère adoptive.

— Mange un peu, Arthur a laissé du saucisson et du pain beurré.

— Plus tard, ma mignonne.

Jean, à l'étage, ne se décidait pas à entrer dans la chambre. Par la porte entrebâillée, il observait, non sans gêne, Matthieu et Faustine qui discutaient à voix basse.

« Bah, ça me suffit de voir ma petite bien vivante, qui roucoule avec son mari ! songea-t-il. Je ne veux pas les déranger. »

Mais Claire le surprit dans le couloir et sauta sur l'occasion :

— Il faut réorganiser la maison, mon Jean. Un lit de camp près de celui de Faustine pour moi et le bébé. Matthieu couchera dans le lit de Thérèse qui s'installera avec Angela dans la chambre d'à côté. Toi, tu prendras Arthur. Et puis, ne sois pas sot, entre donc embrasser ta fille juste une minute. Elle a besoin de bien dormir, c'est encore le meilleur remède.

Il y eut de nombreuses allées et venues dans la maison. Enfin Faustine, ayant bu le second bol de bouillon, put s'allonger. Elle sombra dans un sommeil délicieux, proche de la béatitude. Jean et Matthieu s'aperçurent alors qu'ils avaient une terrible fringale.

Ce soir-là, au Moulin du Loup, quand sonna minuit, on réveillonnait à la table de la cuisine. Léon dévorait, aussi affamé que ses compagnons d'insomnie. Claire participa au repas improvisé, mais elle grimpait à l'étage entre deux bouchées. Angela avait eu la permission de veiller et elle trinqua en riant à la santé de Faustine. Baignée et emmaillotée par les soins de l'adolescente, Isabelle dormait sagement dans le landau de Janine.

— Je lui ai donné de l'eau bouillie, sucrée au miel, fit remarquer Claire, et cet amour s'en contente. Matthieu, ta fille a hérité de la douceur de Faustine.

— Ma fille ! répéta le jeune père, ébloui.

Il l'avait contemplée et bercée. C'était pour lui une révélation. La minuscule créature d'une joliesse de lutin avait quitté l'abri du ventre maternel et, toute petite, elle prenait déjà une importance considérable. Des étreintes passionnées dans la Grotte aux fées avait jailli une étincelle de vie, une infime parcelle de sa chair et de celle de sa bien-aimée. Désormais, ils avaient le devoir de protéger une enfant, de l'élever, de la chérir.

— Isabelle ! dit encore Matthieu. L'enfant des fées !

Faustine avait dormi jusqu'à midi. Claire la tira d'un sommeil réparateur pour lui faire boire encore du bouillon, de la soupe et de la tisane de verveine.

— Tu as meilleure mine, ma chérie, lui assura-t-elle. Ce soir, tu auras droit à des lentilles et à un bon morceau de viande.

— Où est mon bébé ? interrogea la jeune femme d'un air anxieux. Tu ne me caches rien de grave, maman ?

— Oh non ! Isabelle est très sage. Je lui ai donné de l'eau sucrée et un peu de lait de chèvre. Attends une minute.

Claire se précipita sur le palier et appela :

— Angela, monte la petite !

C'était l'instant magique de la rencontre entre une mère et son enfant. Faustine n'avait pas pu admirer sa fille la veille, car il faisait trop sombre. Elle découvrit un ravissant poupon miniature, qui daigna soulever de fines paupières sur des prunelles d'un bleu pur. Le duvet soyeux dressé sur le crâne bien rond paraissait brun.

— Qu'elle est belle ! s'écria la jeune femme. Et elle sent bon. Mais, maman, tu lui as mis l'ensemble en laine blanche que j'avais tricoté.

— Bien sûr, Angela et Thérèse se sont levées à l'aube pour courir chez toi chercher la malle contenant ta layette.

Faustine tenait le bébé contre son cœur. Un sentiment d'amour infini la pénétrait, si fort et si merveilleux que des larmes jaillirent de ses yeux.

— Maman, je ne savais pas ce que l'on ressent. Ma fille, ma toute petite fille. Isabelle ! Où est Matthieu ? Est-ce qu'il l'a vue ?

— Ah ça, évidemment, claironna Angela. Il en est fou.

Claire soupira de bonheur, en précisant :

— La montée de lait se fera sans doute la nuit prochaine, ma chérie, mais tu peux la mettre au sein. Plus elle tétera, plus tôt elle provoquera la lactation. J'ai lu ça dans une revue médicale. Je dois bien compenser mon manque d'expérience. J'ai soif de m'instruire, vois-tu, et Bertille me passe un tas de magazines fort intéressants.

— Maman, je suivrai toujours tes conseils, affirma la jeune femme.

— Dans ce cas, j'espère qu'ils seront toujours excellents, plaisanta Claire. Maintenant, repose-toi. Garde la petite et présente-lui ton sein.

Faustine se coucha sur le côté et écarta l'échancrure de sa chemise. La pudeur n'était pas de mise en présence de sa mère et de l'adolescente. Le bébé gigota, les menottes levées, et aspira le bout du mamelon tout entier.

— Quelle drôle d'impression ! s'extasia Faustine.

La journée s'écoula paisiblement. Bertille différa sa visite au lendemain, ce qui parut raisonnable à Claire. Elle estimait sa fille encore très faible et dressait des interdits : pas trop de bruits ni de bavardages à son chevet.

Matthieu avait dû reprendre le travail. Un camion avait klaxonné au milieu de la matinée : c'était pour charger la commande de Vélin royal, une centaine de rames.

Le jeune homme était de si bonne humeur que ses ouvriers ne résistaient pas à l'envie de le taquiner.

— Dites, patron, vous allez siffler longtemps comme ça ? Vous lambinez ! Mais à quoi pensez-vous donc ?

— Ouais, on se pose la question. Y a pourtant rien de nouveau, dans votre vie ?

Matthieu riait, obsédé par le charmant tableau qu'il avait contemplé après le déjeuner : Faustine et Isabelle nichées au creux du lit, toutes deux endormies.

Malgré la liesse générale, personne ne savait encore pourquoi le bébé était né dans la Grotte aux fées.

En fin d'après-midi, Claire redescendit un plateau de la chambre.

— Messieurs, au boulot ! annonça-t-elle à Jean et à Léon avec une expression malicieuse. Faustine voudrait un lit en bas. Elle se sent trop isolée là-haut. Notre chérie veut se trouver en pleine agitation, avec nous tous, les enfants, les courants d'air et les odeurs de cuisine. Elle prétend même que le bébé dormira mieux ici et que Matthieu les verra plus souvent, parce qu'il n'ose pas monter sans se déchausser. Bref, j'ai eu beau dire, elle n'en démord pas.

Angela s'écria que c'était une idée formidable.

— Dépêchons-nous, Matthieu aura la surprise !

Une heure plus tard, Faustine retrouva avec plaisir son lit de princesse, installé entre les deux fenêtres. Thérèse entassa coussins et oreillers, si bien que la jeune femme tenait assise sans fatigue.

La grande pièce où s'étaient joués tant de drames et de repas de fête resplendissait de propreté. Le carrelage, de très anciens pavés rouges polis par le temps, avait été lavé à grande eau. Arthur et Angela avaient cueilli des narcisses et les premières roses qui égayaient de leurs frais coloris les gros buffets jumeaux au bois luisant.

— Si tu avais de la visite ! dit Claire. Je ne veux pas avoir honte de la maison. Regarde un peu, j'ai même changé les rideaux. Les neufs, je les ai commandés dans un catalogue de la Manufacture de Saint-Etienne. Ils sont en macramé.

— Vous êtes tous tellement gentils ! affirma Faustine. Je vous ai donné du souci et du travail.

— Moi, ça me plaît de te voir du matin au soir, ma chérie ! répliqua Jean.

— Pour sûr, renchérit Léon. Il peut pleuvoir, on aura notre soleil à nous dans la maison.

Le compliment simple mais sincère toucha la jeune femme au cœur. Elle se souvenait depuis son réveil que Raymonde était morte un an plus tôt, en avril.

— Mon brave Léon ! proclama-t-elle. Sais-tu que nous t'avons choisi comme parrain, Matthieu et moi ?

La nouvelle stupéfia Claire.

— Vous ferez baptiser Isabelle à l'église ?

— Maman, j'ai prié si fort Dieu et la Sainte Vierge, dans la grotte, que j'aurais honte de ne pas leur témoigner de la gratitude. Je les suppliais de sauver mon bébé, de me sauver aussi. Ils m'ont exaucée.

Jean hocha la tête d'un air recueilli. Il comprenait. Léon, lui, riait et pleurait.

— J'serai le parrain, dites ! Ah ! bon sang, ça s'arrose ! déclara-t-il. En voilà un honneur ! Parrain de la petite Isabelle !

Matthieu revint pour le dîner. Il vit tout de suite Faustine dans le grand lit. Les épaules couvertes d'un châle, elle berçait leur fille dans ses bras en chantonnant.

— Mais on se croirait à Noël ! dit-il.

Claire prit son frère par la main. Une odeur de poulet rôti flottait dans l'air.

— C'est elle qui a voulu ça, assura-t-elle. Nous n'allions pas la contrarier.

Il lut dans les yeux sombres de sa sœur à quel point elle avait eu peur de perdre Faustine. L'idée qu'à la même heure la jeune femme pourrait être morte le glaça. Il marcha jusqu'au lit et s'assit, fasciné. Faustine était très belle, encore pâle, mais les traits magnifiés par la maternité. Thérèse lui avait natté les cheveux. Un parfum de lavande montait de sa chemise brodée. Il la couvrit d'un chaud regard passionné.

— Ma petite chérie... pardon, mes chéries, précisa-t-il. J'en ai de la chance. Les jours qui viennent, je vais passer en coup de vent toutes les dix minutes.

Faustine eut un sourire émerveillé. Isabelle poussa un frêle cri et leva un bras de poupée.

— J'ai déjà un peu de lait, confia la jeune femme. Ta fille est un amour d'enfant, tellement sage et gracieuse.

— Le portrait de sa maman ! ajouta Jean qui débouchait du cidre.

Ils étaient tous réunis autour du couple et du bébé : Claire, Jean, Léon, Janine, Thérèse, Arthur et Angela. Moïse le jeune s'était couché près du lit. Le loup refusait de changer de place.

— Laissez-le, dit Faustine. C'est grâce à lui si vous m'avez retrouvée en vie.

Après le repas, Angela servit de la chicorée et de la tisane de tilleul. Claire se réjouissait en silence : Faustine avait de l'appétit, et chaque bouchée lui redonnant des forces, on pouvait la considérer hors de danger.

Jean cala une chaise contre le lit et dévisagea sa fille. Il secoua une de ses longues nattes, en demandant :

— C'est peut-être le bon moment pour nous expliquer ce que tu faisais dans la Grotte aux fées !

— Ton père a raison, ajouta Claire. Je t'aurais cherchée partout, mais pas là-haut. Quelle mouche t'a piquée, ma chérie ?

La jeune femme jeta un coup d'œil à Matthieu. Il souriait, amusé. Leur famille ne pouvait pas soupçonner que la caverne avait servi de refuge à leur amour.

— Eh bien, comment vous dire ? commença Faustine. J'ai quitté le Moulin, je me sentais en pleine forme et j'ai décidé de poursuivre ma promenade. La lumière était extraordinaire dans la vallée. J'ai eu envie de monter jusqu'à la grotte contempler le coucher de soleil. Tout à coup, j'ai perdu les eaux.

Claire tiqua. Le plus fort des émotions passé, elle se souvenait avoir vu un vieux matelas, une caisse, une tenture…

— Quand j'y pense, fit-elle, la grotte avait l'air fréquentée. Tu te rends compte, Faustine, si tu t'étais trouvée nez à nez avec un vagabond !

— Moi, je n'ai rien vu du tout ! s'étonna Jean.

— Il se peut, en effet, que des saisonniers s'abritent là-bas ! avança Matthieu. Victor Nadaud nous a assez répété que ce sont des habitats pratiques depuis des milliers d'années.

Claire insista, en observant attentivement Faustine :

— D'accord, tu as perdu les eaux, mais tu avais encore le temps de redescendre, de venir au Moulin.

— Non, maman, je souffrais trop. Les contractions ont commencé tout de suite et elles s'enchaînaient. J'avais tellement peur de commettre une erreur fatale pour le bébé. Quand le brouillard s'est levé, je n'osais plus bouger. Enfin, je ne peux pas tout raconter, mais à certaines manifestations j'ai compris que je devrais accoucher seule, dans la grotte. C'est un peu confus dans mon esprit. J'étais prise de panique. Je pleurais, je priais, j'appelais au secours. Mais j'ai réussi à me calmer. Un grand calme, presque étrange. Si vous m'aviez vue… J'ai déchiré ma robe avec les dents. Je préparais ce qui me paraissait nécessaire pour la venue du bébé.

Jean essuya une larme. Le courage dont avait témoigné sa fille unique le bouleversait.

— Pauvre mignonne. Moi, je vous dis que les femmes ont plus de cran que nous, les hommes.

Egalement ému par le récit de Faustine, Matthieu caressa

Moïse. Le loup semblait apprécier ces marques de tendresse, bien rares de la part du jeune homme.

— Je suis sûre que Moïse percevait tes cris, ma chérie, soupira Claire. Il t'a sauvé la vie. Que plus personne ne dise de mal de cette brave bête, qui est bien le digne fils de notre vieux Sauvageon. Sans Moïse, le pire serait arrivé !

Une frayeur rétrospective la fit trembler. Angela lui prit la main.

— Tu dis vrai, maman Claire ! Mais c'est fini, Faustine est avec nous, bien vivante.

— C'est un miracle, affirma Léon. Sûr, faut baptiser la petite et je vous promets que je serai un bon parrain. Tiens, je vais lui fabriquer un cheval à bascule avec les planches de merisier que j'ai rangées au-dessus de l'appentis.

— Janine en profitera avant Isabelle, dit Claire, mais c'est une bonne idée, Léon.

Faustine raconta l'instant de la naissance devant un public qui retenait son souffle.

— J'ai senti sa tête entre mes mains. Bébé criait fort, cela m'a réconfortée. Ensuite je l'ai prise sur moi et, là, j'ai éprouvé un bonheur inouï, extraordinaire. Je me moquais bien d'avoir eu mal. Moïse est arrivé peu de temps après. Je n'y voyais rien ; j'ai eu peur que ce soit un renard ou un blaireau. Mais non, c'était le loup du Moulin. Dès qu'il m'a léchée, j'ai su que j'étais sauvée, qu'il m'aiderait à vous prévenir.

Les conversations, les questions et les constats effarés les tinrent en haleine jusqu'à une heure tardive. Claire surveillait sa fille.

— Bon, tout le monde au lit, notre Faustine cligne des paupières, elle n'en peut plus.

Matthieu se coucha près de sa femme.

— J'ai les seins gonflés et très durs. C'est la montée de lait, je crois.

Elle lui tourna le dos pour s'allonger sur le côté. Isabelle eut droit à sa première vraie tétée. Matthieu appuya son front contre l'épaule de Faustine.

— Ne t'inquiète pas pour la Grotte aux fées, affirma-t-il. Demain, j'y monterai avec un de mes ouvriers pour nettoyer. Maintenant, avoue, tu avais envie de revoir notre nid d'amour ?

— Oui, répondit-elle très bas. Ne me gronde pas, j'ai dû provoquer l'accouchement en soulevant le matelas. Cela m'exaspérait que notre grotte soit si sale, qu'elle soit dévastée. Et l'odeur ! Dire que j'ai mis notre fille au monde avec ces relents de pourriture dans le nez. Enfin, j'exagère, dans le feu de l'action, je n'y prenais plus garde.

Le jeune homme se redressa pour l'embrasser sur la joue.

— Je suis désolé, ma chérie. Et je ne vais pas te gronder. La naissance était prévue pour la fin de mai. Le principal, c'est que tout se termine bien. Claire a pesé Isabelle, elle ne fait que deux kilos trois cents grammes[1]. En plus, ses ongles ne sont pas bien formés. Il faut qu'elle ait toujours bien chaud et qu'elle prenne beaucoup de bon lait, le lait de sa maman. Je te préviens, pas question que je voie ma fille pendue au pis d'une chèvre.

Matthieu adoucit sa déclaration d'un petit rire attendri.

— Tu es la femme la plus courageuse que je connaisse, ajouta-t-il, avec ma sœur Claire, évidemment.

Faustine, la tête enfouie dans l'oreiller, tout le corps alangui de fatigue et de joie, répondit par un léger soupir heureux. Elle guettait le bruit ténu que faisait le bébé en avalant. Un sentiment de plénitude et de fierté la transportait. Elle sut dès lors qu'elle aurait d'autres enfants. Une ribambelle, comme prétendait son père !

---

1. 5,5 livres.

11

Isabelle

Moulin du Loup, 2 mai 1921

Les visites débutèrent le lendemain. Les gendarmes, ébahis par les circonstances de la naissance, avaient *causé*, comme on disait en Charente. Le docteur Vitalin, fidèle client du bistrot, ne s'était pas gêné pour raconter sa version. Claire y était dépeinte en mégère hargneuse, prête à sacrifier la vie de sa fille adoptive à ses prétentions de guérisseuse. Il en fut pour ses frais. Dans le pays, Claire était très aimée et respectée, la famille Roy aussi.

Faustine reçut en fin de matinée l'ancien maire, monsieur Vignier, et son épouse. Ils lui offrirent un bavoir en éponge décoré d'un ourson brodé. La jeune mère trônait dans son lit, bien coiffée, vêtue d'une blouse ample et d'un gilet de laine bleue assortie à ses yeux. Claire et Angela avaient disposé sur la grande table deux gâteaux de Savoie, cuits à l'aube, ainsi que des verres en enfilade. Jean avait acheté dix bouteilles de mousseux.

Jeanne, la mère de Raymonde, se présenta vers deux heures de l'après-midi, accompagnée d'une des commères du bourg. Léon salua sa belle-mère sans aménité. Il savait qu'elle buvait trop et il en avait honte pour elle, à cause de ses enfants. Même au retour de l'école, Thérèse évitait de passer chez sa grand-mère.

— Paraît que tu l'as pondue dans un trou de la falaise, ta pitchoune, bredouilla Jeanne en posant un doigt crasseux sur le front rose du bébé.

Claire en fut irritée. Jeanne devenait grossière. Elle respira mieux quand la vieille femme s'en alla. Bertille arriva vingt minutes plus tard, encombrée d'un superbe bouquet de roses blanches veinées de pourpre. Clara et Louis de Martignac lui emboîtaient le pas.

— Je ne fais qu'un saut pour complimenter Faustine, s'empressa de dire le jeune châtelain. J'ai déposé madame Giraud, son mari viendra la chercher ce soir. J'emmène Clara au château.

La fillette, âgée de six ans, jugea Isabelle aussi jolie qu'une poupée. S'avisant qu'Arthur se tenait de l'autre côté du lit, elle eut l'idée d'un caprice.

— Dis, maman, Arthur pourrait venir aussi, chez Marie. Il jouera avec nous dans le parc. Maman, dis oui, vite !

— Il faut demander la permission à Claire, répliqua Bertille tout sourire.

Faustine l'observait. Sa chère tantine portait une toilette délicieuse, une robe fluide en velours gris et un veston cintré en drap noir qui rehaussait sa blondeur et son teint d'ivoire. La masse frisée de ses cheveux était maintenue en arrière par un bandeau en soie verte. Elle avait un air très jeune. Louis faisait de louables efforts pour ne pas la regarder sans cesse.

— Alors, cette enfant des cavernes ! plaisanta-t-il. Quelle merveille ! Mais elle est minuscule. Ma sœur pesait cinq kilos à sa naissance.

Claire accepta de laisser partir Arthur, non sans avoir pris le temps de l'habiller correctement. Le garçonnet se retrouva endimanché, mais ne protesta pas, trop content de suivre Clara. Le trajet en voiture et les jeux promis dans le parc du château l'enchantaient.

Louis offrit, de la part d'Edmée de Martignac, un hochet en argent à boule de buis, ainsi qu'un coquetier, en argent également.

— Mais il ne fallait pas, dit Faustine. Ces objets paraissent très anciens, ils manqueront à votre mère.

— Pas du tout, rétorqua Louis. Effectivement, ils ont servi à ma petite sœur et c'est pour cette raison que nous tenions à vous les offrir. Ce n'est pas un geste ordinaire.

Matthieu fit une courte apparition, alors que le jeune châtelain s'apprêtait à sortir. Ils se serrèrent la main.

— Toutes mes félicitations, Matthieu ! Votre fille est une perfection, un don de Dieu.

— Merci ! répliqua sobrement ce dernier.

Deux mois plus tôt, Faustine lui avait fait part de ses soupçons au sujet de Bertille et de Louis. Matthieu était persuadé que ces deux-là avaient une liaison. D'une voix à peine audible, il ajouta :

— Ne citez pas Dieu à tout bout de champ, Louis ! Vous n'êtes pas si entiché de religion, à mon humble avis !

L'aparté doucha l'amabilité exubérante du visiteur. Escorté par Clara et Arthur, il s'éloigna d'un air attristé.

Bertille serra Matthieu dans ses bras. Elle chuchota, à son oreille :

— Qu'est-ce que tu as dit à Louis ?

— Absolument rien, tantine, mentit-il.

Plus fort, la dame de Ponriant le félicita à son tour :

— Isabelle est si mignonne, un bouton de fleur, un bijou ! Et toi, ma Faustine, calée dans tes oreillers, tu as une allure de reine. Je m'attendais à voir une petite malade pâlotte, inerte, et tu es sublime.

La jeune mère remercia en souriant. Bertille s'installa pour tout l'après-midi. Claire poussa le fauteuil en osier, garni de coussinets moelleux, près du lit.

Angela mettait les roses dans un vase. Elle les dévorait d'un regard d'artiste, ce qui n'empêchait pas son cœur d'adolescente de battre la chamade.

« Je vais les peindre, tout à l'heure, à l'aquarelle. Je donnerai le tableau à Faustine pour sa maison. Comme ça, ces fleurs resteront dans son souvenir. »

Elle devait s'occuper l'esprit et les doigts pour se remettre de la visite inattendue de Louis de Martignac. Les lettres naïves de César et les baisers qu'ils échangeaient en cachette ne pesaient pas lourd comparés à ce qu'elle éprouvait pour le châtelain. Il incarnait le prince charmant de ses folles rêveries. Seule Thérèse était au courant.

La fillette promenait Janine sur le chemin des Falaises, et Angela bénissait son absence. Sinon elle aurait eu droit à un clin d'œil espiègle ou à des remarques moqueuses.

« Bien sûr, songea-t-elle encore, il est venu avec madame Giraud. Elle le regarde comme je regarde les roses. Mais ça ne prouve rien. En plus, elle est vieille ! »

Jalouse, Angela s'efforçait de nier la beauté évidente de

Bertille et elle se réjouissait de la moindre ride sur ce visage détesté. Cependant, l'adolescente se montrait prudente. Elle n'accablait la dame de Ponriant de piques méchantes qu'en son for intérieur.

« Je lui dois le respect, hélas, pensait-elle. Si je lui faisais des réflexions, Claire serait fâchée, Faustine aussi. »

Angela décida de rejoindre Thérèse.

— Eh bien, emporte de quoi goûter, lui proposa Claire. Avec ce beau temps, vous êtes mieux dehors, Janine n'en dormira que mieux cette nuit.

Jean et Léon étaient partis labourer une parcelle en friche du jardin potager, afin de planter des pommes de terre qui seraient bienvenues au début de l'hiver. La famille s'agrandissait, Claire souhaitait nourrir tous ses protégés. Elle avait noté dans un cahier comment échelonner les récoltes de légumes en respectant le calendrier lunaire. C'était ainsi depuis des années, et la nourriture ne manquait jamais au Moulin.

— Avez-vous photographié Isabelle ? demanda Bertille. Grâce à ton appareil, Faustine, tu auras des portraits de ta fille à tous les âges. Bertrand m'en a promis un pour mon anniversaire.

Claire s'était assise près de sa cousine, son cabas à tricot à portée de la main. Elle avait hâte de terminer un bonnet en laine rose destiné au bébé.

— Les petites filles doivent porter du rose ! affirma-t-elle. Raymonde avait tricoté toute la layette de Janine en jaune poussin, mais moi, ça ne me plaisait pas. Pauvre Raymonde !

Bertille fronça les sourcils. Elle n'avait aucune envie d'évoquer des sujets graves.

— Faustine, raconte-moi ton accouchement. Pourquoi es-tu montée à la Grotte aux fées ? Enceinte, on ne prend pas de tels risques, voyons !

— C'était un caprice de ma part. Je sens que je vais être obligée de me justifier pendant des jours. Cela m'amusait, un peu comme un défi ! Et je voulais admirer le coucher de soleil.

— Tu as perdu les eaux une fois là-haut parce que tu avais fait un effort trop violent en grimpant le talus ! soupira Claire. C'était fort imprudent !

— Mais dès que tu as eu des contractions il fallait redescendre ! s'écria Bertille.

Faustine retint un soupir d'agacement. Isabelle se réveillait. La jeune femme vit là une bonne occasion de détourner la conversation.

— Maman, il faut la changer. Tu vas la voir sans ses langes, tantine, elle est menue, mais très bien faite.

Pendant plusieurs minutes, les trois femmes furent uniquement concentrées sur le bébé. Isabelle agitait ses petites cuisses et roulait des yeux clairs en suçant son poing fermé.

— Elle est magnifique, s'extasia Faustine. Je crois qu'elle sera brune comme son papa.

— Cela ne veut rien dire, coupa Bertille. Moi, je devine des reflets châtains, et non bruns. Clara, juste née, avait déjà des mèches d'un blond pâle.

Une fois le bébé emmailloté de frais, Faustine lui donna le sein. La mère et l'enfant s'endormirent au bout d'un quart d'heure.

— J'adore les voir s'abandonner au sommeil en douceur, chuchota Claire. Isabelle succombe la première, puis c'est Faustine qui respire plus régulièrement et ne me répond plus. Bertille, je t'assure que j'ai eu la plus grande peur de toute ma vie. Je n'oublierai jamais ce froid en moi, quand Angela m'a affirmé que Faustine n'était pas chez elle. En plus, il y avait le brouillard, la nuit précoce.

Bertille approuvait d'un air distrait. Elle appartenait à la race des gens qui ne se morfondent pas sur ce qui aurait pu être et balaient les mauvais souvenirs ; une manière efficace de rester fort et optimiste.

— Il faut faire confiance au destin, parfois, dit-elle pourtant. Faustine ne pouvait pas nous quitter si jeune, c'était impossible.

— Enfin, sans Moïse, elle pouvait mourir.

— Non ! trancha sa cousine. Vous alliez la chercher. Matthieu aurait eu l'instinct de monter à la grotte et, de toute façon, le loup vous aurait guidés à ce moment-là.

Claire préféra ne pas répondre tout de suite. Le ton de Bertille était trop sec à son goût.

— Si tu juges toute l'affaire banale, tant mieux pour toi ! Faustine est ma fille et nous avons failli la perdre. Toi, Bertille, tu prends tout à la légère.

— Pas tout ! marmonna l'intéressée. Pardonne-moi, Claire,

mais j'ai autre chose en tête. Faustine va bien, son bébé aussi. Ce n'est pas la peine de se lamenter.

De plus en plus surprise, Claire dévisagea sa cousine. Elle prit conscience de sa moue sensuelle et du frémissement de ses traits altiers.

— Tu as des soucis, princesse ? Bertrand ?

— Bertrand ne me cause aucun souci. Il devient gâteux devant son petit-fils. Il passe la moitié de ses journées avec Félicien. Il le promène en poussette et joue aux cubes avec lui. Si tu veux en savoir plus, mon mari a des problèmes de santé, le cœur. Mais ça, je te l'avais déjà dit, et le reste suit.

— Quel reste ? interrogea Claire tout bas.

— Rien, cela me gêne d'en parler.

— Princesse, tu ne fais pas tant de manières d'habitude. Si tu as besoin de te confier, n'hésite pas.

— Je ne supporte plus qu'il me touche, avoua Bertille dans un souffle. Figure-toi que j'ai retrouvé sous notre lit un affreux bas en laine noire, d'une propreté douteuse.

— Quoi ? Bertrand t'aurait trompée ?

— J'en suis sûre ! J'ai eu la preuve que Bertrand préfère des femmes plus en chair que moi, plus populaires, disons le mot. J'ai torturé Mireille et elle a reconnu que monsieur avait invité une drôle de personne quand je me suis enfuie et que j'habitais chez vous.

La discussion se faisait sur un ton quasiment inaudible, mais Bertille s'inquiéta :

— Es-tu sûre que Faustine dort ?

— Oui, elle dort. Explique-toi, insista Claire envahie par la curiosité.

— Mireille m'a décrit la visiteuse et cela ressemblait à une prostituée, bien brune, grande et forte. Moi, j'ai pris mes distances. J'étais profondément blessée, humiliée même.

— J'imagine, coupa sa cousine, que tu as fait une scène à ton mari. Moi, à ta place, je mettrais Jean en pièces !

— J'ai fait bien pire, répliqua Bertille. Je t'en supplie, ne me juge pas, je ne peux l'avouer qu'à toi. Je ne sais pas ce qui m'est passé par la tête, mais dès que j'ai obtenu les aveux de Mireille, je me suis offerte au premier venu !

Devant la mine consternée de Claire, Bertille rectifia :

— En fait, ce premier venu attendait depuis deux mois que je cède à ses avances. Je n'en peux plus de garder le secret. Oui, j'ai un amant : Louis, c'est Louis de Martignac.

Encore somnolente, Faustine perçut ses derniers mots. Un élancement dans le ventre l'avait réveillée. Elle prit soin de garder les yeux fermés, sans bouger.

— Louis de Martignac ! demanda Claire, mais il est bien plus jeune que toi, tu me fais marcher ! En plus, j'ai eu l'occasion de l'écouter discourir à plusieurs reprises, et ce garçon prône des valeurs catholiques. Il défend aussi des principes typiques de son milieu, tels l'honneur et la fidélité. Je ne peux pas croire qu'il couche avec une femme mariée.

Un sourire lumineux rendit Bertille encore plus exquise. Elle pencha la tête de côté, secouant ses boucles couleur de lune.

— Peut-être qu'il a mis toutes ses belles idées de côté parce qu'il m'aimait trop. Si tu savais, Clairette, comme c'est bon d'être adorée, espérée. Il est fou de moi, il m'embrasse en pleurant de joie, il m'appelle sa déesse. Nous échangeons des lettres ! Il les dépose entre deux grosses pierres du mur d'enceinte, je les prends et je mets les miennes à la place. J'ai l'impression de vivre enfin la jeunesse que mon infirmité m'avait volée.

— Toi alors ! soupira Claire. Quand même, princesse, tu as épousé Bertrand au début de la guerre, après l'avoir aimé à la folie, lui aussi, pendant des années.

— Je ne pouvais pas prévoir qu'il vieillirait si vite ni si mal. Ne me juge pas, par pitié. Je ne suis pas très fière de tout ça, mais au fond, personne ne souffre de la situation. Bertrand me caresse sans aller plus loin. Je suis très gentille avec lui. Louis et moi, nous sommes tellement heureux.

Claire posa son tricot, incapable de se concentrer sur les mailles. Elle fixa sa cousine d'un air perplexe :

— Tu ne divorceras pas ?

— Jamais ! Je tiens à mon foyer, à ma maison. Ce n'est qu'une merveilleuse incartade. Edmée continue à chercher une fiancée idéale pour son fils. Il s'en moque, il ne veut que moi.

— Hum… fit Claire. Telle que je te connais, tu feras tout pour l'empêcher de se marier. Je suis sidérée. Toi et ce jeune homme !

— Et alors ? Je t'ai donné mon absolution, moi, quand tu as couché avec William Lancester.

— Chut, moins fort ! ordonna Claire.

Faustine eut du mal à ne pas tressaillir. Elle doutait de ce qu'elle venait d'entendre. Sa mère ? Une liaison avec le papetier anglais ! C'était vraisemblable.

« Je m'en souviens, elle était bizarre à cette époque, se dit-elle. Cet homme avait une manière insistante de la regarder. Ils étaient souvent ensemble, oui, et papa travaillait en Belgique. »

— Cela ne s'est produit qu'une fois ! ajouta Claire. J'avais les nerfs en pelote à cause de ma visite sur les lieux de l'incendie, à Vœuil.

— J'ignorais que tu t'étais rendue là-bas ? Pourquoi ?

— Je n'en sais rien ! mentit Claire. J'avais tiré Arthur de cette masure que le feu avait détruite ; Etiennette était morte sous ce toit.

Elle ne dirait jamais la vérité. Elle ne parlerait jamais à personne de la lettre que de pauvres gens lui avaient envoyée, contenant le médaillon de Nicolas. Bertille n'avait pas à savoir que son demi-frère était le personnage pervers et violent dont les méfaits avaient endeuillé la vallée.

— Et puis flûte ! pesta Bertille. Ce n'est pas un crime, d'aimer ! Si Bertrand, quand il va en ville, s'offre du plaisir, je m'en fiche.

La dame de Ponriant eut un rire nerveux. Faustine en profita pour mimer un réveil soudain, toussant et levant une main. Elle se retourna et affecta une expression endormie :

— Maman, tantine, de quoi parliez-vous ?

— De layette, ma chérie ! dit Claire. C'est l'heure de ton goûter. Je vais te préparer du chocolat chaud avec le reste du gâteau. Tu n'as pas dormi longtemps, j'espère que nos bavardages ne t'ont pas dérangée.

— Pas du tout ! affirma la jeune femme.

Le retour de Thérèse et d'Angela fit diversion. Janine avait souillé ses langes, et les deux filles avaient écourté leur balade. L'animation habituelle berça les réflexions de Faustine qui observait sa mère et sa tante sous un nouvel angle.

« J'ai toujours trouvé Claire très belle, Bertille aussi. Mais elles sont différentes, cela saute aux yeux. »

Faustine détaillait le visage et le corps de sa mère adoptive. Elle prit brusquement conscience de l'harmonie de ses formes, de sa taille bien marquée, du dessin séduisant de sa bouche.

« Bien des hommes ont dû l'admirer et l'admirent encore. Cela me rend triste qu'elle ait trompé mon père. Bertille agit à sa guise, on ne la raisonnera pas, mais maman… »

— Eh bien, ma chérie, tu sembles perdue dans tes pensées ! s'écria Claire.

Elle l'aida à s'asseoir et lui servit un bol de chocolat. Faustine nota la grâce extrême de ses traits et l'ovale plein de douceur de son visage. Sous cet examen méticuleux, Claire se troubla :

— Pourquoi me regardes-tu ainsi ?

— Tu es ravissante, maman !

Le ton était un peu trop grave. Bertille fronça les sourcils :

— Ta propre fille vient de constater que tu es une jolie femme ! Ma petite Faustine, on dirait que tu rêves tout éveillée.

— C'est un peu vrai, tantine. Je ne vous avais jamais vues vraiment. Je veux dire, comme un homme doit vous voir !

— Tais-toi donc ! gronda Claire. Devant les filles ! Où vas-tu chercher des idées pareilles ?

Faustine s'absorba dans la dégustation de son chocolat. Elle mangea aussi deux parts de gâteau. Rien ne pouvait l'empêcher néanmoins d'imaginer sa mère dans les bras de William Lancester, alors qu'elle n'avait jamais osé se figurer les étreintes amoureuses de ses parents.

« Je n'ai pas à la critiquer ! se raisonna-t-elle. Lancester était bel homme, galant, généreux. Maman se sentait seule, papa différait sans cesse son retour. Une seule fois, ce n'est pas très grave. Si, c'est grave. Enfin non. Quant à Louis, il sait y faire. J'aimais Matthieu de toute mon âme et pourtant il réussissait à me troubler. C'est bien compliqué, tout ça. Moi, je serai fidèle à mon mari toute ma vie. Le plus important, c'est nous deux et notre Isabelle. »

Faustine se pencha et embrassa le front de sa fille. Elle chassa de son esprit les visions audacieuses qui l'obsédaient.

« Peut-être qu'un jour maman m'avouera ce qu'elle a fait. Et les affaires de Bertille, je ne veux pas m'en mêler. Mais je plains Bertrand ; il ne méritait pas ça. Après tout, qui sait ? Tantine ne mentait pas à propos de cette femme qu'il faisait venir au domaine. J'ai dû arriver à temps, le soir où je les ai surpris. Ils se voyaient sans doute depuis quelques jours. »

Vaguement écœurée, Faustine fut soudain prise d'une mélancolie insupportable. Elle étouffa un sanglot et, pour ne pas se donner en spectacle, se glissa sous les draps. Là, elle pleura en silence.

— Qu'est-ce que tu as ? lui demanda Angela.

— Rien, j'ai sommeil, avoua-t-elle, d'une voix la plus calme du monde. Je dors un peu avant la tétée.

La jeune femme était déroutée par cet accès de chagrin. Elle appréhendait tout à coup l'avenir, se surprenant à mépriser Bertille qu'elle avait toujours chérie. Même Claire lui apparut comme une traîtresse.

« Qu'elle ne brandisse plus la morale et la vertu ! se disait-elle. La prochaine fois qu'elle interdit à Angela de se promener avec César, je lui jette son aventure avec Lancester à la figure. »

Claire vint soulever un pan du drap. Le regard attendri, elle avait son visage de mère protectrice.

— Ma petiote, je me doutais que tu avais le cafard. Tu te rappelles, Basile t'appelait ainsi, petiote. Tu as subi un grand choc, tes nerfs te lâchent.

Elle caressa le front de Faustine et chatouilla sa joue avant de la couvrir de baisers. Bertille abandonna le fauteuil et se lova contre la jeune mère en larmes.

— Je t'en prie, ne sois pas malheureuse. Tout se passera bien, promit-elle en lui lissant une mèche de cheveux.

Faustine savourait leurs marques d'affection. Aussitôt rassurée, elle se mit à rire, se demandant pourquoi elle pleurait.

— Les sautes d'humeur sont propres aux accouchées, fit remarquer Bertille. Moi, je n'arrêtais pas : une fois au comble de l'extase, la fois d'après tout affligée.

Isabelle se réveilla et réclama le sein. Faustine en oublia ce qui la tourmentait. Elle dorlota son bébé et lui murmura des mots d'amour. Le retour de Léon et de Jean, empressés à prendre de ses nouvelles, puis une autre visite très brève de Matthieu, achevèrent de la consoler.

Thérèse chantonnait en essuyant la vaisselle, alors qu'Angela avait sorti sa mallette de gouaches et dessinait sur une grande feuille blanche. Claire épluchait des légumes pour la soupe du soir. Léon était déjà reparti traire les chèvres. Jean le suivit ; il se proposait de nourrir le cheval et la basse-cour. Janine dormait à l'étage. Le loup Moïse somnolait au pied du lit.

Bertille était la seule à ne rien faire. Comme la jeune femme, elle se laissait bercer par l'atmosphère rassurante et immuable de la cuisine du Moulin. Elle paraissait songeuse.

— J'ai vécu longtemps ici, dit-elle enfin. C'est étrange d'être assise dans le même fauteuil en osier que jadis, quand j'étais infirme. Il est solide, vraiment. Je cachais mes jambes sous une couverture et je soignais le haut de mes toilettes. Vous ne pouvez pas imaginer comme c'est frustrant de ne pas pouvoir courir à sa guise, d'être un objet de pitié. Oui, les gens avaient pitié. Ils me saluaient, gênés, et s'éloignaient. Mais je les entendais discuter tout bas avec mon oncle Colin :

« Pauvre fille, vous êtes bien bon de l'avoir prise chez vous ! » Ou alors : « Elle était si jolie, quel dommage ! »

Angela releva le nez d'un air surpris. Thérèse renonça à fredonner.

— Sans Claire, poursuivit Bertille, j'aurais rampé un matin jusqu'au bief pour me jeter dans l'eau. Je me serais vite noyée. Je n'avais aucun espoir de guérison. Cela ne me servait à rien d'être belle et d'avoir dix-huit ans. Je rêvais de danser au bal du 14 juillet, de marcher les soirs de pleine lune sur le chemin des Falaises. Ma vie était finie avant de commencer. Claire lavait mes cheveux et me coiffait. Elle me répétait que j'étais une princesse, qu'un jour un homme m'adorerait. Le soir, elle me portait sur son dos pour monter l'escalier, et tante Hortense faisait la grimace, car c'était trop farfelu à son goût. Dans notre chambre, nous lisions des romans, les livres m'aidaient à tenir bon. Les héroïnes étaient courageuses, alors je m'efforçais de l'être aussi.

Claire jeta carottes, navets et pommes de terre coupés en dés et rincés dans une grosse marmite. Le discours de sa cousine était pour le moins imprévu.

— Pourquoi racontes-tu tout ceci aujourd'hui ?

— Peut-être parce que Faustine pleurait. Je voudrais qu'elle sache que ce n'est pas ma faute si je suis mauvaise. Toi, Clairette, tu as toujours agi avec loyauté et bonté.

Faustine tendit la main à sa tante d'adoption. Les deux femmes échangèrent un long regard affectueux.

— Tu n'es pas mauvaise, tantine ! Maman m'a toujours répété

que les fées n'en font qu'à leur tête. On ne peut pas te reprocher d'être tombée de la lune sur la terre et de t'amuser un peu.

Ce fut le tour de Bertille d'être émue, prête à pleurer.

— On m'a rarement dit quelque chose d'aussi charmant, balbutia-t-elle. Merci.

Angela se leva d'un coup et prit son gilet.

— Maman Claire, je vais aider Léon à la bergerie. Tu viens, Thérèse ?

La fillette s'empressa. Claire sortit une énorme miche de pain de la huche. Elle préparait la table en prévision du repas du soir.

— Vous pourriez dîner là, Bertrand et toi ? suggéra-t-elle à sa cousine. J'ai fait des rillettes de canard avant-hier. Elles sont savoureuses.

— Non, c'est gentil, Clairette, mais Mireille n'est pas prévenue. Elle a dû cuisiner pour nous.

Une automobile se garait dans la cour. L'avocat en descendit, encombré d'un gros paquet enrubanné. Claire l'accueillit sur le perron et l'escorta jusqu'au lit de Faustine.

— Ma chère enfant, dit Bertrand d'un ton solennel, en ma qualité de maire, je tenais à vous féliciter d'avoir mis au monde un si beau bébé dans des conditions périlleuses. Mais, pour faire plus simple, voici un cadeau qui vient du cœur pour votre petite Isabelle.

Faustine découvrit une parure de lit d'enfant en coton perlé. La taie d'oreiller et le drap étaient ornés d'un volant en broderie anglaise.

— Mais c'est magnifique ! s'exclama-t-elle. Merci beaucoup.

— Et j'ai apporté du champagne, un magnum, ajouta l'avocat. Il faut fêter cette naissance. Ma princesse, si nous dînions ici ?

Bertille accepta d'un sourire. Claire considéra Bertrand avec une certaine compassion. Certes, il n'était pas aussi séduisant que Louis, mais il avait encore de l'allure et de la prestance.

« Bientôt, je conseillerai à Bertille de rompre. Elle prend des risques insensés. Et c'est immoral ! »

Angela marchait à grands pas sur le chemin des Falaises. Thérèse peinait à la suivre.

— Mais où vas-tu ? Claire nous grondera ! cria la fillette.

L'adolescente arracha la résille qui maintenait sagement

ses boucles brunes sur la nuque. Elle frotta ses lèvres avec la manche de sa robe pour aviver leur couleur.

— Je veux attendre Louis au carrefour. Il sera obligé de me parler cette fois.

— Et s'il rentre tard de Torsac ! En plus, tu as menti. Tu as dit que nous allions aider mon père. Quand Claire saura la vérité, elle te grondera. Elle te reproche souvent de jouer les coquettes avec César.

— Je trouverai une excuse, rétorqua Angela. Dès que je souris à un garçon, même à la foire, maman Claire me fait les gros yeux. Là, elle ne me verra pas. Tu as écouté Bertille ? Cette femme embobine tout le monde ! Pas moi. Je m'en fiche, de ses histoires.

Parvenue au pont, la jeune fille se percha sur le parapet. Faustine, à son âge, s'asseyait à la même place pour guetter le retour de Matthieu les fins de semaine, quand Bertrand Giraud le ramenait du pensionnat. Essoufflée, Thérèse se plaignit d'un point de côté.

— Tu courais ! Ce n'est pas du jeu ! Ce que j'ai mal !

— Eh bien, rentre au Moulin !

— Ah non, je me repose.

— Thérèse, si tu étais une vraie amie, quand la voiture de Louis arrivera, tu pourrais te cacher au bord de la rivière. Dis, est-ce que je suis jolie, moi aussi ?

L'adolescente tremblait d'impatience. Thérèse la dévisagea.

— Oui, tu es jolie. Mais ta cicatrice au front, elle se voit plus quand tu as chaud, tu devrais te refaire une frange.

— Maman Claire m'a obligée à coiffer mes cheveux en arrière. Elle prétendait que j'avais mauvais genre avec ma frange. Tu essaieras demain de m'en couper une, jusqu'aux sourcils.

— Et c'est moi qui serai punie ! gémit la fillette. Enfin, si tu veux, mais tu ne diras pas que je t'ai aidée.

Le ronflement d'un moteur les fit sursauter. Angela sauta du parapet et poussa Thérèse vers le talus herbeux qui rejoignait la berge.

— Je reconnais le bruit de sa voiture, déclara-t-elle soudain. Vite, cache-toi, je t'en supplie.

Louis de Martignac ralentissait toujours dès les premiers virages que la route effectuait pour descendre dans la vallée.

Il arriva à petite vitesse au carrefour. Au moment de tourner en direction du Moulin, il vit Angela lui faire signe. Arthur et Clara gesticulaient sur la banquette arrière du véhicule.

Le jeune homme freina pour s'arrêter trois mètres plus loin. Il baissa sa vitre.

— Bonsoir, mademoiselle, s'exclama-t-il gaiement. On se balade ? Vous avez raison, le crépuscule est mon moment préféré.

— Oui, l'air est tellement doux, on dirait du coton, déclara-t-elle d'une voix vibrante de joie.

— Montez, si vous voulez rentrer en automobile, proposa-t-il avec une réelle gentillesse.

Angela se rassasiait de lui. Elle aimait son nez un peu fort, le pli arrogant de sa bouche, ses cheveux ondulés d'un blond sombre.

— En fait, monsieur, dit-elle avec son plus beau sourire, Claire m'a demandé de prendre les enfants ici et de les ramener. Faustine est très lasse, le bébé pleure beaucoup, il ne faut plus aucune visite. Cela vous évitera un détour.

Louis parut étonné. Il jeta un coup d'œil à Clara dans le rétroviseur.

— Est-ce que Bertille, pardon, madame Giraud se trouve encore au Moulin ?

— Non, son mari est venu la chercher, mais nous gardons Clara ce soir. Monsieur Bertrand et madame Bertille voulaient dîner en amoureux au domaine, ajouta-t-elle avec un sourire qui se voulait plein de sous-entendus.

Les deux petits préféraient rentrer à pied avec Angela. Clara ouvrit la portière sans solliciter de permission et se rua à l'extérieur. Elle se cramponna à la main de l'adolescente.

— Tu nous montreras des lucioles, Angela ? Dis oui, dis oui !

Arthur gambadait déjà au milieu du chemin. Déçu, Louis crispa ses mains sur le volant.

— Je comptais déposer les enfants au portail, mais si votre mère estime que c'est mieux ainsi, je vous les confie. Clara est dissipée. Je ne vois pas comment Faustine se reposera si elle dort chez vous. Enfin, tant pis !

Angela, bien que ravie, en fut pour ses frais. Le jeune châtelain la salua distraitement et fit marche arrière. Un nuage de poussière s'éleva. En quelques minutes, l'automobile reprit la route de Puymoyen.

« Au moins, il n'a pas revu Bertille ! » pensa Angela, assez fière de sa ruse.

Thérèse réapparut. Clara courut vers elle et se pendit à son cou.

— Thérèse, toi aussi tu fais la promenade ! C'est chic, ça ! Je suis contente de dormir au Moulin. On jouera aux billes.

Arthur ramassa une branche morte et faucha une touffe de boutons d'or. Angela devait gagner la complicité de sa petite troupe.

— Les petits, écoutez bien ! J'ai menti pour arranger Faustine. Claire ne m'a rien demandé du tout. Clara, tes parents sont à la maison, oui, chez nous. Si tu jures de ne rien dire, je supplierai ton père de te laisser coucher dans ma chambre.

Elle leur donna d'autres consignes propres à améliorer son mensonge. Arthur se moquait de ce genre d'histoire. Il avait joué avec Marie de Martignac et Clara dans le parc du château et sa tête bourdonnait de souvenirs merveilleux.

Thérèse interrogea l'adolescente à voix basse :

— Alors ? Qu'est-ce qu'il t'a dit ?

— Il était vraiment heureux de me revoir, voilà ce qu'il m'a dit. Et figure-toi qu'il m'a fait le baisemain, comme à Claire et à Faustine. Je voyais dans ses yeux que je lui plaisais, Thérèse.

Angela s'obstinait à déformer la réalité pour l'adapter à ses rêves. Dans son cœur de quinze ans, elle commençait une guerre d'usure. Son ennemie se nommait Bertille mais affronter une soi-disant fée ne l'effrayait pas. Le temps l'aiderait. Du moins, le croyait-elle.

Pavillon de chasse de Ponriant, le lendemain

— Mon mari est à Angoulême jusqu'à l'heure du dîner, précisa Bertille en dégrafant son corsage. Louis, tire les rideaux ! On pourrait nous voir.

— Qui ? demanda durement le jeune châtelain.

— La nourrice promènera Félicien dès qu'il se réveillera. Et puis, j'aime la pénombre. Tu n'es pas de bonne humeur, on dirait ?

Louis ôta sa veste. Il venait d'arriver. Bertille le recevait dans le pavillon de chasse trois fois par semaine. Elle avait fait poser une serrure sous prétexte de protéger les affaires d'un éventuel rôdeur. La pièce principale où les amants se retrouvaient était très agréable : un lit double à baldaquin, une commode au-dessus de marbre, un paravent chinois qui dissimulait un lavabo et un miroir.

Bertille se débarrassa de sa jupe. Elle leva les bras, toute frêle en bustier de satin et jupon de soie. Louis faillit renoncer à obtenir des explications, tant le désir le rendait faible.

— Franchement, hier soir, j'ai souffert le martyre ! confessa-t-il.

— Mais pour quelle raison ? s'étonna-t-elle. Ce serait à moi de me plaindre. J'espérais si fort te revoir. Ce n'était pas très poli, de déposer Clara au pont et de filer aussitôt.

Louis écarquilla les yeux. D'un geste agacé, il dénoua sa cravate.

— C'est un comble ! Tu vas me donner des torts ! Quand cette gosse m'a dit que ton époux et toi, vous dîniez en amoureux, j'ai eu le cœur brisé. Tu m'as promis qu'il ne te toucherait plus.

— Quelle gosse ? dit Bertille d'un air sidéré. Angela ? Mais c'est elle qui nous a expliqué que tu n'avais pas le temps de venir jusqu'au Moulin.

Encore soupçonneux, le jeune homme ôta sa veste. Rien ne le priverait de son plaisir.

— Je n'y comprends plus rien ! maugréa-t-il.

— Mon bel amour, ce sont des enfantillages. Un plan de Clara pour traîner dehors avec Arthur et les filles.

Bertille, qui était assise sur une chaise, se leva, et vint déboutonner la chemise de Louis. Elle effleura son torse imberbe du bout des doigts.

— Tu es le seul à me toucher, assura-t-elle. Je t'aime tant.

Elle tendait vers lui un visage magnifié par le clair-obscur. Il capitula et l'embrassa sur les lèvres.

— Ma déesse, ma poupée de porcelaine ! bredouilla-t-il en la soulevant sans effort. Loin de toi, je ne vis plus, je suffoque. J'ai compté chaque minute me séparant du rendez-vous. Pourtant, je t'en voulais !

Les paupières mi-closes, blottie contre le jeune homme, Bertille ne pensait plus au reste du monde. Elle n'avait qu'une hâte, s'offrir et être conquise. Louis se montrait un amant fougueux et délicat à la fois.

— Jamais je ne me lasserai de toi, avoua-t-elle.

Il n'était plus en mesure de répondre. La chair nacrée de cette femme, son parfum, son abandon total, tout le rendait fou. Le sentiment oppressant d'avoir commis une faute impardonnable pesait sur lui, après la jouissance, mais il ne durait pas. Le désir revenait trop vite. Bertille avait fait de lui un esclave qui bénissait ses chaînes.

Moulin du Loup, même jour

Les visites continuaient. Le père Jacques était passé le matin au Moulin. C'était une marque d'affection exceptionnelle, car le vieux curé se déplaçait rarement.

— Votre vallée est si belle ! avait-il dit. Et, au bourg, on ne parle que de cette naissance peu ordinaire.

Faustine avait fixé la date du baptême au début du mois de juin. Le prêtre s'en réjouissait. La famille Roy-Dumont n'était pas des plus pieuses, mais il avait de l'affection pour tous ses membres.

En début d'après-midi, une nuée de fillettes en tablier investit la grande cuisine sous la bonne garde de mademoiselle Irène, la surveillante de l'institution Marianne. Simone Moreau suivait, tenant par la main le petit Thomas. L'enfant avait deux ans. Il se précipita vers Moïse. Tristan, le loup de l'école qui avait contribué à son éveil, lui manquait beaucoup.

— Mes chères enfants ! s'écria Faustine. Que je suis contente de vous revoir !

Elle reprenait possession de leurs gracieuses figures, des boucles rousses de Nadine, des grimaces intimidées d'Armelle. Sophie, la benjamine, se mit à genoux sur le lit, pressée de voir le bébé.

Claire s'attendait à cette joyeuse invasion. La table était bien garnie : biscuits à la cannelle, tarte aux pommes, bouteilles de limonade.

Simone Moreau embrassa Faustine en versant une larme.

— Elle est bien jolie, votre petite Isabelle. Quand j'ai su ce qui s'était passé, j'ai prié pour vous deux.

Les orphelines purent assister à la toilette du nouveau-né. Comme l'heure de la tétée sonnait, Angela demanda la permission de leur faire visiter la maison et les bâtiments du Moulin.

— D'accord, dit Claire, mais soyez discrètes, ne dérangez pas Matthieu et ses ouvriers. Ils ont une nouvelle commande à honorer.

Mademoiselle Irène ajusta ses lunettes. Elle était bien éduquée, mais elle ne pouvait s'empêcher d'examiner d'un œil curieux le cadre où vivait la famille Roy. Simone Moreau n'avait d'intérêt que pour le bébé.

— Il faut manger des lentilles et boire de la bière, pour le lait, conseilla-t-elle d'un air sérieux. Mais surtout pas de chou ni d'ail, votre petite refuserait le sein.

— Ne vous tracassez pas, ma mère sait tout cela, assura Faustine.

Les révélations de la veille troublaient la sérénité de la jeune femme. Elle avait, de plus, la désagréable impression d'avoir écouté aux portes en jouant les endormies. Aussi se promettait-elle d'avouer la vérité à Claire dès qu'elles seraient seules. L'occasion tardait cependant.

Les pensionnaires de l'institution Marianne déboulèrent sur les pas d'Angela. Elles étaient surexcitées par la visite de la salle des piles.

— Il y a un bruit terrible, dit Sophie. La machine à papier, elle gronde comme un monstre.

— Nous avons vu les roues à aubes, ajouta Armelle. C'est joli quand l'eau éclabousse tout.

Faustine regretta de ne pas avoir organisé plus tôt ce genre de promenade instructive. Prévenu par Claire, Léon vint embrasser son fils. Thomas le reconnaissait. Assis sur les genoux de son père, il aligna une série de *papa* qui bouleversa le domestique.

— Mon mignon, bredouilla-t-il. Quand tu seras plus grand et plus dégourdi, tu viendras habiter ici.

Claire comprit l'allusion, mais elle fit la sourde oreille. Léon avait beaucoup de travail. Elle savait qu'il ne pourrait pas s'occuper du petit et que cette tâche lui reviendrait.

« Désolé, mon brave Léon, se dit-elle. D'abord, la pauvre Simone serait bien triste si on lui prenait Thomas, ensuite, j'ai déjà Janine à élever. »

Mademoiselle Irène donna le signal du départ.

— Nous reviendrons une autre fois. Nous ne devons pas fatiguer madame Faustine !

Angela s'en alla aussi. Elle avait eu droit à deux jours de congé à cause de la naissance ; il était temps pour elle de reprendre les cours.

— Ouf ! plaisanta Claire. Quel chambardement ! Tu me parais épuisée, ma chérie. Dors un peu, je rangerai.

Faustine constata que Léon était sorti et Jean aidait Matthieu. C'était le moment ou jamais.

— Maman, soupira-t-elle, pendant que nous sommes seules, j'ai un aveu à te faire. Hier après-midi, je ne dormais pas. Enfin, je me suis réveillée pendant votre conversation, à tantine et toi. Je sais, pour sa liaison avec Louis, et pour toi aussi.

Claire était blême de stupeur. Sans lâcher son torchon à vaisselle, elle vint s'asseoir au bout du lit. Son regard de velours noir fuyait celui de sa fille.

— Pour moi et William Lancester, c'est ça ? questionna-t-elle tout bas.

— Oui, c'est ça. J'ai eu beaucoup de peine, vois-tu. Disons que cela m'étonnait de toi, mais je ne te juge pas. Papa s'absentait des mois entiers à cette époque.

— Tu l'as dit à Matthieu ? s'affola Claire.

Faustine fit non de la tête. La même émotion que la veille lui nouait la gorge.

— Quand même, je ne te comprends pas, insista la jeune femme et Bertille non plus. Vous êtes mariées à des hommes que vous adorez. Comment peut-on les tromper sans remords, sans honte ? Je ne le ferai jamais. En vous écoutant, toutes les deux, j'ai douté de l'amour véritable. J'ai pensé qu'un jour Matthieu serait amoureux d'une autre. Maman, ce serait affreux !

— C'est pour ça que tu pleurais, cachée sous le drap ?

Claire crut que son paisible univers quotidien s'effondrait. Désormais, elle n'oserait plus regarder sa fille en face.

— Je suis navrée, ma chérie, dit-elle en fixant un détail du plancher. C'était un coup de folie ! Je venais de comprendre que c'était Nicolas, le vagabond brûlé dans l'incendie de Vœuil. J'avais besoin d'oublier. En somme, j'aurais pu tout aussi bien boire un grand verre d'alcool ou avaler une énorme part de gâteau. Quelle sottise de te dire ça ! Mais j'ai eu des remords, je t'assure, car je savais que je n'aimais que Jean. Et cela ne changera jamais.

Faustine était sidérée. Elle finit par éclater d'un rire timide, en disant, non sans malice :

— Dans ce cas, si tu avais eu de l'eau-de-vie sous la main ou un clafoutis aux cerises, ton régal, tu serais restée fidèle ?

— Eh oui ! gémit Claire, tête basse.

— Maman, allons, regarde-moi ! Je ne suis plus triste ni fâchée. Jésus a pardonné à la femme adultère, non ? Hier, j'ai mal réagi parce que je tenais Isabelle sur mon cœur. Un bébé dégage une telle pureté, une telle innocence. Je n'avais pas envie d'être plongée dans les méandres obscurs de l'âme humaine.

— C'est une réaction normale, ma chérie, répondit Claire. Devant un nouveau-né, on se sent lavé de tout péché, même Bertille et moi.

Faustine tira sa mère par le poignet. Elles restèrent enlacées quelques instants.

— J'oublierai, maman. L'essentiel, c'est que papa n'en sache rien.

— Oh ça, pas question !

— Tu me connais, ajouta la jeune femme, je suis plutôt honnête. Mais je peux témoigner que l'absence prolongée d'un être cher, surtout son fiancé ou son mari, vous expose à la tentation. Louis, avec ses manières de gentilhomme et ses sourires, avait réussi à me troubler alors que je me languissais de Matthieu.

— Parlons-en, de ce Louis ! s'indigna Claire. En voilà un coureur de jupons ! Il conte fleurette à toutes les belles filles, il me semble. Bertille aurait dû le tenir à l'écart et maintenant elle me paraît très amoureuse.

Elles discutèrent en sourdine du jeune châtelain et de sa relation avec Bertille. Faustine raconta à sa mère comment Louis s'était plaint, le lendemain du bal costumé, de l'emprise qu'exerçait sur lui la dame de Ponriant.

— Il prétendait avoir peur, déclara-t-elle. Cela n'a pas duré, cette fameuse peur, tu devrais raisonner tantine.

— Je te promets d'essayer, dit celle-ci.

Une voiture klaxonna à plusieurs reprises. Par la fenêtre entrebâillée, Claire reconnut Blanche et Victor Nadaud. Jean sortait de la salle des piles pour les saluer. Il accompagna sa sœur jumelle et son époux jusqu'au lit de la jeune accouchée.

— Ma chère nièce, commença Blanche en minaudant, me voici grand-tante. Alors, montre-moi Isabelle.

Faustine gardait l'enfant dans son lit pour la tenir au chaud. C'était une recommandation de Claire, vu qu'elle était née un mois trop tôt. La jeune femme écarta le drap. Blanche joignit les mains :

— Une beauté ! Mais qu'elle est petite !

Victor n'approchait pas, gêné de voir Faustine alitée. Il estimait extravagant d'installer une mère et son bébé dans une pièce aussi fréquentée. Le préhistorien n'était guère à l'aise avec le climat d'intimité féminine qui régnait au Moulin.

— Je vais féliciter l'heureux papa, annonça-t-il en tournant les talons.

— Dites-lui de venir goûter avec nous, Victor, lui dit Claire.

Blanche s'assit au chevet de Faustine. Elle avait beaucoup grossi et ses yeux bleus, semblables à ceux de Jean, paraissaient plus étroits dans un visage devenu poupin et couperosé. Malgré son embonpoint, elle demeurait très élégante.

« Trop de vins coûteux et de bonne chère, pensa Claire. Pas assez de marche. Elle devrait prendre des infusions de sauge et de feuilles de frêne. Mais si je lui propose une cure de plantes, elle se vexera. »

Pour l'instant, Blanche considérait le décor qui l'entourait, en jetant un regard inquiet sur Moïse. Le loup ne quittait pas le pied du lit. Jean s'était lancé dans un discours sur son futur cidre et la santé de sa vigne, mais sa sœur demanda soudain :

— Manquez-vous de chambres, à l'étage ?

— Non, coupa Jean. Au contraire !

— Alors, pourquoi Faustine est-elle en bas ? Avec les odeurs de cuisine, cette bête qui pourrait blesser le bébé… Je n'ai pas eu le bonheur d'être mère, hélas, mais je n'aurais pas apprécié de m'exposer à tout venant.

Claire retint un soupir de contrariété. Blanche avait le don de l'agacer. Cela datait de plusieurs années.

— Nous avons toujours mêlé les bébés à nos loups, confessa-t-elle en foudroyant sa belle-sœur d'un regard noir. Et Faustine est plus vite servie en étant à deux pas du fourneau.

— Ma tante, je m'ennuyais là-haut, protesta la jeune femme. Et Isabelle aime l'animation. Elle s'endort sans pleurer. Les bruits de voix la bercent.

— Et Matthieu ? s'inquiéta Blanche. Où couche-t-il ?

— Près de moi. La nuit, il se relève pour m'aider à changer notre fille si elle s'est mouillée.

— Bravo ! Quel spectacle édifiant pour les enfants ! s'écria sa tante. Franchement, vous avez des mœurs dignes du siècle dernier. Cela ne m'encourage pas à vous rendre visite !

— De toute façon, tu ne mets plus les pieds au Moulin depuis pas mal de temps, siffla Jean. Est-ce que je viens te critiquer, moi ? Parle-nous donc de votre manoir ! Je ne sais pas comment vous avez pu acheter une propriété pareille. A Pranzac, c'est bien ça ?

— Ce n'est qu'un modeste logis du XVIe siècle, dit-elle en riant. Victor a loué les hectares attenants à un fermier. Je m'y sens tellement bien. Croyez-moi, je ne regrette pas le château de votre amie Edmée. Il était inconfortable et humide.

— Tant mieux ! répliqua Claire. J'ai pourtant l'impression que vous me boudez encore, Blanche.

L'arrivée de Matthieu et de Victor empêcha l'intéressée de répliquer. Le préhistorien ôta enfin son canotier.

— Blanche, tu devrais visiter le Moulin. Les installations se modernisent. Matthieu est un patron exemplaire, un excellent papetier et cette idée d'imprimerie me plaît. Je travaille sur des projets de brochures qui réuniraient l'ensemble de mes découvertes. Parole, vous avez en face de vous un futur client.

Jean tendit l'oreille. Il écrivait en secret un second livre, à ses heures perdues, sur le naufrage du *Sans-Peur*, le morutier sur lequel il avait rencontré Léon.

— Personnellement, Victor, je pousse mon gendre à acquérir le matériel. Il faudrait emprunter, nous n'avons guère de fonds d'avance.

— Si tu n'avais pas dilapidé ton capital, aussi ! s'exclama Blanche. Nous étions à parts égales et il ne te reste rien. Moi, j'ai placé de l'argent sur les conseils de Victor, ce qui nous a rapporté gros. Pendant la guerre, je pense que ta fortune a été mal gérée.

C'était une attaque directe contre Claire. Elle préféra sortir afin de ne pas céder à la colère.

— Je vais nourrir les lapins, annonça-t-elle.

Plus bas, elle ajouta : « Au moins, ces bêtes-là sont muettes ! »

Faustine observait sa tante. Blanche exagérait. Elle ne s'arrangeait pas avec l'âge : elle était de plus en plus envieuse, toujours prête à sermonner ou critiquer.

Victor toussota. La hargne de son épouse ne se manifestait qu'au Moulin.

— Faustine, dit-il avec un bon sourire, ta tante et moi avons ouvert un livret de caisse d'épargne pour ta fille, dès que Jean nous a annoncé la bonne nouvelle au téléphone. Chaque mois, nous déposerons une petite somme et, à sa majorité, Isabelle aura un capital convenable. Mais ce n'est pas tout.

Le préhistorien tira de sa poche un écrin en cuir blanc. Ce fut Matthieu qui l'ouvrit. Le jeune homme montra à Faustine un bracelet en or fin, une gourmette minuscule gravée au nom de leur enfant.

— Il faut le lui mettre tout de suite ! précisa Blanche.

— Merci beaucoup ! C'est très gentil, déclara Faustine poliment.

Isabelle poussa un cri. Elle avait faim. La jeune femme se coucha sur le côté afin de lui donner le sein. Matthieu arrangea son châle de façon à ménager sa pudeur.

Blanche et Victor échangèrent un regard embarrassé. Jean déboucha une bouteille de cidre et aligna des verres.

— Il faut trinquer à la santé de ma petite-fille, proclama-t-il. Je suis tout content d'être grand-père.

Matthieu compara Blanche à Jean. Ce dernier semblait maintenant plus jeune que sa sœur jumelle.

« C'était une très belle femme, pensa-t-il. Mais elle est rongée par l'amertume, une insatisfaction chronique. »

Du temps où ils habitaient Angoulême, les époux Nadaud le recevaient souvent les dimanches. Matthieu se souvint des périodes où Blanche était alitée. Au début de son mariage, elle avait fait des fausses couches successives. Il la plaignit.

« Claire n'a pas eu d'enfants non plus, songea-t-il. Mais elle en a élevé tellement qu'elle est restée vive et svelte. »

Comme si Blanche devinait ses pensées, elle fixa le jeune homme d'un air perspicace.

— Tu aurais dû rester ingénieur, mon garçon, dit-elle du bout des lèvres. Et toi, Jean, cela me peine de te voir le plus souvent habillé en paysan. Avec ton capital, vous auriez pu aménager cette maison. Claire n'a pas de salon, elle reçoit dans sa cuisine. Tout agréable que soit la pièce, cela me désole. Tu m'entends, Faustine, toi et ton père vous êtes des Dehedin. Nos ancêtres ont eu assez d'ambition et de volonté pour bâtir une fortune. Et vous vous contentez de peu.

La jeune femme ne répondit pas. Victor avala son verre de cidre sans donner son opinion. Matthieu retourna travailler.

— As-tu choisi le parrain et la marraine, Faustine ? continua Blanche. Nous serions flattés de nous investir dans l'éducation religieuse de ta fille.

— J'ai déjà le parrain. C'est Léon, répondit-elle.

— Léon ! Un domestique qui s'exprime comme un charretier ! Mais enfin, cela devient ridicule !

— Ma tante, je ne changerai pas d'avis. Léon est pieux, il va à la messe. C'est le meilleur ami de mon père. Si tu acceptes, je serai ravie que tu sois la marraine.

— Et je devrai porter Isabelle sur les fonts baptismaux en compagnie de cet escogriffe à la tignasse en bataille ! dit Blanche, visiblement outrée.

Jean entoura les épaules de sa sœur avec douceur.

— Arrête un peu ta comédie ! Léon est un homme de cœur. Tu ferais mieux de te réjouir. Faustine a failli mourir la nuit où son bébé est né. Tu te fais du mal à renier tous les gens du peuple et à juger ta famille.

Blanche retint un sanglot. Elle cédait toujours à la voix grave de son jumeau, au magnétisme de son regard bleu.

— Eh bien, soit, je me résigne, soupira-t-elle. Puisque nous sommes réunis, ce qui n'est pas fréquent, j'ai aussi une bonne nouvelle à te communiquer, Jean. Un de nos cousins de Normandie nous a couchés sur son testament. Il n'avait guère le choix, nous étions ses seuls descendants directs. Il nous lègue un très bel hôtel situé sur le front de mer, à Trouville. Je comptais le mettre en gérance, mais tu as besoin d'argent, donc nous le vendrons et je te verserai la moitié de la somme. Matthieu et toi, vous pourrez lancer votre imprimerie.

Jean était stupéfait. Il se redressa, ébahi.

— Sœurette, je t'adore ! Vraiment, c'est inespéré, cette affaire.

— Viens dîner samedi prochain. J'aurai sans doute reçu des papiers à signer, déclara Blanche en regardant son frère d'un œil radouci.

Claire tardait à revenir. Elle tapa ses chaussures contre la pierre du seuil au moment où le couple prenait congé.

— Au revoir, Claire, susurra Blanche. Veillez bien sur notre Faustine et son adorable Isabelle.

Victor salua ses hôtes avec un sourire chaleureux. Jean referma la porte derrière eux en poussant un gros soupir :

— Ma sœur me fera tourner en bourrique ! Elle pratique le principe de la douche écossaise, du froid, puis du chaud, et encore du froid. Câlinette, figure-toi que Blanche va me verser une grosse somme bientôt. Je sais qu'elle n'est pas tendre avec toi, mais, bon, comment lui en vouloir ? Elle nous sauve encore une fois.

Faustine souriait. La joie de son père faisait plaisir à voir. Claire empila verres et assiettes en ronchonnant.

— Blanche ne m'a jamais aimée. J'ai bien fait de sortir, sinon je l'aurais écharpée.

Jean la prit par la taille et l'obligea à tournoyer entre la table et l'un des buffets.

— Claire, ne lui en veux pas ! Elle est jalouse de toi. Victor te couve encore des yeux. Heureusement que tu ne l'as pas épousé, celui-là, tu serais devenue une bourgeoise arrogante, comme ma sœur. Faustine, ta mère mettait tous les hommes à ses pieds dans sa prime jeunesse. Victor Nadaud a tenté de la séduire, mais il ne pesait pas lourd dans la balance. Claire n'aimait que son Jean.

Sur ces mots, il déposa un baiser dans le cou de sa femme.

— Mon Jean, es-tu ivre ? s'écria-t-elle en riant.

— Depuis la naissance d'Isabelle, on trinque dix fois par jour, répliqua-t-il. Bon, je file prévenir Matthieu. Nous allons ouvrir notre imprimerie.

Il se rua dehors. Faustine considéra sa mère avec méfiance :

— Maman, Victor aussi ?

— Que vas-tu imaginer ? Victor me courtisait, rien de plus. J'appréciais surtout sa science et tout ce qu'il m'apprenait. Il m'emmenait explorer des grottes de la vallée. Je l'aurais peut-être épousé si ton père en avait aimé une autre que moi.

Claire raviva des épisodes de sa vie datant de la petite enfance de Faustine. En évoquant le jour où elle était allée la chercher dans le Gers, à Auch, elle fut étonnée : la jeune femme n'avait aucun souvenir de son séjour chez Térésa, la patronne d'une pension de famille.

— Mais si, ma chérie. Tu jouais sur le trottoir, tu étais sale et échevelée. Le soir, je t'ai conduite à l'hôtel près de la cathédrale. Jean t'avait même dit que tu pouvais m'appeler maman.

— Non, je t'assure. La seule chose dont je me souvienne, c'est du retour au Moulin. Matthieu a couru vers moi et il m'a serrée très fort. Pépé Basile riait.

Matthieu, toujours Matthieu. Claire eut un sourire émerveillé.

— Vous vous aimiez déjà ! Il a tant pleuré quand tu es partie avec cette horrible femme. Tu étais toute petite, tu sanglotais en silence, résignée à ton sort.

Elles firent revivre d'autres moments dramatiques dont le vieux Moulin avait été le témoin. Au fil des jours, cela devint une habitude. Chaque fin d'après-midi, Claire et Faustine plongeaient dans un passé proche ou lointain, à la grande joie de Thérèse et d'Angela, lorsque les deux filles n'allaient pas en classe.

Au bout d'une semaine, Faustine se leva pour la première fois. Elle fit le tour de la pièce au bras de sa mère. Isabelle étrenna sa bercelonnette où elle s'accoutuma à dormir sagement.

— Ta fille est un petit ange ! répétait Claire. Tu as vu comme elle observe tout en se réveillant et elle ne pleure jamais.

C'était vrai. Matthieu fanfaronnait :

— Elle a compris que je suis un père autoritaire. C'est pour ça qu'elle file doux.

Il ne se lassait pas de dorloter le bébé ou d'effleurer sa peau soyeuse d'un doigt timide.

Dix jours après la naissance, le jeune homme trouva le temps de monter à la Grotte aux fées avec Paul, son ouvrier. Le soir, en se couchant près de Faustine, il l'attira sur son épaule et lui lissa les cheveux avec tendresse.

— Ma petite chérie, je vais te faire de la peine, mais je ne veux rien te cacher.

— Parle, tu me fais peur, Matthieu ! déclara-t-elle, intriguée.

— Tu t'es plainte d'une odeur pénible quand tu as accouché

dans la grotte. Paul et moi, nous sommes descendus un peu dans la galerie qui rejoint le souterrain. Eh bien, c'était Tristan.

— Comment ça, c'était Tristan ? Il s'est réfugié là-haut ? Il a tué une bête ?

— Non, souffla Matthieu. Quand je l'ai trouvé, il était mort depuis un bon mois. Il portait encore son collier avec la plaque gravée. Je ne suis pas médecin légiste, mais j'ai examiné son cadavre, quelqu'un a dû lui tirer dessus. Moins dégoûté que moi, Paul a retrouvé les balles. Ton loup s'est traîné dans la grotte, gravement blessé, et il n'a pas survécu. Ne t'en fais pas, nous avons fait un feu. Tout y est passé, les restes de Tristan, le matelas, les tissus, la caisse… Une sale besogne ! J'ai pris une douche chez nous avant de rentrer au Moulin. Faustine, je t'en supplie, ne pleure pas.

Mais la jeune femme sanglotait tout bas. Ce sinistre dénouement l'affligeait.

— Faustine, je n'allais pas te mentir. Tu espérais son retour. Ma petite chérie, je t'offrirai un chien de compagnie, un bichon blanc. Tristan a connu la liberté avant de mourir, et la liberté comporte des dangers pour un loup, même élevé par les hommes.

Elle renifla et hoqueta des mots sans suite. Enfin, calmée, elle dit, d'un ton plaintif :

— Thomas l'appelait, aujourd'hui. Le pauvre enfant s'est jeté sur Moïse en balbutiant des « itan ». Je ne veux pas d'un bichon, je n'ai pas besoin d'un chien. J'aimais trop Tristan.

Matthieu la consola de son mieux. La jeune femme l'écoutait sans vouloir admettre la vérité. Soudain elle déclara, d'une voix frêle de fillette triste :

— Le Moulin ne serait plus le moulin sans les loups. Il y a eu Sauvageon et Loupiote. Moïse le jeune m'a sauvé la vie. Je dirai à tantine de me donner un des petits de Lilas quand la louve en aura. Et je m'en moque, si le père est un cabot du village.

— D'accord, Faustine, d'accord. Là, ne pleure plus. Sais-tu ce que j'ai pensé dans la grotte ?

— Non, dis ?

— Peut-être que l'âme de Tristan t'a protégée. Ton loup, même mort, a pu appeler Moïse à la rescousse.

Pour apaiser le chagrin de sa bien-aimée, Matthieu retrouvait son talent de conteur, sa capacité à embellir la réalité. Il inventa cette nuit-là, à l'intention de Faustine, une fantasque histoire de loups gardiens de la famille, même après leur mort. Blottie contre lui, elle se laissait emporter par la magie de ses paroles. C'était ainsi pendant leur enfance. Matthieu accueillait la petite fille blonde dans son lit et parlait, lui racontant des histoires jusqu'à ce qu'elle s'endorme. Elle n'avait plus peur de l'orage, de la tempête ni du cri lugubre des hiboux.

— Dors, maintenant ! lui dit-il, épuisé. Je veillerai toujours sur toi.

— Je t'aime, souffla-t-elle.

Faustine se leva de plus en plus souvent, les jours suivants. Mais Claire l'obligeait à s'allonger la majeure partie du temps. Les fenêtres grandes ouvertes livraient passage au parfum des roses et du lilas. Mille pépiements d'oiseaux résonnaient dans la cour, la gent ailée bâtissant ses nids en haut du chêne et au cœur des haies bordant la rivière.

— Quel magnifique printemps ! disait Claire.

Un panier calé sur sa hanche, elle partait en promenade pendant la sieste de Janine. Le mois de mai faisait croître et fleurir toutes les plantes médicinales que la nature avait semées pour le bien-être des hommes et des bêtes.

— Tu es sûre que je peux m'absenter une heure ou deux ? demandait-elle à sa fille.

— Oui, maman. Tu ne vas pas sacrifier ta récolte de simples à cause de moi. J'ai tout ce qu'il me faut, les langes, le talc, de l'eau fraîche et des fruits.

Jean avait acheté une clochette en cuivre. Fier de son idée, il l'avait posée sur la table de chevet de la jeune femme.

— Quand ta mère n'est pas là, ni les filles, si tu as besoin, tu fais sonner ta clochette. Je bosse dans le bureau et je t'entendrai.

Matthieu et Claire s'étaient moqués de lui.

— Avec le vacarme de la machine à papier et des piles, Faustine pourra agiter sa clochette durant des heures pour rien !

Elle avait fait des essais. Le son métallique provoquait les hurlements de Moïse.

— Vous voyez bien, persifla Jean. Mon système fonctionne : la cloche, ensuite le loup !

Claire avait ri. La gaîté qui régnait sous son toit ne l'avait pas empêchée de pleurer le beau Tristan autant que sa fille. Elle soupçonnait un chasseur du village, bien connu pour sa haine des loups et des renards.

Mais les sourires et les gazouillis de la petite Isabelle reléguaient les soucis aux oubliettes. Faustine avait du lait, et le bébé prenait du poids et des rondeurs. L'enfant née dans les falaises millénaires ouvrait sur le monde des prunelles d'un bleu azur, de ce bleu pur qu'aucune ombre ne devait flétrir. Tous ceux qui se penchaient sur son berceau lui offraient de l'amour et des chuchotis ravis.

Corentine elle-même se plia à la règle. La fille de Bertrand Giraud débarqua au Moulin en taxi avec le docteur Joachim Claudin. Ils furent les derniers visiteurs d'une longue série. Bertille avait envoyé un télégramme à la jeune femme pour lui annoncer la naissance. Coutumière des caprices, Corentine avait décidé de faire le voyage.

Faustine et Claire n'étaient pas préparées à la recevoir. Parfaite égérie de la mode parisienne, Corentine apporta un vent de fantaisie au Moulin. Sa chevelure d'un roux mordoré était coupée à hauteur des oreilles. Elle portait une casquette en lin blanc et un costume surprenant : un pantalon et une veste assortis, en toile beige, sur un gilet lui aussi de style masculin. Joachim Claudin, à ses côtés, paraissait terne, malgré sa stature imposante et ses traits séduisants.

— Je suis désolée de ne pas vous avoir téléphoné ni écrit, s'écria la visiteuse. Nous avons sauté dans le train dès que Joachim a pu fermer son cabinet. Il a trop de patients.

Contrairement à Blanche, Corentine ne prenait pas garde au décor qui l'entourait ni à l'organisation de la maisonnée. Elle semblait très heureuse de revoir Faustine.

— J'ai pensé à toi si souvent ! affirma-t-elle. Mon père s'est montré stupide en vous cherchant des noises pour votre mariage. Je t'avais défendue, pourtant. Mais je lui ai joué une bonne blague. Joachim et moi, nous nous sommes mariés à la mairie de notre arrondissement. Le soir, en tête-à-tête, nous avons dîné boulevard des Capucines. Regarde mon alliance : des diamants !

Etourdie par le débit rapide de Corentine et ses manières

directes, Faustine se sentit gauche et mal fagotée. Elle regretta de porter un foulard fleuri mais délavé sur ses épaules et de ne pas avoir natté ses cheveux.

— Tu es jolie à croquer, renchérit la Parisienne. N'est-ce pas, Joachim ? Si tu examinais le bébé ! Il paraît que le docteur Vitalin est un fieffé abruti.

— On peut le dire, approuva Claire. Il estimait Faustine condamnée et la petite aussi, alors, je l'ai mis dehors.

— Matthieu doit idolâtrer sa fille, ajouta Corentine. Ce sera un bon père. Où est-il ? Bertille m'a écrit qu'il avait repris le Moulin et qu'une imprimerie ouvrirait bientôt. Dommage que ce ne soit pas plus près de la ville !

— Oh ! protesta Claire. De nos jours, en voiture ou en camion, il ne faut qu'une vingtaine de minutes pour le trajet.

Joachim Claudin se penchait sur la bercelonnette. Isabelle ne dormait pas. Elle fixait les broderies du tissu drapant la hampe.

— Quelle belle petite ! dit le médecin. Je n'ai jamais vu un bébé de cet âge aussi éveillé. C'est une future intellectuelle !

Faustine remercia d'un sourire. Toujours aussi bel homme, le docteur avait des intonations affectées. Il était plus élégant que jadis. La jeune mère songea que le couple devait se fondre à merveille dans la foule de la capitale. Corentine sortit un petit paquet de son sac.

— Notre cadeau !

C'était un jouet précieux, représentant un carrousel miniature. En remontant une clef située sous l'objet, une musique cristalline s'élevait et les chevaux tournaient.

Faustine était fascinée. Elle les remercia avec enthousiasme.

Claire proposa d'aller prévenir Matthieu de leur visite. Joachim tint à l'accompagner. Il n'était jamais entré dans les bâtiments du Moulin. Faustine et Corentine se retrouvèrent seules.

— Tu resplendis, insista la fille de l'avocat. J'espère que vous êtes très heureux, Matthieu et toi.

— Ne t'inquiète pas, nous sommes comblés. Et toi ?

— J'ai rencontré l'homme de ma vie. Joachim m'a guérie de toutes mes rancœurs. Il m'a appris le pardon et la bonté. Sais-tu qu'il est juif ? Il m'a présentée à sa famille, mais je les déroute. Je suis trop moderne, trop libre d'esprit. Par chance, ils ne sont pas pratiquants.

Faustine ne sut que répondre. Elle avait oublié la beauté féline de son ancienne ennemie, la grâce coquine des points de rousseur qui parsemaient son nez et ses pommettes. Audacieusement fardés, ses étranges yeux verts en amande, un héritage de son oncle Frédéric, le premier mari de Claire, étincelaient.

— Matthieu aura un choc de te revoir ! observa-t-elle, non sans une certaine crainte.

— C'est vrai que nous avons rompu de façon un peu brutale, s'esclaffa Corentine. Mais tout ça, c'est du passé.

Des pas retentirent sur le perron. Matthieu entra, sanglé dans son tablier de cuir, ses cheveux noirs attachés sur la nuque. Faustine eut conscience de son extrême séduction, du modelé de ses avant-bras hâlés que dégageaient les manches retroussées. Sa chemise blanche faisait ressortir son teint mat. Il lança un regard prudent à Corentine. Durant deux ans, elle avait été une maîtresse ardente et possessive.

— Bonjour ! dit-il sans animosité. Tu es venue de loin pour admirer notre fille !

— Oui, c'est la première née de notre génération. Vous vous souvenez des noces de Claire et de Jean ? Eulalie était encore là, elle ne rêvait ni de couvent ni de voile. Denis aussi ne pensait qu'à ses soldats de plomb. Ton frère Nicolas l'avait pincé sous la table et ton père Colin dansait. Nous devons apprécier d'être vivants, tous les trois ; il y a eu trop de deuils, de chagrins.

Corentine se leva avec souplesse et tendit sa joue poudrée à Matthieu. Il l'embrassa du bout des lèvres. Joachim et Claire entrèrent à leur tour, suivis de Léon. De son lit, Faustine assista au goûter improvisé par sa mère.

— Je n'ai pas de pâtisserie à vous servir, mais le pain est cuit de ce matin.

Ayant coupé de larges tranches, elle disposa du beurre et deux sortes de confiture sur la table.

— Avec un bon café ou du thé, vous vous régalerez. Corentine dévorait. Elle était si joyeuse que Faustine en fut attendrie. Le médecin complimenta Claire :

— Madame, vous avez raison. Votre pain est délicieux et votre confiture de framboises a un goût, un parfum...

L'ambiance demeura au beau fixe. Claire confia au jeune

docteur comment elle avait soigné la petite Marie de Martignac. Il fut impressionné.

— Je n'ai jamais nié les talents de certaines personnes pour guérir en dehors des sentiers battus de la médecine, qui n'est pas, du reste, encore très performante.

Matthieu fit rire Corentine en racontant ses déboires de papetier débutant. Faustine se sentait mise à l'écart. Elle se leva tout à coup, enfila sa robe de chambre en satin et vint s'asseoir à table.

— Moi aussi, je suis affamée, protesta-t-elle.

Isabelle poussa un cri d'oisillon. Claire la prit dans ses bras et la berça.

— Oh ! Je peux la tenir ? demanda Corentine presque humblement.

Joachim l'observait d'un air rêveur. Il déclara soudain :

— Ma femme ne se décide pas à vous l'annoncer, mais nous attendons un enfant pour l'année prochaine. Cela nous a incités à faire le voyage. J'ai renvoyé le taxi. Coco téléphonera au domaine pour que l'on vienne nous chercher. Je juge indispensable de mettre monsieur Giraud au courant.

— Bien sûr ! bredouilla Corentine, rougissante. Je voudrais une fille, aussi sage et belle que votre Isabelle.

Elle embrassa le duvet châtain qui couvrait la tête du bébé. Faustine félicita le couple, Matthieu promit d'imprimer les faire-part et de les poster à leur adresse parisienne. Claire rayonnait de soulagement.

« Cette fois, la paix est revenue. Ils ont tous souffert, mais chacun a su reconnaître ses torts et croire en l'amour. Tant mieux ! Pourvu que Bertille soit à Ponriant, et non partie à un rendez-vous galant. »

Cette éventualité l'inquiétait tellement qu'elle téléphona elle-même au domaine. Sa cousine lui répondit. En fond sonore, on entendait les pleurs du petit Félicien et les rires de Clara.

— Princesse, tu auras des invités ce soir, alors tiens bien ton rôle ! chuchota-t-elle dans l'appareil. Corentine et Joachim sont au pays. Tu peux commander un dîner de luxe à Mireille.

Bertille parut enchantée. Un quart d'heure plus tard, Maurice, l'employé de l'avocat, gara la somptueuse automobile des Giraud sous les fenêtres.

— Nous rentrons à Paris après-demain, cria Corentine en agitant la main. Rétablis-toi vite, Faustine. Je vous inviterai pour la naissance du bébé.

Matthieu soutenait la jeune femme qui avait voulu marcher jusqu'au perron. La vallée frémissait de lumière et de chaleur sous le soleil oblique. Les falaises captaient la clarté dorée de l'astre. Les arbres déployaient des frondaisons d'un vert vif.

La voiture s'éloignait. Lasse mais heureuse, Faustine s'appuya à son mari.

— Demain, j'aimerais profiter du paysage et de l'air si doux, dit-elle.

— J'aiderai Claire à installer une chaise longue et des coussins, lui promit-il. J'ai hâte que tu sois vraiment remise.

Son regard sombre en disait long sur ses intentions. Faustine l'embrassa.

— Qu'as-tu ressenti en revoyant Corentine ? demanda-t-elle avec une certaine angoisse.

— D'abord de la méfiance. Et puis un brin d'amitié. Dis-moi, tu ne serais pas jalouse ?

— Pas du tout ! se défendit-elle. Enfin si, je lui envie son pantalon. Elle a un de ces culots ! Mais j'avais eu l'idée bien avant. Tu te souviens, pour ma première leçon d'équitation, j'avais emprunté un pantalon de papa et tu t'étais moqué de moi.

Matthieu l'enlaça, confus.

— J'ai toute la vie pour me faire pardonner, confessa-t-il à son oreille. Tu peux t'habiller n'importe comment, tu seras toujours la plus belle femme du monde.

Faustine éclata d'un rire léger. Leur avenir serait aussi beau que ce jour de printemps, elle en était persuadée. Isabelle le méritait.

12

Les vendanges de Jean

Verger de Chamoulard, trois ans plus tard,
fin septembre 1924

Il faisait un temps magnifique avec un grand et chaud soleil accompagné d'un vent léger. Dans le ciel bleu pâle, passaient en altitude quelques nuages, d'un gris laiteux.

Après un été sec et brûlant, la vallée des Eaux-Claires arborait sa toilette d'automne. Les frênes, les tilleuls et les pommiers offraient à la douce lumière de midi la gamme de leurs couleurs en harmonie, du jaune vif au rouge sombre, du roux tavelé de brun à l'or le plus pur.

Depuis le matin, Jean vendangeait les deux vignes qu'il avait entretenues avec soin pendant des mois. Il rayonnait de fierté, en vantant à tous les qualités de son vignoble. Celui-ci produisait un honnête vin blanc, dont il parlait en des termes réservés, en principe, à des crus plus prestigieux.

— Quand même ! expliquait Claire à Faustine. Il y a un demi-hectare à vendanger. L'idée de Jean est formidable : planter des ceps déjà adultes dans la friche concédée par Bertrand ! Tu as vu la taille des grappes ?

La jeune femme approuva en souriant. Elle surveillait du coin de l'œil sa fille Isabelle, qui gambadait autour de la cabane en planches, où Jean remisait ses outils. La petite, âgée de trois ans et cinq mois, s'intéressait à tout : les derniers papillons, le vol bourdonnant d'une guêpe, la floraison mauve des asters qui bordaient le chemin.

— Ne t'inquiète pas, nous sommes plusieurs à la surveiller, dit Claire. Elle n'ira pas loin.

— Je me méfie, soupira Faustine. Elle n'est pas très obéissante.

— Il faudra être plus ferme avec ton fils, ma chérie. Les garçons donnent du fil à retordre, crois-moi.

Les deux femmes préparaient le casse-croûte de midi. Elles étaient les seules à ne pas parcourir les interminables rangées de vignes. Jean avait constitué une équipe hétéroclite, alors que les années précédentes il vendangeait seulement avec Léon et un journalier du bourg.

En ce beau samedi lumineux, il se réjouissait de voir tous ceux qu'il aimait ou appréciait, occupés à remplir des seaux de lourdes grappes d'un vert doré. Il y avait là, César, Angela, Thérèse, le jeune Paul, ouvrier à la papeterie, Matthieu, la vieille Jeanne, Léon et son épouse Anita. Le domestique avait rencontré cette accorte quadragénaire à la foire aux gras, qui avait lieu en janvier sur la place du bourg. D'origine espagnole, elle vendait des œufs et des volailles pour le compte d'une métayère de Dirac, un village voisin. C'était une femme brune, au visage avenant et aux formes pleines, d'un caractère très doux.

« J'ai eu comme qui dirait le coup de foudre, avait soupiré Léon à l'adresse de Claire. Anita, c'est du miel et rien que du courage au travail. »

Ils s'étaient mariés en avril de cette année. Claire avait enfin trouvé une personne capable de la seconder efficacement. Anita s'était prise d'un amour farouche pour la petite Janine, ronde poupée de quatre ans qui l'appelait maman.

Les mains poisseuses et égratignées, Jean venait de se camper sur le timon du tombereau qu'un gros cheval blanc tirerait vers le hangar. Une casquette en toile enfoncée jusqu'au milieu du front, il menait les opérations avec un plaisir évident.

Il avait donné des consignes précises : ses vendangeurs remplissaient leurs seaux en bois cerclé qu'ils vidaient en bout de rang dans de grandes hottes en osier. Avec l'aide de Jacques, Jean déversait le raisin récolté dans la charrette, bien cloisonnée de planches neuves.

Jean retint un éclat de rire : Bertrand Giraud avait lancé un juron retentissant. Amaigri, le teint moins couperosé, le maître de Ponriant s'était entaillé le doigt avec sa serpette.

— Quel crétin je fais ! clamait-il. Je ne suis pas né pour les travaux des champs. Je vous retiens, Jean, de m'avoir embauché !

Claire fouilla dans un de ses paniers. Elle en sortit un pot en grès contenant un baume à base de consoude et de plantain.

— Venez me voir, Bertrand, je vais soigner votre bobo !

— Pas la peine, Claire, je ne suis pas douillet. J'en ai vu d'autres sur le front, en quatorze ! clama l'avocat.

Un rire cristallin retentit. Confortablement assise dans un fauteuil de jardin, Bertille frappait des mains. Elle s'était installée à l'ombre de l'auvent de la cabane et lisait une revue.

— Tantine, ce n'est pas gentil de te moquer ! lui cria Faustine.

— Bertrand a le don de se couper ou de se brûler à la moindre occasion, répliqua Bertille. Il est d'une maladresse !

Claire jeta un regard noir à sa cousine. Elles n'étaient pas en très bons termes. Cela datait de trois ans environ, lors d'une violente discussion au sujet de Louis de Martignac. Claire avait supplié Bertille de quitter le jeune châtelain, mais celle-ci s'y était refusée. La querelle s'était envenimée, pour s'achever par une crise de nerfs de la belle dame adultère du domaine.

« Eh bien, agis à ta guise », avait déclaré Claire.

Elle l'avait copieusement arrosée d'eau froide. Une chose étonnait le trio au courant de cette liaison, en l'occurrence Faustine, Matthieu et Claire : les amants se montraient si rusés et si discrets que nul ne soupçonnait leur aventure, pas plus Bertrand que la mère de Louis, Edmée.

— Arrêtez de m'examiner comme une bête vicieuse, vous deux ! bougonna Bertille en quittant son fauteuil. Regarde, Isabelle mange des mûres, elle va se salir.

Faustine abandonna le déballage du pique-nique prévu pour vingt personnes et courut gronder sa fille. La petite leva vers sa mère ses larges prunelles d'un bleu limpide. Elle avait des cheveux châtain clair et ondulés, très fins. On devinait sur ses traits enfantins l'ossature de Matthieu, alors qu'elle avait la bouche et le nez de Faustine.

— Je t'en cueillerai plus tard, pour ton dessert ! Tu m'entends, Isabelle ? Ta robe est tachée.

— Mais c'est très bon, maman. Grand-mère en ramasse, alors moi aussi.

— Elle, c'est pour faire des confitures, répliqua Faustine. En plus, il y a des épines sur les ronces.

Isabelle goba un dernier fruit. Elle en avait rempli la poche de son tablier. Janine trottinait près de la cabane, sa poupée sous le bras. Les deux fillettes grandissaient ensemble, ce qui les rendait très proches.

— Jouez toutes les deux, gronda Faustine, et soyez sages.

— Oui, maman, claironna la petite fille.

Faustine retint un rire de fierté. Isabelle surprenait toute sa famille. C'était, de l'avis général, une enfant très précoce. Elle parlait correctement depuis ses deux ans. Avec ça, elle était drôle et curieuse de tout.

— Moi, je n'ai pas voulu emmener Félicien, dit Bertille. Ce gamin est insupportable. La nurse espérait prendre sa journée, mais je lui ai signifié qu'il n'en était pas question.

Claire toisa sa cousine d'un air sévère.

— On sait pourquoi tu tenais tant à participer aux vendanges sans t'encombrer de Félicien, marmonna-t-elle entre ses dents. Tu n'as pas honte, princesse ? Ni Louis ? Il vient quand il veut au domaine, et ce pauvre Bertrand n'a toujours pas compris !

— Zut ! Tu m'ennuies ! C'est Jean qui a invité Louis et Marie à vendanger. Ils ont le droit d'être de la fête, eux aussi. Ton mari avait besoin de main-d'œuvre gratuite, non ?

En disant cela, la voix de Bertille avait des inflexions plutôt dures. Faustine préféra ne pas s'en mêler. Elle se pencha sur la voiture d'enfant, à grandes roues, où dormait son fils Pierre, né au mois de mai. Le bébé avait cinq mois, la jeune femme venait de le sevrer.

Au même moment, Matthieu l'appela joyeusement. Il brandissait une énorme grappe de raisins dont les grains presque dorés étincelaient au soleil.

— La reine du cépage ! s'enorgueillit le jeune homme. Une fois pressée, elle donnera un litre de jus à elle toute seule.

Le rire de Jean fit écho à ces paroles enthousiastes. Les deux hommes étaient devenus d'excellents amis après des années de méfiance et de rancœur. L'imprimerie, qu'ils dirigeaient de concert sous le toit du Moulin, n'était pas étrangère à ce revirement.

— Voyons ! souligna Claire en comptant sur ses doigts. Nous sommes déjà une dizaine... mais non, une douzaine. Je recommence : Jean, Léon, César, Paul, Matthieu, Bertrand, cela fait cinq, plus Angela, Thérèse, Anita, Jeanne, encore quatre, donc neuf, plus les enfants, Arthur et Clara. Il manque encore Louis et sa sœur. J'en suis à treize, plus nous trois, et Maurice qui nous rejoindra pour le déjeuner.

— Eh oui, railla Bertille, Bertrand l'a expédié en ville. Il doit acheter deux superbes gâteaux chez le pâtissier : un Saint-Honoré au chocolat et un moka. De toute façon, il avait d'autres courses à faire pour nous.

— J'ai fait trois tartes aux pommes, précisa Claire, ce n'était vraiment pas la peine de déranger votre employé. Enfin, cela nous fera de quoi goûter. Jean pense qu'il faudra encore la journée de demain.

Une Peugeot à la carrosserie beige et marron arrivait sur le chemin. Bertille rectifia vite un pli de sa robe et repoussa des mèches folles que la brise faisait danser sur son front. Elle aurait bientôt quarante-six ans et son amant venait de fêter sa vingt-septième année.

— Tu es très belle, tantine, affirma tout bas Faustine, apitoyée par l'angoisse qui crispait le joli visage de Bertille.

La jeune femme connaissait un tel bonheur auprès de Matthieu qu'elle ne trouvait aucune place, dans son cœur généreux, pour les reproches ou les sermons. La naissance du petit Pierre, qui s'était déroulée le plus normalement du monde chez elle, entourée d'une sage-femme venue d'Angoulême, de Claire et de Matthieu, l'avait comblée.

Claire se releva. Elle portait une longue jupe en coton brun et un simple corsage en satinette rose. Un foulard bariolé cachait ses cheveux coiffés en un chignon serré. Elle s'habillait ainsi dans sa jeunesse et en tirait un certain orgueil. Chacun savait dans le pays que madame Jean Dumont n'aimait pas le progrès et les prouesses du modernisme.

Louis se gara le plus près possible de la cabane, récemment

repeinte en vert foncé. Bertille recula d'un coup en voyant Edmée de Martignac qui occupait le siège du passager, à l'avant.

— Mère rêvait de passer l'après-midi en plein air ! s'écria-t-il. C'est vrai qu'il fait un temps délicieux.

Marie sortit de la voiture et se précipita vers Faustine pour l'embrasser.

— Je passe en cours moyen, dit-elle tout de suite à la jeune femme qui lui avait appris à lire.

— Bravo, je suis fière de toi. Cela prouve que tu t'appliques en classe.

Edmée, elle, se dirigea droit vers Claire. La châtelaine avait adapté sa toilette aux circonstances : un large chapeau de paille à voilette et une veste cintrée en drap brun sur une robe dévoilant les chevilles. Elle s'appuyait sur sa canne avec une aisance presque élégante.

— Ma chère amie, déclara-t-elle en tapotant l'épaule de Claire, je ne vous vois plus. Vraiment, je le déplore. Mais je vous ai invitée plusieurs fois par courrier et vous me répondez toujours que vous n'avez pas le temps.

— Je bats la campagne ! plaisanta Claire non sans un brin d'ironie. Depuis que j'ai soigné Marie, chez vous, je cultive le don que la nature m'a donné. J'ai beaucoup de patients.

— Je dirais Dieu et non la nature, rectifia Edmée. Croyez-moi, on parle de vous dans la région. Et j'ai su par le facteur que vous êtes venue soigner une femme de Torsac, sans daigner me rendre visite. Ce n'est pas gentil.

Bertille écoutait la conversation en fixant Louis d'un air vexé. Il eut un geste d'impuissance. La présence de la châtelaine n'était pas prévue.

— Ce ne sera pas très confortable, pour vous, s'excusa Claire qui étendait sur l'herbe un immense drap immaculé.

— J'ai apporté un pliant en toile ; Louis, sortez mon siège du coffre, je vous prie.

Marie avait couru entre deux rangs de vignes. En sandalettes et robe de lin, un chapeau de toile sur la tête, elle se planta devant Jean.

— Monsieur Dumont, je suis prête pour travailler.

— Ah ! Maintenant que vous êtes là, mademoiselle, les raisins n'ont qu'à bien se tenir, répondit-il en riant.

Il sauta du timon en s'essuyant les mains à son pantalon.

— J'espère que vous êtes habile ? demanda-t-il en lui tendant un sécateur. Il jugeait cet outil moins dangereux, pour une enfant, que la serpette.

— Oui, monsieur !

— Je vous montre ce qu'il faut faire. Vous prenez le sécateur et un panier. Vous posez le panier sous les raisins, vous attrapez une grappe par la tige et, de l'autre main, vous coupez. La grappe tombe dans le panier. Quand il est plein, vous le portez jusqu'à la hotte en bois, au bout du rang. Ensuite, j'en fais mon affaire.

Marie jubilait. Soudain, elle aperçut Clara et Arthur.

— Je peux aller avec eux, monsieur ?

— Bien sûr, ils vous montreront mieux que moi comment procéder. Attention à ne pas vous faire mal.

La fillette s'éloigna en balançant son panier. Jean se moqua de lui-même. Vouvoyer une gamine de douze ans ! Cela semblait stupide, mais Claire y tenait. Elle lui avait expliqué que c'était préférable, afin de ne pas choquer Edmée.

« J'ai tutoyé Marie pendant sa maladie ; Faustine aussi. Nous avons du mal à la vouvoyer mais, toi, tu la connais moins. Ces gens sont d'un autre monde ! » avait-elle conclu.

Angela vendangeait dans le même rang que César et la vieille Jeanne. Ayant terminé son apprentissage, le jeune homme avait trouvé une place dans un garage à la sortie d'Angoulême. Chaque fois qu'il pouvait passer deux jours dans la vallée, comme c'était le cas aujourd'hui, il affichait un sourire béat.

— Oh zut ! Je coupe des grappes depuis ce matin, soupira Angela. Dès que je regarde le ciel ou les arbres, je ne vois plus que des raisins, des raisins, encore des raisins. En plus, j'ai mal au dos à force de me pencher et de me relever.

Les vignes palissées sur des fils de fer arrivaient à hauteur de la poitrine d'un adulte. Angela n'avait pas beaucoup grandi. Elle était mince et souple. Le lendemain de son dix-huitième anniversaire, elle avait coupé ses cheveux qui formaient une masse bouclée autour de son visage mat et spirituel. Une frange au ras des sourcils lui donnait un air malicieux. La jeune fille se savait très jolie et, quoique sage, elle ne se gênait pas pour minauder et rire au nez des garçons.

De loin, elle avait reconnu Louis de Martignac. Ils se rencontraient rarement. Angela venait de passer deux longues années à l'Ecole normale. Au cours de l'été, elle s'était fiancée à César, tout fier de lui offrir un saphir monté sur argent avec sa première paie.

— J'en ai vu d'autres, tu sais, gamine, marmonna Jeanne en se massant les reins. Quand j'avais ton âge, j'allais à pied en ville prendre le train pour Cognac. Là-bas, les vendanges, c'est pas comme ici, monsieur Jean en perdrait son bagout. Mes pauvres, des rangs de vignes à perte de vue, et ça durait souvent trois semaines. Par contre, nous étions bien nourris. Des centaines de journaliers qu'on était, à porter les paniers aux hottes et puis les hottes aux cuveaux. Ces messieurs du cognac utilisaient une trentaine de chevaux pour tirer les attelages.

— D'accord, mémé ! coupa César. Tu nous l'as racontée je ne sais pas combien de fois, ton histoire. C'est pendant les vendanges que tu avais rencontré ton mari.

— Eh ! mon César, un peu de respect ! grommela la vieille femme. C'était ton pépé, même si tu l'as pas bien connu.

Angela ajusta le chapeau de paille qui la protégeait du soleil. Au passage, elle goba un grain de raisin, juteux et acidulé.

— Coquine ! affirma César. Si le patron te voit faire.

— Et alors, le patron, c'est mon père, plaisanta Angela. Il ne me fera aucun reproche !

— Un père adoptif, c'est pas comme un vrai père, ajouta Jeanne. Et le Jean, il se laisse mener par le bout du nez par sa femme et par tout ce qui porte un jupon.

César crispa les mâchoires. Sa grand-mère n'approuvait pas son choix. Il avait eu droit à un sermon confus. Selon elle, Angela sortait d'on ne savait où.

« Sa mère a fait la vie, gamin ! Il manque pourtant pas de filles sérieuses au pays. »

Heureusement pour les jeunes gens, Léon se réjouissait de les savoir fiancés, ainsi que Claire et Jean.

Angela, par défi, cueillit encore entre ses doigts un autre grain et le croqua. Quelqu'un lui tapa gentiment sur le poignet.

— Bonjour, mademoiselle l'institutrice ! fit la voix de Louis. Je constate que l'on succombe au péché de gourmandise.

La jeune fille se retourna, les joues en feu. Elle était très près du châtelain. Il avait toujours les cheveux longs, attachés sur la nuque par un lacet en cuir. Il riait de toutes ses dents très blanches. Son regard bleu-gris pétillait de malice.

— Ah ! bonjour, monsieur ! répondit-elle.

— Je vois aussi que vous adoptez le pantalon ! Vous suivez la mode, même au fond des campagnes.

— Pas du tout, je l'ai emprunté à mon père. C'est plus pratique pour les travaux de ce genre.

César continuait à travailler. Le ton un peu précieux de Louis l'agaçait autant que ses manières. Le châtelain s'était attifé d'une salopette en toile beige et d'une chemise rayée.

— Si vous cherchez un panier, lui dit-il, il faut aller en bout de rang ; ils sont rangés à côté de la charrette.

— Mais Claire m'envoie vous annoncer la pause déjeuner, enfin la pause casse-croûte, pour ne pas trahir ses mots ! s'étonna Louis.

Angela se remit elle aussi à la tâche. Il n'était même pas venu la saluer, juste les prévenir que c'était l'heure du repas.

« Pauvre idiote ! se dit-elle. Qu'est-ce que tu imagines ? »

Louis s'attardait. Il l'observait tandis qu'elle maniait la serpette avec dextérité.

— Je voulais vous féliciter, chère demoiselle, déclara-t-il après un silence. Mère m'a appris que vous avez obtenu votre diplôme d'institutrice avec succès et, cerise sur le gâteau, comme on dit, vous êtes nommée à Torsac ?

— Oui, répondit-elle, mais seulement pour un an. J'aurai la classe des petits.

— Surtout, n'hésitez pas à nous rendre visite, précisa Louis. Où logerez-vous ? Je sais qu'il y a deux logements dévolus aux institutrices, à l'étage de l'école.

César se redressa. Il toisa Louis de Martignac et s'empressa de dire :

— Le maire lui alloue une chambre, mais dans un an, Angela et moi, on se marie. Et c'est pas sûr qu'elle continue à enseigner. Faustine ne fait plus la classe, non plus, vu qu'elle a deux enfants à élever.

Angela en aurait pleuré de dépit. Comparées à l'élocution soignée du jeune châtelain, les explications de César lui paraissaient énoncées grossièrement, avec une pointe d'accent dont elle avait honte. Louis virevolta et s'éloigna.

— Tu n'avais pas besoin de lui raconter ça, chuchota-t-elle à son fiancé. Cela ne le concerne pas.

— Ce type, je l'ai vu que deux ou trois fois, mais il me chauffe les oreilles avec ses politesses, rétorqua César. Il n'a pas besoin de te causer.

La vieille Jeanne hocha la tête d'un air entendu. Exaspérée, Angela partit vider son panier dans la hotte. Jean la croisa en chemin.

— Donne-le-moi et va plutôt dire à Claire que j'ai une faim d'ogre ! Les efforts, ça creuse.

Elle lui tendit son panier, la mine boudeuse. Jean la chatouilla sous le menton.

— Ne fais pas cette tête chagrine, Angela, tu es si jolie quand tu souris ! dit-il gentiment.

— Je suis fatiguée, répliqua-t-elle.

— Va vite te reposer, tu travailles dur depuis ce matin.

Il s'éloigna. Réconfortée, la jeune fille remonta le rang de vignes. Elle ôta son chapeau de paille, fit bouffer ses boucles du bout des doigts et, discrètement, elle frotta ses lèvres du revers de la main. Claire lui interdisait de se maquiller : elle ne connaissait que cette méthode pour avoir les lèvres bien rouges.

Claire vérifia encore une fois la belle ordonnance des victuailles disposées sur le drap. Le soir, elle recevrait tous les vendangeurs à la table du Moulin, mais à midi, on gagnait du temps à manger sur place.

— C'est un festin, maman, assura Faustine. Si Pierre dort, je voudrais aider un peu après le repas.

— Même s'il ne dort pas ! Je te le garderai, ma chérie, répliqua sa mère.

Les deux femmes sortirent le pain d'un sac en tissu : trois énormes couronnes à la croûte brune, craquelée. Matthieu tomba à genoux près de Faustine. Il avait ouvert sa chemise et s'essuyait le front.

— Oh ! Je préfère trimer dans la salle des piles. Aujourd'hui, le soleil tape fort !

— Ici, il fait meilleur, indiqua Claire, les pommiers donnent de l'ombre.

Assise sur son pliant, Edmée saluait tous ceux qui, affamés et assoiffés, se rapprochaient de la cabane. La châtelaine souriait ou fronçait les sourcils, selon qu'elle connaissait la personne ou non. Claire lui présenta Jeanne et Paul.

— Voici la grand-mère de César, de Thérèse et de la petite Janine. Et voici l'un des ouvriers de mon frère.

Debout à l'écart, Angela espérait que Jeanne ne boirait pas trop. Ivre, elle parlait beaucoup et se montrait parfois hargneuse. César se colla à la jeune fille en la prenant par la taille.

— Laisse-moi, maman Claire n'aime pas quand tu me serres de trop près, lui fit-elle remarquer.

— Oh, zut à la fin, on est fiancés !

— Une institutrice doit être garante de la morale, affirma Angela.

— Ouais, comme Faustine ! répliqua-t-il tout bas. Elle s'est mariée enceinte.

Léon et Anita approchaient. Ils riaient, bras dessus, bras dessous. Claire leur fit signe de se dépêcher. Bertrand, tout rouge, suant, ses cheveux roux semés de fils blancs, s'affala sur un pan de couverture.

— Je suis vanné ! Navré, chère Edmée de ma tenue débraillée, mais les médecins me recommandent de faire de l'exercice chaque jour. Depuis ce matin, je ne ménage pas ma peine, mais mon dos s'en ressent. Claire, que me proposez-vous de bon ?

— Il y a des rillettes d'oie, des tranches de jambon sec. J'ai apporté une dizaine de mes fromages de chèvre, les petits bien frais que Bertille adore. Dans cette terrine, là, au milieu, c'est du poulet froid.

— Moi, j'ai pensé à la moutarde, au sel et aux cornichons ! dit Faustine, toute fière d'elle. J'ai aussi fait une salade de pommes de terre avec des oignons. Le meilleur, nous le devrons encore à maman. Attendez !

La jeune femme se leva et marcha jusqu'à la cabane. Les derniers arrivés virent alors un panache de fumée s'élever à l'arrière du petit bâtiment. Jean se précipita pour donner un coup de main à sa fille. Ils revinrent chargés d'une grosse marmite en émail.

— J'ai deviné ! claironna Arthur. Des cagouilles, des cagouilles !

Vite, Claire sortit d'un cabas une pile de bols en métal. Elle déclara, toute joyeuse :

— C'était ma surprise ! Je vous ai mitonné des cagouilles en sauce.

— Des escargots ? s'exclama Louis. Comment les préparez-vous ? Cela m'a souvent intrigué.

— Avec du hachis de porc, du lard, des tomates, de l'ail, du persil et d'autres herbes, du thym et de la sauge ! précisa Claire. J'y ai ajouté un verre de pineau ; une fois n'est pas coutume.

Matthieu souleva le couvercle : une odeur alléchante s'échappa du récipient.

— Ne vous vexez pas, Claire, si je n'en mange pas ! déclara Edmée, le nez pincé. Je n'ai jamais apprécié ces bestioles.

Bertille avait disparu. Assise près de son père, Clara s'en aperçut :

— Papa, maman n'est plus là !

Faustine fut rassurée de voir Louis accroupi devant le siège de sa mère. Elle avait craint le pire : une fuite galante des deux amants.

— Bah ! maugréa l'avocat, Bertille aura eu envie de se promener, ou bien elle guette l'arrivée de Maurice. Ma chère épouse n'aime que les pâtisseries de luxe. Il lui faut du sucré et du doux, sûrement pas des cagouilles à l'ail.

La réponse fit rire Clara. Arthur, qui mangeait une tartine de rillettes, en donna une partie à Moïse. Le loup était sagement couché à proximité du fameux casse-croûte.

— On ne gaspille pas la nourriture ! dit Jean en faisant les gros yeux.

Isabelle se cala sur les genoux de Claire, Janine sur ceux d'Anita. Léon s'occupait de leur servir du vin coupé d'eau.

Bertille les épiait de la petite fenêtre carrée qui éclairait tant bien que mal l'intérieur de la cabane. Elle aurait été incapable d'expliquer son besoin de fuir la joyeuse assemblée.

« C'est peut-être à cause d'Edmée, se dit-elle. J'ai l'impression qu'elle me regarde bizarrement. Oh ! Et puis Bertrand me fait de la peine. Comme il transpire… Je l'aime encore, mais je ne peux pas renoncer à Louis, ça non, je ne pourrai jamais. »

Elle admira le profil d'Apollon du jeune châtelain. Ses cheveux d'un blond doré scintillaient au soleil. La seule vue de ses avant-bras fins et musclés la fit trembler de désir.

« Demain, il part une semaine pour Poitiers, je ne le verrai pas ! Il prétend que ce déplacement est nécessaire pour rencontrer un notaire qui va peut-être l'engager. Mais s'il mentait, s'il en avait assez de moi, de mes caprices, de ma jalousie ? »

Le repas se poursuivait. Bertille vit Clara fureter le long du chemin, accueillant bientôt Maurice qui, encombré de cartons de pâtisserie, descendait de voiture. Le domestique du domaine paraissait content de rejoindre les vendangeurs.

« Certains jours, Maurice aussi me regarde d'une drôle de façon, quand je rentre du pavillon de chasse. Et s'il avait vu Louis dans le parc ? Oh ! Je m'en fiche, il n'a pas intérêt à me trahir celui-là, il perdrait sa place. »

Bertille estima bientôt que son mari aurait pu s'inquiéter davantage de sa disparition. Louis ne semblait pas soucieux, lui non plus. Elle constata qu'il ne quittait pas Angela des yeux. La jeune fille racontait, en souriant de toutes ses dents, comment elle avait eu d'excellentes notes à son examen.

« Elle est jolie, songea Bertille, mieux que ça, intelligente, charmante et si fraîche ! Tiens, voilà qu'elle fixe Louis avec un air qui ne me plaît pas ! Mais oui, elle lui fait du charme ! Quelle peste ! Et il rit comme un jeune sot qu'il est ! »

La dame de Ponriant retiendrait la leçon : observer un groupe de gens en cachette pouvait révéler bien des choses. Faustine dégustait ses escargots en s'assurant que Matthieu ne manquait de rien. Jean ne pouvait s'empêcher de poser souvent la main sur la cuisse de Claire. Edmée semblait fascinée par la capacité de la vieille Jeanne à vider trois verres d'affilée. Et Angela continuait de poser des regards énamourés sur Louis.

Bertille se souvint d'un malentendu, survenu plus de trois ans auparavant. Louis l'avait rejointe dans le pavillon de chasse et il était furieux à cause des déclarations de l'adolescente.

« Angela lui avait affirmé que Bertrand et moi voulions dîner en amoureux ; elle avait menti, prétextant que je n'étais plus au Moulin. Petite garce ! Elle l'aime, elle veut me le prendre ! »

Au même instant, Bertrand se leva avec l'aide de César et commença à scruter les alentours. Les sons passaient aisément à travers les planches des cloisons. Son mari l'appelait d'un ton alarmé.

— Clara, va quand même voir dans la cabane, dit-il soudain.

Vite, Bertille s'allongea sur le lit de camp dont la couverture empestait le tabac et la poussière et feignit le sommeil. Sa fille entra :

— Maman ? Maman ! Tu dors ?

Bertrand arriva lui aussi. Il prit peur en voyant sa femme étendue. Elle lui tournait le dos tandis que Clara la secouait.

— Maman !

Bertille se redressa avec une expression hébétée :

— Oh ! excusez-moi, je ne me sentais pas bien et je me suis couchée là. J'ai dû somnoler.

L'avocat en avait la bouche sèche d'émotion. Il étreignit Bertille en la couvrant de petits baisers. Clara frottait la joue de sa mère.

— Ma princesse, affirma Bertrand, j'ai cru que tu étais évanouie. On ne sait jamais, tu es si fragile.

Il la dévisageait comme aux premiers temps de leur amour. Elle se perdit dans ces yeux clairs qu'elle avait tant chéris. Un flot de larmes la suffoqua.

« J'ai tout gâché, se disait-elle en sanglotant. Mon Dieu, pardonnez-moi, j'ai adoré cet homme, je serais morte pour lui sans hésiter, et je le trompe, je le bafoue ! »

— Sors, Clara, ordonna l'avocat, tu vois bien que maman est malade.

La fillette dut obéir. Bertrand continua à bercer son épouse contre lui, embrassant la soie de ses cheveux au parfum de rose.

— Tu es malheureuse, ma princesse ? interrogea-t-il tout bas.

— Parfois, je me sens seule, abandonnée, répliqua-t-elle en s'accrochant à son cou. J'ai eu tout ce dont je rêvais, toi, une enfant merveilleuse, une demeure de rêve, de l'argent. J'étais infirme et j'ai eu la chance de guérir, mais je ne suis jamais vraiment satisfaite. Claire m'a dit l'autre jour que j'étais trop gâtée, que cela me rendait capricieuse et méchante. Tu penses la même chose, n'est-ce pas ?

— Je pense juste que je t'aime, déclara Bertrand en l'embrassant. Sans toi, la vie me serait insupportable. Je me contente de t'admirer, de guetter ton rire, l'écho de ta voix, puisque tu me refuses le reste depuis des années.

Claire frappa à la porte entrebâillée.

— Est-ce que tout va bien ? demanda-t-elle. Clara m'a dit que Bertille était souffrante.

En avançant la tête, elle vit le couple enlacé, les larmes de sa cousine, et son air de noyée.

— Je vous laisse ! dit-elle discrètement. Mais nous vous attendons pour les gâteaux.

Faustine venait de donner un biberon de lait de chèvre à son fils. Il s'endormait dans le landau couvert d'une moustiquaire. César proposait du café, Léon en ayant rempli deux bouteilles thermos.

— Je veux du Saint-Honoré, répétait Janine qui lorgnait les superbes pâtisseries présentées au milieu de la nappe.

— On dit « je voudrais », la sermonna Faustine. Patiente, petite gourmande, tu en auras.

Jean s'était assis contre le tronc d'un pommier. Le verger s'étendait sur plusieurs ares. Les arbres, taillés avec soin, croulaient sous les fruits d'un brun clair.

— Nous aurons à peine mis le vin en barriques qu'il faudra ramasser les pommes ! annonça-t-il. Là encore, j'aurai besoin d'une équipe prête à bosser dur. S'il pleuvait trop après la Toussaint, la récolte se gâterait. Bien, moi j'y retourne, je goûterai les gâteaux plus tard.

— Jean, reste encore une minute ! lui cria Claire.

Bertille et Bertrand s'installaient sur l'herbe. Une tige de marguerite entre les dents, Louis lança un coup d'œil anxieux à sa maîtresse, puis à l'avocat. Elle prétendait ne plus coucher avec son mari. Cependant, le jeune châtelain en doutait, il les imagina nus dans un lit et fut écœuré. Surtout par Bertrand, qu'il considérait comme un homme vieillissant. Au fond, Louis était un peu las de ces amours clandestines, Bertille se montrant plus possessive que passionnée. Il lui arrivait de pleurer sans raison, après une étreinte un peu moins exaltée qu'au début de leur liaison.

Encore une fois, Louis porta son regard sur Angela. Elle avait les lèvres parsemées de crème Chantilly, et son teint mat captait la lumière sublime de septembre. La jeune fille lui parut auréolée d'innocence et de pureté.

« Quel dommage, songea-t-il ! Son fiancé semble plutôt fade et de surcroît, peu instruit. »

Angela bondit sur ses pieds. Elle avait un buste menu, mais une poitrine bien ronde bombait son corsage. Louis eut une brusque envie de la protéger et de la choyer.

Bertille grignotait une part de moka. Ses paupières rougies, et le fard qui avait coulé au coin de ses yeux n'échappèrent pas à l'œil averti de Faustine, ni à celui d'Edmée. En personnes polies, elles ne posèrent aucune question embarrassante.

— Du café, princesse ? dit Claire tendrement.

— Oui, merci.

Décidée à rompre avec Louis cinq minutes plus tôt, elle cédait à une colère terrible. Son amant regardait encore Angela. Ses bonnes résolutions furent balayées par une jalousie dévastatrice. Mais elle n'en montra rien.

— Tout le monde au travail, nous avons assez lambiné ! cria Jean.

Chacun s'arma d'un sécateur ou d'une serpette, et prit un panier. La lente progression entre les rangs de vignes reprit : les corps se courbaient et se relevaient, casquettes et chapeaux dansant au-dessus des feuillages mordorés dont les vrilles poissaient les doigts. Anita chantonnait, imitée par Thérèse qui la suivait de près. En pleine adolescence, celle-ci ressemblait de plus en plus à sa mère Raymonde. Formée comme une femme, ronde et rieuse, à quatorze ans, elle affolait tous les garçons du bourg et des environs. On la voyait uniquement le dimanche et pendant les vacances, car, après avoir eu son certificat d'études, Thérèse était entrée en apprentissage dans un salon de coiffure angoumoisin. Sa patronne la logeait et la nourrissait.

Claire et Faustine se régalaient en écoutant les récits de *leur* Thérèse qui décrivait très bien les clientes de la boutique. La coupe à la garçonne, inspirée du roman scandaleux de Victor Margueritte, faisait de nombreuses adeptes. *La Garçonne*, paru en 1922, avait connu un succès immédiat. Bertille l'avait acheté aussitôt, ravie de lire des pages où l'on prônait la libération de la femme. Finis les corsets, les robes ras du cou, les chignons sévères ! Les Parisiennes donnaient le ton en montrant leurs jambes et leurs bras, en volant les costumes trois pièces à ces messieurs, en portant les cheveux très courts avec des guiches[1] coquines. C'était chic de fumer avec un porte-cigarettes, comme la grande couturière Coco Chanel qui venait de lancer la mode de la robe noire, couleur jusque-là réservée au deuil.

Bertrand s'était remis au travail. Il coupait les grappes avec entrain, encore tout ému des sanglots de Bertille. Le hasard amena Louis dans le même rang que l'avocat, alors qu'il revenait de vider son panier dans une des hottes.

— Vous êtes plus rapide que moi, soupira Bertrand, mais je fais ma part, même si je trouve que c'est pénible.

— Cher ami, si cela vous arrange, je peux passer devant vous et couper les grappes les plus basses. Vous vous êtes plaint de votre dos, à midi. J'ai la chance de pratiquer l'escrime et je suis souple comme un roseau ! plaisanta Louis.

— Et moi je suis le chêne qu'un orage peut jeter au sol ! ironisa gaiement l'avocat. Soit, je taille en haut, vous en bas. Je vous remercie, ainsi je ne perdrai pas la face.

Ils restèrent silencieux un bon moment. Le rire des enfants répondait aux blagues de Léon. Malgré le labeur répétitif et harassant, une atmosphère de fête régnait. Le soir, ils seraient tous au Moulin du Loup et, le lendemain dimanche, Jean mettrait le gros pressoir à vis en activité.

Tout à coup, Louis déclara :

— Je reviendrai demain. Jean m'a vanté les mérites du vin de goutte, le premier jus à s'écouler de la cuve par égouttage. Cet homme est un dictionnaire vivant, que dis-je, une encyclopédie. Il m'a parlé des moûts dont la teneur en sucre déterminera le degré d'alcool du vin, j'ai hâte de voir la presse des raisins. J'aurais aimé les fouler pieds nus, comme jadis, mais il s'est équipé d'un pressoir neuf, conservant le vieux pour les pommes.

— Vous en savez déjà plus que moi, constata Bertrand. Si j'ai retenu quelque chose des discours de Jean, cela concerne les moûts, le jus qui donnera du vin de qualité et les marcs contenus dans la peau et la pulpe qui, eux, produisent le vin de presse, plus âpre. Seul le résultat m'importe ! Franchement,

---

1. Mèches plaquées sur les tempes, le front ou les joues.

j'ai goûté du vin de table de Jean et il est fameux ; son cidre aussi, d'ailleurs.

L'avocat paraissait songeur. Il était troublé d'entendre Jean qualifié d'encyclopédie vivante, car hormis Claire, il connaissait plus que tout autre le parcours de son voisin et ami.

« Un enfant né des amours d'une riche bourgeoise normande et d'un ouvrier, devenu vite orphelin, lâché sur les routes avec ce petit frère qu'il a vu mourir. Puis la colonie pénitentiaire avec pour seul avenir le bagne de Cayenne ! Mais Claire l'a sauvé, et ce vieil anarchiste de Drujon lui a appris à lire. Voilà le résultat : un homme libre, instruit, promu écrivain et propriétaire de sa terre. »

Louis avait déjà avancé de deux bons mètres pendant les méditations de son compagnon de rang. Le jeune châtelain souleva son panier dans le but d'aller le vider, mais il attendit un peu.

— Mon cher Bertrand, commença-t-il dès que ce dernier fut à sa hauteur, je n'ai pas encore eu l'occasion de vous féliciter pour la création de l'institution Marianne, que dirigeait Faustine avant son mariage. Un article élogieux vous était consacré dans la gazette charentaise, à ce sujet. Cela m'a fait réfléchir à la portée de ce genre d'écoles. Vous offrez une chance à ces fillettes et c'est admirable.

Gêné, l'avocat haussa les épaules :

— L'idée était de Faustine, du temps où elle vivait chez nous. Tout le mérite lui en revient. C'est une jeune personne charitable, dévouée aux autres, tout comme Claire. Voyez-vous, Louis, j'ai beaucoup de respect pour ces deux femmes. Elles ne s'embarrassent ni de principes ni d'a priori, surtout Claire, que j'ai connue jeune fille. Mon frère aîné, Frédéric, en était fou. Elle était très belle et avait surtout un caractère de feu, une volonté à toute épreuve, la plus belle fille de la vallée, disait-on alors !

— N'étiez-vous pas amoureux d'elle, vous ? interrogea le jeune homme qui adorait les potins.

— Non ! Allez savoir pourquoi ? Pour moi, la plus belle, c'était Bertille, mais j'étais fat et sot. Elle ne marchait pas et à cette époque, j'avais pitié de son infirmité. Mais, je vous ennuie, avec mes histoires, je joue les vieux barbons mélancoliques. Disons aussi, à propos de l'institution Marianne, que j'y ai vu un moyen de racheter certaines de mes erreurs, nous en faisons tous, n'est-ce pas ?

L'avocat se retourna vers un rang de vignes éloigné et vit Angela qui riait, entourée de Thérèse et de Clara, en levant haut son panier.

— Regardez cette jeune fille, Louis, soupira-t-il. Faustine l'a arrachée à l'orphelinat Saint-Martial où la mère supérieure abusait de son autorité pour torturer les orphelines que l'administration lui avait confiées. Que serait devenue Angela sans la bonté de Claire qui l'a adoptée, sans l'entêtement de Faustine à la diriger vers l'enseignement ? Sa réussite et sa bonne éducation sont une preuve qu'un enfant perdu aux yeux de la société peut toujours être remis sur le droit chemin.

Bertrand fixait le ciel bleu d'un air grave. Il reprit son souffle et ajouta :

— J'ai étudié personnellement chaque dossier de nos pensionnaires. Angela est issue d'un milieu misérable. Le père ouvrier, mort au début de la guerre, la mère sans le sou qui se prostitue, et tombe entre les griffes d'un souteneur. Aucun espoir d'une vie meilleure, n'est-ce pas ? Hélas ! Il y a pire. Ce type l'a violée. Ce n'était qu'une fillette de neuf ans. Du coup, la mère, sans doute de honte et de chagrin, s'est jetée sous un train. On dirait un mélodrame, mais, pour des milliers de gens, l'existence n'est qu'une suite de tragédies, de renoncements. Angela était dure et indisciplinée quand Faustine s'est intéressée à elle. Oh ! Je suis un incorrigible bavard, excusez-moi, je vous retarde. Surtout, ne dites rien, je vous ai dit tout ceci en confidence !

Louis ne pensait plus aux vendanges. Il déglutissait avec peine, la gorge nouée. Bertrand se pencha sur une grappe assaillie par trois guêpes et chassa les insectes à l'aide de son chapeau.

— Eh bien, marmonna le jeune châtelain. Je dois aller à la hotte.

Il s'éloigna, sonné par ce qu'il venait d'apprendre. Des visions floues d'un univers sordide l'atteignaient de plein fouet. Louis de Martignac, même du temps où sa mère se lamentait sur leur ruine, n'avait jamais approché les bas quartiers de la ville. Certes, comme bien des badauds, il avait croisé des mendiants, des ivrognes à la mine ravagée, mais il les oubliait l'instant suivant la rencontre.

« Violée à neuf ans ! » se répétait-il.

Quelques années plus tôt, il aurait été horrifié autant par le récit de l'avocat que par la souillure en elle-même. Sa liaison avec Bertille l'avait aidé à mûrir.

« C'est une victime, cette enfant, se dit-il. Victime de la guerre qui lui a pris son père, victime du désespoir de sa mère. »

Il travailla plus d'une heure sans renouer la conversation avec Bertrand qui, lui, n'en pouvait plus.

Edmée avait proposé à Claire de l'aider. Il fallait ranger le reste des victuailles et empiler la vaisselle en fer dans les cabas. Faustine vendangeait, sans vraiment s'éloigner de Matthieu ; seul un rang de vignes les séparait. Ils prenaient souvent une minute pour s'embrasser à la sauvette et rire tout haut.

Bertille était retournée s'allonger dans la cabane, prenant pour prétexte une migraine tenace. Claire savait qu'il ne s'agissait pas de ça et dès qu'elle le pourrait, elle se promettait de discuter avec sa cousine. Edmée ne lui en laissa pas l'occasion.

— Ma chère Claire, dit-elle en lui tendant des tranches de pain à emballer, j'aimerais sincèrement que vous reveniez au château. Ce ne sera pas utile de me prévenir, je vous accueillerai à bras ouverts. En fait, j'avais l'intention de vous inviter aujourd'hui, mais vous êtes accaparée par votre famille.

— Mon mari ne pouvait pas attendre pour vendanger, ce n'était vraiment pas un jour pour l'abandonner. Edmée, je serai franche : pendant trois ans, j'ai eu bien peu de nouvelles de vous, excepté les cartes de Noël et de Pâques. J'ai su aussi que vous nous aviez invitées, ma famille et moi, à ce bal costumé, grâce à l'insistance de ma cousine. Cela m'a blessée, je préfère vous le dire. Si vous comptez m'emmener à Torsac, c'est sûrement qu'il y a un malade là-bas ?

La châtelaine devint très rouge. Elle prit les mains de Claire dans les siennes :

— J'ai eu tort ! Grâce à vous, j'ai pu garder mon château. Mes anciennes connaissances et mes amies ont daigné me revoir. J'étais soulagée, contente de retrouver mon rang social, et à ce moment-là je vous ai reniée. Au début, je parlais beaucoup de vous et de la guérison de Marie, mais on riait, on se moquait de mon engouement pour vous.

Claire écoutait en surveillant les enfants de son mieux. Elle aperçut Janine et Isabelle qui suivaient de près Anita et Léon. Quant à Pierre, il dormait paisiblement sous la moustiquaire.

— Edmée, peu importe après tout ! coupa-t-elle. De mon côté, je n'étais guère disponible, et même si vos amies m'ont traitée de paysanne ou de rebouteuse, je m'en moque. Je suis fière d'être née dans cette vallée, de jardiner et cueillir les bonnes plantes au bon moment. Qui est malade ?

— Ursule ! Le docteur, que j'ai appelé, m'a déclaré que c'était l'âge, les rhumatismes : il a prescrit une lotion, mais cela ne la soulage pas. Son genou la fait terriblement souffrir et elle se traîne. Alors, j'ai pensé à vous.

Claire jeta autour d'elle un regard navré.

— Pauvre femme ! s'apitoya-t-elle. Comment faire ? Je pourrais la soigner, mais j'ai mon petit-fils à garder, le goûter à servir.

Bertrand approchait d'un pas lourd en s'essuyant le front à l'aide d'un mouchoir.

— Mesdames, je suis épuisé, il me faudrait de la limonade bien fraîche ou de l'eau pure. Les autres ne ralentissent pas le rythme et Jean prétend qu'il pourra presser une première cuvée ce soir, avant le dîner.

— Tenez, voici de l'eau citronnée, dit Claire en lui versant à boire. Bertrand, Edmée vient de m'apprendre que sa bonne est malade. Si quelqu'un pouvait nous conduire à Torsac, j'aimerais bien examiner cette pauvre femme. Maurice peut-être ? Si je préviens Thérèse, elle sera sûrement contente de se reposer et de surveiller Pierre.

Bertille avait suivi la conversation depuis la cabane. Elle sortit et descendit les trois marches en madriers de chêne.

— Je peux garder le bébé, au moins, dit-elle. Je suis incapable de manier une serpette à cause de ma migraine, mais je sais m'occuper d'un enfant.

— Et moi, je me ferai un plaisir de vous emmener, Claire, fit Bertrand qui trouvait là un bon moyen d'échapper à plusieurs heures de travail, le nez penché sur les grappes de raisin. Maurice bosse comme deux hommes, il est plus utile que moi.

Claire appela Arthur et lui demanda de prévenir Jean.

— Je reviendrai le plus vite possible, d'accord ? Ne quitte

pas Moïse surtout. Tu as compris, explique bien à Jean que je vais au château rendre visite à Ursule.

Le garçonnet promit et courut vers le tombereau.

— Allons-y tout de suite, soupira Claire. Il faudrait passer par le Moulin pour que je prenne mon sac. J'ai bien quelques pommades avec moi, mais il me manque certaines choses.

Ce fut un départ précipité qui ressemblait à une fuite, Bertrand embrassa sa femme sur la joue. La châtelaine emporta son pliant en bois.

La voiture s'éloigna en cahotant sur le chemin. Bertille s'assit sur un banc sommaire, fabriqué par Léon : une planche posée sur deux billes de bois. De là, elle pouvait surveiller le petit Pierre. Elle n'avait pas mal à la tête. Cependant des douleurs lancinantes à la hanche l'accablaient. Devant Louis, elle se refusait à marcher avec une canne. Les efforts fournis pour avancer sans boiter contribuaient à sa mauvaise humeur, mais elle s'entêtait.

« Ils sont tous dans la vigne, à s'amuser et à travailler de bon cœur ! Personne ne se soucie de moi... Ah si, Faustine me fait un signe. Et Louis, où est-il ? Il pourrait venir me voir, sa mère est partie... Mon mari aussi ! »

Bertille chercha la silhouette de son amant. Elle le devina près du tombereau.

« Il soulève la hotte, il la passe à Jean. Tiens, il regarde de mon côté. »

Le jeune homme fit demi-tour. Elle ferma les yeux une seconde.

« Il vient, il va venir. »

Mais Louis ne vint pas, il continuait à couper des grappes. Bertille avait rouvert les yeux et guettait le moindre de ses gestes. Dans le rang voisin, Angela rajustait son chapeau de paille. La jeune fille souriait à son entourage en racontant quelque chose, sa voix bien timbrée portant loin.

— Que fait-il, à la fin ? se demanda Bertille à voix basse. Evidemment ! Il écoute Angela !

Elle n'osait pas appeler Clara ou Arthur, de crainte de réveiller le bébé. En désespoir de cause, elle fit signe à Léon de la rejoindre. Il accourut.

— Vous avez besoin de moi, madame Bertille ?

— Oui, Léon ! Si vous pouviez dire à monsieur de Martignac

de venir ici quelques instants, sa mère m'a chargée d'un message pour lui, mais je ne peux pas laisser Pierre tout seul.

Louis dut poser son panier et remonter le rang sur une soixantaine de mètres. Il vint s'asseoir à côté de sa maîtresse sans oser la regarder.

— Tu n'as pas besoin de t'éreinter, remarqua-t-elle. Tu devais te douter que je t'attendais ! Louis, nous pouvons être un peu ensemble, personne ne s'en souciera.

— Ce n'est guère prudent, répondit-il d'un ton froid. Bertille, sois raisonnable, nous nous sommes vus hier, quand même !

— Mais tu pars lundi pour une semaine ! Une semaine sans toi, Louis, sans tes baisers ! Je croyais que nous irions nous promener tous les deux, un peu plus loin, là où personne ne nous verrait.

Elle lui prit la main et étreignit ses doigts. De toute son âme, Bertille voulait retrouver les moments de passion fébrile de leurs premiers rendez-vous. Louis tenta alors de se dégager.

— Je t'en prie, ne me tiens pas comme ça ! Bertille, je n'en peux plus de me cacher, de mentir à ma mère. Tout à l'heure, j'ai discuté avec ton mari, je l'avais toujours considéré comme un ennemi, un rival même. Mais c'est un homme intelligent et généreux, j'ai honte de le berner. Je pense qu'il vaut mieux rompre, toi et moi.

Bertille se sentit rejetée et trahie. Glacée, elle se mit à trembler. Louis s'inquiéta en l'observant d'un air attendri.

— Tu le savais bien, qu'un jour nous serions obligés de nous séparer, dit-il encore. J'y réfléchis depuis ce matin. J'ai envie de mener une vie simple et honnête, comme tous ces gens si sympathiques, Claire, Jean, Matthieu...

— Ne parle pas ainsi, Louis, implora-t-elle, complètement affolée. Moi aussi, j'ai réfléchi, je suis décidée, je veux bien divorcer. Tu te souviens, tu en rêvais, il y a deux ans ? Bertrand comprendra. Toi qui voulais voyager, nous irons en Italie ou en Belgique.

Bertille s'entêtait. Tout en sachant que le jeune homme prenait la bonne décision, elle ne pouvait l'admettre. C'était renoncer à trop d'émotions, de minutes d'impatience, de retrouvailles éblouies. Louis s'apprêtait à se lever mais elle le retint par le poignet.

— Non, ne t'en va pas ! J'ai besoin de toi, de ton amour.

— Si tu insistes, nous nous quitterons amers et haineux ! dit-il durement. Je ne reviendrai pas en arrière, Bertille.

— Alors tu aimes une autre femme ! s'écria-t-elle. Tu m'as tellement juré que tu m'adorais, que j'étais ta déesse, l'unique reine de tes pensées !

— Je t'aime encore, avoua-t-il. Mon Dieu, ne parle pas si fort.

Bertille se mit debout et alla se cacher derrière la cabane. Louis la rejoignit. Devant sa mine décomposée, devant les tremblements de son corps menu qu'il avait couvert de tant de baisers avides, le jeune homme céda à la compassion.

— Je t'en supplie, intima-t-il, calme-toi. Ton mari ne mérite pas que tu le trompes.

— Il fallait y penser avant, maugréa-t-elle. Tu t'en fichais bien, de Bertrand, il n'y a pas si longtemps.

Louis l'attira dans ses bras pour la consoler. Bertille crut qu'il capitulait. Elle l'embrassa à pleine bouche, mais il recula.

— Tu n'as pas le droit de me repousser, gémit-elle. Tu as oublié les trois jours au bord de la mer, dans cet hôtel ? J'avais réussi à envoyer Bertrand et Clara en cure à Vichy, pour que nous puissions partir ensemble. Et la nuit de pleine lune où tu errais dans le parc ! J'ai deviné que tu étais là, sous ma fenêtre, je suis descendue, tu m'as allongée sur l'herbe. Louis, tu n'as pas le droit de rompre ainsi tes serments !

Il secoua la tête en la maintenant loin de lui par les épaules.

— Bertille, nous avons vécu des moments de grand bonheur, mais je viens enfin de comprendre mes torts. Je n'aurais pas dû te séduire, ni te harceler. Si j'avais eu un brin de moralité, je me serais enfui à l'autre bout du monde. Allons, je dois retourner vendanger. On va se poser des questions !

— Ce ne sont que des mots, ça, Louis, des mots ! Je t'aime trop, j'en mourrai si je te perds. C'est Angela qui te plaît, avoue ! D'abord Faustine, puis moi, et, comme tu as fait le tour de tes plaisirs, tu t'es entiché de cette gamine. !

Un hurlement strident la fit taire, des cris retentirent. Louis s'en alla en courant. Haletante, Bertille percevait les battements fous de son cœur. Mais ce n'était pas le chagrin d'avoir perdu son amant qui la terrassait.

— J'ai laissé Pierre tout seul ! balbutia-t-elle, une main sur la poitrine. C'est Faustine qui a hurlé. Oh ! non, non ! Pas ça !

Elle marcha lentement pour contourner la cabane. Très vite, elle aperçut un attroupement autour de la voiture d'enfant. Ce fut comme si on la plongeait, d'un coup, dans une nappe d'eau glacée. Dans une sorte de brume, des larmes brouillaient sa vue. Bertille reconnut Matthieu qui tenait son fils à bout de bras. Le jeune homme poussait des cris de désespoir. Faustine continuait à hurler, la figure crispée sur un rictus horrifié. Quelqu'un s'exclama :

— Mon Dieu ! Et Claire qui n'est pas là.

Bertille identifia la voix de Léon. Elle avança encore. Elle n'avait plus prié Dieu depuis sa prime jeunesse, mais tous les mots des prières lui revinrent. Des conseils résonnaient, qui l'affolaient davantage :

— Tapez-lui dans le dos !
— Non, faut souffler de l'air dans les poumons.
— Oh ! Il est violet, le bébé.

C'était la voix de Clara. L'intonation bouleversée de sa fille obligea Bertille à essuyer ses larmes, à tenter de comprendre ce qui se passait. Anita se tenait à côté d'elle.

— Qu'est-ce qu'il a, Pierre ? lui demanda-t-elle.
— Il a pu attraper le voile en tulle, la moustiquaire ! Le tissu est tombé sur lui. Il en avait plaqué un morceau sur sa bouche et son nez. Il ne pouvait plus respirer ! expliqua d'une voix tremblante l'épouse de Léon. Mais madame Faustine croit qu'il s'est étranglé avec ce qu'il a avalé. Elle a retiré un morceau de tulle du fond de sa gorge. C'est que le petit a déjà ses dents d'en haut, et a pu déchirer le voile.

Bertille ne pouvait pas s'approcher. Jean, Matthieu et Faustine s'étaient groupés autour du bébé. Isabelle et Janine pleuraient aussi, bousculées, apeurées par les cris des adultes. Louis avait démarré sa voiture et roulait à une vitesse insensée sur le chemin.

— Le jeune monsieur va chercher le docteur ! ajouta Anita.
— Oui, c'est ce qu'il faut faire ! répondit Bertille, malade de remords.

D'une main, elle écarta Thérèse qui trépignait de chagrin. Matthieu avait placé le corps de Pierre sur son avant-bras gauche et lui tapotait le dos. L'enfant semblait tout raide, ses bras menus ballottaient. Matthieu le reprit contre lui. Il commença à respirer profondément pour insuffler de l'air dans la poitrine de son fils, ce qu'il fit à plusieurs reprises. Blanche comme de la craie, Faustine mimait les gestes de son mari, l'air halluciné.

— Il bat des paupières ! s'égosilla Thérèse. Faustine, regarde, il est moins rouge.

Matthieu s'arrêta de souffler. Le bébé poussa un vagissement plaintif. L'instant suivant, il ouvrit la bouche de lui-même et se mit à crier. Un concert de clameurs joyeuses s'éleva.

— Mon bébé, mon chéri, mon tout-petit ! hoqueta Faustine en l'enlevant des bras de Matthieu. Il est vivant !

Anita sanglota de soulagement. Léon ôta sa casquette et se frotta le nez.

— J'en chiale ! répétait-il. Parole, j'en chiale.

Jean secoua la tête, ses jambes étaient en coton. Matthieu dut s'asseoir sur le banc.

— J'ai cru qu'il était perdu ! bredouilla-t-il. Je vous jure, j'ai cru que mon fils allait mourir.

Bertille s'appuya au tronc d'un pommier. Elle remerciait Dieu d'avoir exaucé ses prières, et promit de mener, à partir de maintenant, une vie exemplaire. Faustine berçait son bébé qui lançait des clameurs de faim, en pleurant de soulagement. Revenu parmi les siens, Pierre réclamait son biberon. La jeune femme voulait attendre un peu pour le nourrir. C'était tellement merveilleux de l'entendre crier, de sentir la vigueur de ses mouvements. Son regard se porta alors sur Bertille.

— Oh ! toi ! dit-elle durement. C'est ta faute ! Je te faisais confiance, je croyais que tu gardais mon enfant, mais non ! Où étais-tu encore passée, tantine ?

Faustine avait insisté sur ce terme affectueux en l'imprégnant de mépris, d'une ironie méchante. Elle reprit, en pointant un doigt accusateur en direction de Bertille :

— Vas-y ! Dis-le ! Tu t'en moquais bien, de Pierre ! Comme par hasard, Louis est arrivé de derrière la cabane et toi aussi ! Mon bébé a failli mourir à cause de toi ! Tu ne pouvais pas te tenir tranquille ? Mais non, il fallait profiter de l'aubaine. Ton mari était parti, vite, tu files avec ton amant !

Tout le monde assistait à la scène d'un air hébété. Arthur et

Clara dévisageaient Faustine avec inquiétude. Ils ne l'avaient jamais vue dans un tel état de fureur. Jean s'interposa.

— Je t'en prie, ma chérie, calme-toi. Pense aux enfants, tu leur fais peur.

— Mais je pense aux enfants, papa, balbutia-t-elle, surtout à mon fils Pierre. Je l'ai cru mort, tu m'entends, mort et à cause d'elle. Va-t'en, Bertille, va-t'en ! Je ne veux plus te voir, plus jamais. Ne t'approche plus d'Isabelle ni de Pierre. Tu me dégoûtes !

Matthieu prit Faustine par l'épaule et l'attira à l'écart.

— Viens, nous avons évité le pire, affirma-t-il.

Il n'ajouta rien, mais son expression en disait long. Une colère rétrospective le submergeait.

— Viens, sinon je serais capable de frapper une personne que je respectais, jadis.

Le mal était fait. Figée à la même place, Bertille subissait le feu croisé de dizaines de regards méfiants, voire méprisants. Angela la toisait avec une sorte de haine. Léon et Anita la détaillaient d'un air déçu. Paul, César et Thérèse étudiaient la dame de Ponriant avec une curiosité effarée. Maurice tourna le dos à sa patronne. Il n'était ni aveugle ni sot et savait qu'elle trompait son mari avec Louis de Martignac.

« Pardon, Faustine ! » voulut crier Bertille.

Mais elle resta muette, comme liée à l'arbre dont l'écorce rugueuse meurtrissait son dos. L'humiliation d'être accusée en public lui importait peu, son esprit sombrait.

— Qu'est-ce qu'elle a fait, maman ? hurla Clara.

Angela saisit la main de la fillette et l'entraîna vers le rang de vignes le plus proche.

— Viens, je vais vous emmener au Moulin, Arthur et toi, répondit la jeune fille, ce sont des histoires de grands.

Jean restait planté près du carré d'herbes couchées qui marquait l'endroit exact du casse-croûte. Il revoyait Claire assise devant toutes les bonnes choses qu'elle avait préparées.

— Bon sang ! jura-t-il tout bas.

— Qu'est-ce qu'on fait, Jeannot ? interrogea Léon.

Bertille écoutait, pétrifiée par l'horreur de la situation.

— Finis les deux rangs de droite avec César et Paul, décréta Jean, je vous rejoins.

Il vit Faustine et Matthieu assis sur un talus. Sa fille donnait le biberon au bébé, le jeune père avait pris Isabelle sur ses genoux. Thérèse emmenait Janine voir le cheval attelé au tombereau. Insensiblement, chacun fuyait le lieu du drame. Jean se dirigea droit vers Bertille, elle eut un sursaut de frayeur.

— Je ne te pardonnerai jamais, dit-il en la fixant d'un regard songeur. Ma fille était toute contente de vendanger un peu et de blaguer avec nous tous. Elle a voulu m'aider à vider la hotte dans la charrette, puis, en retournant dans la vigne, elle t'a cherchée des yeux. Tu n'étais plus sur le banc, près du landau. Sans doute qu'un détail l'a frappée, parce qu'elle est partie en courant. Heureusement... Je croyais que tu avais changé. Tu te souviens, quand tu avais brûlé la lettre que j'avais envoyée à Claire, une lettre qui nous aurait évité bien des malheurs ! Tu ne vois que ton intérêt, ton plaisir, Bertille. Que tu couches avec tous les jeunes types du monde, je m'en fiche, mais laisser un bébé seul pour ça, c'est ignoble !

Bertille approuva sans réussir à sortir un mot. Au prix d'un immense effort, elle parvint à bégayer :

— Il dormait, Jean. Je suis désolée.

— Bien sûr ! siffla-t-il entre ses dents. Mais un bébé, ça dort et, en une seconde, ça se réveille. Si tu t'étais un peu occupée de Pierre, tu aurais su que c'est un petit très remuant, qui essaie même de s'asseoir. Seulement, depuis qu'il est né, tu ne l'as vu qu'une fois ou deux ; la princesse avait mieux à faire ! Et puis, la princesse a toujours eu une nourrice, pardon, une nurse pour veiller sur sa fille unique.

Le ton montait et Jean recula. Il ne souhaitait pas céder à la rage qui le dominait peu à peu.

— Tais-toi ! implora Bertille. Tais-toi.

Elle se détacha de l'arbre et s'éloigna enfin d'une démarche vacillante. Une voiture arrivait dans un nuage de poussière. C'était Louis ! Le docteur Vitalin était assis sur le siège du passager. Jean en profita pour rejoindre Faustine et Matthieu.

— Je suis désolée, gémissait Bertille en remontant le ruisseau qui serpentait derrière la cabane. Ils ne comprennent pas que je suis vraiment désolée.

C'était un mince affluent des Eaux-Claires. Il se fondait dans la rivière sous le pont. En le suivant vers l'amont, on s'enfonçait au cœur d'un fouillis de roseaux, de sureaux et de ronciers. Les berges humides abritaient du petit gibier d'eau. Bertille n'avait qu'une idée, être loin du verger.

— Je ne retournerai pas à la maison ! marmonnait-elle d'une voix enfantine. Bertrand ne voudra plus de moi, de toute façon. Et ils m'ont pris Clara.

Elle ramassa une branche morte pour s'en servir comme canne. Ses pieds s'enfonçaient parfois jusqu'aux chevilles dans la boue, le terrain devenant marécageux. Sa robe en mousseline jaune s'accrochait aux épines. Bertille ne s'en apercevait pas, tellement obsédée par le besoin de fuir.

« Je suis vraiment trop malheureuse, se disait-elle. Il n'y a pas de vrai chemin, dans ce coin, et Faustine me déteste. Tout le monde me déteste. »

Profondément choquée, elle ne pouvait pas ordonner ses pensées. La querelle qui l'avait opposée à Louis lui semblait très loin dans le temps. Le jeune homme la rayait de sa vie, elle s'en souvenait, mais cela n'avait plus aucune importance. Le bébé avait failli mourir à cause d'elle, le petit Pierre, le fils de Faustine et de Matthieu qu'elle aimait tant.

Bertille renifla. Les larmes sourdaient contre sa volonté au souvenir du petit Pierre, de ses attitudes enfantines, de chacun de ses gestes.

— Je ne le verrai pas grandir ! déclara-t-elle tout haut, et je n'ai plus le droit de toucher Isabelle non plus !

Sa passion pour Louis lui paraissait dérisoire. Avait-elle vraiment été cette femme sensuelle, en corset de satin, le bas dénudé, qui s'offrait dans le pavillon de chasse et buvait du champagne en riant sous les caresses ?

Elle jugea ces divertissements odieux. Ses meilleurs souvenirs affluèrent : les déjeuners au Moulin du Loup, les goûters, les Noëls, les longs bavardages avec Claire.

Le visage doux et bienveillant de sa cousine s'imposa à son esprit en pleine confusion. Si Claire n'était pas partie au château avec Edmée et Bertrand, rien ne serait arrivé.

Epuisée par sa marche forcenée au milieu des taillis, Bertille s'assit par terre en criant de douleur. Sa hanche malade ne lui permettait pas ce genre de fantaisie. Mais elle pouvait se reposer.

Le sol spongieux trempait sa culotte et le bas de sa robe. Elle observa ses escarpins en cuir blanc, maculés de terre, griffés par les ronces. Ses bas ne valaient guère mieux.

— C'est comme ça, les catastrophes, dit-elle à mi-voix. On ne peut jamais les prévoir. Tout va bien, ou à peu près bien, et puis l'orage ou la tempête éclate. Je n'aurais pas dû venir aux vendanges. Clara y tenait, elle, mais Bertrand pouvait l'emmener. Moi, je voulais voir Louis, ce qui est arrivé est de sa faute !

Le ciel se couvrait de nuages aux reflets métalliques. Le vent apporta l'odeur fraîche de la pluie, et la lumière déclina d'un coup. Le paysage changea aussitôt, privé de ses couleurs flamboyantes. Il ne restait que du gris et du brun. Bertille se releva avec difficulté en s'accrochant à un arbuste au tronc hérissé de piquants. Les paumes en sang, la dame de Ponriant quitta le bord du ruisseau. Elle traversa un champ moissonné et pénétra dans un bois de chênes. Des pans de pierre couverts de lichens se devinaient entre les arbres. C'était l'abaissement de la ligne des falaises qu'un moutonnement de collines effaçait.

« Quand il saura la vérité, Bertrand sera bien triste. Je l'aimais si fort, avant. Je l'ai perdu », pensa Bertille en continuant à marcher.

Des chiens aboyaient. Une vague odeur de fumée montait d'une ferme voisine.

— Je ne veux pas les revoir, tous les autres ! gémit-elle. Ils me regardaient comme une bête dangereuse, une criminelle.

Le froid du soir la fit frissonner ; lentement, elle retrouvait sa lucidité.

« Clara est intelligente, elle a forcément compris ce que disait Faustine. Ma petite chérie, elle doit être désespérée. »

La honte l'accabla. C'était affreux de prendre conscience de ses actes. Bertille se faisait horreur.

« J'avais un mari, une enfant exquise, un domaine, de si jolies choses autour de moi, toilettes, bijoux, et tout le luxe qu'on peut souhaiter. Faustine m'appelait tantine. Et Claire racontait à tout le monde que j'étais une fée, qu'on devait admirer les fées, même si elles étaient capricieuses ou insolentes. Claire ! Je lui ai fait tant de mal, et elle m'aimait quand même. Cette fois, c'est fini, elle aussi me détestera. » Cette idée la rendit faible. Bertille s'effondra entre deux gros rochers, incapable d'aller plus loin. Des feuilles mortes s'étaient amassées là, ainsi que des brindilles de bois. Elle s'allongea de son mieux, couchée sur le côté, un bras sous sa tête.

— Claire ! appela-t-elle d'un ton plaintif. Claire, pardonne-moi. Je regrette tellement.

Château de Torsac, même jour

Claire crut retrouver le château tel qu'elle l'avait connu lors de ses premières visites. Il se dégageait une douce harmonie des pièces illuminées par le soleil. Tout était tranquille. Certes, il y avait des rideaux neufs et beaucoup plus de meubles. L'ensemble était mieux entretenu. Mais il régnait là un silence particulier qui mettait en relief la beauté de l'architecture.

— Où est Ursule ? demanda-t-elle à Edmée.

— Dans une petite pièce contiguë au cellier, elle habite là depuis des années. C'est humide et difficile à chauffer, mais cette pauvre femme n'a nulle part où aller. Je ne l'ai pas congédiée, bien que j'emploie maintenant une jeune bonne et un jardinier. Vous voyez, je ne suis pas si mauvaise que ça !

— Je n'ai jamais dit que vous étiez mauvaise, protesta Claire.

La châtelaine avait proposé à Bertrand, qui avait servi de chauffeur, de se reposer dans le grand salon. Les deux femmes longeaient le vestibule menant aux cuisines.

— Claire, je regrette mon attitude, insista Edmée. Ne pensez pas que je ne me sers de vous qu'en cas de besoin. J'ai eu le temps de faire le tour de toutes mes relations, et j'ai réalisé que je me sentais mieux en votre compagnie, à l'époque où vous passiez vos journées ici. Nous étions si bien ensemble, quand nous prenions le thé sur la terrasse, en discutant d'un roman ou de nos familles.

La châtelaine lui fit traverser les cuisines, entièrement repeintes en blanc crème. Les ustensiles étincelaient de propreté et le sol était impeccable.

« Au moins, l'office est très bien tenu » ! constata Claire, ravie.

Edmée ouvrit une petite porte. Elles entrèrent dans une sorte de réduit éclairé par un œil-de-bœuf. Une autre fenêtre se cachait derrière un amoncellement de torchons et de journaux.

Il y avait là un tel désordre, qu'il était difficile de se déplacer. Ursule gisait sur un lit étroit dont les montants en fer présentaient de larges traînées de rouille. La vieille domestique se redressa sur un coude :

— Mesdames, je ne peux même pas me lever. J'ai bien honte. Comme je le disais l'autre jour, je suis une bouche inutile à présent.

— Bonjour, Ursule ! coupa Claire. Cela ne sert à rien de vous lamenter, montrez-moi ce genou.

— Je veux point ôter mes bas, gémit Ursule. Tenez, là, c'est un peu gonflé et ça m'élance dès que je bouge.

— Il faut rouler ce bas-ci, demanda gentiment Claire.

Elle dut aider sa malade à défaire la jarretière. Edmée se détourna, gênée. Claire palpait la chair marbrée de rouge autour de l'articulation.

— Les tissus sont enflammés, constata-t-elle, j'ai apporté ce qu'il faut. Allongez-vous.

La châtelaine sortit sans bruit. Claire la comprit : le réduit sentait la crasse et le moisi. Mais elle s'en moquait, concentrée sur la douleur à combattre. Elle posa ses mains bien à plat de chaque côté du genou. Comme à chaque fois, ses doigts percevaient d'étranges picotements, puis une chaleur se répandait jusqu'au bout de ses ongles, comme venue des tréfonds de son corps. Paupières mi-closes, elle n'avait plus que la volonté de soulager Ursule.

La domestique l'épiait d'un regard inquiet. Claire soupira, soudain épuisée, puis elle obligea Ursule à plier la jambe.

— Mais je n'ai presque plus mal ! Vous, alors ! Ce n'est pas des blagues, ce qu'on raconte dans le pays. Vous êtes une guérisseuse ! Déjà, quand vous avez soigné mademoiselle Marie, j'en étais toute surprise.

— Il faudra suivre mes conseils, dit Claire. D'abord, il faudrait nettoyer et aérer cet endroit insalubre où vous logez. L'humidité n'arrange pas l'état de votre genou. Je vais vous laisser cette pommade à base de lavande et de saindoux. Vous boirez aussi, tous les matins, cette tisane faite avec de la bourrache et de la reine-des-prés. Je vous en donne un sachet, mais une pincée par tasse d'eau bouillante suffira. Surtout, Ursule, reposez-vous et marchez avec une canne.

— Comme madame ?

— Oui, comme madame Edmée. Je reviendrai vous voir dans une semaine.

La vieille femme se leva, chaussa des pantoufles informes et trottina jusqu'à la cuisine. La châtelaine poussa un cri étonné :

— Mais vous semblez rétablie, Ursule ? Claire, comment vous remercier ?

— Je n'ai rien fait d'extraordinaire, j'utilise le don qui m'est venu du ciel… ou de la nature. Si vous pouviez surveiller notre malade, afin qu'elle prenne bien ses tisanes et s'enduise du baume que je lui ai laissé. Il faudrait ranger ce capharnaüm, je crois avoir vu un petit poêle ?

— Sûr, que j'ai un poêle, mais je ne l'allume pas. Je me chauffe près du grand fourneau, indiqua Ursule. Pour se mettre au lit, pas besoin de feu.

Edmée tira un long cordon torsadé, déclenchant une cavalcade qui résonna dans le couloir voisin. Une jeune fille apparut en robe noire et tablier blanc.

— Suzon, nous avons besoin de vous pour mettre de l'ordre chez Ursule. Je vous présente Claire Dumont, une amie très chère. Nous voudrions aménager le réduit où vit Ursule.

— Le réduit ! s'effara Suzon. Oui, madame.

Ce fut l'affaire d'une heure. Claire s'estima satisfaite lorsqu'elle put ouvrir la fenêtre et bourrer le foyer du poêle de papier et de petit bois. Elle était experte en rangement et bientôt il fut possible de marcher tout autour du lit. Edmée l'aida à entasser des chiffons et des boîtes de conserve vides dans une caisse.

— Vous allez manquer à vos vendangeurs, dit-elle enfin à Claire. N'ayez crainte, Suzon et moi, nous terminerons ce soir.

— C'est vrai, je ferais mieux de rentrer dans la vallée, reconnut-elle.

Ursule se confondit en remerciements larmoyants. Edmée accompagna Claire dans le salon où elles durent réveiller Bertrand, assoupi sur la méridienne. L'avocat leur adressa un sourire rêveur avant de se confondre en excuses.

— Vous allez me juger paresseux, à dormir ainsi, remarqua-t-il.

— Vous serez en forme pour demain, plaisanta Edmée.

La châtelaine tint à leur offrir un doigt de liqueur de cassis. En sirotant la délicate saveur de l'alcool, Claire éprouva une bizarre sensation d'urgence. Oppressée sans raison valable, elle jeta un regard par une des hautes fenêtres et vit le ciel qui se couvrait de nuages d'un gris métallique.

— Il faut partir, dit-elle à Bertrand. S'il pleut, ils auront besoin de moi.

Pendant le trajet, la même angoisse incompréhensible étreignit Claire, mais elle n'osa pas en parler à son compagnon de route.

« Que se passe-t-il ? s'interrogea-t-elle. C'est peut-être la brusque disparition du soleil derrière les nuages, le changement de lumière ! J'y suis souvent sensible… Non, il y a autre chose, je le sens. »

Elle observa la campagne qui défilait derrière la vitre. Pareils à des flammes soudain éteintes, les feuillages roux des sous-bois, de même que les prairies jaunies, achevèrent de l'attrister.

— Bertrand, roulez plus vite ! déclara-t-elle tout à coup. J'ai une sensation pénible, inexplicable, comme un pressentiment.

Il accéléra en souriant.

— Vous êtes trop bonne, Claire ! Je parie que vous n'aviez aucune envie d'abandonner Jean, Faustine et les petits. Mais on vous appelle au secours, et vous renoncez à une agréable journée en famille.

— Je ne le regrette pas, cette pauvre Ursule souffrait tellement. Elle a fait une crise aiguë de rhumatisme. Il faut dire qu'elle vit dans des conditions d'hygiène déplorables.

L'avocat l'écoutait avec attention. Claire continua à discourir sur le sort des domestiques. Cela ne l'empêchait pas d'avoir la gorge nouée, car une peur insidieuse l'envahissait.

« Pourvu que j'arrive à temps ! » se surprit-elle à penser.

Ils se garèrent dix minutes plus tard sur le chemin. Claire constata que le cheval était dételé et attaché sous le hangar. Le tombereau se dressait sous l'auvent. La construction en bois au toit de tôles servait à stocker la récolte de pommes et abritait les deux pressoirs, l'ancien et le neuf, ce dernier acheté un mois auparavant. Il n'y avait plus aucune silhouette dans les rangs de vignes.

— Pourquoi ont-ils arrêté de vendanger si tôt ? demanda-t-elle à Bertrand. Il ne pleut pas. Et même s'il pleuvait, Jean n'aurait pas décidé de tout laisser en plan. Il y a un panier plein, là, près des dahlias.

Comme beaucoup de vignerons, Jean plantait au départ de chaque rang des tubercules de dahlias, ces grosses fleurs bariolées qui s'épanouissaient au tout début de l'automne. Si la vigne était malade, ils dépérissaient, montrant l'urgence d'un traitement. L'avocat haussa les épaules en ouvrant sa portière.

— Nous serons vite renseignés, ne vous tracassez pas, Claire !

Elle descendit de la voiture et regarda alentour. Le landau de Pierre avait disparu. Pas de traces de Faustine et de Matthieu, ni de Thérèse et d'Angela.

— Où sont les enfants ? s'écria-t-elle. Arthur, Clara, Isabelle et Janine ? Quand même, ce n'est pas normal.

Jean sortit de la cabane et leur fit signe. Claire vit tout de suite qu'il y avait un problème. Son mari était pâle, avait les traits tendus.

— Je le savais ! dit-elle en courant vers lui. Qui est blessé ? Jean, dis-moi !

— Personne n'est blessé, répliqua-t-il. Je suis avec Léon et Anita, nous buvions un café.

— Mais il n'est que six heures du soir ! Vous avez déjà fini ? s'étonna-t-elle. Tu parlais de presser la première cuvée, si c'était le cas, vous seriez tous dans le hangar !

Bertrand cherchait Clara et Bertille sans vraiment s'inquiéter. Il supposait qu'elles étaient déjà parties au Moulin où ils devaient tous dîner.

— S'il vous reste du café, Jean, cela me requinquerait ! plaisanta-t-il.

Claire ne comprenait pas. Quand elle avait quitté les vendanges, une joyeuse agitation régnait avec des chants et des rires, le tout sous un franc soleil.

— On dirait qu'un ouragan a soufflé ! Il fait sombre et il n'y a plus personne ! maugréa-t-elle en entrant dans la cabane.

Assis au bord du lit de camp, Léon et Anita avaient l'air de gamins pris en faute. Jean ralluma le réchaud à alcool et posa sur les flammes bleuâtres une casserole remplie de café. Le silence et la mine de son mari alarmèrent Claire.

— Vas-tu me dire pourquoi vous êtes là tous les trois, avec

des têtes d'enterrement ? Je n'ai pas vu l'automobile de Louis. Il est parti, lui aussi ? Pourtant, nous ne l'avons pas croisé.

Elle eut peur. Le jeune châtelain et Bertille étaient peut-être en promenade galante.

— Il a raccompagné le docteur Vitalin, mais il a précisé qu'il ne reviendrait pas. Marie est partie avec lui.

— Le docteur ! s'exclama Bertrand. Quelqu'un était malade ? Puisqu'il n'y a pas eu de blessés, il s'agit d'autre chose.

— Un accident déplorable, dit Jean tout bas, sans oser regarder Claire. Pierre a failli s'étouffer avec sa moustiquaire. J'ai bien recommandé à Faustine de ne plus couvrir le landau avec ce voile en tulle qui peut glisser ou tomber sur le bébé.

Le cœur de Claire se mit à battre à grands coups. Elle en fut étourdie.

— Il est arrivé quelque chose à Pierre ? demanda-t-elle. Parle, Jean, je n'en peux plus, moi. J'avais un pressentiment en route. Je m'en doutais.

— Nous avons eu très peur, répondit-il. Le petit était violacé, les yeux révulsés. Je l'ai secoué et Matthieu l'a penché en avant. Ensuite, il a eu l'idée de lui souffler de l'air dans la bouche. Pierre a respiré, et même qu'il a crié bien fort, peu de temps après. Le docteur Vitalin l'a félicité. Il prétend que c'était la meilleure chose à faire.

— Quelle histoire ! soupira Bertrand. J'imagine la frayeur de Faustine.

— Mais dès que Pierre se réveille, nous retirons vite le voile, protesta Claire qui tremblait de nervosité. Comment a-t-il pu l'attraper ? Bertille était sur le banc, juste à côté, elle le surveillait.

Jean jeta un coup d'œil à Léon. Anita piqua du nez sur sa tasse de café. Cela échappa à Bertrand, mais pas à Claire.

— En fait, tout s'est passé très vite, ajouta Jean. C'était la panique. Les gamins pleuraient, nous étions tous affolés. Alors, j'ai stoppé le travail. Faustine et Matthieu sont rentrés chez eux avec leurs petits, Angela a conduit Clara et Arthur au Moulin. Thérèse les a suivis avec Janine et Isabelle. César s'est occupé du cheval. C'est moi qui lui ai demandé de rejoindre les filles et de préparer le repas.

— C'était bien le moment de penser au repas, coupa Claire sèchement. Et Maurice, Paul ? Ils sont chez nous aussi ?

— Sans doute ! répliqua Jean.

— Et ma femme dans tout ça ? interrogea l'avocat. Vous faites comme si elle s'était envolée. Où est Bertille ? Au Moulin ?

— Je crois qu'elle est rentrée au domaine, monsieur, avança Anita avec timidité.

— Pas à pied quand même ? gronda Bertrand, Bertille ne peut pas marcher à son aise. Maurice a dû la ramener dans ce cas. Mais non, j'avais pris la voiture…

Claire avait l'impression de suffoquer. La même anxiété la torturait, comme si rien n'était résolu.

« Je le savais, qu'il s'était produit un accident, se raisonna-t-elle. Mais Pierre est sauvé. Mon Dieu, si l'on m'avait appris le pire, à mon retour. Quelle horreur ! Le bébé va bien, d'après Jean, pourtant je me sens mal, très mal. »

— Bertille était choquée, expliqua Jean après un silence. Elle s'est éloignée du landau quelques instants et Faustine l'a accusée de négligence. Matthieu était furieux aussi, et moi donc ! Alors, elle est partie seule, à pied.

Le récit sonnait faux. Claire devina qu'il n'était pas complet et que plusieurs points devraient être éclaircis pour aider à sa cohérence.

— Bertille se vexe vite ! s'écria Bertrand. Mais certainement pas quand elle a tort, enfin, cela dépend de son humeur.

— De toute façon, plus question d'un repas dans la joie du labeur accompli ! ironisa Claire. Bertrand, venez au Moulin avec moi, vous pourrez téléphoner au domaine et emmener votre fille.

L'avocat refusa. Il paraissait contrarié.

— Elle me suppliera de la laisser dormir avec Thérèse. Je préfère remonter seul à Ponriant et réconforter mon épouse. Il ne fallait pas lui faire trop de reproches. Bertille souffrait d'une migraine, je l'ai trouvée en larmes à midi. Elle a dû s'éloigner pour une bonne raison. C'est facile de la blâmer, elle n'était pas en état de jouer les nurses.

Bertrand sortit précipitamment en claquant la porte. Jean alluma une cigarette.

— J'ai menti, Claire, dit-il aussitôt. Léon m'en est témoin, nous étions tous à moitié fous de voir Pierre dans cet état. Bertille l'avait abandonné sans hésiter, pour s'isoler avec Louis. Faustine l'a insultée devant les enfants, devant nous. Ils auraient une liaison ? Bon sang, Louis pourrait être son fils ! Je n'étais pas au courant, ni Léon ni Anita. Personne, en somme, hormis Faustine. Devant Bertrand, j'étais très embarrassé. Il connaîtra bien assez vite son infortune !

— Quel gâchis ! soupira Claire. Clara a entendu ? Et je n'étais pas là ! Je suis coupable, moi aussi. Je pouvais remettre cette visite au château à lundi, Ursule n'en serait pas morte. Je voudrais rentrer, réparer ce qui peut l'être. Léon, est-ce que je peux emprunter ton vélo ? Anita et toi, vous monterez en voiture avec Jean.

Elle avait besoin d'air frais, du crépuscule au parfum de pluie. En pédalant sur le chemin des Falaises, Claire lutta contre la peur qui la tenaillait. Elle passa sous la fenêtre de Faustine, la lampe à abat-jour de porcelaine brillait derrière les carreaux.

« Je reviendrai tout à l'heure ! Ils n'ont pas besoin de moi pour le moment. »

Claire voulait rassurer les enfants, surtout Clara et Arthur. Le garçon exécrait la violence et les cris. Elle déboula dans la cour en freinant brusquement. La bicyclette heurta la première marche du perron. Alertée par le bruit, Thérèse apparut sur le seuil.

— Est-ce que tout va bien, Thérèse ?
— Oui, Claire, répondit l'adolescente. Viens au chaud, Angela lit un conte aux petits. Au fait, monsieur Bertrand a téléphoné à l'instant. Je dois te faire la commission : Bertille n'est pas au domaine. Elle a dû s'enfuir avec son amoureux.

L'air narquois de Thérèse et son sourire moqueur déplurent à Claire. Excédée, à bout de nerfs, elle gifla la jeune fille.

— Tiens ta langue, idiote, rétorqua-t-elle. Ce n'est pas amusant, ce genre de choses. Les enfants ne doivent pas être mêlés à tout ceci.

Claire se décida à entrer. Angela cessa de lire. Arthur suçotait un coin de mouchoir. Clara avait les paupières rouges d'avoir trop pleuré. Isabelle et Janine écoutaient sagement, pendant que César épluchait des pommes de terre.

— Maurice et Paul sont allés boire un coup au bourg, annonça le jeune homme. Je m'apprêtais à faire cuire des patates.

— Très bien, je vois que vous vous débrouillez, dit Claire.

Elle s'approcha de sa filleule et la serra dans ses bras. Clara ressemblait tellement à Bertille qu'elle fut bouleversée. Le sentiment d'urgence éprouvé au château la fit frémir de tout son corps.

— Clara, ton papa m'a demandé de te garder pour la nuit. Tu veux bien ?

— Oui, mais je voudrais voir maman d'abord ! Thérèse a dit qu'elle avait disparu.

— Thérèse s'est trompée. Elle ne dira plus de bêtises maintenant. Demain, tu reverras ta maman, je te le promets.

— César, il a dit, il a dit… balbutia Clara. Il a dit que ma mère, c'était une coureuse et qu'elle fricotait avec l'aristo. Faustine aussi, elle a été méchante.

L'enfant éclata en sanglots. Jean entra, ainsi que Léon et Anita.

— Ne sois pas triste, Clara. Le bébé a failli mourir. Tu le sais, ça ? Quand un bébé est en danger, les adultes ont si peur qu'ils perdent la tête. Faustine était très malheureuse. César, lui, n'est qu'un grand sot. N'écoute personne, ma mignonne.

Sur ces mots, Claire se releva et considéra tous ceux qui l'entouraient.

— Jean va me conduire à Ponriant, dit-elle d'une voix dure. Je vous prie d'éviter tous les sujets qui feraient de la peine à Clara. Anita, je compte sur toi.

— Oui, madame.

Ils la virent saisir Moïse par son collier et lui mettre une laisse. Jean ne fit aucun commentaire. Une fois dehors, Claire le regarda avec une poignante expression de détresse. Il pleuvait dru.

— Bertille est ce qu'elle est, déclara-t-elle. Je la connais mieux que vous tous, c'est ma cousine. Elle n'est pas à Ponriant. Je dois la retrouver. Si elle meurt, je m'en voudrai tout le reste de ma vie. Même si elle est dans son tort, même si vous la méprisez !

— Je comprends, lui dit-il. Viens. Il fera bientôt nuit.

Pendant le court trajet, Jean ajouta, d'un ton froid :

— Si Pierre était mort, tu ne penserais pas à chercher ta

cousine. Elle a dû s'arranger avec Louis et ils filent le parfait amour. Tu te fais du souci pour rien, à mon avis.

— Non, tu te trompes. Je dois la retrouver, je te le répète. Je l'ai observée ce matin, elle paraissait triste et anxieuse. Je la persuaderai de rompre avec Louis et j'espère que tout rentrera dans l'ordre. Que lui a dit Faustine exactement ?

Jean franchissait le portail du domaine. Il se gara en bas de l'escalier d'honneur.

— Elle a hurlé qu'elle ne la reverrait jamais, elle l'a insultée en claironnant bien haut qu'elle était la maîtresse de Louis. Et moi, je n'ai pas pu me retenir. Je l'ai traitée d'égoïste. J'étais malade de colère. Je lui ai dit que je ne lui pardonnerais jamais.

— Rentre au Moulin, déclara Claire. Je n'ai pas besoin de toi. Je ne vous juge pas, Faustine et toi, et peut-être que j'aurais fait la même chose, sous le coup de l'émotion. Mais je suis sûre que Bertille se sent coupable et souffre le martyre.

Jean crispa les mâchoires. Il la toisa et lança :

— Tu ferais mieux de dire la vérité à ce pauvre Bertrand, qu'il sache enfin ce que vaut sa princesse. Il ne mérite pas d'être berné ainsi.

— Si Bertille a cédé à Louis, il y a sûrement une raison, Jean. Elle avait besoin d'être aimée davantage. Avoue que, depuis deux ans, monsieur l'avocat n'est guère aimable. Il a même reçu une prostituée à Ponriant.

— C'est un comble ! tempêta-t-il. Dès qu'un homme ne peut pas caresser sa femme jour et nuit, tu estimes que celle-ci a le droit de prendre un amant ! Quand j'ai travaillé six mois en Belgique, tu n'es pas allée débaucher un jeune gars du bourg ? Ta cousine a le feu quelque part, voilà tout.

Claire préféra ne pas répondre. Elle songeait à William Lancester qui, en l'absence de Jean, l'entourait de prévenances attentionnées et lui faisait une cour charmante. Et elle s'était donnée à lui.

— Rentre t'occuper des enfants, dit-elle très bas.

Elle grimpa les marches de Ponriant en tirant Moïse par sa laisse.

13

Le temps du pardon

Claire et Bertrand descendirent de voiture. Ils s'étaient équipés de lampes à pile, car la nuit ne tarderait pas.

— J'ai dressé Moïse à sentir les traces d'Arthur, expliqua-t-elle. Les loups ont un flair très développé.

— Mon Dieu, c'est un cauchemar ! soupira l'avocat. Quand je pense à Bertille, seule dans la campagne ! Il pleut en plus. J'ai toujours entendu dire que l'eau brouille les pistes. Regardez, Lilas renifle les restes du repas dans l'herbe, rien d'autre. Nous aurions dû demander de l'aide aux gendarmes.

Claire caressa la louve du domaine. Des trois rejetons du vieux Sauvageon, c'était la femelle qui tenait le plus de ses ancêtres chiens. Fine, moins imposante que ses frères, elle avait du blanc sous le ventre et un poil ondulé.

— Lilas connaît bien Bertille, elle nous sera sans doute utile ! affirma-t-elle.

Bertrand sortit un foulard en soie que son épouse nouait souvent à son cou. Il le respira en fermant les yeux.

— Ma princesse !

Apitoyée, Claire lui tapota l'épaule. Elle lui prit doucement le carré de tissu et le frotta sur le nez de Moïse.

— Cherche ! Allez, cherche Bertille. Toi aussi, Lilas.

La jeune louve se débattait au bout de sa laisse. Elle n'avait pas l'habitude d'être attachée quand il s'agissait de courir à sa guise dans les champs. Bertrand la frappa du plat de la main.

— Calmez-vous, protesta Claire. Mon pauvre ami, je voudrais

vous confier une chose qui risquerait de vous blesser si elle était dite par une autre personne que moi.

— Au point où j'en suis, allez-y! grommela-t-il.

— Eh bien, c'est un peu gênant. D'après Jean, Bertille et Louis discutaient derrière la cabane. Je crois savoir pourquoi. Mais, comme le petit Pierre avait perdu connaissance, il y a eu une telle panique que les gens se sont mépris. Même Faustine. Ils ont accusé Bertille d'avoir délaissé l'enfant pour flirter.

Claire voulait atténuer la gravité de la situation. Mentir en dévoilant une partie de la vérité lui semblait judicieux.

— Et qu'en pensez-vous? demanda Bertrand, ce qui la surprit.

— Je sais que ma cousine vous aime, et cela depuis des années. Cela dit, elle est comme bien des femmes, sensible à l'intérêt d'un jeune homme.

L'avocat en resta bouche bée. Il faisait peine à voir.

— J'avais constaté qu'ils étaient très amis, tous les deux, mais de là à imaginer autre chose... Enfin, vous me comprenez?

— Il n'y a rien à imaginer, Bertrand. Les esprits s'emportent vite lorsque la vie d'un bébé est en jeu. Je voulais vous avertir, Bertille a pu craindre que vous la jugiez, vous aussi. Maintenant, assez parlé.

— Moi? La juger? Bon sang, Claire, si je la perdais, je n'y survivrais pas.

Moïse bondit en avant. Il marchait vite, le nez au ras du sol. Claire avait du mal à le tenir. Lilas suivait, en obligeant Bertrand à courir. Les deux loups les guidèrent le long du ruisseau, à travers une végétation mourante.

— Il y a des empreintes! cria soudain Claire.

Elle aperçut bientôt un lambeau de mousseline accroché à une tige de ronce.

— Ma petite princesse! gémit Bertrand, de plus en plus inquiet.

Il faisait presque nuit. Bertille se redressa. Elle avait somnolé malgré l'inconfort de son refuge. La pluie ruisselait sur les pierres qui se dressaient de chaque côté du fossé.

— J'ai froid! constata-t-elle. Oh! Que j'ai froid!

Sa robe et son gilet étaient trempés. Elle toucha ses cheveux plaqués sur sa tête et le long de ses joues. Le bois de chênes s'emplissait de vastes zones d'ombre. Bertille se mit à claquer des dents.

— C'est l'heure où j'allume les lampes à Ponriant ! dit-elle d'une voix tremblante. Maurice entretient les feux.

Elle se revit en robe d'intérieur, les pieds dans de ravissants chaussons fourrés. Combien de soirs d'automne avait-elle joui sans réfléchir du confort de sa maison, du dévouement de Mireille ? Une suite de plats délicieux défila dans son esprit : les veloutés aux asperges, les matelotes d'anguilles au pineau, les confits d'oie bien grillés, parsemés de persillade. La faim lui tordit l'estomac.

« Je n'ai rien avalé aujourd'hui, songea-t-elle, sauf une part de gâteau. J'étais en colère parce que Louis avait amené sa mère. »

Bertille fondit en larmes. Elle aurait volontiers rayé Louis de sa mémoire pour retrouver la douceur parfois monotone de sa vie d'épouse et de mère.

— Mais j'ai tout perdu ! cria-t-elle. Tout ! Bertrand ne voudra plus de moi, Clara aura honte de sa mère.

Rien ne changerait, elle en eut conscience brusquement. Tout le monde avait su en quelques secondes qu'elle trahissait son mari, qu'elle avait failli à ses responsabilités au point d'abandonner le bébé. Faustine avait un air terrifiant en la montrant du doigt. Soudain, elle crut entendre des voix. Son prénom retentissait au loin. C'était flou et indistinct à cause de la pluie qui tambourinait sur les feuilles et du vent qui agitait les ramures.

« Non, je ne veux plus les voir, plus jamais, affirma-t-elle. Ils me cherchent pour m'accuser encore. Bertrand va me chasser de chez lui. »

Bertille s'affola. Elle était trop orgueilleuse pour affronter un second procès public. Plus jamais on ne clamerait ses fautes devant des enfants et des amis. Vite, elle ôta ses escarpins et ses bas. Les yeux agrandis par la frayeur, le corps secoué de frissons, elle parvint à nouer ensemble ses bas en fil de coton. Ils étaient solides. Elle les avait achetés en ville, alléchée par une réclame lue dans une des revues dont elle se délectait.

« Finis les bas, les revues, les boutiques de la rue Marengo, les belles robes, la poudre de riz ! Je suis punie et bien punie » !

Elle devenait insensible au tapis gluant de feuillages, à la mousse glissante des pierres. Avisant une branche qu'elle pouvait atteindre, la dame de Ponriant, pareille à une sirène sortie de l'océan, essayait de faire un nœud coulant.

« Ils me trouveront pendue, comme Gontran, il a eu tellement honte lui aussi, qu'il a préféré mourir. Je le comprends, comme je le comprends ! Le regard des autres est insupportable quand on a commis un crime. »

Bertille marmonnait. Elle pestait contre ses doigts transis et les bas qu'elle n'arrivait pas à nouer selon son idée. Les cris et les appels se rapprochaient. Elle reconnut la voix de Bertrand qui l'appelait à pleine gorge. L'anxiété changeait son intonation en un semblant de fureur, du moins, elle le ressentit ainsi.

« Je n'ai pas le temps de me pendre, mais je peux m'étrangler. Je mourrai privée d'air, comme Pierre, ce pauvre petit chérubin. Je l'aime, même si Faustine ne le croit pas. »

Elle se laissa tomber sur le sol avant de s'asseoir. D'un geste décidé, elle noua un des bas autour de son cou et serra de toutes ses forces. Moïse débeula en jappant. Le loup voulut la lécher, mais elle parvint à le repousser d'un coup de pied.

« Vite, je n'ai pas serré assez fort ! » pensa-t-elle dans un état second, proche du sommeil.

Sa respiration se bloqua d'un seul coup. Bertille bascula en arrière, inanimée.

— Elle est là, Bertrand ! hurla Claire. On distingue une silhouette avec une robe jaune. Moïse l'a retrouvée.

L'avocat lâcha la laisse de Lilas. Il courut à toute allure, les chaussures boueuses, les revers de pantalon plaqués à ses mollets, une estafilade zébrait sa joue.

— Mon Dieu, elle est morte ! clama-t-il, épouvanté par la position d'abandon de sa femme.

Claire était à genoux. Elle tentait de desserrer le bas, mais Bertille avait tiré si violemment qu'un nœud solide s'était formé.

— Par pitié, éclairez-moi, Bertrand ! cria-t-elle. Il me faudrait un couteau.

— Je n'en ai pas ! gémit-il en s'agenouillant à son tour. Laissez-moi essayer.

L'avocat s'acharna. Il passait ses doigts entre le cou de Bertille et le tissu.

— Vous allez l'achever, fit observer Claire, pour l'instant, elle est juste évanouie.

Mais Bertrand arriva à ses fins. Il jeta loin derrière lui le bas qui lui avait donné des sueurs froides. Claire frictionnait les joues de sa cousine. Bertille ouvrit les yeux, elle souriait d'un air étrange.

— Ma princesse, mon cœur, mon âme ! Je suis là, s'exclama l'avocat. Tu voulais mourir ! Il ne faut pas me quitter, ma chérie. Plus personne n'osera s'en prendre à toi.

Bertille écoutait avec stupeur. Bertrand l'attira dans ses bras et la berça tendrement. Il la couvrait de baisers.

— Je me suis mal occupé de toi, ma princesse, dit-il. Je ferai tout pour que tu oublies ces affreux moments. J'ai une idée : nous allons partir en vacances avec Clara, rien que nous trois. Tu rêvais de découvrir l'Amérique, nous allons partir pour New York.

Infiniment soulagée, Claire s'était assise par terre. Elle était échevelée et épuisée. Moïse se coucha à ses pieds pendant que Lilas mordillait la manche de sa veste. Bertille se tourna vers sa cousine :

— Clairette, tu es venue me chercher ! Avec tes loups ! Oh ! je t'en prie, Bertrand, éclaire un peu que je la voie mieux.

L'avocat obéit. Le faisceau jaune dansa sur les mèches noires de Claire et son regard sombre brilla. La lumière se reflétait aussi dans les prunelles dorées de Moïse.

— Tu vas rentrer chez nous, ma princesse, déclara Bertrand en éteignant la lampe. Je te soignerai moi-même, Clara dort au Moulin cette nuit.

— Pourras-tu marcher ? demanda Claire. Où sont tes chaussures ?

— Je les ai lancées par là-bas, répondit Bertille. Aussitôt, Bertrand se leva et se mit en quête des escarpins. Claire caressa le front de Bertille.

— Il ne sait rien, chuchota-t-elle à son oreille. Je lui ai dit que c'était un malentendu, que tu discutais avec Louis derrière la cabane et que Faustine t'avait accusée à tort. Débrouille-toi, à présent. Et surtout, promets-moi de ne plus revoir ce don Juan de pacotille.

— Je te le jure, Claire, affirma Bertille en s'accrochant au cou de sa cousine. Tu es bonne, toi, tu sais pardonner. J'avais si honte que j'ai voulu mourir. Je vous avais tous perdus. Dis, tu me crois ?

— Oui, princesse, mais repose-toi, tu n'en peux plus. Tu as dû marcher longtemps pour arriver dans ce bois. Bertrand a raison : un voyage à l'étranger te fera du bien. Quand vous reviendrez, je suis certaine que Faustine t'aura pardonné.

Bertille recommença à claquer des dents, elle était livide. Dans la pénombre, Claire devinait l'altération de ses traits, les larges yeux gris de sa cousine lui parurent dilatés. Bertrand revenait.

— Pas moyen de trouver ces fichues chaussures, pesta-t-il. Je vais te porter sur mon dos, ma chérie, comme si tu étais encore une petite fille.

— Quand ton mari sera fatigué, je te porterai à mon tour, assura Claire.

Ils se mirent en chemin. Les loups, débarrassés de leur collier, furetaient entre les arbres parmi lesquels ils allaient d'une allure souple, non dénuée d'un reste de sauvagerie.

Les bras noués autour du cou de Bertrand, Bertille avait blotti sa tête contre son épaule. Elle tremblait, pleurant et riant tout à la fois.

« J'espère qu'elle ne perd pas la raison, s'inquiéta Claire. Elle m'a paru bizarre, dans un état d'égarement extrême. Mon Dieu, elle a tenté de mourir ! Je le sentais ! Pourquoi ? Qu'est-ce que j'ai de différent ? Je vois des fantômes, mes mains soulagent la douleur comme par miracle et, là, j'avais la conviction d'un danger imminent. Et il s'agissait de Bertille ! Ma Bertille ! »

Claire prenait conscience de la force intacte des liens tissés au fil des années entre sa cousine et elle.

« Je l'aime comme une sœur, une drôle de sœur, fantasque, imprévisible et tellement passionnée ! »

Bertrand refusa de confier sa frêle épouse à Claire. Ils mirent plus d'une heure à rejoindre la cabane de Jean et la voiture. Il faisait nuit noire. Ils étendirent Bertille sur la banquette arrière après l'avoir enroulée dans une couverture. Lilas grimpa dans le véhicule, mais Claire ordonna à Moïse de rentrer au Moulin. Le loup fila d'un trot rapide.

— On dirait qu'il comprend toutes vos paroles ! s'étonna l'avocat.

— Bien sûr ! répliqua-t-elle avec un sourire de lassitude. Il suffit de les dresser, de leur parler souvent. Dépêchons-nous ! Je vous aiderai à mettre Bertille au lit, elle est glacée.

Le domaine de Ponriant était plongé dans la pénombre. Seules les petites fenêtres du sous-sol, celles des cuisines et de l'office, étaient éclairées. Bertrand porta encore une fois sa femme jusqu'au hall. Claire appela la vieille gouvernante qui poussa des cris effarés.

— Mireille, il nous faut des bouillottes, un grog et du lait chaud. Faites vite, je vous prie.

— Oui ! s'affola la domestique. Madame a eu un accident ?

— Elle s'est égarée dans les bois, coupa Claire en suivant Bertrand vers le premier étage.

Bertille regarda avec surprise le cadre familier de sa chambre. Claire lui enleva tous ses vêtements et prit une chemise de nuit dans l'armoire. Bertrand l'assistait de son mieux. Ils emmitouflèrent leur malade dans un peignoir en laine et purent enfin la coucher dans le lit douillet.

Appuyée sur plusieurs oreillers, draps et couvertures la couvrant jusqu'au menton, Bertille continuait à pleurer sans bruit. L'avocat avait allumé toutes les lampes de la pièce. La clarté vive de l'électricité révéla un détail qui leur avait échappé.

— Oh ! Ses cheveux ! fit Claire, frappée de stupeur. Ils ont blanchi, là, autour du front.

Bertrand se pencha sur son épouse et examina les boucles soyeuses qui étaient déjà presque sèches.

— Vous avez raison, dit-il, surtout de ce côté, là, à gauche. Cela nous prouve combien elle a souffert ce soir.

On frappa. Mireille apportait trois bouillottes dans un panier et un plateau dans l'autre main. Claire disposa les bouteilles en grès le long du corps de sa cousine, après les avoir enveloppées d'un linge.

— C'est plus prudent, elles sont brûlantes, expliqua-t-elle à la gouvernante.

Bertrand ne quittait pas sa femme des yeux. Assis au bord du lit, il lui tenait la main. Claire avança un tabouret et, patiemment, elle fit avaler des cuillerées de grog à Bertille.

— Princesse, tu es chez toi, saine et sauve, dit-elle soudain. Parle, dis-nous quelque chose, tu ne dis plus rien ! Voyons, cesse de pleurer.

« Elle fait une crise nerveuse, songea-t-elle. Je ne peux pas soigner ce genre de choses. »

Pourtant, elle demanda à Bertrand de les laisser seules. Bertille battit des paupières pour rassurer son mari.

— Quelques minutes seulement, affirma Claire ! Vous devriez en profiter pour fumer un cigare dans le petit salon. Si vous voyez Maurice, dites-lui qu'il devra me raccompagner.

L'avocat sortit.

Claire secouait Bertille par les épaules. Elle réussit à accrocher son regard larmoyant.

— Princesse, tu vas m'écouter ! Ne te laisse pas abattre ! Pense à Clara, à Bertrand ! Tu as toujours dominé tes faiblesses et tes peurs ! Je ne supporte pas de te voir comme ça ! Je ne t'ai fait aucun reproche, moi, je ne t'ai pas blâmée. Dis quelque chose ou je te gifle !

Bertille fixa sa cousine en retenant sa respiration. Elle semblait espérer la claque promise.

— Tu peux me frapper ! rétorqua-t-elle.

Mais Claire se jeta à son cou en l'étreignant avec douceur. Ce fut à son tour de pleurer.

— Princesse, écoute ! Tu as laissé Pierre seul pour une mauvaise raison, mais cela aurait pu arriver à n'importe qui, à Thérèse, à moi, à Matthieu aussi. Ce petit est très remuant. J'avais même conseillé à Faustine de ne pas poser la moustiquaire, car cela m'inquiétait.

— Jean m'a dit des choses très dures, gémit Bertille, telles que : « Toi, tu es habituée à avoir des nurses ! » Il m'a aussi parlé de la lettre, de *sa* lettre que j'avais brûlée. Je vous ai causé tant de mal, Claire. Je devrais être punie et vous me dorlotez, Bertrand et toi. Je me retrouve dans mon lit, bien au chaud. Je sais qu'on me donnera à manger si je sonne, que l'on m'offrira du réconfort, de l'amour. J'aurais préféré mourir.

Cette fois, Claire la gifla, une tape symbolique qui manquait d'énergie.

— Ne dis pas de sottises ! Tu as une petite fille à élever et à chérir. Elle s'est assez tourmentée aujourd'hui. Princesse, pour moi, le bonheur d'un enfant est sacré ! Tu vas vivre comme avant et cesser de te lamenter.

Bertille serra les mains de Claire dans les siennes. Elle dit très vite, en surveillant la porte :

— Tu m'assures que Bertrand ne sait pas la vérité ? Lui non plus, je ne lui ai rien donné. Je me sens la femme la plus vile du monde, la plus méprisable. J'ai reçu tous les bienfaits possibles et je me conduis comme un monstre d'égoïsme.

— Chut ! fit Claire. J'entends Bertrand monter. Princesse, tu nous as comblés de cadeaux : ton rire de fée, ta beauté, ta vitalité. Et zut à la fin, tu serais le diable en jupons, je t'aimerais quand même. Profite de ce drame pour montrer à ton mari que tu tiens à lui. Je reviendrai demain matin.

Bertrand entra avec un bon sourire heureux. Mireille le suivait. Elle portait un second plateau garni de brioches et de biscuits. Une tasse fumait, le parfum du chocolat chaud embauma la chambre.

— Oh ! J'avais si faim ! s'écria Bertille en se cramponnant au poignet de son époux. Tu es mon ange gardien.

Claire s'éclipsa discrètement. Elle regarda une dernière fois sa cousine, blottie dans les bras de Bertrand.

— Surveillez-la bien, recommanda-t-elle. Je viendrai avec Clara demain matin. Nous serons là de bonne heure.

Maurice l'attendait dans le hall, affichant un air morose. En déposant Claire devant le porche du Moulin du Loup, il lui dit, d'un ton ferme :

— Je ne resterai pas au domaine, ce n'est pas joli, ce qui s'y passe. Je respecte monsieur Giraud, moi.

— Si vous le respectez, gardez votre place, Maurice. En fait, les faits et gestes de vos patrons ne vous concernent pas. Vous risquez de regretter votre paie, le logement et la bonne nourriture de Mireille.

Exaspérée, Claire le salua. Ses jambes tremblaient un peu.

« J'irai droit à ma chambre, me coucher, moi aussi, je n'en peux plus. Demain, je parlerai à Faustine, je ferai la morale à César et à Thérèse. »

Jean et Léon jouaient à la belote. Angela, son fiancé assis

près d'elle, brodait un mouchoir. Le jeune homme fumait en feuilletant un vieil almanach.

— Bonsoir ! dit Claire. Où sont les petits ?

— Ils sont couchés, répondit Jean.

— Je monte, souffla-t-elle.

Chaque marche lui demandait un effort. Les événements de la journée se brouillaient dans sa tête : les vendanges, la visite au château, le retour sinistre, et puis, la vision de Bertille étendue sur un tapis de feuilles mortes, le bas serré autour de son cou, l'obsédait.

Elle entra sur la pointe des pieds dans la chambre des enfants. Une veilleuse dispensait une luminosité ténue, un peu rosée. Clara se redressa dans son lit.

— Thérèse et Arthur dorment déjà, mais moi, je ne pouvais pas, chuchota la fillette.

Claire l'embrassa sur le front et lui chatouilla le bout du nez.

— Je reviens de Ponriant. Ta maman a pris froid, mais elle va très bien. Ton père s'occupe d'elle. Je t'emmènerai chez toi demain matin, sauf si tu veux continuer à vendanger.

— Non, je veux rester à la maison avec maman. Je n'aime plus César, ni Angela, ni Thérèse. Ils se sont moqués de moi !

— Je vais te dire un merveilleux secret, qui te consolera je pense. Tes parents et toi, vous allez faire un long voyage en bateau, et vous passerez des vacances en Amérique, à New York.

Clara se leva et s'accrocha au cou de Claire. Elle trépignait de joie.

— Je t'aime, toi, au moins, tu es gentille !

La fillette jubilait. Claire l'aida à se recoucher.

— Dors vite, maintenant, et fais de très beaux rêves. Veinarde, tu vas voir la statue de la Liberté en vrai.

Cinq minutes plus tard, Claire ôtait ses vêtements poisseux et trempés. Elle dénoua ses cheveux humides et se frictionna avec une serviette de toilette. Jean la surprit ainsi, entièrement nue.

— Tu as retrouvé Bertille ? demanda-t-il. Quand Moïse a gratté à la porte, je me suis dit que tout s'était arrangé.

— Je crois qu'elle a voulu se pendre, répondit-elle tout bas. Par chance, elle ne sait pas bien faire les nœuds coulants, mais elle s'est étranglée avec un de ses bas. Je la sentais, Jean, cette mort qui rôdait.

Il fit le geste de l'enlacer, mais elle se déroba. Dans son cœur de femme grondait une révolte dont elle ne pouvait définir la nature. Cela ressemblait à une rancœur vis-à-vis des hommes, toujours prêts à se trouver des excuses s'ils cédaient à une toquade, mais impitoyables avec leurs épouses si elles commettaient l'adultère.

Claire enfila une chemise de nuit et se glissa entre les draps. Jean s'assit au bord du lit et la regarda. Elle s'endormit sous ses yeux.

« Tu étais à bout de force, Câlinette ! pensa-t-il. Tu ne changeras jamais, toujours prête à défendre les parias, les maudits. Mais c'est comme ça que je t'aime, que nous t'aimons tous. »

Vignes de Jean, le lendemain

— Il faudra continuer demain, dit Jean à Léon. Il nous reste encore six rangs. Je n'aurais jamais cru que mes vignes produiraient tant cette année. Le vin sera bon !

Tout joyeux, il décocha une bourrade à son ami. Léon éclata de rire en désignant le pressoir.

— Le vin sera bon si on le met en tonneau, mon Jeannot, rétorqua-t-il. Dis, on respire plus à notre aise qu'hier soir à la même heure. Quelle histoire ! J'ai cru que le petiot était perdu !

— Sûr ! affirma Jean.

Matthieu approchait, son chapeau de paille à la main. Il entra dans le hangar et s'assit sur une caisse.

— Eh bien, nous étions moins nombreux, mais on a bossé dur.

Le jeune homme alluma une cigarette américaine. Il dédaignait le tabac brun à rouler.

— Comment vont Faustine et les enfants ? interrogea Jean.

— Ce matin, quand je suis parti, tout le monde se portait à merveille, mais pas moi. Je ne me remets pas de la peur que j'ai eue, elle m'obsède. C'est si fragile, la vie d'un bébé, ça ne tient qu'à un fil.

En accord avec Matthieu, Léon hocha la tête avec énergie.

Angela et Thérèse arrivaient. Claire les avait sermonnées au petit déjeuner et elles arboraient une mine boudeuse.

— Faites-moi un sourire, leur dit Jean. Je vais commencer à presser le raisin. Quand vous aurez goûté un verre de jus frais, vous danserez sur place.

— Je n'ai aucune envie de danser, déclara Angela.

Depuis la scène de la veille, la jeune fille éprouvait un chagrin lancinant. Même si, auparavant, elle soupçonnait quelque chose de louche entre Bertille et Louis de Martignac, cela demeurait des suppositions. Les accusations véhémentes de Faustine avaient dissipé ses derniers rêves. Le châtelain si beau, si séduisant, aimait la dame de Ponriant. Angela ne se faisait aucune illusion. Les couples, illégitimes ou non, couchaient ensemble. Elle avait de l'acte sexuel une idée faussée par le viol qu'elle avait subi enfant. Cependant, des bribes de conversation saisies au vol, ici et là, ainsi que les bavardages de ses camarades à l'internat de l'Ecole normale, lui avaient appris que les amoureux appréciaient ce genre de choses. Dès qu'il lui avait offert la bague de fiançailles, César s'était montré plus audacieux. Une fois, il l'avait embrassée avec trop d'ardeur en lui touchant la poitrine. Angela s'était enfuie en larmes, mais elle s'était consolée en évoquant chacune de ses rencontres avec Louis.

Désormais, elle ne pouvait plus se raccrocher à l'image idéale qu'elle se faisait du jeune châtelain. Elle le méprisait, comme s'il l'avait trahie en aimant la dame de Ponriant. Tard dans la nuit, elle avait réfléchi à son avenir et elle conclut que César serait un mari tendre et sérieux.

« Je n'ai plus le choix, de toute façon, se répétait-elle, envahie d'une mélancolie profonde. Je dois oublier Louis, il n'a aucune moralité. »

Personne, dans son entourage, même Thérèse, ne se doutait de ce qu'elle ressentait. Léon, Anita, Claire et Faustine les surnommaient, César et elle, les petits fiancés.

— Tu es bien songeuse, Angela, remarqua Jean.

— Je suis fatiguée, soupira-t-elle.

Léon et Matthieu s'étaient perchés sur une estrade calée contre l'énorme pressoir. Ils durent conjuguer leurs forces pour actionner la manivelle qui enclenchait la grosse vis. Chaque tour abaissait une lourde plaque ronde en chêne. Les grappes éclataient sous la pression, dans un chuintement incessant. Arthur accourut.

— Jean, je pourrais tourner moi aussi ? s'exclama-t-il.
— Non, tu regardes et tu ne bouges pas ! dit-il à l'enfant.

Claire n'était pas loin. Elle rejoignit son mari et observa avec intérêt le fonctionnement du pressoir. En bas de la cuve, un déversoir laissait s'écouler un liquide verdâtre et mousseux. Jean en remplit un gobelet qu'il tendit à sa femme.

— Claire, à toi l'honneur !

Elle but d'un trait. La saveur un peu âpre mais délicieusement sucrée et le goût exalté du raisin la firent rire tout bas.

— C'est un régal ! Tant qu'il n'est pas encore alcoolisé, il faudrait en distribuer aux enfants, dit-elle.
— Ne t'inquiète pas, j'en rapporterai au moins six litres, pour le repas de ce soir. Tu n'as pas changé de menu ?
— Non, je fais griller des châtaignes. Cette année, elles sont énormes, et déjà mûres.

Claire jeta un coup d'œil à Matthieu. Son frère ne lui avait pas adressé la parole de l'après-midi.

— J'espère que vous venez dîner au Moulin, Faustine et toi ? demanda-t-elle. Matthieu, je te parle !
— Je ne crois pas, Clairette. Désolé pour ton petit banquet des vendangeurs, mais ce sera sans nous.

Jean remplaça le jeune homme en lui faisant signe d'aller s'expliquer avec sa sœur.

— Matthieu, Faustine a refusé de m'ouvrir à midi. Elle m'a crié derrière la porte que je n'avais même pas pris de nouvelles de Pierre, ni hier soir ni ce matin ! dit Claire.
— Et alors ? protesta-t-il. Je la comprends, tu as préféré filer à Ponriant au chevet de ta chère cousine ! Sur ce coup, tu me déçois ! Tu prends sa défense ! Pourtant, Pierre a failli mourir à cause de « ses caprices », dirai-je, pour ne pas être grossier.

Tout bas, il articula au visage de sa sœur :
— De ses histoires de cul ! Voilà !

Angela devina le dernier mot, devint toute rouge puis sortit du hangar. Le soleil déclinait. L'étendue des vignes se dorait d'un chatoiement de feuilles jaunes et rousses. La jeune fille crut revoir la silhouette mince de Louis de Martignac.

« Hier, il était souvent près de moi, il me regardait sans arrêt.

Pourquoi n'est-il pas revenu nous aider ? Jean l'a traité de paresseux. Mais c'est à cause de cette Bertille, aussi ! »

Après une nuit pluvieuse, ils avaient eu une belle journée. Elle décida de regrouper les paniers et de les ranger à l'abri. Une voiture avançait sur le chemin, Angela reconnut la Peugeot beige et marron du jeune châtelain, et s'empressa de traverser la vigne. César avait reconduit le cheval de trait chez le vieux Vincent, qui le prêtait à Jean moyennant un tonnelet de vin.

Louis descendit du véhicule et regarda autour de lui. Il portait un costume trois pièces en velours gris et une écharpe rouge. Le vent de l'automne soulevait une petite mèche blonde qui dansait sur son front. Angela le trouva d'une beauté irrésistible.

— Bonsoir, monsieur, s'exclama-t-elle joyeusement en se plantant devant lui, les mains sur les hanches, dans une attitude mi-provocante, mi-enfantine.

Tous ses griefs et bonnes résolutions s'étaient évanouis. Bertille était l'unique fautive, une femme mûre, mariée, qui avait corrompu un jeune poète sensible.

Louis fixait le banc où il avait annoncé à sa maîtresse son intention de rompre. Au même endroit, Faustine l'avait désigné comme l'amant officiel de Bertille.

— Bonsoir, mademoiselle, maugréa-t-il. Jean a-t-il pu terminer ses vendanges ?

— Il lui reste six rangs, répliqua-t-elle. Nous travaillerons encore demain, venez, si vous voulez.

— Sans façon ! J'ai été assez humilié hier. Savez-vous où se trouve Claire ?

Angela se sentit transparente, Louis évitait de la regarder et, affreusement vexée, elle se tourna vers le hangar. En tablier, et longue robe démodée d'un brun terne, Claire marchait vers eux. La sobriété rustique de sa toilette servait d'écrin à son visage au teint doré, à ses yeux de velours noir.

— Laisse-nous seuls, Angela, ordonna-t-elle. Va donc aider à mettre du vin en bouteille pour le repas.

Louis recula un peu. Claire Dumont semblait être l'incarnation de la vengeance divine. Il la suivit jusqu'à la cabane.

— Entrez ! dit-elle.

Le jeune châtelain s'assit au bord du lit étroit. Il n'en menait pas large, comme aurait dit Léon.

— Vous avez un sacré toupet de revenir ici ! s'écria Claire. Vous n'avez pas fait assez de dégâts ! Pendant plus de trois ans, je ne me suis pas mêlée des affaires de ma cousine. Bertrand restait dans l'ignorance de son infortune et Clara n'en souffrait pas. Mais je me doutais qu'un jour cela finirait mal.

Louis baissa la tête et paraissait prêt à pleurer. Personne ne lui avait jamais parlé aussi durement. Edmée lui passait tous ses caprices.

— Vous n'êtes qu'un enfant gâté ! ajouta Claire comme si elle lisait dans ses pensées. Il vous fallait Faustine, ensuite Bertille. Ma cousine a voulu mourir, tant elle avait honte. Je crois aussi qu'elle était désespérée. Que s'est-il passé ?

— Ma chère Claire, je me sens coupable également, je vous assure. Hier, j'ai signifié à Bertille ma volonté de la quitter. J'étais las de cette relation qui ne pouvait, en aucun cas, amener à une union respectable. J'avais discuté de choses et d'autres avec maître Giraud, et le remords m'accablait. Mais Bertille n'a pas accepté ma décision, elle a vraiment perdu l'esprit, on aurait dit une folle.

Claire se précipita vers le jeune homme et le secoua par le col de sa veste.

— Laissez tomber vos « chère Claire » et vos « maître Giraud », espèce d'hypocrite ! C'est vous, le vrai responsable ! Il fallait attendre une autre circonstance pour rompre avec Bertille. Mais vous n'en faites qu'à votre idée, sans vous soucier de gâcher une journée en famille, qui devait se dérouler dans la joie et la bonne humeur. Ma cousine vous aimait ! Je comprends mieux pourquoi elle a abandonné Pierre dans son landau et, à sa place, j'aurais peut-être commis la même erreur ! Je vous préviens, ne l'approchez plus ! Elle n'éprouve plus rien pour vous et je m'en réjouis.

Louis respirait mal. Il se releva et tourna en rond dans l'espace réduit. Il semblait sincèrement bouleversé.

— Claire, vous avez raison. J'ai eu tort de tomber amoureux de Bertille. J'ai gâché sa vie et la mienne. En fait, je suis venu pour avoir de ses nouvelles. Vraiment, elle a voulu mourir ? Pourquoi ? Parce que Bertrand sait la vérité, à présent, c'est ça ? Que va-t-elle devenir s'il exige le divorce ? Et la petite Clara ?

— Il serait temps de vous en inquiéter. Rien de tout cela ne vous dérangeait, avant ! Soyez sans crainte, vous vous en tirez bien ! Bertrand n'est pas au courant, j'ai pu atténuer les propos de ma fille. Il a eu si peur de perdre sa femme qu'il sera sourd à tous les ragots. Ils vont partir pour New York en paquebot pour de très longues vacances loin d'ici.

— Très bien, très bien ! déclara Louis, incapable de cacher son soulagement.

Il ajouta, effaré par une évidence qui le frappait soudain :

— Alors, la rupture est définitive. En me réveillant, ce matin, j'ai déploré mon coup de tête, Bertille n'est pas une femme que l'on oublie en un jour ni en une semaine. Je l'ai vraiment adorée et elle m'a donné beaucoup de bonheur.

C'était plus que Claire n'en pouvait entendre.

— Louis, je vous prie de sortir de cette cabane et de disparaître de ma vue. Bertille ne doit pas vous revoir avant longtemps. Et, une dernière chose, cessez de faire le joli cœur avec Angela. C'est une jeune fille très sensible, trop rêveuse. Elle va enseigner et je tiens à la protéger des hommes comme vous. Je ne suis pas tranquille de la savoir nommée à Torsac, à deux pas de votre château.

Louis de Martignac eut un geste d'incompréhension.

— Comment pouvez-vous supposer une pareille chose ? balbutia-t-il. Ce n'est qu'une enfant à mes yeux. Tout ceci devient ridicule, je ne suis pas un coureur de jupons ! Au revoir, Claire.

Il sortit. Peu de temps après, Claire perçut le ronronnement du moteur de la Peugeot. Elle s'efforça de reprendre son calme.

— Qu'il aille au diable ! jura-t-elle.

Une heure plus tard, Claire frappait chez Faustine. Thérèse s'éloignait sur le chemin des Falaises en compagnie de César, Angela et Arthur. Les hommes continuaient à mettre le vin de presse en tonneaux.

« Faites qu'elle me réponde ! » songea Claire dans une prière muette.

Des bruits résonnaient dans la maison. Elle entendait le rire de la petite Isabelle et les cris aigus de Pierre. Elle frappa plus fort à la porte en appelant sa fille. Enfin le loquet grinça, Faustine apparut, pâle et farouche.

— Maman ! ironisa la jeune femme. Tu n'es pas au domaine, au chevet de ta chère cousine ?

Claire bouscula Faustine et entra. Le bébé hurlait à l'étage.

— Pourquoi pleure-t-il si fort ? demanda-t-elle.

— Il a dû faire un cauchemar, répondit sèchement la jeune mère, ou bien il met de nouvelles dents. Maman, je n'ai pas envie de discuter de quoi que ce soit avec toi, papa m'a raconté l'essentiel. Bertille est en sécurité, tout est rentré dans l'ordre, mais tu ne peux pas m'empêcher d'être furieuse.

Claire monta précipitamment l'escalier. Elle prit le bébé dans son lit-cage.

— Là, mon tout petit, là ! Tu n'es pas seul, n'aie pas peur !

Elle n'avait pas vu l'enfant depuis l'accident, Pierre lui rappelait Matthieu au même âge. Un visage un peu ingrat qui promettait pourtant d'être beau quand il deviendrait un homme. Elle le couvrit de baisers très légers. Le bébé éclata de rire.

— Viens, nous allons passer un peu de temps ensemble, avec ta maman et ta sœur.

Elle descendit en chuchotant des douceurs au bébé. Faustine lança un coup d'œil agacé à sa mère.

— C'est l'heure de sa sieste. Il ne fallait pas le relever. De quoi te mêles-tu ?

Claire s'installa dans un fauteuil en asseyant Pierre sur ses genoux. Elle dévisagea Faustine d'un air surpris.

— Les bébés qui pleurent aussi fort peuvent faire une crise de convulsions et s'étouffer, expliqua-t-elle. Dans six mois, Pierre pourra escalader la rambarde de son lit et basculer en avant, comme l'a fait Matthieu une fois. J'étais seule avec lui, et j'ai cru qu'il s'était brisé le crâne. Personne ne m'a réconfortée, et pourtant j'avais eu très peur. Enfin, c'était il y a longtemps. Ton petit Pierre est très remuant. Isabelle était si sage que tu n'as pas encore l'habitude d'un nourrisson plus actif, plus intrépide. Il faut être très vigilant si on veut éviter les accidents.

Faustine faillit lâcher la tasse qu'elle tenait entre ses doigts.

— Bientôt, ce sera ma faute s'il s'est étranglé hier avec le voile en tulle ! s'écria la jeune femme. J'avais confiance en Bertille et elle a trahi cette confiance pour se jeter dans les bras de son amant. Comment oses-tu la défendre ?

— Je me contente de ne pas la juger sans réfléchir. Tu as eu tort de révéler sa liaison devant toute la famille. Oui, tu as eu tort de l'insulter. Faustine, écoute-moi ! Si tu avais demandé à Thérèse de garder Pierre et qu'elle ait commis la même erreur ? Ou bien Angela ou Anita ? Est-ce que tu les aurais traitées ainsi ? Je sais que non. Tu leur aurais fait des reproches, rien d'autre. La coupable se serait justifiée, en implorant ton pardon et, une fois rassurée, tu aurais pardonné. Réfléchis bien à ce que je viens de te dire. J'ai vu Louis tout à l'heure. Hier, quand l'accident est arrivé, il venait de rompre avec Bertille. Leur amour était un adultère, à tes yeux et aux miens, mais c'était un amour quand même. Bertille a perdu la tête, elle s'est affolée. Si Matthieu te quittait sans raison valable, si tu te rendais compte qu'il en a assez de toi, comment réagirais-tu ?

Faustine tourna le dos à Claire puis regarda par la fenêtre. Une multitude de feuilles mortes virevoltaient, dans une dernière danse, avant de recouvrir le chemin.

— Maman, on ne peut pas comparer notre couple, à Matthieu et à moi, avec le leur !

Un mépris proche de la haine vibra dans le dernier mot. Claire contempla Pierre qui s'était endormi dans ses bras pendant qu'elle le berçait.

— Tu es bien hargneuse, Faustine ! J'ai l'impression que je parle à une sourde. Reprends ton fils, je préfère m'en aller. Je croyais que tu aimais Bertille, du moins que tu l'aimais suffisamment pour avoir pitié d'elle. Bertrand lui a promis un voyage en Amérique, ils passeront Noël à New York.

— Je m'en moque ! Je me forçais à être aimable avec elle, car je désapprouvais sa relation avec Louis. C'était indécent, surtout à son âge, elle me dégoûtait !

— N'oublie pas que Bertille t'a toujours soutenue. Si tu l'avais vue étendue près des rochers, le bas serré autour du cou, si pâle, si fragile, trempée, les jambes nues !

Claire se leva le plus doucement possible. Faustine prit son bébé et le serra contre son cœur. Elle commença à monter l'escalier sans répondre à sa mère.

— Viens, Isabelle ! J'ai du linge à ranger. Grand-mère doit rentrer au Moulin.

Faustine ne vit pas les larmes de Claire qui partit sans espoir de réconciliation.

Le repas des vendanges s'annonçait assez joyeux malgré les absents. D'abord morose, Jean retrouva tout son entrain après plusieurs verres de vin de presse, acidulé et sucré. Léon avait allumé un bon feu dans la cheminée, qui servait rarement en cette saison. Dès qu'il y eut assez de braises, Anita jeta, dans une poêle percée de trous, les châtaignes fendues d'un coup de couteau. Les fruits exhalaient une senteur de sous-bois.

Angela était entourée par César et Paul. Thérèse faisait sauter Janine sur ses genoux pendant que Claire surveillait la cuisson du civet de lièvre.

« Finalement, songea-t-elle, si Louis n'avait pas rompu avec Bertille, elle aurait vite retiré la moustiquaire, et Pierre ne se serait pas étouffé. Nous serions tous réunis, Bertrand, Clara, ma princesse, mon frère, Faustine et les petits. Louis aurait été invité. Mais le sort en a décidé autrement. Maintenant, Bertille est libérée de cette passion malsaine. Clara ne souffrira pas. Tant pis si je suis privée de ma fille, de ma mignonne Isabelle et de Pierre ! Tant pis ! »

Anita vida la poêlée de châtaignes au creux d'un plat posé au milieu de la table. Chacun en attrapa une et la fit sauter d'une main dans l'autre, car elles étaient brûlantes.

— Il n'y a rien de meilleur, remarqua Léon la bouche pleine. Jean, sers-moi donc de ton futur vin !

— Quand la fermentation commencera, d'ici deux semaines, ce sera de la piquette, répliqua celui-ci. Mon régal ! Un peu de pétillant et moins de sucre. Mais l'été prochain, j'aurai un cru de qualité : le cru Jean Dumont !

La porte s'ouvrit. Moïse poussa un grognement qui se mua en un bref hurlement amical. Matthieu entrait, portant son fils enveloppé d'un châle en laine. Faustine apparut à son tour, Isabelle lui tenant la main. La petite fille s'échappa et courut vers Claire.

— Grand-mère, je veux manger des châtaignes.

— Ma poupée, comme je suis contente !

Elle souleva l'enfant et l'embrassa. Jean donna l'accolade à Matthieu.

— Viens t'asseoir, tu nous manquais, mon garçon. Anita

s'empressa de distribuer des verres et des assiettes aux retardataires. Faustine s'installa près de son père.

— Tu me fais bien plaisir, ma chérie, confessa-t-il.

— Isabelle vous réclamait, Claire et toi, avoua-t-elle. Et Matthieu avait tellement travaillé ! Je ne voulais pas le priver de ce repas avec vous tous.

Claire reprit espoir. Faustine demeurait grave et boudeuse, mais elle était là. Les rires des enfants et les plaisanteries de Léon détendirent vite l'atmosphère. Après le dessert, un clafoutis aux raisins et des flans au chocolat, Paul, Jean et César jouèrent de l'harmonica. C'était un instrument de musique peu encombrant que bien des hommes affectionnaient. Sur un air de polka, Janine et Isabelle se mirent à danser en faisant le tour de la table. Anita frappait des mains en cadence.

Faustine esquissa un sourire attendri. Elle n'était pas de taille à lutter contre le charme mystérieux qui sourdait des murs séculaires du Moulin. Assise au coin de l'âtre, Moïse couché à ses pieds, Claire l'observait.

« Bientôt, la paix reviendra ! se disait-elle. Nous connaîtrons d'autres peurs, d'autres chagrins, mais aussi beaucoup de bonheurs et de joies. La vie est ainsi faite. »

Domaine de Ponriant, quinze jours plus tard

Bertille contemplait les boucles d'un blond très pâle qui jonchaient le parquet de sa chambre. Avec un sourire amer, elle passa les doigts sur sa tête qui lui parut toute petite et légère. Son miroir lui renvoyait une image déconcertante.

Elle venait de couper ses cheveux très court. Bertrand entra sans frapper, la mine réjouie.

— Ma princesse, nous avons reçu les billets pour le bateau... mais... ?

Sa voix mourut sur ses lèvres. Il considérait sa femme avec stupeur.

— Mais, qu'as-tu fait, Bertille ?

Il traversa la pièce et la prit par les épaules. De minuscules frisettes auréolaient le fin visage de son épouse, devenu d'une pâleur de craie.

— Tu as l'air d'une adolescente. Mon Dieu, que cela te change ! Mais enfin, quelle idée ! Le jour de notre départ !

— Je devais expier ! rétorqua-t-elle.

— Ma chérie, tu n'avais pas besoin de te punir. Tu as bien assez souffert.

Il l'attira dans ses bras et couvrit son front de baisers. Les coups de ciseaux n'avaient pas pu effacer la teinte d'un blanc pur qui tranchait sur la blondeur pourtant extrême de Bertille.

— Tu es toujours aussi belle, lui avoua-t-il à l'oreille. Et puis, ça repoussera. Ma princesse, j'ai hâte d'être dans le train. J'ai envoyé un télégramme à Corentine. Elle est heureuse de nous héberger quelques jours. Nous ferons mieux connaissance avec son petit Samuel. Tu verras, à Paris, nous irons au cinématographe et au théâtre. J'ai promis à Clara d'aller au jardin d'acclimatation du Bois de Boulogne.

Bertille écoutait son mari en souriant, blottie contre lui.

— Il y a si longtemps que je rêvais de visiter Paris ! dit-elle.

— Et moi, je ne pensais jamais à te proposer des voyages ! soupira l'avocat. J'amassais le plus d'argent possible, je le plaçais, et nous ne profitions pas de notre richesse. Maintenant je vais vous choyer, Clara et toi, je vais vous gâter. Tiens, à Paris, je t'offrirai de nouvelles toilettes. Nous irons chez Chanel, cette couturière dont tu apprécies tant les créations. Ensuite, direction Le Havre, où l'embarquement est prévu pour le 26 octobre.

Malade de remords, Bertille mit un doigt sur les lèvres de Bertrand :

— Tu as toujours agi au mieux pour notre intérêt, tu es le meilleur des hommes. Pardonne-moi !

— Te pardonner quoi ? s'écria-t-il.

— Tu le sais bien ! Ces dernières années, nous avons fait chambre à part. C'était cruel de t'imposer ça.

— Mais non, déclara-t-il, d'abord, je ronfle, et puis, tu souffrais d'incommodités. N'en parlons plus. Cette nuit, j'ai eu le bonheur de te retrouver, toute douce, toute câline. Tu devrais t'habiller, à présent. Maurice a chargé nos bagages et nos malles sont déjà parties.

Bertille se poudra un peu, mais elle ne farda pas ses yeux.

« Je me suis bien assez maquillée pour plaire à Louis. Je

craignais sans cesse de paraître fatiguée. La moindre ride me hantait. Que j'étais sotte ! »

Il lui arrivait de penser à son amant. C'étaient comme des visions furtives : sa bouche sensuelle, ses belles dents blanches, son torse lisse à la musculature déliée. Mais elle chassait ces souvenirs en secouant la tête, à la manière d'une jument qui voudrait se débarrasser d'une nuée de mouches.

« Je ne l'aime vraiment plus, se disait-elle alors. Je crois même que je ne l'aimais pas vraiment. C'était une passion charnelle, une sorte de folie qui nous a pris. Parfois, quand nous restions ensemble plusieurs heures, je commençais à m'ennuyer. J'ai de la chance, Bertrand n'a rien su ni rien compris. Nous sommes heureux comme avant. »

Son mari l'embrassa au creux de la nuque, que la masse soyeuse des cheveux dissimulait le plus souvent. Le parfum de sa femme le grisa. Ses doigts froissèrent un peu le satin du déshabillé mauve.

— Je t'aime toujours aussi fort après toutes ces années ! Nous serons bien, sur le paquebot, nous avons notre cabine personnelle. Clara partage la sienne avec la nurse et Félicien. Ma princesse, je suis heureux comme un enfant. Traverser l'océan Atlantique à tes côtés, paresser sur le pont : ce sera un peu notre voyage de noces à retardement !

Bertille éclata d'un petit rire ému. Leur mariage s'était déroulé dans l'intimité à la mairie de Puymoyen, en 1915. Ils avaient dîné en tête-à-tête et leur lune de miel s'était abritée sous le toit du domaine.

— Mieux vaut tard que jamais ! Bertrand, et si notre bateau coulait ? Tu te souviens du *Titanic* ? Il était réputé insubmersible ; pourtant, il a sombré en quelques heures. C'était avant la guerre, en 1912. J'ai lu le récit du naufrage, les gens mouraient de froid dans les eaux glacées.

Bertrand la fit taire d'un baiser.

— Cela ne se reproduira pas, ma princesse. Je t'en prie, habille-toi, sinon nous manquerons le train.

Bertille lui apparut en culotte et chemisette à bretelles. Il put constater à quel point elle avait maigri, les os pointaient sous la peau laiteuse.

— Tu n'as rien mangé depuis quinze jours. Il faudra te

remplumer, mon trésor ! J'ai failli te perdre, mais Dieu merci, tu es là !

La gorge nouée par l'émotion, il la revoyait évanouie dans le bois ténébreux, le bas noué autour du cou, Bertrand la souleva et la fit tournoyer comme une fillette.

— Pose-moi ! hurla-t-elle, tu me donnes le vertige. Toi qui étais pressé, tu m'empêches de me préparer.

A peine sur le parquet, elle se précipita vers l'armoire. Elle demanda à son mari de fermer les yeux.

— Je te dirai de les ouvrir quand je serai prête.

Amusé, il attendit. Ce ne fut pas long. Elle poussa un petit cri :
— Regarde !

Elle portait un costume typiquement masculin, pantalon et veste en drap noir, sur une chemise de soie grise. Les vêtements étaient cependant coupés pour un corps féminin, soulignant la poitrine et la taille.

— Mon Dieu ! soupira-t-il. Je vais voyager en compagnie d'une garçonne. Bertille, tu es sûre de garder cette tenue ?

— Oh oui ! affirma-t-elle. C'est la dernière mode, à Paris, les cheveux très courts aussi. Quitte à expier, autant le faire en suivant la mode !

Bertille souriait avec un air de défi. Bertrand estima qu'elle était en voie de guérison.

Au rez-de-chaussée, Clara s'impatientait. La fillette était tout excitée à l'idée du grand voyage qu'elle allait faire avec ses parents. Cela la rassurait de s'éloigner de Ponriant et de la vallée. Elle n'avait pas revu Faustine, ni Thérèse ni César. Seul Arthur lui manquerait : c'était son ami.

La nurse, en tailleur brun à longue jupe, s'occupait de Félicien. Agé de trois ans et demi, le petit-fils de Bertrand la considérait comme sa mère. Blotti sur ses genoux, il grignotait un biscuit. Mireille allait et venait dans le salon, un mouchoir à la main.

— Je vais me sentir bien seule, sans vous tous, gémissait la vieille gouvernante en retenant ses larmes. En plus, monsieur prétend que vous serez absents pendant six mois peut-être. Six mois !

— Je t'enverrai des cartes postales, Mireille, assura Clara. Et comme avec nous, tu as beaucoup travaillé, tu pourras te reposer pendant notre absence.

Mireille éclata en sanglots. La gentillesse de sa petite demoiselle la bouleversait.

— Je m'en moque, moi, d'avoir de l'ouvrage, marmonna-t-elle.

— Ne pleure pas, supplia Clara.

Elle se leva et se jeta dans les bras de Mireille.

— Moi, je préfère m'en aller, expliqua tout bas la fillette. Papa et maman sont tout contents. Ne pleure pas, allez !

La vieille femme se moucha et trouva le courage de plaisanter :

— Si vous pouviez me poster un cliché de la tour Eiffel, mademoiselle Clara, je l'accrocherais près de mon lit et je penserais à vous tous les soirs.

— C'est promis, Mireille, dit Clara.

Bertille entra dans la pièce au même moment. La nurse retint une exclamation de stupeur et Mireille en resta bouche bée. Elles avaient cru toutes les deux qu'un inconnu se présentait au domaine.

— Maman, que tu es chic ! s'extasia la fillette. Tu es bien plus belle comme ça, ta tête paraît toute petite.

Bertille prit cela pour un compliment. Elle avait l'impression d'être une autre femme, neuve et sereine.

— En route, ma chérie, dit-elle, Paris nous attend. Et nous passerons Noël à New York ! Ce sera magnifique !

Clara trépigna de joie. Comme son père s'approchait, elle lui prit la main, saisit celle de Bertille et les embrassa à tour de rôle.

— Je suis si heureuse que je pourrais m'envoler ! s'écria-t-elle. Vite, partons, vite, vite, mes parents chéris !

Moulin du Loup, même jour

Claire brossait son vieux cheval. Sirius mourrait bientôt, elle le pressentait. Noble rejeton des anciennes écuries de Ponriant, c'était un animal de sang, plus fragile que ses robustes congénères destinés à tirer les tombereaux ou les charrues.

— Tu vas bientôt me quitter, toi aussi, soupira-t-elle en flattant son encolure. Tu rejoindras Roquette au paradis des chevaux.

Elle n'aurait jamais parlé ainsi devant témoins. Son attachement aux bêtes qui partageaient son existence n'était pourtant un secret pour personne.

— Nous en avons vécu, des choses, tous les deux, dit-elle encore à Sirius qui semblait l'écouter attentivement.

Des images défilaient dans son esprit. Les folles galopades dans la forêt s'étendant au sud de la vallée, aux côtés de son premier mari Frédéric, qui chevauchait un étalon à la robe mordorée !

— Je portais une amazone à cette époque. Tu étais rebelle, toi aussi et Frédéric te frappait, te blessait les flancs à coups d'éperon. Mais dès que j'ai pu te monter, tu es devenu docile. Comme le monde a changé ! Tous les gens du pays se déplaçaient en calèche ; maintenant ils le font en voiture.

Claire posa sa joue contre l'épaule du cheval. Elle se revoyait fuyant le domaine, après le suicide de Frédéric.

« J'avais sellé Sirius en toute hâte et je trottais sur le chemin des Falaises. Matthieu était perché devant moi, je le tenais bien fort. Je rentrais au Moulin, près de mon père. J'éprouvais un tel soulagement de quitter Ponriant. Adélaïde des Riants m'avait humiliée en réclamant ma bague de fiançailles. »

Moïse s'aventura dans l'écurie. Le loup la cherchait. Il rôda près de la stalle avant de se coucher, l'air satisfait.

— Tu t'ennuies, toi, quand notre Arthur est à l'école.

Elle lutta pour ne pas céder à la nostalgie. Moïse lui rappelait Sauvageon, son compagnon de plusieurs années.

« Les animaux vivent moins longtemps que nous, observat-elle. Ma noire Roquette s'est éteinte peu de jours avant que j'épouse Jean. Loupiote est morte dans son sommeil, alors que j'étais au château de Torsac. »

Elle veillait à nourrir soigneusement chevaux, loups, chèvres et lapins. Sirius, dont la dentition se gâtait, avait droit à une bouillie composée de flocons d'orge, de son et de pommes râpées. Même les canards destinés à finir rôtis ou en confits se délectaient, avant cela, de bonnes rations de son et d'orties hachées menu. Grâce à sa science des plantes, Claire avait réussi à prolonger l'existence de Sauvageon.

— Mais je n'ai aucun remède contre les balles des chasseurs et des braconniers, déclara-t-elle soudain à voix haute.

Son chien Moïse avait été tué lors d'une battue par Frédéric Giraud. Tristan, le loup de Faustine, avait subi le même sort. En songeant à sa fille, Claire s'interrogea sur l'heure qu'il était.

« J'espère qu'elle fera un geste ! » songea-t-elle.

La veille, Claire avait dîné à Ponriant pour passer la soirée auprès de Bertille. Bertrand, transfiguré, rajeuni, lui avait offert le champagne.

— Pendant notre absence, je vous confie l'institution Marianne et le domaine, avait-il déclaré au dessert. Je vous demande juste de veiller au grain, comme on dit. J'ai donné des ordres. S'il y a un problème, vous serez la seule habilitée à le résoudre. Cela dit, je pense que Maurice s'en tirera très bien. Il s'est engagé à prendre ses repas avec Mireille et à s'occuper de Lilas. La louve dispose d'un enclos, je ne veux pas qu'elle erre.

Tout était organisé. Bertille câlinait Clara qui lui témoignait une tendresse exubérante. Claire avait savouré sa victoire. La famille n'avait pas volé en éclats et la fillette au regard plein de gravité n'avait pas souffert, ou si peu. Mais au moment de la séparation, Bertille s'était jetée dans les bras de sa cousine.

— Je suis vraiment heureuse de découvrir Paris et New York, avait-elle confié à Claire. Hélas, je pars avec une épine dans le cœur. Faustine me déteste à présent.

— Je suis sûre qu'à ton retour, dans six mois, elle t'aura pardonné.

— Et si je ne revenais pas ! Sait-on ce qui peut arriver ? Clairette, redis-lui comme j'ai honte, comme je m'en veux.

Le visage pathétique de Bertille s'imposa à Claire. Elle quitta l'écurie et courut vers le logis du Moulin. La grande horloge sonna trois coups sonores.

« Leur train part dans moins de deux heures, pensa-t-elle. Ils sont sûrement en route. »

A l'aube, elle avait mis un court message sous la porte de Faustine.

Aujourd'hui, Bertille s'en va pour de longs mois. Ce serait gentil de lui dire au revoir.

— Au moins, j'aurai essayé, dit-elle à voix basse, son regard sombre rivé à une photographie qui, dans un cadre ovale, trônait sur un buffet.

Le cliché montrait Faustine et Bertille devant l'église du bourg, le jour du baptême d'Isabelle. Se tenant par la taille, elles souriaient. Matthieu, en arrière-plan, portait le bébé dans sa magnifique robe en dentelle blanche.

Claire poussa un soupir de perplexité.

Faustine, elle aussi, avait regardé l'heure sur sa pendulette avant de partir en promenade avec ses enfants. Il faisait un beau temps froid et ensoleillé. La jeune femme s'était arrêtée près du pont. En manteau rouge et bonnet assorti, Isabelle dansait d'un pied sur l'autre. Pierre dormait dans le landau.

« Ils sont déjà passés, peut-être, déplora Faustine. Je n'entends aucun bruit de moteur. Et puis tant pis, si je les ai manqués, ce n'est pas très grave. »

Elle était déchirée entre sa générosité naturelle, sa nature tendre encline au pardon, et la rancœur tenace qui l'oppressait depuis deux semaines. Le message de sa mère adoptive l'avait d'abord irritée. Après avoir beaucoup réfléchi, la jeune femme s'était dirigée vers le pont, à hauteur du carrefour.

« De toute façon, je voulais que les petits prennent l'air, ils auront meilleur appétit pour le goûter », se dit-elle.

Isabelle s'éloigna en riant. Elle poursuivait une bergeronnette qui sautillait sur le chemin. L'oiseau s'envola.

— Reviens, Isabelle, cria Faustine. Nous allons bientôt rentrer.

La petite fille obéit et vint se blottir dans la jupe de sa mère. Une voiture descendait la route du domaine. La luxueuse automobile roulait lentement.

« Ce sont eux », remarqua Faustine.

Elle s'interrogeait. Quelle attitude adopter ? Que dire ? Il lui sembla que le véhicule mettait d'interminables minutes à atteindre l'endroit où elle se trouvait. Maurice conduisait. Bertrand était assis à l'avant. Il tapota le bras de son employé qui freina et s'arrêta juste devant la jeune femme. Celle-ci aperçut Bertille et Clara sur la banquette arrière.

Maurice baissa la vitre en saluant. L'avocat souleva son chapeau. Il paraissait inquiet.

— Je suis venue vous souhaiter bon voyage, articula péniblement Faustine.

Clara détourna la tête. La fillette appréhendait un ultime drame qui gâcherait leur départ. Bertille descendit de la voiture. D'un pas hésitant, elle contourna le capot et s'approcha du parapet. Les deux femmes se regardèrent en silence. Isabelle secoua le poignet de Bertille.

— T'as plus de cheveux ! s'écria la petite.

Faustine l'avait constaté et avait remarqué aussi les boucles très courtes et le costume masculin. L'aspect de Bertille la troublait. Mais cela passa très vite au second plan. Elle fixait les frisettes d'un blanc pur, au-dessus du front de la dame de Ponriant, maigre et blême. Colère et amertume refluèrent devant cette marque évidente d'une terrible frayeur, d'un profond chagrin.

Bertille baissa ses larges prunelles grises. Elle avait eu un faux espoir. Faustine était là par hasard et ne lui parlerait pas.

— Tantine, fit la voix adoucie de la jeune femme. Je voulais te dire au revoir.

Le « tantine » vrilla le cœur meurtri de Bertille. Des larmes roulèrent sur ses joues. Faustine pensa que la fée blonde qui avait enchanté son enfance avait disparu pour de bon. Elle n'avait en face d'elle qu'une petite personne émaciée, que l'on aurait crue prête à se briser au moindre souffle.

— Tu m'as appelée tantine ! balbutia Bertille. Merci, ma chérie. Je t'aime si fort, Faustine, un jour peut-être tu me pardonneras.

— C'est bon, je te pardonne, viens m'embrasser.

Elles se serrèrent l'une contre l'autre. Faustine se dégagea la première et conduisit Bertille jusqu'au landau. Pierre s'était réveillé. Il essayait de s'asseoir en roulant des yeux gris-brun, pétillants de curiosité.

— Il est dégourdi, dit la jeune mère, un futur casse-cou. Embrasse le tantine, et Isabelle aussi.

Bertrand donna un coup de klaxon. Maurice cria :

— Il ne faut pas manquer votre train, madame. Bertille étreignit les mains de Faustine. Elle souriait, éperdue de gratitude.

— Merci d'être venue. Si tu savais à quel point j'avais envie de te voir, de voir les enfants. Maintenant, je peux affronter l'Amérique le cœur en paix.

— Bon voyage, tantine, s'étrangla Faustine.

Bertille s'installa près de Clara. La fillette éprouva un vif soulagement. Sa mère avait un beau sourire joyeux. Du coup, elle agita la main derrière la vitre. Isabelle lui répondit en envoyant des baisers.

Faustine suivit l'automobile des yeux. Elle se sentait apaisée. C'était bon de pardonner, bien meilleur que de ressasser des griefs stériles.

— Maman sera contente, dit-elle très bas. Isabelle, cela te ferait plaisir de rendre visite à grand-mère ? Nous goûterons au Moulin. Tu pourras jouer avec Janine.

Isabelle répondit d'un rire cristallin. Elle gambada devant sa mère qui poussait le landau. Faustine crut entendre l'écho d'un galop.

— Mais c'est Junon ! s'étonna-t-elle en voyant la massive silhouette de sa jument, à la robe d'un brun sombre, disparaître au détour du chemin. Il y a quelqu'un dessus !

La jeune femme pressa le pas. Depuis son mariage, elle ne montait plus à cheval et le regrettait souvent. Junon tenait compagnie au vieux Sirius, au pré ou à l'écurie.

— Qui a osé la seller et la sortir ? Un bon cavalier en tout cas !

Faustine imagina le pire. Un individu sans scrupules avait volé sa jument. Il comptait l'emmener loin du Moulin en prenant la direction de Puymoyen ou de Chamoulard, mais il avait fait demi-tour pour éviter de la croiser.

Elle franchit le porche du Moulin. Tout était tranquille. Matthieu l'avait vue depuis la fenêtre ouverte de l'imprimerie Roy-Dumont, comme le spécifiait la pancarte en bois, où Angela avait peint en lettres bleu foncé le nom des deux associés de l'entreprise.

Le jeune homme sortit en s'essuyant les mains à son tablier, du même geste rapide que son père Colin, jadis.

— Qu'est-ce qui se passe ? lui demanda-t-il. Tu as l'air affolée.

— Je crois qu'on nous a volé Junon ! Je t'en supplie, Matthieu, prends ta voiture. Il faudrait suivre les traces de la jument.

Léon s'était improvisé typographe. Il sortit à son tour, vêtu d'une large blouse bleue maculée d'encre. Un drôle de sourire sur les lèvres, il cria à Faustine :

— Moi, je parie que ta jument, elle est dans l'écurie. Pardi, il y a d'autres gens dans le coin qui ont des canassons !

Elle haussa les épaules. Matthieu la regardait bizarrement.

— Surveille les enfants deux minutes, je veux en avoir le cœur net ! déclara-t-elle. J'ai l'impression que Léon et toi vous en savez plus long que moi.

Faustine courut jusqu'au bâtiment. Elle se glissa à l'intérieur et vit aussitôt la belle tête de Junon, attachée dans sa stalle. Claire lui donnait du foin.

— Maman ! Qu'est-ce que tu fais là ?

— Eh bien, je nourris nos chevaux, comme tous les jours.

Claire semblait se cacher derrière la jument. Faustine avança pour palper les flancs et l'encolure de l'animal.

— Elle est moite, elle a galopé !

La jeune femme constata aussi que sa mère était en pantalon de toile et en bottes. La selle anglaise provenant des écuries de Ponriant était posée sur le rebord du râtelier.

— Maman, c'était toi ! Tu l'as montée ? Ah ! Je comprends. Tu voulais savoir si j'irais jusqu'au carrefour dire au revoir à Bertille.

— En effet ! répondit Claire. Mais c'était une sorte de hasard. Cet après-midi, j'ai passé un bon moment ici, près de Sirius. Faustine, je sens qu'il va nous quitter. Junon m'observait, elle hennissait souvent, très doucement, comme si elle voulait me consoler. J'ai eu l'idée de la seller pour la sortir un peu. Elle est en pleine jeunesse, les balades lui manquent. Bref, j'ai décidé de lui donner de l'exercice. Tu sais que je n'aime pas les bicyclettes !

— Tantine m'a paru très affaiblie ; elle avait une mine affreuse, répliqua Faustine. Je lui ai pardonné. Mais ce n'était pas la peine de jouer les espions, maman.

Claire regarda sa fille et marmonna des excuses. Faustine lui trouva un air très jeune, avec sa chemise en cotonnade rose, ses deux tresses d'un brun intense et sa minceur vigoureuse.

— Je suis fière de t'avoir pour mère, dit-elle soudain, la gorge nouée par une vague envie de pleurer. Tu avais raison, j'ai été injuste avec tantine. C'est fini, tout ça. Quand je pense que tu t'es enfuie au grand galop ! Eh bien, puisque tu as besoin d'un cheval, je te donne Junon. Tu t'en occupes depuis la naissance d'Isabelle, déjà. Maman, officiellement tu hérites d'une magnifique jument.

— Vraiment ? Oh ma chérie, tu ne pouvais pas me faire un plus beau cadeau. Viens, je t'invite à goûter avec les enfants. J'ai de la pâte à crêpe au frais dans le cellier, et nous déboucherons du cidre.

Matthieu les vit sortir de l'écurie bras dessus, bras dessous, rieuses et détendues. L'une très brune, l'autre blonde, elles étaient presque de la même taille. Il comprit à leur expression qu'elles étaient enfin réconciliées.

Ce fut une fin de journée paisible dans l'harmonie retrouvée. Claire fit sauter des dizaines de crêpes légères et dorées. Anita en porta aux ouvriers, roulées sur un plat et saupoudrées de sucre roux. Matthieu et Léon firent une pause pour s'asseoir à la table familiale.

Lorsque Jean rentra du bourg, il eut la bonne surprise de voir la cuisine bien remplie. Faustine donnait un biberon à son fils, alors qu'Isabelle et Janine, assises sur la pierre de l'âtre, jouaient aux poupées. Claire épluchait des pommes de terre. Elle n'avait pas ôté ses bottes. Sanglée dans son tablier blanc, Anita découpait du jambon qui avait séché tout l'été, suspendu à l'une des poutres.

— Eh bien, fit-il, que fêtons-nous ce soir ?

— Disons que c'est le temps du pardon, décréta Faustine. Je dîne avec vous, papa.

— Le temps du pardon, répéta-t-il. Pourquoi pas, après tout ?

Jean s'installa dans le fauteuil en osier. Paupières mi-closes, il se roula une cigarette. La tenue de sa femme l'intriguait, le doux sourire apaisé de sa fille également.

— J'ai embauché quatre jeunes gars du bourg pour la récolte des pommes, annonça-t-il. On commence demain matin. Mais ceux ou celles qui veulent donner un coup de main seront les bienvenus. C'était un bel été, avec un bon mélange de soleil et d'eau. Les fruits sont superbes, j'en vendrai une partie aux halles.

— Je t'aiderai, moi ! s'écria Arthur. Le maître, à l'école, a dit que les élèves qui devaient travailler aux champs avaient le droit de manquer la classe.

— Dis donc, toi, protesta Faustine, tu ferais n'importe quoi pour ne pas étudier !

— Je veux apprendre la musique, pas le calcul et la grammaire, rétorqua Arthur.

— Nous verrons ça plus tard, quand tu auras eu ton certificat d'études ! coupa Claire. N'oublie pas ce que je t'ai promis, si tu as de bonnes notes. Tous les jeudis, nous monterons à Ponriant rendre visite à Mireille, et toi, tu pourras jouer du piano.

Le visage du jeune garçon s'illumina. Le départ de Clara pour plusieurs mois l'attristait, mais chaque fois qu'il entrerait dans le petit salon où trônait le piano à queue, il serait consolé. Claire le savait. Elle veillerait sur le bonheur de son demi-frère, privé toute la semaine de la présence familière de Thérèse, apprentie coiffeuse à Angoulême. Angela débutait comme institutrice à Torsac.

— Les filles nous manquent, hein ! remarqua Léon qui s'attabla lui aussi.

— Nous serons tous réunis à Noël, lui dit Faustine. Thérèse aura plein de choses à nous raconter, Angela aussi. Ce sera le premier Noël de Pierre.

Jean s'étira en soupirant de bien-être. L'hiver à venir lui semblait plein de promesses comme il les aimait : de rudes journées de labeur récompensées par de bons repas en famille et de longues discussions avec Matthieu et Léon, suivies des nuits où il pourrait serrer Claire contre lui, dans la pénombre complice de leur chambre.

14

Un secret bien gardé

Vallée des Eaux-Claires, mai 1925

Plusieurs mois s'étaient écoulés. En ce matin de mai 1925, Claire se rendait chez un vieillard que les gens de la vallée surnommaient le père Maraud. Ce n'était pas un prêtre, mais un rebouteux. Il habitait une petite maison à l'orée d'un bois de chênes, près du bourg de Dirac.

— Trotte, Junon, trotte ma belle, cria Claire à la jument qui voulait brouter l'herbe haute du talus.

Tout l'hiver et depuis le début du printemps, elle avait parcouru le pays à cheval. Sa réputation de guérisseuse était bien établie. On la demandait d'un bout à l'autre de la vallée et même au-delà, dans des villages voisins. L'épicier ambulant, quand il s'arrêtait dans la cour du Moulin, lui donnait des nouvelles de ses malades et lui en signalait de nouveaux.

Le fils de madame Rigordin qui, elle, tenait toujours boutique à Puymoyen, visitait les hameaux et les fermes en camion. Aussi bavard et curieux que sa mère, il se rendait très utile sans en avoir vraiment conscience. Claire avait pu soigner plus d'une trentaine de personnes. La rumeur ne faisait que croître : la dame du Moulin avait un don. Ses mains ôtaient le mal du corps, ses tisanes faisaient des miracles.

Le docteur Vitalin perdait des patients. Il avait pris Claire en haine. Il clamait bien fort, les soirs où il buvait un digestif au bistrot, qu'il porterait plainte si la femme Dumont s'obstinait à lui voler sa clientèle.

Cela faisait rire Jean et Matthieu, mais Faustine s'inquiétait un peu. Claire se moquait des ragots aussi bien que des mises en garde de sa fille. Elle avait besoin de ces excursions en solitaire sur les chemins de la vallée et des collines. Maintenant, elle passait la majeure partie de son temps en pantalon de velours ou de toile et en bottes de cuir. Une veste en tricot cachait un corsage en coton brodé, d'un blanc impeccable. La besace qu'elle passait à son épaule contenait tout ce dont elle avait besoin : ses pommades, ses onguents, ainsi que des sachets en papier pour chaque plante séchée.

— Au galop, Junon, cria-t-elle.

Claire respectait fidèlement les conseils de son père. Colin lui avait recommandé, alors qu'elle n'était qu'une adolescente, de bien échauffer les muscles d'un cheval avant de le soumettre à un effort plus intense. Elle ne galopait qu'après avoir trotté dix bonnes minutes. La jument obéissait aux ordres, sans être sollicitée des jambes ou d'une cravache. Elle s'élança sur un chemin de terre souple.

— Vite, le père Maraud nous attend.

Elle rendait visite au vieil homme tous les mercredis. Leur première rencontre avait été des plus étranges. Le pittoresque personnage, en dépit de ses quatre-vingt-quinze ans, passait une fois par an sur la place de Puymoyen. Il se déplaçait en charrette tirée par un âne au poil gris. Dans quel but ? Personne ne le savait. On supposait qu'il allait chez une connaissance de longue date. Le rebouteux avait fréquenté une foule de gens de la région venus solliciter son savoir, mais il ne se confiait jamais. Claire avait entendu parler de lui. Cela remontait à plusieurs années et elle le pensait mort. Le hasard les mit en présence devant la mairie, à la fin de mars.

Alors qu'elle sortait de l'épicerie, un bruit de grelots avait attiré son attention. Un étrange équipage arrivait. Elle vit une petite charrette peinte en jaune, décorée de fleurs en papier décolorées par les intempéries. Le conducteur, chenu, courbé en deux, portait un large chapeau noir qui ombrageait son visage. Seule une barbe blanche bien frisée étincelait au soleil. Le harnachement de l'âne s'ornait de minuscules clochettes en cuivre, qui produisaient des tintements joyeux.

Madame Rigordin s'était avancée jusqu'au seuil de sa boutique.

« Tiens, revoilà le père Maraud ! Tu ferais bien de te signer, Claire, ce bougre peut jeter le mauvais œil ! Y en a certains, encore dans le coin, qui vont se soigner chez lui. Ils ne sont pas dégoûtés, car ce vieux vit dans un taudis. Et flûte ! Il s'arrête devant le magasin. Pourtant, je te jure que d'ordinaire il ne traîne pas. »

Claire écoutait à peine la commerçante. Le père Maraud avait relevé le bord de son chapeau et la fixait de ses yeux étroits, d'un bleu transparent. Elle était fascinée par ses mains déformées par les rhumatismes, pareilles à des serres d'oiseau de proie, crispées sur les rênes en cuir craquelées.

« On est du même bord, nous deux, cria soudain le vieillard en la gratifiant d'un large sourire qui dévoila quelques chicots noirâtres. Faudra venir me causer un de ces quatre matins, Claire Roy ! »

Sur ces mots, le père Maraud fit claquer sa langue et l'âne reprit le trot au son cristallin des grelots. L'épicière, sourcils froncés, poings sur les hanches, cracha sur le trottoir.

« Je le croyais mort ! remarqua Claire. Mon père me parlait de lui quand j'étais gamine. Que vient-il faire au bourg et où habite-t-il ? »

« Tous les 26 du mois de mars, ce vieux fada passe par ici. Il prend la route de Vœuil, mais il habite Dirac. Le chemin de sa bicoque, va, il y en a beaucoup qui le connaissent ! »

L'épicière aurait pu s'étendre sur le sujet, mais une bonne cliente arrivait, son cabas à la main.

Deux jours plus tard, Claire entrait chez le père Maraud. Il ne sembla pas surpris. Elle apportait une bouteille de vin blanc et de la confiture de prunes. Il lui posa quelques questions sur les plantes qu'elle utilisait et sur ses méthodes de préparation. Elle s'exalta. Il écouta en plissant ses yeux de saphir.

Lors des visites suivantes, ils avaient surtout parlé de leurs patients respectifs. Cela avait tout de bavardages anodins, ponctués d'anecdotes amusantes ; le temps de s'étudier l'un l'autre, de mieux se connaître. Chacun faisait des concessions : Claire ne prenait pas garde à la saleté de la masure où les poules picoraient sur la table et pour la première fois de sa vie, le père Maraud racontait sa longue expérience de rebouteux.

Claire était arrivée. Elle attacha la jument au tronc d'un cerisier planté devant la maison. L'herbe était haute et drue.

— Bonjour ! claironna-t-elle en poussant la porte, car il était un peu dur d'oreille.

— Bonjour, petiote !

Le vieillard était assis sous le manteau de la cheminée. Une chaise aux pieds courts, qui penchait d'un côté, lui servait de siège. Claire posa sa besace sur une sorte de table bancale dont le plateau était noir de crasse. En premier, elle sortit un torchon propre qu'elle étala sur le bois, pour présenter la nourriture préparée au Moulin.

— Mercredi prochain, père Maraud, je gratterai votre table, que vous le vouliez ou non ! Regardez ce que je vous ai apporté : des rillettes, du pain bien tendre, du gâteau de Savoie et une bouteille de vin, celui que fait mon mari. Un nectar !

— Tu me gâtes, petiote ! Ne t'en fais pas pour la saleté et tout le tintouin. Je serai bientôt mort, alors… Viens donc t'asseoir, nous avons à causer.

Claire lui apporta un verre de vin et une part de gâteau. Le vieux rebouteux but d'un trait et s'essuya la bouche du plat de la main.

— Tu as raison, un vrai nectar !

Elle s'était assise sur un tabouret en face de lui. Le père Maraud était un incorrigible bavard. Claire avait découvert avec stupeur qu'il connaissait l'histoire de chaque famille de la vallée des Eaux-Claires et de la région. Ce matin-là, il évoqua Basile Drujon, le meilleur ami qu'elle avait eu.

— C'était un monsieur, déclara-t-il, le locataire de ton père. Il logeait dans la maison où habitent ton frère et la jolie jeune femme blonde, ta fille.

— Basile m'aidait souvent à faire mes devoirs, le jeudi.

— Mais pendant que tu étais à l'école, il se promenait, sa pipe au bec. Nous avons souvent bavardé dans le bois de Chamoulard. Il me racontait ses exploits sur les barricades, pendant la Commune, à Paris. Il en pinçait pour Louise Michel ! En voilà une femme, de la même trempe que toi, une rebelle, une ardente ! Tu as toujours eu un grand cœur, Claire Roy. Il en fallait du courage pour cacher un bagnard en cavale, ton Jean Dumont, que tu as fini par épouser en secondes noces.

— Vous êtes au courant de ça aussi ? s'étonna-t-elle. Mais comment faites-vous ? Je ne vous ai jamais vu sur le chemin des Falaises.

L'élocution du vieillard n'était pas des meilleures. Mais il haussait le ton quand il souhaitait se faire comprendre.

— Il n'y a pas besoin de bouger pour écouter la rumeur. La rumeur, petiote, cela ressemble à une grosse vague qui ramasse n'importe quelle cochonnerie sur son passage. Il faut trier, après. Cela fait soixante-dix ans que mes mains réparent les entorses, les foulures, les articulations démises. Et tu sais, les gens qui viennent me voir ne tiennent jamais leur langue. Je me souviens très bien de ta mère, Hortense à la triste figure.

Claire en eut le cœur serré. Elle calcula quel âge aurait sa mère si elle avait survécu à la naissance de Matthieu. Le rebouteux s'écria, en ricanant :

— J'avais trente ans quand ta mère est née. Je me plaçais comme journalier dans les fermes et les métairies. Je n'avais pas mon pareil pour guider les bœufs à la saison des labours. Et les chevaux, je leur soufflais dans les naseaux, ce qui les rendait dociles comme des agneaux.

Le mercredi précédent, le père Maraud lui avait parlé de son enfance du côté de Montbron, dans les terres du nord-est de la Charente. Il lui avait dicté la composition de certains de ses remèdes. Claire était ravie. Leurs sciences conjuguées lui permettraient de soigner encore plus de maux. Mais elle avait l'intuition que le vieil homme voulait autre chose. C'était difficile à expliquer.

« J'ai le pressentiment qu'il veut me confier un secret parce qu'il va mourir ! » songeait-elle souvent.

Et ce matin, la même impression la troublait.

— Père Maraud, vous m'avez parlé de Basile Drujon ! Cela m'intéresse beaucoup, je l'admirais tant. Il m'a servi de grand-père. C'était un ancien instituteur et, grâce à lui, mon second mari, Jean, a pu apprendre à lire et écrire.

Le vieillard dégustait la part de gâteau de Savoie. Des miettes jaunes parsemaient sa barbe.

— Eh ! Je le sais bien qu'il avait été maître d'école. Qu'est-ce que nous fabriquions ensemble, à ton avis ? Ton Basile faisait le trajet à pied, de ta vallée à ici, pour m'enseigner l'alphabet. Oui, petite, j'ai appris à lire comme ton Jean, mais moi, j'avais déjà cinquante-sept ans. Je suis devenu savant ensuite. Tous les livres et les almanachs qui me tombaient entre les mains, je les lisais. Vois-tu, ça m'obligeait à acheter des chandelles dix fois l'an, tellement j'en usais, le soir.

Très émue, Claire se promit de raconter à Faustine ce qu'elle venait d'entendre. Le vieillard se tut un instant. Un chat noir et blanc sauta par la fenêtre et vint se frotter à ses jambes.

— C'est une demoiselle, marmonna-t-il. Quand je serai six pieds sous terre, il faudra que tu l'emportes dans ton Moulin. Tu n'as jamais eu de chats, toi, Claire Roy !

Ce n'était pas une question, mais une affirmation. Elle éclata de rire.

— Je vais commencer à croire que vous me surveillez depuis des années. Oui, c'est vrai, je n'ai jamais eu de chats. Ma mère ne les aimait pas. Pourtant, si j'en avais trouvé un, je l'aurais gardé.

— Il te faut un chat, ronchonna le vieux. Les chats éloignent le malheur, ils se couchent à l'endroit précis où des forces puissantes montent des entrailles de la terre.

— Vous changez de sujet sans cesse, père Maraud. Bon, montrez-moi cette coupure que vous avez au poignet. Je vais la désinfecter encore une fois. Je vous ai apporté un baume cicatrisant.

— A mon âge, la plaie ne se fermera pas. C'est peut-être comme ça que la faucheuse m'aura.

— Je ne la laisserai pas faire, plaisanta-t-elle.

Claire examina la blessure. La peau parcheminée du rebouteux était enflammée et violacée. Elle nettoya la zone atteinte avec de l'eau de lavande coupée d'alcool.

— Je vous parlais de ma mère, dit-elle en le pansant. Elle était très dure avec moi, et avec tout le monde, très pieuse, aussi. Il m'est arrivé de la détester, mais je l'ai beaucoup pleurée.

— Le mensonge rend méchant. Et la honte tout pareil ! marmonna-t-il. Dis-moi, fréquentes-tu toujours la châtelaine de Torsac ?

— Nous correspondons, mais je vais rarement au château depuis que la vieille bonne, Ursule, est guérie et a repris le service. Edmée de Martignac est une personne bizarre. Je me sens proche d'elle et je crois qu'elle m'aime beaucoup. Le problème, c'est qu'elle me juge extravagante. Son fils nous a fait du tort, heureusement maintenant, il travaille chez un notaire, à Poitiers. Enfin, c'est une amie malgré tout.

— Ouais ! grommela le père Maraud. Une amie ! Elle pourrait être davantage pour toi.

La chatte grimpa sur les genoux de Claire. Elle la caressa, amusée. Soudain elle dévisagea le vieillard.

— Qu'insinuez-vous ?

— Tu sais bien causer, Claire Roy. Une vraie dame, ça, on m'avait prévenu. Ta mère t'a dressée à la baguette, hein ?

— Oui, en quelque sorte. Elle n'aimait pas que je lui tienne tête. Je l'ai déçue quand j'ai refusé d'épouser Frédéric Giraud. Elle rêvait de me voir la maîtresse, à Ponriant. Je l'ai été, mais cela m'a coûté cher.

Le rebouteux hocha la tête. Il sombra brusquement dans une somnolence inquiétante, l'arrière du crâne appuyé aux pierres noires de suie de la cheminée. Claire n'osa pas l'appeler. Elle se reprocha de lui avoir offert du vin. Ce n'était guère raisonnable et cela pouvait expliquer ses propos étranges au sujet d'Edmée.

Elle respecta son sommeil. Son regard fit le tour de l'unique pièce. Le sol était de terre battue, un lit en ferraille occupait la moitié de l'espace. Les draps grisâtres s'accordaient à la couverture élimée, de la même teinte. Des traînées brunes maculaient le plâtre fissuré des murs.

« Pauvre homme, se dit-elle, comment fait-il pour vivre seul, alors qu'il est presque centenaire ? Il n'a aucune famille. Et il se nourrit mal avec du pain rassis, des fruits qu'il grappille par-ci par-là. Je vais m'occuper de lui. Si Jean était d'accord, je l'installerais volontiers au Moulin. »

Sa nature charitable la poussait à protéger et à choyer. Elle aurait voulu voir le vieillard lavé, coiffé, la barbe taillée.

« Je lui apporterai des vêtements corrects, la semaine prochaine, se promit-elle. Il lui faudrait un peu de foin pour ses lapins et son âne. Il n'a plus la force de couper de l'herbe. »

— Alors, tu as perdu ta langue ? demanda-t-il en rouvrant

son œil bleu. Je ne dormais pas, petiote. Je pesais le pour et le contre. Depuis le temps que je voulais faire ta connaissance, je ne vais pas roupiller devant toi !

— Mais, dans ce cas, vous pouviez venir au Moulin ; je vous aurais reçu de bon cœur. Allons, père Maraud, qu'est-ce qui vous tracasse ?

— Des sornettes ! Laisse-moi, Claire Roy. Mais reviens dimanche, parce que, mercredi prochain, je serai mort.

Elle se leva. La chatte bondit sur la table et renifla le pot de rillettes.

— Si vous êtes fatigué, je m'en vais ! dit-elle. Nous n'avons pas tant causé que ça. Dimanche, je vous ferai beau, et vous ne serez pas mort mercredi.

Il ricana. Claire sortit, son sac à l'épaule. Elle repartait frustrée. Junon la salua d'un bref hennissement.

— Oui, ma belle, nous rentrons au Moulin. Tu as été sage, c'est bien.

Elle flatta l'encolure de la jument et se mit en selle.

« Et s'il était mort dimanche ! s'interrogea-t-elle. Je suis sûre qu'il allait me dire une chose très importante. Mais quoi ? »

Claire fit le trajet du retour au pas et au trot. Elle avait besoin de réfléchir. Le père Maraud représentait une énigme vivante. S'il lui était impossible d'imaginer de quelle façon il avait glané durant sa longue existence autant de renseignements sur les gens du pays, elle avait la certitude qu'il était très instruit.

« Instruit sur le visible, tout ce qu'on apprend dans les livres et par l'expérience, mais instruit aussi sur l'invisible, pensa-t-elle en franchissant le porche du Moulin. Je dois lui parler de Nicolas, de mes hallucinations. Lui, il saura peut-être me dire si les fantômes existent. »

Matthieu et Jean lui firent un signe affectueux. Les deux hommes étaient assis sur le seuil de leur imprimerie. Ils fumaient, l'air paisible, manches de chemise retroussées, une casquette sur leurs cheveux bruns.

« Quelle famille ! se dit Claire en descendant de cheval. Jean a connu Matthieu petit garçon. C'était son beau-frère après notre mariage, et maintenant c'est son gendre. On dirait plutôt un père et son fils. Le destin tire les ficelles. »

Elle eut un pincement au cœur en pénétrant dans l'écurie.

Junon s'ébroua. Le box de Sirius était vide. Le beau cheval blanc s'était éteint dans son pré, en février. Les ouvriers du Moulin avaient aidé Léon et Jean à creuser une fosse profonde, près de l'endroit où était enterrée Roquette, la petite jument noire.

— Tu t'ennuies, seule dans ta stalle, ma Junon ! lança-t-elle tristement. Tu as bien les chèvres de l'autre côté de la barrière, mais ça ne remplace pas Sirius.

Claire lui donna du foin et une ration d'avoine. Elle traversa la cour et entra dans la cuisine. Anita faisait rissoler des pommes de terre et du lard. L'épouse de Léon la soulageait d'une grande partie du ménage et des travaux du jardin.

— Le repas sera vite prêt, madame ! lança-t-elle. Le couvert est mis, je n'ai plus qu'à battre les œufs. La poule blanche a fait un nid, elle couve. Je ne savais pas si je devais la laisser faire ou non !

— Il vaut mieux qu'elle ait des poussins, répliqua Claire. Anita, tu es une perle, hum ! Je sens un parfum de flan au café.

— Eh ! oui, madame ! J'aime ça, la cuisine, surtout que Léon est gourmand.

Le couple occupait le logement au-dessus de la salle des piles. Le souvenir de Raymonde s'estompait.

— Au fait, le facteur est passé ! ajouta Anita. Vous avez une lettre de votre cousine.

Claire se précipita sur le buffet où l'on déposait le courrier. Bertille lui écrivait deux fois par mois. L'enveloppe, assez épaisse, contenait sûrement, comme d'habitude, une page ou deux, des photographies et des cartes postales. Elle s'assit sur un des bancs et s'empressa de la décacheter.

— Je pense qu'ils vont nous annoncer leur retour ! dit-elle à voix basse. Arthur voudrait tant revoir Clara.

Anita approuva en souriant. Elle aimait beaucoup sa patronne. Elle la considérait ainsi, même si rien n'était vraiment établi. Claire lui donnait de l'argent le dimanche, mais elle se refusait à traiter la seconde femme de Léon comme une servante.

— Tu es de la famille ! lui avait-elle affirmé un jour. Jean et Léon se connaissent depuis si longtemps. Les enfants ont grandi ici.

Matthieu vint déranger sa sœur. Il brandit sous le nez de Claire un dépliant publicitaire qui vantait les mérites d'une marque de lessive.

— Regarde ça, Clairette ! Le premier exemplaire d'une commande de mille. Tu as vu les couleurs !

— Oui, un sacré travail, frérot, mais j'ai une lettre de Bertille à lire !

Le jeune homme se rattrapa avec Anita. Elle poussa des cris émerveillés qui flattèrent sa fierté.

Claire déchiffra en toute hâte les mots tracés dans une ville de la lointaine Amérique. Bertrand, Bertille, les enfants et la nurse séjournaient à Boston. Ils projetaient de gagner le Canada pour admirer les chutes du Niagara. Les photographies montraient Clara et Félicien, très chics, sur le trottoir d'une avenue qui semblait interminable, et Bertille dans différentes toilettes fort élégantes. Ses cheveux avaient repoussé, ils formaient un casque de boucles blondes autour d'un visage détendu et radieux. Les cartes postales montraient des immeubles immenses, que l'on appelait des gratte-ciel.

— Eh ! bien, soupira Claire, à la fin de sa lettre, ma cousine me dit qu'ils ne rentreront pas avant l'automne.

Elle était un peu déçue, Bertille lui manquait. Cela l'obligeait aussi à consacrer une demi-journée chaque semaine à Mireille. La vieille gouvernante aurait dépéri sans la compagnie de Maurice et de la louve Lilas.

« Je devrais me réjouir, ma princesse semble rétablie. Elle a repris du poids et elle paraît heureuse. Très heureuse, même. »

L'omelette grésillait dans la poêle. Anita sortit sur le perron et appela Léon et Jean. Matthieu rameuta ses quatre ouvriers. Arthur déjeunait à l'école, il emportait son repas dans une gamelle. Thérèse et Angela étaient logées et nourries sur leur lieu de travail respectif. Claire avait donc décidé que les employés de son frère mangeraient à la table familiale. Les hommes étaient enchantés. Ils contribuaient à leur manière, fournissant à l'occasion de la limonade ou du cidre, des biscuits pour le dessert ou des fruits de saison.

— Est-ce que les nouvelles sont bonnes ? demanda Jean. Les Giraud poursuivent leur périple américain ?

— Oui, répondit Claire, ils sont à Boston. Ce soir, nous regarderons dans notre atlas de géographie où se situe la ville. Et, cet après-midi, j'irai chez Faustine, elle aime bien regarder les photographies.

— Nous avons fait développer les clichés de dimanche dernier. Les portraits d'Isabelle, avec son ruban noué sur le front, sont réussis. Tu pourrais en envoyer là-bas. Nous avons pris Arthur aussi, il pose sur le parapet du pont, Moïse couché à ses pieds.

— Clara sera contente, dit Claire d'un ton songeur. Elle a écrit quelques lignes au dos d'une carte postale. Il n'y a pas une seule faute d'orthographe.

Elle avait parlé tout bas. Personne ne fit de commentaires. Claire mangea sans prêter attention aux conversations ni aux bruits des couverts. Son esprit et son cœur s'envolaient vers Boston, un nom qui ne signifiait rien pour elle, mais qui la faisait rêver autant que celui de New York. Sa soif d'apprendre demeurait toujours aussi vive.

« Oui, ce soir, nous chercherons sur les cartes, Arthur et moi. Nous trouverons aussi les chutes du Niagara, au Canada. Si on avait prédit à Bertille qu'elle voyagerait aussi loin un jour, elle ne l'aurait pas cru. Comme quoi l'avenir réserve souvent des surprises. »

Ses pensées revinrent au père Maraud. Elle tenta de trouver où elle pourrait le loger, si le vieil homme acceptait de quitter sa masure.

« Dans mon ancien atelier d'herboristerie, puisque Jean ne s'en sert plus comme bureau. Il travaille dans la petite pièce qui jouxte la salle de l'imprimerie, le bruit de la machine à papier ne le dérange pas, il a de la chance. Ou bien je l'installe dans la chambre de Basile. Non, il aurait du mal à monter et descendre l'escalier. »

— Claire, mange donc ! déclara Jean. Tu rêvasses ! Mais nous sommes mercredi. Tu as rendu visite à ton vieux rebouteux ? Le fils Rigordin prétend que ce vieux fada empeste, que les poux grouillent dans sa barbe.

— Jean ! s'écria-t-elle, offusquée. Si tu écoutes les Rigordin, tu deviendras aussi méfiant et mauvaise langue qu'eux. La mère et le fils se valent. Le père Maraud est un homme extraordinaire. Pour son âge, il est très lucide, éloquent même, je te défends de te moquer de lui. Tu ne sentirais pas l'eau de Cologne, toi non plus, si tu avais son âge et vivais seul, sans soutien, sans personne pour laver ton linge ou te cuire de la soupe.

Matthieu éclata de rire. Sa sœur bravait Jean d'un regard noir.

— Qui porte la culotte ? fredonna Léon en levant son verre. Qui porte le pantalon au Moulin, c'est madame la patronne ! Attention, Jeannot, file droit, sinon gare à toi !

Les ouvriers s'esclaffèrent. Anita prit un air scandalisé. Claire se calma. Elle avait hâte d'être à dimanche. Jamais le père Maraud ne viendrait vivre avec eux.

« S'il sent la mort approcher, je ferais mieux de passer toute la journée auprès de lui. »

Claire se mit en route dès le matin, à l'heure où Léon et Anita se rendaient à la messe avec César, Thérèse et la petite Janine. Elle avait annoncé à tous qu'elle s'absentait jusqu'au dîner. Le lendemain était férié et Angela était en congé pour deux jours. La jeune fille passerait l'après-midi chez Faustine.

— J'ai bien vu que Jean n'était pas content que je quitte la maison un dimanche ! dit-elle tout bas, comme si elle parlait à sa jument. Je n'ai pas le choix.

Elle avait attaché à la selle de Junon un ballot de linge pour le vieillard. Garnie de bonnes choses, sa besace pesait lourd. Son chargement l'empêchait de mettre sa monture au galop. Claire se contenta d'un trot régulier. Le chemin lui parut interminable. Pas un instant elle n'envisagea de découvrir le rebouteux mort.

« Il m'attendra ! Il m'attend depuis des dizaines d'années, à l'en croire. Pourtant, si je n'étais pas allée à l'épicerie ce matin de mars, le 26, jour de sa mystérieuse expédition, il ne m'aurait jamais adressé la parole. Qu'est-ce que ça cache, tout ça ? » Cette fois, Claire lâcha Junon dans un pré envahi de ronces, derrière la misérable maisonnette du père Maraud. L'âne lui tiendrait compagnie. L'animal lança un braiment sonore qui parut amical à la jument.

« Que deviendra son âne, s'il meurt ? » se demanda-t-elle.

Quelque chose la frappa. En regardant les haies d'aubépine et de noisetiers qui délimitaient la pâture, Claire constata qu'une multitude d'oiseaux nichaient là. Leurs chants et leurs trilles, aux notes parfois répétitives, composaient une mélodie entêtante.

Elle ne put s'empêcher de songer à la légende de saint François d'Assise, le patron de la gent ailée, qui avait apprivoisé un loup.

Voyant là un signe qui n'aurait eu de signification que pour elle, elle s'empressa, un peu émue, de toquer à la porte.

— Bonjour, père Maraud.

— Bonjour, petiote.

Le vieillard était couché. Il portait un bonnet de nuit d'un blanc douteux. Ses mains tremblaient sur le drap remonté jusqu'à sa barbe. Claire se précipita vers le lit.

— Vous êtes malade ? s'inquiéta-t-elle.

— Je suis vieux, Claire Roy, simplement très vieux. Je savais que tu venais et j'ai décidé de ne plus me lever.

— En voilà, des sottises ! protesta-t-elle. Je parie que vous n'avez rien avalé depuis mercredi.

Elle l'aida à s'asseoir et cala le traversin plié en deux dans son dos, ainsi que les oreillers. Malgré l'épaisseur de sa chemise et de son gilet en tricot, la froideur de son corps décharné lui fut perceptible.

— Je ne suis pas agréable à toucher, hein ? grommela-t-il. Alors, ôte tes mains.

Mais Claire ne pouvait pas. Elle laissait ses doigts posés sur les épaules du rebouteux. Elle était effarée : il ne restait vraiment qu'une étincelle de vie sous la peau glacée, dans les rouages de chair et d'os. Le père Maraud ne se trompait pas. Il allait mourir.

— Ah ! fit-il. Tu me crois à présent ? Tu as senti la faucheuse qui danse autour de ma carcasse.

— Je vais vous faire un bon déjeuner, coupa-t-elle. Je vous ai préparé du chou farci et du clafoutis aux cerises.

Elle veillait à choisir des aliments faciles à manger, le vieux étant pratiquement édenté.

— Et vous aurez droit à une goutte de gnôle, ajouta-t-elle. Dans votre état, cela ne peut que vous faire du bien. Le vieil homme ricana. Cela le rendait presque effrayant.

— Je fumerai une pipe après la gnôle ! C'est fête aujourd'hui, petiote. Tiens, j'avais oublié de te dire comment je soigne les gelures du bras. Ne fais pas ces yeux-là, je cause d'une douleur tenace entre le coude et l'épaule. Elle durcit le muscle et, en fin de compte, tous les mouvements deviennent pénibles. Si tu as un patient qui se plaint de ça, voilà ma recette : de l'eau chaude bien savonneuse, du savon de Marseille, rien d'autre. Tu trempes un linge dedans et tu entoures le bras. Dès que ça refroidit, tu recommences. En deux jours, c'est guéri.

— Moi, j'aurais frictionné avec une macération de serpolet ou avec de l'huile camphrée, dit Claire. Mais je suivrai vos conseils.

Elle l'aida à manger, impatiente de l'entendre évoquer à nouveau Basile ou sa mère. Mais le père Maraud mastiquait avec peine, l'air lointain. L'eau-de-vie le ranima. Il la savoura en la gardant un long moment dans la bouche. Claire lui prit la main.

— Vous êtes un peu moins froid, constata-t-elle. Je vous apporte votre pipe et la tabatière.

Il se mit à fumer, paupières mi-closes. La chatte apparut et, vite, sauta sur le lit pour se nicher entre deux plis de la couverture.

— Dites, père Maraud, commença Claire, si je ne m'étais pas trouvée au bourg, le 26 mars dernier, nous n'aurions jamais fait connaissance. Pas une fois vous n'avez essayé de m'aborder ou de me rencontrer dans la vallée.

— Pardi, c'était le meilleur moyen de me taire, grommela-t-il. Je m'en remettais au sort, petiote. Si tu venais à croiser ma route, ce serait un signe. Les gens causaient tellement de toi, à cause de tes loups. Une belle lignée, paraît-il ! Tout ça parce que le brave Moïse courait la campagne en quête d'une femelle. Il a choisi une louve, ton chien.

— Vous avez connu Moïse, le père de Sauvageon ? s'écria-t-elle.

— Il a même rôdé dans le coin. A l'époque, j'avais une jolie chienne rousse, une bâtarde.

Le père Maraud fit claquer sa langue. Il gratta sa barbe à l'aide du tuyau de sa pipe.

— Petiote, dans la vie il faut éviter de mentir. Les bêtes de race, on marque leur date de naissance dans un cahier et leurs origines. Je te l'avais dit que j'étais devenu savant grâce à monsieur Basile Drujon. Et si on marque tout ça, c'est pour savoir leur valeur et la valeur des descendants. Tu es d'accord ?

— Oui, bien sûr ! Mais je ne vois pas où vous voulez en venir, père Maraud.

— Il y a eu de la triche dans le cahier de la famille Roy !

annonça le vieillard. Je suis le seul à le savoir. Je ne pouvais pas mourir avec ce secret.

Claire frissonna malgré la tiédeur qui régnait dans la pièce. Le soleil pénétrait par la fenêtre grande ouverte.

— De la triche ? répéta-t-elle. Je ne comprends pas.

— Tu te souviens de ta grand-mère, Amélie Quesnaud ?

— Un peu. Mais elle habitait Puymoyen quand j'étais fillette, je la voyais le dimanche seulement. Une vieille dame très pieuse, comme maman, très triste aussi. Elle est morte quand j'avais seize ans.

— Je suis né en 1830. Par conséquent, ta grand-mère Amélie, je l'ai vue jeune et c'était une beauté. Tu lui ressembles. Elle avait épousé Robert Quesnaud, mais c'était un mariage arrangé pour une histoire de terres, de parcelles, et pour la possession du riche Moulin du Berger. Eh oui, c'est toi qui as changé l'ancien nom, avec tes loups !

Claire poussa un soupir de nervosité. Le vieillard semblait peiner à ordonner son récit.

— Vous étiez amoureux, grand-mère et vous ? trancha-t-elle. Hortense était votre fille ? Dites-moi la vérité tout de suite, père Maraud.

Elle l'aida à rallumer le foyer de sa pipe. L'attente lui devenait insupportable.

— La vérité ? Tu n'y es pas, Claire Roy. J'étais déjà marié à mon Angélique, moi. Robert Quesnaud m'avait embauché pour les moissons, et ma femme était placée chez le docteur de Vœuil. On s'aimait fort, même qu'on a eu deux enfants, des bessons. Ils sont morts de la diphtérie à huit ans.

Claire fut à la fois attristée et soulagée. Le père Maraud poussa un soupir.

— Tiens, d'un coup, j'ai hâte de partir à mon tour. Je ne crois pas en Dieu ni en la résurrection, mais j'ai dans l'idée que l'âme survit au corps. Ma femme et mes bessons, ils sont enterrés au cimetière de Vœuil. C'est là-bas que je vais tous les 26 mars, parce que, mon Angélique, elle m'a quitté à cette date, il y a trente ans déjà. Je lui porte un bouquet de jonquilles. Elle me l'a demandé. Je l'ai vue après sa mort, comme je te vois, c'était sa voix, sa jolie figure. « Jérôme, ça me ferait bien plaisir d'avoir des jonquilles. Tu te souviens comme je les aimais. » Je lui ai promis. Il en pousse sous ma fenêtre. Tu pourras prendre des bulbes. C'est gai, les jonquilles, avec leurs jolies fleurs jaunes.

— Je sais, j'en cueille souvent, murmura Claire qui ne pensait plus au fameux secret. Père Maraud, ça m'est arrivé à moi aussi. Mon demi-frère Nicolas, je l'ai vu après sa mort, c'était il y a quatre ans. Il m'est apparu enfant et adolescent. Il avait l'air très malheureux, désespéré. Personne ne m'a crue, ni mon mari ni mon frère Matthieu.

— Une âme errante, en proie au remords ! chevrota le vieil homme.

— Oui, sans doute ! souffla-t-elle. J'ai beaucoup prié pour lui, alors que j'avais perdu la foi. Le père Jacques a dit des messes et maintenant, je ne le vois plus jamais.

— Comment est-il mort, ton Nicolas ?

— Il a péri dans un incendie, près de Vœuil. C'était le fils d'Etiennette, une servante de chez nous qui a épousé mon père alors qu'il portait encore le deuil de maman. Nicolas n'a pas été enterré, je n'ai pas pu révéler son identité.

Claire se tut. Le père Maraud ne savait pas tout, apparemment. Cela la rassura, mais elle se trompait.

— C'était donc lui qui rôdait autour des brebis innocentes. Je m'en doutais : Nicolas Roy. Il fallait bien une punition, la sienne, c'est le remords dans l'au-delà. Jamais de repos, jamais de paix.

— Oui, c'était lui, un enfant né du sang de mon père, un petit garçon que je consolais souvent, un enfant envieux, violent.

— Peut-être qu'il venait te demander pardon ! Peut-être qu'il veille sur vous !

La voix du vieillard faiblissait. Ses mains tremblaient de plus en plus. Claire se leva vite de sa chaise et lui redonna un petit verre de gnôle.

— Je vous ai confié un terrible secret, père Maraud. Je souffre toujours des crimes commis par mon demi-frère. Le viol me répugne. Il a gâché la vie de ces victimes. Maintenant, dites-moi ce que vous savez sur ma grand-mère.

— Approche ! marmonna-t-il.

Elle se pencha, pâle d'émotion. Il lui saisit le poignet droit avec un sursaut de vigueur.

— Ta mère, Hortense, ce n'était pas la fille de Robert Quesnaud. Ta grand-mère Amélie fréquentait un homme lorsqu'elle a été obligée de se marier, à dix-huit ans, selon la volonté de ses parents. Celui qu'elle aimait, c'était un noble, Armand de Sireuil. Il voulait l'épouser, mais sa famille s'y est opposée. Tu les connais, les aristocrates, Claire, pas de mésalliance. Ils en ont eu, du chagrin, tous les deux. Amélie, c'était un peu ton genre, une forte tête, une rebelle. Avant ses noces, elle a revu Armand. Ils ont fait ensemble ce que font les amoureux. Ensuite, elle a tenu la dragée haute à son mari, mais quand elle a pris du ventre, Robert Quesnaud a compris. Il l'a frappée, menacée et personne ne devait être au courant. Amélie craignait de perdre l'enfant. Elle a courbé l'échine.

— Mais vous, qui vous a raconté ça ? s'étonna Claire.

— La servante des Quesnaud est venue me chercher dans la grange, un soir. J'étais déjà connu pour rafistoler ceux qui se déboîtaient un bras ou se tordaient la patte. La belle Amélie souffrait le martyre. Robert, qui de fait était mon patron en ce temps-là, lui avait démis l'épaule en la cognant. Je l'ai soignée en cachette avec l'aide de la servante. Et j'avais pitié, ça oui, elle pleurait comme un ruisseau. Ce jour-là, ta grand-mère devait penser que Robert Quesnaud finirait par la tuer avant la naissance du bébé. Elle m'a donné une enveloppe cachetée à la cire. Je devais la remettre à Armand de Sireuil si elle mourait. Va comprendre pourquoi elle a eu une telle confiance en moi, un rebouteux, un paysan crasseux. En tout cas, elle n'est pas morte. Et Robert a élevé ta mère comme si c'était son enfant.

Claire tombait des nues. Jamais elle n'aurait imaginé que sa grand-mère, dont elle gardait un souvenir confus, avait vécu un tel drame.

— Et cette lettre, quand l'avez-vous lue ? demanda-t-elle. Vous n'aviez pas appris à lire, à cette époque. Basile ne vivait pas encore dans la vallée.

— Je n'avais pas besoin de la lire. La servante, toute jeunette et pleine de pitié pour sa maîtresse, m'a raconté ce qui s'était passé. Et ma femme savait lire à peu près correctement. Un soir, douze ans plus tard, j'ai ouvert l'enveloppe. Je vendangeais du côté de Villebois et on cause, dans les rangs. Les cloches de l'église sonnaient fort. Un des gars qui trimait à côté de moi me dit que c'est pour un baptême qu'on carillonne. Armand de Sireuil, le propriétaire des vignes, avait eu une fille : Edmée.

— Edmée ? répéta Claire. Mais ce n'est pas celle que je connais, ce n'est pas Edmée de Martignac ?

— Si, c'est la même. Sinon, je ne te raconterais pas tout ça.

Claire se servit un peu d'eau-de-vie. Elle tentait d'aligner des dates, des lieux. Enfin, elle murmura :

— Ce serait la demi-sœur de ma mère ! Nous sommes parentes, dans ce cas. Mon Dieu, quelle histoire insensée !

La lumière baissa d'un coup. Des nuages voilaient le soleil. Le père Maraud avait fermé les yeux. La bouche entrouverte, il respirait par saccades.

— Je suis désolée, dit-elle. Vous êtes épuisé d'avoir parlé si longtemps. Mais j'avoue que tout s'embrouille dans ma tête.

— La lettre, je l'ai encore ! bredouilla le vieillard. Elle est rangée dans le dictionnaire au coin de la cheminée. Je la conservais pour te la donner. Ne laisse personne te causer de haut, tiens-moi la main, Claire Roy. Ton père était un homme de bien, tu marchais tout juste quand je l'ai connu. Je livrais des chiffons pour le pourrissoir. Maître Colin me donnait des sous en échange. Ta mère se tenait sur le perron et toi, tu riais. Elle savait aussi, Hortense. La belle Amélie, toute sa vie, elle a aimé Armand de Sireuil. Elle s'est confiée à sa fille, mais ça, je l'ai su bien après. Amélie était veuve et très pieuse. Une fois, on s'est croisés à la foire de Puymoyen. Figure-toi qu'elle m'a reconnu. Elle m'a demandé si j'avais toujours la lettre. J'ai dit oui. Elle voulait que je la brûle. Là, j'ai pas obéi, à cause de toi. Tu devais savoir qu'il y avait eu de la triche dans ta famille. Et puis, la dame Edmée, que les gens de Torsac, ils n'aiment guère, cela lui ferait les pieds de le savoir à son tour. Petiote, tiens-moi la main bien fort. Depuis que tu me rends visite, je te répète que j'en sais, des choses, parce que les gens causent trop et que j'ai traîné partout. Mais ce n'est pas vraiment ça. Tu es finaude et j'ai bien vu que tu avais des doutes. Je t'ai un peu menti, faut me pardonner. Je vois des choses... Ça m'a pris gamin. Toute ma vie, dès qu'on me donnait le nom de quelqu'un, je voyais des images. Souvent je n'y comprenais rien, je partais alors en quête des personnes pour savoir si c'était la vérité. Pareil pour le jour de ma mort ! Je savais, pour avoir vu que tu serais près de moi, ce dimanche. Petiote, pardonne-moi. Tiens-moi la main, va, que je dure encore un peu.

— Mais je la tiens, père Maraud ! se récria Claire en serrant plus fort les pauvres doigts décharnés.

— Je sens rien, et puis il fait sombre. Faudra prendre la chatte et mon âne. La chatte, je l'ai appelée Mimi, et l'âne, Figaro.

— Je vous le promets, ne vous inquiétez pas.

Elle se pencha davantage, guettant le souffle précipité du vieil homme. Il trouva la force de la regarder.

— Vous reverrez votre Angélique et vos petits ! dit-elle en retenant ses larmes. Merci, père Maraud. Vous auriez dû venir me voir au Moulin il y a dix ans, même avant.

— Garde la tête haute, hein ? Tu m'as donné du bonheur, je peux m'en aller. Veille bien sur ta famille. J'ai vu Angela, tu dois lui rendre visite, dépêche-toi, sinon, il y aura du grabuge. Et fais attention, bien attention, parce que le Moulin… le Moulin…

Le vieillard se tut. Il ne respirait plus. Claire lâcha doucement les mains qu'elle avait tenues si fort et les caressa une dernière fois, comme pour transmettre un ultime message d'amitié. Puis elle tira le drap sur le visage impassible.

« Les vêtements propres que j'ai apportés serviront à l'enterrer ! songea-t-elle en pleurant sans bruit. Je n'ai pas pu lui parler de saint François d'Assise, des oiseaux et des loups. »

Elle demeura un long moment assise à son chevet, l'esprit en pleine confusion.

« Le pauvre homme semblait vouloir rattraper le temps perdu, au moment de mourir. Pourquoi parlait-il de visions ? Des visions comme j'en ai eu de Nicolas, ou des pressentiments ? Il m'a dit de me dépêcher d'aller rendre visite à Angela. Mais elle paraît tout à fait heureuse d'enseigner, de toucher un salaire et César lui a offert une jolie bague. »

Claire finit par se lever pour prendre le dictionnaire sur la cheminée. Elle ouvrit le livre en piteux état. Au milieu il y avait deux enveloppes, l'une jaunie, l'autre toute neuve.

La chatte sauta du lit et vint se frotter à ses jambes. La petite bête ronronnait très fort.

— Toi, tu es prête à déménager ! dit Claire avec tendresse. Je dois d'abord lire ces lettres.

Elle se sentait hors du temps, en voyant les lignes tracées par sa grand-mère. Le père Maraud avait dit vrai.

Ce courrier t'est destiné, Armand, toi que j'aimerai ma vie durant. Tu sais que je porte ton enfant. Mon mari a compris que je l'avais trahi. S'il m'arrivait malheur, je voudrais que tu fasses valoir tes droits sur notre fils ou notre fille et que tu l'élèves avec tout l'amour que je lui aurais donné, ceci même contre la volonté de ta famille qui nous a fait tant de mal.

Suivaient la date et la signature : *Amélie Mercerin, épouse Quesnaud contre son gré*. Claire replia avec précaution la feuille de papier très fin. La seconde enveloppe contenait des billets de banque avec un simple message : *Aux bons soins de Claire Roy, pour mon enterrement. Jérôme Maraud.*

« Il a pensé à tout ! » songea-t-elle.

Claire éprouva un brusque découragement. Il lui revenait de s'occuper des obsèques, de même que des animaux.

— J'ai besoin d'aide, pourtant ! dit-elle à mi-voix. Je ne peux pas laisser sa maison dans un tel état. Et comment ramener l'âne et la chatte ?

Elle marcha vers le lit et baissa le drap. Le vieillard paraissait endormi, apaisé.

— Père Maraud, vous comptiez vraiment sur moi. J'essaierai de ne pas vous décevoir, vous reposerez près de votre femme et de vos enfants. Et je garderai la tête haute, c'est promis.

Claire ferma la fenêtre et fit sortir la chatte. Elle donna un tour de clef et se dirigea vers le pré. Junon et l'âne broutaient à l'ombre d'un sureau. Les oiseaux chantaient. Tout était si calme qu'elle serait volontiers restée là.

Moulin du Loup, même jour

Jean chargeait des caisses de cidre dans le coffre de la voiture. Il devait les livrer à une épicerie de Villebois. Intrigué par un bruit de grelots et de sabots, il leva brusquement la tête. Des rires d'enfants y faisaient écho.

Le joyeux tintamarre attira Matthieu sur le seuil de la salle des piles, alors que Léon et Anita s'avançaient sur le perron.

— Oh ! regardez, c'est Claire ! cria Arthur qui s'élançait vers le porche.

Ils virent tous une petite charrette jaune tirée par un âne. Claire menait l'animal. Junon était attachée au véhicule qu'elle suivait au trot. Derrière venait Faustine, qui portait le petit Pierre sur ses épaules. Isabelle sautillait de joie en tenant la main d'Angela.

— En voilà, un attelage ! s'exclama Jean. Claire, d'où sors-tu ?

Elle arrêta l'âne Figaro en bas du perron. Les enfants le caressèrent aussitôt. C'était une bête assez âgée et très douce.

— Le père Maraud est mort à deux heures cet après-midi, annonça-t-elle à son mari. Avant de s'éteindre, il m'a demandé de prendre soin de son âne et de son chat. Je dois retourner là-bas, si tu pouvais m'y conduire ? Je dois faire sa toilette mortuaire et l'habiller, et je tiens aussi à le veiller.

Anita descendit en toute hâte l'escalier du perron.

— Je viens avec vous, madame, j'ai l'habitude. Je m'occupais souvent des défunts dans mon village.

Arborant des cheveux coupés aux épaules, Faustine prit sa mère par la taille.

— Tu n'es pas trop triste, maman ? Tu semblais très attachée à ce vieil homme.

Claire eut un sourire mélancolique. La présence de sa famille autour d'elle la réconfortait. Angela faisait sonner les grelots, ce qui amusait beaucoup Pierre, devenu un beau bébé de onze mois.

— L'âne s'appelle Figaro, il tiendra compagnie à Junon. J'aurais pu rentrer à cheval, mais j'avais envie de faire le trajet dans cette charrette.

Jean et Léon examinèrent le véhicule en bois peint et les fleurs en papier décolorées par le soleil. A l'arrière, un caisson servait d'habitacle.

— Vous allez prendre le temps de manger un peu, madame ? demanda Anita. Je vais m'habiller plus correctement.

— Il nous faut des chandelles et une paire de draps, dit Claire. Jean, demain aussi j'aurai besoin de toi. Je veux que le père Maraud soit enterré à Vœuil. Sa femme et ses enfants ont été inhumés là-bas, il m'a laissé de l'argent pour ses obsèques. C'était une personne très étrange, tu sais.

— Je suis à ta disposition, répliqua son mari. Je peux vous déposer en allant à Villebois, Anita et toi, et je reviendrai aux aurores pour te donner un coup de main.

Jean dévisagea Claire attentivement. Il lui trouvait un air absent.

— Est-ce que tu te sens bien ? questionna-t-il.

Elle ne répondit pas. Léon détela Figaro qui prit ses quartiers dans l'écurie, à la satisfaction évidente de la jument. Matthieu proposa à Faustine de dîner au Moulin.

— Oui, c'est une bonne idée. Je remplacerai de mon mieux Anita et maman. Angela m'aidera à cuisiner.

En entendant le prénom de la jeune institutrice, Claire se souvint des paroles du vieux rebouteux. Elle s'approcha de sa fille adoptive et la prit dans ses bras.

— Tu n'as aucun souci, Angela ? demanda-t-elle en scrutant son visage.

— Mais non, maman Claire. Je suis juste déçue parce que je ne te verrai pas beaucoup, je rentre à Torsac demain après le déjeuner.

— Je viendrai te voir jeudi, d'accord ? J'en profiterai pour rendre visite à Edmée.

Sur ces mots, Claire tourna les talons sans voir l'expression anxieuse de la jeune fille.

Jean prit la peine d'entrer dans la maison du père Maraud avant de poursuivre sa route. Il était presque six heures, le soleil ne donnait plus dans l'unique pièce.

— Quelle crasse ! constata-t-il. Toi qui aimes tant la propreté et l'ordre, Câlinette, tu as dû souffrir, en passant du temps ici.

— Je n'y prêtais pas vraiment attention, soupira-t-elle. Nous avons tellement discuté, lui et moi. Il voulait me communiquer tout ce qu'il savait.

Anita se signa à plusieurs reprises. Elle commença à nettoyer.

— Bon courage ! dit Jean après avoir observé le vieillard à demi enfoui dans les oreillers et la literie. Pauvre type ! Enfin, il avait quatre-vingt-quinze ans. Si j'arrive au même âge, je ne me plaindrai pas.

— J'espère bien que nous serons centenaires, tous les deux, répondit Claire qui donnait du lait à la chatte.

Elle fut soulagée, quand la voiture de son mari démarra. Jean n'était pas à l'aise, confronté à un mort, et elle préférait être seule avec Anita, discrète et efficace comme à son habitude.

Les deux femmes rendirent la pièce propre et agréable. A la tombée de la nuit, un petit feu crépitait dans l'âtre. Claire avait couvert la table d'un morceau de tissu, au milieu duquel trônait un gros bouquet de lilas, cueilli dans le jardin à l'abandon. Anita s'arrangea pour disposer des chandelles aux quatre coins, en les fixant avec de la cire fondue.

Elles avaient fait la toilette du défunt. Le père Maraud n'avait sans doute jamais été aussi élégant de toute sa vie. La barbe brossée, les cheveux coiffés, il dormait pour l'éternité en costume gris, chemise blanche et cravate. Ses traits ravinés par la vieillesse n'étaient pas dénués d'une certaine majesté.

— Il y en a qui le traitaient de sorcier, affirma Anita, Léon me l'a dit. Vous êtes courageuse, madame, moi, il m'aurait fait peur.

— Peur ? s'étonna Claire. Tout ce qui est trop différent fait peur aux gens, mais j'ai appris à ne juger que par moi-même grâce à un ami très cher, Basile Drujon. Il habitait la maison où vivent mon frère et Faustine. C'était un libre penseur, comme on dit.

— Ce que vous êtes savante, madame. Je vais donner du grain aux poules pour les enfermer.

— Cela ne servira à rien : le père Maraud les laissait en liberté. Elles n'ont ni cage ni poulailler : un arbre mort leur sert de perchoir.

Elle avait apporté, pour tenir jusqu'au matin, deux thermos de café, du pain et du fromage. Anita s'assit sous le manteau de la cheminée, sur la chaise du rebouteux.

— Fais attention, plaisanta Claire, c'est son siège. Si jamais son fantôme te pinçait les fesses !

— Oh ! madame, il ne faut pas rire de ces choses-là ! s'indigna l'épouse de Léon, la mine affolée. Pendant les veillées, il faut prier ou évoquer la vie du mort.

— Au fond, je ne suis pas triste, dit Claire. Le père Maraud m'a appris beaucoup de choses ; il est parti heureux parce que j'avais pu le choyer un peu. Si tu l'avais vu se régaler quand je lui apportais de la brioche ou de la confiture. Figure-toi qu'il refusait que je fasse le ménage. Il me répétait que je n'étais pas là pour ça et que les apparences ne sont pas très importantes. Il avait raison.

Claire tira une autre chaise près du feu pour bavarder avec Anita.

— Je suis contente que Léon se soit remarié, surtout avec toi ! déclara-t-elle. Nous formons une bonne équipe, toutes les deux.

— Merci, madame ! murmura Anita.

Si ce n'était pas une beauté, elle avait du charme. Dotée d'un physique assez ordinaire, le nez trop fort, la bouche mince et le menton un peu fuyant, elle séduisait cependant par sa gentillesse et sa douceur. Elle avait de jolies dents très blanches et un rire léger.

— J'ai eu de la chance, de le rencontrer, Léon ! avoua-t-elle en souriant à Claire. Il est blagueur, dites, et ses enfants sont bien élevés. Thérèse me manque comme si c'était ma fille. Mais ça lui plaît beaucoup, la coiffure.

— Il te reste Janine ! Elle t'appelle maman ; c'est doux à entendre, n'est-ce pas ?

Anita approuva d'un air ébloui. Elle sortit d'un cabas de quoi tricoter.

— Je fais un gilet pour la petite. Il y aura des bandes rouges sur du jaune, le long des boutons. Ce sera gai !

Claire éprouvait une sérénité insolite. Elle regardait souvent du côté du lit, comme si le père Maraud allait se réveiller.

— Il voulait toujours causer, se souvint-elle. Anita, tu y crois, toi, aux sorciers ?

— Il n'y a pas de fumée sans feu, dit-on.

— Un jour, Jean m'a raconté qu'au Moyen Age on m'aurait brûlée sur un bûcher à cause de ma science des plantes. Les sorcières du temps jadis étaient pour la plupart des guérisseuses.

Elle se tut, songeuse. Anita se signa encore une fois. La maison était plongée dans un silence impressionnant. Même les flammes faisaient peu de bruit. Assise sur l'appui de la fenêtre, la chatte fixait le mort.

« Est-ce que le père Maraud nous voit et nous écoute ? se demanda Claire. Si l'âme survit au corps, où se promène la sienne, à l'heure qu'il est ? Et Nicolas, pourquoi ne m'apparaît-il plus ? »

— Tu me fais honte, à tricoter aussi vite ! confia-t-elle à Anita. J'aurais dû emporter de l'ouvrage, moi aussi.

Elle se leva et déambula dans la pièce. Un placard attira son attention. Anita, qui la suivait des yeux, dit tout bas :

— Je l'ai ouvert. C'est bourré de livres et de cahiers, madame. Si vous trouvez un roman, vous pouvez me faire la lecture.

Se prenant au jeu, Claire écarta les battants du placard. Elle étudia la tranche des ouvrages entassés sur des étagères. Sa vue demeurait bonne, mais il y avait peu de lumière et elle ne parvenait pas à déchiffrer certains titres. La curiosité la poussa à examiner un gros cahier à la reliure cartonnée. A la troisième page de droite, elle put lire : Jérôme Maraud, notes diverses.

Elle le garda et retourna au coin de la cheminée.

— Je pense avoir de quoi m'occuper ! Anita, as-tu faim ?

— Oh non, madame, ça me coupe l'appétit d'être près d'un défunt. Je boirai du café plus tard.

Claire feuilletait le cahier. Les notes étaient classées par date. Le rebouteux avait une écriture régulière, très lisible. Elle fut émue, Basile avait été le professeur du père Maraud.

— Ah, écoute, Anita ! *Avril 1896.* J'avais seize ans, puisque je suis née en 1880. Il est écrit : *Ce jour, Jeanne du bourg de Puymoyen est venue. Elle souffrait beaucoup du bras gauche. Cette femme m'a parlé de sa fille Catherine qui serait trop coureuse. La chose s'est produite. J'ai vu une belle fille blonde. La mort la prendra l'an prochain. Il me faudra vérifier.*

— Vous êtes toute pâle, tout à coup, madame ! s'étonna Anita. Cette Jeanne, c'est la belle-mère de Léon ?

— Oui, et Catherine est morte au mois de mai 1897 ! Mon Dieu, c'est terrible. Le père Maraud disait la vérité, alors. Avant de mourir, il m'a expliqué qu'il avait toujours eu des visions. Je n'ai pas tout compris, il manquait de souffle. Mais il prétendait que le seul nom d'une personne déclenchait des images qui se révélaient exactes.

Anita se signa trois fois. Claire tourna fébrilement les pages jusqu'à l'année suivante. Elle lut tout bas :

Jeanne de Puymoyen a enterré sa fille Catherine. Un flux de sang des entrailles l'a tuée. Moi, je connais le coupable. Le fils du domaine de Ponriant a provoqué sa mort, comme son père Edouard, qui a laissé agoniser son épouse, Marianne, une sainte femme.

— C'est impossible ! s'écria-t-elle. As-tu entendu, Anita ?

— Non, juste la fin, quand vous disiez une sainte femme. Je pensais à Janine. J'espère que Léon la bordera bien dans son lit. Elle se découvre et les nuits sont encore fraîches.

Claire décida de lire en silence. Ce cahier à la couverture écornée et aux feuilles fragiles renfermait des révélations effroyables, si toutefois elles étaient vraies.

« Non, il exagérait ! Personne ne peut prévoir l'avenir ! se dit-elle. Comment pouvait-il savoir ce qui se passait sous le toit de Ponriant ? Il habitait déjà ici, près de Dirac. Et Frédéric n'était pas un assassin. »

Elle se souvint soudain de certaines paroles énigmatiques de son ami Basile. Cela remontait au décès de Marianne Giraud qu'il avait tant aimée.

« Il accusait Edouard Giraud d'avoir causé la mort de Marianne, mais il n'y a pas eu de preuves. »

Rien n'aurait pu l'empêcher de continuer sa lecture. Un réflexe bien naturel lui fit chercher les pages où il était question de gens qu'elle connaissait. Le père Maraud citait en effet grand nombre de ses patients, qui venaient solliciter son aide depuis toute la région. De Villebois, de Gurat, de Montmoreau, de Torsac, sans compter les hameaux isolés, les fermes et les métairies.

Janvier 1897. J'ai croisé monsieur Basile sur le chemin des Tessonnièrès. Il m'a parlé de Claire Roy, la fille du maître papetier. Elle a recueilli un louveteau qui est en pension chez lui. J'ai su que la demoiselle épouserait Frédéric Giraud, ce qui m'a bien peiné.

Claire jeta un coup d'œil vers le lit.

« Père Maraud, pensa-t-elle de toutes ses forces, ce ne devait pas être facile d'avoir ces visions. J'ai du mal à y croire, pourtant, les preuves sont là ! »

Elle inclina le cahier pour mieux lire. Anita se leva et lui rapporta une chandelle fichée dans un bougeoir en métal.

— Merci ! Je ne suis pas bavarde, excuse-moi !

— Ne vous en faites pas, madame, je brasse des idées.

La chatte abandonna son poste sur la fenêtre et marcha vers les deux femmes. Ses prunelles vertes luisaient dans la pénombre. Elle sauta sur les genoux de Claire.

— Pauvre Mimi, tu as besoin de caresses, souffla-t-elle.

La petite bête ronronna.

Mai 1897. Ma femme Angélique me manque. Elle est morte depuis deux ans. Je n'avais rien vu venir. Elle m'a fait promettre de vivre vieux, mais je voudrais bien la rejoindre tout de suite. J'en ai assez, des visions. Maintenant, je demande à ceux qui viennent se faire soigner de tenir leur langue. Pas de noms, pas de visions. Ce mot ne me plaît pas. Mais monsieur Basile, pour qui j'ai tant de respect et d'amitié, appelle comme ça le phénomène que je vis. Nous sommes de bons amis depuis plus de dix ans, alors je continue à écrire ça : une vision. Hortense Roy va mourir en couches. Je l'ai su ce matin, parce que j'ai remis l'épaule d'un ouvrier du Moulin, Luc Sans-Souci, que les gens surnomment Le Follet. Il est trop bavard. Il me disait que sa patronne gardait le lit et tapait le plancher avec une canne pour réclamer le boire et le manger. J'ai vu l'enfant à naître tel qu'il sera devenu homme. Il faudrait lui apprendre à craindre les flammes.

Claire étouffa un petit cri de stupeur. Elle avait peur tout à coup, comme si elle avait côtoyé un personnage doté de pouvoirs surnaturels sans le comprendre. Des questions qui resteraient sans réponse la hantaient.

« Pourquoi n'a-t-il pas vu que sa femme allait mourir ? Comment est-ce possible ? »

Une chose l'étonnait. Basile ne lui avait jamais parlé du père Maraud.

« C'est quand même bizarre ! Basile a passé la fin de sa vie au Moulin ; il me racontait en détail tout ce qui l'intéressait. Combien de fois m'a-t-il interrogée sur les plantes que j'utilisais ? Presque à chaque fois que je lui donnais des tisanes à prendre, ou que je préparais des pommades. Basile aurait dû me parler du père Maraud, puisqu'il était rebouteux. »

Elle se sentit oppressée. Anita leva le nez de son tricot.

— Vous respirez bien vite, madame ! Il faudrait manger un peu, depuis le temps que vous feuilletez ce cahier !

— Oui, tu as raison, Anita. Je ne me sens pas très bien. Ce doit être la faim.

Claire n'osait expliquer à sa compagne de veillée qu'elle avait l'impression de replonger dans le passé, tout en prenant conscience que des zones d'ombre voilaient ce qu'elle croyait savoir. Anita coupa du pain et du fromage. Elle remit une bûche dans le feu.

— J'aurais dû prendre un litre de vin, madame, ça nous requinquerait.

— Il en reste de dimanche, nous pouvons en boire un verre !

— En tout cas, si vous n'aviez pas rencontré le père Maraud, il serait mort tout seul. Personne ne s'inquiète de lui. Il y a des vieux que l'on découvre dans leur lit des mois après leur décès.

— Je pense qu'il pressentait sa fin toute proche quand il m'a interpellée sur la place du bourg. Anita, si tu avais des visions de ton avenir ou de celui d'autres gens, que ferais-tu ?

— Je n'en sais rien, madame. Mais cela dit, j'avais consulté une voyante à la fête foraine, trois ans avant de rencontrer Léon. Je me désolais d'être célibataire, à mon âge. C'était une gitane, alors j'ai croisé les doigts dans mon dos pour me protéger du mauvais œil. Elle m'a tiré les cartes et figurez-vous qu'elle m'a annoncé que je me marierais avec un veuf, un rouquin. Quand Léon m'a abordée à la foire, je l'ai reconnu tout de suite.

Claire restait perplexe. Elle but une gorgée de vin avant de répondre.

— J'avoue que c'est bizarre, mais si ta cartomancienne avait parlé d'un homme brun ou blond, tu n'aurais peut-être pas fait attention à Léon. Pour ma part, je n'ai aucune envie de savoir ce qui m'attend. Le père Maraud, dans ce cahier, a noté ce qu'il voyait dans sa tête, des sortes d'images lui montrant le futur. J'ose à peine poursuivre ma lecture. Peut-être qu'il y a là mon avenir ou celui des enfants, je ferais mieux de brûler tout ça.

Anita se signa à plusieurs reprises. Elle désigna la chatte d'un geste du menton. L'animal, qui avait sauté des genoux de Claire quand celle-ci s'était levée pour prendre le vin, venait de se tapir sur le sol de terre battue. Le poil hérissé, elle crachait, les yeux exorbités.

— Mon Dieu, madame ! Qu'est-ce qu'elle a, cette bestiole ?

— Eh bien, Mimi ! dit doucement Claire. De quoi as-tu peur ?

La chatte bondit en l'air et se jeta contre la porte avant de se ruer vers la fenêtre. Claire n'avait jamais eu de chat et ne s'inquiéta pas. Elle lui ouvrit, et Mimi disparut dans la nuit. Lorsqu'elle se retourna, la pièce lui parut plus sombre.

— Madame, deux chandelles se sont éteintes toutes seules ! gémit Anita.

— J'ai dû causer un courant d'air, protesta Claire dont le cœur battait cependant un peu trop vite. Je vais les rallumer.

Elle s'approcha du lit. Le père Maraud lui fit l'effet d'une enveloppe creuse, d'une lampe éteinte. Sans penser qu'elle pouvait effrayer Anita davantage, Claire s'écria :

— Père Maraud ! Est-ce que vous êtes là, près de nous ?

— Chut, madame, cela porte malheur, d'appeler les morts !

— Et pourquoi donc ? Qui t'a dit ça, Anita ?

— Ma mère ! Au fait, vous n'avez pas demandé au curé de la paroisse de venir ?

— Non ! La première fois que je suis venue voir le père Maraud, il m'a avertie qu'il n'avait pas de religion. Enfin, je n'ai reçu aucune instruction de sa part à ce sujet.

— Mais ce serait plus prudent de prévenir le curé, madame.

— Je verrai demain, répondit-elle en reprenant place près du feu.

Anita poussa un gros soupir et se remit à tricoter. Elle priait très bas. Claire le devina au mouvement régulier de ses lèvres. Dehors, des chouettes appelaient. Leurs cris lugubres, répétitifs, semblaient résonner à l'intérieur de la maison. C'était le mois de mai, la saison des amours pour toutes les créatures vivantes.

— Mon père, ces oiseaux-là, il les piégeait, dit Anita, il les clouait sur la porte de la grange, pour éloigner la maladie chez les moutons, et protéger la bergerie du mauvais sort !

Claire désapprouvait ces superstitions qui décimaient les chouettes hulottes et les hiboux. Elle déclara, tout bas :

— Au Moulin, un hibou grand-duc logeait dans le grenier. Ma cousine et moi, nous l'entendions marcher sur le plancher puis il s'envolait par une des lucarnes.

— Et vous avez beaucoup de malheurs, dans votre famille ! Léon m'en a raconté, des choses ! déclara Anita. Si quelqu'un avait tué le hibou, peut-être que rien ne serait arrivé.

— Là, je ne suis pas d'accord, coupa Claire. Tuer un être vivant ne peut pas porter bonheur, ça non ! Et si les animaux avaient une âme, eux aussi ? Quand Faustine a dû accoucher dans la Grotte aux fées, elle ignorait que son loup, Tristan, gisait à quelques mètres, mort depuis un bon moment. Et Moïse, de la même portée, a filé droit vers ma fille et lui a sauvé la vie. Matthieu, qui n'est pourtant pas croyant, a pensé que l'âme de Tristan veillait sur sa maîtresse.

Anita hocha la tête, impressionnée. Comme à bien des paysannes, couper le cou d'un canard ou saigner le cochon engraissé toute l'année paraissait normal et elle ne s'était jamais interrogée sur le sort de ces bêtes exécutées. Il fallait se nourrir. Quant aux bêtes nuisibles, les rapaces, les renards et surtout les loups, ils ne méritaient qu'un coup de fusil. Claire bousculait l'ordre établi. Elle la regarda avec une sorte d'admiration craintive.

— Vous, madame, vous avez de drôles d'idées.

— Je sais, Anita. Mais ce sont mes idées, que veux-tu !

Elles se turent. Claire mit deux bûches dans le feu ; elle avait froid. Le cahier entre les mains, elle hésita.

« Je dois le brûler, je n'aurais pas dû le lire. Si le père Maraud avait voulu me le donner, il l'aurait fait. »

Comme si elle redoutait de mal agir, Claire observa le mort dans son costume trop grand. Les chandelles étaient pratiquement consumées. Pourtant, elle crut percevoir une luminosité insolite se reflétant sur le visage du rebouteux. Une forme floue, blanchâtre, flottait de l'autre côté du lit. Les contours demeuraient imprécis, mais elle reconnut le visage de l'apparition.

« Nicolas ! Mon Dieu, Nicolas ! »

Son demi-frère la fixait d'un regard transparent qu'elle devinait plus qu'elle ne le voyait. Violemment émue, Claire serra le cahier contre sa poitrine comme si c'était un bouclier. Mais il n'y avait plus rien qu'une lézarde brune dans le plâtre grisâtre.

Anita aussi observait le défunt, uniquement parce que Claire le faisait.

— Est-ce que tu as vu ? chuchota celle-ci. Près du lit ?

— Qu'est-ce que j'aurais dû voir, madame ?

— Rien, je suis fatiguée, j'ai cru qu'il y avait de la lumière. Il faudrait mettre de nouvelles chandelles.

Claire ouvrit à nouveau le cahier, certaine que Nicolas lui était apparu pour l'empêcher de le brûler. Elle devait vaincre sa peur et affronter les lignes tracées par le père Maraud.

Mars 1901. Je suis allé au cimetière porter des jonquilles à Angélique. Elle aurait eu cinquante-six ans cette année. Je ne vois plus monsieur Basile. On raconte qu'il a quitté le pays pour de bon. Mais je tiendrai la promesse que je lui ai faite, si je le revois un jour.

Mais quelle promesse ? se demanda Claire tout bas.

Vite, elle feuilleta les pages pour chercher une année où Basile habitait le Moulin. Elle ne trouvait rien concernant sa famille et s'impatientait.

— Ah, enfin ! fit-elle.

Anita tressaillit, surprise.

Septembre 1902. Monsieur Basile est de retour au pays. Je l'ai su par Le Follet, hélas. Ce brave garçon passe souvent devant chez moi sur sa bicyclette, un engin qui ne me plaît pas. Le Follet va mourir. Je l'ai mis en garde et il a bien ri. Je lui ai dit de passer le bonjour à mon ami Drujon. Je n'ai pas oublié ma promesse. Monsieur Basile ne croit à rien, mais mes visions lui font peur. Il ne veut plus parler de Claire Roy, ni du papetier, par crainte d'apprendre le sort qui les attend. Je me tiens à l'écart du Moulin. Seulement, à moins d'être sourd, c'est difficile de ne pas entendre parler de Claire Roy et de sa cousine Bertille. En voilà une qui remarchera bientôt. Je ne l'ai vue qu'une fois, au bal du 14 juillet. Il y a de la lumière autour de sa tête, comme mon Angélique. Claire Roy est liée à la terre et aux plantes, Bertille Roy appartient au monde de l'air et de l'eau. Monsieur Basile a tort de s'inquiéter. Ces deux filles-là sont nées sous une bonne étoile.

Les larmes aux yeux, Claire parcourut les toutes dernières pages du cahier. Le père Maraud écrivait de moins en moins et faisait plus de ratures.

« Sa vue devait baisser ! songea-t-elle, ou bien il était trop las, le soir, pour tout noter. »

La période de la guerre, de 1914 à 1918, ne comportait qu'une longue liste de noms. En les étudiant, Claire s'aperçut qu'il s'agissait des hommes de la région morts sur le front ou dans les tranchées.

« A-t-il su qui ne reviendrait pas ? Il a pu inscrire leur nom à la fin de la guerre seulement. »

Au fond, elle était sûre qu'il avait su cela aussi : l'identité des victimes. A la suite de cette nomenclature, il n'y avait plus qu'une page.

Mars 1924. La mort ne vient pas me chercher. La faucheuse ne veut pas de moi. J'ai pourtant fait mon temps. Les visions se font rares et j'en suis bien content. Si je n'avais pas Figaro et Mimi, je me serais pendu au cerisier. Mais ces braves bêtes ont besoin de moi. La plupart des gens que j'ai connus ou soignés sont au cimetière. J'ai souvent maudit la nature de m'avoir donné cette faculté de voir les choses qui vont se produire, car je ne peux prédire que les mauvaises choses. Il est temps que je parle à Claire Roy. On dit du bien d'elle, et du mal. Elle doit savoir la vérité. J'ai hâte de la connaître. Mais, si je lui dis ce qui la menace, elle me prendra pour un vieux fada, ce que je suis peut-être.

Une tache d'encre essuyée au buvard dissimulait le mot menace. Claire mit longtemps avant d'être certaine que c'était bien ce terme-là que le père Maraud avait écrit.

« Une menace ? se dit-elle. Je ne saurai jamais ce que c'est, ou il sera trop tard pour changer le cours du destin. »

Elle ferma le cahier et le rangea dans sa besace en se promettant de le lire un jour en entier. Le sommeil l'envahissait insidieusement. Paupières mi-closes, Claire se remémorait les derniers mots du rebouteux.

« Il a parlé d'Angela et du Moulin. Il n'a pas pu terminer sa phrase. Quel homme étrange ! Quand il écrivait, il employait un français très correct, mais lorsqu'il discutait, il ne se surveillait pas. J'aurais tellement aimé le connaître bien avant. »

Claire comprenait pourquoi le vieillard vivait en solitaire. Les fameuses visions avaient fait de sa vie un cauchemar.

« Reposez en paix, père Maraud », pensa-t-elle avec un élan de tendresse et de compassion.

Anita s'était levée sans bruit de la chaise.

— Il nous faut du café, madame. Vous dormiez. Une veillée, c'est une veillée.

Elles burent deux tasses chacune. Afin de lutter contre la fatigue et le sommeil, elles bavardèrent de sujets anodins d'ordre pratique. Les lessives de la semaine, les confitures de cerises, de fraises et de framboises à cuire et à mettre en pots. Claire raconta l'arrivée de Léon au Moulin et les blagues qu'il faisait aux ouvriers. Cela passionnait Anita qui lui posa bientôt des questions un peu indiscrètes sur Jean.

Ce genre de confidences, échangées au coin du feu à bonne distance de leurs maris, les tinrent éveillées jusqu'à l'aube.

Jean, qui frappa à six heures du matin, les trouva toujours assises près de la cheminée, les yeux cernés et le teint blême, mais vaillantes. La chatte entra en même temps que lui en se frottant à ses mollets.

— Bonjour, mesdames ! dit-il avec un sourire attendri. Le ciel est limpide, pas un nuage !

Le soleil, encore bas, jeta des reflets pourpres dans la pièce. Les oiseaux rivalisaient de trilles joyeux. La longue nuit entre passé et avenir, cris de chouettes et apparitions était enfin achevée. Claire se leva et embrassa Jean sur la joue.

— Il a l'air d'être bien heureux, là où il est maintenant ! lui souffla-t-il à l'oreille en désignant le vieillard allongé, les mains croisées sur sa poitrine.

Claire regarda le père Maraud. La veille et durant la nuit, le mort avait eu une expression digne et paisible. Il semblait sourire à présent.

15

Angela

Torsac, fin mai 1925

Matthieu avait déposé Claire près de l'église de Torsac. Le jeune homme se rendait à Angoulême pour livrer des cartes de visite à un client. Elle regarda la Panhard bleue s'éloigner. Son frère la reprendrait au même endroit à six heures du soir.

Les tours du château se profilaient sur un ciel d'orage. Il y avait déjà dix jours que le père Maraud reposait près de sa femme, Angélique. Le vieux rebouteux avait accompli en corbillard son dernier voyage de Dirac au cimetière de Vœuil.

Claire trouva enfin le temps de rendre visite à Angela. Elle longea le mur de l'école jusqu'à la mairie. Le logement de la jeune fille était au premier étage du bâtiment.

« Je vais lui faire une bonne surprise et comme c'est jeudi, je ne la dérangerai pas. En plus j'ai apporté de quoi déjeuner toutes les deux. »

Sur le palier, Claire frappa deux petits coups énergiques à la porte de gauche. Angela ouvrit aussitôt. Elle avait noué un foulard rouge sur ses boucles brunes et ne portait qu'un peignoir en satin.

— Maman Claire ! Mais je ne suis même pas habillée. Tant pis, entre !

L'accueil plutôt tiède froissa Claire. L'appartement se composait d'une cuisine et d'une grande pièce carrée faisant office de chambre. Une fenêtre avait vue sur le château ; l'autre donnait sur l'arrière du bâtiment, un vaste pré où déambulaient des vaches laitières.

— Tu n'es pas malade, au moins ? s'inquiéta Claire. Tu as une petite mine, Angela, tu ne te couches pas trop tard ?

— Non, je suis au lit tous les soirs à neuf heures ! répliqua la jeune fille. Ce matin, j'avais mal au ventre, c'est la mauvaise période.

— Eh bien, il faut boire de l'infusion d'armoise, je t'en ai donné.

Claire s'installa sur un tabouret dans la cuisine. Elle posa le panier à ses pieds. Angela alluma son réchaud à alcool pour mettre de l'eau à bouillir. Elle avait des gestes rapides et un peu brusques.

— J'espère que tu ne m'as pas apporté de provisions. Je gaspille les bonnes choses que tu prépares ! dit-elle.

Angela jeta un coup d'œil irrité sur le panier. Elle passa dans la pièce voisine en criant qu'elle s'habillait.

— C'est juste notre repas de midi, une petite marmite de coq au vin, des radis, et deux fromages de chèvre ! précisa Claire en haussant le ton. Si tu veux des nouvelles fraîches du Moulin, je peux te dire que la chatte du père Maraud ne quitte plus Jean. Moïse ne s'y habitue pas, lui. Je suis obligée de l'attacher, sinon il court après elle. Pauvre Mimi, elle feule comme une furie.

La jeune fille ne répondit pas. Quand elle fut de retour, la bouilloire sifflait.

— Mais tu pleures, ma chérie ? s'alarma Claire. Allons, dis-moi ce qui se passe. César te manque ? Tu le verras dimanche. Il a deux jours de congé, puisque c'est la Pentecôte.

Tout en parlant d'une voix douce, Claire songeait aux conseils du vieux rebouteux. Il avait insisté. Elle devait se dépêcher de rendre visite à Angela.

— Calme-toi, ma mignonne ! dit-elle encore. Je sais, tu es une grande fille, une institutrice ; je ne devrais plus t'appeler comme ça, mais ça me vient naturellement. Pourquoi pleures-tu ?

Elle caressa la joue ambrée de sa fille adoptive.

— J'ai très mal au ventre et ça m'agace ! déclara Angela, irritée. Je comptais rester couchée. Tu ferais mieux de déjeuner au château, madame de Martignac sera contente de te revoir, Marie aussi.

Claire refusa la proposition d'un mouvement de la main. Elle poussa Angela vers la chambre.

— Tu vas t'allonger et nous discuterons ! trancha-t-elle. Je préfère rester avec toi. Edmée non plus n'apprécie pas les visites-surprises. Bon, vas-tu te décider à parler ? César ne t'a pas écrit ? Angela, je ne te reconnais plus. Tu étais si gaie, si courageuse ! Est-ce que tu dessines toujours ?

Angela paraissait au supplice. Elle aimait tendrement Claire et s'en voulait de l'avoir reçue ainsi.

— Je suis désolée, s'excusa-t-elle. C'est gentil d'être venue.

La jeune fille regarda la pendule. Plus qu'une demi-heure avant son rendez-vous !

— Maman, je ferais mieux de te dire la vérité. Je devais déjeuner chez les parents d'une de mes élèves. Ces braves gens m'ont invitée parce que j'ai gardé leur petit garçon, un soir après la classe. Tu n'as qu'à rendre visite à Edmée, vous êtes amies et je reviendrai vite.

Claire ne fut pas dupe. Angela mentait très mal.

— Tu inventes n'importe quoi, ma pauvre enfant ! Tu n'es pas majeure, et j'ai le droit de te demander ce qui te met dans un état pareil. Tu n'iras nulle part sans m'avoir donné une explication sensée.

La jeune fille prit un air dur qui la faisait paraître plus âgée. Elle attrapa une veste sur le dossier d'une chaise et se rua vers la porte. Claire se jeta en avant et la retint par le poignet.

— Ne fais pas la folle ! En voilà des manières ! Jamais Faustine ne m'a désobéi. Je te dis de rester là. Ce n'est pas si compliqué, de t'expliquer !

— Laisse-moi tranquille, à la fin ! hurla Angela. J'irai où je veux ! Tu arrives sans prévenir, juste pour gâcher ma journée. Et je ne suis pas ta vraie fille, pas plus que Faustine !

Claire lâcha prise, touchée au cœur. Angela en profita. Elle sortit et dévala l'escalier.

« Mais qu'est-ce qu'elle a ? »

La voix du père Maraud résonna dans son esprit. Qu'avait-il vu concernant la jeune fille ? Une peur atroce l'envahit.

« Il ne voyait que les mauvaises choses, il le répétait dans son cahier. Angela ne va pas mourir, quand même ? » se dit-elle, submergée par une anxiété insupportable.

Claire sortit à son tour. Elle ne savait pas quelle direction prendre. Poussée par l'inquiétude, elle marcha à grands pas vers le château. Le portail était ouvert. La cour d'honneur était soigneusement ratissée. Le massif central resplendissait de la floraison des rosiers nains.

« Edmée saura peut-être quelque chose. Edmée, la demi-sœur de ma mère. Je ne le lui dirai jamais. A quoi bon ? Elle ne serait sûrement pas enchantée d'apprendre que son père avait eu une fille illégitime. »

Ursule l'accueillit avec déférence. La vieille domestique, toute fière de pouvoir diriger les deux autres employés du château, vouait à Claire une profonde gratitude.

— Entrez, madame est au salon. Je vais vous annoncer. Vous êtes venue à Torsac pour embrasser la demoiselle de l'école ?

— Oui, répondit Claire, mais elle est souffrante. Comme elle dormait, j'ai décidé de saluer madame de Martignac.

Mentir ainsi, à brûle-pourpoint, la navrait. Cependant, elle n'avait pas envie de confier le coup de tête d'Angela à Ursule.

— Votre pommade a fait un miracle, je ne souffre plus du tout, lui confia la vieille femme.

Edmée était assise à son secrétaire, un magnifique meuble en chêne qui comportait un nombre impressionnant de tiroirs et une écritoire tapissée de velours vert. La châtelaine regarda la visiteuse d'un air froid. D'un geste, elle congédia Ursule qui proposait d'apporter du thé ou de la limonade.

— Bonjour, Edmée ! Je vous dérange ? Vous faites votre courrier ?

— Je vous écrivais, Claire, précisa-t-elle. Cela me fera gagner du temps de pouvoir m'entretenir avec vous, même si certaines choses sont plus faciles à exprimer par écrit.

Claire eut l'impression qu'un vent contraire soufflait sur Torsac. D'abord Angela, puis Edmée. Toutes deux la recevaient fraîchement et arboraient des mines bouleversées.

— Dans ce cas, dit-elle, donnez-moi votre lettre, j'en prends connaissance et nous en discuterons ensuite.

— Inutile ! trancha la châtelaine. Asseyez-vous.

Elles s'installèrent sur la banquette Louis XV couverte d'un tissu soyeux. Claire dévisagea Edmée.

— Eh bien ? demanda-t-elle. Vous me jetez des regards furieux, alors que je ne crois pas les mériter.

— Ma chère Claire, je suis désolée de vous dire le fond de ma pensée. Cette fille que vous avez eu la bonté d'adopter, Angela, se conduit de façon déplorable. Elle a réussi, Dieu sait comment, à tourner la tête de mon fils. Louis s'est entiché d'elle au point de vouloir l'épouser.

La nouvelle terrassa Claire. Muette de stupeur, elle scruta le visage de la châtelaine, comme pour s'assurer qu'elle n'avait pas perdu l'esprit.

— Ne faites pas ces yeux-là ! Je suis dans une colère noire, moi aussi. Je ne soupçonnais rien, hélas ! Sinon je vous aurais prévenue bien avant.

— Mais Louis finissait son droit à Poitiers ! s'écria Claire. Je croyais qu'il séjournait rarement chez vous. Et je vous rappelle que César et Angela sont fiancés. Vous devez faire erreur.

— Hélas, non. Tout a commencé au mois de janvier ! soupira Edmée. Louis est rentré ravi. Il pouvait briguer l'étude de maître Ligier, à Villebois, un ancien ami de mon époux qui souhaitait prendre sa retraite. Mon fils disposait de plusieurs mois de liberté. Pourquoi l'aurais-je surveillé ? Il chassait et se promenait en voiture. Votre fille, après la classe, jugeait bon de rôder près du parc. Ils ont dû se rencontrer une fois, deux fois, pour se voir ensuite tous les jours. Je suppose qu'elle a su comment le séduire, vu le passé de sa véritable mère.

Claire poussa un cri de consternation. Elle avait toujours veillé à cacher les origines d'Angela.

— Qui a osé vous dire ça ? s'écria-t-elle. Ce sont des renseignements confidentiels, uniquement consignés dans les dossiers de l'institution Marianne-des-Riants. Si vous avez enquêté sur ma fille, c'est un acte indigne, honteux.

Edmée se redressa, les mâchoires crispées. Avec son chignon argenté, sa peau très pâle et le feu de ses yeux gris-bleu, elle ressemblait à Bertille de façon frappante, même si elles n'avaient aucun lien de parenté, contrairement à elle.

— Je n'ai pas eu besoin d'enquêter ! répondit la châtelaine. Louis a cru bon de me raconter l'enfance de sa prétendue bien-aimée. Il croyait m'attendrir en me présentant Angela comme une victime de la misère et de la guerre. Il s'est trompé. J'aurais pu envisager d'accepter votre fille adoptive dans notre famille, à condition néanmoins de savoir d'où elle vient, mais il n'en est plus question. Une enfant d'ouvrier, dont la mère, une fois veuve, ne trouve rien de mieux que la prostitution pour gagner son pain ! Cette femme aurait pu se placer comme bonne et confier sa fille à un asile pour indigents. La souillure de cette malheureuse Angela est de celles qui ne s'effacent pas. Je compte sur vous pour lui faire comprendre qu'elle doit renoncer à son amourette avec Louis. Mon fils épousera une personne convenable, de notre milieu, pas une petite insolente. Je l'ai croisée vendredi dernier : elle riait d'un air effronté. Avec cette frange qui lui cache le front, les yeux fardés !

Claire dut se lever. Elle fit les cent pas dans le salon, essayant de garder son calme.

— Edmée, considérez-vous Angela responsable de la tragédie qui a marqué son enfance ? demanda-t-elle enfin d'une voix dure. J'avais pourtant recommandé à Louis de ne pas s'en prendre à ma fille ! Il a joué les outragés en me répliquant que c'était ridicule. Et voilà le résultat ! Votre rejeton n'est qu'un coureur, un don Juan sans scrupules. Ah ! Il a de belles manières, il parle bien et clame bien haut son sens de l'honneur, son goût pour la vertu, mais ce n'est qu'une façade, je peux vous l'assurer.

Elles s'affrontèrent du regard, toutes les deux furieuses. Edmée porta une main à sa poitrine, comme si son cœur allait s'arrêter.

— Je vous prie, Claire, de rester correcte. Vous devenez grossière, et mon fils, que j'ai éduqué en respectant les principes de ma famille, ne mérite pas d'être traité de la sorte.

Claire avait très chaud. Elle ôta son gilet. Pour rendre visite à sa fille, elle s'était vêtue avec élégance, abandonnant son pantalon et ses bottes. En robe de serge beige, une ceinture en cuir tressé à la taille, ses longs cheveux noirs contenus dans une résille, elle était superbe.

— Parlons-en, des principes de votre famille ! rétorqua-t-elle en s'appuyant d'une main au rebord d'une des fenêtres à meneaux, ouverte sur la cour d'honneur. Louis a vingt-huit ans il me semble, et de l'expérience en amour ! Ce n'était pas très difficile pour lui de séduire Angela. Cette histoire est déplorable. J'espère en effet que nous pouvons encore réparer les dégâts.

— Peu m'importe vos dégâts ! railla Edmée. Si vous nommez ainsi l'innocence de cette fille, sa pureté, il y a longtemps qu'elle a été malmenée. Vous êtes bien crédule, ma pauvre Claire. Angela a le vice dans le sang ! N'importe qui le verrait.

Claire tournait le dos à la châtelaine. Elle n'avait qu'une envie, la gifler pour ces derniers mots qui la répugnaient. Elle respira à fond, dominant le tremblement de ses mains en prenant son mouchoir encore plié et lissé par le repassage. Elle fit enfin face à Edmée.

— Bien sûr, Angela a le vice dans le sang, et vous tous, les de Martignac, vous avez juste de la noblesse qui coule tout naturellement dans vos veines ! Mais enfin, comment pouvez-vous être aussi inflexible, aussi aveugle ? Votre cher Louis n'est toujours pas marié, n'est-ce pas ? Pourquoi, selon vous ?

— Aucune jeune fille ne lui plaisait ! J'ai eu beau organiser des bals et des dîners, il ne s'intéressait à aucune de mes invitées ! soupira Edmée. Peut-être que je n'ai pas assez insisté, que j'étais contente de le garder près de moi. Je serai plus ferme à l'avenir. Je connais Louis, il va comprendre, surtout si vous m'aidez.

Elle baissa la tête, contemplant avec tristesse le pommeau en ivoire sculpté de sa canne.

— Je ne ferai rien tant que je n'aurai pas entendu la version de ma fille ! répondit Claire. D'abord, où est Louis ? Je tiens à lui parler.

— Il est sorti. Nous nous sommes querellés hier soir. Ce matin, il m'a boudée. Je n'ai pas admis son plaidoyer en faveur d'Angela. Il s'enflammait en prétendant que cette fille avait changé sa vie, qu'il aimait avec son cœur désormais. Des sornettes ! Il veut la protéger, la chérir, lui faire oublier les épreuves qu'elle a subies. Je connais mon fils, il a une belle âme, très chevaleresque, trop sans doute. Il veut endosser le rôle de redresseur de torts, mais tout ceci s'éteindra comme un feu de paille, dussé-je lui couper les vivres. Je peux m'arranger pour désigner Marie comme unique légataire.

— Cela m'étonnerait, avança Claire qui avait réussi à se maîtriser. Votre discours paraît sorti d'un mauvais roman, Edmée ! La société évolue ! Une grave crise économique agite la France, les communistes prêchent l'égalité et le partage des biens, et vous parlez de déshériter votre fils aîné ! C'est stupide !

On frappa à la porte du salon. Ursule entrouvrit le battant.

— Le déjeuner est servi, madame ! J'ai mis un couvert pour madame Dumont.

— Sans me consulter ! cria Edmée, je n'ai pas faim. Desservez, Ursule, et n'écoutez pas aux portes, selon votre habitude.

La domestique recula précipitamment. Claire demanda, tout bas :

— Il y a des chances pour que Louis soit avec Angela, en ce moment. Vous n'avez aucune idée de l'endroit ?

— Dans une chambre au-dessus de la mairie, à mon avis.

— Vous faites erreur, ironisa Claire, je suis passée chez Angela avant de vous rendre visite. Elle s'est enfuie, bouleversée, je pense qu'ils avaient rendez-vous.

Edmée eut un geste d'impuissance.

— La campagne est vaste, vous ne les trouverez pas. Si seulement Louis avait pu se marier il y a cinq ans, quand il éprouvait des sentiments pour une jeune fille d'Angoulême ! Certes, c'était encore une mésalliance, ses parents étant de riches bourgeois, mais ces gens-là ont de l'éducation. J'ai eu tort de m'opposer à leurs fiançailles. Si j'avais pu prévoir ce qui suivrait !

Claire, qui avait pourtant renoncé à asséner des vérités pénibles à la châtelaine, oublia toute prudence. Ce qu'elle avait à dire pouvait blesser Angela, mais elle était incapable de se taire davantage.

— Je vous plains, Edmée ! déclara-t-elle. Vous avez eu tort, vraiment. Cela aurait empêché votre fils d'entraîner ma cousine dans l'adultère. Je n'ai pas le choix, vos discours sont tellement odieux. Oui, Louis a eu une liaison avec Bertille Giraud pendant trois ans, dans la plus grande discrétion, je vous l'accorde. Je n'ai pas voulu m'en mêler, mais je le regrette.

— Sortez, Claire ! hurla Edmée. Sortez d'ici ! Vous salissez le nom de mon fils et de mon mari. Un adultère, Louis ? Ce sont des calomnies. Votre cousine a vingt ans de plus que lui.

— Quand il rentrera, interrogez-le ! répliqua Claire en traversant la vaste pièce.

Elle sortit, tremblante de chagrin et de rage.

Louis et Angela étaient assis sur le rebord d'un très vieux lavoir couvert d'un toit de tuiles. Des coups de tonnerre ébranlaient l'air chaud. La jeune fille pleurait sans pouvoir se calmer.

— J'étais tellement heureuse, en me réveillant ce matin, parce que nous devions pique-niquer tous les deux, et maintenant tout est fini.

— Ne sois pas triste, mon petit ange, je devais parler à ma mère. Nous étions seuls, hier soir, Marie s'était couchée tôt. J'ai trouvé le moment opportun. Rien ni personne ne pourra nous séparer, je te l'ai promis.

— Mais je ne savais pas que ta mère était au courant, pour nous deux. J'ai envoyé maman Claire au château. Elle sait la vérité, à présent. J'aurais dû me méfier : les jours d'orage, il arrive souvent des malheurs.

Le jeune châtelain la couva d'un regard attendri. Il aimait sa frange brune qui frisait au ras des sourcils bien nets. Il adorait son nez retroussé, sa bouche d'un rouge sombre, ses yeux d'un brun rare, pailleté d'or. Il lui prit la main.

— De toute façon, il fallait annoncer ma décision à nos deux familles : je suis décidé à t'épouser.

Angela lui adressa un timide sourire. Depuis qu'elle avait réalisé son rêve d'être aimée de Louis de Martignac, elle ne pouvait pas savourer son bonheur. D'abord il y avait César, son encombrant fiancé. Chaque fois qu'elle le retrouvait au Moulin, pendant les congés et le dimanche, il lui volait des baisers et la serrait très fort dans ses bras dès qu'ils étaient seuls. Elle avait beaucoup d'affection pour César, mais ce n'était que de l'affection. Adolescente, elle était flattée par l'adoration qu'il lui vouait. Elle se vantait auprès de ses camarades d'avoir déjà un amoureux. Ce jeu ambigu avait fini par l'ennuyer. La bague de fiançailles dormait dans son écrin de cuir rouge.

— Ne te tourmente pas, reprit Louis. J'ai commis de graves erreurs ces dernières années, et je te les ai confiées. Tu as eu le courage de me raconter ta douloureuse enfance et moi, à mon tour, je t'ai avoué que Bertrand Giraud m'en avait parlé. Nous n'avons plus aucun secret l'un pour l'autre.

Angela se jeta contre lui. Elle cacha son visage dans le creux de son épaule. Louis sentait bon le savon de Chypre, ses vêtements étaient soyeux et parfumés. Le plus doux, c'était sa chevelure blonde, toujours longue et souple. Elle aimait la toucher, dénouer le lien de cuir qui l'attachait à hauteur de la nuque.

— Mon petit ange chéri ! dit Louis tendrement. N'aie pas peur. J'aurais dû être plus attentif aux sentiments que tu m'as toujours inspirés. Tu te souviens, le soir du bal costumé, tu étais en bergère et moi en prince. Notre destin se jouait déjà.

La jeune fille, sensible aux réactions de son corps, approuva. Le contact de César, garçon brusque et déterminé, l'effrayait. Louis la grisait d'affection, il lui donnait de légers baisers au coin des lèvres. Malgré son caractère porté à l'extravagance et au romantisme exacerbé, il était assez intelligent pour ne pas l'effaroucher. Angela lui avait dit combien elle redoutait la réalité du mariage. Il se promettait de la conquérir à force de câlins et de mots caressants.

— Je me sens si bien près de toi ! gémit-elle.

— Je suis au paradis quand tu te blottis contre moi, toute confiante. Angela, nous aurons des barrières à franchir, mais je veux que tu saches que je ne renoncerai jamais !

Elle s'abandonna. Des étincelles de joie couraient sous sa peau. Une langueur étrange lui donnait envie de s'allonger avec Louis dans l'herbe entourant le lavoir. Le désir lui était encore inconnu ; elle en trembla, désemparée. Beaucoup plus expérimenté, le jeune châtelain perçut un changement dans son attitude. Le fin visage au teint chaud était tout proche du sien. Il se pencha un peu pour effleurer sa bouche d'un doigt avant de l'embrasser d'une manière insistante. Son baiser exprimait sa volonté de la faire bientôt sienne. Angela domina la peur confuse qu'elle sentait maintenant refluer sous ses efforts. Soudain, elle n'eut plus peur du tout et, quand il voulut reculer, elle le retint par les épaules.

— Angela ! fit une voix de femme.

La jeune fille se retourna, affolée. Claire se tenait au milieu du sentier. Sa mère adoptive la fixait d'un air réprobateur. Louis se leva. Embarrassé d'être découvert, il ramassa à la hâte la nourriture qu'il avait apportée pour le pique-nique, répandue sur un torchon blanc.

— Angela, viens, je te prie. J'ai droit à des explications, seule à seule.

— Ne la blâmez pas, Claire ! protesta Louis. Nous nous aimons vraiment ; ce n'est pas un caprice de ma part. J'ai la ferme intention d'épouser votre fille. Nous habiterons Villebois où je serai notaire. Maître Ligier, un ami de mon père, me loue sa maison, une belle demeure bourgeoise. Angela n'aura pas besoin de travailler.

Claire avança, tête haute. Ses yeux noirs brillaient de colère. Le jeune homme paraissait sincère, mais elle lui gardait une rancune tenace à cause de Bertille qui avait failli mourir.

— Louis, je vous avais prié de ne pas approcher Angela. Vous ne tenez aucun compte de mes recommandations ! dit-elle. Vous n'en faites qu'à votre tête, sans vous soucier des malheurs que cela provoquera. Ma fille n'est pas majeure, et je ferai tout pour la tirer de vos griffes. Franchement, vous me dégoûtez ! Viens, Angela.

La jeune fille dut obéir. Elle lança un regard désespéré à Louis. Claire resta silencieuse jusqu'au village de Torsac. Elle avait suivi le ruisseau pour retrouver le couple.

« Décidément, le bord de l'eau attire les amoureux ! pensait-elle en montrant à Angela un dos raidi par le mécontentement. Jean et moi, nous aimions tant écouter le murmure de l'eau vive en nous embrassant. Pauvre petite, je suis sûre qu'elle l'aime, mais je dois la protéger. »

Elles entrèrent dans le logement d'Angela. Le tonnerre grondait encore et il faisait sombre. Claire s'assit à la petite table de la cuisine.

— Comment as-tu pu imaginer un instant que Louis t'aime ? Certains hommes ont la manie de séduire. Ils s'en prennent à toutes les jolies filles et tu es très jolie. Debout, près de l'évier, Angela lui présentait un visage hostile.

— Ma chérie, tu m'as blessée tout à l'heure. Pourtant, ce que tu as dit est la stricte vérité. Je ne suis pas ta vraie mère, ni celle de Faustine. Mais je vous aime toutes les deux comme si je vous avais mises au monde. La nature m'a refusé la joie d'être maman, je n'y peux rien. Peu importe si maintenant cela te déplaît, Jean et moi nous sommes devenus tes parents. L'adoption est un acte officiel. Je ne veux pas que tu t'engages dans une relation qui s'achèvera bien vite. Je vais être dure, Angela, mais je dois t'apprendre que Louis était l'amant de Bertille.

Ils ont rompu en septembre dernier, pendant les vendanges. Pourrais-tu aimer un homme capable de séduire une femme mariée, mère d'une petite fille ?

Angela haussa les épaules. Un sourire amer dansa sur ses lèvres.

— Je l'ai su avant toi, qu'ils étaient amants ! fit-elle avec hargne. Je la détestais, ta cousine. Mais Louis m'a tout avoué. Il n'osait pas la quitter alors qu'il en avait assez d'elle au bout de trois mois. Bertille était vieille, jalouse, tyrannique.

Claire se leva si brusquement que la chaise tomba en arrière.

— Ce sont des mensonges. Il l'adorait ! Oui, il s'est lassé d'elle, mais après trois ans de passion. Bertille a été si malheureuse d'être rejetée sans ménagement qu'elle a tenté de se suicider.

— Je sais ça aussi ! coupa la jeune fille sans montrer la moindre émotion. Et je m'en moque. Il y a bien des couples qui divorcent parce qu'ils préfèrent quelqu'un d'autre ! Et Faustine ? Elle s'est mariée avec Denis, je me demande encore pourquoi, alors qu'elle n'aimait que Matthieu. Louis m'a toujours témoigné de l'intérêt, de la douceur, même quand j'avais quatorze ans. Je suis une femme à présent et il m'aime comme on aime une femme.

Angela ne s'était pas méfiée de l'expression horrifiée de sa mère. Claire la gifla à la volée, sur chaque joue.

— Tu me déçois ! hurla-t-elle. Oh ! Tu me déçois à un point que tu ne peux imaginer ! On dirait que tu n'as pas de cœur, pas un gramme de cervelle. Dès que tu auras donné ce qu'il veut à Louis, il cherchera une autre fille. Que tu es sotte !

Angela se tenait le visage à deux mains. Elle confessa :

— Je n'ai pas couché avec lui, maman Claire, pas avant le mariage. Et j'avais dit la même chose à César, qui essayait de m'allonger dans le foin.

Sa voix se brisa et elle éclata en sanglots. Déjà honteuse de l'avoir frappée, Claire la serra dans ses bras.

— Ma chérie, si tu es amoureuse de Louis, prépare-toi à souffrir. Ce n'est qu'un beau garçon prétentieux et capricieux. Et sa mère, Edmée, a des préjugés idiots. Elle ne voudra jamais de toi, même si cet amour est sérieux. Tu veux bien me raconter ce qui s'est passé ?

Claire obligea sa fille à s'asseoir. Elle refit chauffer de l'eau pour préparer du café. Angela reniflait, le visage meurtri.

— Je vois l'entrée du château de ma chambre ! commença-t-elle. J'observais les allées et venues de Louis parce que je l'aimais depuis longtemps. Il était très gentil avec moi, avant l'histoire de Bertille. Au bal costumé, nous avions dansé ensemble, une polka.

— Je m'en souviens, concéda Claire.

— Au mois de janvier, je me suis aperçue qu'il était de retour pour de bon. Une fois, il est venu me saluer à la grille de l'école. Il me demandait si j'appréciais mon poste, si je me plaisais à Torsac. Souvent, il passait devant la cour quand je surveillais les élèves en récréation. Il me faisait un signe de la main. Je me suis arrangée pour me promener le jeudi, quand il était sorti lui aussi. Je l'ai rencontré près du lavoir et nous avons beaucoup parlé. Qu'il pleuve, qu'il neige, je le croisais dans la campagne. J'avais l'impression qu'il m'attendait. Il est si beau, maman Claire. Il me lisait des poèmes, il m'apportait des pâtisseries délicieuses qu'il achetait en ville pour moi. J'étais tellement heureuse.

— Et pas une fois depuis le mois de janvier il ne t'a manqué de respect ?

— Moins que César !

— Parlons-en, de César. Ce n'est pas très loyal d'embrasser un autre homme que lui. Enfin ! Vous êtes fiancés ! Au Moulin, vous ne vous quittez pas.

— C'est lui qui me suit partout. Je ne peux pas m'en débarrasser ! déclara la jeune fille avec colère.

Claire soupira. Elle envisageait sans trop y réfléchir le mariage de César et d'Angela l'année suivante et, tout à coup, un événement prévu, approuvé par toute la famille, posait un grave problème.

— Si ce n'est que ça ! marmonna-t-elle néanmoins.

En fait, elle pensait à la mise en garde du père Maraud. Qu'avait vu le vieux rebouteux ? Soudain, elle craignit un dénouement tragique : Angela, arrachée à son rêve d'amour, mettrait fin à ses jours.

— Tu dois m'écouter ! s'écria-t-elle. Sûrement, tu m'en veux, je t'ai giflée, je t'ai ramenée ici comme si tu étais une gamine ayant fait une sottise. Mais tu es très jeune, Angela. Louis de

Martignac représente sans doute à tes yeux l'homme idéal, le prince charmant des contes de fées. Quand nous étions adolescentes, Bertille et moi, cela nous plaisait aussi, les histoires merveilleuses des livres. Ainsi, j'ai cru de toute mon âme être amoureuse d'un garçon. Il était plus vieux que moi, je le trouvais magnifique. Pendant deux ans, j'ai rusé pour le croiser et lui dire un mot, j'ai guetté son passage sur le chemin des Falaises. J'étais persuadée qu'il n'y avait aucun autre homme sur terre qui me plairait davantage. Ce jeune homme, c'était Frédéric Giraud, le frère aîné de Bertrand, un fier cavalier, grand, mince, les yeux verts dessinés en amande. Je m'endormais en songeant à lui, j'espérais un baiser. Plus tard, je l'ai épousé.

Angela poussa un soupir d'ennui.

— Faustine m'a déjà parlé de lui. Tu étais malheureuse parce que tu aimais Jean.

— Il n'y a pas eu que du malheur, petite ! Frédéric buvait et il était violent. J'ai appris très récemment qu'il avait causé la mort d'une jeune femme du village.

— Mais Louis n'est pas méchant ! Il me fait rire, il est tendre et délicat. C'est un gentleman.

— Un gentleman ! ironisa Claire. D'où sors-tu ce mot ? Tu parles anglais, à présent.

— C'est l'équivalent d'un gentilhomme, mais gentilhomme ne s'emploie plus. Maman Claire, je t'en prie, ne me sépare pas de lui. J'en mourrais.

— Ah non, pas de ça ! Tu croyais aimer César, maintenant tu adores Louis. Tu n'as que dix-huit ans, Angela. Tu peux rencontrer l'homme qui te convient vraiment à trente ans. Comment ont fait les veuves de guerre pour survivre, dans ce cas ? Les fiancées qui espéraient le retour de leur promis et qui ont reçu un avis de décès ? Certaines se sont mariées un an plus tard avec un époux qu'elles adoraient.

Claire se tut, à bout d'argument. Elle se servit du café. Angela regardait par la fenêtre. L'orage s'éloignait. Un coin de ciel bleu pointait entre deux masses de nuages.

— Tu pourrais discuter jusqu'à la nuit, affirma la jeune fille, cela ne changerait rien. On n'arrête pas d'aimer quelqu'un pour faire plaisir à ses parents. Louis a eu le courage de dire la vérité à sa mère. Je l'ignorais. C'est à mon tour d'être honnête. Dimanche, je rendrai à César la bague qu'il m'a donnée.

— Il aura le cœur brisé ! Que lui reproches-tu, à César ? Il est travailleur, il met de l'argent de côté pour votre futur ménage. Je sais qu'il n'a pas l'allure de Louis ni sa beauté, mais tu le connais mieux.

Angela se remit à pleurer. Claire perdit pied. De quel droit pouvait-elle obliger la jeune fille à se marier avec César si elle ne l'aimait pas suffisamment ?

— Ma chérie, je te conseille de réfléchir encore. Je n'ai pas envie de te voir malheureuse. En tout cas, une chose est sûre, sois forte si tu dois affronter Edmée de Martignac. Elle te juge très mal. Moi-même, face à ces gens de la noblesse, je ne suis pas à mon aise. Je pensais que cette femme m'appréciait, mais, pour elle, je ne suis qu'une méprisable paysanne plus riche que les autres et mieux élevée. Louis aurait dû te prévenir. Il appartient à un milieu très différent du nôtre.

— Cela ne le gêne pas que je sois une orpheline. Ni le reste. Il sait la vérité. Il a juré de me défendre contre ceux qui se moqueraient de moi. Maman Claire, avant je me disais qu'il ne m'aimerait jamais. J'avais tort : il m'aime et il veut m'épouser. Alors, laisse-nous tranquilles.

Claire reprit son panier. Elle avait envie de pleurer. Les liens du sang avaient de l'importance, elle le comprenait. Angela se révoltait et la repoussait. Il leur manquait la complicité tissée de la naissance à l'âge adulte entre un enfant et sa mère.

— Je vais attendre Matthieu devant l'église. J'ai besoin d'être seule ! Jean viendra te chercher vendredi soir. Je dois lui expliquer ce qui se passe, peut-être réussira-t-il à te raisonner.

Angela s'enferma à clef dès que Claire fut sur le palier. Elle descendit l'escalier le cœur gros.

« Je n'ai fait qu'exalter ses sentiments en m'attaquant à Louis. Je me suis montrée maladroite. J'ai si peur pour elle. Ce jeune homme brasse du vent, comme disait Raymonde. C'est vrai qu'il est charmant et drôle, c'est vrai qu'il est exubérant ! Mais je n'ai aucune confiance en lui. Il veut conquérir, gagner la bataille et après, il se lasse. »

Il lui restait une heure avant l'arrivée de Matthieu. Claire se promena dans le petit cimetière entourant l'église. Ses pensées allaient des propos mystérieux du vieux rebouteux à la vindicte odieuse de la châtelaine à l'égard d'Angela.

« Et si Louis l'aimait vraiment ? s'interrogea-t-elle. C'est une artiste, elle dessine et peint remarquablement. De plus, elle est instruite et ravissante. »

Claire se rua hors du cimetière et retourna au château. Ursule la conduisit dans le grand salon. La vieille domestique semblait triste.

— Madame est de mauvais poil ! précisa-t-elle. Monsieur Louis est rentré. J'ai entendu crier et les portes ont claqué.

— Ne vous inquiétez pas, dit Claire très bas, c'est l'orage !

Edmée se tenait devant la cheminée, le front appuyé au manteau de marbre noir. Elle tapait le parquet du bout de sa canne.

— Eh bien, avancez, Claire ! maugréa-t-elle. Louis vient de me traiter de monstre sans cœur ni âme. Je remercie le ciel que Marie soit chez des cousins, à Gurat, des personnes honorables. Moi qui recevais Clara Giraud tous les jeudis ! Mon Dieu, quelle humiliation ! Je vous accorde que vous disiez vrai. Votre cousine et mon fils ont commis l'adultère. Louis n'a pas nié quand je l'ai interrogé. C'était sans doute le prix à payer, puisque le mari bafoué m'avait sauvée de la ruine. Heureusement, j'ai pu rembourser ma dette. Je vous préviens, Claire, je ne veux plus revoir cette femme : c'est une courtisane, une dévoyée.

Edmée tremblait de tout son corps. Venue en ennemie prête à se battre pour Angela, Claire éprouva une soudaine pitié. Cette grande dame qui s'accrochait à son titre de noblesse était très seule.

— Même si je ne vous comprends pas, Edmée, déclara-t-elle, je conçois votre déception et je comprends vos réactions. Mon père et ma mère souhaitaient pour moi un mari susceptible de m'élever à un rang social plus glorieux. Une fille de papetiers aisés qui entrait dans la famille Giraud, de gros propriétaires terriens, cela leur semblait une chance inouïe. En somme, tout est relatif, car je suppose que vos parents n'auraient pas apprécié que vous descendiez d'un cran en vous mariant avec un bourgeois de campagne. Mais, pour moi, seule devrait compter la valeur d'une personne, ses qualités de cœur et sa bonté. Je vais peut-être vous choquer, mais j'estime bien plus César, le fils de mon domestique, que votre Louis. Au moins, il est fidèle à sa fiancée, Angela, il la chérira toute sa vie.

— Grand bien lui fasse ! cria Edmée. Je vous en prie, traînez-les devant le curé. Je serai enfin rassurée.

— C'est mon vœu le plus cher, ma tante ! répliqua sèchement Claire.

La châtelaine la dévisagea avec un air de totale incompréhension. D'un ton presque apeuré, elle demanda :

— Votre tante ! Vous vous moquez de moi, n'est-ce pas ?

— Je cherche un moyen de me rapprocher de vous, de faire appel à une autre Edmée, celle qui a été jeune, qui a rêvé d'amour. Chaque fois que vous citez le prénom de votre mari, votre voix devient plus douce. Vous l'aimiez, vous savez ce que c'est, l'amour ! Et vous êtes un peu une tante pour moi.

— Claire, cela ne m'amuse pas. Je regrette que notre amitié soit soumise à de tels désagréments ! soupira Edmée. Il m'arrive d'espérer votre visite. Je vous admire, vous êtes savante et courageuse, mais votre générosité vous perd. Quel besoin aviez-vous, par exemple, d'adopter cette orpheline issue des bas-fonds angoumoisins ? Une enfant de la misère, soumise à la perversité d'un odieux personnage !

Claire s'assit dans un fauteuil. Elle pesa chacun de ses mots.

— Faustine et moi, en accord avec Jean, nous avions envie de donner sa chance à Angela. Elle avait le droit d'aspirer à un avenir meilleur. Vous ne savez rien d'elle, excepté son passé qui vous choque. C'est une jeune fille vive et intelligente, très douée aussi. Elle rédige son journal avec talent, elle dessine remarquablement et peint des aquarelles d'une beauté délicate. Si elle était restée dans un orphelinat, sans amour ni éducation, que serait-elle devenue ? Je sais qu'elle a un caractère fort. C'est une rebelle dans l'âme, comme moi.

Edmée prit place sur une chaise, en face de Claire.

— Sur ce point, vous dites vrai, je ne la connais pas. Mais pourquoi m'avez-vous appelée *ma tante ?* Expliquez-vous !

— Vous êtes la demi-sœur de ma mère, Hortense Roy. Je n'avais pas l'intention de vous le dire, mais j'ai cru que cela briserait certaines barrières.

— Quelle est cette fable ? s'étonna la châtelaine. Par quel tour de magie votre mère et moi serions-nous apparentées ?

— J'ai découvert il y a dix jours que votre père, Armand de Sireuil, dont vous ne m'avez jamais parlé, avait aimé ma grand-mère, Amélie Mercerin. Sous la pression des deux familles, elle a dû épouser Robert Quesnaud. Mais elle n'a pas renoncé à son amour et elle s'est trouvée enceinte de votre père. Un détail me manque : j'ignore si Armand de Sireuil a fini par savoir que l'enfant était de lui.

Edmée se mit à rire nerveusement. Elle jetait des regards effarés sur les lambris des murs, sur le lustre, sur la cheminée.

— Qui vous a raconté de pareilles bêtises, Claire ? Mon père s'est marié après la guerre de 1870. Il avait déjà une quarantaine d'années. Je l'ai peu connu et je le déplore. Il a succombé à une pneumonie quand j'étais pensionnaire chez les Sœurs du Sacré-Cœur, à Angoulême. C'était en 1880, j'avais huit ans.

— L'année de ma naissance ! dit Claire. Ma mère avait douze ans de plus que vous.

— Quel nom, disiez-vous ? Le nom de votre grand-mère ?

— Amélie Mercerin, épouse Quesnaud. Il paraît qu'elle était très jolie.

Edmée secoua la tête. L'énumération de dates et des âges respectifs l'avait distraite de ses tracas.

— Ce sont des ragots ! dit-elle enfin. Mon père était un homme d'honneur. S'il avait eu un enfant, même illégitime, il ne l'aurait pas renié ni abandonné.

— Mais vous ignorez ce qui s'est produit dans sa vie avant votre venue au monde ! insista Claire. Il a pu aimer une autre femme que votre mère. J'ai une lettre datée de 1840, adressée à Armand de Sireuil, qui prouve ce que j'avance.

Cette fois, Edmée perdit contenance.

— J'aimerais la voir, bredouilla-t-elle. Auriez-vous un portrait de votre mère Hortense, une photographie ?

— Oui, elle est en robe de mariée au bras de papa, Colin Roy, maître papetier. Ma mère s'est toujours montrée dure et sévère à mon égard. Elle savait le secret de sa naissance. Si Armand de Sireuil n'avait pas obéi aux principes de sa noble famille, Hortense aurait grandi dans un autre milieu. Moi, je ne serais pas là. Le destin tire les ficelles. Cette évidence m'obsède.

Edmée semblait radoucie. Elle détaillait les traits de Claire d'un air perplexe.

— Contrairement à ce que vous pourriez croire, je serais contente d'être votre demi-tante, si ce terme existe. Mais, Claire, d'où tenez-vous ces renseignements farfelus ? J'ai l'impression que vous venez d'inventer toute l'histoire dans le but de vous attribuer du sang noble, de mettre en avant une parenté illusoire. Et même si c'était le cas, vos deux filles adoptives ne seraient pas de notre lignée.

Claire se leva, exaspérée. Toute conversation était impossible avec une personne aussi bornée que la châtelaine.

— Je préfère m'en aller. Bientôt, vous me soupçonnerez de réclamer une part de l'héritage. N'ayez crainte, cela ne m'intéresse pas. Je possède le Moulin, les terres alentour, et pour moi ces biens ont une valeur incalculable. Je suis attachée à chaque pierre de la maison, aux bâtiments qui l'entourent, aux falaises et à la moindre fleur des prés. Je voulais juste vous prouver que l'autorité de certains parents provoque des tragédies. Ma grand-mère a vécu dans la nostalgie de son amour sacrifié au nom des traditions et de l'argent. Votre père a dû souffrir aussi, de renoncer à elle. Une jeune fille de dix-neuf ans, passionnée, livrée à un autre homme que son véritable fiancé par le cœur et l'âme. Cela me navre. Vous perpétuez ce genre de comportement. Ma pauvre Edmée, je souhaite qu'un jour l'égalité règne sur la planète. L'unique raison de se marier, à mon avis, demeure un amour partagé et sincère. Si vous désirez voir la lettre et la photographie de ma mère qui était votre demi-sœur, vous pouvez me rendre visite dans la vallée.

Edmée de Martignac ne répondit pas. Claire sortit. Elle courut jusqu'à l'église reprendre son panier qu'elle avait caché sous un buis. Matthieu l'attendait au volant de la Panhard.

— Alors, Angela était contente de te voir ? demanda-t-il en souriant.

— Ramène-moi vite chez nous, lui dit-elle. Tout va de travers, frérot.

Furieuse, Claire lui confia tout ce qu'elle savait. Matthieu apprit ainsi sa parenté secrète avec la châtelaine, ainsi que l'histoire d'amour entre Louis et Angela.

Quand ils arrivèrent au Moulin du Loup, le jeune homme maudissait franchement la famille de Martignac.

Moulin du Loup, dimanche de Pentecôte 1925

Escortée par Arthur et Janine, Claire promenait ses chèvres sur le chemin des Falaises. La petite fille avait du mal à se débarrasser de Pâquerette, son ancienne nourrice, qui lui témoignait son affection en lui donnant des coups de tête et en lui léchant les joues.

De l'avis de Claire, la vallée des Eaux-Claires n'était jamais aussi belle qu'à la fin du mois de mai. Les champs cultivés se paraient du vert vif des jeunes blés, les prairies débordaient de plantes gorgées d'une sève au summum de ses vertus. C'était le moment de cueillir l'aigremoine aux feuilles veloutées, dépurative et tonifiante, le plantain souverain contre les brûlures et les coupures. Les haies étaient surchargées de nids d'oiseaux.

— Au retour, nous passerons chez Faustine ! annonça Claire aux enfants.

— On peut monter au domaine ? demanda Arthur. Vendredi, tu es allée à Torsac et je n'ai pas joué du piano.

— Tu patienteras bien encore trois jours, répliqua-t-elle. Et puis, quand Clara sera revenue, tu iras aussi souvent que tu voudras. Tu as dix ans, tu peux commencer à apprendre l'indépendance.

— Elle ne reviendra jamais, Clara ! maugréa le garçon.

— Mais si, bien sûr !

Claire lui ébouriffa les cheveux. Arthur était moins blond qu'au temps de sa petite enfance, ses cheveux viraient au châtain. Moïse le jeune folâtrait d'un talus à l'autre. Le loup se méfiait des cornes acérées de la vieille chèvre noire qui guidait le troupeau. Les biques broutaient l'herbe drue qui bordait le chemin.

— Nous aurons du bon lait ce soir ! s'écria Claire.

Elle n'arrêtait pas de regarder en direction du pont. César avait obtenu son permis de conduire et Matthieu lui avait prêté sa voiture. Le jeune mécanicien avait emmené Angela au cinéma, en ville, où était projeté un film de René Clair, *Le Fantôme du Moulin-Rouge*. Le titre avait amusé toute la famille, sauf Claire. Elle ne savait jamais si Nicolas se manifesterait encore, et quand venait le soir, le moindre bruit insolite la bouleversait.

— Que font-ils ? pesta-t-elle. La séance se terminait à quatre heures et demie, et il est six heures.

Angela lui avait paru pleine de bonne volonté, depuis son arrivée vendredi soir, pour le dîner. Mis au courant de ses sentiments pour Louis, Jean avait également conseillé à la jeune fille de bien réfléchir. Faustine s'était montrée plus véhémente. Elle était catégorique, sa sœur adoptive devait immédiatement fuir Louis de Martignac.

— Quitte Torsac, lui avait-elle dit, raconte que tu es malade, il faut que tu changes d'école. Maman a raison, cet homme n'est qu'un coureur. Te souviens-tu ? Il m'a embrassée de force, dans les écuries du château. Il prétendait m'aimer à la folie et vouloir m'épouser !

La malheureuse Angela commençait à douter de la sincérité de son bel amour. Elle avait donc accepté de suivre César au cinéma.

— Voilà Faustine ! claironna Arthur.

La jeune femme venait vers eux, toute souriante, la masse somptueuse de ses cheveux dorés scintillant au soleil. Avec Isabelle, elles tenaient le petit Pierre par les mains : le bébé marchait !

— Maman ! Regarde un peu, Pierrot fait ses premiers pas !

— Quel champion, cet enfant ! s'écria Claire. Il faut que ton père le voie !

— Je viens dîner au Moulin, dit Faustine, Matthieu a envie d'une grande tablée, comme les jours de fête.

Plus bas, elle ajouta :

— J'espère qu'Angela ne fera pas de sottises. Si elle parlait à César de cette histoire avec Louis, il serait furieux et très déçu.

— Ma chérie, je crains le pire, rétorqua Claire. Angela a tellement changé ces derniers mois, elle peut se montrer très dure, impitoyable, parfois, je la reconnais à peine.

Faustine prit son fils dans ses bras.

— Il va bien dormir ce soir. Bien sûr, il marche, mais pas aussi vite que nous. Maman, ne te fais pas trop de souci, Angela a toujours eu du caractère. Quand je l'ai connue, à l'orphelinat, c'était une forte tête.

Arthur, suivi de Janine et d'Isabelle, courait vers le porche du

Moulin. Moïse les devançait. Anita sortit en tablier à carreaux sur le perron. Léon agita la main.

— Nous sommes pourtant heureux ! soupira Claire. L'imprimerie nous rapporte de l'argent, les petits sont rarement malades, ton père ne s'en va plus courir le monde. Mais nous avons peut-être tort, Faustine, de dicter sa conduite à Angela. Tu sais que je suis très intuitive, Louis était sincère, je l'ai senti. Reconnais que s'il la demande en mariage, cela prouve ses bonnes intentions. Edmée n'a pas le pouvoir de s'opposer à leur union. Je pense toujours au père Maraud, imagine qu'il ait vu Angela prête à se suicider ! Tu es bien placée pour savoir que l'amour contrarié cause de profonds chagrins.

— Maman, gronda la jeune femme, tu deviens bizarre. Depuis que tu as veillé ce rebouteux, tu vois des morts partout. Sois ferme avec Angela, si tu fléchis, elle n'en fera qu'à sa tête. Elle a besoin d'être guidée.

— Mais qui sommes-nous, Faustine, pour la forcer à se marier avec César ? Elle a pu se tromper. J'ai vu grandir César et je l'aime beaucoup, mais ils sont très différents, Angela et lui.

— Dans ce cas, qu'elle annule ses fiançailles ! Qu'elle s'éloigne aussi de Louis ! Elle rencontrera bien quelqu'un qui lui convienne mieux !

Un bruit de moteur les fit taire ; la Panhard entra dans la cour au ralenti. Les deux jeunes passagers riaient. César donna un coup de klaxon qui sema la panique dans le troupeau de chèvres. Léon déboula de la bergerie en gesticulant.

— Là, mes biquettes, là ! Espèce d'andouille ! cria-t-il à son fils. Le lait sera tourné si tu les affoles.

César descendit de voiture. Il avait gominé ses cheveux et arborait un costume brun agrémenté d'une cravate rayée. Angela se précipita vers Claire.

— Maman, si tu avais vu ce film ! C'était une histoire fantastique ! Je me suis bien amusée, j'adore le cinéma. Tu devrais demander à Jean de t'y emmener.

Faustine scrutait le visage de la jeune fille.

— Ne me regarde pas comme ça ! proclama Angela. César est content et moi aussi, c'est le principal.

— Pierre vient de faire ses premiers pas, répliqua la jeune mère, regarde !

Elle posa le bébé qui avança d'un pas vacillant vers l'automobile bleue. Il trébucha, mais César le rattrapa à temps.

— Tu seras un bon père ! déclara bien fort Faustine, comme Matthieu.

Angela leva les yeux au ciel et s'écarta brusquement de César qui la prenait par la taille.

« Que dois-je faire ? se demandait la jeune fille. Je n'ai pas eu le courage de lui rendre la bague de fiançailles. Je n'ai pas revu Louis, il aurait pu m'écrire à l'école. Et si Faustine avait raison ? »

Elle avait presque envie de rayer le châtelain de son cœur pour avoir la paix. Cela signifiait endurer les baisers avides de César et, dans un avenir proche, vivre près de lui, dormir à ses côtés. Angela se revit blottie contre Louis, offrant ses lèvres. Le baiser interrompu par Claire au bord du ruisseau la hantait. Elle était sûre qu'avec Louis son corps ne se révolterait pas.

Le repas du soir fut très animé. César raconta le film en détail. Comme Faustine se plaignait de n'être jamais allée au cinéma, Matthieu se justifia :

— Bientôt, ce sera l'avènement du son, j'ai lu ça dans un journal. Les films ne seront plus muets, alors, ma chérie, je t'emmènerai voir le premier long métrage parlant !

— Vous êtes témoins ! se récria la jeune femme en riant.

— Moi, ce qui me plairait, déclara Léon, ce serait de monter à Paris et d'aller voir Joséphine Baker. Les gars en causaient au bistrot. Elle donne un spectacle : *La Revue nègre*. Il paraît qu'elle danse toute nue, avec une ceinture de bananes, dans un théâtre des Champs-Elysées. Pensez si ça fait scandale !

— Dis donc, toi ! protesta Anita, elle est noire, cette fille.

— Et alors ! brailla Léon, à chacun sa couleur de peau !

Claire éclata de rire. Elle songeait encore à Edmée.

« Si Louis lui présentait Joséphine Baker, ce serait bien pire que notre Angela. Oh ! Je vois d'ici la scène ! »

— Qu'est-ce qui te fait rire, Câlinette ? demanda Jean.

— Une drôle d'idée, grâce à Léon. Chacun sa couleur de peau et chacun ses origines ! s'exclama-t-elle.

— Angela, lança Arthur, tu devrais dessiner la dame qui danse toute nue pour Léon, il l'accrocherait au-dessus de son lit !

Anita lui fit les gros yeux avant de rire encore plus fort que

Claire. Au gré des discussions, Jean posait sur chacun son beau regard bleu ombragé de cils très noirs. Il caressait la chatte du vieux rebouteux qui était lovée sur ses genoux.

« Si j'épousais Louis, je ne viendrais plus dîner ici, se dit Angela. D'abord, ils détestent tous celui que j'aime, et je serais gênée de le voir parmi nous. Pourtant, c'est ma famille et ils vont tous me manquer. Si j'habite la grande maison du notaire, à Villebois, j'aurai une bonne, Louis y tient. Mais je m'ennuierai, à me tourner les pouces du matin au soir. »

Elle toucha l'écrin contenant la bague au fond de la poche de sa jupe.

« Peut-être que je suis trop jeune pour me marier ! En plus, je ne veux pas de bébé tout de suite. »

Matthieu lui lança une boulette de mie de pain. Elle la renvoya. Claire fit semblant de se fâcher :

— On ne joue pas avec la nourriture !

Faustine ajouta :

— Tu te souviens, Angela, quand je t'ai punie à l'orphelinat Saint-Martial ? Tu devais faire une rédaction pour expliquer pourquoi il ne fallait pas gaspiller la nourriture.

— Oui, je m'en souviens ! répliqua la jeune fille. Et la nuit où je suis arrivée ici, j'osais à peine frapper, je venais te prévenir, pour Christelle.

Claire revit la forme recroquevillée d'une fillette de treize ans sur le seuil du Moulin. Trempée et gelée, Angela n'avait pas hésité à s'échapper de l'orphelinat, dans le seul but de sauver une de ses camarades persécutée.

— Et moi, je t'ai vue dans la cuisine ! poursuivit César. Loupiote avait posé sa tête sur tes genoux, tu mangeais des tartines. Je crois bien que je suis tombé amoureux ce soir-là.

Le jeune homme souriait, ému.

« Il est séduisant, lui aussi ! pensa Angela. Je voudrais tant qu'il rencontre une autre fille et qu'elle le rende heureux. Moi, je ne pourrai pas. Je n'ai pas envie d'habiter un petit logement en ville ni de faire la cuisine. »

Après une partie de belote pour les hommes, un long bavardage près du feu pour les femmes, ce fut l'heure de se coucher. Matthieu et Faustine quittèrent le Moulin vers dix heures. Baignée par la pleine lune, la nuit était tiède.

Thérèse n'était pas rentrée ce dimanche. Elle gardait le bébé de sa patronne moyennant un petit supplément de salaire. Angela disposait de la chambre que les deux jeunes filles partageaient d'ordinaire. Avant de se mettre au lit, elle s'accouda à la fenêtre. Les roses et les lilas embaumaient. Une étoile filante zébra le ciel, l'espace d'une seconde.

— Je dois faire un vœu ! se dit Angela. Vite ! Je sais, je voudrais une réponse pendant mon sommeil. César ou Louis ? Ou bien quelqu'un d'autre qui m'attend, très loin ?

Ses propres mots lui donnèrent la solution. Elle devait se donner du temps. César la choquait souvent, à cause de son vocabulaire un peu grossier, mais, près du jeune châtelain, elle surveillait ses manières et son langage. Parfois, cela lui pesait.

Le lendemain matin, elle descendit le plus tôt possible, car Claire prenait toujours son café en solitaire.

— Bonjour, maman ! dit-elle gentiment.

— Bonjour, ma mignonne ! Tu es matinale, dis donc ! Tu as l'air de bonne humeur. J'aime bien quand tu m'appelles maman, et non pas maman Claire.

— Je voulais te parler ! déclara Angela. J'espère que cela ne te fera pas trop de peine.

Claire se prépara au pire. Il serait encore question de Louis, de ce grand amour qu'il ne fallait pas briser net.

— Je t'écoute !

— J'aurai sûrement besoin de ton aide ou de celle de Matthieu qui sait toujours tout. Hier soir, j'ai compris que je n'avais envie de me marier ni avec César ni avec Louis, enfin, pas maintenant. Plus tard, je verrai bien lequel des deux m'a attendue. J'ai eu une idée qui me plaît vraiment : avec mon diplôme d'institutrice, je crois que je peux travailler à l'étranger et j'aimerais voyager. Faustine m'a montré les cartes postales que ta cousine vous envoie. J'ai vu les immeubles immenses de New York, les chutes du Niagara. Il paraît qu'au Québec ils parlent français, je pourrais peut-être enseigner là-bas ou peindre des paysages que je vendrais.

La voix d'Angela tremblait, mais ce n'était plus du chagrin ni de la colère. La jeune fille vibrait tout entière d'exaltation, tant elle rêvait maintenant de fouler un sol lointain et de partir à l'aventure.

— Bien sûr, le voyage doit coûter cher, mais je vous rembourserai sur l'argent que je gagnerai. Je t'en supplie, maman, dis oui ! J'ai réfléchi tard dans la nuit. Si je pouvais, je m'en irais demain, mais il me faut votre autorisation, pour le passeport et pour faire ce voyage.

Jean descendait l'escalier. Claire lui jeta un regard affolé. Angela répéta avec conviction ce qu'elle venait de dire.

— C'est un bon projet, ça ! s'écria-t-il. Elle a bien le temps de convoler. Vivre dans un autre pays un an ou deux lui sera plus profitable.

— Mais elle est si jeune ! gémit Claire. Voyager seule à son âge, ce n'est pas prudent, j'en serais malade d'inquiétude.

— S'il le faut, je l'accompagnerai ! affirma Jean, le regard brillant de joie. J'ai souvent rêvé d'aller au Canada. Il suffit de se renseigner, de consulter les tarifs des traversées.

— Pour vous deux, ce sera encore plus cher ! s'exclama Claire. Et je croyais que tu ne me quitterais plus. La dernière fois que tu as pris un bateau, il a coulé. Je t'ai cru noyé !

— Faux, Câlinette ! dit-il en la prenant par l'épaule. Le *Sans-Peur* a fait naufrage, mais je suis rentré en Normandie sur un autre bateau de pêche qui est arrivé à bon port. En vingt ans, l'industrie navale s'est perfectionnée. Pour la dépense, ce n'est pas un souci, j'ai de l'argent, celui que Blanche m'a versé. Angela, dans quinze jours, trois semaines au plus tard, si je me débrouille bien, nous embarquerons à Nantes ou au Havre.

— Papa, je t'adore ! cria la jeune fille en sautant au cou de Jean.

— Tu as dit papa ! s'étonna-t-il. J'en ai chaud au cœur ! Ma fille, tu peux compter sur moi, nous serons bientôt à Québec.

Angela l'étreignit avec ferveur. Un peu gêné, il se dégagea en lui pinçant le menton. Ils se sourirent, déjà complices.

Claire retint un soupir. Elle ne voulait pas ternir leur bonheur. Au fond, c'était la meilleure solution. Jean reviendrait peut-être avec un nouveau livre à écrire.

— Tu dois annoncer ta décision à César ! dit-elle à Angela. Ménage-le quand même.

— Oui, maman ! Je suis tellement contente. Ce qui m'ennuie un peu, c'est de laisser l'école, à Torsac. De plus, si je revois Louis, il me fera changer d'avis.

Jean la regarda bien en face :

— Tu lui expliqueras ce que tu ressens, comme tu vas le faire avec César. Si Louis t'aime autant qu'il le dit, il t'attendra. Ce sera la preuve que ses sentiments sont sincères.

— Ou il épousera une riche héritière ! rétorqua Angela, les yeux soudain embués de larmes. Vous promettez de me prévenir, si ça arrive ?

Claire continuait à craindre la séduction redoutable du jeune châtelain pour sa fille adoptive. Elle la savait à un âge propre à s'exalter, à hésiter sur la voie à suivre.

— Jean, si nous rendions visite au maire de Torsac, pour demander un congé dès maintenant pour Angela. Nous ramènerons ses affaires, de sorte que le logement sera disponible pour sa remplaçante. Je dirai qu'elle est malade, qu'elle a contracté une maladie contagieuse. De toute façon, elle s'occupe des petits, ils peuvent être confiés une semaine à sa collègue.

— Tu as raison, maman, ce serait mieux. Je ne bougerai pas du Moulin, je me préparerai au grand départ ! répondit Angela.

Jean approuva, mais il fit les gros yeux à sa femme.

— Je ne te pensais pas capable de mentir si aisément ! lui souffla-t-il à l'oreille. J'espère que tu n'as pas abusé de ce talent avec moi ?

Elle protesta, envahie par une vague culpabilité. Jean ne devrait jamais apprendre qu'elle l'avait trahi en s'offrant à William Lancester.

— Tu as beau jeu de me sermonner ! protesta-t-elle, alors que tu t'apprêtes à m'abandonner sans aucun remords. Au fait, qui aidera Matthieu à l'imprimerie ? Et le verger, les vignes ?

— Câlinette, Léon s'y connaît et je ne m'absente pas un an ! Disons un mois ou deux, le temps d'installer Angela là où elle trouvera un poste.

— Toutes nos économies vont y passer ! s'indigna-t-elle. Cela devient une manie : les gens de la vallée filent en Amérique. Bertille ne rentre pas, Angela et toi, vous partez !

Jean l'embrassa sur la bouche en guise de réponse.

Moulin du Loup, même jour

Léon avait emmené César sur le terrain de Chamoulard. Ils devaient faucher l'herbe du verger et rapporter des fagots. C'était la tradition établie depuis plusieurs années. Jean taillait la vigne fin janvier et stockait les sarments sous le hangar où ils séchaient. Les tiges ligneuses, lorsqu'on pouvait les briser d'un coup sec, servaient à allumer le feu dans la cheminée, mais surtout à faire cuire les grillades. Claire affirmait que cela donnait un petit goût délicieux aux saucisses ou à la viande.

César avait mis ses vieux vêtements réservés pour les tâches agricoles. Il sifflotait, tout joyeux, parce que sa fiancée semblait dans de bonnes dispositions. D'abord, la séance de cinéma où il avait pu lui tenir la main et, ensuite, à midi, il avait profité de ses éclats de rire, de sa soudaine exubérance, après des mois de bouderie.

Léon affûtait la lame de la faux. Pas plus que son fils ou Anita, il n'était au courant du drame amoureux qui se jouait au château de Torsac. Faustine, Matthieu, Claire et Jean avaient réussi à garder l'affaire secrète.

— Hé ! gamin ! Si tu vois des bouts de branches sans feuilles avec du lichen, tu les casses. Misère ! L'herbe est haute, cette année, ça fera du bon foin pour les lapins.

— Sûr ! renchérit le jeune homme. Dis, papa, les mois prochains, je ne viendrai plus les dimanches. Je veux mettre davantage de sous de côté pour m'acheter une voiture. Mon patron répare une Peugeot Grégoire et je lui donne un coup de main. Il me la vendra peut-être cet été. Tu comprends, quand je serai marié, Angela voudra se promener et on pourra venir au Moulin quand ça nous plaira.

— Tu as bien le temps ! ronchonna Léon. Tu auras un loyer à payer et il te faudra des meubles. Ta mère et moi, nous étions logés et nourris par Claire, ça ne nous coûtait rien d'être en ménage. Mais Angela et toi, vous habiterez en ville.

Léon pencha un peu sa longue carcasse maigre. Il commença à faucher. La lame crissait en coupant net les graminées souples, les quelques orties et les ronces. Le bruit revenait à un rythme régulier, tandis qu'il avançait dans le sentier tracé au fur et à mesure par la faux. Une perdrix décampa en battant des ailes.

— Tu aurais dû lui couper le cou ! plaisanta César. Je l'aurais mangée au souper.

— Bah, pauvre bestiole, je lui ai fait peur ! affirma son père. Il doit y en avoir d'autres, je reviendrai avec un fusil.

César posa, contre un tronc, le grand râteau en bois qui servait à ramasser les herbes jonchant le sol, pour se rouler une cigarette. Les années précédentes, le jeune homme se plaisait autant en ville qu'au Moulin, mais depuis peu, il préférait sa vie angoumoisine. Le soir, avec une bande de camarades, César descendait au bord de la Charente pour boire du vin blanc dans les guinguettes dressées sur la berge du fleuve. La jeunesse dansait au son des accordéons, sous les lampions qui se balançaient au vent. Des filles lui souriaient, mais il ne répondait pas, trop amoureux de sa fiancée pour s'intéresser à une autre.

— Tiens, vois donc un peu qui vient ! lui cria Léon. Ta promise ! Je sens que je vais trimer tout seul, moi. Va vite la voir, je me débrouillerai.

Angela calait sa bicyclette contre le mur de la cabane. Elle éprouva un pincement au cœur en revoyant les vignes, ainsi que le banc où Louis discutait avec Bertille. Elle savait maintenant qu'il lui avait signifié leur rupture à cet endroit précis, et que déjà, il pensait beaucoup à elle.

« C'est vrai que, le premier jour des vendanges, il me parlait souvent, il portait mon panier ! » songea-t-elle.

César accourait, sa cigarette au coin des lèvres. Il rejeta sa casquette d'un doigt et lui colla un baiser sonore sur la joue.

— Nous étions ensemble tout à l'heure, fit-elle remarquer. Ce n'est pas la peine de me faire la bise.

— Mais moi, je t'embrasserais du matin au soir si je pouvais, et même la nuit. Tu verras comme je te cajolerai quand nous serons mariés.

— Justement, dit la jeune fille, je dois te parler. Je ne pouvais plus attendre. Viens, asseyons-nous sur le banc.

César ne demandait pas mieux. Angela, elle, se disait que le siège sommaire aurait été témoin de deux ruptures définitives. Il l'attira aussitôt par la taille, mais elle se dégagea, exaspérée.

— César, je t'en prie, écoute-moi, je dois te dire quelque chose de grave !

— Toi alors, au cinéma, tu étais plus câline ! lui rappela-t-il.

Angela n'osait pas le regarder. Elle triturait une fleur de carotte sauvage qui effleurait son genou. Lui, soudain inquiet, la dévisageait avec insistance.

— César, j'ai beaucoup réfléchi ! dit-elle. Je n'ai pas envie de te faire de la peine, mais je crois que je ne suis pas prête pour le mariage. Cette vie-là ne me conviendra pas ; tenir la maison, m'occuper des bébés, faire la cuisine, ça me rendra malheureuse.

Il se gratta le menton, stupéfait.

— Je peux patienter encore un an ! répliqua-t-il. Mais ce sera dur, j'avais hâte d'être ton mari.

— Moi, je ne suis pas pressée d'être ta femme ! Une fois mariés, il faut dormir ensemble et… je n'ai pas envie de tout ça, tu comprends ?

Le jeune homme poussa un soupir de soulagement. Il eut un bref rire moqueur qui irrita Angela.

— Si tu as peur de la chose, il fallait me le dire avant. Je serai gentil, promis juré ! Toutes les filles passent par là, ce n'est pas si terrible, tu sais. Je ne veux pas te mentir, j'ai un peu d'expérience, sinon, j'aurais eu l'air de quoi devant mes copains ! Mais ça s'est passé bien avant que je t'achète la bague. On n'était pas fiancés, mais juste amoureux. Bref, comme dit mon père, je ne pouvais pas me marier puceau, j'ai eu des rapports, histoire de savoir m'y prendre.

Angela serrait les dents et les poings. C'était précisément ce genre de discours qu'elle détestait chez César. Malgré tous ses efforts, il avait une façon de s'exprimer bien populaire. Elle sortit l'écrin en cuir rouge de sa poche et le lui tendit.

— Je préfère te rendre la bague, je romps nos fiançailles ! Je ne peux pas me forcer à t'aimer, César. J'ai de l'affection pour toi, tu as toujours été très gentil, mais ça ne marchera pas, nous deux. Je vais quitter la France. Jean m'accompagne au Canada.

Le ciel serait tombé sur le crâne du garçon qu'il n'aurait pas eu un air plus ahuri. Le désespoir l'envahit instantanément. Les larmes aux yeux, il hurla :

— Tu te fous de ma gueule, bon sang ! Je cherchais déjà un logement, j'économisais pour acheter les meubles !

— César, calme-toi, laisse-moi t'expliquer ! Cela me donnera le temps de réfléchir, je ne peux pas me marier avec toi. Tu serais malheureux !

— Tu t'es amourachée d'un autre type, c'est ça ? bégaya-t-il, le souffle coupé par le chagrin.

— Non, mentit la jeune fille, j'ai changé d'avis, c'est mon droit. Je préfère aller travailler à l'étranger et prendre du recul.

Il se leva et décocha un coup de pied furieux dans le banc.

— Je te préviens, Angela, si tu pars au Canada, je te suis. Ils ont besoin de mécanos, là-bas aussi. Tu es ma fiancée, on se mariera là-bas, je t'aime, moi ! Mais peut-être que je suis pas assez bien pour toi ! Tu fais la difficile, tu crois que je n'ai pas vu tes grands airs ?

César criait si fort que Léon arriva, sa faux à la main. Il lança un regard méfiant à Angela avant de regarder son fils.

— Qu'est-ce que tu as, on t'entendra du bourg si tu continues à brailler comme ça !

Léon n'était pas dupe. Ce n'était pas une querelle d'amoureux. La mine défaite de sa future belle-fille, les yeux injectés de sang de César indiquaient une sérieuse dispute.

— Elle m'a rendu la bague, papa ! Mademoiselle l'institutrice ne veut plus de moi. Paraît qu'elle fiche le camp au Canada, même que Jean l'emmène. Tout le monde se paie ma figure, ici.

Le jeune homme ouvrit l'écrin qu'il tenait entre ses doigts. Il en sortit la bague et la jeta de toutes ses forces contre le cloisonnement de planches de la cabane.

— Je vais me fiche en l'air, Angela ! Tu seras débarrassée, hein ! Y a pas cinq minutes, je causais avec mon père, rapport à la voiture que j'allais acheter, pour qu'on se balade tous les deux ! gémit-il.

Léon retint son fils par le bras.

— Ne fais pas de conneries, gamin ! Angela, explique-toi.

— Je voudrais juste du temps, Léon, avant de me marier. Je suis trop jeune, je ne me sens pas prête, voilà !

— Qu'est-ce que tu me chantes ? gronda le domestique. Ma première épouse, Raymonde, la mère de mon gars, elle n'avait pas ton âge quand on s'est mariés. Et ça te va bien, de faire la difficile, toi, une fille de l'Assistance publique, qui sort d'on ne sait où !

A son tour, Angela se leva du banc. Léon et César lui faisaient l'effet de deux juges impitoyables : le père et le fils réunis, mêmes cheveux filasse d'un blond roux, même nez long, les yeux pleins d'une colère outragée.

— D'abord, je ne suis pas de l'Assistance publique, protesta-t-elle. On m'a placée en orphelinat après la mort de ma mère, j'avais neuf ans. Mais j'ai connu mes parents, mon père a été tué à la guerre, dès le premier mois. C'était un ouvrier, il gagnait son pain.

Elle éclata en sanglots. Douché par la réaction imprévisible de Léon, César regretta de s'être emporté.

— Dis, tu ne vas pas mourir à cause de moi ? lui demanda Angela, pathétique dans son chagrin enfantin.

— Mais non, bredouilla César, je disais ça pour te faire peur.

Léon pointa un index menaçant sur la jeune fille.

— Toi, tu vas chercher la bague dans l'herbe. Si ça se trouve, elle est cassée. Et tu n'as pas intérêt à quitter mon fils, parce que tu n'en retrouveras pas souvent, des bonnes poires comme lui. Tu devrais être bien contente qu'un honnête gars veuille de toi, vu ce que je sais.

Angela recula, toute pâle. Claire l'avait assurée que personne au Moulin ne connaissait son passé. César, surpris, interrogea son père du regard.

— Ouais, fit Léon, je sais ce que je sais !

Une crise de fureur submergea la jeune fille. Elle se sentait humiliée, salie par les insinuations de Léon. Louis avait compati sans la juger déshonorée, il l'avait traitée en victime innocente. Le domestique du Moulin paraissait l'accuser. Très droite, les bras le long du corps, le visage durci par une sorte de haine, Angela fixa César intensément.

— Ton père sait que j'ai été violée à neuf ans et demi par le souteneur de ma mère, parce qu'elle s'est prostituée pour me nourrir ! Voilà ce qu'il sait ! Claire avait promis que personne ne le saurait. Tant pis, je n'ai pas honte ! Mais aucun homme ne me fera plus jamais ce que j'ai subi, petite fille. Et si ça m'arrive, je te jure que ce ne sera pas avec toi !

Léon comprit qu'il était allé trop loin. Claire et Jean lui feraient des reproches.

— C'est pas Claire qui a causé ! s'exclama-t-il. Pendant les vendanges, j'étais dans les parages de monsieur Giraud. Il a raconté tout ce qu'il savait sur toi à l'aristo, le blanc-bec !

— Louis de Martignac ? avança César, horrifié par ce qu'il venait d'apprendre.

— Oui, Louis ! cria Angela. Et ce n'est pas un blanc-bec, sa famille est de la noblesse, et alors ? Ces gens, on dit qu'ils ont du sang bleu ! Chacun sa couleur, hein, Léon !

Elle se rua vers la bicyclette, se percha dessus et pédala vigoureusement pour s'enfuir au plus vite. Mais César bloqua le guidon à pleines mains.

— C'est vrai, ce que tu as dit, Angela ? C'est vrai ? Pourquoi tu m'en as pas parlé avant ? Quand tu me repoussais, c'était à cause de ça ?

Le jeune homme prenait conscience de l'attitude bizarre de sa fiancée les mois précédents et même bien avant. Chaque fois qu'il essayait de l'embrasser ou de la caresser, elle se raidissait ou se débattait. Il fut soulagé, malgré sa peine de la perdre.

— Laisse-moi partir ! implora-t-elle.

Angela s'arrêta chez Faustine. La jeune femme la reçut dans ses bras, secouée de frissons, ruisselante de larmes.

— Qu'est-ce que tu as, chérie ? s'étonna-t-elle. Tu as rompu avec César ?

— Oui, et Léon m'a dit des choses affreuses et même que je ne devrais pas faire la difficile ! Il sait ce qui m'est arrivé quand j'étais fillette. Faustine, j'ai tellement honte, maintenant il va raconter ça partout.

— Calme-toi, soupira Faustine, cela m'étonne vraiment de Léon. Il a toujours été si gentil avec moi, il devait être très en colère pour s'en prendre à toi. Ma pauvre chérie, tu ne pourras jamais empêcher les gens de bavarder ! Peu importe, puisque tu vas vivre très loin de la vallée. Papa est venu tout à l'heure nous apprendre la grande nouvelle. Matthieu ira demain à Angoulême se renseigner pour votre voyage. Le passeport, il suffit d'en faire la demande à la préfecture de police, tu l'auras dans une semaine ou deux.

Elle entraîna Angela vers le fauteuil en cuir qui était l'unique siège confortable de la salle à manger.

— Je vais te faire du thé. Remets-toi, Angie !

— Angie, balbutia la jeune fille. Pourquoi tu dis ça ?

— Ce sera plus chic au Québec ! répondit Faustine. Ne sois pas triste, je t'ai déjà dit que tu n'es pas coupable de ce qui est arrivé. Tu es une merveilleuse jeune institutrice, une artiste aussi. J'étais tellement heureuse quand j'ai su, pour le grand voyage, tu as eu la meilleure idée du monde. Et quand tu reviendras, tu auras plein de récits passionnants à nous faire. Mais attention, je veux que tu m'écrives, chaque semaine, des lettres ou des cartes postales.

Angela se mit à rire entre deux sanglots. Elle ferma les yeux, imaginant un grand bateau blanc et rouge, flanqué d'énormes cheminées en fer, qui l'emportait vers l'inconnu.

— En tout cas, à mon retour, ce n'est pas César que je choisirai. Si Louis m'a attendue, je préfère cent fois me marier avec lui.

— Mais tu devrais au moins lui écrire, pour lui annoncer que tu ne retournes pas à Torsac. Il va se tourmenter, croire que tu l'as quitté sans explication !

— Tant pis, dit Angela, si c'est le vilain coureur de jupons dont tu parles, il n'aura eu que ce qu'il mérite.

Très vite, elle ajouta :

— Je lui écrirai une belle lettre ce soir ! J'ai peint un portrait de lui, de mémoire, à l'aquarelle. Je le lui enverrai, il entre dans une enveloppe.

Matthieu descendait l'escalier. Il venait d'endormir son fils.

— Bonsoir, la voyageuse ! plaisanta-t-il en tortillant une des boucles brunes de la jeune fille. Tu en as de la chance : traverser l'océan avec Jean Dumont, journaliste et écrivain.

— Avec mon père chéri ! rectifia Angela. Si vous saviez comme je suis pressée d'embarquer. Papa Jean, enfin, papa, il m'a dit que l'on verrait des dauphins sauter hors de l'eau, et peut-être des baleines, dans le golfe du Saint-Laurent. Mais, à ce moment-là, nous serons presque arrivés à Québec.

Faustine et Matthieu la regardaient, avec cet air d'envie un peu mélancolique, de ceux qui restent à terre, seulement préoccupés par leur vie quotidienne.

— Moi, je suis surtout contente que tu restes au Moulin jusqu'au jour du départ, ma petite sœur chérie, conclut la jeune femme. Je veux prendre plein de photographies de toi, avec les enfants, sur la charrette du père Maraud. Après, je t'en posterai.

Comme ça, tu auras des souvenirs de chez nous. Et si tu dînais avec nous, ce soir ? Je n'ai jamais d'invités, les repas ont toujours lieu au Moulin. D'accord, je cuisine moins bien que Claire ou Anita, mais mon mari fait d'excellents potages. Il nous préparera aussi des œufs brouillés à l'oseille.

Angela accepta, déjà réconfortée. Isabelle se percha sur ses genoux.

— Quand Pierre aura fini sa sieste, reprit Faustine, nous irons dans ma chambre. Ma penderie déborde de vêtements qui sont trop petits pour moi. Tu choisiras des corsages, des jupes. Maman aura le temps de les ajuster à ta taille.

— Je vais prévenir Claire que nous gardons Angela à manger, déclara Matthieu. Avec un peu de chance, ma sœur me donnera un bocal de foie gras ou un pot de rillettes d'oie.

Faustine caressa le bras de son mari, pendant qu'Angela détaillait Matthieu. Elle le connaissait bien, ils étaient bons amis, mais, pour la première fois, elle s'aperçut à quel point c'était un bel homme. Grand, mince, les épaules carrées, il avait une allure de gentleman, lui aussi. Ses traits réguliers s'accordaient à sa chevelure d'ébène, coiffée en arrière et attachée sur la nuque, comme celle de Louis. Son teint mat, ses yeux de velours noir semblables à ceux de Claire, sa moustache fine sous son nez droit lui conféraient une physionomie d'acteur de cinéma. Du moins, c'est ce que pensait la jeune fille, avide des magazines où l'on pouvait voir des comédiens et des célébrités.

« Faustine l'adore, elle le regarde comme si c'était un dieu ! Et lui, il se préoccupe sans cesse d'elle. C'est un amour comme celui-là que je veux vivre ! » se dit-elle.

Quelque chose lui soufflait que Louis de Martignac serait à la hauteur de ses rêves, mais plus tard, beaucoup plus tard. Angela ne rêvait plus que de terres lointaines et de nouveaux visages, d'un pays où elle n'aurait pas de passé.

16

Le voyage de Jean

*Gare de la Compagnie d'Orléans, Angoulême,
juin 1925, dix-huit jours plus tard*

Claire et Faustine regardaient s'éloigner le train pour Paris, qui bientôt, serait hors de vue. Des grincements stridents leur parvenaient encore, tandis qu'une odeur de goudron et de ferraille montait des voies où d'autres convois stationnaient. Il faisait très chaud sous la verrière de la gare.

— Ils sont partis, ça y est ! se désola Claire en se serrant contre la jeune femme. Cela me fait tout drôle ! Je ne reverrai pas Angela avant un an, si ce n'est plus. Et ton père avait l'air d'un jeune homme, tellement il était heureux de voyager.

— Courage, maman ! Ne pleure pas, je t'en prie. Sortons vite, c'est étouffant ici !

Mais Claire s'obstinait à fixer le dernier wagon qui oscillait sur les rails. Faustine lui secoua le bras.

— Viens, ça ne sert à rien de rester là. Matthieu nous attend.

— Et si je ne la revoyais pas ? s'inquiéta Claire. Je pense encore aux derniers mots du père Maraud. Il a parlé d'Angela en me disant de me dépêcher. Pourquoi ? Il n'y avait pas de raisons de s'alarmer pour une histoire d'amour ! Je suis sûre qu'il a vu autre chose. Elle courra bien des dangers à l'étranger ! Les hivers sont très froids au Canada, heureusement, elle est bien équipée. Je lui ai offert un bon manteau en drap de laine, des bottillons en cuir, fourrés, et des gants.

— Tu as fait tout ce que tu pouvais, maman, viens, je t'en prie.

Très pâle, Faustine entraîna sa mère vers le hall spacieux de la gare. De l'air frais circulait, grâce aux nombreuses portes que les voyageurs en partance, ou juste arrivés, ouvraient et refermaient.

— Tu te fais du souci sans raison, reprit la jeune femme. Tu ne devrais pas attacher autant d'importance aux prédictions d'un vieil homme agonisant. Tu n'as peut-être pas compris ce qu'il voulait dire. Si tu n'étais pas intervenue, Angela aurait fini par céder à Louis, il y aurait eu un mariage, avec une foule de complications. On pourrait en déduire que ton rebouteux attirait ton attention sur le destin d'Angela, qui n'était pas d'épouser César, et encore moins Louis. Elle va rencontrer un homme sensationnel, au Québec, tu verras. Et ce sera grâce à toi !

La version de sa fille rassura Claire. Elle s'apprêtait à renchérir sur le sujet quand elle sentit Faustine s'affaisser lentement. Deux jeunes gens se précipitèrent pour la soutenir *in extremis*.

— Il faut l'allonger sur les banquettes, le long du mur ! leur dit-elle d'un ton affolé. Comme elle est blanche !

Les gens se regroupaient autour de la jolie femme évanouie. Claire sortit de son sac un petit flacon d'eau de mélisse de sa fabrication. Elle humecta son mouchoir et tamponna les lèvres de Faustine.

— Il me faudrait un morceau de sucre ! s'écria-t-elle.

— Je vais en chercher, dit un employé des chemins de fer, reconnaissable à sa blouse grise et à son képi.

Une adolescente prit l'initiative d'aller demander un verre d'eau au restaurant de la gare. Faustine reprit connaissance, un sucre au goût de citron sur la langue, les tempes rafraîchies. Elle fut surprise de découvrir tant de visages penchés sur elle.

— Je me sens mieux ! déclara-t-elle. C'est la chaleur, l'odeur des rails et du goudron, j'ai eu un vertige, et ça a été le noir complet.

Claire remercia ceux qui l'avaient aidée et elle vit Matthieu s'avancer parmi la foule.

— Vous en mettiez du temps ! Faustine, qu'est-ce que tu as ?

Il l'aida à se relever. Elle souriait d'un air embarrassé.

— Heureusement, je n'ai pas vomi devant tout le monde ! chuchota-t-elle.

— Oh ! toi, dit Claire, tu es enceinte. C'est un peu tôt, Pierre n'a que treize mois.

Matthieu prit un air contrit, comme s'il était fautif. Faustine l'enlaça en riant. Ils sortirent ainsi, étroitement liés. Avant de monter dans la Panhard, Claire considéra le jeune couple.

— Vous alors ! Encore un petit trésor à chérir ! Jean avait raison, à ce rythme, vous aurez une douzaine d'enfants. Depuis quand le sais-tu, Faustine ?

— Je n'étais sûre de rien et je n'en parlais pas. Je crois que c'est une fille. Quand j'attendais Pierre, je n'ai eu aucun malaise, rien de rien. Là, j'ai autant de nausées et de vertiges que pour Isabelle. Sur le quai, l'odeur de ferraille m'a rendue malade.

— Et moi qui restais plantée à regarder le train ! déplora Claire. Tu devrais être plus prudente. Si ces jeunes gens ne t'avaient pas rattrapée à temps, tu pouvais te fendre la tête sur le carrelage. Mon Dieu, et ton père qui s'en va au bout du monde sans le savoir ! Il faudra lui envoyer un télégramme.

Le retour vers le Moulin fut joyeux. Matthieu sifflait, Faustine cherchait des prénoms pour leur troisième bébé et Claire contemplait la campagne qui défilait le long de la route. Elle avait baissé la vitre arrière et laissait sa main à l'extérieur.

— Les blés seront beaux cette année ! disait-elle. Tiens, un champ de maïs. Anita m'a raconté que sa mère bourrait des matelas avec les enveloppes de l'épi, qui ressemblent à du papier froissé. Pour punir Léon de sa bêtise, je lui ferai labourer le carré derrière les bambous et je planterai du maïs l'an prochain ; les poules et les canards en raffolent.

En fait, Claire se préparait à faire des économies afin de compenser les grosses dépenses causées par le voyage imprévu d'Angela et de Jean. Son mari avait réservé deux cabines sur le paquebot. Il s'était acheté deux costumes, un nouveau chapeau, des chaussures de qualité et quatre chemises neuves de confection.

« C'est bien lui, ça ! se disait-elle. Il voulait être distingué pour débarquer au Nouveau Monde. Ce sont ses mots ! Et, une fois à Québec, ils logeront à l'hôtel. Bref, mon Jean a eu envie de jouer les grands seigneurs. »

Pendant que Matthieu et Faustine énuméraient des prénoms féminins, elle anticipa les conserves à venir et les semis d'hiver.

« Je mettrai en bocaux des cerises au sirop, des prunes et des poires. Si l'été s'avère sec, il faudra sarcler plus souvent le champ de pommes de terre. » Claire crut voir s'étendre sous ses yeux le potager du Moulin, dont on vantait la belle ordonnance et la productivité, dans toute la vallée des Eaux-Claires. Il y poussait des poireaux, des carottes et des navets, les légumes indispensables à toute soupe digne de ce nom, mais aussi des bettes aux larges feuilles d'un vert jaunâtre et lustré, des radis noirs, des céleris-raves, des cardons au suc amer, des choux, des haricots à écosser, des petits pois et des salsifis. Anita avait semé de nouvelles variétés de salades. Il fallait veiller à les planter à la bonne lune, sinon elles montaient en graine.

« Je passe beaucoup de temps au jardin, mais cela nourrit ma famille de janvier à décembre, se dit encore Claire. J'ai de la chance d'avoir Anita. Elle s'y connaît en tout : la cuisine, les confitures, la charcuterie, le potager. Il faudra aussi laisser couver la poule noire, plus nous aurons de poulets, mieux ce sera. Et nous engraisserons deux cochons. Les salaisons et les saucissons ne se gâtent pas. »

— Sœurette, tu ne descends pas de la voiture ?

Matthieu riait doucement. Il s'était garé dans la cour du Moulin, mais Claire, perdue dans ses songeries de bonne ménagère, ne s'en était pas rendu compte.

— Oh ! Déjà ! Je ne me souviens pas avoir traversé Puymoyen, soupira-t-elle. Je réfléchissais au meilleur moyen de dépenser moins d'argent, les prochains mois.

Léon approchait. Depuis qu'il s'en était pris à la malheureuse Angela, le domestique travaillait deux fois plus que de coutume. Il tentait de se faire pardonner. La cour pavée était désherbée et lavée à grande eau, l'écurie était curée de fond en comble et le tas de fumier derrière le bâtiment formait un cube parfait. Il aurait lavé la toiture du Moulin s'il avait pu.

— Alors, ils sont partis ! bredouilla-t-il. Quel voyage ! L'océan et puis l'Amérique. Dites, elle va en voir, des belles choses, Angela !

Faustine lui opposa une mine fermée. Matthieu ne daigna pas répondre. Claire le toisa :

— Léon, tu sarcleras les pommes de terre demain. Et je voudrais une clôture solide autour de l'ancien pré de Sirius. L'herbe est à point, j'y mettrai la jument et l'âne.

— Oui, madame Claire, c'est comme si c'était fait.

Il guetta en vain un sourire sur le visage de sa patronne et amie. Soudain, Léon leva les bras au ciel en pleurnichant :

— Vous allez tous me battre froid encore longtemps ? Je me suis excusé dix fois, j'ai demandé pardon à la gosse hier soir. Même Jean était fâché, lui qui prend toujours ma défense. Je regrette, voilà ! Mais j'ai beau regretter de toutes mes forces, ça ne change rien. Mon gamin hurlait qu'il voulait se foutre en l'air, alors moi j'ai passé mes nerfs sur Angela. Je vous préviens, je peux pas me supporter ici, quand vous me traitez en ennemi, parce que je vous aime trop ! Si ça continue, j'embarque ma femme et ma Janine, et j'irai me placer ailleurs.

Claire n'en croyait pas un mot. Léon espérait juste un retour à la normale. Mais elle ne décolérait pas. César lui-même avait durement reproché à son père d'avoir insulté Angela. Le jeune homme s'était fait une raison. La bague de fiançailles sommeillait à présent dans sa table de chevet, au second étage d'un vieil immeuble de la rue de Périgueux, près du garage où il travaillait. Ses camarades projetaient de l'emmener danser au bord du fleuve, sur la musique des guinguettes. César s'était consolé en songeant aux filles qui lui souriaient bien souvent ; désormais, il pourrait leur répondre.

— Madame Claire, insista Léon en trépignant, me laissez pas faire une sottise. Jean m'a bien recommandé de bosser avec Matthieu à l'imprimerie et les biques ne donneront pas leur lait à un étranger. Je marcherai sur les mains pour avoir votre pardon et celui de Faustine.

La jeune femme répliqua, en désignant les pavés de la cour :

— Eh bien, vas-y, marche sur les mains !

Anita, du perron, poussa un cri de protestation. Léon hésitait. Il ôta sa casquette et vida ses poches. Il posait le contenu sur le capot de la Panhard : briquet, blague de tabac à rouler, canif, bouts de ficelle et un crayon.

— Range tout ça ! s'écria Claire. Tu ne vas pas te donner en spectacle, Faustine plaisantait. Que cela te serve de leçon, mon pauvre Léon ! Tu n'aurais jamais dû jeter ces horreurs à la figure d'Angela. Surtout que tu n'es pas irréprochable, toi non plus, le petit Thomas en est la preuve vivante. Allez, reprends le travail. Tu sais bien que je ne peux pas me passer de toi.

Le domestique hocha la tête avec humilité. Anita respira mieux. Elle n'avait pas pris parti dans la guerre froide qui avait opposé son mari à la famille Roy-Dumont, mais, au fond de son cœur, elle donnait raison à Léon.

Angela contemplait la campagne qui défilait derrière la fenêtre du wagon. La jeune fille se tenait bien droite, fière de porter une toilette neuve achetée pour le voyage. Dans une boutique renommée d'Angoulême, Faustine l'avait aidée à choisir un ensemble en serge bleu nuit, la jupe en biais, la veste cintrée. Une petite toque assortie coiffait ses boucles brunes, alors qu'un corsage blanc, au col bordé de dentelle, ravivait son teint mat.

Assis en face d'elle, Jean lisait le journal du jour. Angela l'observait de temps en temps, déconcertée de le voir habillé en monsieur. Son père adoptif lui faisait honneur : bien rasé et les cheveux coupés de frais, il arborait une chemise à fines rayures et un costume trois pièces très élégant, d'un gris-bleu métallique. Une femme installée de l'autre côté de l'allée lorgnait souvent vers ce bel homme au regard fascinant.

L'aventure qu'elle vivait plongeait Angela dans une sorte d'extase incrédule. Le mouvement du train, le revêtement des banquettes, les vues photographiques accrochées entre les étagères réservées aux bagages, tout la charmait. Elle étudiait le moindre détail, épiant à la dérobée les manières des autres passagers.

Jusqu'à la gare de Poitiers, Jean se montra peu bavard. Passé l'élan enthousiaste de la décision ainsi que tous les préparatifs effectués dans la hâte et la fébrilité, il prenait mieux conscience de ce qui lui arrivait : un tête-à-tête de plusieurs semaines avec Angela. Même s'il la connaissait assez bien, après cinq ans de cohabitation, ils avaient rarement été seuls, la jeune fille appartenant à ce qu'il nommait en blaguant la confrérie féminine du Moulin. De plus, elle avait longtemps logé à l'institution Marianne, pour être ensuite interne à l'Ecole normale. Habitué à la compagnie de Léon et de Matthieu et à fréquenter aussi bien des paysans que des journalistes, Jean craignait de ne pas savoir s'occuper de sa protégée, encore moins la distraire. Il avait pensé emmener Claire, mais cela doublait les dépenses, et sa précieuse Câlinette n'aurait jamais accepté de déserter le Moulin, les enfants, les bêtes et ses malades.

— J'espère que tu ne t'ennuieras pas trop avec un vieux barbon de mon espèce, dit-il tout à coup à la jeune fille.

Angela, qui avait toujours le nez collé à la vitre, se retourna en riant.

— Tu n'es pas un vieux barbon ! Je ne m'ennuie pas du tout, mais je ne suis pas bavarde. Je préfère réfléchir que discuter et j'ai mon cahier de croquis. Je voudrais dessiner tout ce que je vais découvrir.

— Qu'est-ce que tu attends, alors ? plaisanta-t-il. Tu as de la matière dans un train.

Elle fit la moue.

— Je dessinerai plus tard, après le repas. J'ai un peu faim.

Jean regarda sa montre-bracelet. Il était midi et demi. D'un geste vif, il replia son journal.

— Viens, allons déjeuner.

Il la guida jusqu'au wagon-restaurant. Angela souriait d'un air ravi qui l'émouvait. On aurait dit une gamine au spectacle. Ils prirent place à une table pour deux personnes, le serveur leur proposa la carte.

— Le menu et un quart de rouge ! dit Jean. Voudrais-tu de la limonade, Angela ?

— Oui, volontiers.

Elle caressait du bout des doigts la nappe blanche brodée, et les verres ballon étincelants de propreté. Jean fut attendri.

— La première fois que Claire a pris le train avec Faustine et moi, c'était quand nous partions pour la Normandie, tout la surprenait, notamment le restaurant. Elle faisait les mêmes gestes que toi.

— C'est tellement drôle, de manger dans un train ! répliqua-t-elle. On dirait un vrai restaurant, comme ceux que j'ai vus en photographie. Je ne sais pas comment vous remercier, maman Claire et toi. Vous avez dépensé beaucoup d'argent à cause de moi.

— Ne te fais pas de soucis, coupa Jean. J'aime voyager et

t'éloigner du pays était la meilleure solution. Veux-tu une goutte de vin ? Il n'est pas mauvais.

Angela refusa poliment. Le bœuf bourguignon servi avec du riz et une salade verte lui parut délicieux.

Après une crème à la vanille, ils prirent un café. Jean alluma un cigarillo. Il se sentait plus détendu en regagnant leurs places. Angela se cala contre la fenêtre et reprit sa contemplation silencieuse.

« En voilà, une jeune personne discrète ! songea-t-il. Elle est si contente de voyager ! »

Il sortit d'une petite valise un exemplaire de son ouvrage sur les colonies pénitentiaires. En fait, depuis sa parution trois ans auparavant, il n'avait pas eu le temps de le relire.

Angela gardait les paupières closes. Le roulis du convoi la berçait, mais elle ne dormait pas. Ses pensées voletaient de César, désespéré et presque violent le jour de leur rupture, au beau Louis de Martignac. Dès qu'il avait reçu sa lettre, le châtelain lui avait répondu par retour du courrier. Elle savait le texte par cœur.

Je suis très affligé par ta décision, mon ange chéri. Mais je la comprends. Cela me donnera le temps de convaincre ma mère que tu es la femme de ma vie. Reviens-moi un jour. Je t'espérerai chaque matin, chaque soir. Ton Louis qui t'aime.

La missive avait fait pleurer Angela. Elle avait failli renoncer à s'exiler. Cependant, elle n'était plus assez sûre de ses sentiments.

« Je verrai bien quand je reviendrai en France, si je reviens ! » se dit-elle.

Jean toussota. Elle n'y prit pas garde. Il murmura son prénom, vite, la jeune fille ouvrit les yeux.

— Angela, as-tu lu mon livre ?

— Non, et je le regrette. Tu m'en avais offert un et je ne l'ai pas ouvert. Ne te vexe pas, Jean.

— Tiens, fit-il, tu ne m'appelles plus papa !

— Pas ici, cela fait enfantin. En fait, *père*, ce serait mieux, mais c'est guindé et solennel, pourquoi pas *Jean*, comme avant ?

Elle lui adressa un sourire malicieux en prenant le livre. Jusqu'à Orléans, la jeune fille ne leva pas le nez. Jean étudiait de temps à autre sa physionomie, par curiosité d'auteur. Soudain, Angela respira plus vite et ses yeux s'emplirent de larmes. Secouée de sanglots contenus, elle referma l'ouvrage.

— Qu'est-ce que tu as ? s'inquiéta-t-il.

— Je viens de lire le passage sur le petit Lucien, balbutia-t-elle. Dis, c'était ton frère ?

Jean hocha la tête. Il lui arrivait d'évoquer son frère cadet, mort sur l'île de Hyères où une colonie pénitentiaire s'était établie, mais il ne se souvenait plus si Angela connaissait l'histoire de Lucien. Pendant les réunions familiales, il évitait d'aborder le sujet.

— Un soir, tu as commencé à parler de lui, ajouta-t-elle. Claire t'a fait signe de te taire. Dans le livre, tu portes un autre nom, mais c'est quand même toi, celui qui doit creuser la tombe de Lucien ?

— Oui, ce n'est pas toujours facile de se mettre en scène. Ce texte se voulait un témoignage, je l'ai écrit comme si j'étais journaliste. Je ne pouvais pas préciser que j'étais concerné, que j'avais vécu là-bas.

Jean avait baissé le ton. Angela se leva et vint s'asseoir à côté de lui, car ils disposaient des deux banquettes en vis-à-vis, le wagon étant pratiquement désert. La femme qui regardait sans cesse Jean était descendue à Tours.

— Mais, dans ce cas, déclara la jeune fille, tu as tué le surveillant avec la pelle ? Pourquoi Claire ne m'a-t-elle jamais rien raconté ?

— Cela date de plusieurs années, j'étais gosse, affirma-t-il. Peu de gens sont au courant de mon passé. Tu crois que nous aurions pu t'adopter si j'avais clamé mon ancien statut de bagnard ? J'ai bien cru partir pour Cayenne à vingt et un ans, mais Claire m'a sauvé. J'étais en cavale et elle m'a caché. Plus tard, j'ai été gracié.

Angela considéra d'un œil intrigué le profil de Jean. Elle le vit tel un héros, un ancien paria de la société, seul contre une foule de policiers.

— Ce n'est pas la peine de remuer ces choses-là ! conclut-il. La vie a continué, je suis devenu un homme respectable.

Comme pour sceller sa déclaration, Jean la fixa avec un léger sourire plein de douceur.

— Je ne t'aurais pas jugé, répliqua Angela qui semblait bouleversée. Tu as dû tellement souffrir !

Elle serrait le livre contre sa poitrine. Il lui caressa la joue.

— Excuse-moi, j'ai eu tort de te proposer ce genre de lecture. Mais tu es institutrice. Comme Faustine, tu peux te trouver confrontée à des enfants marqués par de graves chagrins.

Jean se tut, très gêné. Il réalisait qu'il venait de commettre une maladresse. Claire lui avait brièvement expliqué ce qu'avait subi Angela, fillette.

— Quel imbécile je suis, dit-il tout bas. Tu as eu ton lot de malheurs, toi aussi !

Angela se détourna, les joues brûlantes de honte. D'une voix presque inaudible, elle demanda :

— Lucien, que lui ont-ils fait ? Tu as écrit qu'on avait abusé de son innocence, tu parles de l'acte le plus odieux qui soit sans entrer dans les détails. De quoi s'agit-il ?

La conversation prenait un tour embarrassant pour Jean. Il se maudissait maintenant d'avoir proposé son livre à la jeune fille. Mais sa nature franche l'emporta. Il répondit, sur un ton de confidence :

— Certains hommes usent des garçonnets comme ils le feraient d'une femme. Ce sont des mœurs répugnantes. Ta mère serait furieuse si elle savait que je te dis des choses pareilles, mais tant pis. J'estime qu'à notre époque il faut se délivrer des tabous, des principes inculqués par des siècles de religion. La vérité ne peut qu'aider à mieux se défendre dans le monde actuel.

Une véritable tempête agitait le cœur et l'esprit de la jeune fille. Les paroles de Jean la replongeaient au sein du cauchemar vécu jadis, sous le joug pervers du souteneur de sa mère, mais bizarrement cela la consolait. Il la traitait en adulte et surtout, elle percevait une immense compassion de sa part.

— Tu as raison, bredouilla-t-elle. Si j'ai refusé de me marier, c'est à cause de ce que j'ai vécu, enfant. J'avais peur, une peur insurmontable qui me persécutait.

Jean perçut l'importance de cet aveu. C'était le moment ou jamais de rassurer Angela.

— Quand tu seras vraiment amoureuse et que tu auras confiance, la peur s'envolera. Pauvre petit oiseau blessé ! Dis-toi qu'en compensation de ton infortune tu as reçu un don unique, ton talent de peintre et de dessinatrice. Si tu sortais ton carnet de croquis et tes crayons, hein ! Cela te changera les idées ?

Jean l'entoura d'un bras protecteur en lui souriant de nouveau. Elle se noya dans son regard bleu, chaleureux et doux, dont elle subissait le magnétisme sans en avoir bien conscience.

— Il ne faut plus pleurer ! dit-il encore. Tu vas voir Paris et nous dînerons boulevard des Capucines, le haut lieu du théâtre et de la fête.

Angela essuya ses yeux à l'aide d'un mouchoir rose. Cédant à un besoin de réconfort, elle appuya son front contre l'épaule de Jean.

— Est-ce que tu as déjà visité Paris ? interrogea-t-elle.

— Oh ! oui, j'y ai même travaillé. C'est une ville immense, qui possède une âme, enfin, je le ressens ainsi. J'aurais pu vivre là-bas, mais je ne pouvais pas abandonner Claire, Faustine, mon verger et mes vignes. Allez, remets-toi, je vais fumer un cigare.

Il la repoussa avec délicatesse et se leva. Angela reprit sa place et se mit à dessiner. Elle traça l'esquisse de Jean, accoudé à la vitre qu'il avait baissée. En étudiant ses traits, la jeune fille en admira la structure virile et l'harmonie.

« Je ne l'avais jamais bien regardé ! » se dit-elle.

« Cette enfant a enduré le même calvaire que mon petit Lucien, pensait Jean à trois mètres de là. Combien ils doivent souffrir, ces innocents que l'on bafoue ! Ils ont peur, ils se sentent impuissants face aux adultes qui les utilisent tels des jouets. »

Jean revint s'asseoir. Angela arracha la feuille de son carnet, la froissa d'une main et l'enfouit dans son sac.

— C'était raté ! expliqua-t-elle. Je suis trop nerveuse.

Il approuva en silence. Le train traversait la plaine de la Beauce : des océans de blé couleur de miel s'étendaient à l'infini, de même que des champs d'orge et de millet. Il faisait très chaud, Angela ôta sa veste et sa toque. Son corsage blanc en broderie anglaise lui allait à ravir.

Jean faillit la complimenter, mais il se retint.

« Claire m'a conseillé de ne pas la flatter. Ma Câlinette estime que la modestie est une vertu capitale. Moi, j'ai toujours dit ce que je pensais à Faustine et elle n'est pas vaniteuse pour autant. »

Il eut l'idée de lui poser des questions sur ses véritables parents, ce que Faustine et Claire n'avaient jamais fait, malgré leur dévouement, leur bonté et leur affection. Elles craignaient sans doute de raviver des blessures mal cicatrisées.

— Comment était ton père ? Tu te souviens de lui ?

— Oui, j'avais sept ans et demi quand il est parti à la guerre. Papa était châtain avec une grosse moustache. Je l'aimais beaucoup. Il était ouvrier dans une fabrique de bouteilles. Je le voyais seulement le soir, pour le dîner.

— Et ta mère ?

— Maman était espagnole, elle s'appelait Maria. Elle a beaucoup pleuré après le départ de papa. Je n'arrivais pas à la consoler. Elle parlait mal le français. J'étais triste, moi aussi. Après, elle a cherché du travail. Nous logions dans un garni. Elle était jolie, maman.

Angela étouffa un sanglot. Jean lui chatouilla le poignet.

— Va, pleure à ton aise. C'est terrible d'être orphelin.

Il se lança dans le récit de ses pérégrinations sur les routes de France, en compagnie de son petit frère. La jeune fille l'écoutait en imaginant les deux garçons couchés à la belle étoile, les nuits d'été, ou rôdant près des marchés en quête de nourriture.

Au Moulin, ils ne faisaient que se croiser, échanger des bonjours ou des bonsoirs. Le voyage les poussait à mieux se connaître. Lorsque le train ralentit dans un crissement interminable en entrant en gare d'Austerlitz, Jean et Angela avaient l'impression d'être de vieux amis. Leur passé douloureux les avait rapprochés.

Paris fit la conquête de la jeune fille. Le taxi, une spacieuse Peugeot noire, les conduisit jusqu'à l'hôtel Notre-Dame, situé sur les quais. Jean prit deux chambres avec vue sur la cathédrale. La Seine miroitait au soleil. Le vent jouait dans les feuilles des arbres ombrageant les caissons peints en vert, que les bouquinistes utilisaient comme présentoirs, tout le long des parapets en pierre.

Une fois seule dans la grande pièce aux poutres brunes, Angela soupira de bonheur. Elle ouvrit grand la fenêtre, envoya un baiser au ciel lumineux et s'allongea en travers du lit.

— Je suis à Paris ! s'émerveilla-t-elle. Très loin du Moulin et du château ! Et bientôt je partirai sur l'océan.

Elle ôta ses chaussures, ses bas, et s'étira en riant tout bas. César et Louis lui paraissaient relégués dans un passé déjà lointain. La jeune fille avait remarqué les œillades intéressées des hommes, dans le hall de la gare et devant l'hôtel. Paris grouillait d'une foule en toilettes estivales, des milliers de gens, des inconnus, des étrangères d'une élégance inouïe.

— Personne ne sait qui je suis, ici, personne ! Angie Dumont part à la conquête de l'univers !

Angela se releva et courut dans la salle de bains. Elle se dénuda en vitesse et, en sifflotant, elle ouvrit les robinets. La baignoire sabot fut bientôt à demi remplie. Elle s'y trempa avec délectation. Le visage de Jean traversa son esprit, son regard bleu où elle lisait de la tendresse, une vive intelligence, de la bonté et une sorte de détresse profonde, soigneusement enfouie derrière son entrain et sa gaîté.

« Il n'est pas du tout comme je l'imaginais ! » se dit-elle.

La jeune fille comprit que jusque-là, elle s'était contentée de voir en Jean Dumont une sorte de tuteur légal, qui était aussi le mari de Claire et le père de Faustine.

« Je manque de jugement, se reprocha-t-elle. Jean est un homme à part, il a eu une enfance tragique. On ne pense pas assez souvent que chaque individu est marqué par son passé et les épreuves endurées. »

Elle se promit de réfléchir davantage, d'être plus à l'écoute des autres. Jean lui avait demandé d'être prête vers dix-huit heures. Angela mit une robe droite en lin beige qui descendait à mi-mollets, et noua un large ruban blanc autour de son front. Elle se regarda sous tous les angles dans le miroir de l'armoire.

— Je suis chic, mais très correcte ! conclut-elle.

Un gilet en fin lainage, qu'elle posa sur ses épaules, compléta sa tenue.

Jean l'attendait dans le salon de l'hôtel, un quotidien parisien entre les mains. En la voyant traverser le hall, gracieuse et menue, il eut un pincement au cœur. Angela lui donnait l'impression d'être fragile et très seule.

« Elle ne m'a pas vu ! Elle me cherche ! »

Il la rejoignit et lui tendit le bras.

— Ma chère fille, je t'emmène à Saint-Germain-des-Prés, un quartier tout proche. C'est le domaine des éditeurs, ce qui t'explique pourquoi j'étais souvent là-bas, pendant mon séjour à Paris. Des galeries d'art se sont ouvertes récemment, j'ai su ça par les gazettes. Tu pourras admirer ou critiquer les œuvres de tes contemporains, je veux dire des artistes actuels. Nous dînerons sur le boulevard Saint-Germain ; il y a des brasseries où l'on sert des huîtres et un bon petit vin blanc.

— Des huîtres ! se récria-t-elle. Je n'en ai jamais mangé. Et si je n'aime pas ça ? Maman Claire m'a dit que c'était bizarre, visqueux et très salé.

— Tu choisiras ce qui te fait envie, mais moi, je prendrai des huîtres ! affirma-t-il en riant.

Une lumière rose et or baignait les quais et les flots lents du fleuve. Angela aurait bien aimé entrer dans la cathédrale, mais Jean l'entraîna vers des rues étroites sur lesquelles s'ouvraient de nombreuses boutiques. La jeune fille marchait comme dans un rêve. L'animation de la capitale, à l'approche de l'été, lui faisait penser à une joyeuse fourmilière. Un homme la fixa avec insistance tandis qu'elle longeait le mur de l'église de Saint-Germain-des-Prés. Il ressemblait vaguement à Louis de Martignac. Elle en tressaillit de fierté.

« Faustine avait raison : il existe tant de gens sur terre. L'amour, le vrai grand amour, m'attend quelque part ! » songea-t-elle.

Jean était conscient de l'attrait qu'exerçait Angela sur les individus de sexe masculin. Paris ne manquait pourtant pas de superbes créatures, vêtues à la dernière mode, qui riaient haut, assises à la terrasse des cafés, ou qui déambulaient le long des trottoirs. Les cheveux courts étaient de rigueur, ainsi que les longs colliers de perles, surnommés sautoirs, les petits chapeaux et les mollets gainés de bas blancs.

— Nous n'attirons pas l'attention ! dit Jean avec un sourire en coin, ce qui prouve que nous n'avons pas trop une allure de provinciaux, mais toi, tu fais ton petit effet !

Elle fut comblée par sa remarque. Ils firent un tour dans le jardin du Luxembourg et remontèrent la rue de Tournon.

Curieuse, Angela s'arrêtait devant les vitrines des galeries d'art. Les toiles exposées la rendaient perplexe, tant elles différaient de ses aquarelles aux teintes pastel, au dessin aérien.

— Regarde, Jean, comment ils emploient les couleurs ! Il y a très peu de détails. Certaines proportions sont surréalistes.

— Je suppose que c'est à la mode, comme les cheveux courts et le maquillage ! rétorqua-t-il. Je ne m'y connais pas du tout en peinture.

— J'aurais aimé suivre des cours aux Beaux-Arts de Paris, avoua-t-elle en soupirant.

— Mais tu es une fille ! s'écria-t-il en regrettant aussitôt ces propos que Claire aurait condamnés d'office. Désolé, c'est idiot. Les femmes doivent avoir accès à toutes les écoles. Je crois juste que c'est un milieu bien particulier, qui pourrait te rebuter.

Elle répondit d'une grimace dubitative. Ils avaient faim et s'attablèrent dans une grande brasserie du boulevard Saint-Germain. Les tarifs effrayèrent la jeune fille.

— C'est trop cher, Jean !

— Tant pis, nous ne venons pas tous les jours à Paris ! A la veille d'embarquer pour l'Amérique tous les deux, nous pouvons nous offrir un bon repas ! Demain matin, j'ai commandé un taxi pour six heures, tu seras prête ? Le paquebot *France*[1] appareille en début d'après-midi, et le train qui nous emmène au Havre nous conduira jusqu'au quai ; le terminus est sur le port.

Le cœur d'Angela se mit à battre plus vite. Elle allait quitter la France, traverser l'océan. Tout au long du repas, elle fut songeuse, encore hésitante. La jeune fille éprouvait de l'angoisse et de l'exaltation. Que lui réservait le Québec ?

Le *France* s'éloignait des côtes françaises. Jean et Angela se tenaient à la proue du paquebot, dont la masse imposante semblait glisser sur une mer d'un bleu profond. La crête des vagues qui déferlaient vers la terre évoquait un feston de dentelle d'un blanc pur. Des nuées de mouettes et de goélands survolaient l'énorme bateau. A la sortie du port, le son rauque et puissant de la sirène résonnait encore dans le cœur de la jeune fille.

— Jean, comme c'est beau, l'océan, et cette odeur que l'on sent, je ne m'en lasse pas ! cria-t-elle pour se faire entendre.

Les moteurs du paquebot ronflaient, des lames heurtaient la

---

1. Premier paquebot transatlantique français (1912-1934) à porter ce nom. Ne pas confondre avec le célèbre *France* des années 1960.

coque et le vent soufflait. Tout cela créait un bruit assourdissant. Jean répondit en haussant le ton lui aussi.

— C'est l'iode que tu sens, les embruns !

Face à eux, s'étendait l'immensité de l'Atlantique jusqu'à la ligne d'horizon qui ne cesserait de fuir durant toute la traversée. Angela crispa ses doigts sur la barre du bastingage. Elle avait l'impression de renaître, de se débarrasser de tout ce qu'elle était jusqu'à ce jour. La salle de classe de l'école de Torsac lui paraissait minuscule, et même le château des Martignac.

— Je suis trop heureuse ! déclara-t-elle en riant.

Elle se revit la veille, quand Jean et elle rentraient à l'hôtel. Sur les quais de la Seine, les réverbères étaient allumés, et des voitures à chevaux, doublées par des automobiles luxueuses, cahotaient sur les pavés. Elle s'était endormie bien trop vite, épuisée par la journée, grisée par le verre de vin blanc qu'elle avait fini par boire.

— Je voudrais rester sur le pont pendant tout le voyage ! ajouta-t-elle. Dans ma cabine, je ne vois rien du tout.

Elle se tourna vers Jean. La brise marine ébouriffait les courtes mèches brunes autour de son front. Il avait l'air très jeune, malgré quelques rides d'expression.

— Tu as vraiment des cils très longs et très noirs ! s'étonna-t-elle.

— Arrête de me dévisager, petite ! gronda-t-il en imitant l'accent et les intonations de Léon quand celui-ci parlait à Thérèse. Ce ne sont pas des manières !

Il lui souriait, et Angela ne vit pas l'ombre d'une contrariété au fond de ses yeux bleus. Depuis leur balade nocturne, allant du quartier Saint-Germain à l'hôtel Notre-Dame, Jean s'inquiétait un peu de la liberté de paroles et de gestes dont faisait preuve la jeune fille. Pendue à son bras, elle l'avait embrassé deux fois sur la joue en pleine rue. Même Faustine ne se serait pas montrée aussi familière, s'ils avaient voyagé ensemble. Il n'osait pas lui en faire la remarque, de peur de briser sa joie de vivre retrouvée.

— Nous ne sommes pas encore au large ! dit-il d'une voix forte. Tu verras, malgré sa masse et son poids, le *France* sera bientôt ballotté comme une vulgaire barque. Tu seras contente de t'enfermer dans ta cabine et de te coucher.

— Parce que tu t'y connais en navigation, c'est vrai ! répliqua-t-elle. Claire m'a raconté ton passé de matelot et le fameux naufrage du *Sans-Peur* près de Terre-Neuve.

— Bon, j'espérais te rendre plus raisonnable, mais en fait, si la mer est bonne, et elle l'est souvent en cette saison, un paquebot comme le nôtre demeure stable ! dit-il.

— Je n'ai pas envie d'être raisonnable ! s'écria Angela en s'éloignant le long du bastingage.

Jean soupira, désemparé. Il avait cru que ce serait simple d'escorter la jeune fille jusqu'au Québec. Maintenant, il commençait à en douter.

« Chaque heure qui passe, elle devient plus exubérante, imprévisible. Enfin, c'est sûrement l'excitation du grand départ. Elle va se calmer », espéra-t-il en silence.

Le premier soir, un dîner réunissait tous les passagers de première classe dans la salle à manger du bateau. Jean n'avait pas osé dire à Claire qu'il avait acheté des billets hors de prix. C'était sa façon à lui de renouer avec ses origines bourgeoises du côté maternel et de remporter un pari personnel vieux de vingt ans. Cela datait du *Sans-Peur*, quand il rêvassait le soir dans son hamac de matelot.

« Un jour, s'était-il promis, je voyagerai sur un superbe bâtiment, en première classe, parmi les nantis. »

Dans ses songeries, il était en compagnie de Claire, sa belle Claire de la Grotte aux fées. Elle éblouissait tous les passagers en dînant avec lui, vêtue d'une robe de princesse.

— Eh bien ! grommela-t-il. J'ai réalisé mon souhait, mais je ne suis pas avec Claire.

Pourtant, Angela lui faisait souvent songer à sa femme, du temps où elle courait la campagne pour le rejoindre au bord du ruisseau. Attendri, il se dit que la jeune fille pourrait vraiment être leur enfant.

Une surprise de taille allait achever de le troubler. Il frappa à la porte de la cabine d'Angela un peu avant huit heures du soir. Elle lui ouvrit, narquoise.

— Je ne te ferais pas honte, au moins ? demanda-t-elle en penchant la tête avec coquetterie.

Il ne sut que répondre. Angela portait une robe fluide en soie verte et elle avait des bracelets autour de ses bras déliés et bronzés. Ses boucles brunes, lavées et séchées soigneusement, formaient un casque vaporeux aux reflets scintillants. Un foulard de la même couleur que la robe amenuisait l'ovale de son visage. Des boucles d'oreilles en strass, représentant des hirondelles, mettaient en valeur la ligne de son cou.

— Bertille l'avait donnée à Faustine, cette robe, mais elle ne lui allait pas du tout. Alors, je l'ai prise. Je savais qu'il me faudrait être distinguée pour les repas à bord du paquebot.

— Tu es plus que distinguée ! concéda Jean. Tu es très belle. Dis-moi, tu vas en faire, des conquêtes, à bord !

« Ainsi, elle ne ressemble plus du tout à Claire. D'abord, elle a le nez retroussé et les yeux plus clairs, dorés et non pas noirs. Mais elle s'est fardée ! » se dit-il.

— Angela, es-tu sûre que ta toilette convient à une jeune institutrice de dix-huit ans ? Je croyais que Claire t'avait défendu de te maquiller.

— Jean, je t'en prie, ne me gâche pas ma première soirée sur le bateau ! implora-t-elle. Je voulais te faire plaisir.

Stupéfait, il la précéda dans le couloir aux boiseries vernies, brillamment éclairé.

« Mais à quoi joue-t-elle, à la fin ? » s'inquiétait-il.

« Quelle allure, avec ses épaules carrées, sa démarche de félin ! » pensait-elle.

Le dîner dans la spacieuse salle à manger les étourdit si bien, qu'ils oublièrent leur rôle respectif pour jouir de l'ambiance. Un orchestre interprétait des valses et des symphonies célèbres, les verres en cristal étincelaient, la rumeur des conversations composait un ronronnement en sourdine, ponctué de rires et d'éclats de voix. Un lustre magnifique dispensait une clarté nacrée qui embellissait le teint des femmes.

Nerveux, Jean but plus que de coutume. Angela mangeait peu et ne bavardait guère. Elle se rassasiait de musique, de belles robes et du regard de son voisin de table. Elle se sentait plus mûre, libre et disposée à plaire. Un détail clochait : le seul homme qu'elle jugeait séduisant, c'était son père adoptif.

« Claire a de la chance de l'avoir épousé ! se répétait-elle. Il a tant de charme, des dents blanches, un sourire merveilleux. »

La jeune fille ne parvenait plus à voir en lui le Jean de la vallée des Eaux-Claires. Il était différent, loin de sa famille.

— Tu me feras danser, tout à l'heure ? dit-elle d'un ton enjôleur.

— Je ne crois pas ! coupa-t-il, j'ai sommeil.

— Une valse, au moins ? Jean, n'importe quel père accorde une danse à sa fille ! insista-t-elle en lui prenant la main entre la corbeille à pain et la carafe d'eau.

Il céda pour ne pas l'attrister. Elle avait le droit de s'amuser, de profiter de son éclatante jeunesse. Le fourreau de soie verte moulait sa poitrine très ronde, qui paraissait audacieuse par contraste avec son buste gracile et ses hanches étroites. Piètre partenaire, Jean, d'abord distant et concentré sur les pas de la valse, finit par tenir Angela plus étroitement. Il avait du mal à reconnaître en elle l'adolescente réservée, la jeune fille parfois boudeuse. C'était une femme consciente de sa beauté qu'il avait dans ses bras.

— Je vais me coucher ! dit-il soudain en l'abandonnant. Je te permets de rester un peu, tu trouveras sans peine d'autres danseurs, mais ne sois pas trop coquette, comme dirait ta mère.

Il avait scandé ce dernier mot qui ramenait sur le bateau la silhouette de Claire et son autorité bienveillante. Angela recula vers une desserte où les serveurs disposaient des bouteilles et des coupes. Son regard pétillant de joie l'instant précédent se voila d'amertume.

Les trois jours qui suivirent, Jean et Angela eurent des relations ordinaires. Elle avait repris son apparence sage, sous son ensemble bleu foncé et son corsage blanc. Jean, lui, discutait souvent avec un vieux photographe en partance pour l'Ouest américain, ou bien il jouait au billard ou s'attardait au fumoir.

Angela se promenait sur le pont. Elle observait les allées et venues des autres passagers et écoutait leurs conversations, ou bien elle s'installait confortablement dans un siège pliant, face au large, pour lire. Des jeunes gens rôdaient à proximité dans l'espoir de lui parler, mais elle les ignorait. Jean lui en fit le reproche le lendemain :

— Profite de la traversée pour nouer des amitiés. Quand je serai rentré en France, tu seras seule en terre étrangère. Ce garçon, là-bas, se rend lui aussi au Canada ; il semble intéressant : un futur docteur en sciences naturelles. J'ai échangé quelques mots avec lui et il a un accent particulier.

— Je le trouve insignifiant ! répliqua-t-elle.

Il s'en voulut d'être rassuré par sa réponse. L'heure suivante, il s'enferma dans sa cabine pour écrire à Claire. Les mots ne venaient pas. Il réussit enfin à lui narrer la vie à bord, les agréments du temps qui demeurait beau, mais, au moment de donner des nouvelles d'Angela, il leva son stylo.

Elle s'amuse de tout et de rien, sans souffrir du mal de mer, eut-il peine à griffonner après avoir réfléchi, l'âme en déroute. Le Moulin, Claire, Faustine et les enfants, l'imprimerie et ses terres lui semblaient très loin, comme flous. Sur le paquebot, il se détachait contre son gré des douces chaînes de sa vie habituelle.

Seule Angela prenait de la consistance, de l'importance.

Jean jeta la feuille qu'il avait déchirée. Se souvenant d'un coup de ses mimiques adorables et du grain brun à la commissure de ses lèvres, il croyait entendre le rire bas et rauque de la jeune fille.

— Bon sang ! jura-t-il. Qu'est-ce qui m'arrive ? Je perds la boule ou quoi ? J'ai adopté cette gosse, je suis là pour veiller sur elle, la mener à bon port.

Soudain, le grand bateau fut ébranlé. Des grondements retentirent sur le pont. Jean regarda par le hublot. Le ciel était d'un gris argenté, et des vagues énormes cognaient contre la coque.

« Où est Angela ? se demanda-t-il. Nous allons avoir une tempête. »

Il se rua dans le couloir pour se diriger au pas de course vers l'accès au pont. Les passagers désertaient les larges coursives où s'alignaient les transats bariolés. Jean aperçut Angela. L'océan se déchaînait, hérissé de lames monstrueuses d'un vert sombre. Il pleuvait déjà à torrents.

— J'ai vu des dauphins ! lui dit la jeune fille d'un air affolé, quand il la saisit par l'épaule. Ils sautaient hors de l'eau, très haut. Est-ce que c'est mauvais signe ?

— Peut-être bien ! répliqua-t-il d'un ton distrait. Viens, tu seras mieux dans ta cabine. Ce n'est qu'un grain, mais ça risque d'être pénible.

Elle ne protesta pas, plus pâle que d'ordinaire. Il lui conseilla de s'allonger.

— Dis, notre bateau ne va pas couler comme le *Titanic* ? s'effraya-t-elle.

Le naufrage d'un des plus magnifiques paquebots du monde marquait encore les esprits. Jean la réconforta de son mieux :

— Le *Titanic* a heurté un iceberg. Nous ne suivons pas la même route que lui. Je viendrai te chercher pour le dîner. En attendant, repose-toi, tu n'as pas bonne mine.

Angela acquiesça d'un signe de tête. Deux heures plus tard, il faisait nuit, une nuit précoce, et la tempête empirait. Jean trouva la jeune fille en longue chemise rose à col ourlé d'un volant.

— Je suis malade, Jean ! déclara-t-elle sans avouer qu'elle avait vomi. Je ne pourrai rien avaler, je préfère me coucher.

— Tu as peur, n'est-ce pas ? questionna-t-il doucement.

— Oui, il y a des bruits effrayants, le bateau bouge beaucoup, je ne pensais pas qu'un si gros paquebot bougerait comme ça.

Les boucles en bataille, le teint blême, elle le fixait d'un regard terrifié.

— Il faudrait manger un peu, pourtant ! ajouta-t-il. Voyons, sois courageuse, habille-toi.

Mais elle refusa en le mettant presque à la porte. Jean alla dîner seul et redescendit en toute hâte. Il comprenait trop bien ce qu'elle éprouvait. Les colères de l'océan avaient de quoi épouvanter les plus vaillants. Il frappa en vain, et finit par entrer dans la cabine qui n'était pas fermée à clef.

Angela était recroquevillée sur le lit, draps et couvertures tirés jusqu'au front. Elle sanglotait, il le devina aux mouvements qui agitaient la literie.

— Petite, qu'est-ce que tu as ? remarqua-t-il en s'asseyant près d'elle. Tu es encore malade ou tu as peur ?

La jeune fille ne répondit pas. Elle avait souffert du mal de mer, et l'atmosphère de fin du monde la terrifiait, mais ce n'était pas ça qui la faisait pleurer. Elle avait eu le temps de réfléchir et sa conclusion la désespérait : elle était amoureuse de Jean. Cet amour, bien plus ardent que celui éprouvé pour Louis de Martignac, la dépassait.

Il rabaissa le drap. La lumière d'une unique lampe à abat-jour rouge se refléta dans les yeux brillants de larmes d'Angela. Elle dut mentir :

— Bien sûr que j'ai peur ! Je ne veux pas mourir. Je ne sais pas nager.

La chemise de nuit bâillait. Jean ne put détacher son regard de l'échancrure qui dessinait un triangle de peau dorée. Furieux contre lui-même, il alluma un cigarillo.

— Oh ! non, ne fume pas ! supplia-t-elle, je ne me sens pas bien.

— Dans ce cas, je te laisse. Je parie que demain matin il fera soleil et la mer sera calmée ! rétorqua-t-il en esquissant le geste de se lever.

Angela se cramponna à son poignet.

— Reste un peu, Jean. Quand tu es là, j'ai moins peur ! Je t'en prie, ne t'en va pas.

Il se rassit, partagé entre l'envie de fuir et celle de l'enlacer pour la consoler. Il en éprouva une véritable panique.

— Tu partiras quand je dormirai ! implora-t-elle sans le lâcher. Tiens, je vais poser ma joue sur ta main.

Elle fit ce qu'elle venait de dire, plaquant une pommette ronde dans la paume de Jean. Il perçut le battement de ses cils et la chaleur de sa respiration.

— Tu n'es qu'une petite folle ! s'écria-t-il, à la fois agacé et touché.

Il faillit se lancer dans un discours sur son statut de père, lui signifier qu'elle se montrait trop affectueuse, parfois, mais énoncer cela lui parut à double tranchant. Il se trahirait.

« Jusqu'à présent, si j'étais son vrai père, rien ne serait choquant ou équivoque », constata-t-il.

Jean s'adossa à la boiserie en écoutant les mugissements du vent et le déferlement de la pluie. Insensiblement, Angela gagna du terrain. Elle cala sa tête sur son épaule et, muette, comme somnolente, passa un bras autour de sa poitrine. Il caressa ses cheveux sans plus réfléchir.

— Dors, petit oiseau, dors en paix ! dit-il.

« Que je suis bien tout près de lui, pensait-elle. Je suis à l'abri, rien ne peut m'atteindre. »

Elle feignit le sommeil. Lui n'osait plus bouger. Il baissa les yeux au bout d'un moment. La chemise s'était encore ouverte sur le bombé d'un sein couleur de miel.

Angela finit par s'endormir pour de bon. Jean n'eut pas le

courage de s'en aller. Il attendit l'aube, pris au piège du désir insensé qui venait de l'embraser tout entier.

Le jour suivant, tout était rentré dans l'ordre. La mer avait repris sa teinte turquoise et le soleil montait dans un ciel limpide. La vie à bord reprit son cours plein d'agréments. Jean, quant à lui, avait décidé de prendre ses distances avec la jeune fille. De gentil et prévenant, il devint froid, presque hostile. Angela fit le gros dos, sans paraître affligée ; elle était dotée d'un instinct infaillible.

« Il est malheureux parce que je lui plais, j'en suis sûre, songea-t-elle le soir dans sa cabine. Notre amour est impossible, il m'a adoptée et il est marié à Claire. Il essaie de lutter contre ses sentiments. »

Depuis trois ans, Angela avait beaucoup étudié, mais cela ne l'avait pas empêchée de lire des romans de quatre sous, dont le thème principal était l'amour contrarié qui ne triomphait que dans les dernières pages. Cela avait entretenu sa passion pour le châtelain en l'éloignant de César, bien trop banal à son goût. Elle avait cependant peu l'expérience des hommes et ne faisait pas de différence entre le désir et la véritable inclination du cœur et de l'âme.

Quand elle pensait au Moulin du Loup, à Claire et à Faustine, des scrupules l'envahissaient. Elle avait souvent envie d'être à nouveau la douce et sérieuse Angela, même si ce n'était qu'une facette de son caractère. Déjà, à seize ans, elle manifestait une jalousie tenace à l'égard de Bertille, sans avoir la preuve d'une liaison entre la dame de Ponriant et Louis de Martignac. Sous ses manières de jeune chatte câline couvait un tempérament de tigresse. Personne ne s'en était rendu compte, Jean moins que tout autre.

Il se méfiait, désormais, il ne pouvait pas faire mieux. Les repas se déroulaient en silence. Il prenait un air distant, obstinément taciturne. Elle calquait sa conduite sur la sienne, ne l'interrogeant pas, grignotant avec des mines de fillette docile.

— Nous serons à New York dans deux jours, lui dit-il un matin. Autant te prévenir, je t'accompagnerai à Québec en train, et je compte reprendre un bateau dans les meilleurs délais. Tu es capable de te débrouiller seule, à mon avis.

Angela ne répondit pas. Elle comprenait tout à coup que

l'aventure et la découverte d'un autre pays seraient dénuées de tout intérêt sans Jean.

— Ta famille te manque ! déclara-t-elle. Je vois bien que tu es triste depuis le soir de la tempête. Je peux prendre le train sans toi si tu n'apprécies plus ma compagnie.

— Oui, ma famille me manque, mais ce n'est pas ça ! répondit-il d'un air songeur.

Ils prenaient leur petit-déjeuner dans la salle à manger. Angela sirotait son café au lait. Jean vit soudain de grosses larmes couler le long de ses joues. Elle ne le défiait pas, gardant la tête un peu baissée sur sa tasse.

— Dans ce cas, dit-elle, je ferais bien de lier connaissance avec ceux qui vont au Canada. Hier, le jeune homme dont tu me parlais, le futur docteur, il m'a fait la conversation. Il est québécois et il rentre chez lui, à Montréal. Il m'a raconté les hivers là-bas, la neige, le froid extrême, son accent est vraiment amusant, tu avais raison.

Elle se leva et s'éloigna d'une démarche aérienne. Ses boucles dansaient, ses hanches ondulaient. Jean perdit l'appétit. Il avait beau se raisonner, se traiter d'imbécile et de vieux fou, Angela l'obsédait. Il ne parvenait plus à la considérer comme sa fille adoptive. C'était la tentation incarnée, le fruit vert qu'il rêvait de croquer.

« Depuis que nous sommes en mer, j'ai l'impression de vivre près d'une étrangère qui ferait tout pour me séduire. Claire elle-même ne la reconnaîtrait pas. »

Encore une fois, Jean se réfugia au fumoir. Un commerçant parisien, avec lequel il s'était lié d'amitié autour du billard, lui proposa une partie. Il refusa et alla s'enfermer dans sa cabine.

« Je ne profite même plus du soleil ni des balades sur le pont. Je ne vois plus l'océan, plus rien. Claire, aide-moi, je t'en prie, Claire, ma Câlinette ! »

Les poings serrés sur ses yeux fermés, Jean se concentra pour évoquer l'image de sa femme. Il la revit occupée à cuisiner, ou debout près du portillon du potager, un panier à la main. Son visage bien-aimé lui échappait. La veille du départ, ils avaient fait l'amour, mais avec plus de tendresse que de passion. Claire n'avait plus jamais le temps, elle pensait à ses patients, aux enfants et aux petits-enfants. A quarante-sept ans, Jean se sentait parfois frustré, mis à l'écart à cause d'une fièvre d'Arthur ou d'une maladie bénigne de la petite Janine.

— Bon sang, qu'est-ce qui m'a pris de vouloir accompagner Angela au Québec ? pesta-t-il à mi-voix. Si je me doutais qu'elle serait aussi coquette et familière ! Elle me regarde droit dans les yeux, on dirait qu'elle me nargue. Ce n'est qu'une sale gamine qui joue avec le feu ! Je comprends mieux comment elle a tourné la tête de ces pauvres benêts de César et de Louis. Je ne vais pas me gâcher la vie pour une enfant, j'aime trop ma Câlinette !

Jean monta sur le pont, un journal politique plié sous le bras. Il avait la ferme intention de profiter du temps délicieux, de maîtriser son coup de folie.

« Je serai ferme et paternaliste, se promit-il. Quitte à mettre les points sur les "i" avec autorité. »

Il se demanda soudain si le passé d'Angela ne l'avait pas corrompue. Aussitôt il eut honte de cette conclusion hâtive.

« Qu'a-t-elle fait de mal, au fond ? Rien ! Elle a simplement mis un peu de fard et une robe qui la changeait. Durant la tempête, elle avait besoin d'être rassurée, mais une fille peut avoir ce comportement avec son père. Je lui fais payer ce qui me tourmente. »

Jean était épris de justice, cela datait de son enfance. Il se mit en quête d'Angela afin d'avoir une discussion qui dissiperait tout malentendu.

La jeune fille était accoudée au bastingage, près de la proue du paquebot. Elle écoutait d'un air passionné les discours du grand Canadien dont il lui avait vanté la prestance. Jean les épia en gardant ses distances, le rire d'Angela lui parvenait au gré du vent. Soudain, l'homme chuchota à son oreille et elle rit encore plus fort.

Jean fut pris d'une colère aussi violente que soudaine. On lui avait confié une dévergondée, il ne trouvait pas d'autre mot ! Il devait intervenir sur-le-champ ! Pas un instant, il ne se souvint du jour dramatique où il avait frappé Faustine, âgée de douze ans, en apprenant qu'elle embrassait des garçons pour jouer à la fiancée.

Le couple le vit débouler, une expression de rage sur le visage.

— Angela, clama-t-il, suis-moi ! Et vous, monsieur, je vous prierais de la laisser en paix.

Ses doigts se refermèrent sur l'avant-bras de la jeune fille. Le Canadien, sidéré, bredouilla des excuses.

— Je n'ai pas manqué de respect à mademoiselle, monsieur. Je suis navré, je n'aurais pas osé importuner votre fille ! Je lui contais des histoires de mon pays et comme le vent souffle fort, j'étais bien obligé de m'approcher.

La jalousie submergeait Jean : c'était dans sa nature. Il jeta un coup d'œil furibond au malheureux étudiant.

— Mais ce n'est pas mon père ! claironna Angela, ravie de la réaction de Jean, c'est mon amant !

Cette fois, elle était allée trop loin. Jean l'entraîna au pas de course et s'arrêta près d'un conduit en fer, là, il la gifla de toutes ses forces.

— Bon sang, tu as le vice chevillé au corps ! maugréa-t-il très bas. Dis, ça te plaît de passer pour une fille déshonorée et de me donner le rôle d'un salaud ? Tu crois que je prendrais pour maîtresse une gosse qui a trente ans de moins que moi ?

Elle le provoquait, ses prunelles noisette semées d'or rivées aux siennes, dont le bleu d'azur s'était assombri. Jean la conduisit dans sa cabine où régnait un beau désordre. Angela avait éparpillé ses toilettes. La chemise de nuit rose gisait sur le parquet ciré. Un parfum de lavande flottait dans l'air.

— Tu n'as pas le droit de dire des choses pareilles à des inconnus ! gronda-t-il. Tu as pensé à ta réputation, à la mienne ? Qu'est-ce que tu cherches, Angela ?

— Personne ne nous connaît sur le bateau, encore moins au Québec, répliqua-t-elle.

— Et ce jeune homme, hein ? S'il avait souhaité te revoir à l'avenir, quelle idée se fait-il de toi, à présent ! Bon sang, en quittant le Moulin, tu disais à Faustine que tu écrirais souvent à Louis parce que tu l'aimais encore. Tu deviens folle, ma parole ?

L'air dur, elle le toisait malgré sa petite taille. Il remarqua les marques rouges des gifles sur ses joues.

— Je m'emporte vite ! dit-il, mais là, tu m'as cherché ! Clamer que je suis ton amant, alors que je t'ai présentée comme ma fille au capitaine du bateau et à la plupart de mes fréquentations ! Angela, explique-toi, je ne sais plus ce que je dois faire.

Jean semblait vraiment désemparé. Il leva les bras au ciel tout en piétinant une combinaison en satin bleu qui gisait par terre.

— Je te demande pardon ! s'excusa-t-elle. Ce type me serrait de près et je voulais qu'il me fiche la paix.

Il sortit sans répondre, sans même attendre les explications exigées.

« Mon Dieu, j'ai failli la prendre dans mes bras, la couvrir de baisers. Je suis un homme malgré tout et elle flirte avec moi comme si j'étais son soupirant. Pourtant, dans le train, le jour du départ, elle m'a avoué redouter les choses du mariage. Qu'est-ce qui lui prend donc ? »

Jean déjeuna et dîna seul. Il appréhendait l'arrivée à New York et le trajet en train jusqu'à Québec. Ils devraient séjourner à l'hôtel, une fois là-bas.

« Je ne peux pas repartir immédiatement comme je le voulais. Que penserait Claire si je lui dis que j'ai posé Angela dans une chambre et que je me suis enfui. Je dois l'aider à trouver un emploi et un logement. Je jette l'argent par les fenêtres, à cause d'une, d'une... »

Il ne savait plus comment qualifier la jeune fille. Loin de la chérir, il la méprisait presque. Mais, l'instant d'après, il lui accordait des circonstances atténuantes.

« Fillette, elle a souffert de la violence d'un homme, peut-être qu'elle se venge sans en avoir conscience. Et, me présenter comme son amant, c'était sans doute pour me faire payer ma froideur de ces derniers jours. Quand même, quel culot ! »

Aucun de ses compagnons de fumoir et de billard ne put le décider à bavarder ou à disputer une partie. Jean avait prié un serveur de descendre un plateau à Angela. Dès que la nuit fut tombée, il arpenta le pont. Le paquebot brillamment éclairé poursuivait sa route paisible vers l'Amérique. Des cris étranges s'élevaient, lointains, étouffés, faisant penser à des plaintes de femmes.

— Tiens, des baleines ! s'étonna-t-il.

Appuyé au bastingage, il fuma, tentant d'apercevoir ces gigantesques animaux marins, dont les chants aigus avaient terrifié les marins de l'ancien temps.

« On raconte que cela a donné naissance au mythe des sirènes ! » songea-t-il.

Mais ses pensées revinrent à Angela.

« Que fait-elle, seule dans sa cabine ? A-t-elle des remords ou bien est-elle triste de m'avoir contrarié ? Je ne pourrai jamais rapporter sa conduite à Claire, elle en serait trop peinée. »

Jean se retrouva bientôt devant la porte de la jeune fille. Il frappa discrètement. Angela ouvrit, enveloppée d'un peignoir en satinette rouge. La couleur exaltait son teint doré, rivalisant avec l'incarnat de ses lèvres charnues.

— Tu as dîné, au moins ? s'inquiéta-t-il.

— Non, je suis fatiguée !

Elle désigna le plateau intact sur la tablette rivée à la cloison. D'un geste, elle l'invita à entrer.

— Je passais juste te dire bonne nuit, excuse-moi pour les gifles, mais tu les méritais.

— Il reste du vin ! s'exclama Angela. J'en ai bu, mais le serveur avait rempli la carafe. Entre, Jean.

Elle avait insisté sur son prénom. Les nerfs à vif, car il la trouvait encore plus désirable que les autres jours, Jean avança d'un pas avec l'impression de se jeter du haut d'une falaise. Vite, elle tourna la clef ouvragée.

— Mais parle donc ! s'écria-t-il. N'aie pas cet air de chien battu !

Il se servit du vin qu'il but d'un trait. Angela s'assit au bord du lit. Le tissu qui cachait ses jambes glissa, dévoilant le modelé d'une cuisse. Jean serra le verre si fort qu'il crut le briser.

— Tu te conduis comme une prostituée, Angela ! tempêta-t-il. Allume toutes les lampes, habille-toi décemment et nous pourrons discuter de ce qui ne va pas.

Elle le fixait avec une telle expression d'amour qu'il ferma les yeux. Il était inutile de tricher, de feindre l'incompréhension.

— Petite, j'ai quarante-sept ans, je suis ton tuteur légal ! Nous vivons en famille au Moulin du Loup, où j'ai une épouse que j'aime de tout mon cœur. Je veux bien croire que ce voyage te bouleverse, qu'il brouille ta lucidité, car tout est neuf et différent. Mais tu ne dois pas te faire d'illusions. Je te considère comme ma fille que j'élève depuis cinq ans, la sœur de Faustine.

— Ce sont des fadaises, tout ça ! trancha-t-elle. Tu n'es pas mon père et Claire n'est pas ma mère. Aujourd'hui, c'était mon anniversaire, j'ai dix-neuf ans. Il y a plein de filles de mon âge qui sont mariées et qui pouponnent. Je ne suis plus une gamine, Jean.

Angela avait pris un ton hargneux et sa voix était dure. Elle se radoucit, pour ajouter :

— Je crois qu'avec toi je n'aurai pas peur. L'autre soir, quand je me suis endormie dans tes bras, enfin, juste avant de m'endormir, j'étais tellement bien, comme au paradis.

Elle se tut, songeuse.

« Près de Louis aussi, j'avais l'impression d'être au paradis, mais pas autant qu'avec Jean. »

— Tu n'auras pas peur de quoi ? demanda-t-il.

L'abîme s'ouvrait sous ses pieds, il en avait le vertige. Il avait parfaitement compris de quoi elle parlait.

— Jean ! appela-t-elle.

Il ferma les yeux. Le désir le terrassait : ouvrir sa bouche, savourer le premier baiser, goûter sa peau, la rendre heureuse, lui faire découvrir l'extase du plaisir. Angela s'était levée pour se jeter à son cou. Elle se plaquait à lui, la pointe de ses seins effleurant sa poitrine. Il referma ses bras sur elle et l'étreignit en tremblant.

— Petite folle ! Pauvre petite chatte ! bredouilla-t-il.

Il prenait feu, effaçant des années de fidélité et de moralité. Angela se collait si étroitement à lui qu'il aurait eu du mal à la repousser, mais il ne le souhaitait pas. Ils vacillèrent ainsi jusqu'au lit où ils s'allongèrent.

Jean retrouva sa jeunesse et sa fougue, sans oublier d'être délicat et attentif aux sensations de la jeune fille. Il s'appliqua à la combler de bonheur, comme il l'avait fait avec Claire le soir de leur première étreinte, sur le sable de la Grotte aux fées. Angela n'eut pas le loisir de se défendre, de fuir ses assauts virils. Après quelques gémissements de pudeur autant que de peur, son corps frémit d'une jouissance dont la force la dépassait. Elle se révéla ardente, passionnée et curieuse.

Ils sommeillèrent un peu. En se réveillant, ils se cherchèrent à tâtons. Jean se jugea perdu. Il ne pourrait plus se priver du plaisir insolite mais intense qu'elle lui procurait. Il quitta la cabine à cinq heures du matin, hébété devant l'ampleur des dégâts.

Québec, 30 juillet 1925

Jean et Angela marchaient main dans la main sur les hauteurs du cap Diamant qui surplombait le Saint-Laurent. Ils venaient de visiter la haute-ville, ceinte de remparts. Les murailles de la citadelle étincelaient sous un franc soleil. Québec, édifiée au confluent de la rivière Saint-Charles et du large fleuve aux allures de mer intérieure, plaisait beaucoup à Jean.

Faustine lui avait prêté son appareil photographique, mais il ne s'en était pas servi sur le bateau. Là, il estimait nécessaire de prendre des clichés de tout ce qu'ils découvraient. Angela posait en souriant à pleines dents, sur le vieux port de la ville basse ou devant l'imposant et majestueux Château Frontenac. Il avait été construit une trentaine d'années plus tôt, en hommage au gouverneur du même nom, par la Canadian Pacific Railway. Frontenac avait régné sur la Nouvelle-France au XVIIe siècle.

Ils ne feignaient plus d'être père et fille. A l'hôtel, Jean n'avait pris qu'une chambre, fort spacieuse. Pour se donner bonne conscience, il avait écrit deux lettres à Claire, dont l'essentiel tenait du dépliant touristique doublé de notes historiques. Lorsqu'il écrivait qu'Angela était très heureuse, il ne mentait pas. La jeune femme vivait la plus belle histoire d'amour du monde entier, du moins le répétait-elle à Jean, nue tout contre lui.

Il n'osait pas la détromper. Pourtant, il était sûr d'une chose, il ne l'aimait pas. Elle le grisait comme du champagne, flattait sa vanité d'homme mûr et le surprenait sans cesse. C'était une petite compagne distrayante, follement attractive. Ses peurs de l'acte sexuel reléguées aux oubliettes, Angela montrait des dispositions amoureuses qui gênaient souvent Jean. En public, il la suppliait d'être discrète, mais elle se moquait de ses scrupules, l'embrassait à pleine bouche ou, au restaurant, glissait sa main sous sa chemise pour caresser son ventre. Des centaines de fois, elle lui avait dit qu'elle l'aimait plus que tout.

Cet après-midi-là, en admiration devant la vue exceptionnelle qu'offrait le cap Diamant, Jean invita la jeune femme à s'asseoir dans l'herbe. Il contempla les toitures de la ville d'un air triste.

— Cela ne durera pas, nous deux ! dit-il soudain. Par la force des choses, car il faut bien que je rentre en France un jour !

— Tu avais dit en septembre à Claire. C'est encore loin ! Nous avons encore tout un mois ! répliqua-t-elle.

Il alluma une cigarette américaine. Angela la lui ôta des lèvres et se mit à fumer. Il faisait chaud, elle portait un pantalon en toile et un corsage sans manches.

— Tu as mauvais genre ! protesta-t-il, une jeune fille ne fume pas !

— Si, hier au restaurant, la jolie femme blonde qui te mangeait des yeux, elle fumait.

Angela s'étendit sur le sol. Jean lui reprit la cigarette et ne put résister à l'envie de l'embrasser.

— Tu es une petite diablesse ! soupira-t-il en caressant ses seins. Tu te rends compte ? Je trompe Claire sans regret. Sais-tu que je n'oserai pas la regarder en face quand je serai de retour au Moulin. Je la connais, elle va deviner tout de suite ce qui s'est passé.

La jeune femme se remit en position assise et entoura ses jambes repliées de ses bras. Le menton posé sur ses genoux, elle boudait.

— Je ne supporte pas que tu parles de Claire ou du Moulin ! décréta-t-elle. Ici, nous sommes loin, hors du monde. Il n'y a que toi et moi, le fleuve, les oiseaux. Je voudrais voir la citadelle de près. Tu viens ?

Jean eut un geste d'exaspération. Il secoua la tête :

— Tu mords la main de celle qui t'a recueillie ! se lamenta-t-il, on dit ça des chiens, d'ordinaire. Claire ne mérite pas d'être trahie, mais elle ne saura jamais rien. Est-ce que tu lui as écrit ?

Angela fit non d'un mouvement du menton.

— J'ai envoyé des cartes postales, c'est suffisant. Alors, tu viens ? Tu me prendras en photo devant la citadelle.

— Non, rentrons à l'hôtel. Angie, j'aime t'appeler comme ça, Angie, mais tu n'as rien d'angélique !

Il lui mordilla le cou et chercha sa bouche. Elle perçut la montée du désir qui le rendait un peu hagard ; rieuse, elle lui prit la main.

— Je ferai tout ce que tu voudras, Jean, même là, sur l'herbe.

— Des gens se promènent, là-bas, ils nous verraient.

— Alors, dans la chambre !

Ils se hâtèrent comme s'ils étaient convoqués à un rendez-vous important. Les volets fermés, ils se livrèrent à toutes les fantaisies que leur dictait une soif inextinguible de plaisir. Une fois apaisé, Jean remâcha ses remords.

— Quand même, ce n'est pas bien ! dit-il en soupirant. Et cela m'inquiète, de te laisser seule en septembre. Dis, tu n'as pas été indisposée depuis notre arrivée ? J'espère que tu n'es pas enceinte : ce serait un grand malheur !

— Non, un grand bonheur ! Je te donnerais le fils que tu n'as pas eu, nous habiterions là, à Québec. Tu ne pourrais plus jamais rentrer en France !

Jean la dévisagea, stupéfait. Elle lui caressa les joues, le cou et le torse. Il avait un beau corps musclé avec peu de poils.

— Ce serait de ma faute aussi, je n'ai pas su me contrôler les premières fois. Tu me rendais fou ! avoua-t-il. Mais ne dis plus de bêtises, Angela, ta vie serait gâchée, si tu avais un enfant de moi.

Elle refusait souvent d'utiliser les capotes anglaises, qu'il avait achetées, bien que très embarrassé. Claire étant stérile, Jean n'avait pas coutume de prendre de précautions. Ce genre d'objets le répugnait également, il préférait se retirer à temps.

— Je plaisantais, dit-elle tendrement. Je ne veux pas de bébé, je t'assure, mais je t'aime tant, tant et tant !

Angela ponctua chaque « je t'aime » d'un baiser aux endroits les plus divers. Jean s'abandonna.

— Petite diablesse !

Elle se lova contre lui, chaude et tendre. Il ne lui avait jamais dit qu'il l'aimait, même au plus fort de leurs étreintes. Angela ne s'en souciait pas. Il était très jaloux et la désirait du matin au soir. Elle croyait naïvement qu'il s'agissait d'une preuve plus importante que les mots.

Le lendemain, Jean fut privé des ébats habituels. Angela se plaignait de son ventre.

— Tu avais tort de te tracasser, c'est la mauvaise période, dit-elle avec une mine désolée. J'ai horreur de ça.

Pendant plus de quatre jours, Jean s'ennuya ferme. La jeune femme déclinait toute proposition de balade. Il errait sur le port ou s'attablait à la terrasse d'une auberge. Le cinquième jour, il visita la citadelle et la basilique Notre-Dame. Ce soir-là, Angela l'accueillit avec un sourire réjoui.

— C'est fini, Jean !

Elle l'enlaça et le couvrit de baisers en se hissant sur la pointe des pieds.

— Angie, j'ai lu une annonce qui me semble intéressante ! répliqua-t-il en se dégageant. Tiens, j'ai rapporté le journal. On cherche une personne avec un bon niveau d'études, pour travailler dans une bibliothèque de la basse-ville, près de l'église Notre-Dame-des-Victoires. J'y suis allé faire un tour et je t'ai présentée comme ma fille, cette fois. J'ai parlé de ton talent de peintre. C'est dommage, tu ne dessines plus ; tu n'as pas ouvert ta mallette de gouaches.

— Si, répondit-elle, mais j'ai besoin d'être tranquille pour ça. Regarde !

Angela avait revêtu une robe fluide en belle cotonnade fleurie. Elle sortit des feuilles cartonnées de derrière l'armoire. Elle présenta à Jean un dessin du Château Frontenac, un simple crayonné, et une aquarelle représentant la place sur laquelle donnait l'hôtel.

— Magnifique ! s'écria Jean. Tu pourrais les vendre, cela ferait un complément à ton salaire.

Elle ne protesta pas. Docile, elle le suivit jusqu'à la bibliothèque, un canotier posé sur ses boucles brunes. Le soir, Jean respira mieux. Il avait accompli une partie de sa mission : Angela avait un travail et elle disposerait bientôt d'une grande chambre avec vue sur le Saint-Laurent.

« Nous avons encore tout le mois d'août ! » déclara-t-elle, couchée près de lui. Je voudrais tant que tu restes ici, avec moi.

— Angie, c'est impossible. Et Claire ? Et Faustine ? Dans sa dernière lettre, ma fille m'a appris qu'elle attendait un bébé pour le mois de janvier. Et mes vignes, mon verger ?

— Alors, je préfère rentrer moi aussi ! gémit-elle.

— Non, tu as eu l'idée de venir un an au Québec, tu as eu ce que tu demandais. Bon sang, j'ai dépensé sans compter pour satisfaire ton caprice ! J'aurais l'air de quoi si tu revenais avec moi au Moulin ? Et ce serait intenable ! Claire comprendrait tout.

Angela pleura à gros sanglots en lui tournant le dos. Jean tenta de la consoler, mais elle le griffa au bras.

— Petite chatte, tu dois être raisonnable. Quand je serai parti, tu rencontreras forcément un jeune homme qui te plaira et sera heureux de se marier avec toi.

— Jamais ! s'écria-t-elle. Et même si cela arrivait, il saura, pendant la nuit de noces, que je ne suis pas une fille sérieuse.

— Il fallait y penser avant ! coupa Jean avec maladresse.

— Oh ! bien sûr ! De toute façon, ça fait longtemps que je ne suis plus vierge ! hurla-t-elle. Tu as apprécié, tu ne t'es pas gêné !

Il dut déployer des trésors de douceur et de tendresse pour la calmer. Angela parut se résigner à son sort. Les jours suivants, ils partagèrent des heures exquises, toujours enlacés, avides de caresses et de baisers. Jean commençait à craindre l'échéance de son départ. Il avait parfois l'impression de vivre au Canada depuis longtemps, en compagnie d'une jeune femme belle, vive, intelligente et très amoureuse. Il s'attachait à Angela et cela l'effrayait.

« Nous avons encore tout le mois d'août ! » pensa-t-il à son tour.

Un télégramme allait tout changer.

17

La fin d'un rêve

Moulin du Loup, 9 août 1925

Une chaleur étouffante pesait sur les bêtes et les gens. Le soleil tapait si dur qu'une femme était morte d'insolation pendant les moissons. Le docteur Vitalin n'avait pas pu la sauver. Prévenue par un adolescent, Claire était arrivée trop tard, elle aussi. Ce décès l'obsédait encore. L'enterrement avait eu lieu la veille.

« Je n'aurais rien pu faire, se répétait-elle. Son mari l'a portée à l'ombre d'un chêne dès qu'elle a perdu conscience. Peut-être en la bassinant d'eau fraîche la congestion du sang aurait été freinée ? Je ne suis pas médecin, hélas. »

Claire connaissait ses limites. Des maladies internes guérissaient par imposition des mains, mais, confrontée à une crise cardiaque ou une artère rompue, elle était aussi impuissante qu'un docteur de campagne.

Anita chassa une mouche en agitant le carré de lin qu'elle ourlait. Les deux femmes cousaient au frais, dans la grande cuisine dont les volets étaient mi-clos et dont les fenêtres étaient ouvertes. Malgré ces précautions, elles transpiraient, leur corps moite de cette touffeur.

— Il faudrait un bon orage, soupira Claire avec une semaine entière de pluie. Les salades sont fichues, je n'ai pas pu les arroser ; l'eau du puits a encore baissé. S'il tarissait ! Le niveau de la rivière m'inquiète, Matthieu surveille celui du bief, jamais il n'a été aussi bas.

— Il va pleuvoir, madame, c'est obligé ! Regardez la chatte, elle passe la patte par-dessus son oreille en faisant sa toilette, c'est signe de pluie.

Claire esquissa un sourire. Jean lui manquait énormément. Elle se couchait le plus tard possible pour profiter de la tiédeur relative de la nuit et surtout, pour ne pas se retrouver seule dans le lit. Des bruits de pas dans le grenier la dérangeaient. Elle attribua le phénomène à un animal, un oiseau de nuit ou un rat, sans prendre la peine de vérifier. Il y avait eu aussi ces coups, qui ébranlaient la grosse armoire en noyer, où elle rangeait son linge et celui de son mari. Au début, elle craignit pour sa raison.

« Est-ce que je deviens folle ? » pensait-elle. Mais, au fond, Claire avait la conviction que ces étranges manifestations, vraiment inexplicables, étaient dues à Nicolas ou au père Maraud. Il lui était même arrivé de murmurer, dans l'obscurité :

— Laissez-moi en paix, par pitié ! J'en ai assez, j'ai peur ! Que voulez-vous, à la fin ?

Elle en savourait le jour davantage, se levant à l'aube pour remercier le soleil incandescent de chasser ses angoisses nocturnes.

— Ce soir, nous dînerons dehors, Anita… Léon a bien mis un chapeau à Janine, au moins.

— Mais oui, il n'est pas si fada que ça, madame, vous lui cherchez toujours querelle. Tant que vous ne passerez pas l'éponge, il sera bien malheureux, je vous assure. Il m'en cause chaque soir, au lit.

Claire leva les yeux au ciel d'un air agacé.

— Je connais Léon, Anita, il est souvent étourdi, je ne disais rien de mal.

Le domestique était parti pour Ponriant après le déjeuner avec Arthur et Janine. La vaste demeure silencieuse, désertée par les Giraud, avait des murs aussi épais que le logis du Moulin, mais, Mireille laissant fenêtres et volets fermés, il y régnait une fraîcheur appréciable. La vieille gouvernante, épuisée par la canicule, avait osé téléphoner au Moulin pour implorer un peu de compagnie. Claire avait envoyé Léon avec les enfants.

— Thomas sera content d'aller goûter au domaine avec son père, ajouta Claire. Le petit pourrait venir habiter chez nous, mais il est tellement attaché à Simone que Léon lui-même refuse de l'en séparer.

— Ce gosse-là, madame, je ne tiens pas à l'élever : c'est le fruit du péché ! Sa mère est allemande en plus ! Mon père et mon frère sont morts à Verdun.

— Anita ! protesta Claire, tu es très pieuse, je le sais. Tu me demandes de pardonner à Léon, mais toi, tu reportes sur un gamin innocent la faute de ses parents. Greta, tout allemande qu'elle est, n'a pas pris les armes contre notre pays. Les femmes sont malmenées, en temps de guerre.

— N'empêche, madame ! Si Thomas est né simplet, c'est peut-être bien parce qu'il a été conçu hors mariage ! affirma Anita.

— Mais non, ce sont souvent les accouchements pénibles qui provoquent ce genre de handicap, coupa Claire. Les revues médicales en font état.

Anita pinça les lèvres sans rien répliquer. L'horloge sonna trois heures. Moïse s'étira et bâilla ; lui aussi souffrait de la chaleur. La langue pendante, il gisait de tout son long sur le carrelage.

Malgré sa crainte de la nuit, Claire pensa que la journée n'en finirait jamais, tout en s'épongeant le front avec un mouchoir.

Elle portait un corsage sans manches, très décolleté. Ses cheveux relevés en un haut chignon lui semblaient lourds et poisseux.

« Faustine ne doit pas être à son aise. Elle en est bientôt à son cinquième mois, se dit-elle, mais je n'ai pas le courage de lui rendre visite. »

— Les nouvelles du Québec sont bonnes ? interrogea Anita. Eh ! oui, vous avez reçu une lettre ce matin ; d'habitude, vous me racontez.

— Excuse-moi, je suis affligée par la mort de cette femme, Marcelle. Elle laisse deux petits garçons de huit et six ans. Si tu avais vu son époux, il s'est couché sur le cercueil, il embrassait le bois en criant. J'ai cru m'évanouir. Le soleil n'avait jamais tué, dans la vallée, du moins depuis que je suis née.

Anita se signa et Claire posa sa couture. Les lettres de Jean lui semblaient bien fades, mais elle ne s'en inquiétait pas. Son mari était plus démonstratif dans la vie que sur le papier. Si elle avait osé, elle serait descendue dans le souterrain pour avoir froid quelques minutes. L'idée lui parut même de plus en plus attrayante.

— Dis-moi, Anita, est-ce que Léon t'a parlé de notre souterrain ?

— Oui, au début de notre mariage, mais je n'irai jamais, j'aurais trop peur de me casser une jambe ou un bras.

— Je peux te montrer la trappe : elle s'ouvre dans un placard de ma chambre qui ferme avec deux verrous, à cause des enfants. On voit le puits en maçonnerie, plus bas, il est creusé dans la pierre. Il faut utiliser des échelons en fer pour descendre. Jean vérifie chaque année leur solidité. Après, il y a un passage voûté qui rejoint une galerie naturelle. Matthieu a failli s'y perdre, une fois. On ressort, si on ne s'égare pas sous terre, dans la Grotte aux fées. Mon père nous a longtemps induits en erreur. Il appelait ainsi une autre grotte située plus en aval du Moulin. La vraie Grotte aux fées, dont j'ai de doux souvenirs, est bien celle qui est reliée au souterrain. De toute façon, les anciens du pays prétendaient que chaque caverne abritait des fées.

Elle parlait de plus en plus bas, plongée dans ses souvenirs. Anita devait tendre l'oreille pour comprendre. Un coup de klaxon dans la cour les fit sursauter toutes les deux.

— Qui est-ce, par cette chaleur ? dit-elle.

— Je vais voir, madame.

Anita jeta un coup d'œil entre les volets. Elle revint en roulant des yeux effarés.

— C'est la dame du château avec son fils. Ils descendent de la voiture, vous savez, la beige et marron.

— En es-tu sûre ?

Claire se leva et ouvrit la porte. Le soleil inondait les pierres du perron. Elle eut l'impression de se trouver en pleine fournaise. Edmée de Martignac, un large chapeau sur la tête et en robe de soie verte, lui fit un signe de la main. Louis portait une chemise blanche et un pantalon de toile. Il tendit une canne à sa mère.

— Entrez vite, leur cria Claire, suffoquée par la moiteur de l'air. Vous êtes sortis au pic de la chaleur, c'est de la folie.

Les chèvres poussaient des bêlements lamentables. Claire regarda si l'écurie était bien close. Soutenue par son fils, Edmée montait le perron.

— Ma chère amie, je viens enfin vous rendre visite, Louis a eu la bonté de me conduire.

— Entrez, nous discuterons à l'intérieur, coupa Claire, sidérée de revoir Edmée et Louis.

Depuis le jeudi du mois de mai où elle avait découvert le jeune châtelain embrassant sa fille adoptive, elle n'avait eu aucune nouvelle de Torsac. Le même jour, Edmée avait appris leur lien de parenté sans y croire vraiment. Angela avait écrit à Louis pour lui faire part de sa décision et de son départ pour le Canada.

— Anita, sors des verres et une bouteille de cidre du cellier, dit-elle en s'empressant de refermer la porte. Asseyez-vous, Edmée, je pensais que vous ne viendriez jamais.

— J'ai profité de l'absence de Marie ; des cousins l'ont invitée à passer quelques jours au bord de la mer, à Saint-Palais.

La châtelaine se retrouva installée dans le fauteuil en osier dont les bras en bambou, repeints si souvent, gardaient la trace des griffures d'ongle que lui infligeait Bertille quand elle était infirme. Louis prit place sur un des bancs. Il semblait morose.

— Quelle pièce admirable ! déclara Edmée après avoir étudié la grande cuisine d'un œil critique. Je n'imaginais pas votre maison aussi ancienne. La façade a du caractère et le fronton au-dessus de la porte est splendide. Et toutes ces roses !

Claire se félicita de toujours faire régner l'ordre et la propreté dans sa maison. De plus, des bouquets de fleurs sauvages agrémentaient la pièce, ainsi que les rideaux de lin écru à mi-hauteur des fenêtres. Les deux énormes buffets aux lignes sobres luisaient de cire. Les cuivres rutilaient, accrochés à une étagère bordée d'un feston de papier dentelé. La longue table sous la lampe à abat-jour d'opaline rose évoquait d'innombrables repas de fête en famille. Au sol, les carreaux d'un rouge sombre offraient une patine due au savon noir et à l'huile de lin. La lourde cuisinière en fonte noire, qui était l'orgueil de la défunte Hortense Roy, était nappée d'un tissu blanc.

Couché devant la cheminée, dont l'âtre ne comportait aucune cendre, Moïse épiait les nouveaux venus avec méfiance.

— Mon Dieu ! soupira Edmée, voici un de vos loups ! Il paraît menaçant.

— Je n'ai qu'un loup, chère amie, précisa Claire. Il ne vous fera aucun mal. Tu entends, Moïse, sois sage !

L'animal cligna des paupières et ne prêta plus attention aux visiteurs. Louis alluma une cigarette. Anita disposa des verres et déboucha le cidre. Intimidée par l'élégance innée des châtelains, elle n'osait pas dire un mot.

— Mais comment cuisinez-vous ? demanda soudain Edmée. Votre fourneau est drapé et l'âtre est vide.

— Par ce temps, j'utilise un poêle de petite taille, qui se trouve dans le cellier. J'ai eu cette idée lors de mon mariage avec Jean. Il faisait très orageux. Avec mes demoiselles d'honneur nous avions peur de souffrir de la chaleur.

Louis se décida à relever la tête qu'il tenait baissée et observa le décor environnant d'un œil désabusé. Un silence embarrassé s'instaura.

« Je ne peux pas évoquer les révélations du père Maraud concernant ma grand-mère devant Anita, seul Jean est au courant, songeait Claire. Et si Louis désire des nouvelles d'Angela, il n'osera pas m'interroger en présence de sa mère. »

Elle observa discrètement Edmée qui continuait à regarder chaque particularité de la pièce d'un air mélancolique. Pensait-elle à cette demi-sœur qu'elle n'avait pas connue ? Claire en était certaine.

— Rien n'a vraiment changé en trente ans, dit-elle enfin. Quand ma mère était encore en vie, les meubles se trouvaient au même endroit, l'horloge aussi. J'y tiens, à cette disposition. Les murs étaient plutôt gris pastel, moi, je préfère l'ocre rose. Anita, propose des biscuits à nos invités. Il y a de la compote de poires, si cela vous tente, Edmée.

— Je n'ai pas faim et le cidre m'a désaltérée. Je vous remercie. Et vous, Louis, vous ne prenez rien ?

— Non, mère, j'ai perdu l'appétit depuis deux mois.

L'allusion était franche et directe. Claire se décida. Il fallait précipiter les choses.

— Je pense que vous savez, Edmée, qu'une de mes filles adoptives, la plus jeune, est partie pour le Canada ? J'ai reçu un courrier ce matin. Mon mari l'a accompagnée. Il m'annonce son retour début septembre. Angela a enfin obtenu un poste à Québec dans une bibliothèque. Le salaire est très convenable, paraît-il. Si vous voulez voir les photographies, Louis, Jean a fait des clichés devant le Château Frontenac, un édifice qui a été construit sur le modèle des châteaux de la Renaissance. Angela pose sur le Vieux Port également. Elle est vraiment heureuse de pouvoir travailler là-bas. Bien sûr, quand Jean reprendra le bateau, elle sera seule de l'autre côté de l'Atlantique. Mais j'ai confiance en elle. La personne qui l'a engagée lui a trouvé une chambre dans une pension de famille.

Edmée écoutait, les traits tirés, en proie à une nervosité croissante. Louis n'eut pas le choix. Apitoyée par ses airs de chien battu, Claire lui avait mis les photographies entre les mains. Le jeune homme les regarda longuement.

— Puis-je les garder ? Au moins une ? demanda-t-il. Celle-ci, sur le port ? Angela a un sourire ravissant. J'ai encadré le petit portrait qu'elle a fait de moi à l'aquarelle et qu'elle m'a envoyé avant son départ. La cruauté de ma mère a porté ses fruits : mon ange s'est envolé.

Le lyrisme facile aurait fait sourire Claire en d'autres circonstances, mais l'accablement évident de Louis n'était pas de la comédie. S'il n'avait pas aimé sincèrement la jeune fille, il aurait déjà trouvé une autre victime, et la châtelaine le sommerait de se taire.

— Mon fils souffre de neurasthénie, selon notre docteur. Il s'alimente à peine, dort peu, fume trop. C'est sa manière à lui de me punir, dit Edmée en se prenant la tête entre les mains. N'est-ce pas, Louis ?

— Oh ! assez, mère ! Vous n'avez pas besoin de raconter notre vie à des gens qui n'ont aucun cœur, maugréa-t-il. Bien, je vais en ville, je reviendrai vous chercher à six heures ce soir, comme vous le souhaitez.

Il se leva et s'inclina devant Claire.

— Je vous donne les photographies, dit-elle en l'accompagnant jusqu'à la porte. Louis, soyez patient, ne vous ruinez pas la santé. Angela voulait prendre du temps en s'éloignant de nous tous. Je vous ai mal jugé, vous paraissez l'aimer vraiment. J'avais des raisons de craindre pour ma fille mais vous êtes si imprévisible.

— Nous avons tous droit à l'erreur, remarqua-t-il. Mais vous m'avez condamné trop vite en me jugeant sur ma conduite passée. Je sais mes torts à l'égard de votre cousine. Mais ce drame m'a permis de prendre conscience de mes sentiments pour Angela. Merci pour les clichés, Claire, ils m'aideront à patienter.

Louis descendit les marches du perron. Il était très beau, sous le soleil implacable : ses vêtements blancs lui seyaient à merveille, ses cheveux brillaient de reflets dorés et sa peau était hâlée.

« La chaleur ne le dérange pas, on dirait, songea Claire en s'attardant à observer le paysage. Il me fait de la peine. J'ai eu tort, en effet, de douter à ce point de ses sentiments. Pourquoi n'aimerait-il pas notre Angela, qui est si jolie et si talentueuse ? »

Les falaises, comme chauffées à blanc, reflétaient la clarté singulière du ciel d'un bleu très clair. Il n'y avait pas un brin de vent. Les feuillages des saules et des frênes paraissaient pétrifiés. Pas un bruit, pas un chant d'oiseau. Les roues à aubes s'étaient tues.

Soudain, Claire s'inquiéta. La machine à papier ne tournait plus.

« Les ouvriers ont dû faire une pause. La salle des piles est pourtant le lieu le plus frais du Moulin ! »

Louis tournait la manivelle de sa voiture. Le moteur démarra, brisant le silence ouaté de la vallée.

« Tout est trop calme, se dit encore Claire. Je n'entends pas les cris des moissonneurs. Ils reprendront le travail ce soir sans doute. »

Elle déplora l'absence de Matthieu. Son frère était parti pour Libourne livrer plusieurs caisses de buvards publicitaires imprimés durant la semaine précédente.

« Comme il doit avoir chaud. Et Faustine qui est toute seule ! »

— Madame, chuchota Anita dans son dos, je monte chez moi un moment, le temps d'une petite sieste. Vous serez plus tranquille avec votre invitée.

— Repose-toi, répondit Claire, j'allais te le proposer. Si tu pouvais voir pourquoi rien ne bouge au Moulin ? J'ai l'impression que le pays est désert, la salle des piles aussi, je n'aime pas ça.

Elle rentra, oppressée par une angoisse sourde. Edmée s'était levée et examinait un tableau représentant le chemin des Falaises sous la neige. La peinture ornait le pan de mur entre les deux fenêtres.

— Cette œuvre est remarquable, Claire. Les nuages, les branches givrées au premier plan, la couleur de la roche, c'est à la fois réaliste et poétique.

— Angela me l'a offerte à Noël. Elle a su reproduire le charme de la vallée en hiver. Ma fille essaie toutes les techniques, là, elle a employé de la peinture à l'huile.

La châtelaine eut un sourire incrédule.

— Vous plaisantez, ma chère Claire ! Une personne si jeune, qui n'a pas étudié aux Beaux-Arts, ne peut pas réussir une toile pareille !

— Edmée, si vous êtes venue pour mettre en doute la moindre de mes paroles, vous auriez mieux fait de rester dans votre château, avec vos préjugés et vos craintes de mésalliance. C'est Angela qui a peint cette toile.

Exaspérée, Claire ouvrit le tiroir d'un buffet. Elle prit la lettre de sa grand-mère, rangée entre les pages du cahier du père Maraud.

— Je suppose que vous êtes ici pour la lire ! ajouta-t-elle d'un ton sec en tendant la feuille de papier pliée en deux. Je monte dans ma chambre chercher la photographie de mes parents le jour de leurs noces. Il vous faut des preuves, vous les aurez !

Le front moite de sueur, le cœur serré par une émotion soudaine, Claire dut utiliser la rampe pour parvenir en haut de l'escalier. Elle se sentait très mal. La pénombre du couloir l'apaisa mais cela ne dura pas. Une silhouette se tenait tout au fond, devant la porte de la salle de bains.

— Nicolas ! gémit-elle.

Elle ferma les yeux, bouleversée. Quand elle regarda à nouveau, il n'y avait personne.

— Mon Dieu, je n'en peux plus ! L'air qu'il avait ! Il était complètement terrifié. Je deviens folle, complètement folle.

Claire se décida à avancer. Elle pénétra dans sa chambre avec la crainte de sentir un contact venu de l'au-delà. Un soir, alors qu'elle s'endormait, il y avait eu sur son épaule découverte comme la pression d'une main.

— Je ferai venir le père Jacques. Il arrosera la maison d'eau bénite. Je ne sais plus quoi faire pour mon frère, si vraiment il m'apparaît. Ou bien ce sont des hallucinations dues à mes nerfs ! Je ferais mieux de consulter un docteur d'Angoulême, quelqu'un de qualifié. Pas Vitalin, qui serait trop content de trouver prétexte à me traiter de sorcière !

Elle se saisit du cadre ovale protégeant la photographie de ses parents. Au bord de sa commode, une chemise en carton abritait un tas de clichés qu'elle voulait ranger dans un album. Sans raison précise, elle les prit également, songeant que cela pourrait divertir Edmée de les regarder.

La châtelaine s'aperçut de son extrême pâleur.

— Claire, êtes-vous souffrante ? Vous êtes livide, alors que je vous ai toujours vue avec un teint resplendissant.

— C'est la chaleur, affirma-t-elle, je ne la supporte plus. Asseyons-nous sur le banc.

Edmée n'était guère plus vaillante. Elle s'installa près de son hôtesse en posant la lettre d'Amélie Mercerin sur la table.

— Je l'ai lue et relue ! Elle est bien adressée à mon père. Mais je n'avais pas besoin de voir ce document. Vos paroles m'ont tant préoccupée que j'ai fouillé plusieurs malles du grenier, avec l'aide de ma jeune bonne. Si je suis ici, auprès de vous, ma chère Claire, c'est pour vous présenter des excuses.

Elle ouvrit son sac à main en cuir blanc et en sortit un paquet de lettres ceint d'un ruban bleu.

— Je les ai trouvées dans un porte-documents ayant appartenu à mon père. Bien sûr, je les ai toutes lues. Après son mariage, votre grand-mère et mon père se sont écrit durant des années. Les mots d'amour et de désespoir de votre aïeule m'ont brisé le cœur, Claire. J'ai pu comprendre que mon père lui répondait, car Amélie y fait souvent allusion. Une partie du voile est levée au sujet d'Hortense. Mon père était au courant, il demandait sûrement de ses nouvelles. Il y a des phrases comme : « Sois rassuré, Armand, mon bien-aimé, notre petite Hortense se porte à merveille. »

Edmée ôta ses lunettes et se jeta soudain au cou de Claire. Elle l'embrassa sur le front et les joues en la serrant très fort contre son cœur.

— J'ai tellement rêvé, fillette, d'avoir une sœur ! confessa la châtelaine. Voulez-vous être ma sœur, Claire ? Nous n'avons que huit ans de différence. A quoi bon se considérer comme nièce et tante ! J'ai passé mon enfance et mon adolescence en pension. Ma mère, une fois veuve, s'est désintéressée de moi.

La grande dame ôtait son masque d'austérité, de dignité voulue. Elle sanglotait en contemplant le beau visage de Claire : de gros sanglots pitoyables.

— Dès que vous êtes entrée dans le salon du château, j'ai senti que vous auriez un rôle capital dans ma pauvre vie. J'étais subjuguée par vous, par votre allure, votre intelligence, votre dévouement. Vous m'avez appris, récemment, le plus important : estimer un être humain pour ce qu'il est et non pour ce qu'il paraît être. Oh ! C'est bien compliqué, mais, sachez-le, Claire, vous êtes chez vous au château. Je vous l'avais déjà dit, mais cette fois, je le déclare de tout mon être !

— Calmez-vous, dit gentiment Claire, très émue.

La reddition de cette femme qu'elle pensait inflexible resterait sa plus belle victoire.

— J'avais hâte de vous revoir, de vous montrer les lettres de votre grand-mère. Cette femme a souffert dans sa chair et dans son cœur, je la plains. Et vous disiez vrai : sa vie a été gâchée à cause de gens comme moi, qui méprisaient les personnes d'une autre condition. Cependant, les voies du destin sont impénétrables, dit-on. Si mon père et Amélie s'étaient mariés, Hortense aurait vécu dans le manoir de Lancis, la propriété des Sireuil, mais vous, Claire, vous ne seriez pas née ! Vous deviez exister, peut-être pour sauver ma fille Marie de la mort, ainsi que tous ces gens que vous soignez dans le pays. Vous êtes une femme extraordinaire, Claire.

Cette déclaration passionnée eut le don d'embarrasser la principale intéressée, qui balbutia :

— Je vous en prie, je ne mérite pas tant de louanges.

Edmée lui étreignit les mains. Sans ses lunettes, elle paraissait rajeunie. Claire eut envie de pleurer.

— Nous serons donc des sœurs, assura-t-elle.

— Et pour vous prouver que j'ai enfin compris où était le vrai bonheur, je tiens à vous dire que j'accepterai volontiers votre petite Angela dans la famille. Une grande artiste, une victime, comme me le répétait Louis. Mon pauvre fils, je l'ai bien fait souffrir ces dernières semaines. Je vais pouvoir lui redonner la joie de vivre. Quelle sottise ! Je n'avais que mon orgueil d'être noble pour me raccrocher à ma triste existence. Mais c'est terminé !

Claire était abasourdie. Un tel revirement l'étonnait.

— Je l'espère ! dit-elle en souriant. Si vous aviez bénéficié des leçons de Basile Drujon qui m'a servi de grand-père, vous auriez su bien avant de quelle manière juger les autres. C'était un ancien instituteur, un anarchiste notoire. Il ne faisait aucune concession aux principes et préjugés de la société. Nous avons tant de choses à nous raconter, Edmée. Si nous prenions un goûter ? J'ai la tête qui tourne. Ce sont les nerfs, ou peut-être la chaleur ?

Elles burent de la citronnade et dégustèrent la compote de poires avec des biscuits aux noisettes. Claire put enfin confier à la châtelaine comment elle avait appris l'histoire tragique de sa grand-mère Amélie. Elle lui montra le cahier où étaient notés tant de rapports funèbres et de pensées amères du vieux rebouteux.

Edmée ne cacha pas son profond étonnement.

— L'esprit humain possède des ressources inouïes, encore méconnues, fit-elle remarquer avec finesse.

— En effet, concéda Claire, ce que certains magazines nomment le surnaturel sera peut-être expliqué un jour.

Elle n'osa pas évoquer les apparitions de Nicolas, ce qui l'aurait obligée à parler de sa nature violente et de ses crimes, risquant ainsi qu'on la prenne pour une folle. Mais elle avoua ce qui l'avait poussée à rendre visite à Angela.

— Le père Maraud, juste avant de s'éteindre, m'a mise en garde au sujet de ma fille adoptive et du Moulin, je ne sais pas pourquoi. J'ai cru qu'Angela était en danger de mort.

— Qui sait ? répliqua Edmée. Les chagrins d'amour et le poids de l'injustice peuvent conduire les jeunes gens au suicide. Mon Dieu, s'il était arrivé malheur à cette petite, j'en aurais porté le poids jusqu'à la fin de mes jours.

— Mon père, Colin, s'est donné la mort en se noyant durant le rude hiver 1915. Son corps était prisonnier d'une gangue de glace qui avait bloqué les roues à aubes du Moulin. Cette vision m'a hantée des années. Ses ouvriers étaient mobilisés et sa seconde épouse le trompait. Le père Maraud n'en fait pas mention dans son cahier. Il faut dire qu'il avait promis à mon ami Basile de ne plus approcher ma famille afin d'éviter d'avoir des visions.

Edmée lui caressa la joue.

— Je l'ignorais, ma chère Claire. Voyons le cadre, que je fasse connaissance avec ma demi-sœur Hortense.

La châtelaine remit ses lunettes et fixa longuement le visage de sa demi-sœur, morte en couches dix-huit ans après son mariage avec le maître papetier Colin Roy.

— Mon Dieu, comme elle ressemble à mon père. Tenez, j'ai apporté un portrait de papa, pris le jour de ma naissance, regardez le front, le nez un peu long, le dessin du menton.

— En fait, il s'agit de mon véritable grand-père ! s'écria Claire.

— Oui, vous avez du sang bleu, ma sœur ! plaisanta Edmée.

Jamais la châtelaine n'avait été aussi gaie. Anita entra et fut surprise de voir les deux femmes très proches l'une de l'autre et de fort bonne humeur.

— Est-ce que je dérange, madame ? s'écria-t-elle. Je cuis dans mon logement, je me suis réveillée trempée des pieds à la tête.

— Reste au frais avec nous, Anita ! dit Claire.

— Les ouvriers relancent les machines ! ajouta l'épouse de Léon. Vous n'aviez pas fait attention, mais ils étaient tous aux étendoirs. Les feuilles de papier et le carton sèchent en une heure, vu le temps. Ils ont garni d'autres rangées. Voilà le ciel qui se couvre, ça soulage un peu.

— Merci, je me suis inquiétée pour rien ! répondit Claire, rassurée.

Pleine d'entrain, elle ouvrit la chemise cartonnée pour montrer les photographies de sa famille à Edmée. Cela les occupa si bien qu'elles en oublièrent la chaleur.

— Là, c'est Faustine le jour de sa communion. Ce vieux monsieur qui fume la pipe, un canotier sur la tête, c'est Basile Drujon dont je vous ai parlé. Et mon père lui lance un regard réprobateur parce qu'il venait de blasphémer contre l'Eglise catholique. Voici Raymonde après la guerre. Elle s'était coupé les cheveux toute seule, dans un accès de colère. C'était ma servante, mais je l'aimais comme une sœur.

Anita s'approcha sans bruit et observa la première femme de Léon avec curiosité. Les confidences fleurissaient au fil des images.

— Depuis que Faustine a un appareil, elle abrège. Elle dit photo et non photographie, reprit Claire. J'ai à peine le temps de bien regarder chaque cliché, maintenant, il y en a trop.

Elle eut un petit rire amusé en ouvrant une pochette grise.

— Tenez, celles-ci, je ne les ai pas encore vues. Matthieu me les a confiées un soir où il rentrait de la ville, et j'ai oublié de les redonner à Faustine. Voyons ! Ah, ce sont celles prises à Noël dernier. Le petit Pierre, ce bébé sur les genoux de ma fille, était fasciné par le sapin. Nous étions tous réunis, ce jour-là !

Edmée considéra un des clichés avec attention. Matthieu demandait des tirages plus grands que ceux effectués d'ordinaire, si petits qu'il fallait les regarder avec une loupe, le plus souvent, pour bien voir les visages. Penchée elle aussi sur la photographie, Claire recula brusquement. Il y avait Léon, Anita assise avec Janine dans les bras, Matthieu et Faustine, Arthur qui faisait la grimace, Jean, Angela, Thérèse et César, ce dernier brandissant la cravate qu'on lui avait offerte.

— C'est moi qui ai pris ce cliché, précisa-t-elle. Ensuite, Matthieu a pris le relais, pour que je pose à mon tour.

Elle fixait une silhouette nébuleuse, en arrière-plan de Faustine et de Matthieu. Une sorte de figure imprécise semblait voiler les branches de l'arbre de Noël.

— Vous utilisez une lampe au magnésium pour les clichés à l'intérieur de la maison ? s'enquit Edmée qui essuyait ses verres.

— Oui, affirma Claire, un instant, je vous prie.

Elle se leva pour prendre la loupe dans un tiroir. Le cliché qui l'intriguait tremblait entre ses doigts. Elle se posta près d'une fenêtre pour mieux y voir. Grossie, la forme blanchâtre était toujours celle d'un jeune homme, qui avait le visage de Nicolas. Son expression paraissait désespérée.

« Comment est-ce possible ? se demanda-t-elle, au bord de la panique. Je dois montrer ça à Matthieu. Il me croira, désormais. Une âme errante, disait le père Maraud. Il est là autour de nous, il ne peut trouver ni paix ni repos. Que dois-je faire, mon Dieu ? J'ai prié, le père Jacques a dit des messes, j'ai allumé des cierges, mais Nicolas ne veut pas nous quitter. Il devait avoir honte de ses actes une fois qu'il les avait commis. La haine le rongeait. »

Elle posa la photographie sur un des buffets, la dissimulant sous un napperon. Edmée l'observait d'un air perplexe :

— Qu'avez-vous, Claire ?

— Rien du tout. Ce cliché que j'ai mieux regardé à la loupe comporte un défaut. Je le mets de côté pour mon frère, il le comparera avec le négatif.

Anita décida de rabattre les volets. Le ciel était gris, mais comme irradié par une clarté anormale.

— Quelle drôle de lumière ! soupira Edmée. C'est encore plus éblouissant que le soleil.

— Vivement que le soir arrive ! dit Claire, encore sous le coup de sa découverte. Je suis prête à me baigner dans ce qui reste de la rivière. L'eau a beaucoup baissé, je n'ai jamais vu ça.

L'horloge carillonna. Il était six heures. Une voiture franchissait le porche. Louis entra peu après, il avait les cheveux très courts, ce qui déconcerta sa mère et Claire.

— J'ai renoncé à ma chevelure de poète, comme disait Angela. Cette coupe a un avantage, j'ai moins chaud, affirmat-il, assez content de la stupéfaction des trois femmes.

— Vous êtes toujours aussi beau, monsieur, osa dire Anita.

— Merci, ma chère ! répliqua Louis.

Personne n'avait jamais appelé Anita « ma chère ». Elle devint écarlate. Edmée se leva en prenant appui sur sa canne.

— Venez près de moi, Louis, dit-elle avec douceur. Nous avons eu une longue conversation, Claire et moi, et j'ai passé des heures très agréables. Je vous expliquerai plus en détail, ce soir, les raisons de mon bonheur. J'avais gardé secrète une révélation que Claire m'avait faite au début de l'été. Je préfère prendre mon temps pour vous en parler. Ce sera parfait ce soir, au dîner. Mais, déjà, je tiens à vous annoncer que je suis favorable à vos projets de mariage. J'ai eu tort de rejeter Angela, j'aurais dû apprendre à la connaître, l'inviter à prendre le thé. L'élue de votre cœur est une merveilleuse artiste, de surcroît. Regardez ce tableau, Louis, il est de sa main.

Le jeune châtelain, ébahi par les paroles de sa mère, alla admirer la peinture. Edmée lui prit le bras :

— Si Angela consent à vous épouser, nous lui aménagerons un atelier dans les écuries, déclara-t-elle à son fils.

— Mère, je suis le plus heureux des hommes. Mais je ne comprends pas. Comment avez-vous pu changer d'avis aussi vite, en un après-midi ? Je ne m'en plains pas, certes, mais j'espère que vous ne me donnez pas de faux espoirs.

— Absolument pas, Louis.

Edmée rayonnait. Le jeune châtelain n'avait jamais vu sa mère aussi sincèrement heureuse. Il lui baisa la main d'un élan spontané. Claire les observait en écoutant leur conversation. Elle songeait qu'elle ne s'accoutumerait jamais à ce langage un peu précieux, au vouvoiement traditionnel. Anita n'en pensait pas moins.

— C'est un miracle ! proclama Louis en retrouvant une expression plus joyeuse. Je ne parviens pas à y croire tout à fait.

— Nous devrions rentrer, coupa Edmée, Claire me semble lasse. Nous avons à discuter, mon cher enfant, et j'ai une histoire très particulière à vous raconter sur mon père.

Claire comprit que, la prochaine fois qu'elle verrait Louis, il saurait leur lien de parenté. Cela la touchait sans l'impressionner.

« Ce vieux château que j'aimais tant me sera toujours ouvert ; Angela habitera peut-être là-bas, une fois devenue madame de Martignac. Quelle ironie du sort ! »

Edmée lui demanda tout bas la permission d'emporter la lettre conservée des années par le vieux rebouteux. Claire accepta de bon cœur. Louis vint l'embrasser sur les joues :

— Je suis sûr que je vous dois ce miracle, dit-il très bas.

— Peu importe ! répliqua-t-elle. Je voudrais vous préciser une chose à tous les deux. Le départ d'Angela n'était pas une fuite. Elle l'a décidé seule, après mûre réflexion. D'après ce qu'elle nous a dit, ma fille s'estimait trop jeune pour se marier. Une vie d'épouse et de mère la rebutait. Je crois que Louis devrait lui écrire régulièrement et se montrer patient.

Elle chercha de quoi écrire et recopia l'adresse de la jeune fille sur une feuille.

— Et si je lui rendais visite au Québec ! s'exclama Louis. Sans la harceler ni l'importuner, bien sûr !

— Avec son accord seulement, recommanda Claire. Votre amour se fortifiera si vous pouvez attendre un an, chacun d'un côté de l'océan.

Louis fit mine d'en convenir. Edmée étreignit Claire dans ses bras.

— Je reviendrai bientôt, quand il fera moins chaud. J'aimerais visiter le Moulin, surtout la salle des piles dont vous me décriviez si bien les rouages et le charme. Je conseille à mes relations angoumoisines l'imprimerie de votre frère.

— Nous pouvons faire un tour dans les bâtiments, proposa Claire.

— Oh non, une autre fois, répondit en souriant la châtelaine. Je suis un peu lasse ; je préfère rentrer chez moi. Mais je reviendrai souvent.

Elles s'embrassèrent sous l'œil perplexe de Louis. Claire retint encore Edmée, le temps de lui offrir une bouteille de cidre Jean Dumont et un pot de confiture de cerises.

— C'est peu de chose, s'excusa-t-elle, mais vous boirez le cidre ce soir, avec Louis. Quant à la confiture, Marie l'adore.

La voiture du jeune châtelain quitta la cour au moment où la Panhard de Matthieu y entrait. Il y eut un échange de coups de klaxon.

Claire se décida à descendre le perron. Elle leva vers le ciel un regard suppliant. Le couvert de nuages d'un gris laiteux diffusait toujours une clarté singulière, au point de transfigurer le paysage. Les falaises paraissaient jaunies et les arbres semblaient d'un vert plus éclatant. Matthieu claqua la portière et marcha vers sa sœur. Ses cheveux bruns étaient mouillés de sueur ; il avait ouvert sa chemise.

— Je n'en peux plus, avoua-t-il. Je suis tombé en panne d'essence sur la route de Bordeaux. Un type en camionnette m'a conduit à une station du côté de Sillac, une vraie galère !

Claire voulut l'entraîner vers la maison.

— Viens boire de la citronnade et te rafraîchir. Je prie pour qu'un orage éclate.

— Bon sang, moi aussi. Faustine viendra dîner ce soir. J'ai une commande à terminer. Et je dois imprimer un dépliant pour une usine : mille exemplaires que l'on me paiera à la livraison, ça m'arrangera bien. Matthieu tourna le robinet de la cour dans le but de s'asperger, seul un filet marron s'en écoula.

— Viens à la maison, insista Claire. J'ai des réserves dans le cellier, deux seaux d'eau du puits que Léon a tirés ce matin.

Il finit par la suivre. Anita aimait beaucoup Matthieu. Elle lui servit à boire et le débarrassa de sa chemise peu reluisante. Certaine qu'il était affamé, elle lui présenta du jambon sec, du pain et du beurre.

— Merci, Anita, tu es une perle, comme le répète ma sœur à longueur de journée.

— Vous trimez si dur, monsieur Matthieu, il faut vous nourrir. Madame, je vais commencer à traire les chèvres, Léon ne va pas tarder, il m'aidera à finir.

Anita sortit. Claire ne perdit pas de temps. Elle prit la loupe et la mystérieuse photographie.

— Regarde bien, Matthieu, dit-elle d'une voix tendue. Cette forme derrière toi et Faustine, c'est Nicolas. Je l'ai encore vu tout à l'heure, au fond du couloir. Et ne me dis pas que je souffre d'hallucinations dues à la chaleur !

Le jeune homme étudia la silhouette floue avec soin. Il posa la loupe et respira par à-coups, comme s'il suffoquait.

— Ce phénomène a déjà été signalé dans des revues américaines et anglaises, dit-il très bas. Un article scientifique français employait le terme *ectoplasmes*. Pour que ce genre de choses apparaisse, il faut un médium. Je me suis renseigné, après en avoir discuté avec toi, il y a quatre ou cinq ans. C'était avant la naissance d'Isabelle. Depuis, as-tu vu Nicolas ?

L'attitude calme et réfléchie de son frère réconforta Claire. Instruit et toujours soucieux de se cultiver, Matthieu avait souvent réponse à tout.

— Non, il ne m'était pas apparu depuis le Noël où Faustine a été alitée ici, dans la cuisine. Mais je l'ai vu au chevet du père Maraud, pendant la veillée.

— Si les esprits ou les fantômes existent, d'après mes lectures, ils se manifesteraient pour des raisons bien précises. Tu parlais de ce Noël. J'entendais des bruits étranges : j'ai supplié Nicolas de nous laisser en paix.

— Peut-être qu'il cherche à nous prévenir d'un danger, dit soudain Claire, surprise par ses propres paroles.

Elle eut la nette impression qu'on lui avait soufflé ces mots. Le cœur serré par l'appréhension, elle ajouta :

— Faustine a failli mourir dans la Grotte aux fées, se vider de son sang. Dans ce cas, cela veut dire que nous sommes menacés ! Mais qui ? Toi, moi, un enfant ? Jean, Faustine ?

Claire s'effondra sur le banc et se mit à sangloter. Désemparé, Matthieu lui caressa le bras.

— Tu es à bout de nerfs, dit-il. Monte t'allonger un peu. Anita préparera le dîner après la traite. Rien de chaud, des salades et de la viande froide suffiront. Je me suis arrêté à la maison et Faustine m'a indiqué qu'elle viendrait vers huit heures. Les enfants ont fait une bonne sieste.

— Es-tu sûr que tout le monde allait bien ? s'inquiéta Claire. Matthieu, je n'ose pas monter dans ma chambre. J'ai peur de revoir Nicolas. Au début, j'affrontais ça vaillamment parce qu'au fond je croyais à des rêves éveillés. Maintenant je ne doute plus, c'est lui, il nous voit et il nous entend.

Matthieu lui prit la main et y déposa un baiser.

— Clairette, ne t'affole pas. Si Nicolas tente de nous protéger, cela signifie qu'il éprouve du repentir, qu'il veut se racheter. Moi qui ne suis pas croyant, je suis prêt à admettre ces manifestations comme réelles.

Claire le dévisagea. Il était à la fois son frère chéri et son fils de cœur, celui qu'elle avait élevé avec l'énergie d'une jeune mère inexpérimentée.

— Mon bébé ! chuchota-t-elle pour le taquiner.

— Ah ! non, pas ça ! gronda-t-il.

Ils s'enlacèrent en riant. Claire éprouva une brusque angoisse. Elle se refusait à lâcher Matthieu. Une petite voix intérieure venait de lui dire que le jeune homme était en danger.

— Clairette, j'étouffe, s'écria-t-il. J'ai du boulot et je compte retenir mes gars ce soir. Nous travaillerons mieux quand il fera frais.

Il sortit en lui envoyant un baiser d'un geste. Elle le suivit, déterminée à veiller sur lui, mais Arthur débarqua dans la cour.

— J'ai joué du piano pour Mireille, clama l'enfant. Et Bertille a téléphoné de New York. Ils rentrent bientôt. Même que Clara m'a parlé. Elle m'a acheté un jouet électrique.

Léon lui fit un signe de la main avant d'entrer dans la bergerie. Janine sautillait près de son père. Claire renonça à sa baignade, de même qu'à la protection de Matthieu.

— Arthur, nous dînerons dehors, tu vas m'aider à dresser la table sous le tilleul. Faustine va arriver avec les petits.

Claire donna ses consignes au garçon. Elle se rendit au potager cueillir des salades et déterrer des radis. Un vent frais lui passa sur le visage, et les feuilles des haricots s'agitèrent. Le ciel s'assombrissait. Très loin, vers les plaines au sud de la ville, le tonnerre résonna.

— Mon Dieu, ayez pitié ! Faites qu'il pleuve ! dit-elle bien fort.

La chatte du père Maraud apparut. Son pelage noir et blanc tranchait sur le vert de l'herbe et le brun de la terre.

— Alors, Mimi, tu chasses les campagnols ?

Un peu d'apaisement envahit Claire. Pourquoi se tracasserait-elle sans cesse ?

« Jean revient le mois prochain, début août, Bertille aussi, sera là avant septembre. Angela est satisfaite de sa décision et je parie que Louis ira lui rendre visite au Québec. Ils se marieront et ils seront heureux. Edmée semble vraiment pleine de bonne volonté. Elle veut devenir une sœur pour moi. Mon Dieu, quelle famille compliquée ! Ce soir, pendant le repas, je vais leur apprendre la nouvelle. L'histoire d'amour de ma grand-mère passionnera Faustine. Oh ! j'aurais préféré qu'il s'écoule au moins deux ans avant ce troisième bébé. »

Claire se promit d'expliquer à sa fille comment éviter une quatrième grossesse. C'était un des secrets du vieux rebouteux : il lui avait chuchoté que les femmes devaient être attentives au cycle de la lune, qui provoquait leurs indispositions mensuelles.

« Le père Maraud se désolait de voir des jeunes filles mourir des suites d'un avortement. Il m'a assuré qu'il fallait cesser les relations amoureuses au beau milieu des règles. »

Elle estimait que le vieillard ne se trompait guère, certaines paysannes parlant de leurs lunes. Claire quitta son jardin moins inquiète. Mais, au moment de franchir le portillon en bois que des liserons enveloppaient de leurs tiges vrillées, elle ressentit une pression très appuyée sur son épaule gauche. C'était comme des doigts qui auraient voulu la retenir. Elle se retourna, surprise, il n'y avait personne.

Un éclair aveuglant zébra le ciel, toujours loin au sud.

— Nicolas ! appela-t-elle. Nicolas, je ne comprends pas ce que tu veux.

Claire ne pouvait maîtriser un tremblement nerveux. Les larmes aux yeux, elle regardait autour d'elle comme pour vaincre l'invisible.

— Nicolas, si c'est toi, arrête, je n'en peux plus. J'ai l'impression de perdre la raison.

Un coup de tonnerre lui répondit. Complètement bouleversée, elle regagna la maison. Elle avait peur, peur de devenir folle, peur d'être en proie à des hallucinations, peur de l'invisible, elle ne savait plus.

Le repas sous le tilleul s'achevait. Les ouvriers du Moulin, Jacques le doyen, le jeune Paul et deux autres hommes, Ernest et André, avaient été conviés à manger avec la famille. La table improvisée, trois longues planches posées sur des tréteaux, était recouverte d'un drap raccommodé. Elle était encombrée de bouteilles de cidre et de vin, de carafes d'eau, de miettes et de vaisselle sale. Le crépuscule offrant une tiédeur relative, chacun avait mangé avec appétit, sauf Claire et Faustine. La première parlait trop, afin de s'étourdir et de distraire ses convives, la seconde, minée par la journée caniculaire, n'avait pas du tout faim.

Léon avait été le plus étonné par la parenté entre sa patronne et la châtelaine.

— Dites, est-ce qu'il faut vous appeler duchesse maintenant ? s'était esclaffé le domestique.

— Ce ne sera pas la peine. Armand de Sireuil, mon noble aïeul, n'avait aucun titre de ce genre, avait-elle répliqué. Ma mère a dû souffrir d'être née d'un aristocrate et de grandir chez des papetiers. Elle rêvait que je sois la maîtresse de Ponriant, sans doute pour se venger de son triste sort. Je t'assure, Faustine, Hortense était une femme dure, parfois cruelle.

Arthur écoutait les discussions ; Janine et Isabelle se gavaient de cerises confites au sucre. La lampe électrique installée au-dessus de la porte du logis éclairait suffisamment la table, mais Anita avait suspendu une lampe à pétrole à l'une des branches de l'arbre. Des moustiques se cognaient au verre brûlant autour duquel des papillons de nuit voletaient.

Matthieu se moqua encore une fois de sa sœur.

— Tu ne pourras plus te débarrasser de cette chère Edmée. Enfin, si Angela veut épouser ce grand sot de Louis, elle n'aura plus à se soucier de sa future belle-mère que tu as amadouée, Clairette !

— Angela de Martignac ! proclama Faustine d'un air ravi. Pour une artiste peintre, c'est un nom qui sonne bien.

Claire avait bu du vin blanc, ce qui lui arrivait rarement. Elle se sentait plus détendue. Tous ceux qu'elle aimait ou affectionnait se trouvaient rassemblés là. Le petit Pierre dormait dans son landau, même si sa tête et ses pieds touchaient les deux extrémités du véhicule.

— L'orage ne vient pas vers nous ! soupira Anita.

— Quand même, il y a de gros nuages noirs, déclara Paul. Dites, patron, c'était bien bon, le repas, mais faut reprendre le travail.

Matthieu s'étira en approuvant.

— Ce sont les bienfaits de l'électricité, soupira-t-il. On pourrait bosser toute la nuit.

— Notre père travaillait souvent toute la nuit, Matthieu, dit Claire. Souviens-toi, il y avait des lanternes accrochées partout.

— On n'y voyait pas si bien qu'avec les ampoules à filament, fit remarquer le vieux Jacques, assez timide.

Un coup de tonnerre subit ébranla le ciel avec une puissance terrifiante. Ils eurent l'impression que le sol tremblait sous leurs pieds. Un vent chaud rasa la vallée.

— Le voilà, l'orage ! s'écria Léon. Vous feriez mieux de rentrer les gamins, et ces dames aussi. Anita, où vas-tu en courant comme ça ? Je te l'ai assez dit, qu'il faut pas cavaler sous l'orage. Tu peux prendre la foudre !

Faustine se précipita sur le landau de Pierre. Réveillé en sursaut, le bébé s'était assis et, cramponné aux bords de la petite voiture, il hurlait de peur en ouvrant démesurément la bouche.

— Ne t'inquiète pas, chérie ! lui cria Claire qui remettait le pain et les fruits dans leur corbeille. Mon père m'a toujours dit que nous ne risquions rien, au Moulin. Les falaises sont plus hautes que la maison, elles attirent la foudre.

Matthieu et ses ouvriers se hâtaient vers la salle des piles. Les lumières s'allumèrent, éclairant les diverses ouvertures, et jusqu'aux deux fenêtres de l'imprimerie.

— La nuit est tombée d'un coup, déclara Léon, surpris.

Les derniers mots furent couverts par un deuxième coup de

tonnerre, encore plus proche et d'une violence assourdissante. Un éclair illumina toute la cour, la façade du logis et les étendoirs. Claire eut le temps de voir les innombrables feuilles de papier blanc entre les soutènements du toit, qu'elle comparait à des créneaux de château fort lorsqu'elle était fillette.

— Maman ! hurla Faustine. Tout s'est éteint. Regarde : la maison, l'imprimerie...

— C'est rien qu'une coupure de courant, répliqua Léon. Un des poteaux du plateau a dû prendre la foudre, pardi !

Ils se retrouvaient dans l'obscurité complète. Claire lâcha le pain, car Isabelle s'accrochait à sa jupe en pleurant. Aussitôt le tonnerre éclata une troisième fois, dépassant en puissance et en violence ce qu'ils avaient entendu juste avant. Les roulements d'une intensité assourdissante n'en finissaient pas. La jument se mit à hennir dans l'écurie. Elle devait cogner la cloison de la stalle, car des coups retentissaient. Les chèvres bêlaient à tue-tête. Moïse, qui était couché sous la table, bondit en avant en lançant un appel rauque dont les notes s'achevèrent en un hurlement de frayeur. Le loup disparut.

— Mon Dieu, c'est la fin du monde ! gémit Anita.

Une clarté orange se répandit sur eux. Léon brailla, d'une voix aiguë :

— Vite, le feu, y a le feu !

Ce cri et le timbre éraillé, qui trahissait le pire affolement, hanteraient longtemps les cauchemars de Claire.

Les étendoirs s'enflammaient et le brasier grossissait à vue d'œil. Des centaines de torches éphémères s'élançaient vers les poutres de vieux chêne.

— Les pompiers ! Il faut vite téléphoner aux sapeurs-pompiers d'Angoulême ! hurla Faustine. Sinon, tout le Moulin va brûler.

Claire s'élança vers le perron. Ils la virent tous courir, les bras nus, les mollets teintés par l'incendie dont le ronflement atroce les pétrifiait. A l'intérieur, elle se rua vers l'appareil téléphonique. La ligne était coupée. Anita la rejoignit en brandissant la lampe à pétrole qui avait éclairé le repas.

— Madame, qu'est-ce que je peux faire ? Faudrait sortir ce que vous avez de précieux !

— Ma maison ne brûlera pas ! répondit-elle en sanglotant.

Pourtant, elle décrocha la peinture d'Angela et prit le gros portefeuille en cuir où elle gardait des billets de banque.

— Les photographies, là, sur le buffet, les livres de compte de Jean, bredouillait-elle en tournant en rond.

Des cris stridents la firent sortir sur le seuil. La toiture des étendoirs flambait, les tuiles éclataient sous l'effet de la chaleur. Une énorme poutre craqua et se brisa. Claire aperçut Faustine qui s'était réfugiée avec les enfants sous l'auvent de l'appentis, de l'autre côté de la cour. Arthur tenait Janine à son cou, alors qu'Isabelle cachait son visage dans la robe de sa mère. C'était Faustine qui criait. Elle appelait Matthieu.

Claire confia à Anita ce qu'elle serrait contre elle.

— Sors d'ici, rejoins ma fille. Dis-lui de se calmer.

Les ouvriers couraient vers le bief avec des seaux d'eau. Léon vint gesticuler en bas du perron :

— Patronne, z'avez pu appeler les pompiers ? Le feu se répand dans la salle des piles, la réserve de rames commence à cramer !

— La ligne ne marche plus ! gémit-elle en dévalant les marches.

— Je prends la voiture et je file au bourg ! cria Léon en se ruant vers la Panhard.

Claire vit son frère, vêtu de la large blouse grise qu'il portait pour travailler à l'imprimerie. Matthieu sortait tout ce qu'il pouvait de l'ancienne salle commune. Le jeune homme tentait de sauver la fameuse commande de fascicules qui devait lui rapporter une belle somme.

— Tu es fou ! lui cria-t-elle. Arrête !

— Non, j'ai le temps. A plusieurs, nous pouvons sortir le maximum de choses.

Anita s'attela aussi à la corvée d'eau. Mais, comme les ouvriers, elle jugeait dérisoires les quantités de liquide qu'ils jetaient de toutes leurs forces sur les flammèches qui s'attaquaient au rez-de-chaussée du Moulin.

Claire ferma les yeux une seconde. Elle savait trop bien la masse de papier, de carton, de produits inflammables qui étaient stockés dans les quatre salles du Moulin. On appelait. Elle regarda vers le porche : des gens du bourg accouraient, les fils du vieux Vincent de Chamoulard, et aussi Maurice, l'employé des Giraud. Léon était déjà de retour. Il beugla, les yeux exorbités :

— J'ai croisé Maurice sur le pont. Il a vu le début de l'incendie du domaine et aussitôt il a appelé les pompiers.

— Merci, mon Dieu ! sanglota Claire.

Les nouveaux venus se mirent à aider Matthieu à porter ses caisses. Il en avait sorti trois, il en restait quarante. Le clocher de Puymoyen sonna le tocsin. Une panique indescriptible régnait. La clarté pourpre et or de l'incendie jetait sur toutes choses un effet de jour sanglant.

Léon secoua Claire par le bras :

— Patronne, j'ai senti une goutte ! Bon sang, s'il se mettait à flotter pour de bon, la maison serait sauvée. Un bon déluge.

— C'est trop tard, mon pauvre Léon !

— Peut-être que non, le trou maudit fera barrage. Il n'y coule plus d'eau, mais c'est humide.

Le domestique lui désignait du doigt la faille sombre qui constituait une particularité du Moulin. La roche torturée, comme jaillie du sol, avait dû gêner les architectes du XVIe siècle qui avaient bâti autour de ce pan de falaise incongru. Des murs le jouxtaient, donnant au trou abrupt une allure de puits. Un escalier fermé par une grille permettait de descendre dans une sorte de caverne que des écoulements d'eau changeaient en bassin. Le Follet, un ouvrier de Colin Roy, avait trouvé la mort en sortant Nicolas de ce piège. L'enfant, âgé de six ans, était tombé en escaladant le muret. La grille de l'escalier étant verrouillée, le Follet était descendu en cherchant des prises. Il avait beaucoup plu et le fond du ravin brassait un courant furieux. L'ouvrier s'était assommé contre la roche après avoir mis Nicolas sur un replat de pierre et, étant tombé tête première dans l'eau, il s'était noyé.

— De ce côté, il n'y a que de la pierre et de la boue, disait Léon à Claire.

« Le Follet qui a sacrifié sa vie pour Nicolas, Nicolas qui est mort brûlé ! » pensait-elle, haletante.

Elle recula et s'élança à nouveau vers le perron. Son cœur battait si fort qu'elle pouvait à peine le supporter.

— Nicolas ! hurla-t-elle comme une furie. Nicolas ! Papa,

maman ! Par pitié, pas la maison ! Non pas ça, pas ça ! Pas notre maison !

Rouge et en sueur, Claire grimpa à l'étage et frappa les portes closes de ses poings. Elle entra dans sa chambre et prit son coffret à bijoux sur la commode.

— Père Maraud ! Nicolas ! Aidez-moi ! La pluie, faites qu'il pleuve ! Mon Dieu, faites qu'il pleuve !

Elle criait de toutes ses forces en pleurant, échevelée. Sa gorge la faisait souffrir, mais elle cria encore :

— Pitié, mon Dieu ! Nicolas, mon petit Nicolas, sauve la maison.

Quelqu'un la saisit par la taille : c'était le jeune Paul, les cheveux roussis. Il avait la figure rouge vif.

— Madame, il pleut. Venez vite, madame ! Il pleut ! D'un coup, il tombe des cordes. Mais on ne trouve plus le patron !

Paul sanglotait. Claire lança un cri de bête à l'agonie. Malgré l'épouvante de cette nuit infernale, elle se souvenait des mots écrits par le vieux rebouteux dans son cahier à propos de Matthieu enfant : *Ce garçon, il faudrait lui apprendre à se méfier des flammes.*

Elle redescendit au pas de course, certaine désormais que Nicolas était venu l'avertir, comme l'avait fait le père Maraud avant de mourir, quand il répétait : « Le Moulin, le Moulin va… »

— Le Moulin va brûler ! clama-t-elle en titubant sur les pavés de la cour.

Paul n'avait pas menti. La pluie s'abattait dru, diluvienne, mêlée de grêlons.

Faustine, ruisselante, se jeta contre sa mère. La jeune femme avait un rictus de terreur infinie sur le visage. Elle secoua Claire par les épaules :

— Maman, Matthieu est là-dedans ! Tout le monde lui a crié de rester dehors, avec nous, mais il s'est jeté dans le brasier.

— Ce n'est pas possible ! bredouilla Claire. Pourquoi ?

— Il voulait sauver Ernest, l'ouvrier typographe qu'il a embauché le mois dernier, balbutia Faustine d'une petite voix.

Un homme du village, le patron du bistrot, ajouta :

— Le type s'était mis dans l'idée de sortir les caractères en plomb, qui sont rangés dans des tiroirs, à ce qu'il paraît. Mais le plomb, avec la fournaise, ça fond !

D'autres personnes arrivaient en voiture ou à bicyclette. L'incendie se voyait de loin. Claire se mit à prier, le visage tourné vers le ciel. Des trombes d'eau qui lui paraissaient glacées frappaient ses joues et son front jusqu'à l'aveugler.

« Pas Matthieu, pas mon petit frère ! implorait-elle. Il ne peut pas mourir brûlé comme Nicolas. Cette fois, je ne pourrai plus vivre en paix. »

Elle reconduisit Faustine sous l'appentis. La jeune femme serra Isabelle dans ses bras. Claire aurait voulu la rassurer, mais Faustine était au-delà du chagrin. Hébétée par la perte de son amour, elle ne pleurait même pas.

Une sirène retentit sur le chemin des Falaises. Le camion rouge des sapeurs-pompiers arrivait. Mais la pluie avait fait son œuvre. Elle noyait les braises et les poutres incandescentes. Des étendoirs, s'élevaient des nuages de fumée laiteuse. Tout le haut de l'édifice, en bois et en tuiles, s'était effondré sur les communs, l'ancienne étable. Les débris enflammés avaient embrasé la charpente de la salle des piles. Le feu avait dévoré les matériaux divers, dévastant les toitures séculaires du Moulin, ainsi que le logement de Léon et d'Anita.

Dès que le lourd véhicule fut garé dans la cour, le chef de brigade ordonna quand même à ses hommes d'utiliser la lance à eau pour accélérer l'extinction des boiseries qui, noircies par les flammes, se consumaient encore.

— La maison est sauvée, en tout cas, dit une femme, l'épouse du cordonnier.

Claire tenait Faustine par l'épaule. La nuit reprenait ses droits. Malgré le déluge, l'air empestait une odeur âcre de suie et de cendres chaudes.

— Maman, gémit la jeune femme. Crois-tu vraiment que Matthieu est mort ?

— Je refuse de le croire, ma chérie, dit Claire en scrutant la pénombre où s'agitait une foule de silhouettes confuses.

— Ses beaux yeux, ses cheveux, sa bouche si douce, continua Faustine, tout est brûlé !

— Chut, tais-toi ! coupa sa mère. Isabelle t'entend.

— Non, je parle tout bas. Maman, je n'aurai pas le courage de vivre sans lui.

— Si, pour les petits, souffla Claire qui souhaitait mourir sur l'heure à l'idée de voir le corps de son frère carbonisé.

Un homme approchait de l'appentis, une lanterne à la main qu'il protégeait d'un grand parapluie. C'était Léon.

— Il est vivant ! bégaya-t-il en pleurant et en reniflant. Matthieu, mon petit gars Matthieu, il est vivant.

Faustine poussa un cri de soulagement. Il lui semblait renaître telle une fleur qui se serait épanouie d'un coup sous l'effet d'un rayon de soleil. Elle se jeta au cou de Léon.

— Où est-il ? Il est blessé, sans doute ?

— Un peu, des brûlures aux mains et au front. Le docteur l'examine, au bord du bief, précisa le domestique.

Claire confia les petites filles apeurées à Arthur. Elle prit Léon dans ses bras et se blottit contre lui en pleurant.

— Merci d'être venu tout de suite nous le dire, gémit-elle. Je ne l'oublierai jamais, mon cher Léon, merci !

— Fallait pas vous tracasser ! Matthieu, il en a dans la tête. Dès qu'il a pu ramasser Ernest, qui était bien brûlé, lui, il l'a porté sur son dos et il est sorti par la petite porte au fond de la salle des piles, celle qui donne sur les roues à aubes. Il s'est jeté dans la retenue d'eau avec son blessé, histoire d'éteindre les habits qui flambaient déjà. Ensuite, pendant qu'on le pleurait déjà, il a contourné le Moulin en passant le long du canal.

Faustine et Claire se prirent par la main.

— Peux-tu garder les enfants ? demanda la jeune femme.

— Eh oui, filez le voir, notre Matthieu.

Elles se mirent à courir, bousculant un des pompiers et se heurtant au brigadier de la gendarmerie. Claire avait conscience de patauger dans des flaques, d'être trempée, mais elle bénissait cette pluie inespérée, comme elle bénissait Dieu et le monde entier de lui rendre Matthieu.

— Je le vois ! hurla enfin Faustine.

Le jeune homme était torse nu, un bras bandé, debout et en pleine discussion avec le nouveau maire de Puymoyen, Bertrand Giraud ayant quitté ses fonctions.

Une marque sanglante barrait son front. Une infirmière de la Croix-Rouge l'abritait sous un parapluie. Etendu sur une civière, Ernest gisait tout près du groupe. Le médecin l'examinait.

— Matthieu ! cria Faustine en l'enlaçant.

Claire toucha son frère à la poitrine et effleura son visage. Il lui sourit sans joie.

— Votre employé s'en tirera, annonça le docteur Vitalin. La Croix-Rouge va le conduire à l'hôpital. Vous lui avez évité le pire en le plongeant dans l'eau.

Vitalin jeta un regard méprisant à Claire qui n'y prêta pas attention. Le maire lui serra la main :

— Madame Dumont, je compatis à la perte que vous venez de subir, c'est ce que je disais à votre frère. Mais il n'y a pas eu de morts, c'est l'essentiel. Une charpente se reconstruit, un bâtiment se répare, au contraire de nous, pauvres hommes, qui devrons attendre la résurrection promise par Notre-Seigneur Jésus.

Claire approuva poliment. Le nouveau maire était très pieux. Il s'éloigna en soulevant un chapeau dégoulinant de pluie.

— Matthieu, clama Faustine, je t'ai cru perdu. Mon Dieu, je me sentais morte, moi aussi. Mon amour, mon amour chéri, serre-moi fort, très fort. Je suis tellement heureuse de te toucher, de te voir. Tu es vivant. Vivant, mon amour ! J'ai eu si peur.

La jeune femme l'effleurait du bout des doigts en le dévorant de ses beaux yeux bleus noyés de larmes de joie.

Il l'étreignit et l'embrassa sur les lèvres.

— Je n'allais pas te laisser veuve à vingt-cinq ans ! tenta-t-il de plaisanter, mais le ton était morne.

Il était si fatigué !

— La maison est sauvée, frérot, dit Claire. Et tu es en vie, personne n'a été blessé, à part ce pauvre Ernest.

Matthieu frissonnait. L'infirmière lui donna sa cape.

— Vous me la rapporterez quand vous irez en ville, monsieur, dit-elle avec gentillesse. Je suis obligée de garder le parapluie, il appartient à ma supérieure.

— Merci, mademoiselle, dit Claire.

Matthieu se dirigea vers la cour, Faustine cramponnée à son bras. Il contemplait le désastre d'un regard incrédule.

— Viens voir les enfants, Isabelle te réclame, supplia-t-elle.

Ils marchèrent en silence jusqu'à l'appentis. Assis sur le tas de bois, Léon berçait le petit Pierre endormi sur ses genoux.

— Anita a emmené Janine et Isabelle dans la maison. Une chance, hein, il reste la maison !

— Mais le Moulin de mon père a brûlé, répliqua durement le jeune homme. Je suis ruiné ! Plus de machine à papier, plus rien. Les caractères en plomb sont fichus. Et ma commande ! En cendres ! Les caisses que j'ai pu mettre dehors, elles ont pris la pluie.

Emue par la profonde désillusion de son frère, Claire ne pouvait pas céder à la tristesse, seule comptait la vie sauve de Matthieu.

« Même si la maison avait brûlé, je n'aurais pas eu le droit de me lamenter, car lui, il est là, jeune, intact. »

On la sollicitait de tous les côtés. Elle dut laisser les jeunes gens et Léon pour écouter les paroles de réconfort et les recommandations du chef des pompiers, prêt à sonner le départ. Elle devait aussi répondre à la curiosité des gens qui hésitaient à rentrer chez eux.

Enfin, tout redevint calme. La pluie elle-même s'apaisa, devenant moins drue, plus fine et régulière. Anita avait allumé des bougies dans la cuisine dont les fenêtres étaient grandes ouvertes sur la nuit.

— Rentrons, il n'y a plus aucun danger, dit Claire. Les filles dorment à l'étage. Nous allons nous arranger : je voudrais que tout le monde couche ici, vous, Jacques, et toi aussi, Paul.

Elle tremblait d'épuisement et d'une joie infinie. Jamais elle n'oublierait l'instant où Léon, l'ami de toujours envers et contre tous, leur était apparu sous son parapluie, annonçant que Matthieu était vivant.

Anita préparait de la tisane de camomille sur ses conseils. Faustine, pleine d'énergie, monta coucher Pierre. Claire attribua des chambres et des lits à ceux qui tombaient de fatigue. Il était plus de minuit. Léon servit de la gnôle à Matthieu. Le jeune homme, accablé, alluma une cigarette.

— Jean va avoir une mauvaise surprise à son retour, déclara-t-il en soupirant. Il avait investi beaucoup d'argent dans la mise en route de l'imprimerie.

— La foudre est tombée sur la ligne électrique, indiqua Paul. C'est un court-circuit qui a mis le feu en haut des étendoirs. Patron, c'était un orage anormal. Nous avons eu de la chance de ne pas être tués sur le coup, avec le sol du Moulin qui est toujours humide.

— On ne peut rien contre la foudre, renchérit Claire. Et, sans la pluie, les flammes auraient fini par atteindre la maison. Il faisait si sec depuis quinze jours.

Les discussions, les hypothèses, les « si » et les « peut-être » tinrent éveillés encore longtemps les plus résistants : Claire, Léon, Matthieu et Paul.

Faustine s'était couchée près des deux fillettes dans la chambre de Thérèse, Arthur hébergeait le vieux Jacques et Anita s'était installée sur des matelas posés à même le plancher.

— Allons dormir un peu, soupira Claire quand l'horloge sonna deux heures du matin. Demain, Matthieu, Léon ira au bourg envoyer un télégramme à Jean. Je crois qu'il avait pris une assurance. Nous reconstruirons le Moulin de notre père, frérot. Je suis si fière de toi, tu as eu un tel courage de retourner dans les flammes pour sauver Ernest. Et tu t'en sors presque indemne !

— C'était bien pire sur le front, répliqua le jeune homme.

Elle l'embrassa, débordante d'admiration. Il avait fait la guerre au sortir de l'adolescence. Matthieu ne montrait jamais ses décorations, mais elle savait qu'il avait risqué sa vie bien souvent pour ses camarades.

— Tu crois vraiment que Jean avait assuré le Moulin ? demanda-t-il d'un ton plein d'espoir, un pied sur la première marche de l'escalier.

— Il me semble, quand vous avez acheté la presse pour imprimer et tout le matériel. Le contrat concernait aussi l'ensemble du Moulin. C'était une suggestion de Bertrand. Nous en aurons le cœur net demain midi, au plus tard.

— Clairette, interrogea son frère dès que Léon et Paul furent sur le palier, dis, penses-tu sincèrement que Nicolas veillait sur nous, sur moi. Quand j'ai couru vers Ernest, j'étais malade de peur, je ne voulais pas mourir, je ne voulais pas laisser Faustine seule avec les petits, mais une force étrange me soutenait. Je ne sentais pas la chaleur de l'incendie. J'ai porté Ernest comme s'il ne pesait rien. Tu as raison, je n'ai pas le droit de baisser les bras. Nous reconstruirons le Moulin tel qu'il était, exactement. Les murs sont debout et les mécanismes en acier ont dû résister.

— Aie confiance, Matthieu, rétorqua Claire en lui prenant la main. La maison où tu es né nous abrite tous, et l'orage est parti. Je suis sûre que Nicolas va enfin trouver la paix.

Il l'embrassa encore une fois et monta les marches.

Claire éteignit les bougies disposées sur les meubles et la table. Elle laissa allumée la lampe à pétrole, mais en la plaçant sur la pierre de l'âtre, contre la plaque en fonte.

« Je suis sotte. La flamme faiblit, il n'y a presque plus de pétrole. Ma chère maison ne risque plus rien. »

Elle s'assit dans le fauteuil en osier. Ses yeux se fermaient malgré sa volonté de rester éveillée. Une forme grise se glissa dans la pièce.

— Moïse ? Tu es revenu !

Le loup vint frotter sa belle tête contre ses genoux. Son instinct l'avait poussé à fuir.

« Demain, je mettrai la jument et l'âne au pré. Il fera si bon, l'air sera frais, l'herbe, mouillée. Je dirai à Léon de conduire les chèvres sur la pâture le long du ruisseau », se dit-elle en jetant un dernier regard par la fenêtre.

Il pleuvait et l'air nocturne embaumait le parfum fugace de la terre désaltérée. Ce fut au tour de la chatte de surgir brusquement. Mimi se percha sur un buffet et miaula. Ensuite, d'un bond, elle vint se nicher sur les genoux de Claire. La petite bête ronronnait.

« Je vais dormir ici, dans le fauteuil, pensa-t-elle encore. J'ai prêté mon lit à Léon et à Paul. Demain matin, je ferai des crêpes pour nourrir tout ce monde et aussi un bon café. »

Somnolente, Claire savoura le silence. La présence câline de la chatte et celle du loup couché à ses pieds la tranquillisaient. Soudain, on lui caressa la joue dans un frôlement discret. Une onde de bonheur inouï l'envahit. Elle eut l'impression de s'envoler, d'atteindre des régions célestes où régnaient l'amour et l'harmonie. Elle ne prit pas la peine d'ouvrir les yeux ni de chercher qui avait effleuré si tendrement son visage.

— Merci, Nicolas ! dit-elle en souriant. Merci, mon petit frère chéri, je te dis adieu, cette fois. Sois heureux, sois en paix. Nous t'aimons tous, malgré tes fautes. Tu t'es bien racheté, tu m'as aidée dans toutes ces épreuves. Je suis sûre que Dieu t'a pardonné, et nous aussi, nous te pardonnons et nous t'aimons.

Elle s'endormit d'un sommeil paisible.

Deux jours plus tard, Matthieu parcourait les décombres du Moulin en compagnie de Faustine. Le couple enjambait des poutres brisées ou charbonneuses, il passait des portes dont le bois était réduit en cendres détrempées par la pluie.

Le ciel était gris, la vallée, brumeuse. Il faisait frais, un temps délicieux après la canicule.

— Tu es rassuré ? demanda la jeune femme.

— Oui, mais quel spectacle désolant ! soupira-t-il.

Jean avait répondu le plus vite possible au télégramme de Léon. Il annonçait son retour dans deux semaines. Il y avait bel et bien un solide contrat d'assurance.

Faustine l'entraîna loin des ruines du Moulin du Loup. Ils traversèrent le jardin potager et longèrent la rivière grossie par l'orage.

— Regarde, dit Faustine, toutes ces fleurs dans les champs, les arbres et nos chères falaises. Rien n'a changé. Et regarde-moi !

Matthieu lui fit face, attendri par le seul son de sa voix. Elle emprisonna son visage entre ses mains de femme.

— Nous aurions pu être séparés à jamais, assura-t-elle. Mais nous sommes toujours ensemble, avec Isabelle, Pierre et le bébé que je porte. Hier soir, il a bougé quand j'ai crié en te voyant bien vivant, debout, héroïque. Matthieu, il nous reste notre famille, notre amour, une longue vie avec des bonheurs et des épreuves. Claire et toi, avec mon père et tous nos amis, vous reconstruirez le Moulin. Les roues à aubes n'ont pas brûlé : écoute, elles chantent à nouveau. Et il nous reste aussi la Grotte aux fées.

Dans les grands yeux bleus de Faustine, Matthieu puisa espoir et courage. Il déposa un baiser sur ses lèvres.

— Ma petite chérie, pour toi, je déplacerai des montagnes, affirma-t-il. Tu m'es plus précieuse que tout, Faustine. Viens, rentrons chez nous, avec Isabelle et Pierre. Je vais pouvoir passer du temps avec vous, ces jours-ci, avant les travaux. Dès que Jean sera là, nous nous mettrons au travail.

— Au fait, j'avais oublié de te le dire, mon père a téléphoné ce matin. Il voulait plus de détails sur l'incendie. Claire l'a trouvé très ému. Il paraît que notre Angela était très triste parce qu'il repartait plus tôt que prévu. J'espère qu'elle va s'habituer, là-bas, qu'elle ne souffrira pas trop du mal du pays.

— Angela a du tempérament, assura Matthieu en souriant. Elle va se faire des amis au Québec, et peut-être même qu'elle trouvera l'homme idéal. Ou bien elle nous reviendra pour se jeter dans les bras de Louis, puisque rien ne s'oppose plus à leur mariage. Ils seront heureux tous les deux, j'en suis sûr. Elle pourra enfin vivre en toute tranquillité !

Il cueillit un coquelicot et le glissa dans l'échancrure de son corsage. Elle eut un rire d'enfant. Une mésange y répondit d'un trille joyeux. L'oiseau, perché sur une branche de noisetier, s'envola.

Matthieu et Faustine firent demi-tour et marchèrent main dans la main vers le Moulin. La cheminée du logis fumait. La jument galopait dans son pré, sous l'œil amical de l'âne.

Claire guettait leur retour. Elle avait laissé ses cheveux défaits et, vêtue d'une robe longue en cotonnade rose, elle portait sur la hanche un panier rempli de légumes. On aurait dit une très jeune femme qui attendait son amoureux.

— L'âme du Moulin ! dit Matthieu tout bas. Tant que Claire sera là, douce et fière, rien ne changera dans la vallée.

Faustine appuya son front contre l'épaule de son mari. Le clocher du bourg se mit à sonner, un tintement qui leur parut joyeux après le tocsin de la nuit.

La mésange s'était posée sur un fragment de poutre dressé vers le ciel, seule la chatte la vit. Mais, assise aux pieds de Claire, elle ne bougea pas.

Ce 12 août 1925 était enfin un jour de paix et de repos pour les gens et les bêtes !

Vous souhaitez en savoir plus sur les livres et les auteurs
des collections Trésors de France et Terres de France ?

Retrouvez toutes les informations sur le site
www.collection-terresdefrance.fr
et abonnez-vous à notre lettre d'information.

Suivez-nous également sur notre page Facebook
et sur notre fil Twitter.

Club des Amis de Terres de France
12, avenue d'Italie
75627 Paris cedex 13

Composition et mise en pages
Nord Compo à Villeneuve-d'Ascq

Dépôt légal : septembre 2016
Imprimé en Espagne par Cayfosa